Fantasy

Herausgegeben von Friedel Wahren

Von **Robert Jordan** erschienen in der Reihe
HEYNE SCIENCE FICTION & FANTASY:

Im CONAN-Zyklus:
Conan der Verteidiger · 06/4163
Conan der Unbesiegbare · 06/4172
Conan der Unüberwindliche · 06/4203
Conan der Siegreiche · 06/4232
Conan der Prächtige · 06/4344
Conan der Glorreiche · 06/4345

Sonderausgabe: 06/4163, 4172, 4203
zusammen in einem Band unter dem Titel
›Conan der Große‹ · 06/5460

Das Rad der Zeit:
 1. Roman: Drohende Schatten · 06/5026
 2. Roman: Das Auge der Welt · 06/5027
 3. Roman: Die große Jagd · 06/5028
 4. Roman: Das Horn von Valere · 06/5029
 5. Roman: Der Wiedergeborene Drache · 06/5030
 6. Roman: Die Straße des Speers · 06/5031
 7. Roman: Schattensaat · 06/5032
 8. Roman: Heimkehr · 06/5033
 9. Roman: Der Sturm bricht los · 06/5034
10. Roman: Zwielicht · 06/5035
11. Roman: Scheinangriff · 06/5036
12. Roman: Der Drache schlägt zurück · 06/5037
13. Roman: Die Fühler des Chaos · 06/5521
14. Roman: Stadt des Verderbens · 06/5522
15. Roman: Die Amyrlin · 06/5523
16. Roman: Die Hexenschlacht · 06/5524 (in Vorb.)

Weitere Romane in Vorbereitung

ROBERT JORDAN

DIE AMYRLIN

Das Rad der Zeit

Fünfzehnter Roman

Deutsche Erstausgabe

WILHELM HEYNE VERLAG
MÜNCHEN

HEYNE SCIENCE FICTION & FANTASY
Band 06/5523

Besuchen Sie uns im Internet:
http://www.heyne.de

Titel der Originalausgabe
LORD OF CHAOS
3. Teil
Übersetzung aus dem Amerikanischen
von Karin König
Das Umschlagbild malte Attila Boros / Agentur Kohlstedt
Die Innenillustrationen zeichnete Johann Peterka
Die Karte auf Seite 8/9 zeichnete Erhard Ringer

Umwelthinweis:
Dieses Buch wurde auf
chlor- und säurefreiem Papier gedruckt.

Redaktion: Ralf Oliver Dürr
Copyright © 1994 by Robert Jordan
Erstausgabe bei Tom Doherty Associates, New York (TOR BOOKS)
Copyright © 1997 der deutschen Ausgabe und der Übersetzung
by Wilhelm Heyne Verlag GmbH & Co. KG, München
Printed in Germany 1997
Umschlaggestaltung: Atelier Ingrid Schütz, München
Technische Betreuung: M. Spinola
Satz: Schaber Satz- und Datentechnik, Wels
Druck und Bindung: Elsnerdruck, Berlin

ISBN 3-453-11952-5

INHALT

KAPITEL 1:	Eine Abordnung	11
KAPITEL 2:	Wie ein Gewittersturm	29
KAPITEL 3:	Verwandtschaftsbeziehungen	57
KAPITEL 4:	Geschenke	76
KAPITEL 5:	Briefe	111
KAPITEL 6:	Feuer und Geist	140
KAPITEL 7:	Die Heilung	159
KAPITEL 8	Rotes Wachs	192
KAPITEL 9:	Ein kühles Bad	213
KAPITEL 10:	Mut	234
KAPITEL 11:	Die Reise nach Salidar	256
KAPITEL 12:	Der Saal entscheidet	268
KAPITEL 13:	Zur Amyrlin erhoben	282
KAPITEL 14:	Der Kampf beginnt	304
KAPITEL 15:	Eine Überraschung	324
KAPITEL 16:	Möglichkeiten	341
KAPITEL 17:	Drei Frauen	362
KAPITEL 18:	Bedrohung	379
KAPITEL 19:	Die Schwarze Burg	407
Glossar		425

KAPITEL 1

Eine Abordnung

Egwene bahnte sich gutgelaunt ihren Weg durch die Menge, nachdem sie sich von den Musikanten an der Straßenecke – einer schwitzenden Frau, die auf einer langen Flöte spielte, und einem rotgesichtigen Mann, der ein neunsaitiges Instrument zupfte – abgewandt hatte. Die Sonne stand wie geschmolzenes Gold hoch am Himmel, und die Pflastersteine waren heiß genug, daß sie sich durch die Sohlen ihrer weichen Stiefel brannten. Schweiß tropfte ihr von der Nase herab, ihr Umhängetuch fühlte sich wie eine schwere Decke an, obwohl es locker um die Oberarme geschlungen war, und es lag genug Staub in der Luft, daß sie bereits jetzt das Gefühl hatte, sich waschen zu müssen, aber sie lächelte dennoch. Einige Leute sahen sie fragend an, wenn sie glaubten, daß sie nicht hinsah, was sie fast zum Lachen brachte. So betrachteten sie Aiel nun einmal. Die Menschen sahen, was sie zu sehen erwarteten, und sie sahen nur eine Frau in Aielkleidung, ohne jemals ihre Augen oder ihre Größe zu beachten.

Straßenhändler und Hausierer priesen lauthals ihre Waren an und versuchten damit, sich gegen die Rufe der Schlächter und Kerzenmacher, das Rasseln und Klappern der Silberschmieden und Töpferläden und das Quietschen ungeölter Radachsen durchzusetzen. Fluchende Wagenlenker und Männer, die neben Ochsenkarren einhergingen, kamen sich mit dunkel lackierten Sänften und schlichten Kutschen mit Haussiegeln an den Türen ins Gehege. Überall waren Musikanten, Akrobaten und Jongleure zu sehen. Eine Gruppe blasser Frauen in Reitkleidung und mit Schwertern stolzierte vorüber. Sie ahmten das ihrer Vorstellung nach typische Verhalten von Männern nach, lachten zu rauh und bahnten sich auf eine Art ihren Weg durch die Menge, die auf hundert Schritt ein Dutzend Kämpfe bewirkt hätte, wenn sie wirklich Männer gewesen wären. Der Hammer eines Hufschmieds traf klirrend auf den Amboß auf. Die Luft war von Murmeln und Tumult erfüllt, die Geräuschkulisse einer Stadt, die sie unter den Aiel fast vergessen hatte. Vielleicht hatte sie sie sogar vermißt.

Sie mußte mitten auf der Straße lachen. Als sie zum ersten Mal die Geräusche einer Stadt gehört hatte, war sie wie betäubt gewesen. Manchmal schien es ihr, als sei das Mädchen von damals mit den großen Augen jemand anderes gewesen.

Eine Frau, die ihre kastanienbraune Stute durch die Menge lenkte, sah sie neugierig an. Man hatte dem Pferd kleine Silberglöckchen in die lange Mähne geflochten, und die Frau trug ebenfalls Glöckchen in ihrem dunklen, bis zur Taille reichenden Haar. Sie war hübsch und wahrscheinlich nicht wesentlich älter als Egwene, aber ihr Gesicht wirkte hart, sie blickte scharf um sich und trug nicht weniger als sechs Messer an ihrem Gürtel, von denen eines so groß wie das einer Aiel war. Sie war zweifellos eine Jägerin des Horns.

Ein großer, gutaussehender Mann in einem grünen Mantel und mit zwei auf den Rücken gebundenen Schwertern beobachtete, wie die Frau vorüberritt. Er war wahrscheinlich ebenfalls ein Jäger des Horns. Sie schienen überall zu sein. Als die Frau auf dem Kastanienbraunen in der Menge verschwand, wandte der Mann sich um und bemerkte, daß Egwene ihn betrachtete. Er lächelte plötzlich neugierig, straffte die breiten Schultern und kam auf sie zu.

Egwene setzte hastig ihr abweisendstes Gesicht auf,

versuchte Sorilea angestrengt mit Siuan Sanche in Verbindung zu bringen, die Stola vom Amyrlin-Sitz um die Schultern.

Er blieb überrascht stehen. Als er sich dann abwandte, hörte sie ihn deutlich grollen: »Flammende Aiel.« Sie konnte nicht umhin, erneut zu lachen. Er mußte es trotz des Lärms gehört haben, denn er erstarrte und schüttelte den Kopf. Aber er schaute nicht zurück.

Es gab zwei Gründe für Egwenes gute Stimmung. Zum einen hatten die Weisen Frauen letztendlich zugestimmt, daß das Wandern durch die Stadt eine genauso gute Übung war wie das Wandern um deren Außenmauern. Sorilea schien am wenigsten zu verstehen, warum Egwene auch nur eine Minute länger als nötig unter Massen von Feuchtländern verbringen wollte, die sich innerhalb der Stadtmauern besonders zusammendrängten. Aber hauptsächlich war sie guter Stimmung, weil die Weisen Frauen ihr gesagt hatten, sie könne jetzt, da die Kopfschmerzen, die sie so verwirrt hatten, vollkommen vergangen waren – sie hatte sie nicht ganz verbergen können – bald nach *Tel'aran'rhiod* zurückkehren. Noch nicht bis zum nächsten Treffen in drei Nächten, aber bis zum darauffolgenden.

Das bedeutete nicht nur in einer Hinsicht eine Erleichterung. Es bedeutete, sich nicht mehr heimlich in die Welt der Träume stehlen zu müssen. Es bedeutete, nicht mehr alles mühsam selbst herausfinden zu müssen. Es bedeutete, keine Angst mehr haben zu müssen, daß die Weisen Frauen sie erwischen und sich weigern könnten, sie weiterhin zu unterrichten. Es bedeutete, nicht mehr lügen zu müssen. Es war notwendig gewesen – sie konnte es sich nicht leisten, Zeit zu verschwenden; es gab so vieles zu lernen, und sie konnte nicht glauben, noch genug Zeit dafür zu haben –, aber das würden sie niemals verstehen.

Auch Aiel befanden sich in der Menge, sowohl im

Cadin'sor als auch im Weiß der *Gai'shain*. Die *Gai'shain* gingen dorthin, wo sie hingeschickt wurden, aber es war durchaus möglich, daß sich die anderen zum ersten Mal – und höchstwahrscheinlich auch zum letzten Mal – innerhalb der Stadtmauern aufhielten. Die Aiel mochten Städte anscheinend nicht, obwohl eine große Anzahl von ihnen vor sechs Tagen hierhergekommen war, um zuzusehen, wie Mangin gehängt wurde. Es hieß, er hätte sich die Schlinge selbst um den Hals gelegt und irgendeinen Aielscherz darüber gemacht hatte, ob das Seil ihm den Hals oder sein Hals das Seil brechen würde. Sie hatte mehrere Aiel diesen Scherz, aber niemals eine Bemerkung über die Hinrichtung wiedergeben hören. Rand hatte Mangin gemocht, dessen war sie sich sicher. Berelain hatte den Weisen Frauen von dem Urteil erzählt, als teile sie ihnen mit, ihre Wäsche sei am nächsten Tag fertig, und die Weisen Frauen hatten es unbewegt aufgenommen. Egwene glaubte nicht, daß sie die Aiel jemals verstehen würde. Sie befürchtete auch sehr, Rand nicht mehr zu verstehen. Berelain verstand sie nur zu gut. Sie interessierte sich nur für achtsame Männer.

Bei diesen Gedanken war es schwierig, ihre gute Stimmung wiederzuerlangen. Im Inneren der Stadt war es sicherlich nicht kühler als außerhalb der Stadtmauern – tatsächlich vielleicht sogar heißer, da kein Lüftchen wehte und die Menschen sich zusammendrängten – und fast ebenso staubig, aber zumindest gab es hier mehr zu sehen als nur die Asche des Vortors. In einigen Tagen würde sie wieder lernen können, wirklich lernen können. Das ließ sie wieder lächeln.

Sie blieb neben einem drahtigen, verschwitzten Feuerwerker stehen. Es war leicht zu erkennen, was er war. Sein dichter Schnurrbart war nicht von dem transparenten Schleier bedeckt, den Taraboner häufig trugen, aber die sackartige, an den Beinen bestickte Hose und ein ebenso sackartiges, über der Brust besticktes

Hemd kennzeichneten ihn ausreichend gut. Er verkaufte Finken und andere Singvögel in grob zusammengezimmerten Käfigen. Da ihr Gildehaus von den Shaido niedergebrannt worden war, versuchten eine Anzahl Feuerwerker Möglichkeiten zu finden, nach Tarabon zurückzukehren.

»Ich weiß es aus einer höchst zuverlässigen Quelle«, erzählte er einer hübschen, bereits langsam ergrauenden Frau in einem schlicht geschnittenen, dunkelblauen Kleid. Sie war zweifellos eine Händlerin, die diejenigen anfuhr, die in Cairhien auf bessere Zeiten warteten. »Die Aes Sedai spalten sich«, flüsterte ihr der Feuerwerker über einen gefangenen Vogel gebeugt zu. »Die Aes Sedai stehen im Krieg miteinander.« Die Händlerin nickte zustimmend.

Egwene blieb stehen, um angeblich den Kauf eines grünköpfigen Finks zu erwägen, und ging dann wieder weiter, wobei sie einem rundgesichtigen Feuerwerker aus dem Weg springen mußte, der in einem auffallenden, flickenbesetzten Mantel einherschritt. Feuerwerker wußten sehr wohl, daß sie unter den wenigen Feuchtländern in der Wüste willkommen waren. Aiel schüchterten sie nicht ein. Zumindest erweckten sie den Anschein.

Dieses Gerücht beunruhigte sie. Nicht daß sich die Burg gespalten hatte – das hätte nicht länger geheimbleiben können –, aber die Erwähnung eines Krieges unter den Aes Sedai. Zu wissen, daß Aes Sedai gegen Aes Sedai angingen, war genauso, als wüßte sie, daß ein Teil ihrer Familie gegen einen anderen anginge, was kaum vorstellbar war, wenn man die Gründe nicht kannte, und doch war der Gedanke, daß es vielleicht zu mehr kommen könnte ... Wenn es nur eine Möglichkeit gäbe, die Burg zu heilen, sie ohne Blutvergießen wieder zusammenzufügen.

Ein Stück weiter die Straße hinab verteilte eine schwitzende Vortor-Frau, die man vielleicht als hübsch bezeichnet hätte, wenn ihr Gesicht sauberer gewesen wäre, aus einem Bauchladen neben Bändern und Nadeln auch Gerüchte. Sie trug ein blaues Seidenkleid, dessen Rock mit roten Schlitzen versehen und das für eine größere Frau gedacht war. Der stark zerschlissene Saum gab ihre plumpen Schuhe frei, und Löcher in Ärmeln und Leibchen ließen erkennen, wo eine Stickerei entfernt worden war. »Ich sage Euch etwas«, redete sie auf die Frauen ein, die in ihrem Bauchladen stöberten. »In der Stadt wurden Trollocs gesehen, ja, dieses Grün wird gut zu Euren Augen passen. Hunderte von Trollocs und ...«

Egwene hielt kaum inne. Wenn auch nur ein Trolloc irgendwo in der Stadt aufgetaucht wäre, hätten die Aiel es gewußt, lange bevor es Straßentratsch geworden wäre. Sie wünschte, die Weisen Frauen würden tratschen. Nun, manchmal taten sie es, aber nur über andere Aiel. Für die Aiel war nichts über die Feuchtländer allzu fesselnd. Dadurch, daß Egwene in Elaidas Studierzimmer in *Tel'aran'rhiod* ein- und ausgehen und die Briefe der Frau lesen durfte, war sie es jedoch gewohnt zu wissen, was in der Welt geschah.

Egwene erkannte jäh, daß sie ihre Umgebung und die Gesichter der Menschen auf andere Art betrachtete. In Cairhien befanden sich genauso zweifelsfrei, wie sie schwitzte, Augen-und-Ohren der Aes Sedai. Elaida erhielt täglich durch Brieftauben einen Bericht – wenn nicht mehr – aus Cairhien. Burgspione, Ajahspione, Spione für einzelne Aes Sedai. Sie waren überall, häufig dort, wo man sie am wenigsten erwartete und häufig auch jemand, den man am wenigsten erwartete. Warum standen diese Akrobaten einfach nur da? Ruhten sie sich aus oder beobachteten sie sie? Plötzlich bewegten sie sich wieder, indem einer von ihnen auf den Schultern eines anderen einen Handstand vollführte.

Ein Spion für die Gelben Ajah hatte einmal auf einen

von Elaida ausgegebenen Befehl hin versucht, Elayne und Nynaeve zu fesseln und nach Tar Valon zu verschleppen. Egwene wußte nicht genau, ob Elaida sie auch wollte, aber etwas anderes anzunehmen, wäre töricht. Egwene konnte nicht glauben, daß Elaida jemandem vergab, der eng mit der Frau zusammengearbeitet hatte, die sie abgesetzt hatte.

Was das betraf, hatten wahrscheinlich auch die Aes Sedai von Salidar hier Augen-und-Ohren. Sollten sie jemals von ›Egwene Sedai der Grünen Ajah‹ erfahren... Jedermann konnte es sein. Diese hagere Frau an der Ladentür, die anscheinend einen Ballen dunkelgrauen Stoff betrachtete, oder die schlampige Frau, die sich neben dem Eingang der Schenke rekelte und sich mit der Schürze Luft zufächelte, oder dieser dicke Bursche mit seinem Handkarren voller Pasteten – warum sah er sie so seltsam an? Fast wäre sie zum nächstgelegenen Stadttor gerannt.

Es war tatsächlich der dicke Bursche, der sie aufhielt, oder besser gesagt, die Art, wie er die Pasteten plötzlich mit seinen Händen zu verdecken versuchte. Er sah sie an, weil sie ihn angesehen hatte. Er befürchtete wahrscheinlich, daß eine Aiel›wilde‹ ihm einen Teil seiner Pasteten nehmen würde, ohne zu bezahlen.

Egwene lachte leise. Aiel. Sogar Leute, die ihr ins Gesicht sahen, vermuteten, daß sie eine Aiel war. Ein Burgspion, der sie suchte, würde achtlos an ihr vorübergehen. Da sie sich jetzt erheblich besser fühlte, schlenderte sie weiterhin ziellos durch die Straßen und belauschte, was immer sie konnte.

Egwene hatte sich daran gewöhnt, Dinge schon Wochen oder sogar Tage, nachdem sie geschehen waren, zu wissen und auch sicher zu wissen, daß sie geschehen waren. Ein Gerücht mochte hundert Meilen an einem Tag oder in einem Monat bewältigen und gebar jeden Tag zehn Töchter. Heute erfuhr sie, daß Siuan hingerichtet worden war, weil sie die Schwarze Ajah aufgedeckt hatte, daß Siuan eine Schwarze Ajah *sei* und noch lebe und daß die Schwarze Ajah jene Aes Sedai, die keine Schwarzen von der Burg seien, vertrieben habe. Es waren keine neuen Gerüchte, sondern lediglich Abwandlungen eines alten. Ein neues Gerücht, das sich wie Feuer auf einer Sommerwiese ausbreitete, besagte, daß die Burg hinter all den falschen Drachen stecke. Das verärgerte sie so sehr, daß sie mit starrem Rücken davonschritt, wann immer sie es hörte. Was bedeutete, daß sie recht häufig mit starrem Rücken davonschritt. Sie hörte, daß Andoraner in Aringill irgendeine Adlige zur Königin ernannt hatten – Dylin, Delin, der Name variierte –, da Morgase nun tot war, was der Wahrheit entsprechen könnte, und daß Aes Sedai in Arad Doman umherliefen und sehr unwahrscheinliche Dinge täten, was sicherlich nicht der Wahrheit entsprach. Der Prophet kam nach Cairhien; der Prophet war zum König von Ghealdan gekrönt worden – nein, von Amadicia; der Wiedergeborene Drache hatte den Propheten wegen Blasphemie getötet. Die Aiel gingen alle fort; nein, sie wollten sich niederlassen und bleiben. Berelain sollte den Sonnenthron einnehmen. Ein hagerer kleiner Mann mit durchtriebenen Augen wurde von seinen Zuhörern vor einer Schenke fast erschlagen, weil er behauptete, Rand sei einer der Verlorenen, aber da mischte sich Egwene ohne nachzudenken ein.

»Habt Ihr kein Ehrgefühl?« fragte sie kalt. Die vier grobgesichtigen Männer, die den hageren Burschen gerade hatten ergreifen wollen, sahen sie blinzelnd an. Sie waren aus Cairhien, nicht wesentlich größer als sie, aber weitaus massiver, und doch hielt sie sie mit ihrer Selbstsicherheit am Fleck. Damit und durch die Anwesenheit von Aiel auf der Straße. Sie waren nicht so töricht, unter solchen Umständen einer vermeintlichen Aielfrau gegenüber grob zu werden. »Wenn Ihr einen Mann für seine Behauptungen zur Rechenschaft ziehen wollt, dann stellt ihm Euch ehrenhaft einer nach dem anderen. Dies ist keine Schlacht. Ihr beschämt Euch, wenn Ihr zu viert einen einzelnen angreift.«

Sie sahen sie an, als wäre sie verrückt, und sie errötete allmählich. Sie hoffte, sie hielten dies für Verärgerung. Nicht: Wie könnt Ihr es wagen, jemand Schwächeren anzugreifen, sondern: Wie könnt Ihr es wagen, ihn Euch nicht einer nach dem anderen vorzunehmen? Sie hatte sie gerade zurechtgewiesen, als folgten sie *Ji'e'toh*. Und natürlich hätte keine Notwendigkeit bestanden, sie zurechtzuweisen, wenn dem so wäre.

Einer der Männer neigte den Kopf in einer halbherzigen Verbeugung. Seine Nase war nicht nur gekrümmt, sondern ihr fehlte auch die Spitze. »Hm ... er ist jetzt fort ... hm ... Können wir auch gehen, Herrin?«

Es stimmte. Der hagere Mann hatte ihre Einmischung genutzt und war verschwunden, wie sie verächtlich erkannte. Er war davongelaufen, weil er Angst hatte, gegen vier Männer anzutreten. Wie konnte er die Schande ertragen? Licht, sie tat es schon wieder.

Sie öffnete den Mund, um den Männern zu sagen, daß sie natürlich gehen könnten –, aber kein Laut drang hervor. Sie deuteten ihr Schweigen als Einverständnis oder auch als Entschuldigung und eilten davon, aber sie bemerkte es kaum. Sie war zu sehr damit beschäftigt, die Rückfront einer berittenen Gesellschaft zu betrachten, die sich ihren Weg die Straße hinauf bahnte.

Sie erkannte die ungefähr ein Dutzend mit grünen Mänteln bekleideten Soldaten nicht, die sich ihren Weg durch die Menge erzwangen, aber mit ihrer Eskorte verhielt es sich anders. Sie konnte nur die Rücken der Frauen sehen – fünf oder sechs, glaubte sie, zwischen den Soldaten –, sogar nur Teile ihrer Rücken, aber das war mehr als genug. Viel mehr. Die Frauen trugen leichte Staubmäntel, helles Leinen mit Braunschattierungen, und Egwene merkte, daß sie unmittelbar auf eine anscheinend rein weiße, auf den Rücken eines dieser Mäntel gestickte Scheibe starrte. Diese Stickerei zeigte die Weiße Flamme von Tar Valon von der Grenze, die die Weiße Ajah kennzeichnete. Sie erhaschte einen Blick auf Grün, auf Rot. Auf Rot! Fünf oder sechs Aes Sedai, die auf den Königlichen Palast zuritten, wo auf einem Stufenturm eine Nachahmung des Drachenbanners neben einer von Rands karmesinroten Flaggen mit dem uralten Aes-Sedai-Symbol im schwachen Wind flatterte. Einige nannten *dies* das Drachenbanner und andere Al'Thors Banner oder auch das Aielbanner oder wiesen ihm noch ein Dutzend weitere Namen zu.

Sie folgte ihnen in ungefähr zwanzig Schritt Entfernung, indem sie sich durch die Menge schlängelte, und blieb dann stehen. Eine Rote Schwester – zumindest eine Rote, die sie gesehen hatte – mußte bedeuten, daß dies die lange erwarteten Abgesandten der Burg waren, diejenigen, die Rand, laut Elaidas Brief, nach Tar Valon begleiten würden. Es waren mehr als zwei Monate vergangen, seit dieser Brief von einem Eilboten gebracht worden war. Diese Gesellschaft mußte bald danach aufgebrochen sein.

Sie würden Rand nicht finden – nicht bis er unbemerkt hineingeschlüpft war. Sie hatte entschieden, daß er irgendwie die Begabung, die man das Schnelle Reisen nannte, wiederentdeckt haben mußte, wenn sie sich auch nicht erklären konnte, wie es vonstatten ging –, aber unabhängig davon, ob sie Rand fanden oder nicht, durften sie Egwene nicht finden. Das Beste, was sie erwarten konnte, war, wie eine Aufgenommene kurzerhand und ohne eine vereidigte Schwester, die sie überwachen würde, aus der Burg geworfen zu werden, und das war nur zu erwarten, wenn Elaida wirklich nicht sie suchte. Aber selbst dann würden sie sie nach Tar Valon zurückbefördern – mit Elaida. Sie hegte keine

Illusionen darüber, sich fünf oder sechs Aes Sedai widersetzen zu können.

Mit einem letzten Blick auf die Aes Sedai raffte sie ihre Röcke und rannte los, schoß zwischen den Menschen hindurch, stieß manchmal gegen sie und duckte sich unter den Köpfen von Pferdegespannen von Wagen oder Kutschen hindurch. Verärgertes Geschrei folgte ihr. Als sie schließlich eines der hohen, eckigen Stadttore passierte, peitschte der heiße Wind ihr Gesicht. Von Gebäuden ungehindert, brachte er Staubwogen mit sich, die sie husten ließen, aber sie lief weiter, den ganzen Weg zu den niedrigen Zelten der Weisen Frauen zurück.

Zu ihrer Überraschung stand vor Amys Zelt eine graue Stute, deren Sattel und Zaumzeug goldverziert waren und die von einem *Gai'shain* beaufsichtigt wurde, der den Blick senkte, wenn er das lebhafte Tier berührte. Sie betrat das Zelt in geduckter Haltung und fand die Reiterin, Berelain, mit Amys, Bair und Sorilea Tee trinkend vor, die es sich auf hellen, mit Quasten versehenen Kissen bequem gemacht hatten. Eine weiß gewandete Frau, Rodera, kniete auf einer Seite und wartete demütig darauf, die Tassen erneut zu füllen.

»Aes Sedai sind in der Stadt«, sagte Egwene, sobald sie das Zelt betreten hatte. »Sie reiten auf den Sonnenpalast zu. Es muß Elaidas Abordnung für Rand sein.«

Berelain erhob sich ohne Hast. Egwene mußte, wenn auch widerwillig, zugeben, daß die Frau Anmut besaß. Ihre Reitkleidung war schicklich geschnitten, denn auch sie war nicht so töricht, in ihrer üblichen Kleidung in der Sonne zu reiten. Die anderen erhoben sich mit ihr. »Ich sollte wohl zum Palast zurückkehren«, seufzte sie. »Das Licht weiß, wie sie sich fühlen werden, wenn niemand zu ihrer Begrüßung erscheint. Amys, würdet Ihr Rhuarc benachrichtigen, daß er mich treffen soll?«

Amys nickte, aber Sorilea sagte: »Ihr solltet nicht so sehr auf Rhuarc vertrauen, Mädchen. Rand al'Thor hat Cairhien in Eure Obhut gegeben. Reicht den meisten Männern den Finger, und sie werden die ganze Hand nehmen, bevor Ihr es merkt. Reicht einem Clanhäuptling den Finger, und er wird den ganzen Arm nehmen.«

»Das stimmt«, murmelte Amys. »Rhuarc ist der Schatten meines Herzens, aber es stimmt.«

Berelain zog schmale Reithandschuhe aus ihrem Gürtel und streifte sie über. »Er erinnert mich an meinen Vater. Manchmal zu sehr.« Sie verzog einen Moment reumütig das Gesicht. »Aber er ist ein sehr guter Berater. Und er weiß, wann er gebraucht wird und wie sehr. Ich glaube, daß sogar die Aes Sedai beeindruckt sein müssen, wenn Rhuarc sie ansieht.«

Amys lachte kehlig. »Er ist beeindruckend. Ich werde ihn zu Euch schicken.« Sie küßte Berelain leicht auf die Stirn und auf beide Wangen.

Egwene sah verwundert zu. So küßte eine Mutter ihren Sohn oder ihre Tochter. Was ging *tatsächlich* zwischen Berelain und den Weisen Frauen vor? Sie konnte natürlich nicht fragen. Eine solche Frage wäre beschämend für sie und für die Weisen Frauen. Und auch für Berelain, obwohl sie es nicht wissen würde, wobei Egwene nichts dagegen hätte, Berelain zu beschämen.

Als Berelain sich zum Gehen wandte, legte Egwene eine Hand auf den Arm der Frau. »Sie müssen vorsichtig behandelt werden. Sie werden Rand nicht freundlich gesinnt sein, aber ein falsches Wort könnte sie zu offenen Feinden machen.« Das war nur zu wahr, aber es war noch nicht das, was sie sagen mußte. Sie hätte sich lieber die Zunge herausgerissen, als Berelain um einen Gefallen zu bitten.

»Ich hatte schon früher mit Aes Sedai zu tun, Egwene Sedai«, erwiderte die andere Frau trocken.

Egwene versagte es sich, tief durchzuatmen. Es mußte getan werden, aber sie würde diese Frau nicht erkennen lassen, wie schwer es ihr fiel. »Elaida ist Rand nicht wohlgesinnt, nicht mehr als ein Wiesel einem Huhn, und diese Aes Sedai sind Elaidaner. Wenn sie hier erfahren, daß Rand eine Aes Sedai zur Seite steht, könnte Elaida sehr wohl bald darauf verschwinden.« Als sie Berelains undurchdringliches Gesicht sah, mochte sie nicht mehr sagen.

Nach einem langen Moment lächelte Berelain. »Egwene Sedai, ich werde für Rand tun, was immer ich kann.« Sowohl das Lächeln als auch der Tonfall ihrer Stimme waren voller Andeutungen.

»Mädchen«, sagte Sorilea scharf, und wundersamerweise bekamen Berelains Wangen rote Flecke.

Berelain sah Egwene nicht an, als sie mit jetzt sorgsam neutral gehaltener Stimme sagte: »Ich würde es zu schätzen wissen, wenn Ihr es Rhuarc nicht erzählt.« Sie sah niemanden im besonderen an, aber sie versuchte, Egwenes Anwesenheit zu ignorieren.

»Das werden wir nicht tun«, warf Amys schnell ein, woraufhin Sorilea nur noch den Mund aufsperrte. »Das werden wir nicht tun.« Die Wiederholung war, sowohl Festigkeit als auch eine Frage beinhaltend, an Sorilea gerichtet, und schließlich nickte die älteste Weise Frau, wenn auch ein wenig widerwillig. Berelain seufzte wahrhaft erleichtert, bevor sie das Zelt verließ.

»Das Kind hat Mut«, stellte Sorilea lachend fest, sobald Berelain gegangen war. Sie lehnte sich wieder gegen die Kissen und bedeutete Egwene, sich auf dem Platz neben ihr niederzulassen. »Wir sollten den richtigen Ehemann für sie aussuchen, einen Mann, der zu ihr paßt. Sofern ein solcher unter den Feuchtländern überhaupt zu finden ist.«

Egwene wischte sich Gesicht und Hände mit einem feuchten Tuch ab, das Rodera gebracht hatte, und fragte sich währenddessen, ob diese Eröffnung ausreichte, sich ehrenhaft nach Berelain zu erkundigen. Sie nahm einen Teebecher aus dem grünen Porzellan des Meervolks entgegen und setzte sich dann in den Kreis der Weisen Frauen. Wenn eine der anderen Sorilea ansprach, genügte dies vielleicht.

»Seid Ihr sicher, daß diese Aes Sedai dem *Car'a'carn* schaden wollen?« fragte Amys statt dessen.

Egwene errötete. An Klatsch zu denken, wenn man sich um wichtige Dinge kümmern mußte. »Ja«, erwiderte sie schnell, und dann langsamer: »Zumindest ... Ich weiß nicht genau, ob sie ihm schaden wollen, und wenn, dann ohnehin nicht absichtlich.« In Elaidas Brief hatte es geheißen, daß ihm ›alle Ehre und aller Respekt‹ gebühre. Was glaubte eine ehemalige Rote Schwester wohl, wieviel ein Mann, der die Macht lenken konnte, davon verdiente? »Aber ich bezweifle nicht, daß sie vorhaben werden, ihn irgendwie dazu zu bringen, den Wünschen Elaidas zu folgen. Sie sind nicht seine Freunde.« Inwieweit waren die Aes Sedai von Salidar seine Freunde? Licht, sie mußte mit Nynaeve und Elayne sprechen. »Und es wird sie nicht kümmern, daß er der *Car'a'carn* ist.« Sorilea brummte verstimmt.

»Ihr glaubt, daß sie versuchen werden, Euch zu schaden?« fragte Bair, und Egwene nickte.

»Wenn sie entdecken, daß ich hier bin ...« Sie versuchte, ein Schaudern zu unterdrücken, indem sie ihren Minztee trank. Sie würden entweder als rechte Hand von Rand oder als unbeaufsichtigte Aufgenommene ihr Bestes tun, sie zur Burg zurückzubefördern. »Sie werden mir meine Freiheit nicht lassen, wenn sie es verhindern können. Elaida wird verhindern wollen, daß Rand irgend jemandem außer ihr zuhört.« Bair und Amys wechselten grimmige Blicke.

»Dann ist die Antwort einfach.« Sorilea klang, als sei bereits alles beschlossen. »Ihr werdet bei den Zelten bleiben, wo sie Euch nicht finden werden. Weise

Frauen meiden Aes Sedai auf jeden Fall. Wenn Ihr einige weitere Jahre bei uns bleibt, werden wir eine gute Weise Frau aus Euch machen.«

Egwene ließ fast ihren Becher fallen. »Ihr schmeichelt mir«, sagte sie vorsichtig, »aber ich werde früher oder später gehen müssen.« Sorilea wirkte nicht überzeugt. Egwene hatte in gewisser Weise gelernt, mit Amys and Bair zurechtzukommen, aber Sorilea ...

»Ich denke, nicht so bald«, belehrte Bair sie mit einem Lächeln, das den Worten den Stachel nehmen sollte. »Ihr müßt noch viel lernen.«

»Ja, und sie möchte bald wieder damit beginnen«, fügte Amys hinzu. Egwene hatte Mühe, nicht zu erröten, und Amys runzelte die Stirn. »Ihr wirkt sonderbar. Habt Ihr Euch heute morgen überanstrengt? Ich war sicher, daß Ihr Euch weitgehend erholt hattet ...«

»Das habe ich auch«, antwortete Egwene hastig. »Wirklich, das habe ich. Ich hatte schon seit Tagen keine Kopfschmerzen mehr. Es liegt an der staubigen Luft auf dem Weg hierher. Und die Stadt war beengter, als ich sie in Erinnerung hatte. Und ich war so aufgeregt – ich habe nicht richtig gefrühstückt.«

Sorilea machte Rodera ein Zeichen. »Bringt ein wenig Johannisbrot, wenn welches da ist, und Käse und alles Obst, was Ihr finden könnt.« Sie stieß Egwene in die Rippen. »Eine Frau sollte ein bißchen Fleisch auf den Rippen haben.« Und das von einer Frau, die aussah, als hätte man sie der Sonne ausgesetzt, bis der größte Teil ihrer Haut eingetrocknet war.

Egwene hatte an sich nichts gegen Essen einzuwenden – sie war heute morgen zu aufgeregt gewesen –, aber Sorilea beobachtete jeden Bissen, den sie aß, und ihr prüfender Blick machte das Schlucken ein wenig schwierig. Das und die Tatsache, daß sie darüber sprechen wollten, was mit den Aes Sedai geschehen solle. Wenn die Aes Sedai Rand feindlich gesinnt waren, würden sie beobachtet und ein Weg gefunden werden müssen, ihn zu schützen. Sogar Sorilea war angesichts der Möglichkeit, daß sie sich gegen Aes Sedai stellen müßten, etwas gereizt –, aber nicht ängstlich. Sie fühlten sich unbehaglich, weil es gegen die Gebräuche war –, aber was immer nötig war, um den *Car'a'carn* zu schützen, mußte getan werden.

Egwene befürchtete, daß Sorileas Vorschlag, bei den Zelten zu bleiben, in einen Befehl umgewandelt werden könnte. Es gäbe keine Möglichkeit, diesen zu umgehen, keine Möglichkeit, fünfzig Augen zu meiden, außer wenn sie in ihrem Zelt blieb. Wie bewerkstelligte Rand das Schnelle Reisen? Die Weisen Frauen würden tun, was immer nötig war, so lange es *Ji'e'toh* nicht berührte: Weise Frauen deuteten es hier und dort vielleicht anders, aber sie hielten so starr an ihrer Deutung fest wie jede andere Aiel. Licht, Rodera war eine Shaido, eine von Tausenden, die während der Schlacht, in der die Shaido aus der Stadt vertrieben wurden, gefangengenommen wurden, aber die Weisen Frauen behandelten sie nicht anders als alle anderen *Gai'shain*, und soweit Egwene es beurteilen konnte, benahm sich Rodera auch nicht anders. Sie würden nicht gegen *Ji'e'toh* angehen, ganz gleich wie notwendig es vielleicht wäre.

Glücklicherweise wurde dieses Thema nicht angesprochen – leider aber Egwenes Gesundheit. Die Weisen Frauen besaßen nicht die Gabe der Heilung und wußten auch nicht, wie man mit Hilfe der Macht die Gesundheit eines Menschen überprüfte. Statt dessen prüften sie sie mit ihren eigenen Methoden. Einige schienen aus der Zeit vertraut, als sie unter Nynaeve gelernt hatte, eine Weise Frau zu werden: ihr in die Augen sehen, durch eine hohle Holzröhre ihrem Herzschlag lauschen. Einige waren entschieden Aiel-Methoden. Sie berührte ihre Zehen, bis sie sich benommen fühlte und auf der Stelle auf und ab hüpfte, bis sie glaubte, ihr würden die Augen aus dem Kopf fallen.

Und sie lief um die Zelte der Weisen Frauen herum, bis Punkte vor ihren Augen flimmerten. Dann ließ sie sich von einer *Gai'shain* Wasser über den Kopf gießen und trank, soviel sie aufnehmen konnte, raffte ihre Röcke und lief noch eine Weile länger umher. Aiel hielten viel von Ausdauer. Wäre sie einen Schritt zu langsam gewesen oder wäre sie stolpernd zum Stehen gekommen, bevor Amys es ihr erlaubte, hätten sie entschieden, sie habe sich noch nicht ausreichend erholt.

Als Sorilea schließlich nickte und sagte: »Ihr seid vollkommen gesund, Mädchen«, fühlte Egwene sich schwindelig und rang nach Luft. Das hätte ein vollkommen gesunder Mensch nicht getan – dessen war sie sich sicher. Sie empfand dennoch Stolz. Sie hatte sich niemals für verweichlicht gehalten, aber sie wußte sehr wohl, daß sie, bevor sie sich den Aiel angeschlossen hatte, nach der Hälfte der Prüfung versagt hätte. *Noch ein Jahr*, dachte sie, *und ich werde genauso schnell sein wie jede andere Far Dareis Mai.*

Andererseits würde sie kaum in die Stadt zurückkehren. Sie schloß sich den Weisen Frauen in ihrem Dampfzelt an – endlich einmal ließen sie nicht sie Wasser über die heißen Steine gießen, sondern Rodera übernahm diese Aufgabe – und schwelgte in der feuchten Hitze, während sich ihre Muskeln entspannten. Und sie ging dann nur, weil Rhuarc und zwei andere Clanführer, Timolan von den Miagoma und Indirian von den Codarra, zu ihnen stießen, große, kräftige Männer mit harten, nüchternen Gesichtern. Ihre Ankunft ließ sie das Zelt eiligst verlassen und ihr Umhängetuch um sich wickeln. Sie erwartete stets Gelächter, wenn sie so reagierte, da die Aiel niemals zu verstehen schienen, warum sie dem Dampfzelt enteilte, wann immer Männer es betraten. Es hätte dem Aielhumor durchaus entsprochen, sie auszulachen, aber glücklicherweise stellten sie den richtigen Zusammenhang nicht her, worüber sie sehr froh war.

Sie nahm ihre restliche Kleidung von dem sauberen Stapel vor dem Dampfzelt und eilte dann zu ihrem Zelt zurück. Die Sonne stand schon tief, und nach einer leichten Mahlzeit war sie zum Schlafen bereit, zu müde, auch nur an *Tel'aran'rhiod* zu denken. Und auch zu müde, sich an die meisten ihrer Träume zu erinnern – das hatten die Weisen Frauen sie gelehrt –, aber diejenigen, an die sie sich erinnerte, handelten von Gawyn.

KAPITEL 2

Wie ein Gewittersturm

Als Cowinde sie in der grauen Dämmerung weckte, fühlte sich Egwene trotz ihrer Träume ausgeruht. Erfrischt und bereit zu erfahren, was sie in der Stadt lernen konnte. Ein ausgiebiges Gähnen und Strecken, dann stand sie auf, summte, während sie sich wusch und eilig anzog, und nahm sich kaum die Zeit, ihre Haare richtig zu bürsten. Sie hätte die Zelte auch ohne Frühstück verlassen, aber Sorilea sah sie, was dieser Absicht ein jähes Ende setzte. Was sich aber als günstig erwies.

»Ihr hättet das Dampfzelt nicht so überstürzt verlassen sollen«, belehrte Amys sie, während sie von Rodera eine Schale mit Getreideflocken und Dörrobst entgegennahm. Fast zwei Dutzend Weise Frauen hatten sich in Amys' Zelt zusammengefunden, und Rodera, Cowinde und ein weißgewandeter Mann namens Doilan, ein weiterer Shaido, waren bemüht, sie alle zu bedienen. »Rhuarc hatte viel über Eure Schwestern zu erzählen. Vielleicht könnt Ihr noch mehr hinzufügen.«

Egwene mußte nach Monaten der Verstellung nicht mehr glauben, daß sie die Abordnung der Burg meinte. »Ich werde Euch alles erzählen, was ich weiß. Was hat er gesagt?«

Egwene erfuhr, daß sechs Aes Sedai gekommen waren – davon zwei Rote, nicht eine, und Egwene konnte die Überheblichkeit, oder vielleicht Dummheit, nicht fassen, daß Elaida überhaupt welche mitgesandt hatte –, über die aber wenigstens eine Graue Befehlsgewalt hatte. Die Weisen Frauen, die überwiegend wie die Speichen eines Rades in einem großen Kreis lagen oder in den Zwischenräumen standen oder knieten, wandten ihre Blicke Egwene zu, sobald die Namensliste verkündet war.

»Ich fürchte, ich kenne nur zwei von ihnen«, sagte sie vorsichtig. »Es gibt immerhin zahlreiche Aes Sedai, und ich bin noch nicht ausreichend lange vereidigte Schwester, um auch viele zu kennen.« Köpfe nickten – sie erkannten das an. »Nesune Bihara ist aufrichtig gesinnt – sie hört allen Seiten zu, bevor sie eine Entscheidung trifft –, aber sie entdeckt auch den kleinsten Widerspruch in jemandes Worten. Sie sieht alles und erinnert sich an alles. Sie kann sich eine Buchseite einmal ansehen und sie Wort für Wort wiederholen, und ebenso eine Unterhaltung, die sie vor einem Jahr gehört hat. Manchmal spricht sie jedoch mit sich selbst, spricht ihre Gedanken aus, ohne es zu merken.«

»Rhuarc sagte, sie sei an der Königlichen Bibliothek interessiert.« Bair rührte in ihren Getreideflocken und beobachtete Egwene dabei. »Er sagte, er hätte sie etwas über Siegel murmeln hören.« Leichte Unruhe befiel die Frauen, die aber verging, sobald sich Sorilea geräuschvoll geräuspert hatte.

Egwene dachte nach, während sie ihr Frühstück aß, in dem sich Dörrpflaumen und süße Beeren befanden. Wenn Elaida Siuan gefoltert hatte, bevor sie hingerichtet worden war, wußte sie von den drei gebrochenen Siegeln. Rand hatte zwei davon versteckt – Egwene wünschte, sie wüßte, wo; er schien in letzter Zeit niemandem mehr zu trauen –, und Nynaeve und Elayne hatten eines in Tanchico gefunden und nach Salidar gebracht, aber davon konnte Elaida nichts wissen. Es sei denn, sie hätten vielleicht Spione in Salidar. Nein. Darüber mußte sie zu einem anderen Zeitpunkt nachdenken, jetzt war es unnütz. Elaida mußte verzweifelt auf der Suche nach den beiden anderen Siegeln sein. Es machte Sinn, daß Nesune in die nach der Weißen Burg zweitgrößte Bibliothek geschickt wurde, und das sagte Egwene den Weisen Frauen auch.

»Das habe ich bereits gestern abend gesagt«, grollte Sorilea. »Aeron, Colinda, Edarra – Ihr drei geht zur Bibliothek. Drei Weise Frauen sollten vor einer Aes Sedai finden können, was zu finden ist.« Das bewirkte drei lange Gesichter. Die Königliche Bibliothek war groß. Dennoch, Sorilea war Sorilea, und wenn die benannten Frauen auch seufzten und murrten, so stellten sie doch ihre Schalen ab und verließen sofort das Zelt. »Ihr sagtet, Ihr würdet zwei der Namen kennen«, sagte Sorilea, noch bevor sie das Zelt ganz verlassen hatten. »Nesune Bihara und wen?«

»Sarene Nemdahl«, sagte Egwene. »Ihr müßt wissen, daß ich beide nicht gut kenne. Sarene ist wie die meisten Weißen – sie durchdenkt alles logisch und scheint manchmal überrascht, wenn jemand nach dem Gefühl handelt –, doch ihr wohnt Zorn inne. Sie hält ihn meist strikt verborgen, aber wenn man zur falschen Zeit das Falsche tut, kann sie ... jemandem den Kopf abreißen, bevor er auch nur blinzeln kann. Sie hört jedoch zu, was man sagt, und gesteht auch ein, wenn sie sich geirrt hat – auch wenn sie zornig ist. Nun, irgendwann ist es dann ohnehin vergessen.«

Sie versuchte, die Weisen Frauen unbemerkt zu mustern, während sie sich einen Löffel Beeren in den Mund schob. Niemand schien ihr Zögern bemerkt zu haben. Sie hätte fast erzählt, daß Sarene jemanden die Fußböden schrubben ließ, bevor er auch nur blinzeln konnte. Sie kannte beide Frauen nur aus ihren Unterrichtsstunden als Novizin. Nesune, eine schlanke Kandori mit vogelähnlichen Augen, bemerkte sofort, wenn jemandes Aufmerksamkeit nachließ, auch wenn sie demjenigen den Rücken zuwandte. Sie hatte in mehreren Klassen unterrichtet, an denen Egwene gewesen war. Bei Sarene hatte sie nur zwei Vorlesungen über das Wesen der Wirklichkeit besucht, aber es war schwer, eine Frau zu vergessen, die vollkommen ernst verkündete, daß Schönheit und Häßlichkeit gleichermaßen Illusionen waren, während ihr Aussehen jeden Mann zweimal hinsehen ließ.

»Ich hoffe, daß Ihr Euch an noch mehr erinnern könnt«, sagte Bair und beugte sich zu ihr. »Anscheinend seid Ihr unsere einzige Verbindung.«

Das verwirrte Egwene kurzzeitig. Ja, natürlich. Bair und Amys mußten in der letzten Nacht versucht haben, in die Träume der Aes Sedai einzudringen, aber Aes Sedai schützten ihre Träume. Sie bedauerte, diese Fähigkeit nicht selbst erlernt zu haben, bevor sie die Burg verließ. »Ich werde tun, was ich kann. Wo befinden sich ihre Räume im Palast?« Wenn sie in Rands Nähe gelangen wollte, wenn er das nächste Mal kam, wäre es hilfreich, wenn sie auf ihrer Suche nicht an ihren Zimmern vorbeistolperte. Besonders nicht an Nesunes Zimmer. Sarene erinnerte sich vielleicht nicht an eine einzelne Novizin, aber Nesune würde dies höchstwahrscheinlich tun. Außerdem könnte sich vielleicht auch eine der Aes Sedai an sie erinnern, die sie nicht kannte. Es war viel über Egwene al'Vere gesprochen worden, während sie sich in der Burg befand.

»Sie lehnen Berelains Angebot des Schattens auch nur für eine Nacht ab.« Amys runzelte die Stirn. Unter den Aiel wurde ein Angebot der Gastfreundschaft stets angenommen. Es abzulehnen, galt auch unter Blutfeinden als Schande. »Sie wohnen bei einer Frau namens Arilyn, eine Adlige unter den Baummördern. Rhuarc glaubt, daß Coiren Saeldain diese Arilyn schon vorher gekannt hat.«

»Eine von Coirens Spioninnen«, sagte Egwene mit Bestimmtheit. »Oder eine der Spioninnen der Grauen Ajah.«

Mehrere Weise Frauen murrten zornig. Sorilea schnaubte angewidert, und Amys seufzte tief enttäuscht. Andere beurteilten die Angelegenheit anders.

Corelna, ein grünäugiger Falke von einer Frau mit stark ergrautem flachsfarbenen Haar, schüttelte zweifelnd den Kopf, während Tialin, eine hagere Rothaarige mit scharfgeschnittener Nase, Egwene ungläubig ansah.

Spionage entweihte *Ji'e'toh*, obwohl Egwene noch nicht herausgefunden hatte, wie sich das mit dem Eindringen der Traumgänger in die Träume anderer Menschen vertrug. Es hatte keinen Sinn, darauf hinzuweisen, daß die Aes Sedai *Ji'e'toh* nicht folgten. Sie wußten es. Es war für sie nur schwer zu verstehen, weder bei Aes Sedai noch bei jemand anderem.

Was immer sie dachten – sie hätte alles darauf verwettet, daß sie recht hatte. Galldrian, der letzte König von Cairhien, hatte eine Aes-Sedai-Beraterin gehabt, bevor er ermordet wurde. Niande Moorwyn war, auch bevor sie nach Galldrians Tod verschwand, vollkommen unsichtbar gewesen, aber Egwene hatte unter anderem erfahren, daß sie die Ländereien der Lady Arilyn gelegentlich besucht hatte. Niande war eine Graue gewesen.

»Sie haben anscheinend einhundert Wächter unter diesem Dach versammelt«, sagte Bair nach einer Weile. Ihre Stimme wurde sehr sanft. »Es heißt, die Stadt sei noch unsicher, aber ich glaube, sie fürchten die Aiel.« Auf einigen Gesichtern war ein beunruhigend neugieriger Ausdruck zu erkennen.

»Einhundert!« rief Egwene aus. »Sie haben einhundert Männer hergebracht?«

Amys schüttelte den Kopf. »Über fünfhundert. Timolans Späher haben die meisten davon weniger als einen halben Tag nördlich der Stadt lagern sehen. Rhuarc sprach davon, und Coiren Saeldain sagte, die Männer seien eine Ehrengarde, aber sie hätten den größten Teil außerhalb der Stadt gelassen, um uns nicht zu *beunruhigen*.«

»Sie glauben, daß sie den *Car'a'carn* nach Tar Valon

begleiten werden.« Sorileas Stimme hätte Steine sprengen können, aber ihr Gesichtsausdruck ließ ihren Tonfall dennoch sanft erscheinen. Egwene hatte den Inhalt von Elaidas Brief an Rand nicht zurückgehalten. Er gefiel den Weisen Frauen jedes Mal weniger, wenn sie davon hörten.

»Rand ist nicht töricht genug, dieses Angebot anzunehmen«, sagte Egwene, aber sie glaubte es nicht wirklich. Fünfhundert Männer konnten eine Ehrengarde sein. Elaida dachte vielleicht wirklich, der Wiedergeborene Drache würde etwas in der Art erwarten und vielleicht sogar geschmeichelt sein. Eine Reihe von Vorschlägen kam ihr in den Sinn, aber sie mußte vorsichtig sein. Ein falsches Wort konnte Amys und Bair dazu bringen – oder noch schlimmer, Sorilea –, ihr Befehle zu erteilen, denen sie nicht gehorchen konnte, so daß sie dennoch tun mußte, was nur sie tun konnte. Oder zumindest tun würde. »Ich nehme an, die Häuptlinge halten ein Auge auf die Soldaten außerhalb der Stadt?« Einen halben Tag nördlich – noch wahrscheinlicher einen ganzen Tag, da sie keine Aiel waren – war zu weit entfernt, als daß sie gefährlich wären, aber ein wenig Vorsicht konnte niemals schaden. Amys nickte. Sorilea sah Egwene an, als hätte sie gefragt, ob mittags die Sonne am Himmel stünde. Egwene räusperte sich. »Ja.« Es war wenig wahrscheinlich, daß die Häuptlinge solche Fehler begingen. »Nun. Ich schlage Folgendes vor: Wenn jemand von diesen Aes Sedai zum Palast geht, sollte eine von Euch, die die Macht lenken kann, hinterhergehen und sich versichern, daß sie keine Fallen zurücklassen.« Sie nickten. Zwei Drittel der Frauen dort konnten *Saidar* führen, einige nicht viel besser als Sorilea, aber andere gleich gut wie Amys, die genauso stark war wie jede Aes Sedai, der Egwene jemals begegnet war. Die Weisen Frauen waren einander insgesamt vergleichbar. Ihre Fähigkeiten unterschieden sich von denen der Aes Sedai – auf einigen Gebieten weniger, auf anderen mehr –, und doch sollten sie in der Lage sein, jede unwillkommene Gabe zu entdecken. »Und wir müssen uns versichern, daß es nur sechs sind.«

Sie mußte es ihr erklären. Sie hatten Feuchtländerbücher gelesen, aber selbst jene, die die Macht lenken konnten, kannten die um Aes Sedai, die mit Menschen umgingen, die das *Saidin* gefunden hatten, entstandenen Rituale nicht wirklich. Unter den Aiel glaubte ein Mensch, der erfahren hatte, daß er die Macht lenken konnte, daß er auserwählt sei, und ging nach Norden in die Große Fäule, um den Dunklen König zu jagen. Niemand kehrte jemals zurück. Egwene hatte die Rituale auch nicht gekannt, bis sie zur Burg ging. Die Geschichten, die sie vorher gehört hatte, wiesen selten Ähnlichkeit mit der Wahrheit auf.

»Rand kann mit zwei Frauen zugleich fertig werden«, endete sie. Das war für sie eine Tatsache. »Er könnte vielleicht sogar mit sechs fertig werden, aber wenn sie mehr sind, als sie uns glauben machen, ist das ein Beweis dafür, daß sie gelogen haben – oder zumindest etwas ausgelassen haben.« Sie zuckte fast zusammen, als die Weisen Frauen die Stirn runzelten. Wenn man log, lud man demjenigen *Toh* auf. Aber in ihrem Fall war es notwendig. Es *war* notwendig.

Während des restlichen Frühstücks entschieden die Weisen Frauen, wer heute durch den Palast wandern würde, und welchen Häuptlingen man bei der Auswahl der Männer und Töchter des Speers trauen konnte, die nach weiteren Aes Sedai Ausschau halten sollten. Einigen würde es ohnehin widerstreben, sich gegen die Aes Sedai zu stellen. Die Weisen Frauen sagten es nicht geradeheraus, aber es wurde aus dem, was sie – oft ungehalten – äußerten, nur zu deutlich. Andere dachten vielleicht, daß man jeder Bedrohung des *Car'a'carn*, auch der durch die Aes Sedai, am besten mit dem Speer begegnen sollte. Auch einige der Weisen

Frauen schienen sich dieser Lösung anzunähern. Sorilea erwiderte auf mehr als einen fragwürdigen Vorschlag eilig, diese Sorge würde aus der Welt geschafft, wenn die Aes Sedai einfach nicht mehr da wären. Letztendlich stimmten Rhuarc und Mandelain von Daryne dem als einzige zu.

»Versichert Euch, daß sie keine *Siswai'aman* erwählen«, sagte Egwene, denn sie würden sicherlich beim kleinsten Hinweis auf eine Bedrohung zum Speer greifen. Diese Bemerkung brachte ihr viele erstaunte Blicke aller Schattierungen ein. Die Weisen Frauen waren keine Närrinnen. Eines beunruhigte Egwene. Keine der Weisen Frauen erwähnte, was sie fast immer zu hören bekam, wenn über Aes Sedai gesprochen wurde: daß die Aiel die Aes Sedai einst im Stich gelassen hatten und vernichtet würden, wenn sie es erneut wagten.

Bis auf diese eine Bemerkung hielt sich Egwene aus der Debatte heraus und beschäftigte sich statt dessen mit einer zweiten Schale Getreideflocken mit Dörrobst, was ihr ein anerkennendes Nicken von Sorilea einbrachte. Aber es ging ihr nicht um Sorileas Anerkennung. Sie hatte wirklich Hunger, aber hauptsächlich hoffte sie auch, daß sie ihre Anwesenheit vergessen würden. Es schien zu funktionieren.

Als das Frühstück und die Beratung vorüber waren, schlenderte sie zu ihrem Zelt, hockte sich dann unmittelbar hinter dem Zelteingang hin und beobachtete, wie eine kleine Gruppe Weise Frauen, angeführt von Amys, auf die Stadt zustrebte. Als sie durch das nächstgelegene Tor verschwanden, verließ sie ihr Zelt wieder. Überall waren Aiel und *Gai'shain*, aber die anderen Weisen Frauen befanden sich alle in ihren Zelten, und niemand beachtete sie, als sie gemessenen Schritts auf die Stadtmauer zuging. Wenn jemand sie bemerkte, würde er wohl denken, sie sei auf dem Weg zu ihren morgendlichen Übungen. Der Wind frischte auf und blies Staub und Asche vom Vortor heran, aber sie behielt ihren stetigen Schritt bei.

In der Stadt wußte die schlanke Frau, die von einem Wagen herab zu Wucherpreisen verschrumpelte Äpfel verkaufte und die sie als erste fragte, nicht, wo sich der Palast der Lady Arilyn befand, und auch eine rundliche Näherin nicht, die mit großen Augen auf eine Aielfrau zuging, die ihren Laden betreten hatte, noch eine magere Scherenschleiferin, die geglaubt hatte, Egwene sei an ihren Messern interessiert. Schließlich gab ihr eine schmaläugige Silberschmiedin, die sie die ganze Zeit über, die Egwene in ihrem Laden verbrachte, genau beobachtet hatte, die gewünschte Auskunft. Egwene bahnte sich kopfschüttelnd ihren Weg durch die Menge. Manchmal vergaß sie, wie groß eine Stadt wie Cairhien wirklich war, so daß nicht jedermann wußte, wo sich der Palast befand.

Egwene verlief sich dreimal und mußte noch zweimal nach dem Weg fragen, bevor sie sich an die Seitenwand eines Mietstalls drängte und um die Ecke auf der anderen Straßenseite eine gedrungene Anhäufung dunkler Steinquadern mit sehr schmalen Fenstern, winkelförmigen Balkonen und Stufentürmen erspähte. Das Gebäude war klein für einen Palast, wenn auch groß für ein Haus. Arilyn war irgendwo unmittelbar oberhalb des mittleren Adels Cairhiens anzusiedeln, wenn sich Egwene recht erinnerte. Soldaten in grünen Mänteln und mit Brustharnischen und Helmen standen auf der breiten Vordertreppe, an jedem für sie einsehbaren Tor und sogar auf den Balkonen Wache. Seltsamerweise schienen sie alle noch jung zu sein. Aber das war für sie weniger interessant. In diesem Gebäude lenkten Frauen die Macht, und da sie es sogar hier unten auf der Straße so massiv spüren konnte, handelte es sich nicht nur um geringe Mengen *Saidar*. Plötzlich wurde es weniger, aber es war noch immer erheblich.

Sie kaute auf den Lippen. Sie wußte nicht, was sie

taten. Sie mußte erst die Stränge sehen, aber aus dem gleichen Grund mußten auch sie die Stränge sehen, um sie zu verweben. Selbst wenn sie an einem Fenster standen, mußten alle Stränge, die aus dem Palast gelenkt wurden und die sie nicht sehen konnte, nach Süden gerichtet mit sein, weit vom Sonnenpalast entfernt, weit von allem entfernt. Was taten sie?

Ein Toreingang schwang ausreichend lange auf, um einen Sechsspänner durchzulassen, eine geschlossene schwarze Kutsche mit einem auf die Tür gemalten Siegel – zwei Silbersterne auf einem rot-grün gestreiften Feld. Die Kutsche bahnte sich einen Weg nordwärts durch die Menge, wobei der livrierte Kutscher seine lange Peitsche schwang, damit die Leute beiseite traten und um die Pferde anzutreiben. Fuhr die Lady Arilyn oder jemand von der Abordnung irgendwohin?

Nun, sie war nicht nur zum Schauen hierhergekommen. Sie wich zurück, so daß sie nur noch mit einem Auge um die Ecke spähte und gerade noch das Haus sehen konnte, dann zog sie einen kleinen roten Stein aus ihrer Gürteltasche, atmete tief durch und begann die Macht zu lenken. Wenn eine von ihnen auf dieser Seite aus dem Palast schaute, könnte sie die Stränge sehen, aber nicht Egwene. Sie mußte es riskieren.

Der glatte Stein war genau das: ein in einem Fluß glattgeschliffener Stein, aber Egwene hatte diesen Trick von Moiraine erlernt. Moiraine hatte den Stein für die Konzentration der Macht benutzt – zufällig ein Edelstein, aber das war nicht wichtig –, also tat Egwene es auch. Sie verwob Luft mit einem Hauch von Feuer, ein sehr leichtes Gewebe. So konnte man heimlich lauschen. Spionieren, würden es die Weisen Frauen nennen. Egwene war es gleichgültig, wie es genannt wurde, solange sie etwas über die Absichten der Aes Sedai erfuhr.

Ihr Gewebe berührte ein Fenster und öffnete es vorsichtig, ganz leise, dann ein weiteres und noch eines. Schweigen. Dann ...

»... also sage ich zu ihm«, sprach die Stimme einer Frau ihr ins Ohr, »... wenn Ihr diese Betten gemacht haben wollt, solltet Ihr besser aufhören, mich am Kinn zu kitzeln, Alwin Rael.«

Eine andere Frau kicherte. »Oh, das hast du niemals gesagt.«

Egwene grinste. Dienstmädchen.

Eine beleibte Frau, die mit einem Brotkorb auf der Schulter vorbeiging, sah Egwene verwirrt an. Das war durchaus verständlich, da sie die Stimmen zweier Frauen hörte, obwohl nur Egwene dort stand und die Lippen nicht bewegte. Sie starrte die Frau so zornig an, daß diese aufschrie und fast ihren Korb fallen gelassen hätte, als sie davonstürzte.

Widerwillig verringerte Egwene die Intensität ihres Gewebes. Jetzt würde sie vielleicht nicht mehr so gut hören können, aber das war immer noch besser, als Gaffer anzuziehen. Sie wurde auch so schon von genügend vielen Menschen angestarrt – eine Aielfrau, die sich an eine Mauer preßte –, obwohl niemand lange zögerte, bevor er weiterging. Niemand wollte Schwierigkeiten mit Aiel haben. Egwene vertrieb sie aus ihren Gedanken. Sie bewegte das Gewebe von einem Fenster zum anderen, wobei sie heftig schwitzte, und das nicht nur aufgrund der bereits zunehmenden Hitze. Wenn nur eine Aes Sedai ihre Stränge bemerkte, selbst wenn sie nicht wußte, was sie waren, würde sie doch wissen, daß jemand die Macht auf sie lenkte. Sie würden den Zweck erraten. Egwene wich weiter zurück, so daß sie nur noch mit einem halben Auge zum Palast spähen konnte.

Schweigen. Schweigen. Ein Rascheln. Bewegte sich etwas? Leichte Schuhe auf einem Teppich? Aber keine Worte. Schweigen. Ein Mann murmelte, entleerte offensichtlich äußerst widerwillig Nachtgeschirre. Sie eilte mit brennenden Ohren weiter. Schweigen. Schweigen. Schweigen.

»... glaubt Ihr wirklich, daß es nötig ist?« Selbst im Flüsterton, wie es schien, klang die Stimme der Frau kräftig und selbstbewußt.

»Wir müssen auf alle Möglichkeiten vorbereitet sein, Coiren«, erwiderte eine andere Frau mit einer Stimme wie ein Reibeisen. »Ich habe ein bemerkenswertes Gerücht gehört...« Eine Tür wurde fest geschlossen und der Rest des Satzes abgeschnitten.

Egwene sank gegen die Steinwand des Stalles. Sie hätte vor Enttäuschung schreien mögen. Die diensthabende Graue Schwester und auch die andere mußten Sedai sein, sonst hätte sie niemals so mit Coiren, einer der Aes Sedai, gesprochen. Von keiner anderen hätte sie besser erfahren können, was sie hören wollte. Sie mußten also fortgehen. Welches bemerkenswerte Gerücht? Welche Möglichkeiten? Wie wollten sie sich vorbereiten? Das Lenken der Macht innerhalb des Palastes änderte sich erneut, nahm zu. Was taten sie? Egwene atmete tief ein und lauschte beharrlich.

Als die Sonne höher stieg, hörte sie eine große Anzahl kaum erkennbarer Geräusche und eine Menge Dienergeschwätz. Jemand namens Ceri würde ein weiteres Baby bekommen, und die Aes Sedai sollten zum Mittagessen Wein aus Arindrim bekommen, wo immer das lag. Die interessanteste Neuigkeit war jedoch, daß tatsächlich Arilyn mit jener Kutsche davongefahren war, um auf dem Land ihren Mann zu treffen. Das nützte jedoch nicht viel. Ein ganzer Vormittag war verschwendet.

Die Vordertüren des Palastes schwangen weit auf, und livrierte Diener verbeugten sich. Die Soldaten standen nicht stramm, aber sie wirkten jetzt aufmerksamer. Nesune Bihara kam heraus, gefolgt von einem großen jungen Mann, der aus einem Felsblock gehauen zu sein schien.

Egwene ließ ihr Gewebe hastig fahren, ließ *Saidar* fahren und atmete zur Beruhigung tief durch. Jetzt sollte sie nicht den Kopf verlieren. Nesune und ihr Wächter berieten sich. Dann spähte die dunkelhaarige Braune Schwester die Straße hinab, zuerst in eine Richtung, dann in die andere. Sie suchte anscheinend etwas.

Egwene entschied, daß sie jetzt vielleicht doch in Schrecken geraten sollte. Sie zog sich langsam zurück, um Nesunes scharfen Blick nicht auf sich zu ziehen, wandte sich hastig um, sobald sie außer Sicht dieser Frau war, raffte ihre Röcke, lief los und bahnte sich gewaltsam einen Weg durch die Menge. Sie lief drei Schritte. Dann stieß sie gegen eine Steinmauer, prallte ab und setzte sich so hart auf die Straße, daß sie auf den heißen Pflastersteinen erneut abprallte.

Sie schaute benommen hoch, wobei sie ihr Herzschlag noch benommener machte. Die Steinmauer war Gawyn, der auf sie hinabblickte und genauso benommen wirkte wie sie. Seine Augen waren strahlend blau. Und diese rotgoldenen Locken. Sie wollte sie erneut um ihre Finger wickeln. Sie spürte, wie sie zutiefst errötete. *Du hast es niemals getan*, dachte sie fest. *Es war nur ein Traum!*

»Habe ich Euch verletzt?« Besorgt kniete er sich neben sie. Sie mühte sich hoch und klopfte sich eilig ab. Hätte sie in diesem Moment einen Wunsch frei gehabt, hätte sie sich gewünscht, niemals wieder zu erröten. Sie hatten bereits einen Kreis Zuschauer angezogen. Sie schob einen Arm in seinen und zog ihn die Straße hinab in die Richtung, aus der sie gekommen war. Ein Blick über die Schulter zeigte ihr nur die ständig in Bewegung befindliche Menge. Selbst wenn Nesune genau zu jener Ecke käme, sähe sie auch nicht mehr. Dennoch verlangsamte Egwene ihren Schritt nicht. Die Menge machte einer Aielfrau und einem Mann, der groß genug für einen Aiel war, auch wenn er ein Schwert trug, Platz. Die Art, wie er sich bewegte, zeigte, daß er mit dem Schwert umgehen konnte. Er verhielt sich wie ein Behüter.

Nach einem Dutzend weiteren Schritten löste sie ihren Arm widerwillig aus seinem. Er ergriff jedoch ihre Hand, bevor sie ihm entglitt, und sie ließ sie ihm, während sie weitergingen. »Vermutlich sollte ich darüber hinwegsehen«, sann er nach einer Weile, »daß Ihr wie eine Aiel gekleidet seid. Zuletzt hörte ich, Ihr wärt in Illian. Und vermutlich sollte ich auch keinerlei Bemerkung zu Eurem Davonlaufen vom Palast machen, wo sich sechs Aes Sedai aufhalten. Ein seltsames Verhalten für eine Aufgenommene.«

»Ich war niemals in Illian«, sagte sie und blickte sich hastig um, ob Aiel nahe genug waren, es gehört zu haben. Mehrere schauten in ihre Richtung, aber keine waren in Hörweite. Plötzlich erkannte sie, was er gesagt hatte. Sie ergriff seinen grünen Mantel, der dieselbe Schattierung aufwies wie die Mäntel der Soldaten. »Ihr gehört zu ihnen. Zu den Aes Sedai der Burg.« Licht, sie war eine Närrin, das nicht erkannt zu haben, sobald sie ihn gesehen hatte.

Sein Gesicht nahm einen weicheren Ausdruck an. Es hatte einen Moment sehr hart gewirkt. »Ich befehlige die Ehrengarde, die die Aes Sedai mitgebracht haben, um den Wiedergeborenen Drachen nach Tar Valon zu begleiten.« Seine Stimme war eine merkwürdige Mischung aus Verärgerung und Erschöpfung. »Wenn er letztendlich aufbrechen will. Und wenn er überhaupt hier wäre. Ich habe gehört, daß er ... auftaucht und verschwindet. Coiren ist beunruhigt.«

Egwene klopfte das Herz in der Kehle. »Ich ... ich muß Euch um einen Gefallen bitten, Gawyn.«

»Alle außer einem: Ich werde Elayne oder Andor nicht schaden, und ich werde kein Drachenverschworener. Aber davon abgesehen tue ich alles in meiner Macht Stehende für Euch.«

Köpfe wurden ihnen zugewandt. Jede Erwähnung Drachenverschworener erweckte Aufmerksamkeit. Vier Männer mit harten Gesichtern und über ihre Schultern geschlungenen Kutscherpeitschen sahen Gawyn an und ließen ihre Knöchel knacken, wie manche Männer es vor einem Kampf tun. Gawyn betrachtete sie nur. Sie waren nicht klein, aber ihre Angriffslust verging ihnen unter seinem Blick. Zwei neigten sogar die Stirn vor ihm, bevor sie alle vier in den Strom der Menge eintauchten. Aber es beobachteten sie noch zu viele Menschen, und zu viele versuchten den Anschein zu erwecken, nicht zuzuhören. Sie zog in ihrer Kleidung bereits Blicke auf sich, ohne ein Wort zu äußern, noch dazu in Begleitung eines Mannes mit rotgoldenem Haar, der sehr groß war und wie ein Behüter aussah – diese Verknüpfung konnte nur Aufmerksamkeit erregen.

»Ich muß unter vier Augen mit Euch sprechen«, sagte sie. *Wenn sich irgendeine Frau mit Gawyn verbunden hat, werde ich ...* Seltsamerweise hegte sie diesen Gedanken ohne jeglichen Zorn.

Er führte sie wortlos zu einem nahegelegenen Gasthaus, dem *Großen Mann*, wo eine der rundlichen Gastwirtin zugeschobene Goldkrone eine fast ehrfurchtsvolle Verbeugung bewirkte und ihnen sofort ein abgeschiedenes Speisezimmer zugewiesen wurde, das dunkel getäfelt war und schwere Tische und Stühle sowie Trockenblumen in einer blauen Vase auf dem Kamin aufwies. Gawyn schloß die Tür, und sie wurden plötzlich verlegen, als sie einander allein gegenüberstanden. Licht, er sah prachtvoll aus, bestimmt genauso prachtvoll wie Galad, und wie sich sein Haar um die Ohren wellte ...

Gawyn räusperte sich. »Die Hitze scheint jeden Tag schlimmer zu werden.« Er zog ein Taschentuch hervor, wischte sich damit über die Stirn und bot es dann ihr an. Als er jäh erkannte, daß es nun bereits benutzt war, räusperte er sich erneut. »Ich glaube, ich habe noch eines.«

Während er seine Taschen durchsuchte, zog sie ihr eigenes Taschentuch hervor. »Gawyn, wie könnt Ihr Elaida dienen nach dem, was sie getan hat?«

»Die Jünglinge dienen der Burg«, erwiderte er steif, aber er wandte unbehaglich den Kopf. »Wir tun dies solange ... Siuan Sanche ...« Sein Blick wurde kurzzeitig eiskalt. Nur einen Moment. »Egwene, meine Mutter pflegte stets zu sagen: ›Auch eine Königin muß dem Gesetz gehorchen, das sie erläßt, sonst gibt es kein Recht.‹« Er schüttelte verärgert den Kopf. »Ich sollte nicht überrascht sein, Euch hier vorzufinden. Ich hätte wissen müssen, daß Ihr dort sein würdet, wo sich al'Thor aufhält.«

»Warum haßt Ihr ihn?« Es *war* Haß in seiner Stimme zu hören, oder sie hatte noch niemals Haß gehört. »Gawyn, er ist wirklich der Wiedergeborene Drache. Ihr müßt doch erfahren haben, was in Tear geschehen ist ...«

»Es kümmert mich nicht, ob er der fleischgewordene Schöpfer ist«, grollte er. »Al'Thor hat meine Mutter getötet.«

Egwene fielen fast die Augen aus dem Kopf. »Gawyn, nein! Nein, das hat er nicht getan!«

»Könnt Ihr darauf schwören? Wart Ihr dort, als sie starb? Jedermann sagt es. Der Wiedergeborene Drache hat Caemlyn eingenommen und Morgase getötet. Wahrscheinlich hat er auch Elayne getötet. Ich kann nichts über sie in Erfahrung bringen.« Aller Zorn wich aus ihm. Er sackte zusammen, wo er stand, sein Kopf sank nach vorn, seine Fäuste waren geballt und die Augen geschlossen. »Ich kann nichts herausfinden«, flüsterte er.

»Elayne ist unbeschadet«, sagte Egwene, überrascht, daß sie plötzlich unmittelbar vor ihm stand. Sie hob die Hände und überraschte sich erneut, indem sie ihre Finger in seinem Haar verschränkte und seinen Kopf anhob. Es fühlte sich genauso an, wie sie es in Erinnerung hatte. Sie riß die Hände zurück, als hätte sie sich verbrannt. Sie merkte, wie ihr Gesicht feuerrot wurde, aber ... Auch Gawyns Wangen hatten sich gerötet. Natürlich. Er erinnerte sich auch, wenn auch nur an seinen eigenen Traum. Das hätte sie erst recht zum Erröten bringen sollen, bewirkte aber seltsamerweise das Gegenteil. Gawyns Erröten beruhigte ihre Nerven und hätte sie beinahe sogar lächeln lassen. »Elayne ist in Sicherheit, Gawyn. Darauf *kann* ich schwören.«

»Wo ist sie?« Seine Stimme klang gequält. »Wo war sie? Ihr Platz ist jetzt in Caemlyn. Nun, nicht in Caemlyn – nicht solange al'Thor dort sein könnte –, aber in Andor. Wo ist sie, Egwene?«

»Ich ... kann es Euch nicht sagen. Ich kann es nicht, Gawyn.«

Er betrachtete sie mit ausdruckslosem Gesicht und seufzte dann. »Jedes Mal, wenn ich Euch begegne, seid Ihr einer Aes Sedai ähnlicher.« Sein Lachen klang gezwungen. »Wißt Ihr, daß ich immer glaubte, Euer Behüter zu werden? Wie töricht war dieser Gedanke.«

»Ihr werdet mein Behüter sein.« Sie hatte nicht erwartet, das zu sagen, bis es heraus war, aber dann erkannte sie es als die Wahrheit. Jener Traum. Gawyn, der vor ihr kniete, während sie seinen Kopf hielt. Es hätte hundert verschiedene Dinge oder nichts bedeuten können, aber sie wußte es.

Er grinste sie an. Der Tor glaubte, sie mache Scherze! »Sicherlich nicht ich. Vielleicht Galad. Obwohl Ihr andere Aes Sedai gewaltsam vertreiben müßtet. Aes Sedai, Dienerinnen, Königinnen, Zimmermädchen, Kauffrauen, Bäuerinnen ... Ich habe sie ihn alle anblicken sehen. Es sollte Euch nicht beunruhigen, daß Ihr nicht glaubt ...«

Die einfachste Art, diesem Unsinn Einhalt zu gebieten, war, ihm eine Hand auf den Mund zu legen. »Ich liebe Galad nicht. Ich liebe dich.«

Gawyn versuchte es noch immer als Scherz zu betrachten und lächelte unter ihren Fingern. »Ich kann kein Behüter sein. Ich werde Elaynes Erster Prinz des Schwertes sein.«

»Wenn die Königin von Andor eine Aes Sedai sein kann, kann ein Prinz auch ein Behüter sein. Und du wirst mein Behüter. Präge dir das in deinen dicken Schädel ein. Ich meine es ernst. Und ich liebe dich.« Er sah sie an. Zumindest lächelte er nicht mehr. Aber er sagte nichts, sondern schaute nur. Sie nahm ihre Hand fort. »Nun? Willst du nichts sagen?«

»Wenn man sich so lange wünscht, etwas Bestimmtes zu hören«, antwortete er bedächtig, »und man es dann plötzlich und ohne Vorwarnung tatsächlich hört, ist es wie ein Blitzschlag und Regen auf ausgetrockneten Boden. Man ist wie betäubt und glaubt seinen Ohren nicht trauen zu können.«

»Ich liebe dich, ich liebe dich, ich liebe dich«, belehrte sie ihn lächelnd. »Nun?«

Er hob sie als Antwort hoch und küßte sie. Es war genauso schön wie in den Träumen. Es war sogar noch schöner. Es war ... Als er sie schließlich absetzte, klammerte sie sich an seine Arme. Ihre Beine schienen sie nicht mehr richtig zu tragen. »Meine Lady Aiel Egwene Aes Sedai«, sagte er, »ich liebe Euch auch und kann es kaum erwarten, daß Ihr Euch mit mir verbindet.« Dann ließ er von der spöttischen Förmlichkeit ab und fügte sanfter hinzu: »Ich liebe dich, Egwene al'Vere. Du sagtest, du wolltest mich um einen Gefallen bitten. Worum geht es? Um den Mond an einer Halskette? Ich werde sie einen Goldschmied innerhalb einer Stunde anfertigen lassen. Sterne für dein Haar? Ich werde ...«

»Sage Coiren und den anderen nicht, daß ich hier bin. Erwähne es ihnen gegenüber nicht einmal.«

Sie hatte Zögerlichkeit erwartet, aber er sagte

schlicht: »Sie werden von mir nichts erfahren. Oder von irgend jemand anderem, wenn ich es verhindern kann.« Er hielt einen Moment inne und umfaßte dann ihre Schultern. »Egwene, ich werde nicht fragen, warum du hier bist. Nein, hör einfach zu. Ich weiß, daß Siuan dich in ihre Pläne eingebunden hat, und ich verstehe, daß du einem Mann aus deinem eigenen Dorf gegenüber loyal sein willst. Aber das ist unwichtig. Du solltest in der Weißen Burg sein und lernen. Ich erinnere mich, daß sie alle sagten, du würdest eines Tages eine mächtige Aes Sedai sein. Hast du einen Plan, wie du ohne ... Strafen zurückkehren willst?« Sie schüttelte schweigend den Kopf, und er sprach eilig weiter. »Vielleicht fällt mir etwas ein, wenn du nicht vorher eine Idee hast. Ich weiß, daß du keine andere Wahl hattest, als Siuan zu gehorchen, aber ich bezweifle, daß Elaida dem viel Gewicht beimessen wird. Allein die Erwähnung des Namens Siuan Sanche in ihrer Nähe entspricht fast dem Wert deines Kopfes. Ich werde einen Weg finden, irgendwie. Ich schwöre es. Aber versprich mir, daß du bis dahin nichts ... nichts Törichtes tun wirst.« Seine Hände schlossen sich einen Moment fester und fast schmerzhaft um ihre Schultern. »Versprich mir einfach, daß du vorsichtig sein wirst.«

Licht, das war eine schöne Misere. Sie konnte ihm nicht sagen, daß sie nicht die Absicht hatte, zur Burg zurückzukehren, solange Elaida auf dem Amyrlin-Sitz saß. Und etwas Törichtes bedeutete fast immer, daß es etwas mit Rand zu tun hatte. Er wirkte so besorgt um sie. »Ich werde vorsichtig sein, Gawyn. Das verspreche ich.« *So vorsichtig wie möglich,* verbesserte sie sich insgeheim. Es war nur eine kleine Änderung, die aber das, was sie als nächstes sagen mußte, noch schwieriger machte. »Ich muß dich noch um einen zweiten Gefallen bitten. Glaub mir, Rand hat deine Mutter nicht getötet.« Wie konnte sie es ausdrücken, ohne ihn zu überfordern? Wie dem auch sei – sie mußte es tun. »Versprich mir, daß du nicht gegen Rand vorgehst, bis ich beweisen kann, daß er es nicht getan hat.«

»Ich verspreche es.« Abermals ohne Zögern, aber seine Stimme klang belegt und seine Hände drückten erneut kurz zu, härter als vorher. Sie wich nicht zurück. Der leichte Schmerz fühlte sich wie eine Erwiderung des Schmerzes an, den sie ihm zufügte.

»Es muß so sein, Gawyn. Er hat es nicht getan, aber es wird einige Zeit dauern, das zu beweisen.« Wie, unter dem Licht, konnte sie es beweisen? Rands Wort würde nicht genügen. Alles war so verwirrend. Sie durfte sich nur auf jeweils eine Sache konzentrieren. Was hatten jene Aes Sedai vor?

Gawyn schreckte sie aus ihren Gedanken, indem er hastig einatmete. »Ich werde für dich alles aufgeben, alles verraten. Flieh mit mir, Egwene. Wir werden alles hinter uns lassen. Ich besitze südlich von Weißbrücke ein kleines Anwesen mit einem Weinberg und einem Dorf, so weit draußen auf dem Land, daß die Sonne mit zwei Tagen Verspätung aufgeht. Dort kann die Welt uns kaum erreichen. Wir könnten unterwegs heiraten. Ich weiß nicht, wieviel Zeit wir haben – al'Thor, Tarmon Gai'don –, ich weiß es nicht, aber wir werden sie zusammen haben.«

Sie sah überrascht zu ihm hoch. Dann erkannte sie, daß sie ihren letzten Gedanken laut geäußert hatte – was hatten die Aes Sedai vor? –, und ein Schlüsselwort – verraten – trat an seine Stelle. Er glaubte, daß sie ihn bitten wollte, die Aes Sedai für sie auszuspionieren. Und er würde es tun. Auch wenn er verzweifelt einen Weg suchte, es nicht zu tun, würde er es dennoch tun, wenn sie ihn darum bäte. Er würde alles tun, hatte er versprochen, und alles bedeutete für ihn, daß er es unabhängig davon täte, was es ihn kosten würde. Sie versprach sich selbst etwas. Und ihm, aber dieses Versprechen konnte sie nicht laut äußern. Wenn er versehentlich etwas verriete, was sie benutzen konnte, würde sie – müßte sie – es tun, aber sie würde nicht nachfragen, keinesfalls. Was auch immer es sie kosten mochte. Sarene Nemdahl würde es niemals verstehen, aber es war die einzige Möglichkeit, wie sie dem entsprechen konnte, was er ihr dargeboten hatte.

»Ich kann nicht«, sagte sie sanft. »Du kannst dir nicht vorstellen, wie gern ich es täte, aber ich kann nicht.« Sie lachte jäh, spürte Tränen in ihre Augen steigen. »Und du. Verraten? Gawyn Trakand, dieses Wort paßt zu dir wie Dunkelheit zur Sonne.« Unausgesprochene Versprechen waren schön und gut, aber sie konnte es nicht dabei belassen. Sie würde benutzen, was er ihr gegeben hatte, es gegen das benutzen, woran er glaubte. Also mußte sie etwas anbieten. »Ich schlafe in den Zelten, aber ich gehe jeden Morgen in die Stadt. Ich komme kurz nach Sonnenaufgang durch das Tor in der Drachenmauer.«

Er verstand natürlich. Es war ihr Angebot, seinen Worten zu vertrauen, ihre in seine Obhut gegebene Freiheit. Er nahm ihre Hände in seine, drehte sie um und küßte sanft ihre Handflächen. »Du hast mir etwas Wertvolles anvertraut. Wenn ich jeden Morgen zum Tor in der Drachenmauer gehe, wird es sicherlich jemand bemerken, und ich kann vielleicht nicht jeden Morgen kommen, aber sei nicht allzu überrascht, wenn ich an den meisten Tagen, kurz nachdem du die Stadt betreten hast, neben dir auftauche.«

Als Egwene schließlich wieder herauskam, war die Sonne erheblich höher gestiegen, und die heißesten Stunden des Nachmittags waren angebrochen, so daß sich die Menge ein wenig gelichtet hatte. Die Verabschiedung hatte länger gedauert, als sie gedacht hatte. Gawyn zu küssen, war vielleicht nicht die Art Übung, welche die Weisen Frauen ihr zugedacht hatten, aber ihr Herz raste noch immer so, als wenn sie gelaufen wäre.

Sie verbannte Gawyn entschlossen aus ihren Gedanken – nun, verbannte ihn mühsam in den Hintergrund – und kehrte dann zu ihrem Beobachtungsplatz neben dem Stall zurück. Jemand lenkte in dem Palast noch immer die Macht. Wahrscheinlich sogar mehr als nur ein Mensch, es sei denn, jemand wob etwas Großes. Es war schwächer zu spüren als zuvor, aber noch immer recht stark. Eine Frau betrat das Haus, eine dunkelhaarige Frau, die Egwene nicht erkannte, obwohl die Alterslosigkeit ihres Gesichts charakteristisch für sie war. Sie versuchte nicht mehr zu lauschen und blieb auch nicht lange – wenn sie ein- und ausgingen, bestand zu große Gefahr, gesehen und, trotz ihrer Kleidung, erkannt zu werden –, aber als sie davoneilte, ging ihr beharrlich ein Gedanke durch den Kopf. Was hatten sie vor?

»Wir wollen ihm anbieten, ihn nach Tar Valon zu begleiten«, sagte Katerine Alruddin und regte sich leicht. Sie war sich niemals schlüssig, ob die Stühle in Cairhien genauso unbequem waren, wie sie aussahen, oder ob man sie einfach für unbequem hielt, *weil* sie unbequem aussahen. »Wenn er Cairhien verläßt, um nach Tar Valon aufzubrechen, wird hier eine ... Leere entstehen.«

Lady Colavaere, die ihr gegenüber nachdenklich auf einem vergoldeten Stuhl saß, beugte sich leicht vor. »Ihr macht mich neugierig, Katerine Sedai. Laßt uns allein«, fuhr sie die Diener an.

Katerine lächelte.

»Wir wollen ihm anbieten, ihn nach Tar Valon zu begleiten«, sagte Nesune deutlich, aber sie war leicht verärgert. Trotz seines ruhigen Gesichtsausdrucks bewegte der Tairen unruhig die Füße, in der Gegenwart einer Aes Sedai ängstlich, weil er vielleicht erwartete, daß sie die Macht lenkte. Nur eine Amadician wäre schlimmer gewesen. »Wenn er erst nach Tar Valon aufbricht, wird Cairhien gestärkt werden müssen.«

Der Hochlord Meilan leckte sich die Lippen. »Warum erzählt Ihr mir das?«

Nesunes Lächeln hätte alles bedeuten können.

Als Sarene das Wohnzimmer betrat, befanden sich nur Coiren und Erian dort und tranken Tee. Ein Diener wartete natürlich darauf nachzugießen. Sarene bedeutete ihm zu gehen. »Berelain wird sich vielleicht als schwierig erweisen«, sagte sie, nachdem sich die Tür geschlossen hatte. »Ich weiß nicht, ob bei ihr besser das Zuckerbrot oder die Peitsche wirkt. Ich soll zwar morgen Aracome treffen, aber ich glaube, daß Berelain noch mehr Zeit braucht.«

»Zuckerbrot oder Peitsche«, sagte Erian angespannt. »Was auch immer notwendig ist.« Ihr Gesicht hätte aus von Rabenschwingen umkränztem, hellem Marmor sein können. Sarenes geheimes Laster war die Lyrik, obwohl sie niemals zugegeben hätte, daß sie etwas so ... Gefühlvolles interessierte. Sie wäre vor Scham gestorben, wenn Vitalien, ihr Behüter, entdeckt hätte, daß sie ihn in Gedichten unter anderen anmutigen, mächtigen und gefährlichen Tieren mit einem Leoparden verglichen hatte.

»Reißt Euch zusammen, Erian.« Coiren klang wie üblich, als hielte sie eine Rede. »Sarene macht sich Sorgen über ein Gerücht, das Galina gehört hat – das Gerücht, daß eine Grüne Schwester mit dem jungen Rand al'Thor in Tear gewesen und jetzt hier in Cairhien sei.« Sie nannte ihn *stets* den ›jungen Rand al'Thor‹, als wollte sie ihre Zuhörer daran erinnern, daß er jung und daher unerfahren war.

»Moiraine *und* eine Grüne«, sann Sarene. Das konnte tatsächlich auf Schwierigkeiten hindeuten. Elaida beharrte darauf, daß Moiraine und Siuan eigenmächtig gehandelt hätten, als sie al'Thor allein hatten gehen lassen, aber wenn eine Aes Sedai darin eingebunden war, könnte das vielleicht bedeuten, daß auch andere beteiligt waren, und das war eine Fährte, die den ganzen Weg bis zu einigen – vielleicht sogar vielen – anläßlich der Absetzung Siuans der Burg Entflohenen zurückführen könnte. »Aber es ist nur ein Gerücht.«

»Vielleicht nicht«, sagte Galina, während sie den Raum betrat. »Habt Ihr es nicht gehört? Jemand hat heute morgen die Macht auf uns gelenkt. Ich weiß nicht, zu welchem Zweck, aber ich denke, wir können es uns recht genau vorstellen.«

Die Perlen in Sarenes winzigen dunklen Zöpfen klangen zusammen, als sie den Kopf schüttelte. »Das ist kein Beweis für eine Grüne, Galina. Es ist nicht einmal ein Beweis für eine Aes Sedai. Ich habe Geschichten darüber gehört, daß einige Aielfrauen, diese Weisen Frauen, die Macht lenken können. Es könnte irgendeine arme unglückliche Person gewesen sein, die aus der Burg verwiesen wurde, weil sie die Prüfung als Aufgenommene nicht bestanden hat.«

Galina lächelte. »Ich denke, es ist ein Beweis für Moiraine. Ich habe gehört, daß sie einen Trick kannte zu lauschen, und ich glaube diese Geschichte nicht, daß sie so passenderweise tot sein soll, da keine Leiche zu sehen war und niemand Einzelheiten weiß.«

Das beunruhigte auch Sarene. Teilweise, weil sie Moiraine gemocht hatte – sie waren als Novizinnen und als Aufgenommene Freundinnen gewesen, obwohl Moiraine ihr ein Jahr voraus gewesen war, aber diese Freundschaft hatte über ihre wenigen Treffen während der folgenden Jahre weiterbestanden – und teilweise, weil es *tatsächlich* eine zu ungenaue und zu passende Geschichte war, daß Moiraine gestorben sei, tatsächlich verschwunden sei, während ihr eine Haftstrafe drohte. Moiraine könnte sehr wohl imstande gewesen sein, unter diesen Umständen ihren Tod vorzutäuschen. »Ihr glaubt also, wir haben es sowohl mit Moiraine als auch mit einer Grünen Schwester zu tun? Aber das ist doch nur eine Vermutung, Galina.«

Galina lächelte unvermindert, aber ihre Augen funkelten. Ihr war nicht mit Logik beizukommen – sie glaubte, was sie glaubte, wie auch immer sich etwas darstellte –, und doch hatte Sarene immer gedacht, daß Galina Großes in sich barg. »Ich glaube, daß Moiraine die sogenannte Grüne *ist*. Welche bessere Möglichkeit gäbe es, sich einer Inhaftierung zu entziehen, als zu sterben und als jemand anderer oder in einer anderen Ajah wiederzuerscheinen? Ich habe gehört, daß diese Grüne klein ist. Wir alle wissen, daß Moiraine keineswegs groß war.« Erian hatte sich steif aufgesetzt, die braunen Augen vor Zorn wie große schwelende Kohlen. »Wenn wir diese *Grüne* Schwester erwischen«, belehrte Galina sie, »schlage ich vor, daß wir sie für die Rückreise zur Burg Eurer Verantwortung überstellen.« Erian nickte heftig, aber der Zorn war noch nicht aus ihren Augen gewichen.

Sarene fühlte sich benommen. Moiraine? Die eine andere Ajah als ihre eigene beanspruchte? Sicherlich nicht. Sarene hatte niemals geheiratet – es war unvernünftig zu glauben, daß zwei Menschen ein ganzes Leben lang zusammenpassen könnten –, aber das einzige, womit sie das vergleichen konnte, war, mit dem Mann einer anderen Frau zu schlafen. Die Verantwortung machte sie benommen, nicht die Möglichkeit, daß es vielleicht wahr sein könnte. Sie wollte gerade darauf hinweisen, daß es viele kleine Frauen auf der Welt gab und daß eine geringe Größe vieles bedeuten konnte, als Coiren ihre gewaltige Stimme erhob.

»Sarene, Ihr müßt Euch wieder damit befassen. Wir sollten vorbereitet sein, was auch immer geschieht.«

»Das gefällt mir nicht«, sagte Erian entschlossen. »Es ist, als würde man sich auf eine Niederlage vorbereiten.«

»Das ist nur logisch«, belehrte Sarene sie. »Wenn man die Zeit in die kleinsten möglichen Mehrerträge aufteilt, kann man unmöglich sicher sagen, was zwischen dem einen und dem anderen geschehen wird. Al'Thor nach Caemlyn zu treiben könnte bedeuten, daß wir vielleicht dort ankämen und feststellen müßten, daß er inzwischen hierhergekommen ist. Also bleiben wir in der größtmöglichen Sicherheit hier, daß er schließlich zurückkehrt, auch wenn das morgen oder erst in einem Monat der Fall sein könnte. Jedes einzelne Ereignis in jeder Stunde dieser Wartezeit, oder jede Verknüpfung von Ereignissen, könnte uns keine andere Möglichkeit lassen. Also ist Vorbereitung nur logisch.«

»Sehr hübsch erklärt«, erwiderte Erian trocken. Sie hatte keinen Sinn für Logik. Manchmal dachte Sarene, daß dies allgemein für schöne Frauen galt, obwohl diese Folgerung nicht logisch war.

»Wir haben soviel Zeit, wie wir brauchen«, erklärte Coiren. Wenn sie einmal keine Rede hielt, gab sie Erklärungen ab. »Beldeine ist heute eingetroffen und hat sich ein Zimmer nahe am Fluß genommen, aber Mayam soll erst übermorgen eintreffen. Wir müssen vorsichtig sein, um uns Zeit zu verschaffen.«

»Es gefällt mir immer noch nicht, mich auf eine Niederlage vorzubereiten«, murmelte Erian in ihre Teetasse.

»Ich fände es nicht sehr schlimm«, sagte Galina, »wenn wir keine Zeit fänden, Moiraine zur Rechenschaft zu ziehen. Wir haben schon so lange gewartet. Bei al'Thor ist es nicht so eilig.«

Sarene seufzte. Was sie taten, machten sie sehr gut, aber sie konnte es nicht verstehen. Ihnen wohnte kaum Logik inne.

Sie zog sich in ihre oben gelegenen Räume zurück, setzte sich vor die erkaltete Feuerstelle und begann, die Macht zu lenken. Konnte dieser Rand al'Thor wirklich das Schnelle Reisen entdeckt haben? Es war kaum zu glauben, und doch war es die einzig mögliche Erklärung. Was für ein Mann war er? Das würde sie erkennen, wenn sie ihm begegnete, nicht vorher. Fast bis zum Bersten von *Saidar* erfüllt, wenn Süße zu Schmerz wurde, begann sie, Novizinnenübungen durchzuführen. Sie waren genauso gut wie alles andere. Sich vorzubereiten war nur logisch.

KAPITEL 3

Verwandtschaftsbeziehungen

Donner rollte über die niedrigen braunen, grasbewachsenen Hügel, obwohl am Himmel keine Wolke zu sehen war, nur die brennende Sonne, die noch lange nicht vollständig aufgestiegen war. Rand hielt auf einem Hügelkamm die Zügel und das Drachenszepter an seinem Sattelknauf umfaßt und wartete. Der Donner schwoll an. Es fiel ihm schwer, nicht ständig über die Schulter südwärts in Alannas Richtung zu schauen. Sie hatte sich heute morgen die Ferse verletzt und die Hand zerkratzt und war wütend. Wie und warum, wußte er nicht. Der Donner erreichte seinen Höhepunkt.

Die saldaeanischen Reiter erschienen über dem nächsten Hügelkamm. Drei von ihnen ritten in schnellem Galopp einer langen Kolonne voraus, die sich den Hügel hinab und auf den breiten Landstreifen zwischen den Hügeln voranarbeitete. Neuntausend Mann bildeten eine sehr lange Kolonne. Am Fuße des Hügels teilten sie sich. Die Hauptabteilung ritt weiter geradeaus, während die anderen nach rechts und links auswichen und sich jede Abteilung dann wieder und wieder teilte, bis sie nur noch in Gruppen zu Hunderten ritten, die aneinander vorbeigaloppierten. Reiter stellten sich auf ihre Sättel, manchmal auf den Füßen, manchmal auf den Händen. Andere beugten sich unglaublich weit herab und schlugen zuerst auf der einen Seite ihrer galoppierenden Pferde, dann auf der anderen mit der Hand auf den Boden. Männer stiegen aus den Sätteln, um unter die dahinjagenden Pferde zu kriechen oder ließen sich zu Boden fallen und liefen einen Schritt neben dem Tier her, bevor sie wieder in den Sattel sprangen, um sich dann auf der anderen Seite des Tieres erneut fallen zu lassen und die Vorstellung zu wiederholen.

Rand hob die Zügel an und stieß Jeade'en die Fersen in die Seiten. Als der Schecke antrabte, setzten sich auch die ihn umgebenden Aiel in Bewegung. Heute morgen waren es Bergtänzer, *Hama N'dore*, von denen mehr als die Hälfte das Stirnband der *Siswai'aman* trug. Caldin, bereits ergraut und zäh, hatte Rand zu überreden versucht, ihn mehr als zwanzig Männer einbringen zu lassen, wo doch so viele bewaffnete Feuchtländer in der Nähe waren. Keiner der Aiel verschwendete Zeit mit verächtlichen Blicken auf Rands Schwert. Nandera verbrachte mehr Zeit damit, die zweihundert seltsamen Frauen zu beobachten, die ihnen zu Pferde folgten. Sie schien die saldaeanischen Damen und die Frauen der Offiziere als bedrohlicher zu empfinden als die Soldaten, und da Rand einigen der saldaeanischen Frauen begegnet war, war er nicht bereit, darüber zu streiten. Sulin hätte wahrscheinlich darüber gestritten. Ihm fiel auf, daß er Sulin nicht mehr gesehen hatte seit... seit seiner Rückkehr aus Shadar Logoth. Vor acht Tagen. Er fragte sich, ob er sie irgendwie beleidigt hatte.

Aber es war keine Zeit, sich über Sulin oder *Ji'e'toh* Gedanken zu machen. Er umrundete das Tal, bis er den Hügelkamm erreichte, über den er die Saldaeaner zuerst hatte auftauchen sehen. Bashere selbst war ungefähr dort hinabgeritten und hatte zunächst eine Gruppe überprüft, während sie voranritt, und dann eine weitere. Fast zufällig tat er dies auf seinem Sattel stehend.

Einen Moment ergriff Rand *Saidin* und ließ es einen Herzschlag später wieder fahren. Da seine Sicht gesteigert war, war es nicht schwierig, die beiden weißen

Steine nahe dem Fuß des Hügels liegen zu sehen, genau dort, wo Bashere sie in der vorigen Nacht vier Schritt auseinander selbst hingelegt hatte. Mit etwas Glück hatte ihn niemand gesehen. Mit etwas Glück würde niemand zu viele Fragen über diesen Morgen stellen. Unter ihm ritten jetzt einige Männer zwei Pferde, jeweils einen Fuß auf jedem Sattel und noch immer in schnellem Galopp. Andere trugen einen Mann auf ihren Schultern, manchmal im Handstand.

Er blickte sich beim Geräusch eines auf ihn zukommenden Pferdes um. Deira ni Ghaline t'Bashere ritt scheinbar unbekümmert, nur mit einem kleinen Messer an ihrem Silbergürtel und in einem grauseidenen, an den Ärmeln und am hohen Kragen silbern bestickten Reitgewand, durch die Aiel. Sie schien sie zum Angriff herauszufordern. Genauso groß wie viele Töchter des Speers und fast eine Handbreit größer als ihr Mann, war sie eine beeindruckende Frau. Nicht dick, nicht einmal rundlich, sondern einfach beeindruckend. Ihr schwarzes Haar war von Weiß durchzogen, und ihre dunklen, schrägstehenden Augen waren auf Rand gerichtet. Er vermutete, daß sie eine wunderschöne Frau war, wenn seine Gegenwart ihr Gesicht nicht hart werden ließ. »*Unterhält* Euch mein Mann?« Sie sprach Rand niemals mit seinem Titel oder Namen an.

Er betrachtete die anderen saldaeanischen Frauen. Sie beobachteten ihn wie eine zum Angriff bereite Kavallerietruppe, ihre Gesichter waren wie Granit und die schrägstehenden Augen eiskalt. Sie warteten nur auf Deiras Befehl. Er hielt die Geschichten durchaus für glaubhaft, daß saldaeanische Frauen die Schwerter ihrer gestürzten Männer aufnahmen und ihre Männer in den Kampf zurückführten. Freundlich zu sein, hatte ihn bei Basheres Frau nirgendwohin gebracht. Bashere selbst zuckte nur die Achseln und sagte, sie sei manchmal schwierig, während er offensichtlich stolz grinste.

»Sagt Lord Bashere, daß ich erfreut bin«, sagte er. Er

wandte Jeade'en um und schaute wieder nach Caemlyn. Die Blicke der saldaeanischen Frauen schienen gegen seinen Rücken zu drängen.

Lews Therin kicherte, anders konnte man es nicht nennen. *Greife niemals eine Frau an, wenn es nicht sein muß. Sie wird dich schneller und aus geringerem Anlaß töten als ein Mann, auch wenn sie später deswegen weint.*

Bist du wirklich da? fragte Rand. *Bist du mehr als nur eine Stimme?* Nur dieses leise, verrückte Lachen antwortete.

Er sann den ganzen Weg nach Caemlyn zurück über Lews Therin nach, sogar noch nachdem sie an einem der langen Märkte mit Ziegeldächern vorbeigeritten waren, die die Zuwege zu den Toren und in die Neustadt säumten. Er befürchtete, verrückt zu werden – es war nicht real, aber es war schlimm genug; wenn er geisteskrank würde, wie sollte er dann tun, was er tun mußte? –, aber er hatte keine Anzeichen davon bemerkt. Aber andererseits – würde er es merken, wenn sein Geist versagte? Er hatte noch niemals einen Verrückten gesehen. Er mußte nur von dem in seinem Kopf faselnden Lews Therin beherrscht werden. Wurden alle Menschen auf gleiche Art verrückt? Würde er so enden, daß er über Dinge lachte und weinte, die niemand sonst sah oder wahrnahm? Er erkannte, daß er eine Chance zu überleben hatte, wenn auch eine scheinbar unmögliche. *Wenn du lebst, mußt du sterben.* Das war eine von drei ihm bekannten Wahrheiten, die ihm in einem *Ter'angreal* mitgeteilt worden waren; die Antworten waren immer richtig, wenn auch niemals leicht verständlich. Aber so zu leben... Er war sich nicht sicher, daß er nicht lieber sterben würde.

Die Menschenmengen in der Neustadt machten mehr als vierzig Aiel Platz, und eine Handvoll erkannten auch den Wiedergeborenen Drachen. Vielleicht erkannten ihn noch mehr Leute, aber es erklangen nur wenige rauhe Hochrufe, als er vorüberritt. »Möge das

Licht auf den Wiedergeborenen Drachen scheinen!« und »Der Glanz des Lichts für den Wiedergeborenen Drachen!« und »Der Wiedergeborene Drache, König von Andor!«

Dieser letzte Hochruf erschütterte ihn, wann immer er ihn hörte, und er hörte ihn jetzt häufiger. Er mußte Elayne finden. Er merkte, daß er mit den Zähnen knirschte. Er konnte die Menschen auf der Straße nicht ansehen. Er wollte sie zu Boden zwingen, sie anschreien, daß Elayne ihre Königin sei. Er versuchte, nicht hinzuhören, er betrachtete den Himmel, die Häuserdächer, alles, nur nicht die Menge. Und nur darum sah er den Mann in einem weißen Umhang auf einem mit roten Ziegeln bedeckten Dach aufstehen und eine Armbrust erheben.

Alles geschah innerhalb weniger Herzschläge. Rand ergriff *Saidin* und lenkte die Macht, während der Pfeil auf ihn zuflog. Er traf mit einem Geräusch wie Metall auf Metall auf Luft auf, einer silbrig blauen Masse, die über der Straße hing. Eine Feuerkugel entsprang Rands Hand und traf den Armbrustschützen in die Brust, während der Pfeil von dem Luftschild abprallte. Flammen umfingen den Mann, und er fiel schreiend vom Dach. Und dann sprang jemand Rand an und warf ihn aus dem Sattel.

Er traf hart auf dem Pflaster auf, ein Gewicht über sich spürend, und sein Atem und *Saidar* verließen ihn vollständig. Er rang nach Luft, kämpfte mit dem Gewicht, schüttelte es ab – und stellte fest, daß er Desora an den Armen hielt. Sie lächelte ihn an, ein wunderschönes Lächeln, und dann sackte ihr Kopf zur Seite. Blinde blaue Augen sahen ihn an, die bereits glasig wurden. Der Armbrustpfeil, der aus ihren Rippen hervorstak, drückte gegen sein Handgelenk. Warum hatte sie dieses wunderschöne Lächeln stets verborgen?

Hände ergriffen ihn, hoben ihn hoch. Töchter des Speers und Bergtänzer drängten ihn zum Straßenrand, dicht an die Vorderwand des Ladens eines Blechschmieds, und bildeten einen festen, verschleierten Kreis um ihn, die Hornbögen in Händen, die Blicke die Straße und die Dächer absuchend. Rufe und Schreie erklangen überall, aber die Straße war bereits auf gut fünfzig Schritt in jede Richtung geräumt. Schreie drangen von der mahlenden Menschenmasse heran, die zu entkommen suchte. Die Straße war bis auf die Toten geräumt: Desora und sechs andere, drei davon Aiel. Noch eine Tochter des Speers, dachte er. Man konnte es aus der Entfernung schwer sagen, wenn jemand wie ein Haufen Lumpen zusammengekauert dalag.

Rand regte sich, und die Aiel um ihn herum drängten sich noch enger zusammen, eine menschliche Mauer. »Orte wie dieser sind stets übervölkert«, sagte Nandera gesprächig, während sie ihren Blick über den Schleier hinweg weiterhin unablässig wandern ließ. »Wenn man sich dort hineinbegibt, kann man eine Klinge im Rücken haben, bevor man erkennt, daß Gefahr besteht.«

Caldin nickte. »Das erinnert mich an eine Zeit in der Nähe von Sedar Cut, als ... Wir haben zumindest einen Gefangenen.« Einige seiner *Hama N'dore* waren aus einer Schenke auf der anderen Straßenseite aufgetaucht und stießen einen Mann vor sich her, dessen Arme auf dem Rücken gefesselt waren. Er kämpfte beständig gegen sie an, bis sie ihn auf die Knie stießen und Speerspitzen an seine Kehle legten. »Vielleicht wird er uns erzählen, wer dies befohlen hat.« Caldin klang, als hege er nicht die geringsten Zweifel.

Kurz darauf kamen aus einem anderen Gebäude Töchter des Speers mit einem weiteren Mann, der hinkte und dessen Gesicht blutverschmiert war. Sehr bald knieten vier Männer unter Aielbewachung auf der Straße. Schließlich löste sich der Halbkreis um Rand auf.

Die vier waren alle hartgesichtige Männer, obwohl der Bursche mit dem blutverschmierten Gesicht schwankte und die Aiel augenrollend ansah. Zwei weitere zeigten mürrischen Trotz und der vierte Hohn.

Rands Hände zuckten. »Seid ihr sicher, daß sie daran beteiligt waren?« Er konnte nicht glauben, wie sanft und ruhig seine Stimme klang. Ein Scheiterhaufen würde alles lösen. *Kein Scheiterhaufen,* fauchte Lews Therin ihn an. *Niemals wieder.*

»Sie waren beteiligt«, sagte eine Tochter des Speers. Er konnte hinter ihrem Schleier nicht erkennen, wer sie war. »Diejenigen, die wir getötet haben, trugen alle dies.« Sie zog hinter den gefesselten Armen des blutüberströmten Mannes einen Umhang hervor. Ein fadenscheiniger weißer Umhang, schmutzig und fleckig und mit einer aufgestickten, goldenen Sonnenscheibe. Auch die anderen drei besaßen solche Umhänge.

»Sie waren auf Beobachtungsposten«, fügte ein breitschultriger Bergtänzer hinzu, »und sollten berichten, ob der Angriff für die anderen schlecht ausging.« Er lachte spöttisch. »Wer auch immer sie gesandt hat, ahnte nicht, wie schlecht es ausgehen würde.«

»Keiner dieser Männer hat eine Armbrust abgeschossen?« fragte Rand. Scheiterhaufen. *Nein,* schrie Lews Therin in der Ferne. Die Aiel wechselten Blicke und schüttelten die *Shoufa*-umwickelten Köpfe. »Hängt sie«, sagte Rand. Der Mann mit dem blutbeschmierten Gesicht brach fast zusammen. Rand ergriff ihn mit Luftsträngen und zog ihn hoch. Erst jetzt erkannte er, daß er Zugriff auf *Saidin* genommen hatte. Er hieß den Kampf ums Überleben willkommen; er hieß sogar den Makel willkommen, der wie beißender Schleim ihn ihm waberte. Er bewirkte, daß er sich der Dinge, an die er sich lieber nicht erinnern wollte, Gefühle, die er lieber nicht empfinden wollte, weniger bewußt war. »Wie heißt Ihr?«

»F-Faral, m-mein Herr, D-Dimir Faral.« Die Augen fielen ihm fast aus dem Kopf, als er Rand durch die

Blutmaske ansah. »B-Bitte hängt mich nicht, Herr. Ich werde im Licht w-wandeln, ich sch-schwöre es!«

»Ihr seid ein sehr glücklicher Mann, Dimir Faral.« Seine Stimme klang Rand jetzt so fern in den Ohren wie Lews Therins Schreie. »Ihr werdet zusehen, wie Eure Freunde gehängt werden.« Faral begann zu weinen. »Dann werdet Ihr ein Pferd erhalten, zu Pedron Niall reiten und ihm sagen, daß ich eines Tages ihn für das hängen werde, was hier geschehen ist.« Als er die Luftstränge auflöste, sank Faral zusammen und beschwor stöhnend, daß er auf schnellstem Weg nach Amador reiten würde. Die drei Männer, die sterben sollten, betrachteten den schluchzenden Mann verächtlich. Einer von ihnen spie ihn sogar an.

Rand verbannte sie aus seinem Geist. Er mußte nur Niall in Erinnerung behalten. Aber er mußte auch noch etwas anderes tun. Er ließ *Saidin* fahren, unterzog sich dem Kampf, ihm zu entkommen, ohne vernichtet zu werden, und dem Kampf, sich dazu zu bringen, es loszulassen. Für das, was er tun mußte, wollte er keinen Schild zwischen sich und seinen Empfindungen wissen.

Eine Tochter des Speers richtete Desoras Leichnam auf und hob Desoras Schleier an. Sie streckte die Hand aus, um Rand darin zu hindern, das Stück schwarzen *Algode* zu berühren, zögerte dann, sah ihm ins Gesicht und setzte sich wieder zurück.

Er hob den Schleier an und grub sich Desoras Gesicht ins Gedächtnis ein. Sie sah jetzt aus, als schliefe sie. Desora, von der Musara-Septime der Reyn-Aiel. So viele Namen. Liah, von den Cosaida Chareen, und Dailin, von den Eisenberg Taardad, und Lamelle, von den Rauchwasser Miagoma, und... So viele. Manchmal ging er diese Liste Name für Name durch. Einen Namen hatte nicht er hinzugefügt. Ilyena Therin Moerelle. Er wußte nicht, wie Lews Therin ihm diesen Namen eingeprägt hatte, aber er hätte ihn auch dann nicht ausgelöscht, wenn er diese Möglichkeit gesehen hätte.

Es war sowohl mühsam als auch eine Erleichterung, sich von Desora abzuwenden. Und es war die *reine* Erleichterung, festzustellen, daß der Leichnam, den er für eine zweite Tochter des Speers gehalten hatte, statt dessen ein für einen Aiel sehr kleiner Mann war. Er empfand Schmerz für die Männer, die für ihn gestorben waren, aber durch sie erinnerte er sich an ein altes Sprichwort: »Laß die Toten ruhen, und kümmere dich um die Lebenden.« Es war nicht leicht, aber er würde es schaffen, obwohl er diese Worte nicht einmal heraufbeschwören konnte, wenn eine Frau für ihn gestorben war.

Auf dem Pflaster ausgebreitete Röcke zogen seinen Blick an. Nicht nur Aiel waren gestorben.

Ein Armbrustpfeil hatte sie zwischen die Schulterblätter getroffen. Ihre Kleidung wies kaum Blut auf. Es war ein schneller und gnädiger Tod gewesen. Rand kniete sich hin und drehte die Frau so vorsichtig wie möglich um. Das andere Ende des Pfeils stak aus ihrer Brust hervor. Sie hatte ein kantiges Gesicht, eine Frau mittleren Alters, eine Spur Grau im Haar. Ihre dunklen Augen waren weit geöffnet. Sie wirkte überrascht. Er kannte ihren Namen nicht, aber er grub sich auch ihr Gesicht ins Gedächtnis ein. Sie war gestorben, weil sie sich auf derselben Straße befunden hatte wie er.

Er ergriff Nanderas Arm, und sie schüttelte seine Hand ab, weil sie nicht wollte, daß ihr Können mit dem Bogen geschmälert würde, aber sie sah ihn an. »Such die Familie dieser Frau und sorge dafür, daß sie bekommen, was immer sie brauchen. Gold ...« Das genügte nicht. Sie brauchten die Frau zurück, die Mutter. Aber das konnte er ihnen nicht geben. »Kümmere dich um sie«, sagte er. »Und finde ihren Namen heraus.«

Nandera streckte eine Hand zu ihm aus, senkte sie

aber dann wieder auf ihren Bogen. Als er sich erhob, beobachteten ihn die Töchter des Speers. Oh, sie beobachteten wie immer alles, aber jene verschleierten Gesichter wandten sich ihm ein wenig häufiger zu. Sulin wußte, was er empfand, auch wenn sie nichts von der Liste wußte, aber er hatte keine Ahnung, ob sie es den anderen erklärt hatte. Und wenn sie es getan hatte, wußte er nicht, wie sie darüber empfanden.

Er ging zu der Stelle zurück, an der er vom Pferd gefallen war, und hob das mit Quasten versehene Drachenszepter auf. Es war anstrengend, sich hinabzubeugen, und das Szepter von der Länge eines Speers fühlte sich schwer an. Jeade'en war nicht weit gelaufen, als sein Sattel leichter geworden war. Das Pferd war gut dressiert. Rand stieg auf den Rücken des Schecken. »Ich habe hier getan, was ich konnte«, sagte er – sollten sie doch denken, was immer sie wollten – und stieß dem Schecken die Fersen in die Seiten.

Wenn er die Erinnerungen schon nicht hinter sich lassen konnte, wollte er wenigstens die Aiel hinter sich lassen. Zumindest für einige Zeit. Er hatte Jeade'en bereits einem Stallburschen übergeben und den Palast betreten, bevor Nandera und Caldin ihn mit ungefähr zwei Dritteln mehr Töchtern des Speers und Bergtänzern, als sie zuvor bei sich gehabt hatten, einholten. Einige waren zurückgelassen worden, um sich um die Toten zu kümmern. Caldin sah sich verärgert um. Als Rand den Zorn in Nanderas Augen sah, dachte er, daß er froh sein sollte, daß sie nicht verschleiert war.

Bevor sie etwas sagen konnte, näherte sich ihm Frau Harfor und verfiel in einen tiefen Hofknicks. »Mein Lord Drache«, sagte sie mit tiefer, volltönender Stimme, »die Herrin der Wogen vom Clan Catelar, von den Atha'an Miere, bittet Euch um eine Audienz.«

Wenn der edle Schnitt von Reenes rot-weißem Gewand nicht ausreichte zu behaupten, »Erste Tochter des Speers« sei eine unpassende Bezeichnung, genügte sicherlich ihre Art. Die etwas rundliche Frau mit ergrauendem Haar und einem langen Kinn sah Rand direkt in die Augen, legte den Kopf zurück, um dies tun zu können, und verband irgendwie einen angemessenen Grad an Ehrerbietung, einen äußersten Mangel an Unterwürfigkeit und eine Zurückhaltung miteinander, die die meisten adligen Frauen nicht erreichten. Wie Halwin Norry war sie geblieben, als die meisten anderen flohen, obwohl Rand halbwegs vermutete, daß sie den Palast vor Eindringlingen schützen wollte. Es hätte ihn nicht überrascht zu erfahren, daß sie seine Räume regelmäßig nach verborgenen Kostbarkeiten durchsuchte. Es hätte ihn nicht überrascht zu erfahren, daß sie die Aiel zu finden versuchte.

»Das Meervolk?« fragte er. »Was wollen sie?«

Sie sah ihn geduldig und um Milde bemüht an. Offen um Milde bemüht. »Das wurde nicht gesagt, mein Lord Drache.«

Wenn Moiraine etwas über das Meervolk gewußt hatte, so hatte sie es ihn nicht gelehrt, aber nach Reenes Haltung zu urteilen, war diese Frau wichtig. Der Titel »Herrin der Wogen« klang zumindest wichtig. Das würde bedeuten, daß die Audienz in der Großen Halle stattfinden müßte. Er war dort nicht mehr gewesen, seit er aus Cairhien zurückgekehrt war. Nicht daß er einen Grund hätte, den Thronsaal zu meiden. Es hatte einfach keinen Anlaß gegeben, dorthin zu gehen. »Heute nachmittag«, sagte er bedächtig. »Sagt ihr, daß ich sie am späten Nachmittag treffen werde. Habt Ihr der Herrin der Wogen eine gute Unterkunft zugewiesen? Und ihrem Gefolge ebenfalls?« Er bezweifelte, daß jemand mit einem solch großartigen Titel allein reiste.

»Sie hat sie verweigert. Sie haben im *Ball and Hoop* Zimmer gemietet.« Sie preßte kurz den Mund zusammen. Anscheinend war dieses Verhalten aus Reene Harfors Sicht nicht angemessen, egal wie erhaben eine Herrin der Wogen sein mochte. »Sie waren sehr staubig und von der Reise erschöpft und konnten kaum noch stehen. Sie kamen zu Pferde, nicht in der Kutsche, aber ich glaube nicht, daß sie Pferde gewohnt sind.« Sie blinzelte, als sei sie überrascht, soviel preisgegeben zu haben, und hüllte sich dann wieder in Zurückhaltung wie in einen Umhang. »Und noch jemand möchte Euch sprechen, mein Lord Drache.« Ihre Stimme nahm einen kaum wahrnehmbar widerwilligen Unterton an. »Die Lady Elenia.«

Rand mußte fast grinsen. Elenia hielt zweifellos einen weiteren Vortrag über ihre Ansprüche auf den Löwenthron bereit. Bisher war es ihm gelungen, die meisten ihrer Worte zu überhören. Sie würde leicht abzuwimmeln sein. Aber er sollte etwas über die Geschichte Andors wissen, und niemand Greifbares wußte mehr darüber als Elenia Sarand. »Schickt sie bitte in meine Räume.«

»Beabsichtigt Ihr wirklich, die Tochter-Erbin den Thron einnehmen zu lassen?« Reene sprach nicht barsch, aber alle Ehrerbietung war geschwunden. Ihr Gesichtsausdruck hatte sich nicht verändert, und doch war sich Rand sicher, daß sie bei einer falschen Antwort rufen würde: »Für Elayne und den Weißen Löwen« und ihm den Schädel einschlagen würde, ob Aiel oder nicht Aiel.

»Ja«, seufzte er. »Der Löwenthron gehört Elayne. Beim Licht und meiner Hoffnung auf Wiedergeburt und Heil, so ist es.«

Renee betrachtete ihn einen Moment und vollführte dann erneut einen tiefen Hofknicks. »Ich werde sie zu Euch schicken, mein Lord Drache.« Sie schritt, wie immer mit starrem Rücken, davon. Er konnte nicht sagen, ob sie ein Wort geglaubt hatte.

»Ein verschlagener Feind«, sagte Caldin deutlich hörbar, bevor Reene auch nur fünf Schritte getan hatte, »wird einen schwachen Hinterhalt errichten, den Ihr durchbrechen sollt. Zuversichtlich, weil Ihr die Bedrohung bewältigt habt, vermindert Ihr dann Eure Wachsamkeit und geratet in den zweiten, stärkeren Hinterhalt.«

Nandera sagte unmittelbar nach Caldin mit kalter Stimme: »Junge Männer können ungestüm sein und voreilig. Junge Männer können Narren sein, aber der *Car'a'carn* darf kein junger Mann sein.«

Bevor er weiterging, schaute Rand gerade lange genug über die Schulter, um zu sagen: »Wir befinden uns jetzt innerhalb des Palastes. Wählt Eure zwei.« Es war kaum überraschend, daß Nandera und Caldin einander wählten, und noch weniger überraschend, daß sie ihm in hartnäckiges Schweigen gehüllt folgten.

An der Tür zu seinen Räumen befahl er ihnen, Elenia hereinzuschicken, wenn sie käme, und ließ sie im Gang zurück. Gewürzter Wein in einem silbern ziselierten Krug erwartete ihn, aber er rührte ihn nicht an. Statt dessen blieb er stehen, starrte auf den Krug und überlegte, was er sagen würde, bis er erkannte, was er tat und überrascht brummte. Was gab es zu überlegen?

Ein Klopfen an der Tür kündigte Elenia mit den honigfarbenen Haaren an, die in ihrem mit goldenen Rosen verzierten Kleid einen Hofknicks vollführte. »Mein Lord Drache ist zu gnädig, mich zu empfangen.«

»Ich möchte Euch über die Geschichte Andors befragen«, sagte Rand. »Möchtet Ihr einen Becher gewürzten Wein?«

Elenias Augen weiteten sich erfreut, bevor sie es verhindern konnte. Sie hatte zweifellos geplant, Rand zu überreden, ihren Ansprüchen nachzukommen, und jetzt wurde es ihr in den Schoß gelegt. Ein Lächeln erschien auf dem fuchsähnlichen Gesicht. »Gewährt mein Lord Drache mir die Ehre, für ihn einzugießen?« fragte sie und wartete gar nicht erst auf seine Zustimmung. Sie war so erfreut über die Wendung der Ereignisse, daß er fast erwartete, sie würde ihn in einen Sessel nötigen und ihn drängen, die Füße hochzulegen. »Welchen Zeitpunkt der Geschichte darf ich für Euch erhellen?«

»Allgemein eine Art ...« Rand runzelte die Stirn; das wäre als Vorgabe geeignet, ihre Vorfahren in allen Einzelheiten aufzulisten. »... wie Souran Maravaile dazu kam, seine Frau hierherzubringen. Stammte er aus Caemlyn?«

»Ishara hat Souran hierhergebracht, mein Lord Drache.« Elenias Lächeln wurde einen Moment nachgiebig. »Isharas Mutter war Endara Casalain, die dann hier Artur Falkenflügels Statthalterin war – die Provinz wurde Andor genannt – und auch die Tochter von Joal Ramedar, dem letzten König von Aldeshar. Souran war nur ... nur ein Lordhauptmann« – sie hatte sagen wollen: ein Bürgerlicher; darauf hätte er wetten können –, »wenn auch natürlich Falkenflügels bester Lordhauptmann. Endara gab ihre Befugnis auf und beugte sich Ishara als Königin.« Rand glaubte irgendwie nicht, daß es genau so oder auch nur annähernd so gewesen war. »Damals herrschten natürlich die schlimmsten Zeiten, sicherlich genauso schlimm wie die Zeit der Trolloc-Kriege. Als Falkenflügel tot war, wollten alle Adligen Hochkönig werden. Oder Hochkönigin. Ishara wußte jedoch, daß niemand dazu in der Lage sein würde. Es gab zu viele Parteien, und Bündnisse brachen, sobald sie geschlossen waren. Sie überzeugte Souran, die Belagerung Tar Valons aufzuheben, und brachte ihn mit dem Anteil seines Heers hierher, den er zusammenhalten konnte.«

»Souran Maravaile hat Tar Valon belagert?« fragte Rand überrascht. Artur Falkenflügel hatte Tar Valon zwanzig Jahre lang belagert und einen Preis auf den Kopf jeder Aes Sedai ausgesetzt.

»Im letzten Jahr«, sagte sie ein wenig ungeduldig. »So wird es berichtet.« Es war offensichtlich, daß sie an Souran nur als Isharas Ehemann wahres Interesse hatte. »Ishara war klug. Sie versprach den Aes Sedai, daß ihre älteste Tochter zum Studium in den Weißen Turm geschickt würde, damit sie den Rückhalt des Turmes und eine Aes-Sedai-Beraterin namens Ballair erhielt. Sie war die erste Regentin. Andere folgten natürlich, aber sie wollten noch immer Falkenflügels Thron.« Sie war jetzt ganz in ihrem Element, das Gesicht lebhaft, der Becher gewürzter Wein vergessen, mit der freien Hand gestikulierend. Die Worte sprudelten hervor. »Eine ganze Generation verging, bevor dieser Gedanke erstarb, obwohl auch Narasim Bhuran es während der letzten zehn Jahre des Hundertjährigen Krieges versucht hatte – ein gräßlicher Fehler, der ein Jahr danach mit seinem Kopf auf einem Spieß endete. Esmara Getares Bemühungen ungefähr dreißig Jahre später waren erheblich erfolgreicher, bis sie Andor zu erobern versuchte und die letzten zwölf Jahre ihres Lebens als *Gast* von Königin Telaisien verbrachte. Esmara wurde letztendlich ermordet, obwohl es keinerlei Berichte darüber gibt, warum jemand sie tot sehen wollte, nachdem Telaisien ihre Macht gebrochen hatte. Wie Ihr seht, folgten die Königinnen, die nach Ishara kamen – von Alesinde bis Lyndelle –, ihrem Weg, und nicht nur darin, eine Tochter zum Turm zu schicken. Ishara ließ Souran zunächst das Land um Caemlyn sichern, zu Anfang nur einige Dörfer, aber dann dehnte sie ihren Einfluß aus. Nun, sie brauchte fünf Jahre, bis sie den Fluß Erinin erreicht hatte. Aber das Land, das Andors Königinnen beherrschten, gehörte ihnen unumschränkt, wohingegen die meisten anderen, die sich Könige oder Königinnen nannten, eher daran interessiert waren, weitere Länder zu erringen, als zu festigen, was sie bereits besaßen.«

Sie schöpfte Atem, und Rand schaltete sich schnell ein. Elenia sprach von diesen Menschen, als kenne sie sie persönlich, aber die Namen, die er niemals zuvor gehört hatte, gerieten in seinem Kopf durcheinander. »Warum gibt es kein Haus Maravaile?«

»Keiner von Isharas Söhnen wurde älter als zwanzig Jahre.« Elenia zuckte die Achseln und trank von ihrem gewürzten Wein. Das Thema interessierte sie nicht. Aber es gab ihr ein neues Stichwort. »Neun Königinnen regierten während des Hundertjährigen Krieges, aber keine dieser Königinnen hatte einen Sohn, der älter als dreiundzwanzig wurde. Es wurde beständig gekämpft, und Andor wurde von allen Seiten bedrängt. Nun, während Maragaines Regierungszeit erhoben vier Könige ihr Heer gegen sie – an der Stelle ist eine Stadt nach dieser Schlacht benannt. Die Könige waren ...«

»Aber alle Königinnen waren Abkömmlinge Sourans und Isharas?« warf Rand schnell ein. Die Frau hätte ihm täglich eine neue Geschichte erzählen können, wenn er es zugelassen hätte. Da er saß, bot er auch ihr einen Sitzplatz an.

»Ja«, sagte sie widerwillig, wahrscheinlich, weil sie Souran nicht einbeziehen wollte. Aber sie strahlte sofort wieder. »Es geht darum, wie viel von Isharas Blut ein jeder besitzt. Wie viele Linien den einzelnen mit ihr verbinden und in welchem Maß. In meinem Fall ...«

»Das ist für mich nicht leicht zu verstehen. Nehmen wir, zum Beispiel, Tigraine und Morgase. Morgase hatte den aussichtsreichsten Anspruch, Tigraine zu folgen. Das bedeutet vermutlich, daß Morgase und Tigraine eng miteinander verwandt waren?«

»Sie waren Cousinen.« Elenia bemühte sich, ihre Verärgerung darüber zu verbergen, daß sie so oft unterbrochen wurde, besonders jetzt, wo sie dem so nahe war, was sie sagen wollte, aber noch immer gehindert wurde. Sie wirkte wie ein bissiger Fuchs –, aber das Huhn gelangte immer wieder außer Reichweite.

»Ich verstehe.« Cousinen. Rand trank einen großen Schluck, mit dem er den Becher halbwegs leerte.

»Wir sind alle Cousinen. Alle Häuser.« Sein Schweigen schien sie zu stärken. Sie lächelte wieder. »Da die Häuser während tausend Jahren immer wieder untereinander geheiratet haben, gibt es kein Haus ohne einen Tropfen von Isharas Blut. Aber das Maß zählt und die Anzahl der Verbindungslinien. In meinem Fall...«

Rand blinzelte. »Ihr seid *alle* Cousinen? Ihr *alle*? Das scheint mir...« Er beugte sich aufmerksam vor. »Elenia, wenn Morgase und Tigraine ... Kaufleute oder Bauern gewesen wären – wie nahe wären sie dann miteinander verwandt gewesen?«

»Bauern?« rief sie aus und starrte ihn an. »Mein Lord Drache, welch absonderlicher...« Alles Blut wich langsam aus ihrem Gesicht. Er war immerhin ein Bauer gewesen. Sie benetzte nervös ihre Lippen. »Ich vermute ... ich sollte zunächst darüber nachdenken. Bauern? Ich vermute, das bedeutet, daß man sich alle Häuser als Bauernhäuser vorstellen muß.« Ein nervöses Kichern entschlüpfte ihr, bevor sie es in ihrem gewürzten Wein ertränkte. »Wenn sie Bauern gewesen wären, glaube ich nicht, daß irgend jemand sie überhaupt als Verwandte angesehen hätte. Alle Verbindungen liegen zu weit zurück. Aber sie waren keine Bauern, mein Lord Drache...«

Er hörte nur noch mit halbem Ohr zu und sank in seinem Sessel zurück. Nicht verwandt.

»... habe einunddreißig Verbindungslinien zu Ishara, während Dyelin nur dreißig hat, und ...«

Warum fühlte er sich plötzlich so entspannt? Muskelverkrampfungen hatten sich gelöst, die er nicht einmal bemerkt hatte, bis sie verschwanden.

»... wenn ich so sagen darf, mein Lord Drache.«

»Was? Verzeiht mir. Meine Gedanken sind einen Moment abgeschweift... Ich habe Eure letzte Bemerkung nicht gehört.« Sie hatte jedoch etwas beinhaltet, was seine Aufmerksamkeit erregt hatte.

Elenia hatte das unterwürfige, schmeichlerische Lächeln aufgesetzt, das auf ihrem Gesicht so fremd wirkte. »Nun, ich sagte gerade, daß Ihr selbst Tigraine in gewisser Weise ähnelt, mein Lord Drache. Ihr könntet vielleicht sogar einen Hauch von Isharas Blut besitzen...« Sie brach mit einem kleinen Schrei ab, und er erkannte, daß er aufgesprungen war.

»Ich ... fühle mich ein wenig müde.« Er versuchte, seine Stimme ruhig klingen zu lassen, aber sie klang so fern, als befände er sich tief im Nichts. »Wenn Ihr mich bitte allein lassen würdet.«

Er wußte nicht, welcher Ausdruck auf seinem Gesicht lag, aber Elenia verließ überstürzt ihren Sessel und stellte den Becher hastig auf den Tisch. Sie zitterte, und wenn ihr Gesicht schon vorher blutleer gewesen war, wirkte es jetzt weiß wie Schnee. Sie vollführte einen Hofknicks, der einem beim Stehlen ertappten Küchenmädchen angemessen gewesen wäre, eilte zur Tür, wobei sie mit jedem Schritt schneller ging, und beobachtete ihn unablässig über die Schulter, bis sie die Tür aufriß und den Gang hinab davoneilte. Nandera streckte den Kopf hinein und betrachtete ihn prüfend, bevor sie die Tür wieder zuzog.

Rand stand lange Zeit ins Leere starrend da. Es war kein Wunder, daß jene uralten Königinnen ihn angestarrt hatten. Sie wußten, was er dachte, auch wenn er es selbst noch nicht wußte. Da war wieder diese plötzliche innere Unruhe, die unbemerkt an ihm nagte, seit er den wahren Namen seiner Mutter herausgefunden hatte. Aber Tigraine war nicht mit Morgase verwandt gewesen. Seine Mutter war nicht mit Elaynes Mutter verwandt gewesen. Er war nicht verwandt mit...

»Du bist schlimmer als ein Wüstling«, sagte er laut und verbittert. »Du bist ein Narr und ein...« Er wünschte, Lews Therin würde zu ihm sprechen, damit er sich sagen könnte: *Das ist ein Wahnsinniger. Ich bin geistig gesund.* Waren es die toten Regenten Andors, die ihn beobachteten, oder war es Alanna? Er schritt zur Tür und riß sie auf. Nandera und Caldin saßen auf den Fersen unter einem Wandteppich mit bunten Vögeln. »Versammelt Eure Leute«, befahl er ihnen. »Ich gehe nach Cairhien. Und sagt Aviendha nichts davon.«

KAPITEL 4

Geschenke

Während Egwene zu der großen Zeltstadt zurückkehrte, versuchte sie sich wieder zu sammeln, aber sie war sich nicht sicher, daß ihre Füße tatsächlich den Boden berührten. Nun, sie wußte, daß dem so war. Sie trugen ihren kleinen Teil zu den vom heißen Wind aufgewirbelten Staubwolken bei. Sie mußte husten und wünschte, die Weisen Frauen trügen Schleier. Ein um den Kopf gewickelter Schal erfüllte nicht den gleichen Zweck und vermittelte außerdem das Gefühl, man trüge ein Dampfzelt mit sich. Und doch meinte sie, auf Luft zu gehen. Ihre Gedanken schienen sich zu drehen, aber nicht durch die Hitze.

Zuerst hatte sie geglaubt, Gawyn würde sie nicht treffen, aber dann war er plötzlich einfach da, als sie durch die Menge schritt. Sie hatten den ganzen Morgen im Privatspeiseraum des *Großen Mann*es verbracht, Händchen gehalten und sich beim Tee unterhalten. Sie war vollkommen schamlos gewesen, hatte ihn geküßt, sobald sich die Tür geschlossen hatte und bevor er auch nur Anstalten gemacht hatte, sie zu küssen, und hatte einmal sogar auf seinen Knien gesessen, wenn auch nicht lange. Es erregte sie, an seine Träume zu denken und daran, sich vielleicht wieder in sie einzuschalten, an Dinge, die keine anständige Frau überhaupt denken sollte! Und schon gar keine unverheiratete Frau.

Sie sah sich hastig um. Die Zelte waren noch eine halbe Meile entfernt, und bis dahin war niemand in ihrer Nähe. Wenn jemand dort gewesen wäre, hätte er sie erröten sehen können. Als sie erkannte, daß sie hinter ihrem Schal einfältig grinste, verbannte sie diesen Ausdruck sofort. Licht, sie mußte sich beherrschen, das Gefühl von Gawyns starken Armen vergessen und sich daran erinnern, warum sie soviel Zeit im *Großen Mann* gehabt hatten.

Sie sah sich um, während sie die Menge durchschritt, suchte Gawyn und versuchte mit einigen Schwierigkeiten, unauffällig zu wirken. Sie wollte nicht, daß er glaubte, sie sei ungeduldig. Plötzlich beugte sich eine Frau zu ihr und flüsterte eindringlich: »Folgt mir zum Großen Mann.«

Sie zuckte zusammen. Sie konnte nicht anders. Sie brauchte einen Moment, um Gawyn zu erkennen. Er trug einen einfachen braunen Umhang und einen fadenscheinigen Staubmantel mit hochgezogener Kapuze, so daß sein Gesicht fast verborgen war. Er war nicht der einzige, der einen Umhang trug – alle außer den Aiel, die die Stadttore durchschritten, trugen einen Umhang –, aber nicht viele hatten sogar in dieser brütenden Hitze die Kapuze hochgezogen.

Sie ergriff fest seinen Ärmel, als er ihr vorangehen wollte. »Was läßt dich glauben, daß ich einfach mit dir in ein Gasthaus gehen würde, Gawyn Trakand?« fragte sie mit verengten Augen. Sie sprach jedoch leise. Ein Streit würde nur unnötige Aufmerksamkeit erregen. »Wir wollten spazierengehen. Du hältst zu vieles für selbstverständlich, wenn du auch nur einen Moment glaubst ...«

Er flüsterte ihr mit verzogenem Gesicht eilig zu: »Die Frauen, mit denen ich gekommen bin, suchen jemanden. Jemanden wie dich. Sie sagten mir gegenüber sehr wenig, aber ich habe hier und da etwas belauscht. Jetzt folge mir.« Er schritt die Straße hinab, ohne einen Blick zurückzuwerfen, so daß sie ihm nur noch mit einem unruhigen Gefühl im Bauch folgen konnte.

Die Erinnerung daran ließ sie innehalten. Der verbrannte Boden fühlte sich unter den Sohlen ihrer weichen Stiefel fast genauso heiß an wie die Pflastersteine in der Stadt. Gawyn hatte nicht viel mehr gewußt als das, was er ihr in diesem ersten Gespräch gesagt hatte. Er folgerte, daß sie nicht nach ihr suchen könnten, daß sie einfach mit ihrer Gabe, die Macht zu lenken, vorsichtig sein und soweit wie möglich außer Sicht bleiben sollte. Aber er hatte selbst nicht sehr überzeugt gewirkt, nicht solange er eine Verkleidung trug. Sie versagte es sich, Bemerkungen über seine Kleidung zu machen. Er war so besorgt, daß sie alle möglichen Schwierigkeiten bekommen könnte, wenn diese Aes Sedai sie fanden, daß er sie zu ihr führen würde, und war so wenig bereit, sie nicht mehr zu sehen, obwohl er es selbst vorschlug. Und er war so überzeugt davon, daß sie irgendwie nach Tar Valon und in die Burg zurückgelangen müßte oder daß sie ihren Frieden mit Coiren und den anderen machen und mit ihnen zurückkehren sollte. Licht, sie hätte ihm böse sein sollen, weil er besser als sie zu wissen glaubte, was das beste für sie war, aber aus irgendeinem Grund brachte es sie selbst jetzt noch dazu, nachsichtig zu lächeln. Aus irgendeinem Grund konnte sie in bezug auf ihn einfach nicht logisch denken, und er schien sich ständig in ihre Gedanken einzuschleichen.

Sie biß sich auf die Lippen, während sie sich auf das eigentliche Problem besann. Die Aes Sedai der Burg. Wenn sie sich nur dazu überwinden könnte, Gawyn zu fragen. Es hätte nichts damit zu tun, ihn zu betrügen, wenn sie ihm nur einige kleine Fragen stellte, über ihre Ajahs, wohin sie gingen, oder ... Nein! Sie hatte es sich geschworen, und diesen Schwur zu brechen, würde ihn entehren. Keine Fragen. Nur das, was er freiwillig preisgab.

Was auch immer er sagte – sie hatte keinen Grund zu glauben, daß sie nach Egwene al'Vere suchten. Und keinen wirklichen Grund zu glauben, wie sie widerwillig zugab, daß sie es nicht taten – nur eine Menge Vermutungen und Hoffnungen. Nur weil ein Burgspion Egwene al'Vere in einer Aielfrau nicht erkannte, bedeutete das nicht, daß der Spion den Namen nicht schon gehört hätte, oder nicht von Egwene Sedai von den Grünen Ajah erfahren hätte. Sie zuckte zusammen. Von jetzt an würde sie in der Stadt äußerst vorsichtig sein müssen.

Sie hatte die äußeren Zelte erreicht. Das Lager erstreckte sich über Meilen und bedeckte die bewaldeten und unbewaldeten Hügel östlich der Stadt. Aiel gingen zwischen den niedrigen Zelten einher, aber nur eine Handvoll *Gai'shain* befanden sich in der Nähe. Keine der Weisen Frauen war zu sehen. Sie hatte ein ihnen gegebenes Versprechen gebrochen. Eigentlich ein Amys gegenüber ausgesprochenes, aber doch ihnen allen gemachtes Versprechen. Die Notwendigkeit erschien ihr zunehmend fragwürdiger, ihre Täuschung zu rechtfertigen.

»Kommt zu uns, Egwene«, rief die Stimme einer Frau. Egwene war selbst mit bedecktem Kopf nicht schwer auszumachen, es sei denn, sie war von noch nicht vollkommen ausgewachsenen Mädchen umgeben. Surandha, Sorileas Lehrling, hatte ihren dunkelblonden Schopf aus einem Zelt gestreckt und winkte ihr zu. »Die Weisen Frauen treffen sich alle bei den Zelten, und sie haben uns heute freigegeben. Den ganzen Tag.« Das war ein seltenes Ereignis, das auch Egwene nicht verpassen wollte.

Drinnen lagen Frauen auf Kissen ausgestreckt, lasen bei Öllampenlicht – der Zelteingang war gegen den Staub geschlossen, und somit drang auch kein Licht herein – oder nähten, strickten oder stickten. Zwei spielten ein Fadenspiel. Leise Unterhaltungen erfüllten das Zelt, und mehrere Frauen grüßten Egwene lächelnd. Sie waren nicht alle Lehrlinge – zwei Mütter und mehrere Erstschwestern waren zu Besuch gekommen –, und die älteren Frauen trugen genauso viel Schmuck wie jede der Weisen Frauen. Alle hatten ihre Blusen halb geöffnet und die Schals um ihre Taillen geschlungen, obwohl die eingeschlossene Hitze sie nicht zu stören schien.

Ein *Gai'shain* ging herum und goß Tee nach. Etwas an der Art, wie er sich bewegte, wies ihn als Handwerker aus, nicht als *Algai'd'siswai*. Er hatte noch immer ein hartes Gesicht, wenn es auch inzwischen vergleichsweise weicher geworden war, und legte ein freundliches Verhalten an den Tag, das ihm nicht mehr so schwerzufallen schien. Er trug eines dieser Stirnbänder, das ihn als *Siswai'aman* kennzeichnete. Keine der Frauen gönnte ihm einen zweiten Blick, obwohl *Gai'shain* nur Weiß tragen sollten.

Egwene band sich ihren Schal ebenfalls um die Taille und nahm dankbar das Wasser an, mit dem sie sich Gesicht und Hände waschen konnte. Dann öffnete sie ihre Bluse ein wenig und nahm auf einem mit Quasten versehenen Kissen zwischen Surandha und Estair, Aerons rothaariger Elevin, Platz. »Warum treffen sich die Weisen Frauen?« Aber in Gedanken war sie nicht bei den Weisen Frauen. Sie hatte nicht die Absicht, die Stadt zur Gänze zu meiden – sie hatte zugestimmt, jeden Morgen beim *Großen Mann* hereinzuschauen, um nachzusehen, ob Gawyn dort war, obwohl das einfältige Grinsen auf dem Gesicht der untersetzten Wirtin ihre Wangen zum Glühen brachte. Nur das Licht wußte, was diese Frau dachte! Aber sie würde sicher nicht mehr versuchen, in Lady Arilyns Gut zu lauschen. Nachdem sie Gawyn verlassen hatte, war sie noch einmal ausreichend nahe herangegangen, um spüren zu können, daß das Lenken der Macht im Inneren weiterging, aber dann war sie nach einem schnellen Blick um die Ecke gegangen. Allein schon so nahe zu sein, bewirkte das unbehagliche Gefühl, daß Nesune hinter ihr auftauchen würde. »Weiß jemand es?«

»Eure Schwestern natürlich«, antwortete Surandha lachend. Sie war eine hübsche Frau mit großen blauen Augen, die wunderschön war, wenn sie lachte. Sie war ungefähr fünf Jahre älter als Egwene, konnte die Macht genauso gut lenken wie viele Aes Sedai und wartete begierig darauf, eine eigene Feste zugewiesen zu bekommen. In der Zwischenzeit sprang sie natürlich, wenn Sorilea *dachte:* spring. »Was sonst würde sie aufrütteln, als hätten sie sich auf *Segadestacheln* gesetzt?«

»Wir sollten Sorilea hinschicken, um mit ihnen zu reden«, sagte Egwene, während sie einen grün gestreiften Teebecher von dem *Gai'shain* entgegennahm. Als Gawyn ihr erzählt hatte, daß seine Jünglinge in alle nicht von den Aes Sedai belegten Schlafräume gepfercht worden waren, und einige sogar in die Ställe, hatte er verraten, daß nicht einmal mehr Platz für ein weiteres Küchenmädchen war und daß die Aes Sedai auch keinen Platz schufen. Das waren gute Neuigkeiten. »Sorilea könnte jede beliebige Anzahl Aes Sedai aufrütteln.« Surandha warf lachend den Kopf zurück.

Estair lachte kaum, denn sie war mehr als nur ein wenig empört. Die schlanke junge Frau mit den ernsten grauen Augen benahm sich stets, als würde sie von einer Weisen Frau beobachtet. Egwene konnte sich gar nicht genug darüber wundern, daß Sorilea einen Lehrling hatte, die sehr humorvoll war, während Aeron, die freundlich und herzlich war und nie ein hartes Wort äußerte, einen Lehrling hatte, die es nach Gehorsamsregeln zu lechzen schien. »Ich glaube, es ist der *Car'a'carn*«, sagte Estair sehr ernst.

»Warum?« fragte Egwene abwesend. Sie würde die Stadt meiden müssen. Bis auf Gawyn natürlich. So ungern sie es vielleicht auch zugab – sie würde auf die Treffen mit ihm nur verzichten, wenn feststand, daß Nesune im *Großen Mann* wartete. Das bedeutete, daß sie zu ihren Übungen in all diesem Staub wieder um die Stadtmauern herumlaufen mußte. Dieser Morgen war eine Ausnahme gewesen, aber sie würde den Weisen Frauen keinen Vorwand liefern, ihre Rückkehr nach *Tel'aran'rhiod* zu verschieben. Heute abend würden sich die Aes Sedai aus Salidar allein treffen, aber in sieben Nächten würde sie dabeisein. »Was jetzt?«

»Habt Ihr es nicht gehört?« rief Surandha aus.

In zwei oder drei Tagen konnte sie sich Nynaeve und Elayne nähern oder wieder in ihren Träumen zu ihnen sprechen. Ihr blieb nur der Versuch, zu ihnen zu sprechen. Man konnte niemals vollkommen sicher sein, daß der andere wußte, daß man mehr als eine Traumgestalt war, nicht bevor sie es nicht gewohnt waren, sich auf diese Weise zu verständigen, was für Nynaeve und Elayne sicherlich nicht galt. Sie hatte erst einmal zuvor auf diese Weise zu ihnen gesprochen. Auf jeden Fall fühlte sie sich bei dem Gedanken, sich ihnen überhaupt zu nähern, ein wenig unbehaglich. Sie hatte beinahe einen weiteren unklaren Alptraum deswegen gehabt. Jedes Mal, wenn eine von ihnen etwas sagte, stolperten sie und fielen auf ihre Gesichter oder ließen einen Becher oder einen Teller fallen oder rissen eine Vase herunter, immer etwas, was durch den Aufprall zerschmetterte. Seit sie den Traum über Gawyn dahingehend richtig gedeutet hatte, daß er ihr Behüter sein würde, hatte sie sich bemüht, alle Träume zu deuten. Bisher ohne wirklichen Erfolg, aber sie war sicher, daß sie bedeutsam waren. Vielleicht sollte sie besser bis zum nächsten Treffen warten, um mit ihnen zu sprechen. Außerdem bestand immer die Möglichkeit, wieder in Gawyns Träume hineingezogen zu werden. Allein der Gedanke daran ließ sie erröten.

»Der *Car'a'carn* ist zurückgekehrt«, sagte Estair. »Er wird Eure Schwestern heute nachmittag treffen.«

Nachdem alle Gedanken an Gawyn und die Träume gewichen waren, blickte Egwene stirnrunzelnd in ihren Teebecher. Zweimal innerhalb von zehn Tagen. Es war ungewöhnlich für ihn, so bald zurückzukehren. Warum hatte er es getan? Hatte er irgendwie von den Aes Sedai der Burg erfahren? Wie? Und wie immer warfen auch seine Reisen Fragen auf. *Wie* machte er es?

»Wie macht er was?« fragte Estair, und Egwene blinzelte, überrascht darüber, ihren Gedanken laut ausgesprochen zu haben.

»Wie schafft er es, meinen Magen so leicht in Unruhe zu versetzen?«

Surandha schüttelte mitfühlend den Kopf, aber sie mußte auch grinsen. »Er ist ein Mann, Egwene.«

»Er ist der *Car'a'carn*«, sagte Estair nachdrücklich und sehr ehrerbietig. Egwene wäre überhaupt nicht überrascht gewesen, sie diesen albernen Stoffstreifen um ihren Kopf winden zu sehen.

Surandha gab Estair zu bedenken, wie sie jemals mit einem Festenhäuptling oder sogar einem Septimen- oder Clanhäuptling zurechtkommen wollte, wenn sie nicht erkannte, daß ein Mann nicht aufhörte, ein Mann zu sein, nur weil er ein Anführer war, während Estair eigensinnig darauf beharrte, daß der *Car'a'carn* anders sei. Eine der älteren Frauen, Mera, die gekommen war, um ihre Tochter zu besuchen, beugte sich zu ihnen und sagte, daß man mit jedem Häuptling – egal ob Septimen- oder Clanhäuptling *oder* dem *Car'a'carn* – so umgehen mußte wie mit einem Ehemann, was Baerin zum Lachen brachte, die ebenfalls hier war, um eine Tochter zu besuchen. Sie bemerkte daraufhin, daß dies eine gute Möglichkeit wäre, eine Dachherrin dazu zu bringen, den Fehdehandschuh zu werfen. Baerin war vor ihrer Heirat eine Tochter des Speers gewesen, aber jedermann konnte jedem anderen außer einer Weisen Frau und einem Hufschmied den Krieg erklären. Bevor Mera noch zu Ende gesprochen hatte, stimmten ihr alle außer dem *Gai'shain* zu und überstimmten damit die arme Estair – der *Car'a'carn* war ein Häuptling unter Häuptlingen und nicht mehr; soviel war sicher. Man war sich aber auch uneins, ob es besser sei, sich einem Häuptling direkt oder durch seine Dachherrin zu nähern.

Egwene hörte kaum zu. Rand würde sicher nichts

Törichtes tun. Er hatte in bezug auf Elaidas Brief starke Zweifel gehegt, doch glaubte er Alviarins Brief, der nicht nur herzlicher, sondern regelrecht schmeichlerisch war. Er glaubte, in der Burg Freunde und sogar Gefolgsleute zu haben. Sie glaubte das nicht. Drei Schwüre oder nicht – sie war davon überzeugt, daß sich Elaida und Alviarin diesen zweiten Brief mit dem ganzen lächerlichen Gerede von ›in seinem strahlenden Glanz knien‹ zusammen ausgedacht hatten. Das war eine List, um ihn in die Burg zu bekommen.

Egwene betrachtete kummervoll ihre Hände, seufzte und stellte ihren Becher ab. Er wurde von dem *Gai'shain* aufgehoben, bevor sie ihre Hand ganz fortgenommen hatte.

»Ich muß gehen«, sagte sie zu den beiden Lehrlingen. »Mir ist eingefallen, daß mir noch etwas zu tun bleibt.« Surandha und Estair machten viel Aufhebens darum, daß sie mit ihr gehen wollten – nun, mehr als Aufhebens; wenn Aiel etwas bekundeten, dann meinten sie es auch –, aber sie wurden durch ihr Gespräch aufgehalten und widersprachen daher nicht, als Egwene darauf bestand, daß sie bleiben sollten. Sie wickelte sich den Schal wieder um den Kopf und ließ die lauter werdenden Stimmen hinter sich zurück – Mera erklärte Estair sehr bestimmt, daß sie zwar letztendlich eine Weise Frau werden könnte, bis dahin aber auf eine Frau hören sollte, die ohne die Hilfe einer Schwester-Frau einen Ehemann versorgt und drei Töchter und zwei Söhne großgezogen hatte – und tauchte wieder in den windverwehten Staub.

In der Stadt versuchte sie, durch die bevölkerten Straßen zu schleichen, ohne den Eindruck zu erwecken, daß sie schlich, und bemühte sich zudem, überallhin zu blicken, während sie nur auf ihren Weg zu achten schien. Die Möglichkeit, Nesune über den Weg zu laufen, war gering, aber ... Vor ihr traten zwei Frauen in schlichten Kleidern mit sauberen Schürzen beiseite, um aneinander vorbeizugelangen, aber beide bewegten sich in die gleiche Richtung, so daß sie mit den Nasen aneinandergerieten. Sie murmelten Entschuldigungen und traten erneut zur Seite. In dieselbe Richtung. Weitere Entschuldigungen, und wie im Tanz gerieten sie erneut aneinander. Als Egwene an ihnen vorüberging, traten sie noch immer in vollkommenem Einklang von einer Seite zur anderen, während sich ihre Gesichter zu röten begannen und ihre Entschuldigungen hinter zusammengepreßten Lippen verschluckt wurden. Sie wußte nicht, wie lange das noch weitergehen sollte. Es war hilfreich, sich daran zu erinnern, daß Rand in der Stadt war. Licht, wenn er in der Nähe war, wäre es durchaus möglich, daß sie allen sechs Aes Sedai auf einmal in dem Moment begegnen würde, wenn der Wind ihr den Schal vom Kopf riß und drei Leute ihren Namen riefen und sie eine Aes Sedai nannten. Wenn er in der Nähe war, wäre es durchaus möglich, daß sie Elaida in die Arme lief.

Sie eilte weiter, während ihre Furcht davor, in eine seiner Wirtshausstreitigkeiten verwickelt zu werden, zunahm und sie sich besorgt umsah. Glücklicherweise veranlaßte eine von Unruhe ergriffene Aiel mit verhülltem Gesicht – was wußten sie schon von dem Unterschied zwischen einem Schal und einem Schleier? – die Leute dazu, ihr aus dem Weg zu gehen, was ihr die Möglichkeit verschaffte, schnell voranzukommen, aber sie atmete erst beruhigt durch, als sie durch einen schmalen Dienstboteneingang auf der Rückseite in den Sonnenpalast gelangt war.

Durchdringender Küchengeruch hing in dem schmalen Gang, und livrierte Männer und Frauen eilten hin und her. Andere, die sich mit Hemdsärmeln oder flatternden Schürzen Luft zufächelten, sahen sie erstaunt an. Wahrscheinlich kam niemand außer den Dienern den Küchen jemals so nahe. Sicherlich keine Aiel. Sie sahen sie an, als erwarteten sie, daß sie einen Speer unter ihren Röcken hervorziehen würde.

Sie deutete auf einen kleinen, rundlichen Mann, der sich mit einem Taschentuch den Nacken abwischte. »Wißt Ihr, wo sich Rand al'Thor befindet?«

Er erschrak und sah seinen schnell enteilenden Begleitern augenrollend nach, denn er wäre ihnen gern gefolgt. »Der Lord Drache, hm ... Herrin? In seinen Räumen? Vermutlich.« Er trat zur Seite und verbeugte sich. »Wenn die Herrin ... hm ... wenn Ihr verzeiht, ich muß zurück zu meinen ...«

»Ihr werdet mich hinbringen«, sagte sie fest. Sie würde dieses Mal nicht umherirren.

Ein letzter augenrollender Blick, ein schnell unterdrücktes Seufzen, ein eiliger, erschreckter Blick, um festzustellen, ob er gegen etwas verstoßen hatte, und er hastete davon, um seinen Umhang zu holen. Er war im Gewirr der Palastgänge sehr brauchbar, wie er so dahineilte und ihr bei jeder Kehre mit einer Verbeugung den Weg wies, aber als er schließlich mit einer weiteren Verbeugung auf hohe, mit vergoldeten aufgehenden Sonnen versehene und von einer Tochter des Speers und einem Aielmann bewachte Türen zeigte, verspürte sie plötzlich Verachtung, als sie ihn entließ. Sie konnte nicht verstehen warum. Er tat nur das, wofür er bezahlt wurde.

Der Aielmann stand auf, als sie näher kam, ein *sehr* großer Mann mittleren Alters mit breiter Brust und breiten Schultern und kalten grauen Augen. Egwene kannte ihn nicht, und er wollte sie eindeutig abweisen. Glücklicherweise kannte sie die Tochter des Speers.

»Laß sie eintreten, Maric«, sagte Somara grinsend. »Dies ist Amys' und Bairs und Melaines Lehrling, der einzige Lehrling, den ich kenne, die drei Weisen Frauen dient. Ihrem Aussehen nach zu urteilen, haben sie sie eiligst mit einer gewichtigen Nachricht zu Rand al'Thor geschickt.«

»Eiligst?« Marics Kichern ließ weder sein Gesicht noch seine Augen freundlicher wirken. »Anscheinend eher im Kriechgang.« Er bezog wieder Posten.

Egwene mußte nicht fragen, was er meinte. Sie zog ein Taschentuch aus ihrer Gürteltasche und wischte sich hastig übers Gesicht. Niemand konnte einen ernst nehmen, wenn man staubig war, und Rand mußte zuhören. »Aber es geht wirklich um eine wichtige Nachricht, Somara. Ich hoffe, er ist allein. Die Aes Sedai sind noch nicht gekommen?« Das Taschentuch war grau geworden, und sie steckte es seufzend wieder ein.

Somara schüttelte den Kopf. »Es dauert noch einige Zeit, bis sie kommen sollen. Werdet Ihr ihm sagen, daß er vorsichtig sein soll? Ich will gegenüber Euren Schwestern nicht respektlos sein, aber er wird nicht achtgeben. Er ist eigensinnig.«

»Ich werde es ihm sagen.« Egwene konnte ein Grinsen nicht unterdrücken. Sie hatte Somara schon früher so reden hören – mit der Art übertriebenem Stolz, den eine Mutter vielleicht für einen zu abenteuerlustigen zehnjährigen Jungen empfand – und auch einige andere Töchter des Speers. Es mußte eine Art Aielscherz sein, und obwohl sie ihn nicht verstand, war ihr doch alles recht, was ihn davon abhielt, zu übermütig zu werden. »Ich werde ihm auch sagen, daß er sich die Ohren waschen soll.« Somara nickte sogar noch, bevor sie sich wieder fing. Egwene atmete tief durch. »Somara, meine Schwestern brauchen nicht zu erfahren, daß ich hier bin.« Maric sah sie neugierig an, wenn er nicht gerade jeden Diener beobachtete, der den Gang betrat. Sie mußte vorsichtig sein. »Wir stehen uns nicht nahe, Somara. Man könnte in Wahrheit sagen, daß wir soweit auseinander sind, wie Schwestern nur sein können.«

»Die schlechteste Beziehung herrscht zwischen Erst-Schwestern«, sagte Somara nickend. »Geht hinein. Sie werden Euren Namen nicht von mir hören, und wenn Maric plaudert, werde ich ihm einen Knoten in die Zunge binden.« Maric, der mindestens doppelt so groß und schwer wie Somara war, lächelte, ohne sie anzusehen.

Die Angewohnheit der Töchter des Speers, sie hineinzuschicken, ohne sie anzumelden, hatte sie in der Vergangenheit in Verlegenheit gebracht, aber dieses Mal saß Rand nicht in der Badewanne. Die Räume hatten offensichtlich dem König gehört, und der Vorraum war eher ein Miniatur-Thronsaal, natürlich nur im Vergleich zum eigentlichen Thronsaal. Die wogenden Strahlen einer goldenen Sonne, eine ganze Spanne im Durchmesser, die in den glatten Steinboden eingelassen waren, waren die einzigen sichtbaren Rundungen. Hohe Spiegel in schlichten Rahmen säumten die Wände unter breiten, geraden Goldstreifen, und der tiefe Sims war aus goldenen Dreiecken gefertigt, die sich wie Schuppen überlappten. Schwere, goldverzierte Stühle zu beiden Seiten der aufgehenden Sonne bildeten sich gegenüberliegende Linien, die so starr wie ihre hohen Rückenlehnen wirkten. Rand saß auf einem vergoldeten Stuhl, dessen Rückenlehne doppelt so hoch war und der auf einem kleinen Podest stand, das ebenfalls goldverziert war. Er saß in einem goldbestickten Seidenumhang da, hielt die geschnitzte Seanchan-Speerspitze in der Armbeuge und runzelte finster die Stirn. Er wirkte wie ein König, genauer gesagt, wie ein König, der einen Mord zu begehen gedenkt.

Sie stemmte die Fäuste in die Hüften. »Somara sagt, du solltest dir die Ohren waschen, junger Mann«, sagte sie, und sein Kopf fuhr hoch.

Überraschung und eine Spur von Zorn wichen schnell. Er trat grinsend vom Podest herab und warf die Speerspitze auf den Sessel. »Was, unter dem Licht, hast du getan?« Er durchschritt den Raum, nahm sie

bei den Schultern und wandte ihr Gesicht dem nächstgelegenen Spiegel zu.

Sie zuckte ungewollt zusammen. Sie bot einen schönen Anblick. Der Staub war durch ihren Schal gedrungen – nein; Schmutz, der sich mit Schweiß verbunden hatte –, und hatte Striemen auf ihren Wangen und Flecken auf ihrer Stirn hinterlassen, wo sie ihn fortzureiben versucht hatte.

»Ich werde Somara nach ein wenig Wasser schicken«, sagte er trocken. »Vielleicht wird sie denken, es sei für meine Ohren gedacht.« Dieses Grinsen war unerträglich!

»Das ist nicht nötig«, belehrte sie ihn mit soviel Würde, wie sie aufbringen konnte. Sie wollte nicht, daß er dabei zusah, wie sie sich wusch. Sie zog ihr bereits angeschmutztes Taschentuch hervor und versuchte hastig, den schlimmsten Schmutz zu beseitigen. »Du triffst bald Coiren und die anderen. Ich muß dich doch nicht warnen, daß sie gefährlich sind?«

»Ich glaube, du hast es gerade getan. Sie kommen nicht alle. Ich sagte, nicht mehr als drei, so daß sie auch nur drei herschicken.« Er neigte im Spiegel den Kopf, als höre er zu, und er nickte, während seine Stimme zu einem Murmeln verblaßte. »Ja, ich kann mit dreien fertig werden, wenn sie nicht zu mächtig sind.« Er bemerkte plötzlich, daß sie ihn ansah. »Natürlich könnte ich in Schwierigkeiten geraten, wenn eine von ihnen eine Moghedien mit Perücke oder eine Semirhage ist.«

»Rand, du mußt dies ernst nehmen.« Das Taschentuch bewirkte nicht viel. Äußerst widerwillig spie sie darauf. Es gab einfach keine würdige Art, auf ein Taschentuch zu speien. »Ich weiß, wie stark du bist, aber sie sind Aes Sedai. Du kannst dich nicht so verhalten, als wären sie Frauen vom Lande. Selbst wenn du glaubst, daß Alviarin sich zu deinen Füßen hinknien *wird*, und alle ihre Freundinnen mit ihr, wurde sie doch von Elaida gesandt. Du darfst nicht glauben, daß sie etwas anderes beabsichtigt, als dich zu gängeln. Du solltest sie schlicht und einfach fortschicken.«

»Und deinem verborgenen Freund vertrauen?« fragte er sanft. Viel zu sanft.

Sie konnte ihr Gesicht nicht sauber bekommen. Jetzt konnte sie jedoch nicht mehr um Wasser bitten, nicht nachdem sie sein Angebot abgelehnt hatte. »Du weißt, daß du Elaida nicht trauen kannst«, sagte sie vorsichtig, wobei sie sich ihm zuwandte. Da sie sich an das erinnerte, was beim letzten Mal geschehen war, verspürte sie nicht einmal den Wunsch, die Aes Sedai in Salidar zu erwähnen. »Du weißt es.«

»Ich traue keiner Aes Sedai. Sie...«, ein Zögern lag in seiner Stimme, als wollte er ein anderes Wort benutzen, obwohl sie sich nicht vorstellen konnte, welches. »... werden mich benutzen wollen, und ich werde sie zu benutzen versuchen. Ein hübscher Kreislauf, findest du nicht?« Wenn sie jemals die Möglichkeit erwogen hatte, daß er in die Nähe der Salidar Aes Sedai gelassen würde, belehrte sein Blick sie eines Besseren, so hart, so kalt, daß sie innerlich erschauderte.

Wenn er vielleicht ausreichend zornig wäre, wenn er sich heftig genug mit Coiren stritte, daß die Abordnung mit leeren Händen zur Burg zurückkehren würde, allein... »Wenn du ihn hübsch nennst, ist er es vermutlich. Du *bist* der Wiedergeborene Drache. Nun, da du dies durchzuführen beabsichtigst, könntest du es ebensogut richtig machen. Erinnere dich einfach daran, daß sie Aes Sedai sind. Selbst ein König hört Aes Sedai mit Respekt zu, auch wenn er ihnen nicht zustimmt, und er würde sofort nach Tar Valon aufbrechen, wenn er dorthin berufen würde. Selbst die Hohen Herren von Tair würden es tun, oder auch Pedron Niall.« Der törichte Mann grinste sie erneut an – oder zeigte zumindest die Zähne. Sein übriges Gesicht war vollkommen ausdruckslos. »Ich hoffe, du bist vorsichtig. Ich versuche dir nur zu helfen.« Wenn auch nicht auf die

Art, wie er es glaubte. »Wenn du sie benutzen willst, darfst du sie nicht wie nasse Katzen erzürnen. Der Wiedergeborene Drache wird sie mit dem Phantasieumhang, dem Thron und dem törichten Szepter nicht mehr beeindrucken als mich.« Sie warf einen verächtlichen Blick auf die mit Quasten versehene Speerspitze. Licht, dieses Ding verursachte ihr eine Gänsehaut! »Sie werden nicht auf die Knie sinken, wenn sie dich sehen, und es wird dich nicht umbringen, wenn sie es nicht tun. Es wird dich auch nicht umbringen, höflich zu sein. Beuge dein eigensinniges Haupt. Es ist nicht erniedrigend, angemessene Ehrerbietung und ein wenig Bescheidenheit an den Tag zu legen.«

»Angemessene Ehrerbietung ...«, sagte er nachdenklich. Dann schüttelte er seufzend den Kopf und fuhr sich mit einer Hand durchs Haar. »Ich kann mit einer Aes Sedai vermutlich nicht genauso sprechen wie mit einem Lord, der hinter meinem Rücken Ränke schmiedet. Das ist ein guter Rat, Egwene. Ich werde es versuchen. Ich werde so bescheiden wie eine Maus sein.«

Sie wollte nicht gehetzt wirken und rieb erneut mit dem Taschentuch über ihr Gesicht, um ihr Augenrollen zu verbergen. Sie war sich nicht ganz sicher, ob ihre Augen hervorstanden, glaubte aber, es müsse der Fall sein. Ihr ganzes Leben lang hatte er, immer wenn sie erklärt hatte, daß das Recht ein besserer Weg war, sein Kinn vorgestreckt und darauf bestanden, daß sie ging! Warum mußte er jetzt zuhören?

Wendete sich etwas zum Guten, so wie die Dinge standen? Zumindest konnte es ihm nicht weh tun, ein wenig Respekt zu zeigen. Selbst wenn sie Elaida folgten, regte sie der Gedanke daran, daß jemand den Aes Sedai gegenüber Ungehörigkeit an den Tag legen könnte, wirklich auf. Nur daß sie *wollte*, daß er ungehörig wäre, daß er so hochmütig wäre wie eh und je. Es hatte keinen Sinn, das zu leugnen, nicht jetzt. Er war nicht dumm. Nur ärgerlich.

»War das alles, weshalb du gekommen bist?« fragte er.

Sie konnte noch nicht gehen. Vielleicht bestand noch eine Möglichkeit, die Dinge ins rechte Licht zu rücken oder zumindest sicherzustellen, daß er nicht töricht genug war, nach Tar Valon zu gehen. »Weißt du, daß sich eine Herrin der Wogen des Meervolks auf einem Schiff auf dem Fluß befindet? Auf der *Gischt*.« Dies war ein ebenso gutes Thema wie jedes andere. »Sie ist gekommen, um dich zu sprechen, und ich habe gehört, daß sie bereits ungeduldig wird.« Diese Neuigkeit stammte von Gawyn. Erian hatte sich hinausrudern lassen, um zu ergründen, was das Meervolk so weit im Landesinneren wollte, aber ihr wurde die Erlaubnis verweigert, an Bord zu gehen. Sie war in einer Stimmung zurückgekehrt, die man bei jeder anderen Frau, die keine Aes Sedai war, als peitschenschwingenden Zorn bezeichnet hätte. Egwene hegte mehr als nur Vermutungen, warum sie hier waren, aber das würde sie Rand nicht sagen. Er sollte erst einmal Menschen begegnen, bei denen er nicht erwartete, daß sie sich vor ihm duckten.

»Die Atha'an Miere sind anscheinend überall.« Rand setzte sich auf einen der Stühle. Er wirkte aus irgendeinem Grund belustigt, aber sie hätte schwören können, daß es nichts mit dem Meervolk zu tun hatte. »Berelain sagt, ich sollte diese Harine din Togara Zwei Winde treffen, aber wenn ihr Temperament dem entspricht, wie Berelain es beschreibt, kann sie warten. Ich habe im Moment genug zornige Frauen um mich.«

Das war beinahe eine Eröffnung. »Ich kann gar nicht verstehen, warum. Du hast stets eine solch gewinnende Art.« Sie wünschte sich augenblicklich, sie könnte diese Worte zurücknehmen. Sie bestärkten nur, was sie ihn *nicht* tun sehen wollte.

Er runzelte die Stirn und schien sie überhaupt nicht gehört zu haben. »Egwene, ich weiß, daß du Berelain nicht magst, aber es ist doch nicht darüber hinausgegangen? Ich meine, du nimmst deine Beschäftigung mit den Aiel so ernst, daß ich mir vorstellen könnte, daß du sie zum Speerkampf herausforderst. Sie war wegen etwas besorgt, aber sie wollte nicht sagen, weshalb.«

Wahrscheinlich hatte die Frau einen Mann gefunden, der ihr die Stirn bot. Das würde genügen, um Berelains Welt bis auf die Grundfesten zu erschüttern. »Ich habe seit dem Stein von Tear kein Dutzend Worte mit ihr gewechselt. Rand, du glaubst doch nicht ...«

Eine der Türen öffnete sich gerade weit genug, um Somara in den Raum einzulassen, die sie dann schnell wieder hinter sich schloß. »Die Aes Sedai sind hier, *Car'a'carn*.«

Rand wandte den Kopf mit versteinertem Gesicht zur Tür. »Sie sollten erst ...! Sie wollen mich sicher unvorbereitet antreffen. Sie werden lernen müssen, wer hier die Regeln aufstellt.«

In diesem Moment kümmerte es Egwene nicht, ob sie ihn in einem ungünstigen Augenblick erwischen wollten. Alle Gedanken an Berelain schwanden. Somara vollführte eine kleine, an Mitleid erinnernde Geste. Sie kümmerte es ebenfalls nicht. Rand konnte die Aes Sedai daran hindern, Egwene zu ergreifen, wenn sie ihn darum bäte. Sie mußte von jetzt an nur in seiner Nähe bleiben, damit sie sie nicht abschirmen und sie, sobald sie sich auf der Straße blicken ließ, fortdrängen konnten. Sie mußte nur darum bitten, sich unter seinen Schutz stellen zu dürfen. Die Wahl zwischen dieser Entscheidung und der Möglichkeit, in einem Sack in die Burg zurückbefördert zu werden, war so unerfreulich, daß ihr Magen schmerzte. Einerseits würde sie niemals eine Aes Sedai werden, wenn sie sich hinter ihm versteckte, und andererseits ließ sie der Gedanke daran, sich überhaupt hinter jemandem zu verstecken, die Zähne zusammenbeißen. Aber sie waren hier, unmittelbar vor der Tür, und innerhalb einer Stunde könnte sie vielleicht in jenem Sack stecken, oder doch so gut wie. Sie atmete tief durch, konnte ihre Nerven aber nicht beruhigen.

»Rand, gibt es noch einen anderen Ausgang? Wenn nicht, werde ich mich in einem der anderen Räume verstecken. Sie dürfen nicht wissen, daß ich hier bin. Rand? Rand! Hörst du mir zu?«

Er sprach, aber bestimmt nicht mit ihr. »Du *bist* da«, flüsterte er heiser. »Es wäre ein zu großer Zufall, wenn du jetzt daran dächtest.« Er blickte zornig und vielleicht auch ängstlich ins Leere. »Verdammt, antworte mir! Ich weiß, daß du da bist!«

Egwene leckte sich die Lippen, bevor sie es verhindern konnte. Somara sah ihn zwar mit einem Blick an, den man als liebevolle mütterliche Besorgnis hätte beschreiben können, aber Egwenes Magen stülpte sich langsam um. Er konnte doch nicht so plötzlich verrückt geworden sein. Das konnte nicht geschehen sein. Aber er hatte anscheinend irgendeiner verborgenen Stimme gelauscht und dann vielleicht auch zu ihr gesprochen.

Sie erinnerte sich nicht, den Zwischenraum überbrückt zu haben, aber ihre Hand lag plötzlich auf seiner Stirn. Nynaeve sagte immer, man solle zuerst überprüfen, ob jemand Fieber habe, obwohl das kaum etwas nützen würde... Wenn sie nur mehr als nur einen Bruchteil vom Heilen verstünde. Aber das würde auch nichts nützen. Nicht wenn er... »Rand, bist du...? Geht es dir gut?«

Er kam zu sich, wich vor ihrer Hand zurück und sah sie mißtrauisch an. Im nächsten Moment sprang er auf, ergriff ihren Arm und zog sie so schnell durch den Raum, daß sie bei dem Versuch, ihm zu folgen, fast über ihre Röcke gestolpert wäre. »Bleib genau dort stehen«, befahl er barsch, plazierte sie neben dem Podest und ging zurück.

Sie rieb sich so heftig den Arm, daß es ihm nicht entgehen konnte, und wollte ihm folgen. Männer erkannten niemals, wie stark sie waren. Selbst Gawyn erkannte es nicht immer, obwohl es ihr bei ihm wirklich nichts ausmachte. »Was glaubst du ...«

»Rühr dich nicht!« In angewidertem Tonfall fügte er hinzu: »Verdammt sei er, es scheint Wellen zu schlagen, wenn du dich bewegst. Ich werde es am Boden befestigen, damit du nicht aufspringen kannst. Ich weiß nicht, wie groß ich es gestalten kann, und jetzt ist nicht der richtige Zeitpunkt, es herauszufinden.« Somaras Mund stand offen, aber sie schloß ihn hastig wieder.

Was wollte er am Boden befestigen? Worüber redete er ...? Sie verstand so plötzlich, daß sie sich zu fragen vergaß, wer dieser ›er‹ war. Rand hatte *Saidin* um sie herumgewoben. Ihre Augen weiteten sich. Sie atmete zu schnell, aber sie konnte nicht damit aufhören. Wie nahe war es? Ihre Vernunft sagte ihr, daß der Makel aus nichts heraussickern könnte, was immer er durch das Lenken der Macht bewerkstelligen würde. Er hatte sie schon früher mit *Saidin* berührt, aber der Gedanke daran machte es allenfalls noch schlimmer. Sie zog unbewußt die Schultern zusammen und hielt ihre Röcke dicht vor sich.

»Was ...? Was hast du getan?« Sie war sehr stolz auf ihre Stimme, die vielleicht ein wenig unsicher war, aber keinesfalls dem Schreien ähnelte, nach dem ihr zumute war.

»Schau in den Spiegel dort«, sagte er und lachte laut auf.

Sie gehorchte mürrisch – und keuchte. Dort in dem Spiegel sah sie den goldverzierten Stuhl auf dem Podest. Und ein Teil des restlichen Raumes. Aber nicht sie. »Ich bin ... unsichtbar«, hauchte sie. Einmal hatte Moiraine sie alle hinter einem Schirm aus *Saidar* verborgen, aber wie hatte er es gelernt?

»Das ist viel besser, als sich unter meinem Bett zu verstecken«, höhnte er. Als hätte sie *daran* jemals gedacht! »Ich möchte, daß du erkennst, wie ehrerbietig ich sein kann. Und außerdem«, sagte er mit jetzt ernsterer Stimme, »fällt dir vielleicht etwas auf, was mir entgeht. Vielleicht wärst du sogar bereit, es mir anschließend zu berichten.« Er sprang mit einem bellenden Lachen auf das Podest, hob die mit Quasten versehene Speerspitze auf und nahm seinen Platz ein. »Schickt sie herein, Somara. Die Abordnung der Weißen Burg soll sich dem Wiedergeborenen Drachen nähern.« Sein verzerrtes Lächeln ließ Egwene sich fast genauso unbehaglich fühlen wie die Nähe des verwobenen *Saidin*. Wie nahe *war* das verdammte Zeug?

Somara verschwand, und nach kurzer Zeit öffneten sich die Türen weit.

Eine rundliche, stattliche Frau, die nur Coiren sein konnte, ging der Gruppe voraus, in ein dunkelblaues Gewand gekleidet, gefolgt von Nesune in einem einfachen braunen Wollgewand und einer Aes Sedai mit rabenschwarzem Haar und in einem grünen Seidengewand, eine hübsche, rundgesichtige Frau mit einem prallen, fordernden Mund. Egwene wünschte, die Aes Sedai würden immer die Farben ihrer Ajah tragen – Weiße taten dies zumindest –, denn sie glaubte nicht, daß diese Frau, was immer sie war, eine Grüne war – nicht bei den harten Blicken, die sie Rand von ihrem ersten Schritt in den Raum an zuwarf. Kalte Gelassenheit konnte ihre Verachtung kaum verbergen – vielleicht nur jemandem gegenüber, der nicht an Aes Sedai gewöhnt war. Würde Rand es bemerken? Vielleicht nicht. Er konzentrierte sich anscheinend auf Coiren, deren Miene vollkommen unlesbar war. Nesune registrierte natürlich alles, richtete ihre vogelähnlichen Augen blitzschnell hierhin und dorthin.

Egwene war in diesem Moment sehr froh über den Umhang, den er für sie gewoben hatte. Sie wollte sich gerade mit dem Taschentuch, das sie noch immer in der Hand hielt, das Gesicht abtupfen und erstarrte dann. Er hatte gesagt, er würde es am Boden befestigen. Hatte er es getan? Licht, sie könnte plötzlich ungeschützt dastehen. Aber Nesunes Blick glitt über sie hinweg, ohne innezuhalten. Schweiß lief Egwenes Gesicht hinab. Er floß in Strömen. Verdammt sei der Mann! Sie wäre vollkommen damit zufrieden gewesen, sich unter seinem Bett zu verstecken.

Hinter den Aes Sedai betraten ein volles Dutzend weitere Frauen den Raum, die mit einfachen, rauhen Leinenstaubmänteln bekleidet waren. Die meisten waren stämmig und mühten sich mit dem Gewicht zweier durchaus nicht kleiner Kisten, deren polierte Messingbeschläge mit der Flamme von Tar Valon versehen waren. Die Dienerinnen stellten die Kisten mit hörbaren Seufzern der Erleichterung ab, bearbeiteten verstohlen ihre Arme und streckten die Rücken, während die Türen hinter ihnen zufielen und Coiren und die anderen beiden Aes Sedai in vollkommenem Gleichklang in einen, wenn auch nicht sehr tiefen, Hofknicks versanken.

Rand hatte sich aus seinem Stuhl erhoben, noch bevor sie sich wieder aufrichteten. Das Leuchten *Saidars* umgab alle drei Aes Sedai. Sie hatten sich miteinander verbunden. Egwene versuchte sich einzuprägen, was sie davon bemerkt hatte, wie sie es getan hatten. Trotz des Leuchtens erschütterte nichts ihre äußere Ruhe, als Rand an ihnen vorbei auf die Dienerinnen zuging und nacheinander ihre Gesichter betrachtete.

Was wollte er ...? Natürlich, er wollte sich versichern, daß keine von ihnen das alterslose Gesicht einer Aes Sedai hatte. Egwene schüttelte den Kopf und erstarrte dann erneut. Er war ein Narr, wenn er glaubte, daß das genügte. Die meisten besaßen ein zu hohes Alter – sie waren, nach gewöhnlichen Maßstäben, nicht alle alt, aber man konnte ihnen ein Alter zuweisen –, aber zwei der Dienerinnen waren jung genug, daß sie erst seit kurzem Aes Sedai sein könnten. Sie waren es nicht – Egwene konnte das Talent nur bei den drei Aes Sedai spüren, und sie war ihnen ausreichend nahe –, aber das konnte er sicherlich nicht allein durch Augenschein feststellen.

Er berührte das Kinn einer stämmigen jungen Frau und sah ihr lächelnd in die Augen. »Habt keine Angst«, sagte er sanft. Sie schwankte, als wollte sie in Ohnmacht fallen. Rand wandte sich seufzend auf dem Absatz um. Er sah die Aes Sedai nicht an, während er erneut an ihnen vorüberging. »Ihr werdet in meiner Gegenwart nicht die Macht lenken«, sagte er fest. »Laßt sie fahren.« Ein nachdenklicher Ausdruck überzog kurzzeitig Nesunes Gesicht, aber die beiden anderen beobachteten ruhig, wie Rand seinen Platz wieder einnahm. Er rieb sich den Arm – Egwene war dabeigewesen, als er dieses Kribbeln zum ersten Mal verspürt hatte – und sprach dann mit härterer Stimme weiter. »Ich sagte, Ihr werdet in meiner Gegenwart nicht die Macht lenken – oder *Saidar* auch nur aufnehmen.«

Egwene betete einen langen Moment still. Was würde er tun, wenn sie die Quelle weiterhin berührten? Versuchen, sie davon zu trennen? Eine Frau von *Saidar* zu trennen, wenn sie es erst berührt hatte, war weitaus schwerer, als sie vorher davon abzuschirmen. Sie war nicht sicher, ob er mit drei Frauen fertig würde, die fest miteinander verbunden waren. Schlimmer noch – was würden sie tun, wenn er überhaupt etwas versuchte? Das Leuchten verschwand, und sie konnte nur mühsam einen Seufzer der Erleichterung unterdrücken. Was auch immer er getan hatte, machte sie zwar unsichtbar, aber offensichtlich nicht unhörbar.

»Schon viel besser.« Rands Lächeln schloß sie alle ein, erreichte aber nicht seine Augen. »Wir sollten noch einmal beginnen. Ihr seid ehrenwerte Gäste, die gerade erst eingetreten sind.«

Sie verstanden natürlich. Rand war keiner Vermutung gefolgt. Coiren spannte sich leicht an, und die

Augen der Frau mit dem rabenschwarzen Haar weiteten sich jetzt. Nesune nickte nur vor sich hin und merkte sich auch dies. Egwene hoffte verzweifelt, daß er Vorsicht walten lassen würde. Nesune würde nichts entgehen.

Coiren sammelte sich sichtbar mühsam, glättete ihr Gewand und hätte beinahe den Schal gerichtet, den sie gar nicht trug. »Ich habe die Ehre«, verkündete sie klangvoll, »Coiren Saeldain Aes Sedai zu sein, Botschafterin der Weißen Burg und Abgesandte von Elaida do Avriny a'Roihan, der Wächterin des Siegels, der Flamme von Tar Valon und des Amyrlinsitzes.« Eine etwas weniger überladene Vorstellung, wenn auch mit den vollen Ehrentiteln der Aes Sedai, erfolgte von den anderen beiden. Die Frau mit den harten Augen war Galina Casban.

»Ich bin Rand al'Thor.« Die Einfachheit seiner Vorstellung bildete einen starken Kontrast dazu. Sie hatten den Wiedergeborenen Drachen nicht erwähnt, und er erwähnte ihn auch nicht, aber daß er den Titel ausließ, schien zu bewirken, daß er leise geflüstert im Raum umherschwebte.

Coiren atmete tief durch und hob den Kopf, als hörte sie das Flüstern. »Wir überbringen dem Wiedergeborenen Drachen eine huldvolle Einladung. Der Amyrlinsitz ist sich vollkommen bewußt, daß Zeichen gesetzt und Prophezeiungen erfüllt wurden, die ...« Ihre tiefe, volltönende Stimme gelangte schnell zu dem Punkt, daß Rand sie »in aller ihm zustehenden Ehre« zur Weißen Burg begleiten sollte und daß ihm Elaida, wenn er die Einladung annahm, nicht nur den Schutz der Burg gewähren würde, sondern daß er auch ihr Ansehen und ihren Einfluß hinter sich wissen würde. Weitere blumige Worte entströmten ihrem Mund, bis sie endete. »... und als Zeichen dafür sendet der Amyrlinsitz dieses bescheidene Geschenk.«

Sie wandte sich den Kisten zu, hob den Kopf und zögerte dann mit leicht verzerrtem Gesicht. Sie mußte zweimal ein Zeichen geben, bevor die Dienerinnen verstanden und die messingbeschlagenen Deckel öffneten. Anscheinend hatten sie sie mit *Saidar* aufspringen lassen wollen. Die Kisten waren mit Lederbeuteln gefüllt. Eine weitere, schärfere Geste, und die Dienerinnen banden die Beutel auf.

Egwene schluckte schwer. Kein Wunder, daß die Frauen Mühe gehabt hatten! Aus den geöffneten Beuteln ergossen sich Goldmünzen aller Größen, funkelnde Ringe, glitzernde Halsketten und ungefaßte Edelsteine. Selbst wenn sich darunter auch wertloses Zeug befand, war dies schon ein Vermögen.

Rand lehnte sich auf seinem thronähnlichen Sessel zurück und betrachtete die Kisten lächelnd. Die Aes Sedai beobachteten ihn mit gelassenen Gesichtern, und doch glaubte Egwene in Coirens Augen eine Andeutung von Zufriedenheit und um Galinas Lippen etwas stärkere Verachtung zu erkennen. Nesune... Nesune bedeutete die wahre Gefahr.

Die Deckel schlugen jäh zu, ohne daß eine Hand sie berührt hätte, und die Dienerinnen sprangen zurück, ohne ihre erschreckten Schreie zu dämpfen. Die Aes Sedai erstarrten, und Egwene betete inbrünstig. Sie wollte, daß er sich hochmütig und ein wenig anmaßend zeigte, aber nur so weit, daß sie aufmerksam blieben, nicht daß sie zu dem Beschluß genötigt wurden, ihn augenblicklich zähmen zu wollen.

Plötzlich erkannte sie, daß er bisher mitnichten ein Verhalten an den Tag gelegt hatte, das an die ›Bescheidenheit einer Maus‹ erinnerte. Er hatte niemals die Absicht gehabt. Rand hatte mit ihr gespielt! Hätte sie nicht zu große Angst gehabt, daß ihre Knie ihr nicht gehorchen würden, wäre sie hinübergegangen und hätte ihn geohrfeigt.

»Eine große Menge Gold«, sagte Rand. Er schien entspannt, und sein Lächeln nahm jetzt sein ganzes Gesicht ein. »Das kann ich immer gebrauchen.« Egwene blinzelte. Er klang fast habgierig!

Coiren erwiderte sein Lächeln und bot jetzt entschieden ein Bild gesetzter Selbstzufriedenheit. »Der Amyrlinsitz ist natürlich in höchstem Maße großzügig. Wenn Ihr die Weiße Burg erreicht habt ...«

»Wenn ich dorthin gehe«, unterbrach Rand sie, als dächte er laut. »Ja, ich freue mich auf den Tag, an dem ich in der Burg sein werde.« Er beugte sich vor, die Ellbogen auf die Knie gestützt und das Drachenszepter in der Hand. »Es wird allerdings noch eine Weile dauern. Ich muß zunächst noch hier in Andor und anderswo Verpflichtungen erfüllen.«

Coiren preßte kurzzeitig die Lippen zusammen, aber ihre Stimme blieb genauso glatt und geschmeidig wie zuvor. »Wir haben sicherlich keine Einwände dagegen, einige Tage zu rasten, bevor wir die Rückreise nach Tar Valon antreten. Darf ich in der Zwischenzeit vorschlagen, daß eine von uns verfügbar bleibt, um Euch zu beraten, wenn Ihr Rat benötigt? Wir haben natürlich von Moiraines unglückseligem Ableben gehört. Ich kann nicht selbst bleiben, aber Nesune oder Galina würden es nur zu gern tun.«

Rand betrachtete die beiden Genannten stirnrunzelnd, und Egwene hielt den Atem an. Er schien erneut etwas zuzuhören oder auf etwas zu lauschen. Nesune betrachtete ihn als Reaktion genauso offen wie er sie. Galinas Finger strichen unbewußt ihre Röcke glatt.

»Nein«, sagte er schließlich und setzte sich zurück, die Hände auf die Armlehnen gestützt. Der Sessel wirkte dadurch mehr denn je wie ein Thron. »Es ist vielleicht nicht sicher. Ich möchte nicht, daß eine von Euch versehentlich einen Speer in die Rippen bekommt.« Coiren öffnete den Mund, aber er fuhr fort. »Um Eurer eigenen Sicherheit willen sollte keine von Euch ohne Erlaubnis näher als eine Meile an mich herankommen. Am besten bleibt Ihr, ohne anderweitige

Erlaubnis, auch ebenso weit vom Palast entfernt. Ihr werdet es erfahren, wenn ich bereit bin, mit Euch zu gehen. Das verspreche ich.« Er erhob sich unvermittelt. Er stand so hoch aufragend auf dem Podest, daß die Aes Sedai den Hals recken mußten, und es war offensichtlich, daß ihnen dies genauso wenig gefiel wie seine Einschränkungen. Drei Versteinerte starrten zu ihm hoch. »Ihr könnt jetzt in Euer Quartier zurückkehren. Je schneller ich mich um gewisse Dinge kümmern kann, desto eher kann ich zur Burg ziehen. Ich werde Euch benachrichtigen, wann ich Euch wieder treffen kann.«

Sie waren über diese plötzliche Entlassung nicht erfreut. Aes Sedai bestimmten, wann eine Audienz beendet war, und doch konnten sie jetzt kaum etwas anderes tun als einen knappen Hofknicks zu vollführen, wobei ihre Verärgerung fast durch ihre zur Schau gestellten Gelassenheit hindurchbrach.

Als sie sich zum Gehen wandten, sprach Rand wie beiläufig erneut. »Ich vergaß zu fragen, wie es Alviarin geht.«

»Es geht ihr gut.« Galinas Mund blieb einen Moment offenstehen, und ihre Augen weiteten sich. Sie schien darüber erschrocken zu sein, daß sie gesprochen hatte.

Coiren zögerte, ob sie die Gelegenheit ergreifen und noch mehr sagen sollte, aber Rand wartete bereits ungeduldig. Als sie fort waren, trat er von dem Podest herab, wog die Speerspitze in der Hand und betrachtete die Türen, die sich hinter den Aes Sedai geschlossen hatten.

Egwene trat sofort zu ihm. »Welches Spiel spielst du, Rand al'Thor?« Sie hatte bereits ein halbes Dutzend Schritte zurückgelegt, bevor sie durch einen Blick auf ihr Spiegelbild in den Spiegeln erkannte, daß sie geradewegs durch sein *Saidin*-Gewebe hindurchgeschritten war. Zumindest hatte sie es nicht bemerkt, als es sie berührte. »Nun?«

»Galina gehört zu Alviarin«, sagte er nachdenklich. »Sie ist eine von Alviarins Freundinnen. Darauf könnte ich wetten.«

Sie stellte sich vor ihn hin. »Und du würdest dein Geld verlieren. Galina ist eine Rote, oder ich habe noch niemals zuvor eine Rote gesehen.«

»Weil sie mich nicht mag?« Jetzt sah er sie an, und sie wünschte fast, er würde es nicht tun. »Weil sie Angst vor mir hat?« Er verzog weder das Gesicht noch funkelte er sie an, noch wirkte sein Gesicht besonders hart, und doch schien sein Blick Dinge auszudrücken, von denen sie nichts wußte. Sie *haßte* das. Dann lächelte er so plötzlich, daß sie blinzeln mußte. »Egwene, erwartest du von mir zu glauben, daß du einer Frau ihre Ajah am Gesicht ansehen könntest?«

»Nein, aber ...«

»Wie dem auch sei, sogar Rote werden mir letztendlich vielleicht folgen. Sie kennen die Prophezeiungen genauso gut wie jeder andere. ›Die makellose Burg zerbricht und beugt sich dem vergessenen Zeichen.‹ Davor wurde eine weiße Burg beschrieben, und was sonst könnte ›die makellose Burg‹ sein? Und das vergessene Zeichen? Mein Banner, Egwene, mit dem uralten Symbol der Aes Sedai.«

»Verdammt sollst du sein, Rand al'Thor!« Der Fluch drang unbeholfener hervor, als sie es sich gewünscht hätte. Sie war nicht daran gewöhnt, solche Dinge zu äußern. »Das Licht soll dich verbrennen! Du kannst doch nicht wirklich daran denken, mit ihnen zu gehen. Das kannst du nicht tun!«

Er lächelte belustigt. Belustigt! »Habe ich nicht getan, was du wolltest? Was du mir geraten hast *und* was du wolltest?«

Sie preßte empört die Lippen zusammen. Es war schon schlimm genug, daß er es wußte, aber es ihr auch noch ins Gesicht zu sagen, war sehr taktlos. »Rand, bitte hör mir zu. Elaida ...«

»Die Frage ist jetzt, wie wir dich zu den Zelten zurückbringen können, ohne daß sie erfahren, daß du hier warst. Sie haben vermutlich Augen-und-Ohren im Palast.«

»Rand, du mußt ...!«

»Wie wäre es, wenn du in einen jener großen Wäschekörbe stiegst? Ich kann ihn von zwei Töchtern des Speers tragen lassen.«

Sie hätte beinahe ergeben die Hände gehoben. Er war genauso bestrebt, sie loszuwerden, wie er die Aes Sedai hatte loswerden wollen. »Meine eigenen Füße werden durchaus genügen, vielen Dank.« Ein Wäschekorb, also wirklich! »Ich brauchte mir keine Sorgen mehr zu machen, wenn du mir sagen würdest, wie du von Caemlyn hierhergelangst, wann immer du willst.« Sie verstand nicht, warum die Frage verletzen sollte, und doch tat sie es. »Ich weiß, daß du es mich nicht lehren kannst, aber wenn du mir sagtest, wie, könnte ich vielleicht herausfinden, wie man es mit *Saidar* tun könnte.«

Anstatt des Scherzes auf ihre Kosten, den sie halbwegs erwartet hatte, nahm er die Enden ihres Schals in beide Hände. »Das Muster«, sagte er. »Caemlyn«, ein Finger auf seiner Linken hielt den Stoff auf, »und Cairhien.« Ein Finger der anderen Hand schuf ebenfalls eine Öffnung, und er führte die beiden Öffnungen zusammen. »Ich habe das Muster gebeugt und eine Öffnung von einem zum anderen geschaffen. Ich weiß nicht, wo hindurch ich gebohrt habe, aber es existiert kein Zwischenraum zwischen einem Ende der Öffnung und dem anderen.« Er ließ ihren Schal los. »Hilft dir das?«

Sie kaute auf ihren Lippen und betrachtete stirnrunzelnd und verärgert den Schal. Es half ihr überhaupt nicht. Allein der Gedanke daran, eine Öffnung in das Muster zu zwingen, verursachte ihr Übelkeit. Sie hatte gehofft, es wäre etwas wie das, was sie in bezug auf

Tel'aran'rhiod herausgefunden hatte. Es war natürlich nicht so, daß sie es jemals benutzen wollte, aber sie hatte all jene Zeit zur Verfügung gehabt, und die Weisen Frauen nörgelten ständig über die Aes Sedai und fragten, wie man körperlich in die Welt der Träume eintrat. Sie dachte, man könnte es nur dadurch erreichen, daß man eine Ähnlichkeit zwischen der wirklichen Welt und ihrer Reflexion in der Welt der Träume schuf – der Begriff Ähnlichkeit schien die einzige Möglichkeit, es zu beschreiben. Dadurch sollte ein Ort geschaffen werden, an dem man einfach überwechseln könnte. Wenn Rands Methode zu reisen auch nur annähernd ähnlich gewesen wäre, hätte sie es gern versucht, aber so ... *Saidar* tat, was man wollte, solange man sich daran erinnerte, daß es unendlich viel stärker als man selbst war und sanft geführt werden mußte. Wenn man versuchte, das Falsche zu erzwingen, war man tot oder verbrannt, bevor man auch nur schreien konnte.

»Rand, bist du sicher, daß es keinen Sinn ergibt, Dinge auf die gleiche Art zu tun ... oder ...?« Sie wußte nicht, wie sie es ausdrücken sollte, aber er hatte ohnehin bereits den Kopf geschüttelt, bevor sie abgebrochen hatte.

»Das klingt, als würde man das Gewebe des Musters ändern. Ich denke, es würde mich zerreißen, wenn ich es auch nur versuchte. Ich habe eine Öffnung gebohrt.« Er bohrte einen Finger in ihre Richtung, um es ihr zu verdeutlichen.

Nun, es hatte keinen Zweck, das weiterzuverfolgen. Sie rückte verärgert ihren Schal zurecht. »Rand, wegen dieser Meerleute. Ich weiß nicht mehr, als ich gelesen habe ...« Sie wußte doch mehr darüber, aber sie würde es ihm noch immer nicht sagen. »Aber es muß etwas Wichtiges sein, wenn sie einen solch weiten Weg zurücklegen, um dich zu sehen.«

»Licht«, murmelte er abwesend, »du springst herum

wie ein Tropfen Wasser auf einem heißen Backblech. Ich werde sie empfangen, wenn ich Zeit habe.« Er rieb sich einen Moment über die Stirn, und seine Augen schienen blind. Er blinzelte und sah sie dann wieder an. »Beabsichtigst du zu bleiben, bis sie zurückkommen?« Er wollte sie wirklich loswerden.

Sie hielt an der Tür inne, aber er durchschritt bereits den Raum, die Hände hinter dem Rücken verschränkt, und sprach mit sich selbst. Leise, aber sie konnte einige Worte verstehen. »Wo verbirgst du dich, verdammter Kerl? Ich weiß, daß du da bist!«

Sie verließ schaudernd den Raum. Wenn er wirklich wahnsinnig wurde, konnte man es nicht ändern. Das Rad wob, wie das Rad es wünschte, und sein Gewebe mußte angenommen werden.

Als sie erkannte, daß sie die über den Gang eilenden Diener daraufhin betrachtete, ob sie vielleicht Aes Sedai-Spione sein könnten, blieb sie stehen. Das Rad wob, wie das Rad es wünschte. Sie nickte Somara zu, straffte die Schultern und bemühte sich, auf ihrem Weg zum nächstgelegenen Dienstboteneingang nicht zu rennen.

Es wurde nur wenig gesprochen, als Arilyns beste Kutsche vom Sonnenpalast fortschwankte, gefolgt von dem Wagen, der die Kisten beinhaltet hatte, und jetzt nur noch die Dienerinnen und den Kutscher beförderte. In der Kutsche legte Nesune nachdenklich die Finger an die Lippen. Ein beeindruckender junger Mann. Ein faszinierendes Studienobjekt. Ihr Fuß berührte eine der Musterkisten unter dem Sitz. Sie fuhr niemals irgendwohin, ohne die passenden Musterkisten dabeizuhaben. Man sollte denken, die Welt wäre schon vor langer Zeit aufgezeichnet worden, und doch hatte sie, seit sie Tar Valon verlassen hatten, schon fünfzig Pflanzen und zweimal so viele Insekten gesammelt, sowie die Knochen eines Fuchses, von drei Arten Lerchen und nicht weniger als fünf Arten Erdhörnchen, die, wie sie sicher wußte, nirgendwo verzeichnet waren.

»Ich wußte gar nicht, daß Ihr mit Alviarin befreundet seid«, sagte Coiren nach einer Weile.

Galina schnaubte. »Ich muß nicht mit ihr befreundet sein, um zu wissen, daß es ihr gutging, als wir aufbrachen.« Nesune fragte sich, ob sich die Frau bewußt war, daß sie schmollte. Vielleicht lag es nur an der Form der Lippen, aber man mußte mit seinem Gesicht zu leben lernen. »Glaubt Ihr, daß er es wahrhaftig wußte?« fuhr Galina fort. »Daß wir ... Es ist unmöglich. Er kann es nur vermutet haben.«

Nesune spitzte die Ohren, obwohl sie sich weiterhin an die Lippen tippte. Das war eindeutig der Versuch, das Thema zu wechseln, und außerdem ein Zeichen dafür, daß Galina nervös war. Sie hatten alle so lange geschwiegen, weil niemand al'Thor erwähnen wollte, und doch schien kein anderes Thema möglich. Warum wollte Galina nicht über Alviarin sprechen? Die beiden waren sicherlich nicht befreundet. Es kam nur selten vor, daß eine Rote außerhalb ihrer Ajah Freunde hatte. Nesune wies der Frage im Geiste einen besonderen Platz zu.

»Wenn er es nur vermutet hätte, könnte er auf dem Jahrmarkt sein Vermögen machen.« Coiren war keine Närrin. Jenseits aller Vernunft hochtrabend, aber niemals eine Närrin. »Wie lächerlich es auch scheinen mag – wir müssen dennoch annehmen, daß er *Saidar* bei einer Frau spüren kann.«

»Das könnte sich als verhängnisvoll erweisen«, murmelte Galina. »Nein. Das kann nicht sein. Er kann es nur vermutet haben. Jeder Mann, der die Macht zu lenken vermag, sollte annehmen, daß wir *Saidar* willkommen heißen.«

Das Schmollen der Frau ärgerte Nesune. Diese ganze Reise ärgerte sie. Sie wäre glücklicher gewesen, sich dieser Aufgabe anzuschließen, wenn sie darum gebeten worden wäre, aber Jesse Bilal hatte sie nicht gebeten. Jesse hatte sie praktisch eigenhändig aufs Pferd gesetzt. Wie auch immer es in anderen Ajahs gehandhabt werden mochte – ein solches Verhalten wurde von der Vorsitzenden des Rates der Braunen nicht erwartet. Das Schlimmste war jedoch, daß Nesunes Begleiterinnen so auf den jungen Rand al'Thor ausgerichtet waren, daß sie allem anderen gegenüber blind geworden zu sein schienen.

»Habt Ihr irgendeine Ahnung, wer die Schwester war, die an unserem Gespräch teilhatte?« sann sie laut.

Vielleicht war es keine Schwester – drei Aielfrauen tauchten zufällig auf, als sie in die Königliche Bibliothek ging, und zwei davon konnten die Macht lenken –, aber sie wollte ihre Reaktionen sehen. Sie wurde nicht enttäuscht, oder, eher gesagt, sie wurde doch enttäuscht. Coiren setzte sich nur aufrechter hin, aber Galina starrte sie an. Es fiel Nesune schwer, nicht zu seufzen. Sie waren wirklich blind. Sie waren nur wenige Schritte von einer Frau entfernt gewesen, die die Macht lenken konnte, und sie hatten sie nicht gespürt, weil sie die Frau nicht sehen konnten.

»Ich weiß nicht, wie sie verborgen wurde«, fuhr Nesune fort, »aber es wird interessant sein, das herauszubekommen.« Es mußte sein Werk gewesen sein. Sie hätten jedes *Saidar*-Gewebe gesehen. Sie fragten nicht, ob sie sicher war. Sie wußten, daß sie eine Vermutung stets begründen konnte.

»Das ist die Bestätigung, daß Moiraine lebt.« Galina setzte sich mit grimmigem Lächeln zurück. »Wir werden vermutlich Beldeine darauf ansetzen, sie zu finden. Dann packen wir sie und sperren sie gefesselt im Kellergeschoß ein. In der Folge wird sie von al'Thor ferngehalten, und wir können sie mit ihm nach Tar Valon bringen. Ich bezweifle, daß er es auch nur bemerken wird, solange wir genügend Gold vor seiner Nase glitzern lassen.«

Coiren schüttelte nachdrücklich den Kopf. »Wir haben jetzt keine größere Bestätigung als zuvor, nicht was Moiraine betrifft. Vielleicht war es diese geheimnisvolle Grüne. Ich stimme zu, daß wir herausfinden müssen, wer sie ist, aber alles weitere müssen wir sorgfältig überdenken. Ich werde nicht alles aufs Spiel setzen, was wir so ausgiebig geplant haben. Wir müssen uns der Tatsache bewußt sein, daß al'Thor mit dieser Schwester verbunden ist – wer auch immer sie sein mag – und daß seine Bitte um Zeit vielleicht nur ein Vorwand ist. Glücklicherweise haben wir Zeit.« Galina nickte, wenn auch nur widerwillig. Sie würde eher heiraten und sich auf einem Bauernhof niederlassen, als ihre Pläne zu gefährden.

Nesune gestattete sich ein leises Seufzen. Abgesehen von der Prahlerei war Coirens einziger wahrer Fehler, daß sie stets das Offensichtliche anführte. Sie hatte einen klaren Verstand, wenn sie ihn einmal benutzte. Und sie hatten wirklich Zeit. Ihr Fuß berührte erneut eine der Musterkisten. Wie auch immer sich die Ereignisse wenden würden – das Schriftstück, das sie al'Thor zu schicken gedachte, würde der Höhepunkt ihres Lebens werden.

KAPITEL 5

Briefe

Lews Therin war *tatsächlich* da – Rand war sich dessen sicher –, aber kein Flüstern erklang in seinem Kopf, das nicht von ihm herrührte. Er versuchte, den Rest des Tages an andere Dinge zu denken, so nutzlos sie auch sein mochten. Berelain wurde mit jedem Mal, wenn er zu ihr hereinschaute, um sie etwas zu fragen, was sie sehr gut ohne ihn erledigen konnte, wütender. Er war sich nicht sicher, aber er glaubte, daß sie ihn zu meiden begann. Sogar Rhuarc wirkte ein wenig gehetzt, nachdem Rand ihn zum zehnten Mal wegen der Shaido in die Enge getrieben hatte. Die Shaido hatten sich nicht geregt, und die einzige Möglichkeit, die Rhuarc sah, war, sie in Brudermörders Dolch zu belassen oder sie zu enttarnen. Herid Fel war fortgegangen, was er häufig tat, wie Idrien schnell erklärte, und war nirgendwo zu finden. Wenn sich Fel in Gedanken verlor, verirrte er sich manchmal sogar in der Stadt. Rand schrie Idrien an. Fels Verhalten war nicht ihre Schuld, er unterstand nicht ihrer Verantwortung, aber Rand ließ sie dennoch bleich und zitternd zurück. Seine Stimmung wogte wie eine Folge von Unwettern, die vom Horizont heranrauschten. Er schrie auch Meilan und Maringil an, bis sie in ihren Stiefeln erzitterten, und ließ sie mit bläßlichen Gesichtern zurück, schüchterte Colavaere ein, bis sie verzweifelt weinte, und veranlaßte Anaiyella tatsächlich, mit bis zu den Knien gerafften Röcken davonzulaufen. Außerdem schrie er auch Amys und Sorilea an, als sie mit der Frage zu ihm kamen, was er den Aes Sedai geantwortet habe. Aus dem Ausdruck auf Sorileas Gesicht, als sie davonschritten, schloß er, daß ihr gegenüber vielleicht zum ersten Mal jemand die Stimme erhoben hatte. Es war das Wissen – das *Wissen* –, daß Lews Therin tatsächlich da war, mehr als nur eine Stimme, sondern ein Mann, der sich in seinem Kopf verborgen hielt.

Er hatte fast Angst einzuschlafen, als die Nacht kam, Angst, daß Lews Therin im Schlaf die Kontrolle übernehmen könnte. Und als er schlief, warfen ihn unruhige Träume hin und her und ließen ihn im Schlaf reden. Er wurde vom ersten schwachen Tageslicht, das durchs Fenster fiel, geweckt und fand sich in zerwühlten, schweißgetränkten Laken, mit brennenden Augen, einem sauren Geschmack im Mund und schmerzenden Beinen wieder. Die Träume, an die er sich erinnerte, hatten davon gehandelt, daß er vor etwas davongelaufen war, was er nicht sehen konnte. Er mühte sich aus dem großen Bett mit den vier Pfosten und wusch sich am goldverzierten Waschtisch. Als der Himmel draußen allmählich grau wurde, war der *Gai'shain*, der frisches Wasser bringen würde, noch nicht erschienen, aber das vorhandene Wasser genügte.

Er hatte seine Rasur fast beendet, hielt die Rasierklinge an seiner Wange in der Schwebe und betrachtete sich im Spiegel. Laufen. Er war sicher, daß es die Verlorenen waren, vor denen er in jenen Träumen davongelaufen war, oder der Dunkle König oder Tarmon Gai'don oder vielleicht sogar Lews Therin. So von sich eingenommen. Natürlich träumte der Wiedergeborene Drache, vom Dunklen König verfolgt zu werden. Trotz all seiner Einwände, Rand al'Thor zu sein, schien es, als könnte er es genauso leicht vergessen wie jeder andere. Rand al'Thor war vor Elayne davongelaufen, vor seiner Angst davor, Elayne zu lieben, genau wie er aus Angst davor, Aviendha zu lieben, davongelaufen war.

Der Spiegel zersprang, Scherben fielen in die Porzellanwaschschüssel. Die im Rahmen verbliebenen Reste warfen ein bruchstückhaftes Bild seines Gesichts zurück.

Er ließ *Saidin* fahren, schabte vorsichtig die letzten Reste Seifenschaum von seinen Wangen und klappte die Rasierklinge bedächtig ein. Kein Davonlaufen mehr. Er würde tun, was er tun mußte, aber kein Davonlaufen mehr.

Zwei Töchter des Speers warteten im Gang, als er hinaustrat. Harilin, eine schlanke Rothaarige ungefähr seines Alters, lief los, um die anderen herbeizuholen, sobald er auftauchte. Chiarid, eine Blonde mit lustigen Augen, die alt genug war, um seine Mutter zu sein, begleitete ihn durch Gänge, in denen nur wenige Diener umhergingen, die überrascht waren, ihn so früh zu sehen. Chiarid liebte es üblicherweise, Späße auf seine Kosten zu machen, wenn sie allein waren – auch wenn er nur einige davon verstand. Sie sah ihn als jüngeren Bruder an, der davor bewahrt werden mußte, übermütig zu werden, aber sie erspürte seine Stimmung an diesem Morgen und schwieg. Sie warf nur einmal einen angewiderten Blick auf sein Schwert.

Nandera und die restlichen Töchter des Speers holten sie ein, bevor sie die Hälfte des Weges zur Reisekammer zurückgelegt hatten, und erkannten sein Schweigen ebenso schnell. Wie auch die Mayeners und die Schwarzaugen, welche die quadratisch geschnittene Tür bewachten. Rand dachte, er könnte Cairhien verlassen, ohne daß jemand sprach, bis eine junge Frau in dem Rot und Blau der persönlichen Diener Berelains heraneilte und in einen tiefen Hofknicks verfiel, während er gerade das Wegetor öffnete.

»Die Erste schickt dies«, keuchte sie und hielt ihm einen Brief mit einem großen grünen Siegel entgegen. Sie war offensichtlich den ganzen Weg bis zu ihm gelaufen. »Er kommt vom Meervolk, mein Lord Drache.«

Rand steckte den Brief in seine Manteltasche und trat

durch das Tor, wobei er die Frage der Frau unbeachtet ließ, ob er ihr eine Antwort mitgeben wollte. Heute morgen war ihm nach Schweigen zumute. Er ließ einen Daumen über die Gravur auf dem Drachenszepter gleiten. Er würde stark und hart sein und all sein Selbstmitleid hinter sich lassen.

Die dunkle Große Halle in Caemlyn ließ Alanna sich wieder tief in seinen Geist einnisten. Die Nacht hielt sie noch umfangen, aber sie war wach. Er wußte es so sicher, wie er wußte, daß sie weinte, so sicher, wie er wußte, daß ihre Tränen versiegten, kurz nachdem er das Tor hinter der letzten der Töchter des Speers geschlossen hatte. Ein kleiner Rest widerstreitender, undeutbarer Gefühle ballte sich noch immer in seinem Unterbewußtsein, und doch war er sich sicher, daß sie wußte, daß er zurückgekehrt war. Zweifellos hatten sie und ihr Zugeschworensein ihren Beitrag zu seiner Flucht geleistet, aber er erkannte dieses Zugeschworensein jetzt zumindest an, auch wenn er ihm nicht gefiel. Dieser Gedanke ließ ihn beinahe erstickt kichern. Er sollte ihn besser anerkennen, da er es ohnehin nicht ändern konnte. Sie hielt ihn an einem Faden fest – nur ein Faden: Licht, laß es nicht mehr sein –, was keine Gefahr bedeuten sollte, es sei denn, er ließ sie nahe genug an sich heran, daß eine Leine daraus werden könnte. Er wünschte, Thom Merrilin wäre da. Thom wußte wahrscheinlich alles über Behüter und das Zugeschworensein. Er wußte überraschend viele Dinge. Nun, wenn er Elayne fände, würde er auch Thom finden. Ganz einfach.

Saidin formte eine Kugel aus Licht, Feuer und Luft, um den Weg aus dem Thronsaal zu weisen. Die uralten Königinnen, die in der Dunkelheit weit über ihm verborgen waren, störten ihn überhaupt nicht. Sie waren nur Bilder aus buntem Glas.

Was man von Aviendha nicht behaupten konnte. Vor seinen Räumen entließ Nandera alle Töchter des Speers außer Jalani, und die beiden gingen mit ihm hinein, um die Räume zu überprüfen, während er die Macht lenkte, um die Lampen zu entzünden, und das Drachenszepter auf einen kleinen, mit Elfenbeineinlegearbeiten versehenen Tisch legte, der erheblich weniger Gold aufwies als die Tische im Sonnenpalast. Das galt für alle Möbel – weniger Gold, aber mehr Schnitzerei, zumeist Löwen oder Rosen. Ein großer, mit Goldfäden durchwirkter roter Teppich bedeckte den Boden.

Er bezweifelte, daß er die leisen Schritte der Töchter des Speers gehört hätte, wenn er nicht *Saidin* in sich gehabt hätte, aber bevor sie den Vorraum durchquerten, kam Aviendha aus dem dunklen Schlafzimmer, das Haar in wilder Unordnung und ihr Gürtelmesser in der Hand. Und sie trug nichts auf ihrer Haut. Als sie ihn sah, wurde sie steif wie ein Pfosten und stolzierte dorthin zurück, woher sie gekommen war, wenn sie auch beinahe gelaufen wäre. Schwaches Lampenlicht fiel durch den Eingang. Nandera lachte leise und wechselte amüsierte Blicke mit Jalani.

»Ich werde die Aiel niemals verstehen«, murmelte Rand. Es war weniger die Tatsache, daß die Töchter des Speers die Situation lustig fanden – er hatte es schon lange aufgegeben, den Aielhumor verstehen zu wollen. Es war Aviendha. Sie hielt es vielleicht für *sehr* lustig, sich vor ihm fürs Bett auszuziehen, aber wenn er auch nur einen Blick auf ihre Knöchel erhaschte, wenn sie sie nicht zeigen wollte, wurde sie zu einer fauchenden Katze. Ganz davon zu schweigen, daß sie ihm dann die Schuld dafür gab.

Nandera frohlockte. »Es sind nicht die Aiel, die du nicht verstehen kannst, sondern die Frauen. Kein Mann hat die Frauen jemals verstanden.«

»Aber andererseits sind Männer sehr leicht zu verstehen«, warf Jalani ein, deren Wangen noch den Babyspeck zeigten, und errötete leicht. Nandera erweckte den Eindruck, als wollte sie gleich laut auflachen.

Tod, flüsterte Lews Therin.

Rand vergaß alles andere. *Tod? Was meinst du damit? Der Tod kommt.*

Welche Art von Tod? fragte Rand. *Wovon sprichst du? Wer bist du? Wo bin ich?*

Rand fühlte sich, als hätte ihm eine Faust die Kehle zugedrückt. Er war sich sicher gewesen, aber ... Dies war das erste Mal, daß Lews Therin etwas zu ihm gesagt hatte, etwas, was eindeutig an ihn gerichtet war. *Ich bin Rand al'Thor, und du befindest dich in meinem Kopf.*

In ...? Nein! Ich bin ich selbst! Ich bin Lews Therin Telamon! Ich bin iiiiich! Der Schrei verklang in der Ferne.

Komm zurück, rief Rand. *Welcher Tod? Antworte mir, verdammter Kerl!* Schweigen. Er regte sich unbehaglich. Es zu wissen, war eine Sache, aber ein Toter in ihm, der vom Tod sprach, ließ ihn sich unrein fühlen, wie ein leiser Hauch des Makels auf *Saidin*.

Etwas berührte ihn am Arm, und er hätte beinahe die Quelle ergriffen, bevor er erkannte, daß es Aviendha war. Sie mußte regelrecht in ihre Kleider geströmt sein, und doch wirkte sie, als hätte sie eine Stunde gebraucht, um jedes Haar an seinen Platz zu rücken. Die Leute sagten, Aiel zeigten keine Gefühle, aber sie waren einfach nur zurückhaltender als die meisten anderen. Ihre Gesichter sagten genausoviel aus wie die Gesichter anderer, wenn man wußte, wonach man zu suchen hatte. Aviendha war hin- und hergerissen zwischen Sorge und Wut.

»Geht es dir gut?« fragte sie.

»Ich habe nur nachgedacht«, belehrte er sie. Das war nur zu wahr. *Antworte mir, Lews Therin! Komm zurück und antworte mir!* Warum hatte er jemals geglaubt, Schweigen wäre diesem Morgen angemessen?

Unglücklicherweise glaubte ihm Aviendha, und wenn es nichts gab, worüber man sich Sorgen machen mußte ... Sie stemmte die Fäuste in die Hüften. Das verstand er bei Frauen, egal ob Aiel oder Frauen der

Zwei Flüsse oder wem auch immer: Die in die Hüften gestemmten Fäuste bedeuteten Ärger. Er hätte sich nicht die Mühe zu machen brauchen, die Lampen anzuzünden. Ihr Blick war heiß genug, den Raum zu beleuchten. »Du bist wieder ohne mich fortgegangen. Ich habe den Weisen Frauen versprochen, in deiner Nähe zu bleiben, bis ich gehen muß, aber du hast mein Versprechen zunichte gemacht. Du hast mir dafür *Toh* auferlegt, Rand al'Thor. Nandera, von jetzt an muß ich erfahren, wann er wohin geht. Er darf nicht ohne mich aufbrechen, wenn ich ihn begleiten sollte.«

Nandera zögerte keinen Moment, bevor sie nickte. »Wie du wünschst, Aviendha.«

Rand pflanzte sich vor beiden Frauen auf. »Nein, wartet! Niemand erfährt, wann ich komme und gehe, es sei denn, ich sage es.«

»Ich habe mein Wort gegeben, Rand al'Thor«, sagte Nandera mit tonloser Stimme. Sie sah ihm unnachgiebig in die Augen.

»Und ich ebenfalls«, sagte Jalani fast ebenso tonlos.

Rand öffnete den Mund und schloß ihn wieder. Verdammtes *Ji'e'toh*. Es hatte natürlich keinen Zweck zu erwähnen, daß er der *Car'a'carn* war. Aviendha wirkte leicht überrascht, daß er sich überhaupt wehrte. Für sie war es anscheinend eine Selbstverständlichkeit. Er hob unbehaglich die Schultern, wenn auch nicht wegen Aviendha. Dieses unreine Gefühl war weiterhin spürbar und wurde jetzt noch stärker. Vielleicht war Lews Therin zurückgekommen. Rand rief ihn schweigend, aber er bekam keine Antwort.

Ein Klopfen an der Tür wurde sofort vom Eintreten Frau Harfors gefolgt, die ihren üblichen tiefen Hofknicks vollführte. Der Ersten Tochter des Speers war die frühe Stunde natürlich nicht anzusehen. Reene Harfor wirkte, gleichgültig zu welcher Tageszeit, stets, als hätte sie sich gerade erst zurechtgemacht. »Mehrere Leute sind in der Stadt eingetroffen, mein Lord Drache, und Lord Bashere dachte, Ihr solltet es so bald wie möglich erfahren. Lady Aemlyn und Lord Culhan sind gestern abend eingetroffen und weilen bei Lord Pelivar. Lady Arathelle traf eine Stunde später mit großem Gefolge ein. Lord Barel und Lord Macharan, Lady Sergase und Lady Negara sind in der Nacht getrennt mit jeweils nur wenig Gefolge eingetroffen. Niemand von ihnen hat dem Palast seine Aufwartung gemacht.« Sie äußerte letzteres in einem merkwürdigen Tonfall, aber ohne Hinweis auf ihre eigene Meinung darüber.

»Das sind gute Nachrichten«, belehrte er sie, und das stimmte auch, ob sie nun den Palast aufgesucht hatten oder nicht. Aemlyn und ihr Mann Culhan waren fast genauso mächtig wie Pelivar, und Arathelle war mächtiger als alle anderen außer Dyelin und Luan. Die anderen entstammten geringeren Häusern, und nur Barel war unter ihnen Hochsitz seines Hauses, aber die Adligen, die sich gegen ›Gaebril‹ gestellt hatten, begannen sich zu versammeln. Zumindest waren dies gute Nachrichten, falls er Elayne fand, bevor sie zu versuchen beschlossen, ihm Caemlyn wegzunehmen.

Frau Harfor betrachtete ihn einen Moment und zog dann einen Brief mit blauem Siegel hervor. »Dieser wurde gestern abend spät überbracht, mein Lord Drache. Durch einen Stallburschen. Ein schmutziger Stallbursche. Die Herrin der Wogen des Meervolks war nicht sehr erfreut, daß Ihr fort wart, als sie zur Audienz erschien.« Dieses Mal war die Mißbilligung deutlich aus ihrer Stimme herauszuhören, wenn auch nicht ersichtlich war, ob sie der verpaßten Audienz oder der Art der Überbringung des Briefes galt.

Er seufzte. Er hatte vollkommen vergessen, daß sich Angehörige des Meervolks in Caemlyn aufhielten. Das erinnerte ihn an den Brief, den man ihm in Cairhien übergeben hatte, und er nahm ihn hervor. Beide Siegel, das grüne wie auch das blaue, trugen dasselbe Gepräge, obwohl er nicht erkennen konnte, was es darstellen sollte: Es waren zwei flache, Schalen ähnliche Gegenstände mit einer breiten Reihe Ornamente, die sich von einer Schale durch die andere zogen. Beide Briefe waren an den ›Coramoor‹ gerichtet, wer auch immer das sein mochte. Er selbst vermutlich. Vielleicht nannte das Meervolk den Wiedergeborenen Drachen so. Er brach zunächst das blaue Siegel. Es gab keine Anrede, und der gesamte Brief unterschied sich sicherlich von allen anderen, die jemals an den Wiedergeborenen Drachen gerichtet worden waren.

Wenn das Licht es will, werdet Ihr schließlich nach Caemlyn zurückkehren. Da ich weit gereist bin, um Euch zu sehen, werde ich vielleicht die Zeit dafür finden, wenn Ihr zurückkehrt.
 Zaida din Parede Schwarzflügel
 vom Clan Catelar, Herrin der Wogen

Frau Harfor hatte anscheinend recht. Die Herrin der Wogen war nicht sehr erfreut. Das grüne Siegel verbarg kaum Besseres.

Wenn es dem Licht gefällt, werde ich Euch an Deck der Gischt *empfangen, sobald es Euch beliebt.*
 Harine din Togara Zwei Winde
 vom Clan Shodein, Herrin der Wogen

»Schlechte Nachrichten?« fragte Aviendha.
»Ich weiß es nicht.« Er betrachtete stirnrunzelnd die Briefe und merkte kaum, als Frau Harfor eine Frau in Rot und Weiß hereinließ und leise mit ihr sprach. Keine dieser Meervolk-Frauen klang wie jemand, mit dem er auch nur eine Stunde gemeinsam verbringen wollte. Er hatte jede Übersetzung der Prophezeiungen des Drachen gelesen, die er finden konnte, und obwohl auch die eindeutigste oft noch ungenau war, erinnerte er sich an nichts, was auf die Atha'an Miere hingedeutet

hätte. Vielleicht waren sie auf ihren Schiffen auf dem Meer und auf ihren fernen Inseln ein Volk, das von ihm oder Tarmon Gái'don unberührt blieb. Er schuldete dieser Zaida eine Entschuldigung, aber vielleicht konnte er sie Bashere überlassen. Bashere besaß sicherlich ausreichend viele Titel, daß es der Eitelkeit jedes Menschen geschmeichelt hätte. »Ich glaube nicht.«

Die Dienerin sank vor ihm auf die Knie, den weißen Kopf tief gebeugt, die Hände hoch erhoben, um noch einen weiteren Brief darzubieten, dieses Mal auf dickem Pergament. Allein schon die Haltung der Dienerin ließ ihn blinzeln. Er hatte selbst in Tear niemals einen Diener sich so krümmen sehen, und noch viel weniger in Andor. Frau Harfor schüttelte stirnrunzelnd den Kopf. Die kniende Frau sprach mit noch immer zu Boden gerichtetem Blick. »Dies wurde für meinen Lord Drachen überbracht.«

»Sulin?« keuchte er. »Was tust du? Was tust du in diesem ... *Kleid?*«

Sulin hob ihr Gesicht. Es wirkte verheert: ein Wolf, der vorgibt, eine Ziege zu sein. »Es ist das Kleid, das Frauen tragen, die für Geld dienen und gehorchen.« Sie schwenkte den Brief in ihren noch immer erhobenen Händen. »Mir wurde befohlen zu sagen, daß dies gerade für meinen Lord Drachen überbracht worden ist, von einem Reiter, der wieder davonritt, sobald der Brief übergeben war.« Die Erste Tochter des Speers schnalzte verärgert mit der Zunge.

»Ich will sofort eine Antwort«, sagte er und riß das Pergament an sich. Sie erhob sich, sobald der Brief ihren Händen entnommen war. »Komm hierher zurück, Sulin, ich will eine Antwort!« Aber sie lief so flink, wie sie es auch im *Cadin'sor* stets gewesen war, zu den Türen hinaus.

Aus irgendeinem Grund sah Frau Harfor Nandera an. »Ich habe euch gesagt, daß dies nicht gutgehen würde. Und ich habe euch beiden gesagt, daß ich, solange sie die Palastlivree trägt, von ihr erwarte, daß sie dem Palast Ehre macht, egal ob sie eine Aiel oder die Königin von Saldaea ist.« Sie vollführte einen Hofknicks, gewährte Rand ein schnelles »mein Lord Drache« und stolzierte davon, während sie etwas über verrückte Aiel vor sich hinmurmelte.

Er war ihrer Meinung. Er schaute von Nandera zu Aviendha und dann zu Jalani. Keine von ihnen schien im mindesten überrascht. Keine von ihnen wirkte, als sei sie Zeugin von etwas Ungewöhnlichem geworden. »Wollt ihr mir sagen, was, unter dem Licht, hier vorgeht? Das war Sulin!«

»Zuerst«, sagte Nandera, »gingen Sulin und ich zu den Küchen. Sie hielt es für angemessen, Töpfe zu schrubben. Aber ein Bursche dort sagte, er hätte alle Küchenhilfen, die er brauchte. Er schien zu glauben, daß sich Sulin ständig mit den anderen anlegen würde. Er war nicht sehr groß«, sie deutete eine Rands Kinn entsprechende Höhe an, »aber genauso breit, und ich glaube, er hätte uns zum Speerkampf herausgefordert, wenn wir nicht gegangen wären. Dann eilten wir zu der Frau Reene Harfor, da sie hier die Dachherrin zu sein scheint.« Sie verzog leicht das Gesicht, denn eine Frau sollte entweder Dachherrin sein oder nicht – im Aieldenken war kein Platz für eine Erste Tochter des Speers vorgesehen. »Sie verstand es nicht, aber letztendlich willigte sie ein. Ich dachte fast, Sulin würde ihre Meinung ändern, als sie erkannte, daß Frau Harfor sie in ein Kleid stecken wollte, aber das tat sie natürlich nicht. Sulin ist mutiger als ich. Ich würde lieber von einer neuen *Seia Doon* zur *Gai'shain* gemacht werden.«

»Ich würde lieber ein Jahr lang jeden Tag vor meiner Mutter vom Erstbruder meines schlimmsten Feindes geschlagen werden«, sagte Jalani kühn.

Nandera verengte mißbilligend die Augen, und ihre Finger zuckten, aber anstatt die Zeichensprache zu benutzen, sagte sie wohlerwogen: »Du rühmst dich wie eine Shaido, Mädchen.« Wäre Jalani älter gewesen, hätten die drei bewußten Beleidigungen vielleicht Schwierigkeiten heraufbeschworen, aber statt dessen preßte sie die Augen zu, um jene nicht mehr sehen zu müssen, die Zeuge ihrer Beschämung geworden waren.

Rand fuhr sich mit den Fingern durchs Haar. »Reene hat nicht verstanden? Was hat das zu bedeuten, Nandera? Warum tut sie das? Hat sie den Speer aufgegeben? Wenn sie einen Andormann heiratete« – es waren schon seltsamere Dinge um ihn herum geschehen –, »würde ich ihr genügend Gold geben, daß sie sich einen Bauernhof, oder was immer sie wollen, kaufen könnten. Sie braucht keine Dienerin zu werden.« Jalani öffnete die Augen ruckartig wieder, und die drei Frauen sahen ihn an, als sei *er* wahnsinnig geworden.

»Sulin tritt ihrem *Toh* gegenüber, Rand al'Thor«, sagte Aviendha fest. Sie stand sehr gerade und hielt seinem Blick stand, eine gute Nachahmung Amys'. Nur lag mit jedem Tag weniger Nachahmung als vielmehr mehr von ihr selbst darin. »Es hat nichts mit dir zu tun.«

Jalani nickte zustimmend. Nandera stand nur da und betrachtete müßig eine Speerspitze.

»Sulin hat sehr wohl etwas mit mir zu tun«, belehrte er sie. »Wenn ihr etwas geschähe …« Er erinnerte sich plötzlich an das Gespräch, das er belauscht hatte, bevor er nach Shadar Logoth gegangen war. Nandera hatte Sulin beschuldigt, als *Far Dareis Mai* mit einer *Gai'shain* gesprochen zu haben, und Sulin hatte es zugegeben und gesagt, sie würden später darüber sprechen. Er hatte Sulin nicht mehr gesehen, seit er von Shadar Logoth zurückgekehrt war, aber er hatte angenommen, sie wäre zornig auf ihn und überließe die Arbeit, ihn zu bewachen, einfach anderen. Er hätte es besser wissen müssen. Wenn man längere Zeit mit einer Aiel zusammen war, lernte man etwas über das *Ji'e'toh*, und Töchter des Speers waren noch empfindlicher als andere, außer vielleicht Steinsoldaten und Schwarzaugen. Und dann war da noch Aviendha und ihre Versuche, ihn in einen Aiel zu verwandeln.

Die Situation war einfach, oder so einfach wie alles, was jemals im *Ji'e'toh* enthalten war. Wäre er nicht so sehr mit sich selbst beschäftigt gewesen, hätte er es vom ersten Augenblick an erkannt. Man konnte sogar eine Dachherrin jeden Tag, den sie *Gai'shain*-Weiß trug, daran erinnern, wer sie war – es war zutiefst beschämend, aber erlaubt, und wurde manchmal sogar ermutigt –, und doch galt für neun der dreizehn Kriegergemeinschaften, daß eine Erinnerung daran zutiefst unehrenhaft war, wenn dem nicht eine Handvoll Umstände zugrunde lagen, deren er sich nicht erinnern konnte. Die *Far Dareis Mai* war mit Sicherheit eine der neun Kriegergemeinschaften. Dies war eine der wenigen Möglichkeiten, einer *Gai'shain Toh* aufzuerlegen, aber es wurde als die schwerste Verpflichtung überhaupt angesehen. Anscheinend hatte Sulin beschlossen, dem gegenüberzutreten, indem sie eine, nach Ansicht der Aiel noch größere Scham auf sich nahm, als sie ihrerseits zugefügt hatte. Es war ihr *Toh*, also war es auch ihre Wahl, wie sie ihm gegenübertreten und wie lange sie weiterführen wollte, was sie verabscheute. Wer wußte besser um den Wert ihrer Ehre oder die Tiefe ihrer Verpflichtung als sie selbst? Dennoch hatte sie nur auf diese Art gehandelt, weil er ihr nicht genug Zeit gelassen hatte. »Es ist mein Fehler«, sagte er.

Das war falsch. Jalani sah ihn bestürzt an, und Aviendha errötete verlegen. Sie behauptete ständig, daß es unter dem *Ji'e'toh* keine Entschuldigungen gab. Wenn die Tatsache, daß man sein Kind rettete, einem Blutsfeind gegenüber eine Verpflichtung bedeutete, bezahlte man diesen Preis ohne Zögern.

Der Blick, den Nandera Aviendha zuwarf, konnte nur als milde verächtlich bezeichnet werden. »Wenn du aufhören würdest, am hellichten Tag von seinen

Augenbrauen zu träumen, würdest du ihn besser unterweisen.«

Aviendhas Gesicht wurde vor Empörung dunkelrot, aber Nandera sprach in der Zeichensprache mit Jalani, woraufhin diese den Kopf zurückwarf und lachte, wodurch das Karmesinrot auf Aviendhas Wangen heller wurde und wieder zu einem Ausdruck reiner Verlegenheit wurde. Rand erwartete halbwegs, eine Herausforderung zum Speerkampf zu hören. Nun, nicht genau das. Aviendha hatte ihn gelehrt, daß weder Weise Frauen noch ihre Lehrlinge so etwas taten. Aber es hätte ihn nicht überrascht, wenn sie Nandera geohrfeigt hätte.

Er sprach schnell, um alledem zuvorzukommen. »Da ich Sulin zu ihrem Handeln veranlaßt habe – habe ich mir dann nicht ihr gegenüber *Toh* aufgeladen?«

Anscheinend hatte er es geschafft, einen noch größeren Narren aus sich zu machen, als er es vorher bereits getan hatte. Irgendwie rötete sich Aviendhas Gesicht noch stärker, und Jalani betrachtete interessiert den Teppich unter ihren Füßen. Sogar Nandera wirkte ein wenig betroffen über sein Unwissen. Man konnte gesagt bekommen, daß man *Toh* auf sich geladen hatte, obwohl das beleidigend war, oder man konnte daran erinnert werden, aber danach zu fragen bedeutete, daß man es nicht wußte. Nun, er wußte, daß dem so war. Er könnte damit beginnen, Sulin aus ihrem lächerlichen Dienst als Dienerin zu entlassen, sie wieder den *Cadin'sor* anziehen lassen und … Und sie daran hindern, ihrem *Toh* gegenüberzutreten. Alles, was er tun konnte, um ihr die Last zu erleichtern, wäre nicht mit ihrer Ehre vereinbar. Ihr *Toh*, ihre Wahl. Es war etwas daran, was er aber nicht erkennen konnte. Vielleicht sollte er Aviendha fragen. Später, wenn sie nicht mehr vor Demütigung stürbe. Die Gesichter aller drei Frauen verdeutlichten, daß er sie im Moment mehr als ausreichend in Verlegenheit gebracht hatte. Licht, welch ein Durcheinander.

Er fragte sich, welchen Ausweg es gäbe, und erkannte, daß er noch immer den Brief in Händen hielt, den Sulin gebracht hatte. Er steckte ihn in die Tasche, löste seinen Schwertgürtel, legte ihn auf das Drachenszepter und nahm das Pergament wieder hervor. Wer würde ihm eine Nachricht durch einen Reiter schicken, der nicht einmal zum Frühstück rastete? Ihm fiel niemand ein. Nur der jetzt bereits wieder verschwundene Bote hätte sagen können, auf wen er verwies. Er kannte auch dieses Siegel nicht, eine in purpurfarbenes Wachs gepreßte Blume, aber das Pergament selbst war schwer, von der kostspieligsten Sorte. Der Inhalt, in einer hübschen, zarten Handschrift geschrieben, ließ ihn nachdenklich lächeln.

Cousin,
Es herrschen ungewisse Zeiten, aber ich hatte das
Gefühl, Dir schreiben zu müssen, um Dich meines Wohl-
wollens zu versichern und meiner Hoffnung Aus-
druck zu verleihen, daß dies auch im umgekehrten Falle
gelten möge. Fürchte nichts: Ich kenne Dich und ich
erkenne Dich an, aber es gibt jene, die niemanden
belächeln würden, der sich Dir außer durch sie näherte.
Ich bitte um nicht mehr, als daß du mein Geheimnis
in den Feuern Deines Herzens verschließt.
                                                    Alliandre Maritha

»Worüber lächelst du?« fragte Aviendha, die neugierig auf den Brief spähte. Um ihren Mund lag noch immer ein leichter Zug der Verärgerung wegen dem, was er ihr zugemutet hatte.

»Es ist einfach ein Vergnügen, von jemand Unkompliziertem zu hören«, belehrte er sie. Das Spiel der Häuser war leicht mit *Ji'e'toh* zu vergleichen. Der Name sagte ihm genug, um ihn wissen zu lassen, wer den Brief sandte, aber wenn das Pergament in die falschen Hände fiele, schiene es wie eine Nachricht für einen

Freund oder vielleicht eine herzliche Antwort für einen Bittsteller. Alliandre Maritha Kigarin, vom Licht Gesegnete, Königin von Ghealdan, würde einen Brief an jemanden, den sie noch niemals gesehen hatte, sicherlich niemals so vertraut unterzeichnen, vor allem nicht einen Brief an den Wiedergeborenen Drachen. Sie sorgte sich offensichtlich wegen der Weißmäntel in Amadicia und wegen des Propheten Masema. Er würde wegen Masema etwas unternehmen müssen. Alliandre wurde vorsichtig, wagte nicht mehr zu schreiben als notwendig. Und sie erinnerte ihn daran, den Brief zu verbrennen. Die Feuer seines Herzens. Es war dennoch das erste Mal, daß ein Herrscher an ihn herantrat, ohne daß er sein Schwert an die Kehle seines Volkes angelegt hatte. Wenn er nur Elayne finden und ihr Andor übergeben könnte, bevor er hier einen weiteren Kampf ausfechten müßte.

Die Tür öffnete sich leise, und er schaute auf, sah aber nichts und wandte sich daher wieder dem Brief zu, wobei er sich fragte, ob er alles erkannt hatte, was der Brief enthielt. Er las ihn erneut und rieb sich dabei über die Nase. Lews Therin und sein Gerede vom Tod. Rand konnte sich dieses unreinen Gefühls nicht erwehren.

»Jalani und ich werden draußen unsere Plätze einnehmen«, sagte Nandera.

Er nickte abwesend, ohne den Blick von dem Brief zu wenden. Thom würde wahrscheinlich auf den ersten Blick noch sechs Dinge finden, die er übersehen hatte.

Aviendha legte ihm eine Hand auf den Arm und nahm sie dann ruckartig wieder fort. »Rand al'Thor, ich muß ernstlich mit dir sprechen.«

Plötzlich fügte sich in seinem Geist alles zusammen. Die Tür hatte sich tatsächlich geöffnet. Er roch Unreinheit, spürte sie nicht nur, aber es war kein wirklicher Geruch. Er ließ den Brief sinken und schob Aviendha ausreichend heftig von sich fort, daß sie mit erschreck-

tem Aufschrei stürzte – jedoch außer seiner Reichweite, außer Gefahr. Alles schien sich verlangsamt zu haben. Er ergriff *Saidin*, während er herumfuhr.

Nandera und Jalani wandten sich gerade um, um nachzuschauen, warum Aviendha geschrien hatte. Rand mußte genau hinsehen, um den großen Mann im grauen Umhang zu erkennen, den keine der Töchter des Speers nicht einmal sahen, als er an ihnen vorüberglitt, die dunklen, leblosen Augen auf Rand gerichtet. Auch wenn er sich konzentrierte, hatte Rand den Eindruck, daß sein Blick an dem Grauen Mann vorbeischwenken wollte. Dieser war, was er war: einer der Schattenmörder. Als der Brief zu Boden flatterte, erkannte der Graue Mann, daß Rand ihn gesehen hatte. Aviendhas Schrei hing noch immer in der Luft, und sie prallte gerade auf dem Boden auf, als ein tief gehaltenes Messer in der Hand des Grauen Mannes erschien und er vorwärtsstürzte. Rand umgab ihn fast verächtlich mit Luftspiralen. Ein handgelenkdicker Feuerbalken schoß zwischen seine Schulter und brannte ein Loch durch die breite Brust des Grauen Mannes, durch das eine Faust gepaßt hätte. Der Mörder starb, bevor er auch nur zusammenzucken konnte. Sein Kopf fiel vornüber, und diese Augen, die jetzt noch lebloser als zuvor wirkten, starrten Rand an.

Tot, was auch immer man dem Grauen Mann angetan hatte, daß er es nicht mehr ertragen konnte auszuharren. Tot war er plötzlich genauso sichtbar wie alle anderen. Aviendha, die gerade wieder hatte aufstehen wollen, keuchte entsetzt, und Rand spürte die Gänsehaut, die ihm anzeigte, daß er *Saidar* berührt hatte. Nanderas Hand zuckte zu ihrem Schleier, während sie unterdrückt aufschrie, und Jalani hob den ihren halbwegs an.

Rand ließ den leblosen Körper fallen, hielt aber weiterhin an *Saidin* fest, während er sich Taim zuwandte, der im Eingang seines Schlafzimmers stand. »Warum habt Ihr ihn getötet?« Nur ein Teil der kalten Härte in seiner Stimme entstammte dem Nichts. »Ich hatte ihn gefangen. Er hätte mir womöglich etwas sagen können, vielleicht sogar, wer ihn geschickt hat. Was tut Ihr überhaupt hier? Warum seid Ihr durch mein Schlafzimmer hereingeschlichen?«

Taim trat vollkommen ruhig ein. Er trug einen schwarzen Umhang mit einem in Blau und Gold um die Ärmel gewundenen Drachen. Aviendha rappelte sich auf, und ihr Blick drückte aus, daß sie, trotz *Saidar*, genauso bereit war, ihr blankgezogenes Gürtelmesser gegen Taim zu richten, wie es wieder einzustecken. Nandera und Jalani hatten ihre Schleier wieder gesenkt und wippten mit angriffsbereiten Speeren auf Zehenspitzen. Taim beachtete sie nicht. Rand spürte die Macht den Mann verlassen. Taim schien nicht einmal beunruhigt, daß Rand noch immer von *Saidin* erfüllt war. Dieses eigenartige unmerkliche Lächeln verzog seine Lippen, während er den toten Grauen Mann betrachtete.

»Häßliche Wesen, diese Seelenlosen.« Jeder andere wäre erschaudert, aber nicht Taim. »Ich bin durch das Wegetor auf Euren Balkon gekommen, weil ich dachte, Ihr wolltet die Neuigkeiten sofort erfahren.«

»Jemand, der zu schnell lernt?« warf Rand ein, und Taim zeigte erneut dieses unmerkliche Lächeln.

»Nein, kein verkleideter Verlorener, nicht wenn er es nicht geschafft hat, sich als Junge von kaum über zwanzig Jahren zu verkleiden. Sein Name ist Jahar Narishma, und er hat das Talent, obwohl es sich noch nicht gezeigt hat. Bei Männern zeigt es sich gewöhnlich später als bei Frauen. Ihr solltet zur Schule zurückkehren. Ihr wärt überrascht, wie sie sich verändert hat.«

Das bezweifelte Rand nicht. Jahar Narishma war niemals ein andoranischer Name. Das Schnelle Reisen beinhaltete keine ihm bekannten Grenzen, aber Taim hatte sich bei seiner Suche nach geeigneten Schülern anscheinend noch viel weiter vorangewagt. Er sagte nichts, sondern betrachtete nur den Körper auf dem Teppich.

Taim verzog das Gesicht, aber nicht, weil ihn der Anblick aus der Fassung brachte, sondern nur aus Verärgerung. »Glaubt mir, ich wünschte, er wäre noch genauso lebendig wie Ihr. Ich habe ihn gesehen und gehandelt, ohne nachzudenken. Das letzte, was ich will, ist, Euch tot zu sehen. Ihr habt ihn in dem Moment ergriffen, als ich die Macht lenkte, aber es war zu spät innezuhalten.«

Ich muß ihn töten, murmelte Lews Therin, und die Macht strömte in Rand ein. Er kämpfte erstarrt darum, *Saidin* fahren zu lassen, und es war wirklich ein Kampf, denn Lews Therin versuchte, es festzuhalten, versuchte, die Macht zu lenken. Schließlich verging die Eine Macht wie Wasser, das aus einem Loch in einem Eimer sickert.

Warum? fragte er. *Warum willst du ihn töten?* Er erhielt keine Antwort, nur in der Ferne verrücktes Gelächter und Weinen.

Aviendha sah ihn mit äußerst besorgtem Gesichtsausdruck an. Sie hatte ihr Messer erhoben, aber das Kribbeln auf seiner Haut sagte ihm, daß sie *Saidar* zurückhielt. Die beiden Töchter des Speers hatten ihre Schleier angehoben, da jetzt festzustehen schien, daß Taims Erscheinen keinem Angriff gleichkam. Es gelang ihnen, mit einem Auge Taim und mit dem anderen den restlichen Raum zu beobachten und einander dennoch aus irgendeinem Grund verlegene Blicke zuzuwerfen.

Rand zog einen Stuhl an den Tisch, auf dem sein Schwert auf dem Drachenszepter lag. Der Kampf hatte nur wenige Augenblicke gedauert, aber seine Knie fühlten sich schwach an. Lews Therin hatte fast die Kontrolle übernommen, hatte schließlich beinahe *Saidin* übernommen. Vorher, in der Schule, hatte er sich belügen können, aber dieses Mal nicht mehr.

Wenn Taim etwas bemerkte, zeigte er es nicht. Er beugte sich herab, um den Brief aufzuheben, und betrachtete ihn, bevor er ihn Rand mit einer kaum wahrnehmbaren Verbeugung übergab.

Rand steckte das Pergament in die Tasche. Nichts konnte Taim erschüttern, nichts konnte sein Gleichgewicht zum Schwanken bringen. Warum wollte Lews Therin ihn töten? »Da Ihr alle dafür wart, den Aes Sedai zu folgen, überrascht es mich, daß Ihr nicht vorschlagt, Sammael anzugreifen – Ihr und ich und vielleicht einige wenige der kräftigeren Schüler –, indem wir ihm durch ein Tor in Illian genau auf den Kopf steigen. Dieser Mann muß von Sammael gekommen sein.«

»Vielleicht«, sagte Taim kurz angebunden und sah den Grauen Mann erneut an. »Ich würde viel darum geben, sicher sein zu können.« Das klang aufrichtig. »Und was Illian betrifft, so bezweifle ich, daß es genauso einfach wäre, wie sich zweier Aes Sedai zu entledigen. Ich denke gerade darüber nach, was ich an Sammaels Stelle tun würde. Ich würde Illian bewachen lassen, so daß ich, wenn ein Mann auch nur daran dächte, die Macht zu lenken, sofort wüßte, wo er wäre, und ich würde die Erde zu Asche verbrennen, bevor er auch nur die Zeit gehabt hätte einzuatmen.«

So sah Rand es auch. Niemand wußte besser als Sammael, wie man einen Ort verteidigte. Vielleicht war Lews Therin schlicht verrückt. Vielleicht auch eifersüchtig. Rand versuchte, sich einzureden, daß er die Schule nicht gemieden hatte, weil *er* eifersüchtig war, sondern weil er in Taims Nähe stets ein Kribbeln verspürte. »Ihr habt Eure Neuigkeiten überbracht. Also schlage ich vor, daß Ihr Euch darum kümmert, diesen Jahar Narishma ausbilden zu lassen. Trainiert ihn gut. Er wird sein Talent vielleicht nur zu bald nutzen müssen.«

Taims dunkle Augen glitzerten einen Moment, aber dann verbeugte er sich leicht. Er nahm schweigend Zugriff auf *Saidin* und eröffnete an Ort und Stelle ein Tor. Rand zwang sich sitzen zu bleiben, bis der Mann fort war und das Tor zu einer glühenden Lichtlinie wurde. Er durfte keinen weiteren Streit mit Lews Therin wagen, nicht wenn er vielleicht unterliegen könnte und dann Taim im Kampf gegenübertreten müßte. Warum *wollte* Lews Therin den Mann tot sehen? Licht, Lews Therin schien alle Menschen, einschließlich ihm selbst, tot sehen zu wollen.

Es war ein äußerst ereignisreicher Vormittag gewesen, besonders wenn man bedachte, daß der Himmel noch immer dämmerig war. Die guten Neuigkeiten hatten die schlechten überwogen. Er betrachtete den auf dem Teppich ausgestreckten Grauen Mann. Die Wunde war vermutlich genauso schnell ausgebrannt, wie sie entstanden war, aber Frau Harfor würde es ihn sicherlich schweigend wissen lassen, wenn auch nur ein Blutfleck vorhanden wäre. Was diese Herrin der Wogen des Meervolks betraf, so konnte sie seinetwegen in ihrer Verdrießlichkeit schmoren. Er hatte schon genug am Hals, ohne daß *noch* eine gereizte Frau hinzukam.

Nandera und Jalani traten in der Nähe der Tür noch immer von einem Fuß auf den anderen. Sie hätten, sobald Taim gegangen war, draußen ihre Plätze einnehmen sollen.

»Wenn ihr beide wegen des Grauen Mannes durcheinander seid, dann vergeßt es jetzt wieder. Nur ein Narr erwartet, einen der Seelenlosen anders als durch Zufall zu bemerken, und ihr seid beide keine Närrinnen.«

»Das ist es nicht«, sagte Nandera steif. Jalani biß die Zähne fest zusammen und kämpfte offensichtlich darum, den Mund zu halten.

Er verstand sehr schnell. Sie dachten nicht, daß sie den Grauen Mann hätten bemerken müssen, aber sie schämten sich dennoch, daß sie es nicht getan hatten.

Sie schämten sich und fürchteten, daß sich die Nachricht ihres ›Versagens‹ verbreiten würde. »Ich möchte nicht, daß jemand von Taims Hiersein oder von dem, was er gesagt hat, erfährt. Die Menschen sind ängstlich genug, weil sie wissen, daß sich die Schule irgendwo in der Nähe der Stadt befindet, ohne auch noch fürchten zu müssen, daß Taim oder einer der Schüler auftauchen könnte. Ich glaube, es wäre am besten, wenn wir über alles heute morgen Geschehene Stillschweigen bewahrten. Wir können die Leiche nicht geheimhalten, aber ihr müßt mir versprechen, daß ihr nichts anderes erzählt, als daß mich ein Mann töten wollte und darum sterben mußte. Mehr werde ich niemandem sagen, und es wäre mir verhaßt, wenn ihr mich zum Lügner stempeln würdet.«

Die Dankbarkeit auf ihren Gesichtern war bemerkenswert. »Ich habe *Toh*«, murmelten sie fast gleichzeitig.

Rand räusperte sich heftig. Das hatte er nicht erreichen wollen, aber er hatte zumindest ihr Gewissen erleichtert. Plötzlich kam ihm eine Idee, wie er mit Sulin zurechtkommen könnte. Es würde ihr nicht gefallen, aber es würde bedeuten, daß sie sich ihrem *Toh* immer noch stellen könnte – vielleicht sogar noch besser, weil es ihr nicht gefallen würde. Außerdem würde es sein Gewissen erleichtern, und er könnte zumindest einem Teil seines *Toh* ihr gegenüber entgegentreten.

»Nehmt jetzt wieder eure Wachposten ein, sonst muß ich glauben, daß *ihr* meine Augenbrauen betrachten wolltet.« Das *hatte* Nandera gesagt. Aviendha war von seinen *Augenbrauen* entzückt? »Geht schon. Und sucht jemanden, der diesen Burschen fortbringt.« Sie verließen den Raum lächelnd und eifrig in der Zeichensprache gestikulierend, und er blieb stehen und nahm Aviendha beim Arm. »Du sagtest, wir müßten miteinander reden. Komm mit ins Schlafzimmer, bis dieser Raum gesäubert ist.« Wenn ein Makel bestand, konnte er ihn vielleicht durch das Lenken der Macht vertreiben.

Aviendha riß sich los. »Nein! Nicht dorthin!« Sie atmete tief durch und mäßigte dann ihre Stimme, aber sie wirkte noch immer mißtrauisch und reichlich verärgert. »Warum können wir nicht hier miteinander reden?« Es sprach nichts dagegen, außer dem toten Mann auf dem Boden, aber das zählte bei ihr nicht. Sie drängte Rand fast gewaltsam wieder in seinen Sessel, betrachtete ihn dann und atmete erneut tief durch.

»*Ji'e'toh* ist das Herz der Aiel. Wir *sind Ji'e'toh*. Heute morgen hast du mich bis auf die Knochen beschämt.« Sie verschränkte die Arme unter ihren Brüsten, sah ihm offen in die Augen, belehrte ihn über sein Unwissen und das Unvermögen, es zu verbergen, bis sie die Sache richtiggestellt hatte, und fuhr dann damit fort, daß man *Toh* um jeden Preis gegenübertreten müsse. Das dauerte einige Zeit.

Er war sich sicher, daß sie nicht das gemeint hatte, als sie gesagt hatte, sie wollte mit ihm reden, aber er genoß es verwunderlicherweise, ihr in die Augen zu sehen. Er genoß es. Nach und nach ließ er von dem Genuß ab, den ihre Augen ihm verschafften, und vertrieb ihn, bis nur noch ein dumpfer Schmerz übrigblieb.

Er glaubte, es geheimgehalten zu haben, aber sein Gesichtsausdruck mußte sich verändert haben. Aviendha brach langsam ab, stand da und sah ihn nur noch schwer atmend an. Dann wandte sie ihren Blick sichtbar mühsam ab. »Zumindest verstehst du jetzt«, murmelte sie. »Ich muß ... ich brauche ... solange du verstehst.« Sie raffte ihre Röcke, fegte durch den Raum – die Leiche hätte genausogut ein Strauch sein können, dem sie ausweichen mußte – und lief hinaus.

Sie ließ ihn in einem aus irgendeinem Grund trüberen Raum zurück, allein mit einem Toten. Das paßte nur zu gut. Als *Gai'schain* kamen, um den Grauen Mann fortzuschaffen, fanden sie Rand leise lachend vor.

Padan Fain saß da, die Füße auf ein Fußpolster gelegt, und betrachtete die Schönheit des neu aufbrechenden Sonnenlichts, das auf der gebogenen Klinge des Dolches, den er in den Händen hin und her wandte, schimmerte. Es genügte ihm nicht, ihn am Gürtel zu tragen. Er mußte ihn hin und wieder einfach in die Hand nehmen. Der große, in den Knauf eingelassene Rubin schimmerte zutiefst feindselig. Der Dolch war ein Teil von ihm oder er ein Teil des Dolches. Der Dolch war ein Teil des Aridhol, das die Menschen Shadar Logoth nannten, aber andererseits war auch *er* ein Teil des Aridhol. Oder es war ein Teil von ihm. Er war ziemlich verrückt, und er wußte es sehr genau, aber es kümmerte ihn nicht, verrückt zu sein. Sonnenlicht schimmerte auf Stahl, jetzt tödlicherem Stahl als jeder in Thakandar gefertigte.

Er hörte ein Rascheln und schaute zu der Stelle auf der anderen Seite des Raums, an der der Myrddraal auf sein Vergnügen wartete. Er versuchte nicht, seinem Blick zu begegnen. Das hatte er schon vor langer Zeit aufgegeben.

Er versuchte, zu seiner Betrachtung der Klinge zurückzukehren, zu der vollkommenen Schönheit des vollkommenen Todes, der Schönheit dessen, was Aridhol gewesen war und wieder sein würde, aber der Myrddraal hatte seine Konzentration gebrochen, hatte sie verdorben. Beinahe wäre er hinübergegangen und hätte das Wesen getötet. Halbmenschen brauchten lange zum Sterben. Wie lange würde es dauern, wenn er den Dolch benützte? Als spüre das Wesen seine Gedanken, regte es sich erneut. Nein, es konnte noch nützlich sein.

Es war ohnehin schwer für ihn, sich lange auf eine

Sache zu besinnen. Außer natürlich bei Rand al'Thor. Er konnte al'Thor spüren, konnte auf ihn deuten, so nahe. Al'Thor zerrte an ihm, zerrte, bis es schmerzte. In letzter Zeit war es anders, eine Andersartigkeit, die plötzlich eingetreten war, fast als hätte jemand anderer plötzlich teilweise Besitz von al'Thor ergriffen und dabei einen Teil von Fains Zugriff verdrängt. Es war unwichtig. Al'Thor gehörte ihm.

Er wünschte, er könnte al'Thors Schmerz spüren. Sicherlich hatte er ihm bereits Schmerzen verursacht. Bisher nur Nadelstiche, aber ausreichend viele Nadelstiche würden ihn zermürben. Die Weißmäntel gingen hart gegen den *Wiedergeborenen Drachen* vor. Fain grinste höhnisch. Es war zwar unwahrscheinlich, daß Niall al'Thor jemals stärker unterstützt hätte als Elaida, aber es war besser, bei dem verdammten al'Thor nicht zuviel als selbstverständlich zu betrachten. Nun, er hatte sie beide mit seinem Anteil von Aridhol gestreift. Sie vertrauten vielleicht ihrer eigenen Mutter, aber niemals mehr al'Thor.

Die Tür schwang auf, und der junge Perwyn Belman platzte, gefolgt von seiner Mutter, in den Raum. Nan Belman war eine hübsche Frau, obwohl Fain Schönheit jetzt nur noch selten bemerkte, eine Schattenfreundin, die glaubte, ihre Schwüre wären vom Bösen geprägt, bis Padan Fain auf ihrer Türschwelle erschien. Sie hielt auch ihn für einen Schattenfeind, der einen hohen Rang in den Konzilen einnahm. Fain war natürlich weit darüber hinausgelangt. Er würde in dem Moment sterben, wenn eine der Auserwählten Hand an ihn legte. Der Gedanke ließ ihn kichern.

Perwyn und seine Mutter keuchten natürlich beide beim Anblick des Myrddraal, aber der Junge faßte sich zuerst wieder und erreichte Fain, während die Frau noch immer nach Atem rang.

»Meister Mordeth, Meister Mordeth«, piepste der Junge und tanzte in seinem rot-weißen Umhang von einem Fuß auf den anderen. »Ich habe die von Euch verlangten Neuigkeiten.«

Mordeth. Hatte er diesen Namen benutzt? Manchmal konnte er sich nicht mehr erinnern, welchen Namen er benutzt hatte, welcher Name sein Name war. Er versenkte den Dolch in den Falten seines Mantels und setzte ein freundliches Lächeln auf. »Und welche Neuigkeiten wären das, Bursche?«

»Jemand hat heute morgen den Wiedergeborenen Drachen zu töten versucht. Ein Mann. Er ist jetzt tot. Er ist ungehindert an den Aiel und allen vorbei und in die Räume des Lord Drache gelangt.«

Fain spürte, wie sein Lächeln zu einem höhnischen Grinsen geriet. Versucht, al'Thor zu töten? Al'Thor gehörte ihm! Al'Thor würde durch seine und durch niemand anderes Hand sterben! Warte. Der Mörder war an den Aiel vorbei in al'Thors Räume gelangt? »Ein Grauer Mann!« Er erkannte seine Stimme in dem krächzenden Klang nicht wieder. Graue Männer bedeuteten die Auserwählten. Würde er niemals von ihrer Einmischung verschont bleiben?

All diese Wut mußte irgendwohin gelenkt werden, bevor er platzte. Fast beiläufig zog er seine Hand über das Gesicht des Jungen. Perwyns Augen traten hervor. Er begann so stark zu zittern, daß seine Zähne klapperten.

Fain verstand die Tricks, die er handhaben konnte, nicht wirklich. Ein wenig stammte vielleicht von den Schattenmenschen und ein wenig von Aridhol. Nachdem er aufgehört hatte, nur Padan Fain zu sein, hatte sich das Talent allmählich zu zeigen begonnen. Er wußte nur, daß er jetzt gewisse Dinge tun konnte, solange er berühren konnte, woran er arbeitete.

Nan warf sich neben seinem Sessel auf die Knie und umklammerte seinen Umhang. »Gnade, Meister Mordeth«, stieß sie hervor. »Bitte, zeigt Gnade. Er ist noch ein Kind. Nur ein Kind!«

Er betrachtete sie einen Moment neugierig mit geneigtem Kopf. Sie war wirklich eine recht hübsche Frau. Er setzte einen Fuß auf ihre Brust und schob sie beiseite, damit er aufstehen konnte. Der Myrddraal, der verstohlen spähte, wandte das augenlose Gesicht ruckartig ab, als er merkte, daß Fain ihn ansah. Er erinnerte sich sehr gut an seine ... Tricks.

Fain schritt auf und ab. Er mußte sich bewegen. Al'Thors Untergang mußte sein Werk sein – seines! –, nicht das der Auserwählten. Wie konnte er den Mann erneut verletzen, bis ins Herz verletzen? Da waren jene schwatzenden Mädchen in Culains Hund, aber wenn al'Thor nicht kam, wenn die Zwei Flüsse zerstört wurden – was würde es ihn dann überhaupt kümmern, wenn Fain das Gasthaus zusammen mit den jungen Mädchen niederbrannte? Womit würde er es zu tun haben? Nur wenige seiner ehemaligen Kinder des Lichts waren verblieben. Es war in Wahrheit nur ein Test gewesen – er würde den Mann, der es tatsächlich geschafft hätte, al'Thor zu töten, darum winseln lassen, bei lebendigem Leibe gehäutet zu werden! – und doch hatte es ihn viele gekostet. Er hatte nur noch den Myrddraal und eine Handvoll Trollocs, die sich außerhalb der Stadt verbargen, und wenige in Caemlyn versammelte, von Tar Valon herbeigeeilte Schattenfreunde. Al'Thor zerrte an ihm. Das war das Bemerkenswerteste an den Schattenfreunden. Man sollte einen Schattenfreund durch nichts von jemand anderem unterscheiden können, aber in letzter Zeit hatte er gemerkt, daß er sie auf den ersten Blick erkennen konnte, selbst jemanden, der nur daran gedacht hatte, sich dem Schatten zu verschwören, als hätten sie ein schwarzes Mal auf der Stirn.

Nein! Er mußte sich konzentrieren. Konzentrieren! Seinen Geist klären. Sein Blick fiel auf die ihren dumm daherredenden Sohn streichelnde Frau, die leise auf ihn einredete, als würde das helfen. Fain wußte nicht, wie er seine Tricks aufhalten sollte, wenn sie erst begonnen hatten. Der Junge sollte überleben, wenn auch ein wenig beschadeter, wenn das Wesen zu einer Entscheidung gekommen war. Fain hatte nicht sein ganzes Herz hineingelegt, es zu erschaffen. Seinen Geist klären. An etwas anderes denken. An eine hübsche Frau. Wie lange hatte er keine Frau mehr gehabt?

Er nahm lächelnd ihren Arm. Er mußte sie von dem törichten Jungen fortziehen. »Kommt mit mir.« Seine Stimme klang jetzt anders, eindrucksvoller, der Lugardakzent war vergangen, aber er bemerkte es nicht. Er bemerkte es niemals. »Sicherlich wißt Ihr zumindest, wie man wahren Respekt erweist. Wenn Ihr mir zu Gefallen seid, wird Euch nichts geschehen.« Warum wehrte sie sich? Er wußte, daß er charmant war. Er würde ihr weh tun müssen. Das war alles al'Thors Schuld.

KAPITEL 6

Feuer und Geist

Nynaeve blieb im Schatten vor der Kleinen Burg stehen, tupfte sorgfältig ihr Gesicht ab und steckte das Taschentuch wieder in ihren Ärmel. Es nützte zwar nicht viel – der Schweiß brach sofort erneut aus –, aber sie wollte dort drinnen bestmöglich aussehen. Sie wollte kühl, ruhig und gefaßt wirken. Es bestand eine geringe Chance. Ihre Schläfen pochten, und ihr Magen fühlte sich schwach an. Sie hatte das Frühstück heute morgen nicht einmal angesehen. Es lag natürlich nur an der Hitze, aber sie wollte wieder in ihr Bett zurückkehren, sich einrollen und sterben. Zusätzlich beeinträchtigte sie noch ihre Wetterfühligkeit. Die glühende Sonne hätte von zornigen schwarzen Wolken und drohendem Gewitter verdeckt sein sollen.

Die Behüter an der Vorderseite der Burg wirkten auf den ersten Blick nicht wie Wächter, aber sie waren es. Sie erinnerten sie an Aiel, die sie im Stein von Tear gesehen hatte. Wahrscheinlich wirkten sie sogar im Schlaf wie Wölfe. Ein kahlköpfiger Mann mit kantigem Gesicht, der nicht größer als sie, aber fast genauso breit wie groß war, spazierte aus der Burg und die Straße hinab. Das Heft des Schwertes auf seinem Rücken ragte über seine Schulter hinaus. Sogar er – Jori, Morvrin zugeschworen – schaffte es.

Uno mit dem Haarknoten ging vorbei, führte sein Pferd durch die Menge und schien die Hitze trotz der Stahlscheiben und des Kettenpanzers, die ihn von den Schultern abwärts bedeckten, kaum zu bemerken. Er drehte sich im Sattel, um sie mit seinem gesunden

Auge zu betrachten, und sie errötete. Birgitte *hatte* geplaudert. Jedes Mal, wenn der Mann sie sah, erwartete er offensichtlich, daß sie ihn um Pferde bitten würde. Und sie war fast bereit dazu. Sogar Elayne wußte nicht, ob sie etwas nützten. Nun, sie wußte es und würde es sagen, aber sie sollte nicht.

Uno ritt um eine Ecke außer Sicht, und Nynaeve seufzte. Sie versuchte gerade, sich ihr Vorhaben aus dem Kopf zu schlagen. Vielleicht war Myrelle dort. Sie errötete erneut, betrachtete stirnrunzelnd ihre faltige Hand – heute wäre der elfte Tag des Töpfeschrubbens, und neunundzwanzig würden noch folgen. Neunundzwanzig! Sie ging hinein.

In dem Raum, der zu der Zeit, als die Kleine Burg noch eine Gaststätte war, ein Aufenthaltsraum gewesen war, war es ein wenig kühler, was ihrem schmerzenden Kopf etwas Erleichterung verschaffte. Jedermann nannte den Raum jetzt ›den Aufenthaltsraum‹. Hier war keine Zeit für Ausbesserungen verschwendet worden. An der Feuerstelle fehlten Steine, und durch Löcher im Verputz war Lattenwerk zu sehen. Areina und Nicola fegten den Raum, zusammen mit einer weiteren Novizin, gerade aus, was den vom Alter aufgerauhten Boden aber kaum beeindruckte. Areina runzelte die Stirn, aber andererseits war sie niemals erfreut, wenn sie mit den Novizinnen zusammen Hausarbeiten erledigen mußte. Niemand konnte sich dem in Salidar entziehen. Am anderen Ende des Raumes sprach Romanda mit zwei schlanken, betagten Aes Sedai – ihre Gesichter waren vielleicht alterslos, aber ihr Haar war weiß –, eindeutig Neuankömmlinge, da sie noch ihre dünnen Staubmäntel trugen. Kein Zeichen von Myrelle. Nynaeve seufzte erleichtert auf. Die Frau traktierte Nynaeve bei jeder Gelegenheit. Aes Sedai saßen an Tischen, die schlecht zusammengestellt, aber sorgfältig in Reihen angeordnet waren, und gingen mit Behütern und Dienern Papiere durch oder erteilten ihnen Befehle, aber es waren weniger, als sie bei ihrem ersten Aufenthalt in diesem Raum gesehen hatte. Nur die Sitzenden und ihre Diener wohnten jetzt noch in den oberen Stockwerken. Alle anderen waren daraus vertrieben worden, um Platz für die Aes Sedai zu machen. Die Kleine Burg hatte Eigenschaften der Weißen Burg angenommen, vor allem die peinlich genaue Förmlichkeit. Als Nynaeve diesen Raum zum ersten Mal gesehen hatte, war er von Geschäftigkeit geprägt gewesen, von dem Anschein, daß etwas getan wurde. Also ein falscher Anschein. Jetzt schien alles verlangsamt, aber es war das Gefühl der Weißen Burg.

Sie näherte sich einem der Tische – nicht dem nächststehenden – und vollführte einen Hofknicks. »Verzeiht, Aes Sedai, aber mir wurde gesagt, Siuan und Leane wären hier. Könnt Ihr mir sagen, wo ich sie finden kann?«

Brendas' Stift hielt mitten in der Luft inne, und sie schaute mit kühlen dunklen Augen auf. Nynaeve hatte sie erwählt, weil Brendas eine der wenigen Aes Sedai war, die sie niemals wegen Rand ins Verhör genommen hatte. Außerdem hatte Siuan Brendas einst, als sie die Amyrlin war, als jemanden erwählt, dem man vertrauen konnte. Das hatte nichts hiermit zu tun, aber Nynaeve suchte sich ihren Trost, wo sie konnte.

»Sie sind bei einigen der Sitzenden, Kind.« Brendas' Stimme war volltönend und genauso gefühllos wie ihr blasses Gesicht. Weiße zeigten selten Empfindungen, aber Brendas zeigte sie niemals.

Nynaeve unterdrückte ein verärgertes Seufzen. Wenn Sitzende sie über ihre Augen-und-Ohren berichten ließen, wären sie vielleicht noch stundenlang beschäftigt. Aber vielleicht nicht den Rest des Tages. Bis dahin wäre sie mit den Töpfen beschäftigt. »Danke, Aes Sedai.«

Brendas unterbrach ihren Hofknicks mit einer Geste.

»Hat Theodrin mit Euch gestern irgendwelche Fortschritte gemacht?«

»Nein, Aes Sedai.« Wenn ihre Stimme ein wenig angespannt klang, dann hatte sie Grund dazu. Theodrin hatte gesagt, sie wolle alles versuchen, und offensichtlich meinte sie das auch. Die gestrige Bemühung hatte Wein zum Entspannen beinhaltet, aber aus irgendeinem Grund hatte Nynaeve letztendlich mehr als nur wenige Schlucke getrunken. Sie glaubte nicht, daß sie jemals vergessen würde, wie man sie singend – singend! – zu ihrem Raum zurückgebracht hatte, oder sich daran jemals erinnern könnte, ohne rot zu werden. Brendas mußte es wissen. Jedermann mußte es wissen. Nynaeve hätte sich am liebsten verkrochen.

»Ich frage nur, weil Eure Studien zu leiden scheinen. Ich habe mehrere Schwestern bemerken hören, daß Ihr am Ende Eurer bemerkenswerten Heilung angelangt zu sein scheint. Vielleicht sind Eure zusätzlichen Hausarbeiten hinderlich –, aber Elayne offenbart jeden Tag etwas Neues, sogar wenn sie ihre Klassen unterrichtet oder an den Töpfen arbeitet. Viele Schwestern fragen sich, ob sie Euch nicht besser helfen könnten als Theodrin. Wenn wir uns abwechseln würden und Euch täglich leiten würden, könnte sich das vielleicht als hilfreicher erweisen als diese zwanglosen Treffen mit dieser Frau, die immerhin selbst kaum mehr als eine Aufgenommene ist.« Das alles wurde in gleichförmigem Tonfall und ohne den geringsten Vorwurf ausgesprochen, und doch errötete Nynaeve, als wäre sie angeschrien worden.

»Ich bin sicher, daß Theodrin den Hinweis jeden Tag finden wird, Aes Sedai«, erwiderte sie fast im Flüsterton. »Ich werde es noch stärker versuchen, Aes Sedai.« Sie vollführte eilig einen Hofknicks und wirbelte herum, bevor Brendas sie erneut aufhalten konnte. Mit dem Ergebnis, daß sie gegen eine der beiden weißhaarigen Neuankömmlinge prallte. Sie sahen einander ausreichend ähnlich, um wahrhaftig Schwestern sein zu können, waren fast Spiegelbilder voneinander, mit edel geformten Knochen und länglichen, aristokratischen Gesichtern.

Der Zusammenstoß war in Wahrheit eher ein Vorbeistreifen, und sie versuchte sich zu entschuldigen, aber die Aes Sedai fixierte sie mit einem Blick, der einem Falken zur Ehre gereicht hätte. »Achtet auf Euren Weg, Aufgenommene. Zu meiner Zeit hätte eine Aufgenommene, die fast eine Aes Sedai überrannte, noch weißeres Haar als meines bekommen, bevor sie auch nur die Böden zu Ende geschrubbt hätte.«

Die andere berührte ihren Arm. »Oh, laßt das Kind gehen, Vandene. Wir haben zu arbeiten.«

Vandene schickte ein heftiges Schnauben in Nynaeves Richtung, ließ sich aber hinausgeleiten.

Nynaeve wartete einen Moment, um sie gehen zu lassen, als sie Sheriam mit Myrelle, Morvrin und Beonin aus einem der Versammlungsräume kommen sah. Myrelle sah sie ebenfalls und wollte auf sie zugehen, aber bereits nach einem Schritt legten Sheriam und Morvrin jede eine Hand auf die Arme der Grünen Schwester und sprachen schnell und leise auf sie ein, wobei sie häufig zu Nynaeve schauten. Noch immer miteinander redend, durchquerten die vier Frauen den Raum und verschwanden durch eine andere Tür.

Nynaeve wartete, bis sie wieder vor der Kleinen Burg angelangt war, bevor sie einmal heftig an ihrem Zopf zog. Sie hatten sich gestern abend mit den Weisen Frauen getroffen. Es war nur zu leicht zu erraten, warum die anderen Myrelle daran gehindert hatten, mit ihr zu sprechen. Wäre Egwene im Herzen des Steins gewesen, sollte sie es nicht erfahren. Nynaeve al'Meara war in Ungnade gefallen. Nynaeve al'Meara schrubbte Töpfe wie eine Novizin, obwohl sie vielleicht schon eine Stufe höher als eine Aufgenommene stehen könnte. Nynaeve al'Meara gelangte mit Theodrin nirgendwohin, und alle ihre großartigen Entdeckungen waren unnütz. Nynaeve al'Meara würde niemals eine Aes Sedai werden. Sie hatte gewußt, daß es ein Fehler war, durch Elayne alles von Moghedien hereinzuschleusen. Sie hatte es gewußt!

Ihre Zunge wollte sich bei der Erinnerung an einen üblen Geschmack winden. Gekochter Katzenfarn und zerriebene Mavinsblätter. Ein Gegenmittel, das sie bei so manchem Kind angewandt hatte, das nicht aufhören wollte zu lügen. In Ordnung, sie *war* diejenige gewesen, die es selbst vorgeschlagen hatte, aber es war dennoch ein Fehler gewesen. Aes Sedai sprachen nicht mehr über ihre Neuerungen. Sie sprachen über ihr Fehlen. Aes Sedai, die niemals mehr als flüchtiges Interesse an ihrem Widerstand gezeigt hatten, waren jetzt in die Aufgabe eingebunden, ihn zu zerbrechen. Sie konnte nicht gewinnen. Es würde auf die eine oder andere Art darauf hinauslaufen, daß sie von Kopf bis Fuß und von Sonnenaufgang bis Sonnenuntergang von Aes Sedai geprüft würde.

Sie zog fester an ihrem Zopf, ausreichend fest, daß ihre Kopfhaut schmerzte, aber so, wie sich ihr Kopf anfühlte, nützte es in bezug auf ihr Temperament nichts. Ein Soldat mit dem flachen Helm eines Bogenschützen und einem gefütterten Wams verlangsamte seinen Schritt, um sie neugierig zu betrachten, aber sie sah ihn dermaßen feindselig an, daß er über seine eigenen Füße stolperte und schnell in der Menge verschwand. *Warum* mußte Elayne so starrsinnig sein?

Die Hände eines Mannes schlossen sich um ihre Schultern, und sie wirbelte herum, zu Äußerungen bereit, die ihm den Verstand rauben würden. Sie erstarben ihr auf der Zunge.

Thom Merrilin grinste sie durch seinen langen weißen Bart hindurch an, und die scharfen blauen Augen in dem knorrigen Gesicht blinzelten ihr zu. »So wie Ihr ausseht, Nynaeve, könnte man fast glauben, Ihr wärt zornig, aber ich weiß, daß Ihr ein solch freundliches Gemüt besitzt, daß die Menschen Euch stets um Rat fragen.«

Neben ihm stand Juilin Sandar, dieser hagere Bursche, der wie aus Holz geschnitzt wirkte und sich auf einen daumendicken Bambusstock lehnte. Juilin war Tairener, nicht Taraboner, aber er trug dennoch diese lächerliche, oben flache, kegelförmige rote Kappe, die jetzt noch beschädigter war als bei ihrem letzten Zusammentreffen. Er riß sie sich vom Kopf, als sie ihn ansah. Beide Männer waren staubbedeckt und von der Reise erschöpft, mit hageren Gesichtern, obwohl sie beide auch vorher nicht besonders fleischig gewesen waren. Sie wirkten, als hätten sie die letzten Wochen, seit sie Salidar verlassen hatten, in ihren Kleidern geschlafen, wenn sie nicht im Sattel gesessen hatten.

Bevor Nynaeve etwas sagen konnte, wurden sie von einem menschlichen Sturm überrannt. Elayne warf sich so heftig auf Thom, daß er stolperte. Er schob natürlich seine Hände unter ihre Arme, hob sie hoch und wirbelte sie, trotz seines leichten Hinkens, im Kreis herum wie ein Kind. Er lachte, als er sie wieder absetzte, und sie lachte ebenfalls. Sie griff aufwärts und zog ihn am Bart, und sie lachten noch lauter. Er betrachtete ihre Hände, die genauso runzlig waren wie Nynaeves, und fragte sie, in welche Schwierigkeiten sie geraten war, ohne daß er sie auf dem rechten Weg halten konnte, und sie erwiderte, daß sie niemanden brauchte, der ihr sagte, was sie tun sollte; nur brachte sie dies errötend und kichernd hervor und biß sich auf die Lippen.

Nynaeve atmete tief durch. Manchmal benahmen sich die beiden entschieden zu sehr wie Vater und Tochter. Manchmal schien Elayne zu glauben, daß sie ungefähr zehn Jahre alt war, und Thom ebenfalls. »Ich dachte, du hättest heute morgen Novizinnenunterricht, Elayne.«

Die andere Frau warf ihr einen Seitenblick zu, sammelte sich in dem verspäteten Versuch, Würde zu zeigen, und beschäftigte sich dann mit ihrem Gewand. »Ich habe Calindin gebeten, den Unterricht zu übernehmen«, sagte sie beiläufig. »Ich dachte, ich könnte dir Gesellschaft leisten. Und ich bin froh, daß ich es getan habe«, fügte sie mit einem für Thom gedachten Grinsen hinzu. »Jetzt kannst du uns alles berichten, was du in Amidicia erfahren hast.«

Nynaeve schnaubte. Ihm Gesellschaft leisten, also wirklich!. Sie erinnerte sich nicht an alles, was gestern geschehen war, aber sie wußte genau, daß Elayne gelacht hatte, als sie sich ausgezogen und zu Bett gegangen war, noch bevor die Sonne unterging. Und sie war sicher, sich an die Frau zu erinnern, die gefragt hatte, ob sie einen Eimer Wasser haben wolle, um ihren Kopf zu kühlen.

Thom bemerkte nichts. Die meisten Männer waren blind, obwohl er sonst ausreichend scharfsinnig war. »Wir werden uns beeilen müssen«, sagte er. »Jetzt, wo Sheriam uns ausgefragt hat, will sie, daß wir einigen Sitzenden persönlich berichten. Glücklicherweise ist es nicht sehr viel. Es sind nicht einmal genug Weißmäntel am Eldar, um eine Maus von der Überquerung abzuhalten, die sich einen Tag vorher mit Pauken und Trompeten ankündigt. Bis auf eine starke Streitmacht an der Grenze nach Tarabon und den Männern, die er im Norden zur Verfügung hat, um den Propheten aufzuhalten, scheint Niall auch noch die letzten Weißmäntel um Amadicia zu versammeln, und Ailron zieht seine Soldaten ebenfalls ein. Das Gerede von Salidar hat schon angefangen, bevor wir aufgebrochen sind, aber wenn Niall auch nur einen zweiten Gedanken an den Ort verschwendet hat, konnte ich nirgendwo einen Hinweis darauf entdecken.«

»Tarabon«, murmelte Juilin und betrachtete seine Kappe. »Ein schreckliches Land für jemanden, der nicht auf sich aufpassen kann – das haben wir zumindest gehört.«

Nynaeve war sich nicht sicher, wer von den beiden besser darin war, sich nichts anmerken zu lassen, aber sie zweifelte nicht daran, daß beide so gut lügen konnten, daß sogar ein Händler grün vor Neid würde. Und gerade jetzt war sie überzeugt, daß sie etwas verbargen.

Elayne erkannte noch mehr. Sie ergriff Thoms Rockaufschlag und blickte zu ihm hoch. »Du hast etwas über meine Mutter erfahren«, sagte sie ruhig; es war keine Frage.

Thom zupfte an seinem Bart. »Es gibt in jeder Straße Amadicias hundert Gerüchte, Kind, und eines ist wilder als das andere.« Sein knorriges, ledriges Gesicht war die pure Unschuld und Offenheit, aber der Mann war seit dem Tag seiner Geburt niemals unschuldig gewesen. »Es heißt, die gesamte Weiße Burg halte sich hier in Salidar auf, und zehntausend Behüter stünden bereit, den Eldar zu überqueren. Es heißt, Aes Sedai hätten Tanchico erobert, und Rand habe Flügel, die er benutzt, um nachts herumzufliegen ...«

»Thom?« sagte Elayne.

Er schnaubte und sah Juilin und Nynaeve an, als sei es ihr Fehler. »Kind, es ist nur ein Gerücht, das genauso verrückt ist wie jedes andere Gerücht, das wir gehört haben. Ich konnte keine Bestätigung finden, und glaube mir, ich habe es versucht. Ich wollte es nicht erwähnen. Es weckt nur deinen Schmerz. Laß es gut sein, Kind.«

»Thom.« Weitaus bestimmter. Juilin regte sich unbehaglich und wirkte, als wünschte er, woanders zu sein, während Thom einfach nur grimmig aussah.

»Nun, wenn du es unbedingt wissen willst. Alle in Amadicia scheinen zu glauben, deine Mutter befände sich in der Festung des Lichts und wolle ein Heer von Weißmänteln nach Andor zurückführen.«

Elayne schüttelte den Kopf und lachte leise. »Oh, Thom, glaubst du, ich würde mir wegen so etwas Sorgen machen? Mutter würde niemals zu den Weißmänteln gehen. Ich könnte mir vielleicht wünschen, sie hätte es getan. Ich könnte mir vielleicht wünschen, sie wäre am Leben, um es zu tun, obwohl es alles in Frage stellen würde, was sie mich jemals gelehrt hat – fremde Soldaten nach Andor führen, und noch dazu Weißmäntel! Aber wenn Wünsche Flügel hätten ...« Sie lächelte traurig, aber es war eine gedämpfte Traurigkeit. »Ich habe genug getrauert, Thom. Mutter ist tot, und ich muß mein Bestes tun, mich ihrer würdig zu erweisen. Sie hätte niemals auf lächerliche Gerüchte gehört und auch keine Tränen darüber vergossen.«

»Kind«, sagte er unbeholfen.

Nynaeve fragte sich, was er wegen Morgases Tod empfand, wenn er überhaupt etwas empfand. Es war schwer zu glauben. Er war einst Morgases Geliebter gewesen, als sie jung und Elayne noch kaum mehr als ein Baby gewesen war. Damals hatte er sicherlich noch nicht so ausgesehen, als habe man ihn zu lange zum Trocknen in der Sonne gelassen. Nynaeve wußte kaum mehr darüber, wie und warum es geendet hatte, als daß er mit einem Haftbefehl im Nacken aus Caemlyn geflüchtet war. Nicht das Zeichen der Liebe, von dem Geschichten erzählen. Im Moment schien er eindeutig nur darum besorgt, ob Elayne die Wahrheit sagte oder ihren Schmerz verbarg. Er tätschelte ihre Schulter und strich ihr übers Haar. Hätte Nynaeve sich nicht gewünscht, daß sie einander anfauchten wie normale Menschen, hätte sie es als hübsches Bild empfunden.

Ein Räuspern zerstörte das Bild. »Meister Merrilin?« sagte Tabitha und vollführte schnell einen Hofknicks. »Meister Sandar? Sheriam Sedai sagt, die Sitzenden seien bereit, Euch zu empfangen. Sie sagt, Ihr solltet die Kleine Burg nicht verlassen.«

»Also ist das die Kleine Burg?« fragte Thom trocken, während er das ehemalige Gasthaus betrachtete. »Elayne, sie können uns nicht ewig festhalten. Wenn wir fertig sind, können wir miteinander reden ... über was auch immer du willst.« Er bedeutete Tabitha voranzugehen und ging wieder hinein, deutlich hinkend, wie er es stets tat, wenn er müde war. Juilin straffte die Schultern und folgte ihm, als ginge es zum Galgen. Er war immerhin Tairener.

Nynaeve und Elayne standen da und sahen einander kaum an.

Schließlich sagte Nynaeve: »Ich war nicht ...« Und Elayne sagte im gleichen Moment: »Ich sollte nicht ...« Sie brachen auch im gleichen Moment ab, und es vergingen einige Momente, in denen sie sich mit geröteten Gesichtern mit ihren Röcken beschäftigten.

»Es ist zu heiß, um hier stehen zu bleiben«, sagte Nynaeve schließlich.

Es war unwahrscheinlich, daß die Sitzenden, die gerade Siuans und Leanes Berichten zuhörten, innehalten würden, um Thoms und Juilins Berichten zu lauschen. Sie teilten solche Dinge untereinander auf. Also blieb nur Logain, so sehr sie auch wünschte, es wäre anders. Sie würden nichts erfahren. Aber es war immer noch besser, als Daumen zu drehen, bis ein Dutzend Aes Sedai mit einem Stundenplan für sie aufkreuzten.

Sie blickte seufzend die Straße hinab. Elayne erweckte den Eindruck, als sei sie eingeladen. Das verhalf Nynaeve zu dem Zorn, den sie brauchen würde. Sie erkannte jäh, daß Elaynes Handgelenke bloß waren.

»Wo ist das Armband?« fragte sie leise. Niemand auf der Straße würde sie verstehen, wenn sie sie hörten, aber einmal aufgegebene Vorsicht konnte verhängnisvoll sein. »Wo ist Marigan?«

»Das Armband befindet sich in meiner Tasche, Nynaeve.« Elayne trat beiseite, um einen hochrädrigen Wagen vorbeizulassen, und ging dann hinter dem Wagen wieder zu Nynaeve. »Marigan kümmert sich zusammen mit ungefähr zwanzig anderen Frauen um unsere Wäsche. Und stöhnt jedes Mal, wenn sie sich rührt. Sie sagte etwas in der Meinung, daß Birgitte es nicht hören würde, und Birgitte... Ich *mußte* das Ding abnehmen, Nynaeve. Birgitte hatte das Recht dazu – und es *schmerzte*. Ich habe Marigan gesagt, sie solle erklären, sie sei eine Treppe hinuntergefallen.«

Nynaeve schnaubte, aber es war nicht ernst. Sie hatte das Armband in letzter Zeit nicht oft getragen. Nicht weil sie nichts abgeben konnte, was sie als ihr Eigentum betrachtete. Sie war sich noch immer nicht im klaren, ob Moghedien nicht zumindest *etwas* vom Heilen verstand, auch wenn sie es selbst nicht erkannte – niemand konnte so blind sein –, und da war der Trick, wie man das Lenken der Macht eines Menschen erkennen konnte, den sie, wie Moghedien ständig behauptete, fast beherrschen. Die Wahrheit war, daß sie fürchtete, sie könnte weitaus Schlimmeres tun, als Birgitte es getan hatte, wenn sie über das notwendige Maß hinaus Kontakt zu der Frau hätte. Vielleicht war es die Art, wie allem Zufriedenheit zugrunde zu liegen schien, wenn Moghedien unter dem zurückhaltenden Schmerz stöhnte, wenn Nynaeve versuchte, diese Aufdeckung zu beherrschen. Vielleicht war es die Erinnerung daran, wie ängstlich sie gewesen war, allein mit der Frau und ohne das Armband. Vielleicht war es der zunehmende Widerwille davor, eine der Verlorenen vor dem Urteil zu bewahren. Vielleicht war es aber auch alles zusammen. Sie wußte nur, daß sie sich jetzt zwingen mußte, das Armband anzulegen, und daß sie, wann immer sie Moghediens Gesicht sah, mit ihren Fäusten darauf einschlagen wollte.

»Ich hätte nicht lachen sollen«, sagte Elayne. »Es tut mir leid, daß ich es getan habe.«

Nynaeve blieb so unvermittelt stehen, daß ein Reiter sein Pferd verreißen mußte, um sie nicht umzureiten. Er schrie etwas, bevor die Menge ihn davontrug, aber der Schreck dämpfte seine Worte bis zur Unhörbarkeit. Sie war nicht über die Entschuldigung erschrocken. Sie war über das erschrocken, was sie sagen mußte. Das Richtige sagen. Die Wahrheit.

Unfähig, Elayne anzusehen, ging sie weiter. »Du hattest alles Recht zu lachen. Ich ...« Sie schluckte schwer. »Ich habe mich vollkommen zur Närrin gemacht.« Das hatte sie. Nur wenige Schlucke, hatte Theodrin gesagt, einen Becher. Aber sie hatte den Krug geleert. Wenn man versagte, sollte man einen besseren Grund dafür haben als den, etwas nicht gekonnt zu haben. »Du hättest nach diesem Eimer schicken und meinen Kopf solange hineintauchen sollen, bis ich *Die Große Jagd nach dem Horn* fehlerlos hersagen konnte.« Sie wagte einen Blick aus den Augenwinkeln. Kleine rote Flecke waren noch immer auf Elaynes Wangen zu sehen. Also war die Rede von einem Eimer gewesen.

»Das könnte jedem passieren«, sagte die andere Frau schlicht.

Nynaeve spürte, wie sie ebenfalls errötete. Als es Elayne passiert war, hatte sie die Frau untergetaucht, um den Wein fortzuspülen. »Du hättest tun sollen, was auch immer nötig gewesen wäre, um mich zu ernüchtern.«

Es war so ziemlich der seltsamste Streit, an den Nynaeve sich jemals erinnern konnte, darauf zu beharren, daß sie eine vollkommene Närrin gewesen war und die Strafe verdiente, während Elayne für sie eine Entschuldigung nach der anderen ersann. Nynaeve verstand nicht, warum es so wohltuend wirkte, solchermaßen alle Schuld auf sich zu nehmen. Sie konnte sich nicht daran erinnern, das jemals zuvor getan zu haben, nicht ohne soviel wie möglich zu verbergen. Sie wurde fast wütend auf Elayne, weil sie ihr nicht zustimmte, daß sie eine kindische Närrin gewesen war. Der Streit dauerte an, bis sie das kleine strohgedeckte Haus am Rande des Dorfes erreichten, wo Logain festgehalten wurde.

»Wenn du nicht damit aufhörst«, sagte Elayne

schließlich, »schwöre ich, daß ich sofort nach einem Eimer Wasser schicken werde.«

Nynaeve öffnete den Mund und schloß ihn dann wieder. Das ging selbst in diesem neugefundenen Hochgefühl, zugegeben zu haben, daß sie sich geirrt hatte, zu weit. Sie konnte Logain nicht gegenübertreten, wenn sie sich so gut fühlte. Es wäre ohnehin sinnlos – ohne Moghedien und das Armband, das anzulegen sie sich entschieden zu gut fühlte. Sie betrachtete die beiden Behüter, die neben der Tür mit dem Steinsturz Wache standen. Sie waren nicht nahe genug, daß sie sie hätten hören können, aber sie sprach dennoch leise. »Elayne, gehen wir. Heute abend.« Da Thom und Juilin in Salidar waren, brauchten sie Uno nicht zu bitten, Pferde aufzutreiben. »Nicht nach Caemlyn, wenn du nicht willst. Nach Ebou Dar. Merilille wird diese Schale niemals finden, und Sheriam wird sie uns niemals suchen lassen. Was sagst du? Heute abend?«

»Nein, Nynaeve. Wie können wir Rand nützen, wenn sie uns als Flüchtige ansehen? Du hast es versprochen, Nynaeve. Du hast es versprochen, wenn wir etwas fänden.«

»Ich habe es versprochen, wenn wir etwas fänden, was wir verwenden könnten. Aber wir haben nur dies gefunden!« Nynaeve hielt der anderen Frau ihre runzligen Hände unter die Nase.

Die Entschlossenheit schwand aus Elaynes Gesicht und ihrer Stimme. Sie schürzte die Lippen und schaute zu Boden. »Nynaeve, du weißt, daß ich Birgitte gesagt habe, wir würden bleiben. Nun, anscheinend hat sie Uno angewiesen, daß er dir unter keinen Umständen ein Pferd geben sollte, es sei denn, sie befähle es. Sie sagte ihm, du hättest vor davonzulaufen. Ich habe es erst herausgefunden, als es bereits zu spät war.« Sie hob verärgert den Kopf. »Wenn es das bedeutet, einen Behüter zu haben, weiß ich nicht, warum irgend jemand einen haben wollte.«

Nynaeve hatte das Gefühl, als würden ihre Augen vor Empörung bersten. *Das* war also der Grund, warum er sie angestarrt hatte. Das Hochgefühl schwand in einem Ansturm von – nun, zum Teil Zorn, zum Teil Erniedrigung. Der Mann *wußte*. Er dachte, daß sie... Warte. Sie sah Elayne einen Moment stirnrunzelnd an, beschloß dann aber, die Frage, die ihr gerade in den Sinn gekommen war, nicht zu stellen. Hatte Birgitte Uno gegenüber nur Nynaeves Namen erwähnt, oder war Elayne vielleicht auch betroffen? Elayne hatte für sich eine recht annehmbare Familie gefunden: in Thom, einem nachsichtigen Vater, der sie alles lehren wollte, was er wußte, und Birgitte, einer älteren Schwester, die ihre Aufgabe darin sah, die Jüngere davon abzuhalten, sich beim Reiten von Pferden, mit denen sie noch nicht umgehen konnte, den Hals zu brechen.

»In diesem Fall«, sagte sie tonlos, »sollten wir herausfinden, was ich von Logain erfahren kann.«

Es war ein kleines Haus mit nur zwei Räumen, aber hinter den dicken Steinmauern war es recht kühl. Logain saß in Hemdsärmeln mit einer Pfeife am Fenster und las in einem Buch. Die Aes Sedai kümmerten sich gut um ihn. Die Stühle und Tische waren genauso gut wie alles in Salidar – nichts Kunstvolles, aber gut gearbeitet, obwohl nichts zusammenpaßte –, und ein rotgoldener Webteppich bedeckte den größten Teil eines Bodens, der so sauber geschrubbt war, daß Nynaeve bezweifelte, daß er das selbst bewerkstelligt hatte.

Er legte das Buch zur Seite, als sie eintraten, und schien nicht im geringsten verärgert darüber, daß sie nicht angeklopft hatten. Er erhob sich gemächlich, klopfte seine Pfeife aus, legte sich seinen Umhang um und verbeugte sich erst dann. »Es tut gut, Euch nach so langer Zeit wiederzusehen. Ich dachte schon, Ihr hättet mich vergessen. Möchtet Ihr etwas Wein? Die Aes Sedai versorgen mich nur knapp, aber was sie mir zukommen lassen, ist wirklich nicht schlecht.«

Der angebotene Wein hätte genügt – Nynaeve konnte kaum ein Stöhnen unterdrücken –, wenn sie noch mehr Anlaß gebraucht hätte. Wenn sie an Uno dachte, genügte die Tatsache, daß er ein Mann war. Es war nicht nötig, ihren Zorn aus der Kleinen Burg zu ziehen. Daran zu denken, trug jedoch seinen Teil dazu bei. Die Wahre Quelle war plötzlich da, eine unbemerkte Wärme, gerade eben außer Sicht. Sie öffnete sich, und *Saidar* überflutete sie. Wenn sie zuvor ein Hochgefühl empfunden hatte, dann war das jetzige Gefühl nur als jenseits der Verzückung zu beschreiben. Sie ergab sich ihm *tatsächlich*, verdammt sei Theodrin!

»Setzt Euch«, befahl sie ihm kalt. »Ich will kein Geplauder von Euch hören. Antwortet, wenn Ihr gefragt werdet, aber haltet ansonsten den Mund.«

Logain zuckte nur die Achseln und fügte sich sanft wie ein Hündchen. Nein, nicht sanft. Dieses Lächeln war die pure Überheblichkeit. Diese erwuchs teilweise aus seinen Empfindungen gegenüber den Aes Sedai, dessen war sich Nynaeve sicher, und teilweise ... Er beobachtete, wie sich Elayne einen Stuhl nahm und ihre Röcke mit geübter Sorgfalt richtete. Auch wenn Nynaeve nicht bemerkt hätte, wohin er schaute, hätte sie gewußt, daß es eine Frau war. Es war keine Belustigung und keine Lüsternheit daran, sondern nur ... Nynaeve wußte nicht, was, nur daß er sie genauso ansah, und ihr wurde plötzlich sehr deutlich bewußt, daß sie eine Frau und er ein Mann war. Vielleicht kam das nur daher, daß er gut aussah und breite Schultern hatte, aber sie dachte im stillen anders darüber. Natürlich war es nicht das.

Sie räusperte sich und wob Fäden *Saidar* in ihn, Luft und Wasser, Feuer und Erde und Geist. Alle Elemente des Heilens, aber jetzt benutzt, um einzudringen. Es hätte geholfen, Hand an ihn zu legen, aber sie konnte sich nicht dazu bringen. Es war schlimm genug, ihn mit der Macht zu berühren. Er war gesund wie ein

Bulle und fast genauso stark. Ihm fehlte nicht das geringste – bis auf die Öffnung.

Es war keine wirkliche Öffnung, sondern mehr ein Gefühl, daß das, was andauernd wirkte, nicht andauernd war, daß das, was glatt und gerade schien, in Wahrheit um eine Leere verlief. Sie kannte dieses Gefühl von früher, als sie geglaubt hatte, sie könnte vielleicht wirklich etwas erfahren. Es verursachte ihr noch immer eine Gänsehaut.

Er sah sie angespannt an. Sie erinnerte sich nicht, näher getreten zu sein. Sein Gesicht war zu einer Maske schamloser Verachtung erstarrt. Sie war vielleicht keine Aes Sedai, aber sie kam dem sehr nahe.

»Wie kannst du alles das gleichzeitig tun?« fragte Elayne. »Ich könnte nicht der Hälfte davon auf einmal nachgehen.«

»Still«, murmelte Nynaeve. Sie überspielte die Anstrengung, die es sie kostete, und nahm Logains Kopf grob in die Hände. Ja. Mit Körperkontakt war es besser, die Eindrücke deutlicher.

Sie richtete den vollen Strom *Saidars* an die Stelle, wo die Öffnung hätte sein sollen – und war fast überrascht, eine Leere vorzufinden. Natürlich, sie glaubte immer noch nicht, etwas zu erfahren. Männer unterschieden sich bezüglich der Macht genauso stark von Frauen wie körperlich, vielleicht sogar noch mehr. Sie könnte genausogut einen Felsen betrachten, um etwas über Fische herauszufinden. Es war schwer, ihre Gedanken auf diese Tätigkeit zu konzentrieren, obwohl sie sich bewußt war, daß sie nur Gefühle durchlebte und Zeit totschlug.

Was wird Myrelle sagen? Würde sie eine Nachricht von Egwene zurückhalten? Diese Leere, die so gering war, daß sie sie leicht überqueren konnte, wurde unermeßlich, als sie die Stränge hineinfließen ließ, ausreichend unermeßlich, sie alle zu verschlingen. *Wenn ich nur mit Egwene sprechen könnte. Ich wette, daß sie mir helfen*

würde, Elayne davon zu überzeugen, daß wir hier alles in unserer Macht Stehende getan haben, wenn sie erst wüßte, daß die Burg eine Abordnung zu Rand geschickt hat und die Aes Sedai hier nur herumsitzen. Eine unermeßliche Leere. Nichts. Was war mit dem, was sie in Siuan und Leane gefunden hatte, das Gefühl von etwas Abgeschnittenem? Sie war sich sicher, daß es real gewesen war, wie schwach auch immer es gewesen sein mochte. Männer und Frauen unterschieden sich vielleicht, aber vielleicht ... *Es muß mir irgendwie gelingen, mit ihr zu sprechen. Sie wird erkennen, daß es für Rand besser wäre, wenn wir dort wären. Elayne wird zuhören. Elayne glaubt, daß Egwene Rand besser kennt als irgend jemand sonst.* Da war es. Etwas Abgeschnittenes. Nur ein Eindruck, aber derselbe wie in Siuan und Leane. *Also, wie finde ich sie? Wenn sie nur wieder in unseren Träumen auftauchen würde. Ich wette, ich kann sie dazu überreden, sich uns anzuschließen. Wir drei würden weitaus besser mit Rand zurechtkommen. Zusammen könnten wir ihm sagen, was wir in* Tel'aran'rhiod *erfahren haben, ihn davon abhalten, bei den Aes Sedai irgendeinen törichten Fehler zu begehen. Sie wird es erkennen.* Etwas über dieses Abgeschnittene ... Wenn es mit Feuer und Geist überbrückt wurde, dann ...

Die leichte Erweiterung von Logains Augen zeigte ihr, was sie getan hatte. Der Atem gefror in ihrer Kehle. Sie wich so hastig vor ihm zurück, daß sie über ihren Rock stolperte.

»Nynaeve«, sagte Elayne und setzte sich auf. »Was ist ...?«

Ein Herzschlag, und Nynaeve hatte alles *Saidar*, das sie aufnehmen konnte, in einen Schild umgewandelt. »Geh und suche Sheriam«, sagte sie drängend. »Niemand anderen als Sheriam. Sage ihr ...« Sie atmete tief und scheinbar zum ersten Mal seit Stunden durch. Ihr Herz begann zu rasen. »Sage ihr, daß ich Logain geheilt habe.«

KAPITEL 7

Die Heilung

Etwas stieß gegen den Schild, den Nynaeve zwischen Logain und der Wahren Quelle befestigt hatte, und baute sich auf, bis sich der Schild zu biegen begann und das Gewebe fast bis zum Bersten erbebte. Sie ließ *Saidar* süß und bis an den Rand des Schmerzes durch sich hindurchfließen und die Macht durch jede Faser in den Geist, in den Schild lenken. »Geh, Elayne!« Es kümmerte sie nicht im geringsten, ob es gequält klang.

Elayne – das Licht möge auf sie scheinen – verschwendete keine Zeit mit Fragen. Sie sprang von ihrem Stuhl auf und war im Handumdrehen verschwunden.

Logain hatte keinen Muskel bewegt. Sein Blick hielt Nynaeves Blick fest. Seine Augen schienen zu strahlen. Licht, wie groß er war. Sie streckte die Hand nach ihrem Gürtelmesser aus, erkannte, wie lächerlich diese Geste war – er konnte es ihr wahrscheinlich ohne die geringste Anstrengung abnehmen, denn seine Schultern schienen plötzlich so breit, wie sie groß war –, und richtete einen Teil ihres Gewebes als Fesseln in die Luft, die ihn an Armen und Beinen genau dort festhielten, wo er saß. Er war immer noch groß, aber er wirkte plötzlich normaler und vollkommen kontrollierbar. Erst da kam es ihr in den Sinn, daß sie die Kraft des Schildes geschwächt hatte. Aber sie konnte keinesfalls weiterhin die Macht lenken. Die ... die pure Freude am Leben, die *Saidar* bedeutete, war in ihr bereits so stark, daß sie fast weinte. Er lächelte sie an.

Einer der Behüter streckte den Kopf zur Tür herein, ein dunkelhaariger Mann mit kühner Nase und einer tiefen, weißen Narbe am hageren Kiefer. »Stimmt etwas nicht? Die andere Aufgenommene lief davon, als hätte sie sich auf ein Nadelkissen gesetzt.«

»Es ist alles unter Kontrolle«, belehrte sie ihn kühl. So kühl, wie es ihr möglich war. Niemand brauchte es zu wissen – niemand! –, bevor sie nicht mit Sheriam hatte sprechen können, um die Frau auf ihre Seite zu ziehen. »Elayne war gerade etwas eingefallen, was sie vergessen hatte.« Das klang albern. »Ihr könnt gehen. Ich bin beschäftigt.«

Tervail – das war sein Name. Tervail Dura, Beonin zugeschworen. Und was, unter dem Licht, kümmerte sie sein Name? Tervail grinste sie verzerrt an und verbeugte sich spöttisch, bevor er ging. Behüter ließen es Aufgenommenen selten durchgehen, wenn sie sich mit Aes Sedai beschäftigten.

Es kostete sie erhebliche Mühe, sich nicht über die Lippen zu lecken. Sie betrachtete Logain. Er wirkte äußerlich ruhig, als wenn sich nichts geändert hätte.

»Das ist nicht nötig, Nynaeve. Glaubt Ihr, ich würde beschließen, ein Dorf anzugreifen, in dem sich Hunderte von Aes Sedai befinden? Sie würden mich in Stücke hacken, bevor ich auch nur zwei Schritte getan hätte.«

»Seid still«, sagte sie mechanisch. Sie griff hinter sich nach einem Stuhl und setzte sich hin, ohne den Blick von ihm abzuwenden. Licht, was hielt Sheriam auf? Sheriam mußte begreifen, daß es ein Versehen gewesen war. Sie mußte es! Der Zorn auf sich selbst war das einzige, was es ihr weiterhin erlaubte, die Macht zu lenken. Wie hatte sie so sorglos, solch ein blinder Dummkopf sein können?

»Fürchtet nichts«, sagte Logain. »Ich werde mich jetzt nicht gegen sie wenden. Ihre Erfolge entsprechen meinen Plänen, ob sie es wissen oder nicht. Die Rote

Ajah ist erledigt. In einem Jahr wird keine Aes Sedai mehr zuzugeben wagen, daß sie eine Rote ist.«

»Ich sagte, seid still!« fauchte sie. »Denkt Ihr, ich würde Euch glauben, daß Ihr nur die Roten haßt?«

»Wißt Ihr, ich bin einmal einem Mann begegnet, der mehr Schwierigkeiten verursachen wird, als ich es jemals getan habe. Vielleicht war er der Wiedergeborene Drache. Ich weiß es nicht. Das war, als sie mich durch Caemlyn führten, nachdem ich gefangengenommen wurde. Er war weit weg, aber ich sah ein ... ein Leuchten, und ich wußte, daß er die Welt erschüttern würde. Obwohl ich gefangen war, konnte ich nicht umhin zu lachen.«

Sie verrückte einen kleinen Teil der Luft, die ihn festhielt, und zwang sie als Knebel zwischen seine Kiefer. Er senkte in düsterem Zorn die Augenbrauen, obwohl dieser Ausdruck sofort wieder wich. Es kümmerte sie nicht. Sie hatte ihn jetzt geknebelt. Zumindest ... Er hatte sich überhaupt nicht zu wehren versucht, aber das kam vielleicht daher, daß er vom ersten Augenblick an gewußt hatte, daß sie ihn nur fesseln würde. Vielleicht. Aber wie stark hatte er versucht, ihren Schild zu durchbrechen? Dieser Stoß, der sich eigentlich nicht langsam, aber sicherlich auch nicht schnell aufgebaut hatte. Fast wie ein Mann, der lange ungenutzte Muskeln streckte und gegen etwas stieß, was er nicht bewegen, sondern woran er nur jene Muskeln wieder spüren wollte. Der Gedanke ließ ihren Magen erstarren.

Die Haut um Logains Augen kräuselte sich vor Belustigung, obwohl er alles erkannt hatte, was ihr durch den Kopf gegangen war. Das erzürnte sie. Er saß mit töricht offenstehendem Mund da, gefesselt und abgeschirmt, und war doch der Ruhigere. Wie *hatte* sie eine solche Närrin sein können? Sie war noch nicht zur Aes Sedai geeignet, nicht wenn ihre Blockade in diesem Augenblick bröckelte. Sie war noch nicht geeignet, allein hinausgelassen zu werden. Sie mußten Birgitte sagen, sie solle sich versichern, daß sie nicht mit dem Gesicht in den Staub fiel, wenn sie die Straße überquerte.

Es geschah nicht absichtlich, aber sich selbst auszuschelten, hielt ihren Zorn leichter am Schwelen, bis die Tür aufgerissen wurde. Aber es war nicht Elayne.

Sheriam folgte Romanda, zusammen mit Myrelle und Morvrin, in den Raum. Dicht dahinter kamen Takima, Lelaine und Janya, Delana, Bharatine und Beonin und noch weitere hinzu, drängten alle herein, bis der Raum voller Frauen war. Nynaeve konnte durch die Tür noch weitere sehen, die nicht mehr hineingelangen konnten. Diejenigen, die jedoch in dem Raum waren, betrachteten sie und ihr Gewebe so angespannt, daß sie schwer schlucken mußte und all ihr schöner Zorn wich. Und damit natürlich auch ihr Schild und die Logain bindenden Fesseln.

Bevor Nynaeve jemanden bitten konnte, ihn erneut abzuschirmen, pflanzte sich Nisao vor ihr auf. Obwohl sie klein war, gelang es ihr, scheinbar über Nynaeve aufzuragen. »Was ist mit all dem Unsinn, daß Ihr ihn geheilt hättet?«

»Sie hat behauptet, das getan zu haben?« Es gelang Logain tatsächlich, überrascht zu klingen.

Varilin drängte sich neben Nisao. Die schlanke, rothaarige Graue ragte tatsächlich über Nynaeve auf, weil sie genauso groß war wie Logain. »Das habe ich befürchtet, seit alle anfingen, sie wegen ihrer Entdeckungen zu verhätscheln. Sobald sie aufhörten, endete auch das Verhätscheln, und sie stellt blitzschnell irgendeine wilde Behauptung auf, um es zurückzuerlangen.«

»Das kommt, weil wir sie zuviel Zeit mit Siuan und Leane haben verbringen lassen«, sagte Romanda fest. »Und mit diesem Burschen. Man hätte sie lehren sollen, daß es Dinge gibt, die man nicht heilen kann, und damit basta!«

»Aber ich habe es getan!« widersprach Nynaeve.

»Ich habe es getan! Bitte schirmt ihn ab. Bitte, Ihr müßt es tun!« Die vor ihr stehenden Aes Sedai wandten sich zu Logain um und ließen gerade genug Raum zwischen sich, daß auch sie ihn sehen konnte. Er begegnete all diesen Blicken mit ausdruckslosem Gesicht. Er zuckte sogar die Achseln!

»Ich denke, wir könnten ihn wenigstens solange abschirmen, bis wir vollkommen sicher sind«, schlug Sheriam vor. Romanda nickte, und ein Schild in ausreichender Stärke wurde errichtet, das einen Riesen hätte halten können, während *Saidar* fast jede Frau im Raum umhüllte. Romanda stellte wieder ein wenig Ordnung her, indem sie energisch sechs Frauen benannte, die noch einen kleineren, aber angemessenen Schild aufrechterhalten sollten.

Myrelle ergriff Nynaeves Arm. »Bitte verzeiht, Romanda, aber wir müssen Nynaeve allein sprechen.«

Sheriam ergriff Nynaeves anderen Arm. »Wir sollten es nicht zu lange aufschieben.«

Romanda nickte abwesend. Sie sah Logain stirnrunzelnd an. Die meisten der Aes Sedai taten es ihr nach. Niemand ging.

Sheriam und Myrelle zogen Nynaeve hoch und drängten sie zur Tür.

»Was tut Ihr?« fragte sie atemlos. »Wohin bringt Ihr mich?« Draußen drängten sie sich durch die Menge der Aes Sedai, von denen viele sie scharf oder sogar anklagend ansahen. Sie kamen auch an Elayne vorbei, die reumütig grinste. Nynaeve schaute über ihre Schulter, während die beiden Aes Sedai sie so schnell vorandrängten, daß sie beinahe stolperte. Nicht daß sie von Elayne Hilfe erwartet hätte, aber sie sah sie vielleicht zum letzten Mal. Beonin sagte etwas zu Elayne, die daraufhin eilig durch die Menge davonging. »Was habt Ihr mit mir vor?« jammerte Nynaeve.

»Wir könnten Euch den Rest Eures natürlichen Lebens Töpfe schrubben lassen«, sagte Sheriam leutselig.

Myrelle nickte. »Ihr könntet den ganzen Tag in den Küchen arbeiten.«

»Wie könnten Euch statt dessen auch jeden Tag auspeitschen lassen.«

»Eure Haut in Streifen abschälen lassen.«

»Euch in ein Faß einnageln und Euch durchs Zapfloch Nahrung zukommen lassen.«

»Nur Brei, wenn auch verdorbenen Brei.«

Nynaeve versagten die Knie. »Es war ein Versehen! Ich schwöre es! Ich wollte das nicht!«

Sheriam schüttelte sie fest, ohne ihren Schritt auch nur zu verlangsamen. »Seid keine Närrin, Kind. Ihr habt vielleicht gerade das Unmögliche getan.«

»Ihr glaubt mir? Ihr glaubt mir! Warum habt Ihr nichts gesagt, als Nisao und Varilin und ... Warum habt Ihr nichts gesagt?«

»Ich sagte ›vielleicht‹, Kind.« Sheriams Stimme klang auf niederdrückende Weise unbeteiligt.

»Eine andere Möglichkeit ist«, sagte Myrelle, »daß Euer Gehirn vielleicht durch die Anstrengung angeschwollen ist.« Ihre mit Lidern versehenen Augen betrachteten Nynaeve. »Ihr wärt überrascht über die Anzahl der Aufgenommenen und sogar Novizinnen, die behaupten, sie hätten irgendein verlorenes Talent wiederentdeckt oder ein neues gefunden. Zu meiner Zeit als Novizin war eine Aufgenommene namens Echiko so davon überzeugt zu wissen, wie man fliegen könne, daß sie vom höchsten Punkt der Burg sprang.«

Nynaeve wandte ruckartig den Kopf und schaute von einer Frau zur anderen. Glaubten sie ihr oder nicht? Glaubten sie wirklich, ihr *Geist* wäre gebeugt worden? *Was, unter dem Licht, werden sie mit mir tun?* Sie versuchte, Worte zu finden, um sie zu überzeugen – sie log nicht und war nicht verrückt; sie *hatte* Logain geheilt –, aber ihr Mund formte noch tonlose Worte, als sie bereits in die Kleine Burg eilten.

Erst als sie den ehemaligen Privatspeiseraum betraten, ein langer Raum, in dem jetzt ein schmaler Tisch mit Stühlen vor einer Wand stand, erkannte Nynaeve, daß ihnen viele Menschen gefolgt waren. Mehr als ein Dutzend Aes Sedai folgten ihnen auf den Fersen in den Raum. Nisao kreuzte ihre Arme fest unter den Brüsten, und Dagdara reckte das Kinn empor, als wollte sie durch eine Mauer gehen. Shanelle und Therva und ... Alle Mitglieder der Gelben Ajah, außer Sheriam und Myrelle. Der Tisch ließ den Raum wie einen Verhandlungsraum wirken, und die Reihe grimmiger Gesichter ließ ebenfalls an eine Verhandlung denken. Nynaeve schluckte schwer.

Sheriam und Myrelle ließen sie stehen und traten zum Tisch hinüber, um sich leise zu beraten. Als sie sich wieder umwandten, waren ihre Mienen unlesbar.

»Ihr behauptet, Logain geheilt zu haben.« In Sheriams Stimme klang eine Spur Verachtung mit. »Ihr behauptet, einen gedämpften Mann geheilt zu haben.«

»Ihr müßt mir glauben«, beharrte Nynaeve. »Ihr sagtet, Ihr würdet mir glauben.« Sie zuckte zurück, als etwas Unsichtbares hart über ihre Hüften schlug.

»Erinnert Euch, Aufgenommene«, sagte Sheriam kalt. »Habt Ihr diese Behauptung aufgestellt?«

Nynaeve starrte die Frau an. Sheriam war die Verrückte, die ihre Meinung ständig änderte. Dennoch sagte sie respektvoll: »Ja, Aes Sedai.« Dagdara schnaubte, was wie reißendes Segeltuch klang.

Sheriam beendete mit einer Geste das Murmeln unter den Gelben. »Und Ihr habt es versehentlich getan, wie Ihr sagtet. Wenn das stimmt, besteht vermutlich keine Aussicht, es zu beweisen, indem Ihr es erneut tut.«

»Wie könnte sie?« fragte Myrelle anscheinend belustigt. Belustigt! »Wenn sie blind dort hineingestolpert ist – wie sollte sie es dann wiederholen können? Aber das wäre unwichtig, wenn sie es zunächst tatsächlich vollbracht hätte.«

»Antwortet mir!« fauchte Sheriam, und die unsichtbare Peitsche schlug erneut zu. Dieses Mal gelang es Nynaeve, nicht zurückzuzucken. »Besteht auch nur die geringste Chance, daß Ihr Euch an irgend etwas von dem erinnert, was Ihr getan habt?«

»Ich erinnere mich, Aes Sedai«, sagte sie mürrisch und erwartete den nächsten Schlag. Er kam nicht, aber sie konnte um Sheriam jetzt das Leuchten *Saidars* sehen. Das Leuchten schien bedrohlich.

Ein unbedeutender Tumult an der Tür, und Carlinya und Beonin drangen durch die Reihen der Gelben Schwestern, wobei eine Siuan und die andere Leane vor sich herschob. »Sie wollten nicht mitkommen«, verkündete Beonin verärgert. »Ist es zu glauben, daß sie uns weismachen wollten, sie wären beschäftigt?« Leanes Gesicht gab genauso wenig preis wie die Gesichter aller Aes Sedai, aber Siuan schoß zornige Blicke auf jedermann ab – besonders auf Nynaeve.

Schließlich verstand Nynaeve. Letztendlich fügte sich alles zusammen. Die Anwesenheit der Gelben Schwestern. Daß Sheriam und Myrelle ihr zunächst geglaubt hatten, dann wieder nicht und sie dann bedrohten und anfuhren. Das geschah alles absichtlich, um sie ausreichend zornig zu machen, ihr Heilen bei Siuan und Leane anzuwenden, um sich den Gelben gegenüber zu beweisen. Nein. Ihren Gesichtern nach zu urteilen wollten sie sie nur scheitern sehen. Sie gab sich keine Mühe, den festen Zug an ihrem Zopf zu verbergen. Tatsächlich tat sie es noch einmal, falls jemand das erste Mal nicht bemerkt hätte. Sie wollte ihnen *allen* ins Gesicht schlagen. Sie wollte ihnen eine Kräutermischung verabreichen, deren Geruch allein ausreichen würde, daß sie sich auf den Boden setzten und wie kleine Kinder weinten. Sie wollte ihnen allen das Haar ausreißen und sie damit erwürgen, damit ...

»Muß ich mir diesen Unsinn gefallen lassen?« grollte Siuan. »Auf mich wartet wichtige Arbeit, aber auch wenn es nur darum ginge, Fische auszunehmen, wäre das immer noch ...«

»Haltet den Mund«, unterbrach Nynaeve sie gereizt. Ein Schritt, und sie ergriff mit beiden Händen Siuans Kopf, als wollte sie der Frau den Hals brechen. Sie hatte diesen Unsinn geglaubt, sogar die Geschichte mit dem Faß! Sie hatten sie wie eine Marionette gelenkt!

Saidar erfüllte sie, und sie lenkte die Macht so, wie sie es bei Logain getan hatte, vermischte alle Fünf Mächte. Dieses Mal wußte sie, wonach sie suchte: das fast nicht vorhandene Gefühl von etwas Abgeschnittenem. Geist und Feuer, um die Öffnung zu heilen, und ...

Einen Moment starrte Siuan nur ausdruckslos vor sich hin. Dann umhüllte sie das Leuchten *Saidars*. Keuchen erfüllte den Raum. Siuan beugte sich langsam vor und küßte Nynaeve auf beide Wangen. Eine Träne rann ihr Gesicht hinab, dann eine weitere, und plötzlich weinte Siuan richtig, umfaßte sich und zitterte. Die schimmernde Aura um sie herum schwand. Sheriam nahm sie tröstend in die Arme. Sheriam wirkte, als wollte auch sie weinen.

Alle anderen im Raum sahen Nynaeve an. Die durch all die Gemütsruhe der Aes Sedai hindurchschimmernde Bestürzung und auch die Verärgerung waren recht befriedigend. Shanelles Augen, hellblau in einem hübschen dunklen Gesicht, schienen ihr fast aus dem Kopf zu fallen. Nisaos Mund stand offen, bis sie merkte, daß Nynaeve sie ansah, und ihn ruckartig schloß.

»Was hat Euch auf den Gedanken gebracht, Feuer zu benutzen?« fragte Dagdara mit einer erstickten Stimme, die für solch eine große Frau entschieden zu hoch klang. »Und Erde? Ihr habt Erde gebraucht. Heilen ist Geist, Wasser und Luft.« Diese Worte öffneten die Schleusentore, und Fragen drangen aus jeder Kehle, aber im Grunde waren alles die gleichen Fragen, die nur jeweils anders gestellt wurden.

»Ich weiß nicht warum«, erwiderte Nynaeve, als sie einmal zu Wort kam. »Es schien einfach richtig. Ich habe fast immer alles benutzt.« Was eine Reihe von Warnungen auslöste. Heilen war Geist, Wasser und Luft. Es war gefährlich, mit dem Heilen zu experimentieren. Ein Fehler konnte nicht nur einen selbst, sondern auch den Patienten töten. Sie erwiderte nichts, und die Warnungen erstarben schnell und wurden von reumütigen Blicken abgelöst. Sie hatte niemanden getötet, und sie hatte geheilt, was sie für unheilbar erklärt hatten.

Leane zeigte ein fast schmerzlich anrührendes, hoffnungsvolles Lächeln. Nynaeve näherte sich ihr mit einem Lächeln ihrerseits und verbarg so die schwelende Verärgerung in sich. Die Gelbe Ajah und all ihr berühmtes Wissen über das Heilen, das auf Knien zu erbitten sie bereit gewesen war! Sie wußte mehr über das Heilen als jede einzelne von ihnen! »Schaut jetzt genau hin. Ihr werdet nicht so bald wieder eine Gelegenheit bekommen zu sehen, wie es geschieht.«

Sie spürte die Verbindung deutlich, während sie die Macht lenkte, obwohl sie immer noch nicht hätte sagen können, womit sie sich verband. Es fühlte sich anders an als bei Logain – so war es auch bei Siuan gewesen –, aber sie sagte sich fortwährend, daß Männer und Frauen einfach anders *waren*. *Licht, ich habe Glück, daß es bei ihnen genauso gut wirkt wie bei Logain!* Dieser Gedanke brachte eine Reihe unbequemer Überlegungen auf. Was wäre, wenn einige Dinge bei Männern anders geheilt werden mußten als bei Frauen? Vielleicht wußte sie doch nicht so viel mehr als die Gelben.

Leane reagierte anders als Siuan. Keine Tränen. Sie umarmte *Saidar*, lächelte selig und ließ es dann wieder los, obwohl das Lächeln blieb. Dann schlang sie ihre Arme um Nynaeve, drückte sie, bis ihre Rippen zu brechen drohten, und flüsterte immer wieder: »Danke, danke, danke.«

Aus den Reihen der Gelben wurde Murmeln hörbar, und Nynaeve hielt sich bereit, sich in deren Glückwünschen zu sonnen. Sie würde ihre Entschuldigungen gnädig annehmen. Dann hörte sie, was sie sagten.

»... hat Feuer und Erde gebraucht, als wollte sie ein Loch durch Felsen bohren.« Das kam von Dagdara.

»Eine sanftere Berührung wäre besser gewesen«, stimmte Shanelle ihr zu.

»... erkenne, wo Feuer bei Herzkrankheiten nützlich sein könnte«, sagte Therva, während sie mit dem Finger an ihre lange Nase tippte. Beldemaine, eine rundliche Arafellin mit Silberglocken im Haar, nickte nachdenklich.

»... wenn die Erde so mit Luft verbunden wäre, versteht Ihr ...«

»... in Wasser verwobenes Feuer ...«

»... mit dem Wasser vermischte Erde ...«

Nynaeve sperrte den Mund auf. Sie hatten sie vollkommen vergessen. Sie dachten, sie könnten das, was sie ihnen gerade gezeigt hatte, besser tun als sie!

Myrelle tätschelte ihren Arm. »Ihr habt es sehr gut gemacht«, murmelte sie. »Macht Euch keine Sorgen. Sie werden Euch später ausgiebig loben. Im Moment sind sie noch ein wenig verwirrt.«

Nynaeve räusperte sich laut, aber keine der Gelben schien es zu bemerken. »Ich hoffe, das bedeutet wenigstens, daß ich keine Töpfe mehr schrubben muß.«

Sheriam wandte mit verblüfftem Gesichtsausdruck ruckartig den Kopf. »Warum, Kind, wie kommt Ihr darauf?« Sie hatte noch immer einen Arm um Siuan gelegt, die mit einem Spitzentaschentuch verwirrt ihre Augen abtupfte. »Wenn jedermann jede beliebige Regel brechen könnte und der Bestrafung dadurch entgehen könnte, indem er im Ausgleich etwas Gutes tut, wäre die Welt ein Chaos.«

Nynaeve seufzte tief. Sie hätte es wissen müssen.

Nisao verließ die Reihen der Gelben, räusperte sich

und warf Nynaeve im Vorbeigehen einen Blick zu, den man nur als anklagend bezeichnen konnte. »Dies bedeutet vermutlich, daß wir Logain erneut einer Dämpfung unterziehen müssen.« Sie klang, als wollte sie das Geschehene leugnen.

Köpfe nickten, und Carlinya sprach mit einer Stimme, die den Raum wie ein Eiszapfen durchbohrte. »Können wir das?« Aller Augen wandten sich ihr zu, aber sie fuhr ruhig und kühl fort. »Können wir, moralisch gesehen, erwägen, einen Mann zu unterstützen, der die Macht lenken kann, ein Mann, der andere Männer zu versammeln versucht, die dies ebenfalls tun können, während wir gleichzeitig so weitermachen wie zuvor, indem wir jene einer Dämpfung unterziehen, die wir finden? Welche Wirkung wird es auf ihn haben, wenn er lernt? So schmerzlich es angesichts der Lage vielleicht ist, wird er uns von der Burg und, was noch wichtiger ist, von Elaida und der Roten Ajah abgetrennt sehen. Wenn wir auch nur einen Mann einer Dämpfung unterziehen, könnten wir dieses Unterscheidungsmerkmal verlieren und damit jede Aussicht, ihn vor Elaida unter Kontrolle zu bekommen.«

Schweigen erfüllte den Raum, als sie geendet hatte. Aes Sedai wechselten besorgte Blicke, und die Nynaeve zugewandten ließen Nisaos Blicke geradezu löblich wirken. Schwestern waren bei der Gefangennahme Logains gestorben, und selbst wenn er wieder sicher abgeschirmt war, hatte sie ihnen die Aufgabe auferlegt, sich erneut mit ihm zu beschäftigen – sowie eine noch schlimmere Aufgabe.

»Ich denke, Ihr solltet gehen«, sagte Sheriam leise.

Nynaeve wollte nicht streiten. Sie vollführte eilig, aber sorgfältig einen Hofknicks und tat ihr Bestes, nicht davonzulaufen.

Draußen erhob sich Elayne von der Steintreppe. »Es tut mir leid, Nynaeve«, sagte sie und strich über ihren

Rock. »Ich war so aufgeregt, daß ich Sheriam gegenüber mit allem herausgeplatzt bin, bevor ich erkannte, daß auch Romanda und Delana dort waren.«

»Das macht nichts«, sagte Nynaeve niedergeschlagen und trat auf die bevölkerte Straße. »Es wäre früher oder später ohnehin herausgekommen.« Aber es war dennoch einfach nicht fair. *Ich habe etwas getan, wovon sie behauptet haben, daß es nicht getan werden könnte, und ich muß trotzdem noch Töpfe schrubben!* »Elayne, es kümmert mich nicht, was du gesagt hast. Wir müssen gehen. Carlinya sprach davon, Rand ›unter Kontrolle‹ zu bekommen. Sie sind auch nicht besser als Elaida. Thom oder Juilin werden uns Pferde besorgen, und Birgitte muß sich um sich selbst kümmern.«

»Ich fürchte, dazu ist es schon zu spät«, sagte Elayne niedergeschlagen. »Die Nachricht macht bereits die Runde.«

Larissa Lyndel und Zenare Ghodar schossen wie Falken aus unterschiedlichen Richtungen auf Nynaeve zu. Larissa war eine grobknochige Frau, deren Unansehnlichkeit die Alterslosigkeit der Aes Sedai fast überwog. Zenare war ein wenig rundlich und ausreichend stolz für zwei Königinnen, aber beide machten eifrige und erwartungsvolle Gesichter. Sie gehörten der Gelben Ajah an, obwohl sie beide nicht im Raum gewesen waren, als sie Siuan und Leane geheilt hatte.

»Ich möchte Euch den ganzen Vorgang Schritt für Schritt durchführen sehen, Nynaeve«, sagte Larissa und ergriff ihren Arm.

»Nynaeve«, sagte Zenare, während sie ihren anderen Arm ergriff, »ich wette, daß ich hundert Dinge finden kann, an die Ihr niemals gedacht habt, wenn Ihr das Gewebe oft genug wiederholt.«

Salita Toranes, Tairenerin und fast so dunkel wie eine Angehörige des Meervolks, schien aus dem Nichts zu kommen. »Wie ich sehe, sind mir andere schon zuvorgekommen. Nun, verbrenne meine Seele, wenn ich mich anstellen werde.«

»Ich war zuerst hier, Salita«, sagte Zenare bestimmt und ergriff Nynaeves Arm fester.

»*Ich* war zuerst hier«, widersprach Larissa und griff ebenfalls fester zu.

Nynaeve warf Elayne einen Blick reinen Entsetzens zu und bekam Mitleid und ein Achselzucken als Antwort. Das hatte Elayne mit ihrer Bemerkung gemeint, es sei schon zu spät. Sie würde nach dieser Geschichte keinen wachen Moment mehr für sich haben.

»... wütend?« sagte Zenare gerade. »Ich weiß auf Anhieb fünfzig Arten, sie wütend genug zu machen, um Felsen zu sprengen.«

»*Ich* weiß *hundert* Arten«, erwiderte Larissa. »*Ich* beabsichtige, ihre Blockade zu lösen, und wenn es das letzte ist, was ich tue.«

Magla Daronos bahnte sich gewaltsam ihren Weg zu der Gruppe. Sie wirkte, als führe sie ein Schwert oder einen Schmiedehammer. »Du willst sie nur lösen, Larissa? Ha! Ich weiß mehrere Arten, sie ihr ganz zu nehmen.«

Nynaeve hätte am liebsten geschrien.

Siuan gelang es nur mühsam, *Saidar* nicht zu umarmen und festzuhalten, aber sie dachte, sie würde sonst vielleicht wieder weinen. Das hätte keinen Sinn. Außerdem würde es den Frauen im Aufenthaltsraum gegenüber wie die Zurschaustellung einer törichten Novizin erscheinen. Jeder Ausdruck der Verwunderung und Freude, jedes herzliche Willkommen, als wäre sie jahrelang fort gewesen, war Balsam für ihre Seele, besonders von jenen, die schon ihre Freunde gewesen waren, bevor sie Amyrlin wurde, bevor die Zeit und die Pflichten sie auseinanderrissen. Lelaine und Delana schlangen ihre Arme um sie wie schon seit vielen Jahren nicht mehr. Moiraine war die einzige, die ihr noch nahestand, die einzige neben Leane, die sie als Freundin behalten hatte, nachdem sie die Stola umgelegt hatte, und die Pflichten hatten dabei geholfen, sie zusammenzuhalten.

»Es tut gut, dich wiederzuhaben«, lachte Lelaine.

»Sehr gut«, murmelte Delana herzlich.

Siuan lachte und mußte sich gleichzeitig Tränen von den Wangen wischen. Licht, was war mit ihr los? Sie hatte selbst als Kind nicht so schnell geweint!

Vielleicht war es einfach die Freude darüber, *Saidar* wiedererlangt zu haben, und wegen all der Herzlichkeit um sie herum. Das Licht wußte, daß das alles zusammengenommen genügte, um jedermann aus der Fassung zu bringen. Sie hatte niemals zu träumen gewagt, daß dieser Tag kommen würde, und jetzt, da er gekommen war, hatte sie gegen keine dieser Frauen mehr etwas einzuwenden, nicht wegen ihrer früheren abweisenden Kälte und nicht wegen ihres Beharrens darauf, daß sie sich auf ihren Platz besinnen sollte. Die Linie zwischen Aes Sedai und anderen war eindeutig – sie hatte darauf bestanden, bevor sie einer Dämpfung unterzogen wurde –, und sie wußte, wie sie zu ihrem eigenen Nutzen und dem Nutzen jener, die noch immer die Macht lenken konnten mit, gedämpften Frauen umgehen mußte. Wie sie mit ihnen hatte umgehen müssen. Wie seltsam es war, daß das niemals wieder so sein würde.

Aus den Augenwinkeln sah sie Gareth Bryne die Stufen seitlich des Raumes herauftrotten. »Entschuldigt mich einen Moment«, sagte sie und eilte ihm nach.

Aber sie mußte alle zwei Schritte stehenbleiben, um auf dem ganzen Weg zur Treppe Glückwünsche entgegenzunehmen, wodurch sie ihn nicht erreichte, bis er bereits einen Gang im zweiten Stock hinablief. Sie eilte voran und pflanzte sich vor ihm auf. Sein überwiegend graues Haar war windzerzaust und sein kantiges Gesicht und der abgetragene Ledermantel staubig. Er wirkte zuverlässig wie ein Fels.

Er hob ein Bündel Papiere hoch, sagte: »Ich muß dies abliefern, Siuan«, und versuchte, um sie herumzugehen.

Sie stellte sich ihm erneut in den Weg. »Ich wurde geheilt. Ich kann die Macht wieder lenken.«

Er nickte. Er nickte nur! »Ich habe Gerüchte darüber gehört. Das bedeutet vermutlich, daß du meine Hemden von jetzt an durch das Lenken der Macht säubern wirst. Vielleicht werden sie dann wirklich sauber. Ich habe es bereits bedauert, Min so einfach gehen gelassen zu haben.«

Siuan sah ihn an. Der Mann war kein Narr. Warum gab er vor, nicht zu verstehen? »Ich bin wieder eine Aes Sedai. Erwartest du wirklich von einer Aes Sedai, daß sie deine *Hemden* wäscht?«

Nur um es ihm noch besser zu verdeutlichen, umarmte sie *Saidar* – dieses lange vermißte Wohlgefühl war so wunderbar, daß sie erschauderte – hüllte ihn in Stränge aus Luft und hob ihn an. Versuchte ihn anzuheben. Sie versuchte es keuchend stärker, bis das Wohlgefühl sie wie mit tausend Haken stach. Seine Stiefel hoben sich keinen Millimeter vom Boden.

Das war unmöglich. Die eigentlich einfache Handlung, etwas hochzuheben, war zugegebenermaßen eines der schwierigsten Dinge beim Lenken der Macht, aber sie hatte bereits ihr dreifaches Körpergewicht anheben können.

»Soll mich das beeindrucken oder erschrecken?« fragte Bryne ruhig. »Sheriam und ihre Freunde haben ihr Wort gegeben, der Saal hat sein Wort gegeben, und, was noch wichtiger ist, du hast dein Wort gegeben, Siuan. Ich würde dich selbst dann nicht entkommen lassen, wenn du wieder die Amyrlin wärst. Jetzt mach rückgängig, was immer du getan hast, oder ich werde dich, wenn ich mich selbst daraus befreit habe, auf den Kopf stellen und dich wegen deines kindischen Verhaltens schütteln. Du bist sehr selten kindisch, also brauchst du nicht zu denken, daß ich dich jetzt damit anfangen lasse.«

Benommen ließ sie die Quelle los. Nicht wegen seiner Drohung – er war dessen fähig; er hatte es schon früher getan, aber es war dennoch nicht deshalb – und nicht aus Entsetzen darüber, daß sie ihn nicht hatte anheben können. Tränen schienen wie ein Springbrunnen in ihr aufzuwallen. Sie hoffte, daß das Loslassen *Saidars* sie aufhalten würde. Einige Tränen liefen dennoch ihre Wangen hinab, wie fest sie auch blinzelte.

Gareth umschloß ihr Gesicht mit beiden Händen, bevor sie auch nur bemerkte, daß er sich bewegt hatte. »Licht, Frau, erzähl mir nicht, daß ich dich erschreckt habe. Ich habe geglaubt, du würdest nicht einmal Angst bekommen, wenn du in eine Löwengrube fielst.«

»Ich bin nicht erschreckt«, sagte sie steif. Gut, sie konnte noch immer lügen. Tränen, die sich innerlich aufbauten.

»Wir müssen einen Weg finden, dem anderen nicht ständig an die Kehle zu gehen«, sagte er leise.

»Es gibt keinen Grund, warum wir einen Weg für etwas finden müßten.« Sie kamen. Sie kamen. Oh, Licht, sie durfte es ihn nicht sehen lassen. »Laß mich einfach allein. Bitte, geh einfach.« Verwunderlicherweise zögerte er nur einen Moment, bevor er ihrer Aufforderung nachkam.

Als sie schließlich Stiefelgeräusche hinter sich hörte, konnte sie gerade noch um die Ecke in den Quergang fliehen, bevor der Damm brach und sie auf die Knie sank und jämmerlich weinte. Sie wußte jetzt, was es war. Alric, ihr Behüter. Ihr verstorbener Behüter, der ermordet wurde, als Elaida sie absetzte. Sie konnte lügen – die Drei Eide waren noch unwirksam –, aber ein Teil ihres Bundes mit Alric, eines Bundes von Fleisch zu Fleisch und von Geist zu Geist, war wieder zum Leben erweckt worden. Der Schmerz über seinen Tod, der zunächst durch das Entsetzen über das, was Elaida beabsichtigt hatte, verdeckt worden war – dieser Schmerz füllte sie jetzt vollkommen aus. Weinend an der Wand kauernd, war sie nur froh, daß Gareth dies nicht sah. *Ich habe keine Zeit, mich zu verlieben, verdammt sei er!*

Der Gedanke wirkte wie ein Eimer kaltes Wasser ins Gesicht. Der Schmerz blieb, aber die Tränen versiegten, und sie stand mühsam auf. Liebe? Das war genauso unmöglich wie ... wie ... Ihr fiel nichts ein, was ausreichend unmöglich gewesen wäre. Der *Mann* war unmöglich!

Plötzlich bemerkte sie, daß Leane keine zwei Schritte entfernt stand und sie beobachtete. Siuan versuchte, sich schnell die Tränen vom Gesicht zu wischen, gab es dann aber auf. Auf Leanes Gesicht war nur Mitgefühl erkennbar. »Wie hast du Anjens ... Tod verkraftet, Leane?« Das war fünfzehn Jahre her.

»Ich habe geweint«, sagte Leane. »Einen Monat lang habe ich mich am Tage beherrscht und nachts weinend und zitternd zusammengerollt auf meinem Bett gelegen, nachdem ich die Laken in Stücke gerissen hatte. Drei weitere Monate lang mußte ich häufig ohne Vorwarnung weinen. Mehr als ein Jahr verging, bevor es nicht mehr weh tat. Darum habe ich mich niemals wieder mit jemand anderem verbunden. Ich glaube nicht, daß ich das noch einmal durchstehen würde. Aber es geht vorbei, Siuan.« Irgendwie gelang es ihr, halbwegs zu lächeln. »Inzwischen könnte ich, glaube ich, mit zwei oder drei, wenn nicht sogar vier Behütern zurechtkommen.«

Siuan nickte. Sie konnte nachts weinen. Und bezüglich des verdammten Gareth Bryne ... Es gab kein ›bezüglich‹. Es gab es nicht! »Glaubst du, sie sind fertig?« Sie hatten unten nur wenige Momente Zeit gehabt zu reden. Dieser Haken mußte schnell gesetzt werden, sonst würde er niemals gesetzt.

»Vielleicht. Ich hatte nicht viel Zeit. Und ich mußte vorsichtig sein.« Leane hielt inne. »Bist du sicher, daß du das durchziehen willst, Siuan? Es verändert alles, wofür wir gearbeitet haben, ohne den geringsten Nutzen ... Ich bin nicht mehr so stark, wie ich einmal war, Siuan, und du auch nicht. Die meisten Frauen hier können die Macht inzwischen besser lenken als wir beide. Licht, ich glaube, sogar einige der Aufgenommenen können es, ganz zu schweigen von Elayne oder Nynaeve.«

»Ich weiß«, sagte Siuan. Sie mußten es wagen. Der ursprüngliche Plan war nur eine Notlösung gewesen, weil sie keine Aes Sedai mehr gewesen war. Aber jetzt war sie wieder eine Aes Sedai und war nur mit einer kaum wahrnehmbaren Beugung des Burggesetzes abgesetzt worden. Wenn sie wieder eine Aes Sedai war – war sie dann nicht auch wieder die Amyrlin?

Sie straffte die Schultern und ging hinunter, um sich mit dem Saal auseinanderzusetzen.

Elayne lag auf ihrem Bett, unterdrückte ein Gähnen und rieb weiterhin die Creme in die Haut ihrer Hände ein, die Leane ihr gegeben hatte. Sie schien zu wirken. Zumindest *fühlte* sich die Haut jetzt wieder weicher an. Ein nächtlicher Windhauch fuhr durch das Fenster und ließ die einzelne Kerze flackern. Wenn die Brise überhaupt Wirkung zeigte, dann erhitzte sie den Raum nur noch mehr.

Nynaeve stolperte herein, schlug die Tür zu, warf sich quer über ihr Bett und sah Elayne an. »Magla ist die verachtungswürdigste, hassenswerteste, *gemeinste* Frau der ganzen Welt«, murmelte sie. »Nein, Larissa ist es. Nein, es ist Romanda.«

»Vermutlich haben sie dich ausreichend verärgert, daß du die Macht lenken kannst.« Nynaeve brummte mit entsprechendem Gesichtsausdruck, und Elayne fuhr eilig fort. »Vor wie vielen hast du es vorgeführt? Ich hatte dich schon lange erwartet. Ich habe beim Essen nach dir Ausschau gehalten, konnte dich aber nicht finden.«

»Ich hatte nur ein Brötchen zum Essen«, murmelte Nynaeve. »Ein Brötchen! Ich habe es vor ihnen allen vorgeführt, vor jeder einzelnen Gelben in Salidar. Nur daß sie damit nicht zufrieden sind. Sie wollen mich noch einmal nacheinander sehen. Sie stellen gerade einen Zeitplan auf. Larissa sieht mich morgen früh – vor dem Frühstück! – und Zenare gleich danach, dann ... Sie haben darüber geredet, wie sie mich wütend machen können, als wäre ich nicht dagewesen!« Sie hob den Kopf von der Decke und wirkte erschüttert. »Elayne, sie wetteifern darum, wer meine Blockade als erste lösen wird. Sie sind wie Jungen, die am Festtag ein eingefettetes Schwein fangen wollen, und ich bin das Schwein!«

Elayne reichte ihr gähnend den Tiegel mit der Handcreme, und kurz darauf rollte sich Nynaeve herum und begann sich einzucremen. Das dauerte einige Zeit.

»Es tut mir leid, daß ich vor Tagen nicht deinem Vorschlag gefolgt bin, Nynaeve. Wir hätten Masken wie Moghediens weben und einfach an allen vorbeispazieren können.« Nynaeve hielt in ihrer Bewegung inne. »Was ist los, Nynaeve?«

»Ich habe niemals daran gedacht. Ich habe niemals auch nur daran *gedacht!*«

»Nein? Du hast es immerhin zuerst gelernt.«

»Ich habe versucht, nicht einmal darüber nachzudenken, was wir den Schwestern nicht sagen konnten.« Nynaeves Stimme klang tonlos wie Eis und fast ebenso kalt. »Und jetzt ist es zu spät. Ich wäre zu müde, um die Macht zu lenken, selbst wenn du mein Haar in Brand stecken würdest, und wenn es nach ihrem Willen geht, werde ich für immer zu müde sein. Der einzige Grund, warum sie mich heute abend haben gehen lassen, war, daß ich *Saidar* nicht finden konnte, selbst als Nisao ...« Sie erschauderte; dann bewegte sie ihre Hände erneut und massierte die Creme weiterhin ein.

Elayne ließ langsam den Atem ausströmen. Beinahe

wäre sie ins Fettnäpfchen getreten. Sie war müde. Wenn man zugab, daß man sich geirrt hatte, fühlte sich der andere immer besser, aber sie hatte nicht erwähnen wollen, *Saidar* als Maske zu benutzen. Sie hatte von Anfang an befürchtet, daß Nynaeve es tun würde. Hier konnten sie zumindest ein Auge auf das haben, was die Salidar-Aes Sedai vorhatten, und Rand durch Egwene gegebenenfalls eine Nachricht zukommen lassen, wenn sie nach *Tel'aran'rhiod* zurückkehrte. Im schlimmsten Fall hätten sie vielleicht durch Siuan und Leane ein wenig Einfluß.

Als sei der Gedanke ein Ruf gewesen, öffnete sich die Tür, und genau jene Frauen traten ein. Leane trug ein Holztablett mit Brot und einer Schale Suppe, einem roten Tonbecher und einem weiß glasierten Krug. Sogar ein Zweiglein mit grünen Blättern in einer kleinen blauen Vase befand sich darauf. »Siuan und ich dachten, Ihr wärt vielleicht hungrig, Nynaeve. Ich hörte, daß die Gelben Euch hart bedrängt haben.«

Elayne war sich nicht sicher, ob sie aufstehen sollte oder nicht. Es waren nur Siuan und Leane, aber sie waren wieder Aes Sedai. Sie glaubte es zumindest. Die beiden beendeten ihre Überlegung, indem sie sich hinsetzten: Siuan auf das Fußende von Elaynes Bett und Leane auf Nynaeves. Nynaeve betrachtete sie beide mißtrauisch, bevor sie sich aufsetzte, sich mit dem Rücken an die Wand lehnte und das Tablett auf die Knie nahm.

»Ich habe gerüchteweise gehört, daß Ihr Euch an den Saal gewandt habt, Siuan«, sagte Elayne vorsichtig. »Hätten wir einen Hofknicks vollführen sollen?«

»Haltet Ihr uns für Aes Sedai, Mädchen? Das sind wir. Sie haben sich gezankt wie Fischweiber am Sonntag, aber sie haben zumindest soviel gewährt.« Siuan wechselte Blicke mit Leane, und Siuans Wangen röteten sich leicht. Elayne vermutete, daß sie niemals lernen würde, was nicht gewährt worden war.

»Myrelle war so freundlich, mich aufzusuchen und es mich wissen zu lassen«, sagte Leane in das kurzzeitige Schweigen hinein. »Ich glaube, ich werde die Grüne Ajah erwählen.«

Nynaeve verschluckte sich und mußte husten. »Was meint Ihr damit? Kann man die Ajah wechseln?«

»Nein, das kann man nicht«, belehrte Siuan sie. »Aber der Saal hat beschlossen, daß wir, obwohl wir eine Weile keine Aes Sedai waren, jetzt dennoch wieder Aes Sedai sind. Und da sie darauf beharren zu glauben, dieser Unsinn sei berechtigt gewesen, gingen alle unsere Bindungen, unsere Arbeit und unsere Titel verloren.« Ihre Stimme klang verzerrt. »Morgen frage ich die Blauen, ob sie mich zurückhaben wollen. Ich habe noch niemals von einer Ajah gehört, die jemanden fallenließ – wenn Ihr von Aufgenommenen erhoben werdet, werdet Ihr an die richtige Ajah herangeführt, ob Ihr es merkt oder nicht –, aber so, wie sich die Dinge entwickeln, wäre ich nicht sehr überrascht, wenn sie mir die Tür vor der Nase zuschlügen.«

»Wie *entwickeln* sich die Dinge denn?« fragte Elayne. Etwas stimmte nicht. Siuan bedrängte jemanden, stichelte, verdrehte ihm den Arm, aber sie brachte ihm keine Suppe, setzte sich nicht auf sein Bett und plauderte mit ihm wie eine Freundin. »Ich dachte, alles verliefe so gut, wie es zu erwarten gewesen war.« Nynaeve sah sie gleichzeitig ungläubig und verstört an. Nun, Nynaeve sollte wissen, was sie meinte.

Siuan wandte sich zu ihr um, aber sie schloß auch Nynaeve in ihren Blick mit ein. »Ich ging zu Logains Haus. Sechs Schwestern halten seinen Schild aufrecht, genauso wie zu dem Zeitpunkt, als er gefangengenommen wurde. Er versuchte, sich zu befreien, als er herausfand, daß wir von seiner Heilung wußten, und sie sagten, wenn nur fünf den Schild aufrechterhalten hätten, wäre es ihm vielleicht gelungen. Also ist er so stark wie eh und je, oder zumindest stark genug, daß es keinen Unterschied macht. Ich bin es nicht. Und Siuan auch nicht. Ich möchte, daß Ihr es erneut versucht, Nynaeve.«

»Ich wußte es!« Nynaeve warf ihren Löffel auf das Tablett. »Ich wußte, daß Ihr einen Grund hierfür hattet! Nun, ich bin zu müde, um die Macht zu lenken, und es wäre auch nicht wichtig, wenn ich es nicht wäre. Ihr könnt nicht heilen, was bereits geheilt wurde. Geht und nehmt Eure scheußliche Suppe mit Euch!« Nur noch weniger als die Hälfte der ›scheußlichen Suppe‹ war übriggeblieben, und es war eine große Schale gewesen.

»Ich weiß, daß es nicht funktionieren wird!« fauchte Siuan. »Heute morgen erkannte ich, daß Gedämpftes nicht geheilt werden kann!«

»Einen Moment, Siuan«, sagte Leane. »Nynaeve, erkennt Ihr, was wir aufs Spiel setzen, wenn wir hier zusammenkommen? Dies ist kein Raum in einem Gang, in dem Euer Bogenschützen-Freund Wache steht. Überall in diesem Haus sind Frauen, die Augen zum Sehen und Zungen zum Sprechen haben. Wenn herauskommt, daß Siuan und ich mit allen gespielt haben – selbst wenn es erst in zehn Jahren passiert –, dann befänden wir uns sehr wahrscheinlich immer noch auf einem Bauernhof und würden Kohl züchten, wenn unser Haar schon weiß geworden ist. Wir sind wegen dem gekommen, was Ihr für uns getan habt. Um neu anzufangen.«

»Warum seid Ihr nicht zu einer der Gelben gegangen?« fragte Elayne. »Die meisten von ihnen wissen inzwischen genauso viel darüber wie Nynaeve.« Nynaeve schaute entrüstet um ihren Löffel herum. Scheußliche Suppe?

Siuan und Leane wechselten Blicke, und schließlich sagte Siuan widerwillig: »Wenn wir zu einer Schwester gehen, wird es früher oder später jeder erfahren. Wenn Nynaeve es tut, wird vielleicht jeder, der uns heute einschätzen konnte, glauben, er habe sich geirrt. Vermutlich sind alle Schwestern gleich, und es gab Amyrlins, die die Macht kaum ausreichend lenken konnten, um sich die Stola zu verdienen. Aber von Amyrlins – die außerdem dem Brauch nach die Vorsitzenden der Ajahs sind – wird erwartet, einer anderen, die die Macht besser beherrscht als sie, den Weg freizumachen.«

»Ich verstehe nicht«, sagte Elayne. Sie lernte eine Menge durch dieses Gespräch. Die Hierarchie machte Sinn, aber sie vermutete, daß dies eines der Dinge war, die man erst lernte, wenn man tatsächlich eine Aes Sedai war. Sie hatte auf die eine oder andere Art genügend Hinweise aufgeschnappt, um vermuten zu können, daß die Ausbildung auf vielerlei Arten erst begann, wenn man die Stola umlegte. »Wenn Nynaeve Euch erneut heilen *kann*, dann seid Ihr stärker.«

Leane schüttelte den Kopf. »Niemand ist jemals zuvor vom Dämpfen geheilt worden. Vielleicht werden es die anderen betrachten, als wäre es, sagen wir, eine Angelegenheit für Wilde. Dadurch steht man ein wenig niedriger als durch seine Kraft. Vielleicht zählt es etwas, schwächer gewesen zu sein. Wenn Nynaeve uns beim ersten Mal nicht ganz heilen konnte, wird sie uns vielleicht nur zu zwei Dritteln oder zur Hälfte wieder zu dem verhelfen, was wir waren. Sogar das wäre noch besser als der augenblickliche Zustand, aber dennoch wären die meisten hier immer noch genauso stark, und einige sogar noch stärker.« Elayne sah sie verwirrter an denn je. Nynaeve wirkte, als habe man sie geschlagen.

»Alles hängt damit zusammen«, erklärte Siuan, »wer schneller lernt und wer die wenigste Zeit als Novizin und Aufgenommene verbringt. Es gibt alle möglichen Abstufungen. Man kann nicht genau sagen, wie stark jemand ist. Zwei Frauen können gleich stark scheinen, aber die einzige Möglichkeit, es sicher zu wissen, wäre ein Duell, und, das Licht sei gesegnet, da stehen wir drüber. Wenn Nynaeve uns nicht wieder zu unserer vollständigen Kraft verhelfen kann, riskieren wir, auf recht niedrigem Rang stehenzubleiben.«

Leane nahm das Thema erneut auf. »Die Hierarchie soll nichts anderes als das alltägliche Leben regeln, aber sie regelt mehr. Dem Rat einer Höherrangigen wird mehr Gewicht beigemessen als dem einer niedriger Stehenden. Das war unwichtig, solange wir gedämpft waren. Wir hatten überhaupt keinen Rang. Sie werteten unsere Worte allein nach unserem Verdienst. Jetzt wird es nicht mehr so sein.«

»Ich verstehe«, sagte Elayne leise. Kein Wunder, daß die Menschen glaubten, die Aes Sedai hätten das Spiel der Häuser erfunden! Sie hatten *Daes Dae'mar* einfach wirken lassen.

»Es tut gut zu wissen, daß Ihr *jemandem* durch das Heilen mehr Probleme verschafft habt als mir«, brummte Nynaeve. Sie blickte in ihre Schale, seufzte und wischte sie dann mit dem letzten Stück Brot aus.

Siuans Gesicht verdüsterte sich, aber sie hielt ihre Stimme ruhig. »Wie Ihr sicherlich erkennt, haben wir uns vollkommen offenbart. Und das *nicht*, um Euch davon zu überzeugen, erneut zu heilen. Ihr habt mir mein ... Leben zurückgegeben. So einfach ist das. Ich hatte mir eingeredet, ich sei nicht tot, aber verglichen hiermit schien es sicherlich so. Also fangen wir mit Leane neu an. Als Freunde, wenn Ihr mich als Freundin ansehen wollt. Und wenn nicht, dann als Mannschaftskameraden im selben Boot.«

»Als Freunde«, sagte Elayne. »Freunde klingt für mich weitaus besser.« Leane lächelte sie an, aber sie und Siuan beobachteten Nynaeve noch immer.

Nynaeve schaute von einer zur anderen. »Elayne durfte eine Frage stellen, also sollte ich ebenfalls etwas fragen dürfen. Was haben Sheriam und die anderen gestern abend von den Weisen Frauen erfahren? Sagt nicht, daß Ihr es nicht wißt, Siuan. Soweit ich weiß, wißt Ihr immer schon eine Stunde später sehr genau, was sie denken.«

Siuan reckte das Kinn vor. Diese tiefblauen Augen wollten einschüchtern. Plötzlich schrie sie auf und beugte sich herab, um sich den Knöchel zu reiben.

»Erzähl es ihnen«, sagte Leane, während sie ihren Fuß zurückzog. »Sonst werde ich es tun. Alles, Siuan.«

Siuan sah Leane an und richtete sich dann hoch auf, bis Elayne glaubte, sie würde zerplatzen, aber dann fiel ihr Blick auf Nynaeve, und sie sank wieder in sich zusammen. Die Worte drangen wie gezwungen hervor, aber sie wurden dennoch ausgesprochen. »Die Abordnung Elaidas hat Cairhien erreicht. Rand begegnete ihr, aber er scheint nur mit ihnen spielen zu wollen. Wir sollten hoffen, daß er weiß, was er tut. Sheriam und die anderen bilden sich etwas darauf ein, daß es ihnen zum ersten Mal gelungen ist, sich bei den Weisen Frauen nicht zum Narren zu machen. Egwene wird am nächsten Treffen teilnehmen.« Aus irgendeinem Grund schien sie letzteres am widerwilligsten hervorgebracht zu haben.

Nynaeve strahlte und setzte sich auf. »Egwene? Oh, das ist wundervoll! Also haben sie sich wirklich einmal nicht zum Narren gemacht. Ich habe mich schon halbwegs gefragt, warum sie nicht hier waren, um uns zu einer weiteren Lektion davonzuzerren.« Sie blinzelte Siuan zu, und es wirkte freundlich. »Ein Boot, sagtet Ihr? Wer ist der Kapitän?«

»Das bin ich, Ihr elende kleine ...« Leane räusperte sich, und Siuan atmete tief durch. »Also Mannschaftskameraden, mit gleichen Rechten. Aber jemand muß steuern«, fügte sie hinzu, als Nynaeve lächelte, »und das werde *ich* sein.«

»In Ordnung«, sagte Nynaeve nach längerem Nachdenken. Dann zögerte sie erneut, spielte mit ihrem Löffel und sagte dann mit so beiläufiger Stimme, daß

Elayne am liebsten ergeben gen Himmel geblickt hätte: »Besteht irgendeine Möglichkeit, daß Ihr mich – uns – aus den Küchen herausholen könntet?« Ihre Gesichter wirkten nicht älter als Nynaeves, aber sie waren schon lange Aes Sedai, und ihre Augen erinnerten sich an diesen Aes Sedai-Blick. Nynaeve begegnete diesem Blick fester, als Elayne es ihr zugetraut hätte – sie war nur leicht unsicher –, aber letztendlich kam ihr gemurmeltes »Vermutlich nicht« kaum überraschend.

»Wir müssen gehen«, sagte Siuan und stand auf. »Leane hat beim Preis für die Entdeckung untertrieben. Wir wären die ersten Aes Sedai, die öffentlich gehäutet würden, und ich war bereits die einzige Erste, die ich sein wollte.«

Zu Elaynes Überraschung beugte sich Leane herab, umarmte sie und flüsterte: »Freunde.« Elayne erwiderte die Umarmung und das Wort herzlich.

Leane umarmte auch Nynaeve und murmelte etwas, was Elayne nicht hören konnte, und dann tat es Siuan ihr mit einem »Danke« nach, das schroff und widerwillig klang.

Zumindest klang es für sie so, aber als sie fort waren, sagte Nynaeve: »Sie hätte beinahe geweint, Elayne. Vielleicht hat sie das alles wirklich ernst gemeint. Ich sollte vermutlich versuchen, netter zu ihr zu sein.« Sie stieß einen Seufzer aus, der dann zu einem unterdrückten Gähnen wurde. »Besonders seit sie wieder eine Aes Sedai ist.« Und mit diesen Worten schlief sie ein, das Tablett noch immer auf den Knien.

Elayne mußte ebenfalls hinter vorgehaltener Hand gähnen, stand auf, räumte alles ordentlich auf und stellte das Tablett unter Nynaeves Bett. Es dauerte eine Weile, Nynaeve die Kleider auszuziehen und sie bequemer ins Bett zu legen, aber selbst das weckte sie nicht auf. Elayne lag noch lange wach; nachdem sie die Kerze gelöscht und sich in ihre Kissen gekuschelt hatte, starrte sie in die Dunkelheit und dachte nach. Rand versuchte, mit den von Elaida gesandten Aes Sedai zu verhandeln? Sie würden ihn bei lebendigem Leib verschlingen. Sie wünschte fast, sie hätte Nynaeves Vorschlag annehmen können, wenn er Aussicht auf Erfolg gehabt hätte. Sie konnte ihn an allen von ihnen errichteten Fallen vorbeiführen, dessen war sie sich sicher – Thom hatte das, was ihre Mutter ihr beigebracht hatte, noch erheblich vertieft –, und er würde ihr zuhören. Außerdem würde sie ihn auf diese Weise binden. Sie hatte immerhin nicht gewartet, bis sie die Stola trug, um sich mit Birgitte zu binden. Warum sollte sie also bei Rand darauf warten?

Sie regte sich und kuschelte sich tiefer in die Kissen. Er mußte warten. Er war in Caemlyn, nicht in Salidar. Warte, Siuan hatte gesagt, er sei in Cairhien. Wie ...? Sie war zu müde. Der Gedanke wich. Siuan verbarg noch immer etwas – dessen war sie sich ebenfalls sicher.

Der Schlaf kam und mit ihm ein Traum, von einem Boot, in dessen Bug Leane saß und mit einem Mann scherzte, dessen Gesicht jedes Mal, wenn Elayne ihn ansah, anders aussah. Im Heck kämpften Siuan und Nynaeve und versuchten beide, in eine andere Richtung zu steuern –, bis Elayne aufstand und das Kommando übernahm. Hatte ein Kapitän Geheimnisse, war das ein ausreichender Grund für eine Meuterei, wenn es sein mußte.

Siuan und Leane kehrten am Morgen zurück, bevor Nynaeve auch nur die Augen geöffnet hatte, was mehr als ausreichend war, sie genug zu erzürnen, daß sie die Macht lenken konnte. Aber es nützte dennoch nichts. Was bereits geheilt war, konnte nicht erneut geheilt werden.

»Ich werde tun, was ich kann, Siuan«, sagte Delana, beugte sich vor und tätschelte den Arm der anderen Frau. Sie waren allein im Raum, und die Teebecher auf einem kleinen Tisch zwischen ihren Sesseln standen unberührt.

Siuan seufzte und wirkte mutlos, obwohl Delana nicht wußte, was sie nach ihrem Ausbruch vor dem Saal erwartet hatte. Das frühe Morgenlicht drang durch die Fenster, und sie dachte an das Frühstück, das sie noch nicht gehabt hatte, aber dies war Siuan. Die Situation war beunruhigend, und Delana mochte es nicht, beunruhigt zu werden. Sie hatte sich auferlegt, im Gesicht dieser Frau nicht ihre alte Freundin zu sehen – es war nicht schwer, da sie der Siuan Sanche, an die Delana sich erinnerte, zu keiner Zeit mehr ähnlich sah. Sie wiederzusehen, eine junge und hübsche Siuan, war nur der erste Schock. Der zweite kam, als Siuan vor Sonnenaufgang auf ihrer Schwelle erschienen war und um Hilfe gebeten hatte. Siuan bat eigentlich niemals um Hilfe. Doch dann kam der allergrößte Schock, derjenige, der jedes Mal aufgefrischt wurde, wenn sie Siuan sah, da die al'Meara-Frau ein unmögliches Wunder bewirkt hatte. Sie war stärker als Siuan, viel stärker – die Waage war fast zur anderen Seite ausgeschlagen. Siuan hatte die Führung übernommen, als sie Novizinnen waren, noch bevor sie Aufgenommene wurden. Dennoch *war* sie Siuan, und sie war aufgebracht; soweit sich Delana erinnerte, war das noch niemals zuvor der Fall gewesen. Siuan war vielleicht schon einmal aufgebracht gewesen, aber sie hätte es niemals gezeigt. Es bekümmerte sie, daß sie nicht mehr für die Frau tun konnte, die mit ihr Honigplätzchen stibitzt und mehr als einmal die Schuld für Streiche auf sich genommen hatte, die sie beide angestellt hatten.

»Siuan, ich kann zumindest soviel tun. Romanda wäre überglücklich, wenn sie den Traum-*Ter'angreal* in die Obhut des Saals geben könnte. Sie hat nicht genügend Sitzende bei sich, es zu bewerkstelligen, aber wenn Sheriam glaubt, daß sie es tun wird, wenn sie glaubt, du hättest deinen Einfluß bei Lelaine und mir geltend gemacht, um dem Einhalt zu gebieten, dann kann sie es dir nicht verweigern. Ich weiß, daß Lelaine zustimmen wird. Aber ich kann mir nicht vorstellen, weshalb du diese Aielfrauen treffen willst. Romanda lächelt wie eine Katze im Buttertopf und beobachtet, wie Sheriam nach einem jener Treffen wütend umherstapft. Mit deinem Zorn wirst du wahrscheinlich etwas verderben.« Welche Veränderung. Früher hätte sie niemals auch nur daran gedacht, Siuans Stimmung zu erwähnen. Jetzt erwähnte sie sie, ohne nachzudenken.

Siuans niedergeschlagener Gesichtsausdruck wurde zu einem Lächeln. »Ich hatte gehofft, daß du etwas dergleichen tun würdest. Ich werde mit Lelaine sprechen. Und mit Janya. Ich glaube, Janya wird uns helfen. Du mußt sicherstellen, daß Romanda es jedoch nicht wirklich tut. Nach dem wenigen zu urteilen, was ich weiß, hat Sheriam zumindest annähernd einen Weg gefunden, mit diesen Aiel zurechtzukommen. Ich fürchte, Romanda würde von vorn beginnen müssen. Natürlich ist das für den Saal vielleicht nicht wichtig, aber ich würde ihnen lieber nicht zum ersten Mal begegnen, wenn jemand sie an den Haken bekommt.«

Delana lächelte innerlich, während sie Siuan zur Vordertreppe begleitete und sie umarmte. Ja, es wäre sehr wichtig für den Saal, die Weisen Frauen friedlich gestimmt zu halten, obwohl sie das nicht wissen konnte. Sie beobachtete, wie Siuan die Straße hinabeilte, bevor sie wieder hineinging. Es schien, daß sie diejenige sein würde, die jetzt Schutz gewähren mußte. Sie hoffte, daß es ihr genauso gut gelänge wie ihrer Freundin.

Der Tee war noch warm, und sie beschloß, Miesa, ihre Dienerin, nach Gebäck und Obst zu schicken, aber als jemand schüchtern an die Tür klopfte, war es nicht Miesa, sondern Lucilde, eine der Novizinnen, die sie von der Burg mitgebracht hatten.

Das schlaksige Mädchen vollführte nervös einen Hofknicks, aber Lucilde war stets nervös. »Delana

Sedai? Heute morgen ist eine Frau angekommen, und Anaiya Sedai sagte, ich sollte sie zu Euch bringen? Ihr Name ist Halima Saranov? Sie sagt, sie kennt Euch?«

Delana öffnete den Mund, um zu sagen, daß sie niemals von einer Halima Saranov gehört hatte, als eine Frau im Eingang erschien. Delana starrte sie ungewollt an. Es gelang der Frau, gleichzeitig schlank und üppig zu wirken. Sie trug ein dunkelgrünes Reitgewand, das lächerlich tief ausgeschnitten war. Das lange, glänzend schwarze Haar umrahmte ein Gesicht mit grünen Augen, das wahrscheinlich jeden Mann, der es erblickte, den Mund aufsperren ließ. Aber das war nicht der Grund, warum Delana sie anstarrte. Die Frau hielt ihre Hände an den Seiten, aber die Daumen fest zwischen Zeige- und Mittelfinger gesteckt. Delana hatte dies niemals bei einer Frau zu sehen erwartet, die nicht die Stola trug, und diese Halima Saranov konnte nicht einmal die Macht lenken. Sie war ihr nahe genug, um das sicher sagen zu können.

»Ja«, sagte Delana, »es scheint mir, daß ich mich an sie erinnern kann. Laßt uns allein, Lucilde. Und, Kind, versucht Euch in Erinnerung zu rufen, daß nicht jeder Satz eine Frage ist.« Lucilde knickste so schnell und tief, daß sie fast hinfiel. Unter anderen Umständen hätte Delana geseufzt. Sie hatte noch nie gut mit Novizinnen umgehen können, obwohl sie nicht verstehen konnte, warum das so war.

Noch bevor die Novizin den Raum ganz verlassen hatte, schritt Halima energisch zu dem Sessel, den Siuan zuvor innegehabt hatte, und setzte sich ohne Aufforderung hin. Sie nahm einen der unberührten Becher auf, schlug die Beine übereinander und trank, während sie Delana über den Rand des Bechers hinweg ansah.

Delana fixierte sie mit hartem Blick. »Wer glaubt Ihr zu sein, Frau? Wie hoch auch immer Ihr zu stehen glaubt – niemand steht höher als die Aes Sedai. Und wo habt Ihr dieses Zeichen gelernt?« Vielleicht zum ersten Mal in ihrem Leben verfehlte ihr Blick seine Wirkung.

Halima lächelte sie spöttisch an. »Glaubt Ihr wirklich, die Geheimnisse der ... sagen wir, *dunkleren* Ajah seien wirklich so geheim? Und was Euren Rang angeht, so wißt Ihr genau, daß Ihr auch beflissentlich gehorchen würdet, wenn ein Bettler die richtigen Zeichen vollführte. Ich war einige Zeit in Begleitung einer Cabriana Mecandes, einer Blauen Schwester. Unglücklicherweise starb Cabriana an den Folgen eines Sturzes von ihrem Pferd, und ihr Behüter weigerte sich danach, sein Bett zu verlassen oder zu essen. Er starb ebenfalls.« Halima lächelte, als wollte sie fragen, ob Delana ihr folgen könne. »Cabriana und ich sprachen viel miteinander, bevor sie starb, und sie erzählte mir von Salidar. Sie erzählte mir auch einige andere Dinge, die sie über die Pläne der Weißen Burg für Euch hier erfahren hatte. Und für den Wiedergeborenen Drachen.« Sie lächelte erneut, weiße Zähne blitzten kurz auf, und dann wandte sie sich wieder ihrem Tee zu.

Delana war noch niemals eine Frau gewesen, die leicht aufgab. Sie hatte Könige gezwungen, Frieden zu schließen, wenn sie Krieg wollten, und Königinnen am Genick zur Unterzeichnung von Verträgen geschleift, die unterzeichnet werden mußten. Es stimmte schon, sie hätte jedem Bettler gehorcht, wenn er das richtige Zeichen gemacht und die richtigen Dinge gesagt hätte, aber Halimas Hände hatten sie als Schwarze Ajah ausgewiesen, die sie eindeutig nicht war. Vielleicht dachte die Frau, das sei die einzige Möglichkeit, Delana dazu zu bringen, sie anzuerkennen, und vielleicht wollte sie auch mit ihrem verbotenen Wissen prahlen. Delana mochte diese Halima nicht. »Und ich soll vermutlich sicherstellen, daß der Saal Euch glaubt«, sagte sie schroff. »Das sollte nicht weiter schwierig sein, solange Ihr genug über Cabriana wißt, um Eure Geschichte zu stützen. Dort kann ich Euch nicht helfen. Ich bin ihr nicht öfter als zwei Mal begegnet. Es besteht vermutlich nicht die Möglichkeit, daß sie erscheinen könnte, um Eure Geschichte zu widerlegen?«

»Nein, überhaupt keine Möglichkeit.« Wieder dieses schnelle, spöttische Lächeln. »Und ich könnte Cabrianas Leben hersagen. Ich weiß Dinge, die sie schon selbst vergessen hatte.«

Delana nickte daraufhin nur. Eine Schwester töten zu müssen, war stets eine bedauerliche Angelegenheit, aber was sein mußte, mußte sein. »Dann sehe ich überhaupt kein Problem. Der Saal wird Euch als Gast willkommen heißen, und ich kann sicherstellen, daß sie zuhören werden.«

»Die Rolle eines Gastes ist eigentlich nicht das, was ich im Sinn hatte. Ich denke eher an etwas Dauerhafteres. Eure Schriftführerin oder, noch besser, Eure Begleiterin. Ich muß sicherstellen, daß Euer Saal sorgfältig geführt wird. Über diese Geschichte mit Cabrianas Neuigkeiten hinaus werde ich hin und wieder Anweisungen für Euch haben.«

»Jetzt hört Ihr mir einmal zu! Ich ...«

Halima unterbrach sie, indem sie ihre Stimme erhob. »Mir wurde gesagt, ich sollte Euch gegenüber einen Namen erwähnen. Einen Namen, den ich manchmal benutze. Aran'gar.«

Delana setzte sich schwerfällig hin. Dieser Name war in ihren Träumen erwähnt worden. Zum ersten Mal seit Jahren hatte Delana Mosalaine Angst.

KAPITEL 8

Rotes Wachs

Der Klang der Hufe des Wallachs wurde im Lärm Amadors fast verschluckt, als Eamon Valda langsam durch die bevölkerten Straßen ritt. Schweiß drang ihm aus jeder Pore, um so mehr, als er einen Kettenpanzer und eine Brustplatte trug, die trotz einer Staubschicht schimmerten, und einen schneeweißen Umhang, der über die kräftigen Flanken des Wallachs gebreitet war, und doch hätte man bei seinem Anblick an einen schönen Frühlingstag denken können. Er bemühte sich redlich, die schmutzigen Männer und Frauen und sogar die Kinder mit dem verlorenen Gesichtsausdruck und der vom Reisen in Mitleidenschaft gezogenen Kleidung nicht zu beachten. Sogar hier!

Zum ersten Mal in seinem Leben begeisterten ihn die Steinmauern der Festung des Lichts nicht, die hoch aufragten und mit Bannern versehen warten und uneinnehmbar schienen, das Bollwerk der Wahrheit und des Rechts. Er stieg im Haupthof ab, übergab einem Kind die Zügel und erteilte mit heiserer Stimme Anweisungen für die Pflege des Tieres. Der Mann wußte natürlich, was zu tun war, aber Valda war danach zumute, jemanden anzuschreien. Männer mit weißen Umhängen eilten trotz der Hitze übereifrig umher. Er hoffte, daß es nicht nur Zurschaustellung war.

Der junge Dain Bornhald kam über den Hof und preßte die Faust in eifriger Begrüßung auf seine mit einem Kettenpanzer geschützte Brust. »Das Licht erleuchte Euch, mein Lordhauptmann. Hattet Ihr einen guten Ritt von Tar Valon?« Seine Augen waren blutunterlaufen, und Branntweingeruch schwebte von ihm heran. Es war unentschuldbar, am Tage zu trinken.

»Zumindest einen schnellen Ritt«, grollte Valda, riß seine Panzerhandschuhe herunter und stopfte sie hinter seinen Schwertgürtel.

Es war nicht der Branntwein, obwohl er es sich in bezug auf diesen Mann merken würde. Die Reise war für diese Entfernung zügig verlaufen. Er beabsichtigte, der Legion als Belohnung einen freien Abend in der Stadt zu gönnen, wenn sie das Lager draußen fertig errichtet hätte. Eine schnelle Reise, aber er mißbilligte die Befehle, die ihn gerade in dem Moment zurückberiefen, als ein starker Vorstoß die angeschlagene Burg vielleicht gestürzt und die Hexen unter dem Schutt begraben hätte. Ein bemerkenswerter Ritt, auch wenn jeder Tag schlimmere Nachrichten gebracht hatte. Al'Thor in Caemlyn. Es war eigentlich nicht wichtig, ob der Mann ein Betrüger oder der richtige Drache war. Er konnte die Macht lenken, und jedermann, der das konnte, mußte ein Schattenfreund sein. Drachenverschworener Pöbel in Altara. Dieser sogenannte Prophet und sein Abschaum in Ghealdan und selbst in Amadicia.

Es war ihm zumindest gelungen, einen Teil des Pöbels zu töten, obwohl es schwer war, gegen Feinde zu kämpfen, die nur zu oft dahinschwanden als aufrechtzustehen, die mit ihren verdammten Fluchtsträngen verschmelzen konnten und – noch schlimmer – geistlose Wanderer, die anscheinend glaubten, al'Thor hätte alle Ordnung umgekehrt. Er hatte jedoch eine Lösung gefunden, wenn auch keine vollkommen zufriedenstellende Lösung. Die Straßen, die seine Legion passiert hatte, waren jetzt übersät und die Raben bis zum Bersten satt. Wenn man den Pöbel des Propheten schon nicht vom Flüchtlingspöbel unterscheiden konnte, nun, dann mußte man jedermann töten, der im Weg stand. Die Unschuldigen hätten in ihren Häusern bleiben sollen, wo sie hingehörten. Der Schöpfer würde sie ohnehin schützen. Seiner Meinung nach waren die Wanderer überflüssig.

»Ich habe in der Stadt gehört, Morgase sei hier«, sagte er. Er glaubte es nicht – jedes zweite Wort in Andor hatte von Vermutungen darüber gehandelt, wer Morgase getötet hätte –, und daher war er überrascht, als Dain nickte.

Die Überraschung wurde zu Widerwillen, als der junge Mann von Morgases Unterbringung zu schwärmen begann und darüber, wie gut sie behandelt wurde und wie zuversichtlich sie war, jeden Moment einen Vertrag mit den Kindern zu unterzeichnen. Valda runzelte offen die Stirn. Er hätte von Niall nichts Besseres erwarten sollen. Der Mann war zu seiner Zeit einer der besten Soldaten gewesen und galt als großer Hauptmann, aber er wurde bereits alt und verweichlichte. Valda hatte das erkannt, sobald seine Befehle Tar Valon erreicht hatten. Niall hätte beim ersten Word al'Thors Tear kraftvoll angreifen sollen. Er hätte alle Soldaten um sich versammeln sollen, die er auf dem Marsch brauchte. Die Völker hätten sich gegen einen falschen Drachen um die Kinder geschart. Damals hätten sie es getan. Jetzt war al'Thor in Caemlyn, und er war stark genug, die Kleinmütigen zu ängstigen. Aber Morgase war hier. Wenn er Morgase hatte, würde sie jenen Vertrag am ersten Tag unterzeichnen, und wenn jemand ihre Hand mit dem Stift führen müßte. Beim Licht, er würde sie lehren zu springen, wenn er sagte, spring. Wenn sie davor scheute, mit den Kindern nach Andor zurückzukehren, würde er sie mit den Handgelenken an einen Stock binden. Das wäre das richtige Banner für den Vorstoß auf Andor.

Dain schwieg schließlich und wartete. Er hoffte zweifellos auf eine Einladung zum Essen für diesen Abend. Er konnte den ihm vorstehenden Offizier nicht selbst einladen, aber er hoffte zweifellos, mit seinem alten Befehlshaber über Tar Valon und vielleicht sogar über seinen verstorbenen Vater sprechen zu können. Valda hatte nicht sehr viel von Geofram Bornhald gehalten. Der Mann war zu schwächlich gewesen. »Ich sehe Euch um sechs Uhr zum Essen im Lager. Ich möchte Euch nüchtern sehen, Kind Bornhald.«

Bornhald war eindeutig angetrunken. Er sperrte den Mund auf und stotterte etwas, bevor er salutierte und davonging. Valda fragte sich, was geschehen war. Dain war ein ausgezeichneter junger Offizier gewesen. Jemand, der sich zu viele Gedanken über Feinheiten machte, wie beispielsweise den Beweis einer Schuld zu erbringen, wenn es dafür keine Möglichkeit gab, aber er war dennoch ein ausgezeichneter Offizier gewesen. Nicht so schwach wie sein Vater. Es war bedauerlich zu sehen, daß er sich an den Branntwein verschwendete.

Leise vor sich hinmurmelnd – der Umstand, daß Offiziere inmitten der Festung des Lichts tranken, war ein weiteres Zeichen dafür, daß Niall den Kern erschütterte –, suchte Valda sein Quartier auf. Er beabsichtigte, im Lager zu schlafen, aber ein heißes Bad wäre nicht zu verachten.

Ein breitschultriges junges Kind näherte sich ihm in dem einfachen Steingang, den scharlachroten Hirtenstab der Hand des Lichts hinter der flammenden goldenen Sonne auf seiner Brust. Ohne anzuhalten oder Valda auch nur anzusehen, murmelte der Zweifler respektvoll: »Mein Lordhauptmann wünscht vielleicht, die Kuppel der Wahrheit zu sehen.«

Valda sah den Mann stirnrunzelnd an – er mochte Zweifler nicht. Sie leisteten auf ihre Art gute Arbeit, aber er konnte sich niemals des Gefühls erwehren, daß sie den Stab trugen, weil sie auf diese Weise niemals einem bewaffneten Feind gegenübertreten mußten; er wollte gerade die Stimme erheben, um den Burschen auszuschimpfen, hielt dann aber inne. Zweifler nahmen es mit der Disziplin nicht sehr genau, aber ein einfaches Kind würde niemals unangemessen mit einem Lordhauptmann sprechen. Vielleicht konnte das Bad noch warten.

Die Kuppel der Wahrheit war ein Wunder, das letztendlich einen Teil seines innersten Wesens wiederherstellte. Von außen rein weiß, spiegelte im Inneren Blattgold das Licht von tausend Hängelampen wieder. Dicke weiße Säulen umstanden den Raum, schlicht und glänzend poliert, aber die Kuppel selbst erstreckte sich über dem einfachen weißen Marmorpodest mitten auf dem weißen Marmorboden – wo der Lordhauptmann der Kinder des Lichts stand, um in ihren feierlichsten Momenten, bei ihren ernsthaftesten Zeremonien, zu den versammelten Kindern des Lichts zu sprechen –, hundert Schritt im Durchmesser und in fünfzig Schritt Höhe ungestützt bis zur Spitze. Eines Tages würde er dort stehen. Niall würde nicht ewig leben.

Dutzende von Kindern wanderten in dem riesigen Raum umher – es war ein sehenswerter Anblick, obwohl niemand außer den Kindern es natürlich jemals sah –, doch diese Nachricht war nicht gekommen, so daß er die Kuppel bewundern konnte. Er war sich dessen sicher. Hinter den großen Säulen verliefen Reihen kleinerer Säulen, die genauso schlicht und glatt poliert waren, und es gab hohe Nischen, in denen Szenen der Triumphe der Kinder während tausend Jahren festgehalten waren. Valda schlenderte umher und schaute in jede Nische. Schließlich sah er einen großen, bereits ergrauten Mann eines der Gemälde betrachten: Serenia Latar, die am Galgen geendet war, die einzige Amyrlin, die die Kinder jemals hatten hängen können. Sie war natürlich bereits tot gewesen, da lebende Hexen schwer gehängt werden können, aber das war unwichtig. Vor hundertdreiundneunzig Jahren war Gerechtigkeit dem Gesetz entsprechend vollzogen worden.

»Seid Ihr besorgt, mein Sohn?« Die Stimme klang sanft, fast milde.

Valda versteifte sich kaum merklich. Rhadam Asunawa war vielleicht der Hochinquisitor, aber er war auch immer noch ein Zweifler. Und Valda war ein Lordhauptmann, Gesalbter des Lichts, nicht ›mein Sohn‹. »Nicht, daß ich wüßte«, sagte er tonlos.

Asunawa seufzte. Sein hageres Gesicht war ein Bild gequälten Leidens, so daß man seinen Schweiß vielleicht auch für Tränen hätte halten können, aber seine tiefliegenden Augen schienen vor der Hitze zu brennen, die alles überflüssige Fleisch fortgebrannt hatte. Sein Umhang wies nur den Hirtenstab auf, keine flammende goldene Sonne, als stünde er außerhalb der Kinder. Oder vielleicht darüber. »Es herrschen besorgniserregende Zeiten. Die Festung des Lichts beherbergt eine Hexe.«

Valda versagte sich gerade noch einen schiefen Blick. Ob sie nun Feiglinge waren oder nicht – Zweifler konnten auch einem Lordhauptmann gefährlich werden. Der Mann könnte vielleicht niemals eine Amyrlin hängen, aber er träumte wahrscheinlich davon, der erste zu sein, der eine Königin hängte. Valda kümmerte es nicht, ob Morgase starb, vorausgesetzt es geschah nicht, bevor sie ihren Zweck erfüllt hatte. Er schwieg, und Asunawa zog seine dichten grauen Augenbrauen hoch, bis er aus den Augenhöhlen zu spähen schien.

»Es herrschen besorgniserregende Zeiten«, wiederholte er, »und Niall sollte nicht erlaubt werden, die Kinder des Lichts zu vernichten.«

Valda betrachtete einige Minuten lang das Gemälde. Vielleicht war der Künstler ein guter Maler gewesen, vielleicht aber auch nicht. Er wußte nichts von solchen Dingen, und sie kümmerten ihn auch nicht. Der Bursche trug jedoch die Waffen und Rüstung der Wachen, und sie wirkten echt. Von diesen Dingen verstand er etwas. »Ich bin bereit zuzuhören«, sagte er schließlich.

»Dann werden wir miteinander sprechen, mein Sohn. Später, wenn nur noch wenige Augen zusehen und wenige Ohren zuhören werden. Das Licht erleuchte dich, mein Sohn.« Asunawa schritt ohne ein weiteres Wort davon. Sein weißer Umhang bauschte sich leicht, und das Geräusch seiner Stiefel hallte wider, als versuche er, jeden Schritt in den Stein hineinzutreiben. Einige der Kinder verbeugten sich, als er vorüberging.

Niall beobachtete aus einem schmalen Fenster hoch über dem Hof, wie Valda abstieg, mit dem jungen Bornhald sprach und dann zornig davonschritt. Valda war stets zornig. Hätte eine Möglichkeit bestanden, die Kinder von Tar Valon nach Hause zu bringen und Valda hierzulassen, hätte Niall sie sofort ergriffen. Der Mann war ein guter Befehlshaber in der Schlacht, aber er war noch geeigneter, Pöbel zu erheben. Er verstand unter Taktik Angriff, und unter Strategie ebenfalls.

Niall schritt kopfschüttelnd zu seinem Audienzraum. Er hatte Wichtigeres zu bedenken als Valda. Morgase widerstand noch immer wie ein mit Proviant und einer hohen Moral ausgerüstetes Heer auf einer Anhöhe. Sie weigerte sich einzugestehen, daß sie einen Talboden ohne Ausweg hielt, und ihr Feind die Anhöhen besetzte.

Balwer stand vom Tisch auf, als Niall den Vorraum betrat. »Omerna war hier, mein Lord. Er hat dies für Euch zurückgelassen.« Balwer deutete auf ein Bündel Papiere auf dem Tisch mit einem roten Band darum. »Und dies.« Er preßte die dünnen Lippen zusammen, während er eine kleine Knochenröhre aus der Tasche zog.

Niall nahm die Röhre brummend entgegen und stapfte in den inneren Raum. Omerna wurde aus irgendeinem Grund mit jedem Tag nutzloser. Es war schon schlimm genug, daß er seine Berichte bei Balwer hinterließ, unsinnig wie sie waren, aber selbst Omerna wußte es besser, daß er eine dieser Röhren mit den drei roten Streifen niemand anderem als Niall persönlich übergeben sollte. Er hielt die Röhre nahe an eine Lampe und betrachtete das Wachs. Das Siegel war ungebrochen gewesen, bevor er es mit dem Daumennagel durchbohrte. Er würde Omerna einschüchtern, die Angst vor dem Licht in ihn einpflanzen müssen. Der Narr war kein guter Lockvogel, es sei denn, er spielte, soweit es ihm möglich war, den vollendeten Meisterspion.

Die Nachricht kam wiederum von Varadin, in Nialls persönlichem Code – ein wirres, spinnenartiges Gekritzel auf einem dünnen Streifen Papier. Er hätte sie fast ungelesen verbrannt, aber dann erweckte etwas seine Aufmerksamkeit. Er las sie von Anfang an und achtete bewußt auf den Code. Er wollte vollkommen sicher sein. Die Nachricht beinhaltete, genau wie zuvor, Geschwätz über gegängelte Aes Sedai und seltsame Bestien, aber ganz am Schluß... Varadin hatte Asidim Faisar geholfen, in Tanchico ein Versteck zu finden. Er würde versuchen, Faisar hinauszuschmuggeln, aber die Ahnen wachten so gut, daß nicht einmal ein Flüstern ohne Erlaubnis aus den Mauern hinausgelangte.

Niall rieb sich nachdenklich das Kinn. Faisar war einer jener Männer, die er nach Tarabon gesandt hatte, um herauszufinden, ob noch etwas zu retten war. Faisar wußte nichts von Varadin, und Varadin sollte nichts von Faisar wissen. Die Ahnen wachten so gut, daß nicht einmal ein Flüstern nach draußen gelangte. Das Gekritzel eines Verrückten.

Er stopfte das Papier in seine Tasche und kehrte in den Vorraum zurück. »Balwer, welche Nachrichten gibt es aus dem Westen?« So bezeichneten sie stets die Grenze zu Tarabon.

»Keine Neuigkeiten, mein Lord. Spähtrupps, die sehr weit nach Tarabon vordringen, kehren nicht zurück. Das größte Problem nahe der Grenze ist, daß Flüchtlinge hinüberzugelangen versuchen.«

Die Patrouillen waren zu weit vorgedrungen. Tarabon war eine Grube voller Giftschlangen und tollwütiger Ratten, aber... »Wie schnell könntet Ihr einen Boten nach Tanchico bringen?«

Balwer blinzelte nicht einmal. Der Mann würde auch keine Überraschung zeigen, wenn eines Tages sein Pferd zu ihm spräche. »Es dürfte schwierig sein, frische Pferde zu bekommen, wenn er die Grenze erst überschritten hat, mein Lord. Normalerweise würde ich sagen, zwanzig Tage hin und zurück, vielleicht etwas weniger. Jetzt, mit Glück, doppelt so lange. Vielleicht doppelt so lange, um Tanchico zu erreichen.« Eine Grube, die einen Boten verschlingen könnte, ohne auch nur einen Knochen übrigzulassen.

Eine Rückkehr würde notwendig sein, aber das behielt Niall für sich. »Laßt es vorbereiten, Balwer. Ich werde in einer Stunde einen Brief bereithalten. Ich werde selbst mit dem Boten sprechen.« Balwer neigte zustimmend den Kopf, aber er fühlte sich gleichzeitig beleidigt. Sollte er doch. Es bestand eine kleine Chance, dies durchzuführen, ohne Varadin bloßzustellen. Es war natürlich eine unnötige Vorsichtsmaßnahme, wenn er verrückt war, aber wenn nicht... Ihn zu verraten, würde nichts beschleunigen.

Als er in den Audienzraum zurückgekehrt war, las Niall Varadins Nachricht erneut, bevor er den Papierstreifen in die Flamme einer Lampe hielt und zusah, wie er Feuer fing. Er zerrieb die Asche zwischen den Fingern.

Er beherzigte bei seinem Vorgehen und bezüglich Informationen vier Regeln: Plane niemals etwas, ohne soviel wie möglich über deinen Feind zu wissen. Scheue dich niemals, deine Pläne zu ändern, wenn du neue Informationen erhältst. Glaube niemals, alles zu wissen. Und warte niemals darauf, alles zu erfahren. Der Mann, der darauf wartete, alles zu erfahren, saß noch immer in seinem Zelt, wenn der Feind es über seinem

Kopf niederbrannte. Niall befolgte jene Regeln. Er hatte sie nur einmal in seinem Leben außer acht gelassen, um einer Ahnung zu folgen. In Jhamara hatte er, aus keinem anderen Grund als einem Kribbeln im Hinterkopf, ein Drittel seines Heers Berge begutachten lassen, die alle für unpassierbar hielten. Während er seine restlichen Kräfte gegen die Murandianer und die Altarener geführt hatte, drang ein illianisches Heer, das hundert Meilen entfernt sein sollte, aus jenen angeblich unpassierbaren Pässen hervor. Der einzige Grund, warum es ihm gelang, sich zurückzuziehen, ohne zerschlagen zu werden, war dieses unbestimmte Gefühl. Und jetzt verspürte er dieses Kribbeln erneut.

»Ich traue ihm nicht«, sagte Tallanvor fest. »Er erinnert mich an einen jungen Burschen mit unschuldigem Gesichtsausdruck, den ich einmal auf einem Jahrmarkt gesehen habe und der dir in die Augen sehen und grinsen konnte, während er dir den Stuhl unter dem Hintern wegstahl.«

Morgase hatte zum ersten Mal keine Schwierigkeiten, ihr Temperament im Zaum zu halten. Der junge Paitr hatte berichtet, daß sein Onkel einen Weg gefunden hätte, sie aus der Festung des Lichts herauszuschmuggeln, sie und die anderen. Die anderen waren das Problem gewesen. Torwyn Barshaw hatte schon lange behauptet, er könnte sie allein hinausbringen, aber sie wollte die anderen nicht in der Willkür der Weißmäntel zurücklassen. Nicht einmal Tallanvor.

»Ich werde Eure Gefühle berücksichtigen«, sagte sie nachsichtig. »Aber laßt Euch nicht von ihnen behindern. Wißt Ihr ein passendes Sprichwort, Lini? Etwas für den jungen Tallanvor und seine Gefühle?« Licht, warum hatte sie ein solches Vergnügen daran, ihn zu verspotten? Er beging fast einen Treubruch, aber sie war seine Königin und nicht... Der Gedanke wollte nicht fortgeführt werden.

Lini saß nahe den Fenstern und wickelte ein Knäuel aus blauem Garn von dem Strang auf, den Breane über den Händen hielt. »Paitr erinnert mich an diesen jungen Stallburschen, unmittelbar bevor Ihr zur Weißen Burg gingt. Derjenige, der zwei Mägde geschwängert hat und dann erwischt wurde, als er sich mit einem Sack voller Tafelsilber Eurer Mutter aus dem Palast schleichen wollte.«

Morgase preßte die Kiefer zusammen, aber nichts konnte ihr Vergnügen verderben, nicht einmal der Blick, den Breane ihr zuwarf, als sollte es ihr erlaubt sein, auch ihre Meinung zu sagen. Paitr war bei Morgases unmittelbar bevorstehender Flucht außer sich vor Freude gewesen. Natürlich erwartete er für seinen Anteil daran anscheinend eine Belohnung von seinem Onkel – zumindest ließen einige seiner Bemerkungen über das Wiedergutmachen eines zu Hause begangenen Fehlers darauf schließen –, aber der junge Mann tanzte fast vor Freude, als sie dem Plan zustimmte, der sie alle heute aus der Festung und morgen bei Sonnenaufgang aus Amador herausbringen würde. Fort von Amador und auf den Weg nach Ghealdan, wo keine Soldaten mit Stricken drohten, um sie an Andor zu fesseln. Vor zwei Tagen war Barshaw selbst gekommen, um den Plan zu erläutern – als Krämer verkleidet, der Stricknadeln und Garn lieferte, ein untersetzter Mann mit großer Nase, cholerischem Blick und einem höhnisch verzogenen Mund, der jedoch ausreichend respektvoll sprach. Es war schwer zu glauben, daß er Paitrs Onkel war – sie sahen einander überhaupt nicht ähnlich –, und noch weniger, daß er ein Händler war. Dennoch war sein Plan bewundernswert einfach – wenn er auch kaum gewürdigt wurde –, und setzte nur ausreichend viele Menschen außerhalb der Festung des Lichts voraus. Morgase würde die Festung des Lichts in einem Karren unter einer Wagenladung Küchenabfälle verlassen.

»Nun, Ihr wißt alle, was zu tun ist«, belehrte sie ihr Gefolge. Solange sie selbst sich in ihren Räumen aufhielt, konnten sich die anderen verhältnismäßig frei bewegen. Davon hing alles ab. Nun, nicht alles, aber sicherlich die Flucht aller außer ihrer eigenen. »Lini, Ihr und Breane müßt Euch im Waschhof aufhalten, wenn die Glocke erklingt.« Lini nickte willfährig, aber Breane sah sie mit geschürzten Lippen an. Sie hatten dies schon zwanzig Mal durchgesprochen. Dennoch würde Morgase keinen Fehler zulassen, der bewirken würde, daß jemand zurückgelassen werden müßte. »Tallanvor, Ihr werdet Euer Schwert hierlassen und bei einem Gasthaus namens *Eiche und Dorn* warten.« Er öffnete den Mund, aber sie kam ihm entschlossen zuvor. »Ich habe Eure Argumente gehört. Ihr könnt ein anderes Schwert finden. Sie werden glauben, daß Ihr zurückkehren wollt, wenn Ihr es hierlaßt.« Er verzog das Gesicht, nickte aber schließlich. »Lamgwin wird am *Goldenen Haupt* warten und Basel am ...«

Ein hastiges Klopfen an der Tür, und sie öffnete sich weit genug, um Basels kahl werdenden Kopf freizugeben. »Meine Königin, da ist ein Mann ... ein Kind ...« Er schaute über die Schulter in den Gang. »Da ist ein Zweifler, meine Königin.« Tallanvors Hände sanken zu seinem Schwertheft, und er würde sie nicht eher fortnehmen, bis sie es ihm zwei Mal bedeutet und ihn entsprechend angesehen hätte.

»Laßt ihn herein.« Es gelang ihr, die Stimme ruhig zu halten, aber fuchsgroße Schmetterlinge flatterten unruhig in ihrem Bauch. Ein Zweifler? Wurde alles, was plötzlich so gut verlaufen war, genauso plötzlich zu einer Katastrophe?

Ein großer, hakennasiger Mann schob Basel aus dem Weg und schloß die Tür dann vor seiner Nase. Der weiß-goldene Wappenrock mit dem karmesinroten Hirtenstab an der Schulter wies ihn als Inquisitor aus. Sie war Einor Saren noch nicht begegnet, aber er war ihr beschrieben worden. Sein Gesicht zeugte von unerschütterlicher Selbstgewißheit. »Der Lordhauptmann will Euch sehen«, sagte er kalt. »Ihr werdet jetzt mitkommen.«

Morgases Gedanken rasten schneller als die Schmetterlinge. Sie war daran gewöhnt, gerufen zu werden – Niall kam nicht mehr zu ihr, seit er sie in der Festung wußte –, vor den Mann gerufen zu werden, um eine weitere Lektion über ihre Pflichten gegenüber Andor zu erhalten oder zu einem sogenannten freundlichen Gespräch, das ihr zeigen sollte, daß Niall in ihrem und Andors bestem Interesse handelte. Daran war sie gewöhnt, aber nicht an diese Art Boten. Wenn sie den Zweiflern übergeben würde, gäbe es keine Ausflüchte. Asunawa würde genügend viele Männer senden, um sie, und alle anderen mit ihr, fortzuzerren. Sie war ihm einmal kurz begegnet. Er ließ ihr Blut gefrieren. Warum war ein Inquisitor gesandt worden? Sie stellte die Frage, und Saren beantwortete sie in demselben eisigen Tonfall wie zuvor.

»Ich war beim Lordhauptmann, und ich kam hier entlang. Ich habe meine Aufgaben beendet und werde Euch jetzt mit zurücknehmen. Ihr seid immerhin eine Königin, der Respekt gebührt.« Das alles klang leicht gelangweilt, leicht ungeduldig, bis zum Schluß, als eine Spur Spott hinzukam. Aber keine Herzlichkeit.

»Sehr gut«, sagte sie.

»Soll ich meine Königin begleiten?« Tallanvor verbeugte sich förmlich. Zumindest zeigte er Ehrerbietung, wenn Fremde dabei waren.

»Nein.« Sie würde statt dessen Lamgwin mitnehmen. Nein, egal wen sie mitnähme – es würde wirken, als glaubte sie, Leibwächter zu benötigen. Saren ängstigte sie fast genauso wie Asunawa, aber sie würde es ihn auf keinen Fall erkennen lassen. Sie setzte ein beiläufiges Lächeln auf. »Ich brauche hier sicherlich keinen Schutz.«

Saren lächelte ebenfalls, oder zumindest lächelte sein Mund. Er schien sie auszulachen.

Draußen sahen Basel und Lamgwin sie unsicher an, und sie hätte fast ihre Meinung über eine Begleitung geändert. Sie hätte es auch getan, wenn sie sich nicht vorher dagegen ausgesprochen hätte. Aber zwei Männer könnten sie ohnehin nicht beschützen, wenn dies wirklich eine raffinierte Falle war, und zudem wäre es ein Zeichen von Schwäche, wenn sie ihre Meinung jetzt noch änderte. Sie schritt neben Saren durch die Korridore und fühlte sich schwach und überhaupt nicht wie eine Königin. Nein. Vielleicht würde sie wie jeder andere Mensch schreien, wenn die Zweifler sie in ihren Kerkern hatten – nun, da gab es kein Vielleicht. Sie war nicht so töricht zu glauben, königliches Fleisch sei in dieser Beziehung anders als das anderer Menschen –, aber bis dahin würde sie sein, was sie war. Sie machte sich wohlerwogen daran, die Schmetterlinge zu vertreiben.

Saren führte sie in einen kleinen, mit Fliesen ausgelegten Hof, wo Männer mit Schwertern auf Holzpfosten einschlugen. »Wohin gehen wir?« fragte sie. »Dies ist nicht der Weg, den ich früher zum Studierzimmer des Lordhauptmanns gegangen bin. Befindet er sich jetzt woanders?«

»Ich nehme den kürzesten Weg«, erwiderte er kurz angebunden. »Ich habe mich um wichtigere Dinge zu kümmern als...« Er beendete seinen Satz nicht und verlangsamte auch seinen Schritt nicht.

Sie hatte keine andere Wahl, als ihm zu folgen, einen von länglichen Räumen voller schmaler Feldbetten und Männern mit nackten Oberkörpern gesäumten Gang. Sie hielt ihren Blick fest auf Sarens Rücken gerichtet und formulierte im Geiste bereits die heftigen Sätze, die sie Niall an den Kopf werfen wollte. Es ging über einen Stallhof, über dem schwer der Geruch von Pferden und Dung hing und in dem ein Hufschmied in einer Ecke

Pferde beschlug, einen weiteren Barackengang entlang, dann einen Gang, der auf einer Seite von Küchen gesäumt war und in dem es stark nach Geschmortem roch, in einen weiteren Hof ... Sie blieb jäh stehen.

Ein langes, hohes Schafott stand mitten auf dem Hof. Drei Frauen und mehr als ein Dutzend Männer füllten jeden Fleck der Plattform, die Hände und Füße gefesselt und mit um den Hals gelegten Schlingen. Einige weinten jämmerlich, aber die meisten wirkten einfach verängstigt. Die letzten beiden Männer am anderen Ende waren Torwyn Barshaw und Paitr, der Junge in Hemdsärmeln, anstatt in dem rot-weißen Umhang, den sie für ihn hatte fertigen lassen. Paitr weinte nicht, aber sein Onkel tat es. Paitr schien zu erschreckt, um an Tränen zu denken.

»Für das Licht!« rief ein Weißmantel-Offizier aus, und ein weiterer Weißmantel verschob einen langen Hebel am Ende des Schafotts.

Falltüren öffneten sich mit lautem Krachen, und die Opfer fielen außer Sicht. Einige der fest gespannten Stricke erbebten, als die an ihrem Ende hängenden Menschen ihr Leben herauswürgten, anstatt an einem gebrochenen Genick schnell zu sterben. Paitr war einer von ihnen. Und ihre sorgfältig geplante Fluchtmöglichkeit starb mit ihm. Vielleicht hätte sie sich genauso sehr um ihn sorgen sollen, aber sie dachte an die Flucht, an ihren Ausweg aus der Falle, in die sie getappt war. Sie war gefangen, und Andor mit ihr.

Saren sah sie an und erwartete eindeutig, daß sie in Ohnmacht fiele oder sich übergäbe.

»So viele auf einmal?« sagte sie und war stolz auf die Festigkeit ihrer Stimme. Paitrs Strick hatte aufgehört zu beben. Es schwang jetzt nur noch langsam von einer Seite zur anderen. Keine Fluchtmöglichkeit.

»Wir hängen jeden Tag Schattenfreunde«, antwortete Saren trocken. »Ihr in Andor entlaßt sie vielleicht mit einer Belehrung. Wir tun das nicht.«

Morgase begegnete seinem Blick. Der kürzeste Weg? Das war also Medlls neue Taktik. Es überraschte sie nicht, daß ihre geplante Flucht nicht erwähnt wurde. Niall war dafür zu geschickt. Sie war ein ehrenwerter Gast, und Paitr und sein Onkel waren zufällig gehängt worden, für irgendein Verbrechen, das nichts mit ihr zu tun hatte. Wer würde als nächster auf das Schafott steigen müssen? Lamgwin oder Basel? Lini oder Tallanvor? Seltsam, aber das Bild Tallanvors mit einem Strick um den Hals schmerzte sie mehr als dasselbe Bild von Lini. Der Verstand spielte ihr merkwürdige Streiche. Über Sarens Schulter hinweg erblickte sie Asunawa, der die Hinrichtung von einem Fenster aus beobachtete. Er schaute zu ihr hinab. Vielleicht war das sein Werk und nicht Nialls. Es machte keinen Unterschied. Sie durfte ihre Leute nicht vergebens sterben lassen. Sie durfte Tallanvor überhaupt nicht sterben lassen. Sehr merkwürdige Streiche.

Sie wölbte spöttisch eine Augenbraue und sagte: »Wenn Euch dies die Knie hat weich werden lassen, sollten wir warten, bis Ihr Eure Kraft wiederfindet.« Eine unbekümmerte Stimme, unbeeinträchtigt von dem, was sie gesehen hatte. Licht, sie durfte sich nicht übergeben.

Sarens Gesicht verdüsterte sich, er wandte sich auf dem Absatz um und stolzierte davon. Sie folgte ihm würdigen Schrittes, schaute nicht zu Asunawas Fenster hoch und versuchte, nicht an das Schafott zu denken.

Vielleicht war dies wirklich der kürzeste Weg, denn Saren führte sie im nächsten Gang drei steile Treppen hoch und brachte sie schneller zu Nialls Audienzraum, als sie jemals zuvor dorthin gelangt war. Niall stand, wie üblich, nicht auf, und es war kein Stuhl für sie da, so daß sie gezwungen war, wie eine Bittstellerin vor ihm stehen zu bleiben. Er schien erregt, saß schweigend da und sah sie an, ohne sie aber wirklich zu bemerken.

Er hatte gesiegt und bemerkte sie nicht einmal. Das ärgerte sie. Licht, er hatte gesiegt. Vielleicht sollte sie in ihre Räume zurückkehren. Wenn sie Tallanvor und Lamgwin und Basel anwies, ihr einen Fluchtweg zu graben, würden sie es versuchen. Und sie würden sterben, und sie ebenfalls. Sie hatten noch niemals ein Schwert geführt, aber wenn sie diesen Befehl gäbe, würden sie eines aufnehmen. Sie würde sterben, und Elayne würde den Löwenthron besteigen. Sie würde es tun, sobald al'Thor davon vertrieben wäre. Die Weiße Burg würde dafür sorgen, daß Elayne bekäme, was ihr gehörte. Die Burg. Wenn die Burg den Thron für Elayne sicherte ... Es schien verrückt, und doch traute sie der Burg noch weniger als Niall. Nein, sie mußte Andor selbst retten. Aber der Preis. Der Preis mußte bezahlt werden.

Sie zwang sich dazu, es auszusprechen. »Ich bin bereit, deinen Vertrag zu unterzeichnen.«

Niall schien sie zunächst nicht zu hören. Dann blinzelte er, lachte plötzlich verzerrt und schüttelte dann den Kopf. Auch das ärgerte sie. Überraschung vorzutäuschen. Sie hatte nicht versucht zu fliehen. Sie war ein Gast. Sie wünschte, sie könnte ihn am Galgen sehen.

Er bewegte sich so schnell, daß es die Erinnerung an seine vorherige Teilnahmslosigkeit fast vertrieb. Im Handumdrehen hatte er seinen kleinen, eingetrockneten Schreiber mit einem Pergament hereingerufen, auf dem bereits alles ausgeführt war und das sogar bereits eine Nachahmung des Siegels von Andor aufwies, die sie nicht von dem Original unterscheiden konnte.

Ob sie nun eine Wahl hatte oder nicht – sie las die Bedingungen sorgfältig durch. Sie waren nicht anders, als sie erwartet hatte. Niall würde die Weißmäntel in den Kampf zur Wiedererlangung ihres Throns führen, aber er forderte auch einen Preis, wenn er auch nicht als solcher bezeichnet wurde. Eintausend Weißmäntel würden ständig in Caemlyn stationiert, mit einer eigenen Gerichtsbarkeit unabhängig von andoranischem Recht. Die Weißmäntel würden in ganz Andor dauerhaft mit der Garde der Königin gleichgestellt. Es würde vielleicht ihr ganzes Leben lang dauern, diese Unterschrift wieder unwirksam zu machen, und auch Elaynes, aber die Wahl wäre al'Thor, der den Thron als Trophäe einnähme. Wenn ihn überhaupt wieder eine Frau innehätte, wäre es Elenia oder Naean oder ähnliche, und zwar als al'Thors Marionette. Entweder das oder Elayne als Marionette der Burg. Sie *konnte* sich nicht dazu bringen, der Burg zu trauen.

Sie unterzeichnete deutlich mit ihrem Namen und preßte das nachgemachte Siegel in das rote Wachs, das Nialls Schreiber unten auf das Pergament hatte tropfen lassen: der Löwe von Andor, von der Rosenkrone umgeben. Also war sie die erste Königin, die jemals fremde Soldaten auf andoranischem Boden duldete.

»Wie bald?« Es war schwerer auszusprechen, als sie es sich vorgestellt hatte. »Wie bald werden deine Legionen einreiten?«

Niall zögerte und blickte auf den Tisch. Dort war nichts außer einem Stift, Tinte, einer Schale mit Sand und einem frisch abgebrannten Stück Siegelwachs zu sehen, als habe er erst vor sehr kurzer Zeit einen Brief geschrieben. Er führte seine Unterschrift unter den Vertrag zu Ende, prägte sein eigenes Siegel darauf, eine flammende Sonne in goldenem Wachs, und reichte das Pergament dann seinem Schreiber. »Bringt dies ins Urkundenarchiv, Balwer. Ich fürchte, ich kann nicht so schnell vorrücken, wie ich gehofft hatte, Morgase. Es sind Entwicklungen zu bedenken. Nichts, worum du dich sorgen müßtest. Einfach die Frage, wie man sich am besten in Gebieten vorwärts bewegt, die nicht mit Andor verbunden sind. Ich bestehe darauf, daß du dies einfach als zusätzliche Zeit ansiehst, in der ich das Vergnügen deiner Gesellschaft genießen kann.«

Balwer verbeugte sich gekonnt, wenn auch etwas pedantisch, obwohl sie sich fast sicher war, daß sein Blick vor Überraschung fast ruckartig zu Niall gewandert war. Sie hätte selbst beinahe den Mund aufgesperrt. Er bedrängte sie ständig, und jetzt mußte er sich um andere Angelegenheiten kümmern? Balwer eilte hinaus, als fürchte er, sie könnte den Vertrag wieder an sich nehmen und zerreißen, aber daran dachte sie am wenigsten. Zumindest würde es keine weiteren Hinrichtungen geben. Um das übrige würde man sich zu gegebener Zeit kümmern müssen. Eines nach dem anderen. Ihr beharrlicher Widerstand war erlahmt, aber jetzt hatte sie wieder Zeit, ein unerwartetes Geschenk, das nicht vergeudet werden durfte. Das Vergnügen ihrer Gesellschaft?

Sie setzte ein herzliches Lächeln auf. »Es scheint, als sei mir ein Gewicht von den Schultern genommen worden. Sage mir, spielst du Dame?«

»Ich gelte als guter Spieler.« Sein Lächeln wirkte zunächst überrascht und dann belustigt.

Morgase errötete, aber es gelang ihr, keine Verärgerung zu zeigen. Vielleicht war es das beste, daß er sie jetzt für besiegt hielt. Niemand beobachtete einen besiegten Feind allzu genau oder schätzte ihn zu hoch. Wenn sie vorsichtig war, konnte sie vielleicht mit der Zeit wiedererlangen, was sie aufgegeben hatte, bevor seine Soldaten Amadicia verließen. Sie hatte in bezug auf das Spiel der Häuser einen sehr guten Lehrer gehabt.

»Ich werde versuchen, kein allzu schlechter Gegner zu sein, wenn du gern spielen würdest.« Sie selbst war weit davon entfernt, gut zu sein, aber sie würde natürlich verlieren müssen, jedoch auch wiederum nicht so eindeutig, daß er sich langweilen würde. Sie haßte es zu verlieren.

Asunawa trommelte stirnrunzelnd mit den Fingern auf die goldverzierte Armlehne seines Sessels. Über seinem

Kopf befand sich der in glänzender Lackfarbe auf einer rein weißen Scheibe an der Rückenlehne des Sessels eingearbeitete Hirtenstab. »Die Hexe war überrascht«, murmelte er.

Saren reagierte, als sei es eine Beschuldigung gewesen. »Eine Hinrichtung hat auf manche Leute diese Wirkung. Die Schattenfreunde wurden gestern zusammengetrieben. Ich habe gehört, daß sie irgendwelche Katechismen an den Schatten dahergebetet haben, als Trom die Tür einschlug. Ich habe es überprüft, aber niemand hat daran gedacht zu fragen, ob sie irgendwie mit ihr in Verbindung standen.« Zumindest scharrte er nicht mit den Füßen. Er stand so aufrecht, wie jede Hand des Lichts es tun sollte.

Asunawa wehrte jegliche Erklärungen mit einem kurzen Winken ab. Natürlich bestand keine Verbindung, abgesehen von der Tatsache, daß sie eine Hexe war und die anderen Schattenfreunde. Die Hexe befand sich immerhin in der Festung des Lichts, aber er war dennoch besorgt.

»Niall hat mich wie einen Hund losgeschickt, sie zu holen«, sagte Saren zähneknirschend. »Ich hätte mich beinahe übergeben, weil ich einer Hexe so nahe war. Meine Hände wollten ihr die Kehle zudrücken.«

Asunawa machte sich nicht die Mühe zu antworten. Er hörte kaum zu. Natürlich haßte Niall die Hand. Die meisten Menschen haßten, was sie fürchteten. Nein, seine Gedanken waren bei Morgase. Sie war in keinerlei Beziehung schwach. Sie hatte Niall sicherlich hinreichend die Stirn geboten. Die meisten Menschen wären zusammengebrochen, sobald sie die Festung betreten hätten. Sie würde allerdings einige seiner Pläne durchkreuzen, wenn sie sich dennoch als schwach erwiese. Er hatte sich alle Einzelheiten gemerkt, von jedem Tag ihres Verhörs durch die verfügbaren Gesandten jedes Landes, das noch einen Gesandten erübrigen konnte, bis schließlich zu ihrem dramatischen Geständnis, das ihr so gekonnt entrungen wurde, daß niemand jemals dahinterkäme, wie dies geschehen war, und den Zeremonien rund um ihre Hinrichtung.

»Hoffen wir, daß sie Niall weiterhin widersteht«, sagte er mit einem Lächeln, das auf einige Menschen sanft und gottesfürchtig gewirkt hätte. Selbst Nialls Geduld konnte nicht ewig anhalten. Er würde sie schließlich der Gerechtigkeit überantworten müssen.

KAPITEL 9

Ein kühles Bad

Egwene erschien Rands Besuch in Cairhien wie eines dieser großartigen Spektakel der Feuerwerker, von denen sie zwar gehört, die sie aber nie gesehen hatte, und die in der ganzen Stadt aufflammten. Der Widerhall schien endlos nachzuklingen.

Sie blieb dem Palast natürlich fern, aber die Weisen Frauen suchten jeden Tag nach mit *Saidar* errichteten Fallen, und sie sagten ihr, was vor sich ging. Adlige sahen einander mißtrauisch an, und Tairener und Cairhiener gleichermaßen. Berelain schien sich verborgen zu halten und weigerte sich, irgend jemanden zu sehen, wenn es nicht unbedingt notwendig war. Rhuarc hatte sie offensichtlich dafür zur Rechenschaft gezogen, ihre Pflichten vernachlässigt zu haben, aber es hatte kaum gewirkt. Er schien im ganzen Palast der einzige zu sein, der nicht beeinträchtigt war. Sogar die Diener sprangen, wenn man sie nur ansah, obwohl das vielleicht auch daher rührte, daß die Weisen Frauen in allen Ecken herumstöberten.

In den Zelten standen die Dinge nicht besser und unter den Weisen Frauen ohnehin nicht. Die restlichen Aiel waren wie Rhuarc, ruhig und unerschütterlich. Ihre Haltung ließ die Launenhaftigkeit der Weisen Frauen noch krampfhafter wirken. Amys und Sorilea kamen ziemlich aufgebracht von einem Treffen mit Rand zurück. Sie sagten nicht warum, nicht solange Egwene es hören könnte, aber das Gefühl verbreitete sich so schnell wie ein Gedanke unter den Weisen Frauen, bis jede einzelne von ihnen wie eine kratzbürstige Katze umherschlich. Ihre Lehrlinge bewegten sich fast lautlos und sprachen leise, aber sie wurden dennoch stirnrunzelnd für Dinge gerügt, die zuvor unbemerkt geblieben wären, und für Vergehen bestraft, die zuvor nur ein Stirnrunzeln bewirkt hätten.

Shaido-Weise Frauen, die im Lager erschienen, halfen nicht. Zumindest waren Therava und Emerys Weise Frauen. Die dritte war Sevanna, die wichtigtuerisch und mit ausreichend weit geöffneter Bluse herumstolzierte, um Berelain Konkurrenz zu machen, egal wieviel Staub heranwehte. Therava und Emerys sagten, Sevanna sei eine Weise Frau, und obwohl Sorilea deswegen grollte, mußte sie als solche anerkannt werden. Egwene war sich sicher, daß sie spionierten, aber Amys sah sie nur an, als sie es erwähnte. Durch die Bräuche geschützt, konnten sie frei zwischen den Zelten umhergehen und wurden von allen Weisen Frauen – sogar von Sorilea – herzlich willkommen geheißen, als seien sie enge Freundinnen oder Erst-Schwestern. Dennoch verschärfte ihre Anwesenheit die Übellaunigkeit aller noch, besonders Egwenes. Diese selbstgefällige Katze Sevanna wußte, wer sie war, und machte sich nicht die Mühe, ihr Vergnügen daran zu verbergen, ›das kleine Lehrmädchen‹ bei jeder Gelegenheit nach einem Becher Wasser oder Ähnlichem zu schicken. Sevanna sah sie an – mit prüfendem Blick. Egwene wurde an jemanden erinnert, der ein Huhn betrachtet, während er darüber nachdenkt, wie er es zubereiten will, nachdem er es gestohlen hat. Und was noch schlimmer war – die Weisen Frauen wollten ihr nicht sagen, worüber sie sprachen. Es waren Angelegenheiten der Weisen Frauen und nicht die der Lehrlinge. Aus welchem Grund auch immer die Shaido dort waren, sicherlich interessierte sie die Stimmung unter den Weisen Frauen. Mehr als einmal sah Egwene Sevanna, wenn sie sich unbeobachtet glaubte, lächeln, wenn sie Amys oder Malindhe oder Cosain vorbeistolzieren, mit sich reden und nutzlos ihre Stolen richten sah. Aber natürlich hörte niemand auf Egwene. Zu viele Bemerkungen über die Shaido-Frauen brachten ihr schließlich die Strafe ein, den größten Teil des Tages ein Loch graben zu müssen, das »ausreichend tief war, um darin zu stehen, ohne gesehen zu werden«, und als sie schwitzend und schmutzig dort herauskletterte und das Loch wieder zuzuschaufeln begann, sah Sevanna zu.

Zwei Tage, nachdem Rand gegangen war, überredeten Aeron und einige andere Weise Frauen drei Töchter des Speers, sich nachts über die Mauer von Arilyns Palast zu stehlen, um zu sehen, was sie herausfinden konnten, und das machte alles noch schlimmer. Die drei umgingen Gawyns Wachen, wenn auch unter größeren Schwierigkeiten als erwartet, aber die Aes Sedai waren eine andere Sache. Während sie noch vom Dach in eine Mansarde kletterten, wurden sie von der Macht umhüllt und hineingezogen. Glücklicherweise schienen Coiren und die anderen zu glauben, sie seien dort eingedrungen, um etwas zu stehlen, obwohl die Töchter des Speers es vielleicht für nicht so vorteilhaft gehalten hatten. Sie wurden so verprügelt auf die Straße geworfen, daß sie kaum gehen konnten, und versuchten dennoch, sich nichts anmerken zu lassen, als sie zu den Zelten zurückkehrten. Die anderen Weisen Frauen schalten Aeron und ihre Freundinnen normalerweise abwechselnd aus, obwohl Sorilea es sich zur Aufgabe gemacht zu haben schien, sie vor so vielen Leuten wie möglich zu rügen. Sevanna und ihre beiden Begleiterinnen zeigten ihre Schadenfreude recht offen, wann immer sie Aeron oder eine der anderen sahen, und rätselten untereinander in lautem Tonfall darüber, was die Aes Sedai tun würden, wenn sie es herausfänden. Sogar Sorilea sah sie deshalb fragend an, aber niemand sagte etwas, und Aeron und ihre Freundinnen fingen an, sich zu verbergen, wenn sie nicht gerade ihren

Pflichten nachgingen oder Unterricht hatten. Ungezügelte Temperamente wurden gefährlich wie Rasierklingen.

Bis auf das Graben des Lochs umging Egwene die schlimmsten Auswirkungen, aber nur, weil sie den Zelten häufig fernblieb, hauptsächlich, um Sevanna aus dem Weg zu gehen, bevor sie der Frau eine Lektion erteilen würde. Sie zweifelte nicht daran, wie das enden würde. Sevanna wurde als Weise Frau akzeptiert, egal wie viele Grimassen geschnitten wurden, wenn sie nicht in der Nähe war. Amys und Bair würden die Shaido-Frau wahrscheinlich ihr Strafmaß festsetzen lassen. Zumindest war fernzubleiben nicht allzu schwierig. Sie war vielleicht ein Lehrling, aber nur Sorilea bemühte sich, ihr die tausend Dinge beizubringen, die eine Weise Frau wissen mußte. Bis Amys und Bair ihre endgültige Erlaubnis erteilten, nach *Tel'aran'rhiod* zurückzukehren, konnte sie weitgehend selbst über ihre Tage und Nächte verfügen, solange es ihr gelang, nicht mit Surandha und den anderen erwischt zu werden, um das Geschirr abzuwaschen oder Dung für die Feuer einzusammeln.

Sie konnte nicht verstehen, warum die Tage so langsam zu vergehen schienen. Sie dachte, es müsse Amys und Bair dienlich sein. Gawyn war jeden Morgen im *Großen Mann*. Sie gewöhnte sich an das zweideutige, höhnische Grinsen der dicken Wirtin, obwohl sie ein- oder zweimal daran dachte, sie zu treten. Vielleicht auch dreimal, aber nicht öfter. Jene Stunden vergingen wie im Fluge. Sie saß kaum auf Gawyns Schoß, wenn es auch schon Zeit wurde, ihr Haar zu richten und zu gehen. Es ängstigte sie nicht mehr, auf seinem Schoß zu sitzen. Es hatte sie eigentlich niemals wirklich geängstigt, aber inzwischen war es überaus angenehm. Wenn sie manchmal an Dinge dachte, die sie nicht haben konnte, wenn diese Gedanken sie erröten ließen – nun, er strich stets mit den Fingern über ihr

Gesicht, wenn sie errötete, und sprach ihren Namen auf eine Art aus, wie sie es gern ihr ganzes Leben lang gehört hätte. Er ließ weniger darüber verlauten, was bei den Aes Sedai vor sich ging, als sie anderswo erfuhr, aber sie konnte sich kaum dazu bringen, sich deswegen zu sorgen.

Es waren die anderen Stunden, die sich zäh dahinschleppten. Es gab so wenig zu tun, daß sie dachte, sie würde vor Langeweile platzen. Weise Frauen, die Arilyns Palast überwachten, berichteten von keinen weiteren Aes Sedai. Die Wächter, die aus jenen auserwählt waren, die die Macht lenken konnten, berichteten, die Aes Sedai würden die Macht im Inneren noch immer Tag und Nacht handhaben, ohne zu zerbrechen, aber Egwene wagte nicht, nahe heranzugehen. Auch wenn sie es täte, könnte sie nicht sagen, was sie taten, wenn sie ihre Stränge nicht sah. Wären die Weisen Frauen weniger mürrisch gewesen, hätte sie vielleicht versucht, in ihrem Zelt Zeit mit Lesen zu verbringen, aber das einzige Mal, als sie, außer nachts bei Lampenlicht, ein Buch anrührte, hatte Bair sich dermaßen über Mädchen geäußert, die ihre Zeit damit verschwendeten, faul herumzuliegen, daß Egwene gemurmelt hatte, sie hätte etwas vergessen, und aus dem Zelt geeilt war, bevor man etwas Nützlicheres für sie zu tun fand. Wenige Augenblicke einer Unterhaltung mit einem anderen Lehrling konnten genauso gefährlich sein. Als sie einmal stehengeblieben war, um mit Surandha zu sprechen, die sich im Schatten eines Zeltes verborgen gehalten hatte, das einigen Steinsoldaten gehörte, hatte ihnen das einen Nachmittag mit Wäschewaschen eingebracht, als Sorilea sie entdeckt hatte. Sie wäre über diese Aufgabe vielleicht sogar froh gewesen, einfach darüber, daß sie überhaupt etwas zu tun hatte, aber Sorilea hatte die vollkommen saubere, im Zelt aufgehängte Wäsche begutachtet, geschnaubt und gesagt, sie müßten sie noch einmal waschen. Sie sagte ihnen zweimal, sie müßten die Wäsche abermals waschen! Sevanna hatte auch dabei zugesehen.

Wenn Egwene sich in der Stadt aufhielt, hatte sie stets das Gefühl, sich umsehen zu müssen, außer am dritten Tag, als sie ihren Weg zu den Kais hinab so sorgfältig wählte, wie eine sich vor einer Katze davonstehlende Maus. Ein dürrer Bursche mit einem kleinen, schmalen Boot kratzte sich das dünner werdende Haar und verlangte ein Silberstück, damit er sie zum Schiff des Meervolks hinausrudern würde. Alles war teuer, aber dies war lächerlich. Sie fixierte ihn mit festem Blick, sagte ihm, er könnte ein geringerwertiges Geldstück haben – was wirklich immer noch viel zuviel war – und hoffte, der Handel würde nicht ihre ganze Geldbörse leeren. Sie besaß nicht viel Geld. Jedermann gehorchte und fuhr zusammen, wenn Aiel in der Nähe waren, aber wenn es ums Handeln ging, vergaßen sie alles über *Cadin'sors* und Speere und kämpften wie die Löwen. Der Mann öffnete seinen zahnlosen Mund, schloß ihn wieder, betrachtete sie prüfend, murmelte leise etwas und sagte dann zu ihrer Überraschung, sie stehle ihm das Brot aus dem Mund.

»Steigt ein«, brummte er. »Ich kann nicht für einen Hungerlohn den ganzen Tag verschwenden. Einen Mann übers Ohr zu hauen. Ihm das Brot zu stehlen.« Er äußerte sich auch noch in dieser Weise, als er schon zu rudern begonnen hatte und das winzige Boot ins breitere Fahrwasser des Alguenya hinausbrachte.

Egwene wußte nicht, ob Rand diese Herrin der Wogen getroffen hatte, aber sie hoffte es. Laut Elayne war der Wiedergeborene Drache der Coramoor des Meervolks, der Auserwählte, und er brauchte nur aufzutauchen, und sie liefen hinter ihm her. Sie hoffte, sie wären dennoch nicht zu unterwürfig. Davon hatte Rand bereits mehr als genug. Dennoch hatte nicht Rand sie mit dem brummigen Bootsführer hinausgeschickt. Elayne war schon einigen Angehörigen des

Meervolks begegnet, war auf einem ihrer Schiffe gereist und behauptete, ihre Windsucherinnen könnten die Macht lenken. Einige von ihnen ohnehin, vielleicht sogar die meisten. Das war ein Geheimnis, das die Athan'Miere gut hüteten, aber die Windsucherin auf Elaynes Schiff war nur zu bereit gewesen, ihr Wissen zu teilen, nachdem ihr Geheimnis bekanntgeworden war. Meervolk-Windsucherinnen kannten sich mit dem Wetter aus. Elayne behauptete, sie wüßten mehr darüber als die Aes Sedai. Sie sagte, die Windsucherin auf ihrem Schiff hätte riesige Stränge gewoben, um günstige Winde zu bewirken. Egwene hatte keine Ahnung, wieviel davon der Wahrheit entsprach und wieviel der Begeisterung erwuchs, aber ein wenig über das Wetter zu lernen, wäre sicherlich besser, als den Daumen zu drehen und sich zu fragen, ob es eine Erleichterung bedeutete, wenn sie von den Weisen Frauen und Sevanna fortkäme, weil Nesune sie gefangennähme. Ihr gegenwärtiges Wissen reichte nicht einmal aus, um es regnen zu lassen, wenn der Himmel bis auf Blitze schwarz war. Im Moment schien die Sonne jedoch golden von einem wolkenlosen Himmel, und Hitzespiegelungen tanzten über das dunkle Wasser. Zumindest gelangte der Staub nicht weit auf den Fluß hinaus.

Als der Bootsführer schließlich die Ruder einzog und das kleine Gefährt neben das Schiff gleiten ließ, stand Egwene auf, ohne auf sein Gemurmel zu achten, daß sie sie beide in den Fluß stürzen würde. »Hallo!« rief sie. »Hallo? Bitte an Bord kommen zu dürfen.«

Sie war bereits auf mehreren Flußschiffen gewesen und war stolz darauf, daß sie die richtige Ausdrucksweise beherrschte – Schiffer waren darin eigen –, aber mit Schiffen wie diesem hatte sie noch keine Erfahrung. Sie hatte schon längere Flußschiffe gesehen, aber noch kein so hohes. Einige Mitglieder der Mannschaft befanden sich in der Takelage oder erklommen die Rahen, dunkelhäutige Männer mit nacktem Oberkörper in weiten, farbenprächtigen Hosen, die von hellen Schärpen gehalten wurden, und auch dunkelhäutige Frauen in hellen Blusen.

Sie wollte gerade erneut und lauter rufen, als eine Strickleiter am Schiffsrumpf herabgelassen wurde. Kein Antwortruf erklang von Deck, und doch schien dies eine ausreichende Aufforderung. Egwene kletterte hinauf. Es war schwierig – nicht das Klettern, sondern ihre Röcke angemessen zu richten; sie konnte erkennen, warum die Meervolk-Frauen Hosen trugen –, aber schließlich erreichte sie die Reling.

Ihr Blick fiel sofort auf eine Frau, die keine Spanne entfernt an Deck stand. Sie trug eine blauseidene Bluse und eine Hose mit einer dunkleren Schärpe. Außerdem hatte sie drei goldene Ringe in jedem Ohr und eine hübsche Kette mit winzigen glänzenden Medaillons, die von einem Ohr zu einem Ring in ihrer Nase verlief. Elayne hatte dies beschrieben und es ihr sogar gezeigt, in *Tel'aran'rhiod*, aber es selbst zu sehen, ließ Egwene zusammenzucken. Aber da war noch etwas. Sie konnte die Fähigkeit, die Macht zu lenken, spüren. Sie hatte die Windsucherin gefunden.

Sie öffnete den Mund, und eine dunkle Hand blitzte mit einem glänzenden Dolch vor ihren Augen auf. Bevor sie schreien konnte, durchschnitt die Klinge die Seile der Strickleiter. Sich noch immer an die jetzt nutzlose Leiter krallend, stürzte sie hinab.

Und dann schrie sie – einen Herzschlag lang, bevor sie mit den Füßen zuerst in den Fluß fiel und tief eintauchte. Wasser strömte in ihren geöffneten Mund, erstickte ihren Schrei. Sie glaubte, den halben Fluß zu schlucken. Sie kämpfte verzweifelt gegen die um ihren Kopf gewickelten Röcke und die Strickleiter an. Sie war nicht verzweifelt. Sie war es nicht. Wie tief war sie herabgesunken? Um sie herum war nur schlammige Dunkelheit. In welcher Richtung ging es aufwärts? Eisenbänder umspannten ihre Brust, aber sie atmete durch

die Nase aus und beobachtete, wie die Luftblasen, wie es ihr schien, nach links unten schwebten. Sie drehte sich und strebte zur Oberfläche. Wie weit? Ihre Lungen brannten.

Ihr Kopf brach ins Tageslicht durch, und sie sog hustend Luft ein. Zu ihrer Überraschung streckte der Bootsführer die Hand aus, zog sie in sein Boot, murmelte ihr zu, sie solle aufhören zu kämpfen, bevor sie das Meervolk erzürnte, und fügte hinzu, daß sie eben eigen seien. Er beugte sich herüber, um ihre Stola zu packen, bevor sie erneut versank. Sie entriß sie ihm, und er schrak zurück, als glaubte er, sie wollte ihn damit schlagen. Die Röcke hingen schwer um ihre Beine, die Bluse klebte an ihr und das Kopftuch hing schräg über ihrer Stirn. Auf dem Bootsboden unter ihren Füßen begann sich eine Lache zu bilden.

Das Boot war vielleicht zwanzig Schritt vom Schiff abgetrieben. Die Windsucherin stand jetzt mit zwei weiteren Frauen an der Reling, eine in hellgrüner Seide und die andere in rotem, mit Goldfäden durchwirktem Brokat. Ihre Ohr- und Nasenringe und -ketten fingen die Sonne ein.

»Eure Bitte wird verweigert«, rief die grüngekleidete Frau, und die Frau in Rot schrie: »Sagt den anderen, daß Verkleidungen uns nicht täuschen können. Ihr ängstigt uns nicht. Euch allen wird die Gunst verweigert, an Bord zu kommen!«

Der runzlige Bootsführer nahm die Ruder auf, aber Egwene richtete einen Finger direkt auf seine schmale Nase. »Haltet augenblicklich inne.« Er hielt inne und funkelte sie böse an. Kein Wort üblicher Höflichkeit.

Sie atmete tief ein, umarmte *Saidar* und wob vier Stränge, bevor die Windsucherin reagieren konnte. Also verstand sie auch etwas davon, nicht wahr? Konnte sie ihre Stränge vierfach teilen? Nicht viele Aes Sedai konnten dies tun. Ein Strang war Geist, ein Schild, den sie vor die Windsucherin schob, damit sie sich nicht einmischte. Wenn sie gewußt hätte wie. Die anderen drei Stränge waren Luft, fast unbemerkt um jede der Frauen gewoben und ihre Arme an den Seiten festhaltend. Es war nicht wirklich schwer, sie anzuheben, aber auch nicht sehr leicht.

Tumult erklang auf dem Schiff, als die Frauen in der Luft und geradewegs über den Fluß schwebten. Egwene hörte den Bootsführer stöhnen. Er interessierte sie nicht. Die drei Meervolk-Frauen wehrten sich nicht. Sie hob sie mühsam höher, ungefähr zehn oder zwölf Schritt über die Wasseroberfläche, aber egal, wie sehr sie sich auch bemühte – dies war anscheinend die Grenze. *Nun, du willst sie nicht wirklich verletzen*, dachte sie und ließ das Gewebe los. *Jetzt werden sie schreien.*

Die Meervolk-Frauen rollten sich zu Kugeln zusammen, sobald sie zu fallen begannen, drehten sich und spannten sich dann mit nach vorn ausgestreckten Armen an. Sie tauchten fast ohne Spritzer in das Wasser ein. Kurz darauf brachen drei dunkle Köpfe durch die Wasseroberfläche, und die Frauen schwammen eilends zum Schiff zurück.

Egwene schloß den Mund. *Wenn ich sie an den Knöcheln hochhebe und ihre Köpfe eintauche, werden sie ...* Was dachte sie da? Sie mußten schreien, weil sie geschrien hatte? Sie war nicht durchtränkter als sie. *Ich muß wie eine ertränkte Ratte aussehen!* Sie lenkte vorsichtig die Macht – an sich selbst mußte man stets mit Vorsicht arbeiten, da man die Stränge nicht deutlich sehen konnte –, und das Wasser perlte von ihr ab und sickerte aus ihrer Kleidung. Es bildete eine hübsche Lache.

Erst als der Bootsführer sie mit offenem Mund und geweiteten Augen anstarrte, erkannte sie, was sie getan hatte. Sie hatte mitten auf dem Fluß die Macht gelenkt, wo sie nichts vor den Aes Sedai verbarg, die sie vielleicht von irgendwoher sehen konnten. Obwohl die Sonne schien, fror sie plötzlich bis auf die Knochen.

»Ihr könnt mich jetzt zum Ufer zurückbringen.« Sie

wußte nicht, wer sich an den Kais aufhielt. Sie konnte auf diese Entfernung Männer nicht von Frauen unterscheiden. »Nicht zur Stadt. Zum Flußufer.« Der Bursche legte sich so hart in die Ruder, daß sie fast rückwärts umfiel.

Er brachte sie zu einer Stelle, wo das Ufer aus kleinen Felsenbrocken bestand. Es war niemand zu sehen, aber sie sprang aus dem Boot, sobald es knirschend auf die Felsen glitt, schürzte ihre Röcke und schoß in einem wilden Lauf das ansteigende Ufer hinauf, den sie den ganzen Weg zurück zu ihrem Zelt beibehielt, wo sie keuchend und schwitzend zusammenbrach. Sie näherte sich der Stadt nicht wieder. Bis auf ihre Treffen mit Gawyn natürlich.

Die Tage vergingen, und der jetzt fast unaufhörlich wehende Wind trug Tag und Nacht Wogen von Staub und Sand heran. In der fünften Nacht begleitete Bair Egwene in die Welt der Träume, nur ein schneller Ausflug wie eine Art Prüfung, ein Spaziergang in dem Teil *Tel'aran'rhiods,* den Bair am besten kannte: die Aiel-Wüste, ein ausgetrocknetes, zerklüftetes Land, das selbst das von der Dürre geplagte Cairhien fruchtbar und freundlich erscheinen ließ. Eine schnelle Reise, und dann kamen Amys und Bair und weckten sie, um zu sehen, ob der Ausflug bei ihr eine ungute Wirkung hinterlassen hatte. Dem war nicht so. Egal, wie sie sie laufen und springen ließen, egal, wie oft sie ihr in die Augen sahen und ihrem Herzschlag lauschten – sie waren sich einig. Aber ob Einigkeit oder nicht – in der nächsten Nacht nahm Amys sie auf eine neuerliche Reise in die Wüste mit, gefolgt von einer weiteren Überprüfung, nach der sie froh war, in ihr Bett klettern und in tiefen Schlaf fallen zu dürfen.

In jenen zwei Nächten kehrte sie nicht in die Welt der Träume zurück, aber eher aus Erschöpfung als aus einem anderen Grund. Davor hatte sie sich jede Nacht gesagt, sie könne aufhören – eine gute Sache, wenn sie darin eingebunden war, gegen ihre Beschränkungen anzukämpfen, wenn sie wieder gerade bereit waren, sie aufzuheben –, aber irgendwie beschloß sie stets, daß eine kurze Reise vertretbar wäre, wenn sie ausreichend schnell verliefe, daß sie nicht entdeckt würde. Sie mied besonders den Ort zwischen *Tel'aran'rhiod* und der wachen Welt, den Ort, an dem die Träume schwebten. Und sie mied ihn besonders, seit sie festgestellt hatte, daß sie glaubte, wenn sie sehr vorsichtig wäre, könnte sie vielleicht in Gawyns Träume spähen, ohne hineingezogen zu werden, und daß es nur ein Traum wäre, selbst wenn sie hineingezogen würde. Sie rief sich energisch in Erinnerung, daß sie eine erwachsene Frau und kein albernes kleines Mädchen mehr war. Sie war nur froh, daß niemand sonst wußte, wie sehr der Mann ihre Gedanken verwirrte. Amys und Bair würden Tränen lachen.

In der siebten Nacht bereitete sie sich sorgfältig aufs Bett vor, zog ein frisches Nachtgewand an und bürstete ihr Haar, bis es glänzte. Das alles war in bezug auf *Tel'aran'rhiod* nutzlos, aber es hielt sie davon ab, darüber nachzudenken, wie ihr Magen rebellierte. Heute nacht würden Aes Sedai im Herzen des Steins warten, nicht Nynaeve oder Elayne. Das sollte eigentlich keinen Unterschied machen, es sei denn... Die Haarbürste mit dem Elfenbeingriff erstarrte mitten im Strich. Es sei denn, eine der Aes Sedai erkannte, daß sie nur eine Aufgenommene war. Warum hatte sie daran nicht früher gedacht? Licht, sie wünschte, sie könnte mit Nynaeve oder Elayne sprechen. Aber andererseits sah sie auch nicht, was das nützen sollte, und sie war sich sicher, daß ein Traum darüber, Dinge zu zerbrechen, bedeutete, daß etwas schiefgehen würde, wenn sie mit ihnen spräche.

Sie kaute auf ihrer Unterlippe, während sie erwog, zu Amys zu gehen und ihr zu sagen, daß sie sich nicht gut fühlte. Nichts Ernstliches, nur ein verdorbener

Magen, aber sie glaubte nicht, daß sie die Welt der Träume heute nacht aufsuchen könnte. Sie würden nach dem Treffen von heute nacht erneut mit ihren Lektionen beginnen, aber ... Eine weitere Lüge, und eine feige Art, seinen Vorteil zu ergreifen. Sie würde nicht feige sein. Nicht jeder konnte tapfer sein, aber Feigheit war verachtungswürdig. Was auch immer heute nacht geschähe – sie mußte sich zwingen, sich dem zu stellen, sonst nichts.

Sie legte die Bürste entschlossen hin, blies die Lampe aus und legte sich aufs Bett. Sie war ausreichend müde, daß sie rasch einschlief, obwohl sie sich inzwischen jederzeit in Schlaf versetzen konnte, wenn es nötig war, oder in eine leichte Trance, in der sie noch mit jemandem sprechen – nun, murmeln – konnte, der bei ihr war. Kurz vor dem Einschlafen traf sie eine überraschende Erkenntnis: Ihr Magen rebellierte nicht mehr.

Sie stand in einem großen, gewölbeartigen Raum mit dicken Säulen aus geglättetem Sandstein. Das Herz des Steins, im Stein von Tear. Vergoldete Lampen hingen von Ketten über ihr. Sie waren nicht entzündet, aber natürlich kam Licht von überall und nirgends. Amys und Bair waren bereits dort und sahen nicht anders aus als heute morgen, außer daß alle ihre Ketten und Armbänder ein wenig stärker funkelten, als selbst Gold das normalerweise tat. Sie sprachen leise miteinander und wirkten verwirrt. Egwene erhaschte nur hier und da ein Wort, aber zwei davon lauteten ›Rand al'Thor‹.

Sie erkannte jäh, daß sie das weiße Gewand mit dem gestreiften Saum einer Aufgenommenen trug. Sobald sie es bemerkte, wurde es zu einem Kleidungsstück der Weisen Frauen, aber ohne Schmuck. Sie glaubte nicht, daß die anderen beiden Frauen es bemerkt hatten oder, falls sie es doch bemerkt hatten, wissen würden, was es bedeutete. Manchmal verlor man durch Verzicht weniger *Ji* und erlegte sich weniger *Toh* auf als auf andere

Weisen, aber keine Aiel würde jemals daran denken, ohne den Kampf auch nur zu versuchen.

»Sie sind erneut spät dran«, sagte Amys verärgert, während sie auf die offene Fläche unter der großen Kuppel des Raums hinaustrat. In die Steine des Bodens eingetrieben, war eine Art Schwert aus Kristall zu sehen, der *Callandor* der Prophezeiung, ein männlicher *Sa'angreal* und einer der mächtigsten, die jemals geschaffen wurden. Rand hatte ihn dort hinterlegt, um die Tairener an ihn zu erinnern, als bestünde eine Möglichkeit, daß sie ihn jemals vergessen könnten, aber Amys beachtete es kaum. Für andere war *Das Schwert, Das Kein Schwert War* vielleicht ein Symbol des Wiedergeborenen Drachen. Für sie war es eine Angelegenheit der Feuchtländer. »Wir können zumindest darauf hoffen, daß sie nicht vorzugeben versuchen werden, daß sie alles und wir nichts wissen. Sie waren letztes Mal viel besser.«

Bairs Schnauben hätte Sorilea blinzeln lassen. »Sie werden niemals besser sein. Sie könnten sich wenigstens da aufhalten, wo sie zu sein behaupteten, als sie sagten, sie ...« Sie brach ab, als plötzlich mehrere Frauen auf der anderen Seite *Callandors* erschienen.

Egwene erkannte sie, einschließlich der jungen Frau mit den entschlossenen blauen Augen, die sie schon früher in *Tel'aran'rhiod* gesehen hatte. Wer war sie? Amys und Bair hatten die anderen erwähnt – meist in bissigem Tonfall –, aber niemals noch eine weitere. Sie trug eine blau gestreifte Stola. Sie alle trugen ihre Stolen. Ihre Kleidung veränderte ständig Farbe und Schnitt, aber die Stolen blieben stets gleich.

Die Blicke der Aes Sedai richteten sich sofort auf Egwene. Die Weisen Frauen hätten genausogut nicht dasein können.

»Egwene al'Vere«, sagte Sheriam förmlich, »Ihr werdet vor den Saal der Burg gerufen.« Ihre schrägstehenden grünen Augen schimmerten vor unterdrückter

Empfindung. Egwenes Magen sank. Sie wußten, daß sie sich als vereidigte Schwester ausgegeben hatte.

»Fragt nicht, warum ihr gerufen werdet«, sagte Carlinya unmittelbar nach Sheriam. Ihre frostige Stimme ließ die Förmlichkeit noch härter wirken. »Ihr sollt antworten, nicht fragen.« Aus irgendeinem Grund hatte sie ihr dunkles Haar kurz geschnitten. Das war eine unwichtige Einzelheit, die in Egwenes Geist aufzuragen schien. Sie wollte bestimmt nicht darüber nachdenken, was das alles bedeutete. Die förmlichen Phrasen rollten in stetem Gleichmaß weiter heran. Amys und Bair richteten ihre Stolen und runzelten die Stirn. Ihre Verwirrung verwandelte sich allmählich in Sorge.

»Kommt nicht zu spät.« Egwene hatte Anaiya immer für freundlich gehalten, aber die Frau mit dem offenen Gesicht klang genauso bestimmt wie Carlinya und in ihrer Förmlichkeit auch nicht herzlicher. »Es obliegt Euch, unverzüglich zu gehorchen.«

Die drei Frauen sprachen gleichzeitig. »Es ist angemessen, den Ruf des Saals zu fürchten. Es ist angemessen, eilig und bescheiden und ohne Fragen zu stellen zu gehorchen. Ihr werdet aufgefordert, vor dem Saal der Burg niederzuknien und sein Urteil anzunehmen.«

Egwene hielt ihre Atmung zumindest soweit unter Kontrolle, daß sie nicht hörbar war. War das die Strafe für ihre Taten? Sie vermutete, daß es angesichts all dieser Förmlichkeiten keine milde Strafe würde. Alle sahen sie an. Sie versuchte, aus den Aes-Sedai-Gesichtern etwas herauszulesen. Sechs zeigten zeitlose Gelassenheit mit vielleicht einem Hauch Anspannung in den Augen. Die junge Blaue zeigte die kühle Ruhe einer Frau, die schon seit Jahren eine Aes Sedai war, aber sie konnte ihr zufriedenes Lächeln nicht verhüllen.

Sie schienen auf etwas zu warten. »Ich werde kommen, sobald ich kann«, sagte sie. Vielleicht war ihr der Magen bis zu den Knöcheln gesunken, aber sie konnte ihre Stimme noch den ihren anpassen. Kein Feigling.

Sie *würde* eine Aes Sedai werden. Wenn sie es hiernach noch zuließen. »Ich weiß jedoch nicht, wie bald das sein wird. Es ist ein langer Weg, und ich weiß nicht genau, wo Salidar ist. Nur daß es irgendwo am Fluß Eldar liegt.«

Sheriam wechselte Blicke mit den anderen. Ihr Kleid veränderte sich von Hellblau zu Dunkelgrau. »Wir sind sicher, daß es eine Möglichkeit gibt, die Reise in Bälde anzutreten, wenn die Weisen Frauen helfen. Siuan ist überzeugt, daß es nicht mehr als einen oder zwei Tage erfordern wird, wenn Ihr *Tel'aran'rhiod* körperlich betretet ...«

»Nein«, fauchte Bair im gleichen Augenblick, als Amys sagte: »So etwas werden wir sie nicht lehren. Es wurde zum Bösen verwendet, es ist böse, und wer auch immer es tut, verliert einen Teil seines Selbst.«

»Dessen könnt Ihr nicht sicher sein«, sagte Beonin geduldig, »da es anscheinend noch niemand von Euch getan hat. Aber wenn Ihr davon wißt, müßt Ihr eine gewisse Vorstellung davon haben, wie man es macht. Vielleicht können wir herausfinden, was Ihr nicht wißt.«

Geduld war entschieden der falsche Weg. Amys richtete ihre Stola und stand noch aufrechter als gewöhnlich. Bair stemmte mit grimmigem Gesichtsausdruck die Fäuste in die Hüften. Gleich würde es einen jener Ausbrüche geben, auf die die Weisen Frauen angespielt hatten. Sie würden diesen Aes Sedai eine Lektion erteilen, was in *Tel'aran'rhiod* möglich war, indem sie ihnen zeigten, wie wenig sie wußten. Die Aes Sedai traten ihnen sehr ruhig und voller Zuversicht entgegen. Ihre Stolen blieben stets gleich, aber ihre Gewänder veränderten sich fast so schnell wie Egwenes Herzschlag. Nur das Gewand der jungen Blauen schien sich kaum zu verändern, außer einmal während dieses langen Schweigens.

Sie mußte es unterbinden. Sie mußte nach Salidar

gehen, und es würde sicherlich nichts nützen, wenn sie als Zeugin der Demütigung dieser Aes Sedai käme. »Ich weiß wie. Ich glaube, ich weiß es. Ich bin bereit, es zu versuchen.« Wenn es nicht funktionierte, konnte sie immer noch reiten. »Aber ich muß trotzdem wissen, wo Salidar liegt – auf jeden Fall genauer, als ich es im Moment weiß.«

Amys und Bair wandten ihre Aufmerksamkeit von den Aes Sedai ihr zu. Nicht einmal Carlinya oder Morvrin hätten diese kalten Blicke übertreffen können. Egwenes Herz sank genauso wie ihr Magen.

Sheriam erteilte ihr sofort Anweisungen – so und so viele Meilen von diesem Dorf entfernt, so und so viele Meilen südlich davon –, aber die junge Blaue räusperte sich und sagte: »Dies ist gewiß hilfreicher.« Die Stimme klang vertraut, aber Egwene konnte sie nicht mit dem Gesicht in Verbindung bringen.

Vielleicht konnte sie ihre Kleidung auch nicht besser unter Kontrolle halten als die anderen – weiche grüne Seide wurde Tiefblau, während sie sprach, ein hoher, bestickter Kragen wurde zu einer Spitzenkrause in tairenischem Stil und eine Perlenkappe erschien auf ihrem Kopf –, aber sie wußte etwas über *Tel'aran'rhiod*. Plötzlich hing auf einer Seite eine große Landkarte mit einem leuchtend roten, als ›Cairhien‹ bezeichneten Fleck an einem Ende und einem zweiten, als ›Salidar‹ bezeichneten Fleck am anderen Ende in der Luft. Die Landkarte begann sich auszudehnen und zu verändern. Plötzlich waren die Berge nicht mehr nur Linien, sondern ragten hoch auf, die Wälder nahmen Grün- und Braunschattierungen an und die Flüsse glitzerten wie blaues Wasser im Sonnenschein. Sie wuchs, bis sie eine Wand bildete, die eine Seite des Herzens vollkommen verbarg. Es war, als schaute man auf die Welt hinab.

Sogar die Weisen Frauen waren ausreichend beeindruckt, daß sie ihre Mißbilligung außer acht ließen, zumindest bis sich das tairenische Gewand der Frau in gelbe Seide mit einem silbern besticktem Halsausschnitt verwandelte. Sie interessierten die junge Frau jedoch nicht. Aus irgendeinem Grund sah sie die anderen Aes Sedai herausfordernd an.

»Das ist großartig, Siuan«, sagte Sheriam kurz darauf.

Egwene blinzelte. Siuan? Es mußte sich um eine Frau mit demselben Namen handeln. Diese jüngere Siuan schnaubte selbstzufrieden und nickte auf eine Art, die sehr an Siuan Sanche erinnerte, aber das war unmöglich. *Du versuchst es einfach zu verdrängen,* sagte sie sich entschieden. »Es genügt sicherlich, daß ich Salidar finden kann, ob ich nun ...« Sie sah Amys und Bair an, die so voller schweigender Mißbilligung waren, daß sie wie in Stein gemeißelt schienen. »Ob ich nun in körperlicher Gestalt dorthin gelangen kann oder nicht – ich verspreche, daß ich auf die eine oder andere Weise nach Salidar kommen werde, sobald ich kann.« Die Landkarte verschwand. *Licht, was werden sie mir antun?*

Ihr Mund formulierte die Frage schon halbwegs, als Carlinya sie schroff unterbrach, wieder tief in Förmlichkeit eintauchte und noch härter sprach als zuvor. »Fragt nicht, warum Ihr gerufen werdet. Ihr sollt antworten, nicht fragen.«

»Verzögert Euer Kommen nicht«, sagte Anaiya. »Es obliegt Euch, eilig zu gehorchen.«

Die Aes Sedai wechselten Blicke und verschwanden dann so schnell, daß Egwene sich halbwegs fragte, ob sie glaubten, daß sie überhaupt gefragt hätte.

Also blieb sie mit Amys und Bair allein, aber als sie sich zu ihnen umwandte, unsicher, ob sie es mit einer Erklärung oder einer Entschuldigung oder einfach einer Bitte um Verständnis versuchen sollte, verschwanden auch sie und ließen sie dort allein, umgeben von den Sandsteinsäulen, *Callandor* neben ihr schimmernd. Es *gab* im *Ji'e'toh* keine Entschuldigungen.

Sie seufzte traurig und schlüpfte aus *Tel'aran'rhiod* wieder in ihren schlafenden Körper.

Sie erwachte sofort. Zu erwachen, wann man es wollte, war genauso Teil der Ausbildung einer Traumgängerin, wie einzuschlafen, wann man es wollte, und sie hatte versprochen, so schnell wie möglich aufzubrechen. Sie lenkte die Macht, während sie alle Lampen entzündete. Sie würde Licht brauchen. Sie versuchte, sich zu beeilen, während sie sich neben eine der an den Zeltwänden stehenden Kisten kniete und Kleider herausnahm, die sie nicht mehr getragen hatte, seit sie in die Wüste gegangen war. Ein Teil ihres Lebens war vorüber, aber sie würde diesen Verlust nicht beweinen. Das würde sie nicht tun.

Sobald Egwene verschwand, trat Rand al'Thor zwischen den Säulen hervor. Er kam manchmal hierher, um *Callandar* zu betrachten. Der erste Besuch hatte stattgefunden, nachdem Asmodean ihn gelehrt hatte, seine Gewebe umzukehren. Dann hatte er die rund um den *Sa'angreal* errichteten Fallen verändert, so daß nur er sie sehen konnte. Wenn man den Prophezeiungen glauben wollte, würde ihm, wer auch immer das Schwert herauszöge, nachfolgen. Er war sich nicht sicher, wieviel er noch glauben durfte, aber es hatte keinen Sinn, Risiken einzugehen.

Lews Therin murmelte in seinem Hinterkopf etwas – er tat dies stets, wenn Rand sich *Callandor* näherte –, aber heute nacht interessierte Rand das schimmernde Kristallschwert überhaupt nicht. Er betrachtete die Stelle, an der die große Landkarte gehangen hatte. Letztendlich eigentlich keine Landkarte, sondern mehr. Was war dieser Ort? War es lediglich ein Zufall, der ihn heute nacht anstatt gestern oder morgen hierhergezogen hatte? Einer dieser *Ta'veren*-Rucke am Muster? Egal. Egwene hatte diesen Ruf sanftmütig angenommen, und von der Burg und von Elaida verlautete, daß sie das niemals tun würde. Dieses Salidar war der Ort, wo sich ihre geheimnisvollen Freundinnen verbargen. Wo sich Elayne befand. Sie hatten sich ihm überantwortet.

Er öffnete lachend ein Tor zum Spiegelbild des Palastes in Caemlyn.

KAPITEL 10

Mut

Egwene kniete nur in ihrem Nachtgewand auf dem Boden und betrachtete stirnrunzelnd das dunkelgrüne, seidene Reitgewand, das sie in der Wüste getragen hatte, was jetzt sehr lange zurückzuliegen schien. Es gab so vieles zu tun. Sie hatte sich ein wenig Zeit genommen, um eine eilige Notiz zu schreiben und Cowinde mit der Anweisung aus dem Bett zu scheuchen, sie am Morgen zum *Großen Mann* zu bringen. Die Notiz besagte kaum mehr als die Tatsache, daß sie fortgehen mußte – sie wußte selbst nicht wesentlich mehr –, aber sie konnte nicht einfach verschwinden, ohne es Gawyn mitzuteilen. Einige Sätze brachten sie in der Erinnerung zum Erröten – ihm zu sagen, daß sie ihn liebte, war eine Sache, aber ihn tatsächlich zu *bitten* zu warten! –, und dennoch hatte sie soweit wie möglich Rücksicht auf ihn genommen. Jetzt mußte sie sich bereitmachen, und sie wußte kaum wofür.

Der Zelteingang wurde zurückgeschlagen, und Amys, Bair und Sorilea traten ein. Sie stellten sich in eine Reihe und schauten auf sie herab. Drei vor Mißbilligung starre Gesichter. Es fiel ihr sehr schwer, ihr Gewand nicht krampfhaft über der Brust festzuhalten. Sie fühlte sich in ihrem Nachthemd entschieden im Nachteil. Sie wäre sogar in einer Rüstung im Nachteil gewesen. Es ging nur darum, daß sie im Unrecht war. Es überraschte sie, daß sie so lange gebraucht hatten, um herzukommen.

Sie atmete tief ein. »Wenn Ihr gekommen seid, um mich zu bestrafen – ich habe keine Zeit, um Wasser zu tragen oder Löcher zu graben. Es tut mir leid, aber ich sagte, ich würde sobald wie möglich kommen, und ich denke, sie beabsichtigen die Minuten zu zählen.«

Amys hob überrascht die hellen Augenbrauen, und Bair und Sorilea wechselten verwirrte Blicke. »Wie sollten wir Euch bestrafen?« fragte Amys. »Ihr habt in dem Moment aufgehört, eine Schülerin zu sein, als Eure Schwestern Euch berufen haben. Ihr müßt als Aes Sedai zu ihnen gehen.«

Egwene verbarg ihr Erschrecken, indem sie erneut ihr Reitgewand begutachtete. Es war bemerkenswert wenig zerknittert, obwohl es all diese Monate zusammengelegt in der Kiste gelegen hatte. Sie zwang sich, die Weisen Frauen erneut anzusehen. »Ich weiß, daß Ihr zornig auf mich seid, und Ihr habt Grund ...«

»Zornig?« erwiderte Sorilea. »Wir sind nicht zornig. Ich dachte, Ihr würdet uns besser kennen.« Sie klang wirklich nicht zornig, obwohl ihr Gesicht und die der beiden anderen noch immer von Mißbilligung zeugten.

Egwene schaute von einer zur anderen, besonders zu Amys und Bair. »Aber Ihr habt mir gesagt, daß Ihr es für falsch haltet, was ich zu tun beabsichtige. Ihr habt gesagt, ich sollte nicht einmal darüber nachdenken. Ich sagte, das würde ich auch nicht tun, und dann ging ich los und fand heraus, wie ich es doch tun kann.«

Überraschenderweise überzog ein Lächeln Sorileas lederartiges Gesicht. Ihre vielen Armreifen klimperten, als sie ihre Stola richtete. »Seht Ihr? Ich habe Euch gesagt, daß sie verstehen würde. Sie könnte eine Aiel sein.«

Ein Teil der Angespanntheit wich von Amys, ein wenig mehr von Bair, und Egwene verstand wirklich. Sie waren nicht zornig darüber, daß sie *Tel'aran'rhiod* körperlich betreten wollte. Es war in ihren Augen falsch, aber man mußte tun, was man tun zu müssen glaubte, und sie war nur sich selbst gegenüber verpflichtet. Sie war überhaupt nicht zornig, noch nicht.

Ihre Lüge machte ihr zu schaffen. Ihr Magen flatterte. Die Lüge, die sie eingestanden hatte. Vielleicht ihre kleinste Lüge.

Ein weiterer tiefer Atemzug war nötig, um ihre Kehle für die Worte vorzubereiten. »Ich habe auch bei anderen Dingen gelogen. Ich bin allein nach *Tel'aran'rhiod* gegangen, obwohl ich versprochen hatte, es nicht zu tun.« Amys' Gesicht verdüsterte sich erneut. Sorilea, die keine Traumgängerin war, schüttelte nur traurig den Kopf. »Ich habe als Schülerin versprochen zu gehorchen, aber als Ihr sagtet, die Welt der Träume sei zu gefährlich, nachdem ich verletzt wurde, ging ich dennoch wieder hin.« Bair verschränkte mit ausdruckslosem Gesicht die Arme. Sorilea murmelte etwas über törichte Mädchen, aber es klang nicht zornig. Ein dritter langer Atemzug. Dies würde am schwersten auszusprechen sein. Ihr Magen flatterte nicht mehr, sondern er tanzte so stark, daß es sie überraschte, nicht zu zittern. »Das schlimmste von allem ist, daß ich keine Aes Sedai bin. Ich bin nur eine Aufgenommene. Ihr könntet mich einen Lehrling nennen. Ich werde noch jahrelang nicht zur Aes Sedai erhoben werden, wenn ich es jetzt überhaupt noch irgendwann werden kann.«

Bei diesen Worten hob Sorilea den Kopf, die dünnen Lippen fest zusammengepreßt, aber noch immer schwiegen sie. Es blieb Egwene überlassen, die Dinge geradezurücken. Sie würden niemals mehr sein wie zuvor, aber ...

Du hast alles eingestanden, flüsterte eine leise Stimme. *Jetzt solltest du besser herausfinden, wie schnell du Salidar erreichen kannst. Du kannst noch immer eines Tages zur Aes Sedai erhoben werden, aber nicht, wenn du sie noch wütender machst, als sie es bereits sind.*

Egwene senkte den Blick und betrachtete die farbenprächtigen Teppiche, während sie verächtlich den Mund verzog. Verachtung für diese leise Stimme. Und

Scham, weil sie in ihrem Kopf sprechen konnte, weil sie sie denken konnte. Sie würde fortgehen, aber bevor sie das tat, *mußte* sie alles geraderücken. Es war unter dem *Ji'e'toh* möglich. Man tat, was man tun mußte, und bezahlte dann den Preis. Vor vielen Monaten, in der Wüste, hatte Aviendha ihr gezeigt, wie man für eine Lüge bezahlen mußte.

Sie nahm ihren ganzen Mut zusammen, legte das Seidengewand beiseite und erhob sich. Seltsamerweise schien es einfacher fortzufahren, wenn man erst begonnen hatte. Sie mußte noch immer aufschauen, um ihren Blicken zu begegnen, aber sie tat es stolz, mit hocherhobenem Kopf, und sie mußte sich nicht mehr zu den Worten zwingen. »Ich habe *Toh*.« Ihr Magen rebellierte nicht mehr. »Ich bitte Euch darum, mir zu helfen, meinem *Toh* gegenüberzutreten.« Salidar würde warten müssen.

Auf einen Ellbogen gestützt, betrachtete Mat das auf dem Zeltboden ausgelegte Spiel mit den Schlangen und Füchsen. Gelegentlich fiel ein Tropfen Schweiß von seinem Kinn und verfehlte das Spielbrett nur knapp. Es war eigentlich kein richtiges Spielbrett, sondern nur ein Stück roter Stoff mit aufgemalten schwarzen Linien und Pfeilen, die anzeigten, auf welchen Bahnen man nur in einer Richtung und auf welchen man in beiden Richtungen ziehen durfte. Zehn helle Holzscheiben mit einem aufgemalten Dreieck waren die Füchse, und zehn mit einer Wellenlinie die Schlangen. Zwei auf beiden Seiten der Spielfläche aufgestellte Lampen spendeten reichlich Licht.

»Dieses Mal werden wir gewinnen, Mat«, sagte Olver aufgeregt. »Ich weiß, daß wir gewinnen werden.«

»Vielleicht«, erwiderte Mat. Ihre beiden schwarz bemalten Scheiben waren fast wieder zum Kreis in der Mitte des Spielbretts gelangt, aber der nächste Wurf galt den Schlangen und Füchsen. Die meiste Zeit gelangte man nicht weiter als bis zum äußeren Rand. »Würfele.« Er berührte den Würfelbecher seit dem Tag, an dem er ihn dem Jungen gegeben hatte, niemals mehr selbst. Wenn sie das Spiel spielten, konnte es genausogut ohne seine glückliche Hand geschehen.

Olver ließ den Würfelbecher grinsend klappern und schüttelte die Holzwürfel, die sein Vater gemacht hatte, dann heraus. Er stöhnte, als er die Symbole zählte. Dieses Mal zeigten drei Würfel mit einem Dreieck gekennzeichnete Oberflächen, und die anderen drei zeigten Wellenlinien. Wenn sie kamen, mußte man die Schlangen und Füchse auf dem kürzesten Weg auf seine Steine zubewegen, und wenn einer auf der Stelle landete, die man besetzt hielt ... Eine Schlange berührte Olver, ein Fuchs Mat, und Mat konnte erkennen, daß er von noch zwei weiteren Schlangen berührt worden wäre, wenn die Symbole ausgespielt worden wären.

Nur ein Kinderspiel, und eines, das man nicht gewinnen würde, solange man den Regeln folgte. Olver wäre bald alt genug, das zu erkennen, und würde wie andere Kinder aufhören zu spielen. Nur ein Kinderspiel, aber Mat mochte es nicht, wenn der Fuchs ihn erwischte, und noch weniger, wenn es den Schlangen gelang. Es weckte schlechte Erinnerungen, selbst wenn das eine mit dem anderen nichts zu tun hatte.

»Nun«, murmelte Olver, »wir hätten fast gewonnen. Noch ein Spiel, Mat?« Er wartete nicht auf die Antwort, sondern zeigte das Zeichen, das das Spiel eröffnete – ein Dreieck mit einer Wellenlinie darüber – und rezitierte die Worte: »›Mut, um Kraft zu geben, Feuer zum Blenden, Musik zum Verwirren, Eisen zum Fesseln.‹ Mat, warum sagen wir das? Da ist kein Feuer, keine Musik und kein Eisen.«

»Ich weiß es nicht.« Der Vers rührte an etwas in seinem Unterbewußtsein, aber es war nicht greifbar. Die alten Erinnerungen vom *Ter'angreal* hätten genausogut zufällig ausgewählt werden können – wahrscheinlich war es so –, und da waren all jene Lücken in seiner Erinnerung, all jene verschwommenen Stellen. Der Junge stellte stets Fragen, auf die er keine Antworten wußte, und die üblicherweise mit ›warum‹ begannen.

Daerid trat geduckt aus der Nacht herein und stieß einen Laut der Überraschung aus. Sein Gesicht schimmerte vor Schweiß und er trug noch immer seinen Mantel, wenn er ihn auch bereits geöffnet hatte. Seine neueste Narbe bildete eine rötliche Furche über den weißen Linien, die sein Gesicht kreuz und quer überzogen.

»Ich glaube, du müßtest längst im Bett sein, Olver«, sagte Mat und stieß sich hoch. Seine Wunden zwickten ein wenig, aber wirklich nur ein wenig. Sie heilten eigentlich sehr gut. »Nimm das Spielbrett mit.« Er trat nahe an Daerid heran und senkte seine Stimme zu einem Flüstern. »Wenn Ihr jemals etwas hiervon erzählt, schneide ich Euch die Kehle durch.«

»Warum?« fragte Daerid trocken. »Ihr werdet allmählich ein wunderbarer Vater. Er ähnelt Euch auf bemerkenswerte Weise.« Er schien mühsam ein Grinsen zu unterdrücken, aber kurz darauf wurde er wieder ernst. »Der Lord Drache kommt ins Lager«, sagte er.

Der Drang, Daerid auf die Nase zu boxen, verging. Mat schob den Zelteingang beiseite und trat in Hemdsärmeln geduckt in die Nacht hinaus. Sechs von Daerids Männern, die im Kreis um das Zelt herumstanden, erstarrten, als er erschien. Armbrustschützen. Speere würden Wachen sicherlich nicht viel nützen. Es war Nacht, aber das Lager lag nicht im Dunkeln. Der helle Schein eines zunehmenden Dreiviertelmondes an einem wolkenlosen Himmel verblaßte im Schein der Feuer zwischen den Zeltreihen. Männer schliefen auf dem Boden. Wächter standen alle zwanzig Schritt die ganze Holzpalisade entlang. Mat hätte es anders gemacht, aber wenn ein plötzlicher Angriff aus der Luft möglich war ...

Die Landschaft war hier fast vollkommen eben, so daß er den auf ihn zuschreitenden Rand gut sehen konnte. Er war nicht allein. Zwei verschleierte Aiel gingen auf Zehenspitzen neben ihm und verdrehten jedes Mal die Köpfe, wenn einer der Horde sich im Schlaf umwandte oder ein Wächter seine Lage veränderte, um sie zu beobachten. Auch diese Aiel-Frau Aviendha war bei ihm, ein Bündel über den Rücken geschnürt und einherstolzierend, als würde sie jedermann an die Kehle gehen, der ihr in den Weg kam. Mat verstand nicht, warum Rand sie in seiner Nähe duldete. *Aiel-Frauen bedeuten nur Ärger,* dachte er trübe, *und ich habe noch niemals eine Frau erlebt, die mehr auf Ärger aus wäre als sie.*

»Ist das wirklich der Wiedergeborene Drache?« fragte Olver atemlos. Er preßte das zusammengerollte Spiel an seine Brust und wäre vor Aufregung fast auf und ab gehüpft.

»Er ist es«, belehrte Mat ihn. »Aber jetzt ab ins Bett. Dies ist kein Ort für Jungen.«

Olver ging murrend davon, aber nur bis zum nächststehenden Zelt. Mat sah aus den Augenwinkeln, wie der Junge außer Sicht eilte. Dann erschien sein Gesicht erneut, als er um die Ecke spähte.

Mat ließ ihn gewähren, obwohl er sich nach einem prüfenden Blick auf Rands Gesicht fragte, ob dies überhaupt ein Ort für erwachsene Männer war, geschweige denn für einen Jungen. Mit Rands Gesicht hätte man eine Mauer einschlagen können, aber dennoch sollte sich eine Empfindung zeigen, Aufregung oder vielleicht Ungeduld. Rands Augen glänzten aufgeregt. Er hielt ein großes, zusammengerolltes Stück Pergament in einer Hand, während er mit der anderen unbewußt über das Schwertheft strich. Die Gürtelschnalle in Drachenform schimmerte im Feuerschein. Manchmal schimmerte auch der Kopf eines der Drachen auf, die aus seinen Mantelärmeln hervorsahen.

Als er Mat erreichte, verschwendete er keine Zeit mit Begrüßungen. »Ich muß mit dir sprechen. Allein. Du mußt etwas für mich tun.« Die Nacht war rabenschwarz, und Rand trug einen goldbestickten grünen Mantel mit hohem Kragen, aber er schwitzte nicht.

Daerid, Talmanes und Nalesean standen wenige Schritte entfernt und beobachteten sie. Mat bedeutete ihnen zu warten und nickte dann in Richtung seines Zeltes. Er folgte Rand hinein und betastete den silbernen Fuchskopf unter seinem Hemd. Er brauchte sich um nichts Sorgen zu machen. Zumindest hoffte er das.

Rand hatte gesagt, allein, aber Aviendha dachte offensichtlich, daß dies für sie nicht galt. Sie blieb beharrlich zwei Schritte von ihm entfernt stehen, nicht mehr und nicht weniger. Die meiste Zeit beobachtete sie Rand mit undurchdringlichem Blick, aber hin und wieder schaute sie auch stirnrunzelnd und ihn von Kopf bis Fuß messend zu Mat. Rand beachtete sie nicht, und obwohl er vorher sehr in Eile gewesen zu sein schien, galt dies jetzt nicht mehr. Er sah sich in dem Zelt um, obwohl Mat sich unbehaglich fragte, ob er es überhaupt zur Kenntnis nahm. Es gab nicht viel zu sehen. Olver hatte die Lampen wieder auf den kleinen, zusammenlegbaren Tisch gestellt. Auch der Stuhl war zusammenlegbar, wie auch das Waschgestell und das Bett. Alles war schwarz lackiert und goldverziert. Wenn ein Mann Geld besaß, konnte er es genausogut ausgeben. Die Risse, die die Aiel der Zeltwand zugefügt hatten, waren ordentlich geflickt worden, aber immer noch zu sehen.

Das Schweigen zehrte an Mat. »Was ist los, Rand? Du hast doch hoffentlich nicht beschlossen, den Plan jetzt noch zu ändern?« Keine Antwort, nur ein Blick, als hätte Rand sich gerade erst wieder daran erinnert, daß Mat da war. Das machte Mat unruhig. Was auch immer Daerid und die restliche Horde dachten – er bemühte sich sehr, sich aus Kämpfen herauszuhalten. Manchmal jedoch stand *Ta'veren* seinem Glück entgegen. So sah er es. Er glaubte, daß Rand etwas damit zu tun hatte. Er war stärker *Ta'veren,* manchmal ausreichend stark, daß Mat fast ein Ziehen verspürte. Wenn Rand die Finger im Spiel hatte, wäre Mat nicht überrascht, sich plötzlich inmitten eines Kampfes wiederzufinden, wenn er in einer Scheune schliefe. »Noch ein paar Tage, dann werde ich in Tear sein. Die Fähren werden die Horde über den Fluß bringen, so daß wir in einigen Tagen bei Weiramon sein werden. Es ist, verdammt noch mal, zu spät, noch etwas zu ändern ...«

»Ich möchte, daß du Elayne nach ... Caemlyn bringst«, unterbrach ihn Rand. »Ich möchte, daß du sie sicher in Caemlyn unterbringst, ganz gleich was geschieht. Weiche ihr nicht von der Seite, bis sie den Löwenthron bestiegen hat.« Aviendha räusperte sich. »Ja«, sagte Rand. Aus irgendeinem Grund wurde seine Stimme ebenso kalt und hart wie sein Gesicht. Aber brauchte er andererseits Gründe, wenn er wahnsinnig wurde? »Aviendha begleitet dich. Das halte ich für das beste.«

»Das hältst *du* für das beste?« fragte sie aufgebracht. »Wenn ich nicht rechtzeitig aufgewacht wäre, hätte ich niemals erfahren, daß du sie gefunden hast. Du schickst mich nirgendwohin, Rand al'Thor. Ich muß aus ... persönlichen Gründen mit Elayne sprechen.«

»Ich bin sehr froh, daß du Elayne gefunden hast«, sagte Mat vorsichtig. Wenn er Rand wäre, würde er die Frau belassen, wo immer sie war. Licht, Aviendha wäre besser! Zumindest gingen Aiel-Frauen nicht mit in die Luft gereckten Nasen umher oder erwarteten, daß man sprang, nur weil sie es sagten. Natürlich spielten sie teilweise rauhe Spiele, und sie hatten die Angewohnheit, einen hin und wieder töten zu wollen. »Ich verstehe einfach nicht, warum du mich brauchst. Spring

durch eines deiner Tore, küsse sie, nimm sie auf den Arm und spring zurück.« Aviendha bedachte ihn mit einem zornigen Blick. Man hätte denken können, er hätte vorgeschlagen, *sie* zu küssen.

Rand entrollte das Pergament auf dem Tisch und benutzte die Lampen, um die Ecken zu beschweren. »Sie befindet sich hier.« Es war eine Landkarte, ein Teil des Flußlaufes des Eldar und ungefähr fünfzig Meilen Land zu jeder Seite. Ein Pfeil war in blauer Tinte eingezeichnet, der in einen Wald zeigte. *Salidar* stand neben dem Pfeil. Rand tippte auf den östlichen Rand der Karte. Auch hier befand sich überwiegend Wald. »Hier gibt es eine große Lichtung. Du kannst sehen, daß das nächstgelegene Dorf fast zwanzig Meilen nördlich liegt. Ich werde für dich und die Horde ein Tor zu der Lichtung eröffnen.«

Mat gelang es, seinen erschreckten Gesichtsausdruck in ein Grinsen zu verwandeln. »Schau, wenn ich es unbedingt sein muß – warum dann nicht nur ich? Eröffne dein Tor zu diesem Salidar, ich werde sie auf ein Pferd hieven und dann...« Und dann was? Würde Rand auch ein Tor von Salidar nach Caemlyn eröffnen? Es war ein langer Ritt von Eldar nach Caemlyn. Ein sehr langer Ritt, wenn man nur eine hochnäsige Adlige und eine Aiel als Begleitung hatte.

»Die Horde, Mat«, fauchte Rand. »Du und die ganze Horde!« Er atmete tief und zitternd ein, und seine Stimme wurde sanfter. Sein Gesicht blieb jedoch genauso starr wie zuvor, und seine Augen glänzten noch immer fiebrig. Mat mußte fast annehmen, daß er krank sei oder Schmerzen habe. »Es sind Aes Sedai in Salidar, Mat. Ich weiß nicht, wie viele. Hunderte, habe ich gehört, aber ich wäre nicht überrascht, wenn es eher fünfzig wären. So wie sie in der Burg umherwandeln, heil und rein, bezweifle ich, daß man mehr sehen würde. Ich beabsichtige dich in zwei oder drei Tagen Entfernung zu plazieren, so daß sie von deiner Ankunft erfahren können. Wir wollen sie nicht überraschen – sonst könnten sie einen Angriff der Weißmäntel vermuten. Sie lehnen sich gegen Elaida auf und sind wahrscheinlich ausreichend verängstigt, daß du nur ein wenig auftrumpfen und sagen mußt, daß Elayne in Caemlyn gekrönt werden soll, damit sie sie gehen lassen. Wenn du glaubst, daß man ihnen vertrauen kann, biete ihnen deinen Schutz an. Und auch meinen. Sie sollten auf meiner Seite stehen, und sie wären inzwischen vielleicht sogar über meinen Schutz froh. Dann begleitest du Elayne – und so viele Aes Sedai, wie mitkommen möchten – über Altara und Murandy nach Caemlyn. Wenn du meine Banner zeigst und ankündigst, was du tust, dann glaube ich nicht, daß die Altarener oder Murandianer große Schwierigkeiten machen, solange du weiterziehst. Wenn du unterwegs auf Drachenverschworene stößt, schließe sie dir ebenfalls an. Die meisten werden wahrscheinlich zu Banditen werden, wenn ich sie nicht bald an mich binde – ich habe bereits gerüchteweise davon gehört –, aber du wirst sie einziehen, läßt meine Banner flattern.« Er grinste plötzlich, was aber die glänzenden Augen unberührt ließ. »Wie viele Vögel mit einem Stein, Mat? Du reitest mit sechstausend Mann und mit dem Drachenschwert hinter dir durch Altara und Murandy und kannst mir vielleicht beide Länder übergeben.«

Dieser Plan beinhaltete so vieles, was Mat widerstrebte, daß es ihn nicht mehr kümmerte, welche Sorgen Rand hatte. Er sollte die Aes Sedai glauben lassen, er wollte sie angreifen? Bestimmt nicht. Und er sollte fünfzig von ihnen einschüchtern? Aes Sedai ängstigten ihn nicht, vielleicht nicht einmal fünf oder sechs zusammen, aber fünfzig? Er berührte erneut den Fuchskopf unter seinem Hemd. Er könnte vielleicht genausogut herausfinden, wieviel Glück er wirklich hatte. Er konnte sich jetzt vorstellen, durch Altara und Murandy zu reiten. Jeder Adlige, dessen Land er passieren würde, würde sich wie ein eitler Pfau aufplustern und ihn in dem Moment zu hacken versuchen, in dem er ihm den Rücken kehrte. Wenn dieser *Ta'veren*-Wahnsinn ins Spiel kam, würde er wahrscheinlich einen Lord oder eine Lady entdecken, die unmittelbar vor seiner Nase ein Heer erhöben.

Er unternahm noch einen Versuch. »Rand, glaubst du nicht, dies könnte Sammaels Aufmerksamkeit auf den Norden ziehen? Du willst, daß er sich ostwärts wendet. Darum bin ich hier, erinnerst du dich? Um seine Aufmerksamkeit hierher zu lenken.«

Rand schüttelte nachdrücklich den Kopf. »Er wird nur eine Ehrengarde sehen, welche die Königin von Andor nach Caemlyn geleitet, und das auch nur, wenn er davon erfährt, bevor du Caemlyn erreichst. Wie schnell kannst du bereit sein?«

Mat öffnete den Mund, gab es aber dann auf. Er würde den Mann nicht überzeugen können. »Zwei Stunden.« Die Horde konnte schneller angezogen sein und gesattelt haben, aber er war nicht in Eile, und das letzte, was er wollte, war, daß die Horde glaubte, sie starteten einen Angriff.

»Gut. Ich brauche selbst auch ungefähr eine Stunde.« Er sagte nicht wofür. »Bleib nahe bei Elayne, Mat. Sorge für ihre Sicherheit. Ich meine ... das Ganze hat keinen Sinn, wenn sie nicht lebend zu ihrer Krönung nach Caemlyn gelangt.« Glaubte Rand, er wüßte nichts davon, daß er und Elayne in jedem Winkel des Steins herumgeknutscht hatten, als sie das letzte Mal zusammen waren?

»Ich werde sie wie meine eigene Schwester behandeln.« Seine Schwestern hatten ihr Möglichstes getan, ihm das Leben schwerzumachen. Nun, er erwartete von Elayne dasselbe, nur auf eine andere Art. Vielleicht wäre Aviendha wirklich ein wenig besser. »Ich werde sie nicht aus den Augen lassen, bis ich sie im Königlichen Palast abgeliefert habe.« *Und wenn sie zu oft zu schmollen versucht, werde ich sie, verdammt noch mal, treten!*

Rand nickte. »Das erinnert mich an etwas. Bodewhin ist in Caemlyn. Mit Verin und Alanna und einigen weiteren Zwei-Flüsse-Mädchen. Sie wollen sich zu Aes Sedai ausbilden lassen. Ich bin nicht sicher, ob sie es tun werden. So wie die Dinge im Moment stehen, werde ich sie sicherlich nicht zur Burg ziehen lassen. Vielleicht wird sich die Aes Sedai, die du zurückbringst, darum kümmern.«

Mat sperrte den Mund auf. Seine Schwester, eine Aes Sedai? Bode, die gewöhnlich loslief und ihrer Mutter sofort erzählte, wann immer er etwas zum Vergnügen tat?

»Noch etwas«, fuhr Rand fort. »Egwene wird vielleicht vor dir in Salidar sein. Sie haben anscheinend irgendwie herausgefunden, daß sie sich eine Aes Sedai nennt. Tu, was du kannst, um sie dort herauszubekommen. Sage ihr, daß ich sie so bald wie möglich zu den Weisen Frauen zurückbringe. Sie wird wahrscheinlich mehr als bereit sein, mit dir zu gehen. Vielleicht aber auch nicht. Du weißt, wie eigensinnig sie immer gewesen ist. Aber am wichtigsten ist Elayne. Denk daran, weiche nicht von ihrer Seite, bis sie Caemlyn erreicht hat.«

»Ich verspreche es«, murmelte Mat. Wie, unter dem Licht, konnte Egwene irgendwo auf dem Eldar sein? Er war sich sicher, daß sie in Cairhien gewesen war, als er Maerone verließ. Es sei denn, sie hätte Rands Trick mit den Toren herausgefunden. In diesem Fall konnte sie jederzeit zurückkehren. Oder nach Caemlyn gelangen und gleichzeitig ein Tor für ihn und die Horde eröffnen. »Mach dir auch um Egwene keine Sorgen. Ich werde sie aus welchen Schwierigkeiten auch immer befreien, egal, wie starrsinnig sie sich verhält.« Es wäre nicht das erste Mal, daß er für sie die Kastanien aus dem Feuer holte. Sehr wahrscheinlich würde er auch diesesmal keinen Dank dafür bekommen. *Bode* sollte eine Aes Sedai werden? *Blut und verdammte Asche!*

»Gut«, sagte Rand. »Gut.« Aber er betrachtete angestrengt die Karte. Dann riß er den Blick los, und Mat dachte einen Moment, er wollte etwas zu Aviendha sagen. Aber statt dessen wandte er sich brüsk von ihr ab. »Thom Merrilin sollte bei Elayne sein.« Rand zog einen gefalteten und versiegelten Brief aus der Tasche. »Sorge dafür, daß er dies bekommt.« Er reichte Mat den Brief und verließ eilig das Zelt.

Aviendha ging ihm einen Schritt nach, eine Hand halbwegs erhoben und die Lippen zum Sprechen geöffnet. Aber sie schloß den Mund ebenso schnell wieder, verschränkte die Hände in ihren Röcken und schloß fest die Augen. Also kam der Wind aus dieser Richtung? *Und sie will mit Elayne sprechen.* Wie konnte Rand jemals in diese unangenehme Lage geraten? Rand war immer derjenige gewesen, der mit Frauen umzugehen wußte, Rand und Perrin.

Aber es ging ihn nichts an. Er drehte den Brief in den Händen. Thoms Name war mit weiblicher Handschrift darauf geschrieben. Das Siegel kannte er nicht: ein sich weit ausbreitender, eine Krone tragender Baum. Welche Adlige würde einem verwitterten alten Mann wie Thom schreiben? Auch das ging ihn nichts an. Er warf den Brief auf den Tisch und nahm seine Pfeife und den Tabaksbeutel. »Olver«, sagte er, während er sich die Pfeife stopfte, »bitte Talmanes, Nalesean und Daerid zu mir.«

Vor dem Zelteingang erklang ein erschreckter Laut und dann: »Ja, Mat«, und das Geräusch davoneilender Füße.

Aviendha sah ihn an und kreuzte mit entschlossenem Gesichtsausdruck die Arme.

Er kam ihr zuvor. »Solange Ihr mit der Horde reist, untersteht Ihr meinem Befehl. Ich will keinen Ärger und erwarte, daß Ihr dafür sorgt, daß es keinen gibt.«

Sollte sie irgend etwas anzetteln, würde er sie Elayne auf einen Packsattel geschnürt übergeben, und wenn zehn Männer nötig wären, sie dort festzubinden.

»Ich weiß zu gehorchen, Schlachtführer.« Sie unterstrich diese Anrede mit einem scharfen Schnauben. »Aber Ihr solltet wissen, daß nicht alle Frauen so verweichlicht sind wie die Feuchtländer. Wenn Ihr eine Frau auf ein Pferd zu setzen versucht, obwohl sie nicht gehen will, könnte sie Euch vielleicht ein Messer zwischen die Rippen stoßen.«

Mat ließ fast seine Pfeife fallen. Er wußte, daß Aes Sedai nicht Gedanken lesen konnten – wenn sie es könnten, hinge sein Fell schon lange an einer Wand in der Weißen Burg –, aber vielleicht konnten Weise Frauen der Aiel... *Natürlich nicht. Es ist nur einer jener Tricks, über die Frauen verfügen.* Wenn er darüber nachdachte, konnte er sich vorstellen, wie sie es tat. Aber er machte sich einfach nicht die Mühe, darüber nachzudenken.

Er räusperte sich, steckte sich die kalte Pfeife zwischen die Lippen und beugte sich herab, um die Karte eingehend zu betrachten. Die Horde würde die Entfernung von der Lichtung nach Salidar wahrscheinlich in einem Tag bewältigen, wenn er sie vorantrieb, selbst in diesem bewaldeten Gebiet, aber er beabsichtigte, zwei oder sogar drei Tage einzuplanen. Die Aes Sedai sollten ausreichend vorgewarnt sein. Er wollte sie nicht noch mehr beunruhigen, als sie es bereits waren. Eine beunruhigte Aes Sedai war fast ein Widerspruch in sich. Er war, selbst wenn er das Medaillon trug, nicht erpicht darauf zu erfahren, zu was eine beunruhigte Aes Sedai in der Lage wäre.

Er spürte Aviendhas Blick im Nacken und hörte ein schabendes Geräusch. Sie saß mit überkreuzten Beinen an der Zeltwand, zog ihr Gürtelmesser über einen Schleifstein und beobachtete ihn.

Als Nalesean mit Daerid und Talmanes eintrat, begrüßte er sie mit den Worten: »Wir werden einige Aes Sedai unter dem Kinn kitzeln, einen Dickkopf retten und ein eigenwilliges Mädchen auf den Thron bringen. O ja. Das ist Aviendha. Seht sie nicht schief an, sonst wird sie Euch die Kehle durchschneiden und ihre eigene wahrscheinlich aus Versehen ebenfalls.« Die Frau lachte, als hätte er einen der besten Scherze der Welt gemacht. Sie hielt jedoch nicht mit dem Messerschärfen inne.

Einen Moment konnte Egwene nicht verstehen, warum der Schmerz nicht stärker geworden war. Dann erhob sie sich von dem Teppich in ihrem Zelt und schluchzte so stark, daß sie zitterte. Sie hatte das dringende Bedürfnis, sich die Nase zu putzen. Sie wußte nicht, wie lange sie schon so heftig weinte. Sie wußte nur, daß sie von den Hüften bis zu den Kniekehlen entbrannt zu sein schien. Es gelang ihr kaum stillzustehen. Das Hilfsmittel, das sie als geringen Schutz hatte benutzen wollen, war schon vor einiger Zeit unbrauchbar geworden. Tränen liefen ihr Gesicht hinab, und sie stand da und schluchzte.

Sorilea, Amys und Bair beobachteten sie ausdruckslos; sie waren nicht die einzigen, obwohl die meisten anderen auf Kissen saßen oder sich ausgestreckt hatten, plauderten und den von einer schlanken *Gai'shain* servierten Tee genossen. Eine Frau, dem Licht sei Dank. Alle waren Frauen, Weise Frauen und Lehrlinge, Frauen, denen Egwene erzählt hatte, sie sei eine Aes Sedai. Sie war dankbar, daß es sie nur glauben zu lassen nicht zählte. Sonst hätte sie es nicht überleben können! Das Behaupten, die ausgesprochene Lüge zählte, aber es hatte Überraschungen gegeben. Cosain, eine hagere, gelbhaarige Rückgrat-Miagoma, hatte mürrisch gesagt, Egwene habe ihr gegenüber kein *Toh,* aber sie würde zum Tee bleiben. Und Estair ebenfalls. Aeron wiederum schien sie vernichten zu wollen, und Surandha ...

Egwene versuchte den Tränenschleier fortzublinzeln und schaute dann zu Surandha. Sie saß mit drei Weisen Frauen zusammen, unterhielt sich und schaute gelegentlich in Egwenes Richtung. Surandha war erbarmungslos gewesen. Nicht daß eine von ihnen gnädig mit ihr umgegangen wäre. Der Gürtel, den Egwene in einer der Kisten gefunden hatte, war dünn und fein gearbeitet, aber zweimal so breit wie ihre Hand, und diese Frauen hatten alle starke Arme. Ungefähr ein halbes Dutzend Schläge von jeder der Frauen summierten sich.

Egwene hatte sich noch niemals in ihrem Leben so geschämt wie jetzt. Nicht weil sie nackt war, ein gerötetes Gesicht hatte und wie ein Baby weinte. Nun, das Weinen war ein Grund. Und auch nicht, daß sie alle bei ihrer Züchtigung zusahen, ohne selbst Hand an sie zu legen. Sie schämte sich, weil sie es so schwergenommen hatte. Sogar ein Aiel-Kind wäre gleichmütiger gewesen. Nun, ein Kind wäre dem niemals ausgesetzt worden, aber es ging um das Prinzip einfacher Wahrheit.

»Ist es vorbei?« Gehörte diese belegte, unsichere Stimme wirklich ihr? Wie diese Frauen lachen würden, wenn sie wüßten, wie sorgfältig sie ihren Mut zusammengenommen hatte.

»Nur Ihr kennt den Wert Eurer Ehre«, sagte Amys tonlos. Sie ließ den Gürtel an der Seite baumeln und benutzte die breite Schnalle als Griff. Die leisen Unterhaltungen hatten aufgehört.

Egwene atmete zwischen ihren Schluchzern tief und zitternd ein. Sie brauchte nur zu sagen, daß es vorbei war, und es wäre vorbei. Sie hätte nach einem Schlag von jeder Frau sagen können, es sei vorbei. Sie hätte ...

Sie kniete sich hin und streckte sich dann erneut auf den Teppichen aus. Sie bewegte die Hände unter Bairs Röcke, um durch die weichen Stiefel ihre mageren Knöchel zu umklammern. Dieses Mal *würde* sie allen Mut zusammennehmen. Dieses Mal würde sie nicht aufschreien. Dieses Mal würde sie nicht treten oder um sich schlagen oder ... Der Gürtel hatte sie noch nicht getroffen. Sie hob den Kopf und sah die Frauen blinzelnd an. »Worauf wartet Ihr?« Ihre Stimme zitterte noch immer, aber sie klang jetzt auch zornig. Sie zu allem anderen noch *warten* zu lassen! »Ich muß heute abend eine Reise antreten, falls Ihr es vergessen habt. Macht weiter.«

Amys warf den Gürtel neben Egwenes Kopf. »Diese Frau hat mir gegenüber kein *Toh*.«

»Diese Frau hat mir gegenüber kein *Toh*.« Das war Bairs leise Stimme.

»Diese Frau hat mir gegenüber kein *Toh*«, sagte Sorilea eindringlich. Sie beugte sich herab und strich Egwene das feuchte Haar aus dem Gesicht. »Ich wußte, daß Ihr im Herzen eine Aiel seid. Aber seid jetzt nicht zu stolz, Mädchen. Ihr seid Eurem *Toh* gegenübergetreten. Steht auf, bevor wir glauben, daß Ihr frohlockt.«

Sie halfen ihr hoch, umarmten sie, wischten ihr die Tränen fort und hielten schließlich auch ein Taschentuch für sie bereit, damit sie sich die Nase putzen konnte. Die anderen Frauen versammelten sich um sie, und jede verkündete, daß diese Frau ihnen gegenüber kein *Toh* habe, bevor sie Egwene nacheinander umarmten und anlächelten. Das Lächeln war der größte Schock. Surandha strahlte sie so freundlich an wie immer. Aber natürlich! *Toh* existierte nicht mehr, wenn man ihm gegenübergetreten war. Was auch immer es bewirkt hatte, hätte genausogut nicht geschehen sein können. Ein kleiner, nicht in das *Ji'e'toh* eingebundener Teil Egwenes glaubte, daß ihre Worte wie auch die Tatsache, daß sie sich zunächst wieder hingelegt hatte, vielleicht letztendlich gewirkt hatten. Vielleicht war sie am Anfang nicht gleichmütig gewesen, aber zumindest am Ende – darin hatte Sorilea recht. Sie war in ihrem Herzen eine Aiel. Sie glaubte, daß sie in einem Teil ihres Herzens stets eine Aiel sein würde.

Die Weisen Frauen und die Lehrlinge zerstreuten sich allmählich. Anscheinend hätten sie die ganze Nacht bleiben und mit Egwene lachen und reden sollen, aber das war nur ein Brauch, nicht *Ji'e'toh*, und mit Sorileas Hilfe konnte sie sie davon überzeugen, daß sie nicht die Zeit dafür hatte. Letztendlich blieben nur sie, Sorilea und die beiden Traumgängerinnen im Zelt. Die Umarmungen und das Lächeln hatten ihre Tränen fast versiegen lassen, und auch wenn ihre Lippen noch immer zitterten, konnte sie doch schon wieder lächeln. In Wahrheit hätte sie gern erneut geweint, wenn auch aus einem anderen Grund. Zum Teil aus einem anderen Grund.

»Ich werde Euch alle sehr vermissen.«

»Unsinn.« Sorilea schnaubte nachdrücklich. »Wenn Ihr Glück habt, werden sie Euch sagen, daß Ihr jetzt keine Aes Sedai mehr werden könnt. Dann könnt Ihr zu uns zurückkehren. Ihr werdet mein Lehrling sein. In drei oder vier Jahren werdet Ihr Eure eigene Feste haben. Ich weiß sogar schon, welcher Ehemann für Euch in Frage kommt: der jüngste Enkel meiner Enkelin Amaryn, Taric. Er wird, glaube ich, eines Tages Clanhäuptling sein, also werdet Ihr nach einer Schwester-Frau als seine Dachherrin Ausschau halten müssen.«

»Danke.« Egwene lachte. Anscheinend gab es etwas, worauf sie zurückgreifen konnte, wenn der Saal in Salidar sie fortschickte.

»Und Amys und ich werden Euch in *Tel'aran'rhiod* treffen«, sagte Bair, »und Euch von den Ereignissen hier und mit Rand al'Thor berichten. Ihr werdet in der Welt der Träume jetzt Euren eigenen Weg gehen, aber wenn Ihr wollt, werde ich Euch noch immer lehren.«

»Das will ich.« Wenn der Saal sie irgendwo in die Nähe von *Tel'aran'rhiod* ließ. Aber andererseits konnten sie sie nicht davon fernhalten. Was auch immer sie tun würden – *das* konnten sie nicht tun. »Bitte behaltet ein wachsames Auge auf Rand und die Aes Sedai. Ich weiß nicht, was er vorhat, aber ich bin sicher, daß es gefährlicher ist, als er glaubt.«

Amys erwähnte natürlich nichts mehr über weiteres Lernen. Sie hatte ihr Wort gegeben, sich ihr gegenüber auf bestimmte Weise zu verhalten, und selbst die Begegnung mit dem *Toh* konnte daran nichts ändern. Statt dessen sagte sie: »Ich weiß, daß Rhuarc es bedauern wird, heute abend nicht hier zu sein. Er ist in den Norden gegangen, um die Shaido selbst zu sehen. Fürchtet nicht, daß Euer *Toh* ihm gegenüber ungeklärt bleibt. Er wird Euch die Gelegenheit geben, wenn Ihr Euch das nächste Mal seht.«

Egwene war überrascht und verbarg es, indem sie sich zum anscheinend zehnten Mal die Nase putzte. Sie hatte Rhuarc ganz vergessen. Natürlich besagte nichts, daß sie ihre Verpflichtung ihm gegenüber auf dieselbe Art erfüllen *mußte*. Vielleicht war sie im Herzen zumindest zum Teil eine Aiel, aber einen Moment suchte ihr Geist verzweifelt nach einer anderen Möglichkeit. Es mußte eine andere Möglichkeit geben. Und sie würde viel Zeit haben, sie zu ersinnen, bevor sie ihm wieder begegnete. »Ich wäre sehr dankbar dafür«, sagte sie leise. Und da war auch noch Melaine. Und Aviendha. Licht! Sie hatte gedacht, es sei erledigt. Ihre Füße bewegten sich weiterhin unruhig, egal wie sehr sie diese auch stillzuhalten versuchte. Es mußte eine andere Möglichkeit geben.

Bair öffnete den Mund, aber Sorilea kam ihr zuvor. »Wir müssen sie sich ankleiden lassen. Sie muß sich auf die Reise begeben.« Bairs dünner Hals erstarrte, und Amys' Mundwinkel sanken herab. Ihnen allen mißfiel offensichtlich, was sie vorhatte, und zwar noch mehr als zuvor.

Vielleicht wollten sie bleiben und es ihr ausreden, aber Sorilea murmelte nur leise etwas über Narren, die eine Frau davon abzuhalten versuchten, das zu tun, was sie tun zu müssen glaubte. Die beiden Jüngeren richteten ihre Stolen – Bair mußte siebzig oder achtzig Jahre alt sein, aber sie war noch immer jünger als Sorilea –, umarmten Egwene ein letztes Mal und verließen das Zelt mit einem gemurmelten: »Möget Ihr stets Wasser und Schatten finden.«

Sorilea verharrte noch einen Moment länger. »Denkt an Taric. Ich hätte ihn zum Dampfzelt bitten sollen, damit Ihr ihn hättet kennenlernen können. Bis dahin erinnert Euch an Folgendes: Wir haben stets mehr Angst, als uns lieb ist, aber wir können stets auch tapferer sein, als wir erwarten. Bleibt Euch selbst treu, dann können die Aes Sedai nicht verletzen, was Euch wirklich ausmacht – Euer Herz. Sie stehen nicht annähernd so weit über uns, wie wir geglaubt haben. Möget Ihr stets Wasser und Schatten finden, Egwene. Und Euch stets Eures Mutes entsinnen.«

Als Egwene schließlich allein war, stand sie eine Weile nur da, starrte ins Leere und dachte nach. Ihr Mut. Vielleicht hatte sie mehr Mut, als sie dachte. Sie hatte getan, was sie hier hatte tun müssen. Sie war eine Aiel gewesen. In Salidar würde sie das brauchen. Die Methoden der Aes Sedai unterschieden sich in mancherlei Beziehung von denen der Weisen Frauen, aber sie würden es ihr nicht leichtmachen, wenn sie wußten, daß sie sich eine Aes Sedai genannt hatte. Wenn sie es wußten. Sie konnte sich nicht vorstellen, warum man sie sonst so streng berufen hätte, aber Aiel ergaben sich nicht vor dem Kampf.

Sie kam ruckartig wieder zu sich. *Wenn ich mich nicht vor dem Kampf ergeben will*, dachte sie, *kann ich mich vielleicht genausogut auf den Kampf einlassen.*

KAPITEL 11

Die Reise nach Salidar

Egwene wusch sich das Gesicht. Zweimal. Dann packte sie ihre Satteltaschen. Sie steckte Elfenbeinkamm, Bürste, Spiegel, Nähkästchen – ein zart vergoldetes Kästchen, das wahrscheinlich einst den Schmuck einer adligen Dame enthalten hatte – und schließlich ein weißes Stück Seife mit Rosenduft, saubere Strümpfe, Nachthemden, Taschentücher und eine Menge anderer Dinge ein, bis die Lederseiten ausgebeult waren und sie die Taschen kaum noch schließen konnte. Sie mußte mehrere Kleider und Umhänge und eine Aiel-Stola zu einem ordentlichen Bündel verschnüren. Als dies getan war, sah sie sich noch nach anderen Dingen um, die sie vielleicht mitnehmen wollte. Alles gehörte ihr. Sogar das Zelt war ihr geschenkt worden, aber es war zu sperrig, wie auch die Teppiche und Kissen. Ihr Kristallwaschbecken war wunderschön, aber viel zu schwer. Dasselbe galt für die Kisten, obwohl mehrere davon mit wundervollen Schnitzereien versehen waren.

Erst als sie über die Kisten nachdachte, erkannte sie, daß sie ihre Abreise zu verzögern suchte. »Mut«, sagte sie trocken. »Der Mut einer Aiel.«

Es gelang ihr, die Strümpfe anzuziehen, ohne sich hinzusetzen, indem sie herumhüpfte. Feste Schuhe folgten, die geeignet wären, falls sie weit laufen müßte, ein seidenes, weißes, weiches Gewand und dann das dunkelgrüne Reitgewand mit den engen, geteilten Röcken. Leider spannte es über den Hüften so stark, daß sie daran erinnert wurde, daß sie eine Weile nicht würde bequem sitzen können.

Es wäre nicht gut, jetzt hinauszugehen. Bair und Amys hielten sich zwar wahrscheinlich in ihren Zelten auf, aber sie hatte nicht die Absicht zu riskieren, daß sie ihnen hierbei vielleicht zusehen könnten. Es wäre für sie wie ein Schlag ins Gesicht. Wenn es funktionierte, war es das tatsächlich. Wenn nicht, hatte sie einen sehr langen Ritt vor sich.

Sie rieb nervös mit den Fingern über ihre Handflächen, umarmte *Saidar* und ließ sich davon erfüllen. Und regte die Füße. *Saidar* bewirkte, daß man sich allem bewußt wurde, einschließlich des eigenen Körpers, den sie in diesem Moment aber genausogut hätte entbehren können. Sie versuchte etwas Neues, etwas, was noch niemand anderer jemals zuvor versucht hatte und was, wie sie wußte, langsam und vorsichtig getan werden sollte. Sie lenkte energisch die Macht und wob ganz einfach Stränge aus Geist.

Die Luft schimmerte inmitten des Zeltes an ihrem Gewebe entlang und hüllte die andere Seite in Dunst. Wenn sie recht hatte, dann hatte sie gerade einen Ort geschaffen, an dem das Innere ihres Zeltes seinem Spiegelbild in *Tel'aran'rhiod* vollkommen gleich war. Eines *war* das andere. Aber es gab nur einen Weg, sich dessen wirklich zu versichern.

Sie schlang sich die Satteltaschen über die Schultern, nahm das Bündel unter den Arm, trat durch das Gewebe hindurch und ließ *Saidar* fahren.

Sie war in *Tel'aran'rhiod*. Sie konnte es allein schon daran erkennen, daß die angezündeten Lampen nicht mehr brannten und doch eine Art Licht vorhanden war. Die Dinge bewegten sich zwischen zwei Blicken leicht, das Waschbecken, eine Kiste. Sie war leibhaftig in *Tel'aran'rhiod*. Es fühlte sich nicht anders an, als wenn sie es im Traum betrat.

Sie trat geduckt hinaus. Ein Dreiviertelmond schien auf die Zelte herab, zwischen denen kein Feuer brannte und sich niemand bewegte, auf ein Cairhien, das seltsam entrückt und schattenumwölkt wirkte. Jetzt mußte sie nur noch einen Weg finden, tatsächlich nach Salidar zu gelangen. Sie hatte darüber nachgedacht. Es hing zum großen Teil davon ab, ob sie leibhaftig genausoviel Kontrolle besaß wie in der Welt der Träume.

Sie konzentrierte sich auf das, was sie vorfinden würde, trat um das Zelt herum – und lächelte. Dort stand Bela, die kleine, struppige Stute, auf der sie vor einer Lebenszeit von den Zwei Flüssen fortgeritten war. Nur eine Traum-Bela, aber die stämmige Stute stupste sie mit der Nase an und wieherte bei ihrem Anblick.

Egwene ließ ihr Gepäck fallen und schlang die Arme um den Hals des Pferdes. »Ich freue mich auch, dich wiederzusehen«, flüsterte sie. Das dunkle, klare Auge, das sie ansah, gehörte *tatsächlich* Bela, ob sie nun lediglich ein Spiegelbild war oder nicht.

Bela trug auch den Sattel mit dem hohen Hinterzwiesel, den sie sich vorgestellt hatte. Er war für einen langen Ritt bequem, wenn auch nicht weich. Egwene betrachtete ihn zweifelnd und fragte sich, wie er gepolstert aussehen würde. Und dann hatte sie eine Idee. Man konnte in *Tel'aran'rhiod* alles verändern, wenn man wußte wie – sogar sich selbst. Wenn sie, solange sie leibhaftig hier war, genügend Kontrolle besaß, um Bela ... Sie konzentrierte sich auf sich selbst.

Dann befestigte sie lächelnd die Satteltaschen und das Bündel hinter dem Sattel, stieg auf und machte es sich bequem. »Es hat nichts mit Betrügen zu tun«, belehrte sie die Stute. »Sie würden nicht von mir erwarten, daß ich den ganzen Weg nach Salidar reite.« Nun, wenn sie darüber nachdachte, erwarteten sie es vielleicht doch. Aber selbst wenn, und egal ob sie Aielmut besaß oder nicht – es gab Grenzen. Sie wandte Bela um und trat ihr sanft in die Flanken. »Ich muß so schnell wie möglich vorankommen, so daß du wie der Wind laufen mußt.«

Bevor sie Zeit hatte, über die Vorstellung der stämmigen Bela, die wie der Wind lief, zu kichern, tat die Stute es bereits. Die Landschaft verschwamm und schoß vorbei. Einen Moment klammerte sich Egwene an den Sattelknauf, und ihr Mund stand offen. Es war, als würde jeder Schritt Belas sie Meilen voranbringen. Beim ersten Schritt hatte sie einen Moment Zeit und blickte sich um; sie befanden sich an einem Ufer unterhalb der Stadt, wo Schiffe zwischen Streifen Mondlicht auf das dunkle Wasser hinausfuhren, und gerade als sie die Zügel anziehen wollte, um Bela daran zu hindern, überstürzt in den Fluß zu laufen, brachte sie ein weiterer Schritt in die dickichtbewachsenen Hügel.

Egwene warf den Kopf zurück und lachte. Das war phantastisch! Bis auf das Verschwimmen der Landschaft merkte sie die Geschwindigkeit kaum. Ihr Haar konnte im Luftstrom kaum zurückflattern, bevor er auch schon vorüber war, nur um einen Moment später zurückzukehren. Belas Gangart fühlte sich genauso an, wie sie es in Erinnerung hatte, und das plötzliche Vorüberziehen von allem um sie herum war anregend. In einem Moment eine Dorfstraße, nachtschwarz und still, im nächsten eine Landstraße, die sich durch Hügel wand, und wiederum im nächsten Moment eine Wiese mit Heu, das Egwene fast bis zu den Schultern reichte. Egwene hielt nur hin und wieder inne, um sich zu orientieren – was mit dieser großartigen Landkarte in ihrem Kopf, welche die Frau mit Siuans Namen gestaltet hatte, überhaupt nicht schwierig war – und ließ Bela ansonsten freien Lauf. Dörfer und Städte tauchten auf und verschwanden im Handumdrehen wieder – in einer Stadt glaubte sie Caemlyn zu erkennen, dessen Mauern in der Nacht silbrig-weiß wirkten –, und einmal ragten in den bewaldeten Hügeln Kopf und Schultern einer großen Statue aus der Erde, ein Überbleibsel eines in der Geschichte verlorenen Landes. Sie erschien so plötzlich mit verwittertem Gesicht neben Bela, daß Egwene fast aufgeschrien hätte, nur daß die Statue schon wieder verschwunden war, bevor sie es tun konnte. Der Mond bewegte sich zwischen den einzelnen Sprüngen nicht und auch kaum, während sie dahineilten. Einen oder zwei Tage bis Salidar? Das hatte Sheriam gesagt. Die Weisen Frauen hatten recht. Jedermann hatte so lange geglaubt, die Aes Sedai wüßten alles, daß die Aes Sedai es auch glaubten. Sie würde heute nacht beweisen, daß sie unrecht hatten, aber es war wenig wahrscheinlich, daß sie ihren Beweis wirklich zur Kenntnis nehmen würden. Sie *wußten* es einfach.

Nach einiger Zeit, als sie sicher war, daß sie sich bereits seit längerem in Altara befanden, ließ sie Bela allmählich kleinere Sprünge vollführen, zügelte sie häufiger und ritt sogar ein Weilchen in normalem Tempo, besonders wenn ein Dorf in der Nähe war. Manchmal war ein von der Nacht eingehülltes Gasthaus nach dem entsprechenden Dorf benannt: *Marella Gasthaus* oder *Ionin-Quelle Gasthaus,* und da das Mondlicht noch zu dem merkwürdigen Lichtempfinden in *Tel'aran'rhiod* beitrug, waren die Wirtshausschilder leicht zu lesen. Sie gewann nach und nach an Sicherheit, wo sie sich im Verhältnis zu Salidar befand, und verringerte die Sprünge weiter, bis sie Bela schließlich in normalem Tempo durch den Wald laufen ließ, in dem hohe Bäume das Unterholz verdrängt und den Rest erstickt hatten.

Dennoch war sie überrascht, als plötzlich ein verhältnismäßig großes Dorf auftauchte, das still und dunkel im Mondschein lag. Es mußte aber der richtige Ort sein.

Egwene stieg am Rande strohgedeckter Häuser ab und nahm ihre Habe an sich. Es war spät, aber die Menschen in der wachen Welt waren vielleicht noch munter. Es bestand keine Notwendigkeit, sie zu erschrecken, indem sie plötzlich aus der Luft auftauchte. Wenn eine Aes Sedai das sähe und mißdeutete, wer sie war, bekäme sie vielleicht keine Chance, dem Saal gegenüberzutreten.

»Du bist wie der Wind gelaufen«, murmelte sie, während sie Bela ein letztes Mal umarmte. »Ich wünschte, ich könnte dich mit mir nehmen.« Es war natürlich ein sinnloser Wunsch. Was in *Tel'aran'rhiod* geschaffen wurde, konnte nur dort existieren. Dies war nicht wirklich Bela. Auch wenn Egwene leises Bedauern verspürte, als sie ihr den Rücken wandte – sie würde nicht aufhören, sich Bela vorzustellen, sie so lange wie möglich existieren lassen – und ihren schillernden Vorhang aus Geist wob. Sie trat mit hocherhobenem Kopf hindurch, bereit, sich allem zu stellen, was auf ihr Aielherz zukommen mochte.

Sie tat diesen Schritt und tauchte mit einem kurzen, mit weit geöffneten Augen gehauchten »Oh!« auf. Die Veränderungen, denen sie sich in *Tel'aran'rhiod* unterzogen hatte, existierten in der realen Welt genauso wenig weiter wie Bela. Die Flammen kehrten schlagartig zurück, und es schien fast so, als spräche Sorilea zu ihr. *Wenn Ihr überlegt, was Ihr getan habt, um Eurem* Toh *zu begegnen und es so zu bereinigen, daß es genausogut niemals geschehen sein könnte, wie seid Ihr dann dem* Toh *begegnet? Erinnert Euch Eures Aielmutes, Mädchen.*

Ja. Sie würde sich daran erinnern. Sie war hier, um zu kämpfen, ob die Aes Sedai es wußten oder nicht, bereit, für das Recht zu kämpfen, eine Aes Sedai zu sein, bereit, sich dem zu stellen ... Licht, was eigentlich?

Menschen befanden sich auf den Straßen, einige wenige, die zwischen Häusern einhergingen, deren beleuchtete Fenster goldene Teich bildeten. Egwene ging ein wenig schneller und näherte sich einer drahtigen Frau mit weißer Schürze und verheertem Gesichtsausdruck. »Verzeihung. Mein Name ist Egwene al'Vere. Ich bin eine Aufgenommene« – die Frau betrachtete kritisch ihr Reitgewand – »und bin gerade erst angekommen. Könnt Ihr mir den Weg zu Sheriam Sedai weisen? Ich muß sie finden.« Sehr wahrscheinlich schlief Sheriam bereits, aber wenn dem so war, beabsichtigte Egwene, sie zu wecken. Man hatte ihr befohlen, so bald wie möglich zu kommen, und Sheriam würde erfahren, daß sie hier war.

»Jeder kommt zu mir«, murrte die Frau. »Tut irgend jemand etwas allein? Nein, sie wollen, daß Nildra es tut. Ihr Aufgenommenen seid die schlimmsten von allen. Nun, ich habe nicht die ganze Nacht Zeit. Folgt mir, wenn Ihr wollt. Wenn nicht, müßt Ihr sie selbst finden.« Nildra schritt mit nur einem kurzen Blick zurück davon.

Egwene folgte ihr schweigend. Sie befürchtete, daß sie der Frau die Meinung sagen würde, wenn sie den Mund aufmachte, und das wäre kaum die richtige Art, ihren Aufenthalt in Salidar zu beginnen, wie kurz auch immer er sein mochte. Sie wünschte, ihr Aielmut und ihr Zwei-Flüsse-Verstand könnten zusammenkommen.

Sie gingen nur ein kurzes Stück die festgetretene Straße hinauf und um eine Biegung in eine andere, schmalere Straße. Lachen erklang aus einigen Häusern. Nildra blieb vor einem stillen Haus stehen, obwohl auch hier aus dem vorderen Raum Licht auf die Straße fiel.

Sie hielt gerade ausreichend lange inne, um an die Tür zu klopfen, und trat dann ein, bevor eine Antwort erklang. Sie vollführte einen vollkommenen, wenn auch schnellen Hofknicks und sprach in etwas respektvollerem Tonfall als zuvor. »Aes Sedai, dieses Mädchen sagt, ihr Name sei Egwene, und sie...« Mehr konnte sie nicht äußern.

Sie waren alle da, die Sieben aus dem Herzen des Steins, und keine von ihnen wirkte bereit, schlafen zu gehen, obwohl sie alle, außer der jungen Frau mit Siuans Namen, Nachtgewänder trugen. Aus der Anordnung ihrer Stühle schloß Egwene, daß sie in eine Besprechung geraten war. Sheriam sprang als erste auf und bedeutete Nildra zu gehen. »Licht, Kind! Schon?«

Niemand beachtete Nildras Hofknicks oder ihren gespielten Widerwillen zu gehen.

»Das hätten wir niemals erwartet«, sagte Anaiya und ergriff mit herzlichem Lächeln Egwenes Arme. »Nicht so bald. Willkommen, Kind. Willkommen.«

»Habt Ihr irgendwelchen Schaden davongetragen?« fragte Morvrin. Sie war nicht aufgestanden und Carlinya und die junge Aes Sedai auch nicht, aber Morvrin beugte sich aufmerksam vor. Die Gewänder aller anderen waren aus Seide verschiedener Schattierungen gearbeitet, einige mit Metallfäden durchwirkt oder bestickt. Ihres jedoch bestand aus einfacher brauner Wolle, obwohl es weich und gut gearbeitet schien. »Spürt Ihr irgendwelche Veränderungen durch diese Erfahrung? Wir hatten bisher herzlich wenig Anhaltspunkte. Ich bin, ehrlich gesagt, überrascht, daß es funktioniert hat.«

»Wir werden es unmittelbar erleben müssen, um erkennen zu können, wie gut es funktioniert.« Beonin hielt inne, um einen Schluck Tee zu trinken, und stellte Tasse und Teller dann auf einem zerbrechlich wirkenden Beistelltisch ab. Die Tasse und der Teller paßten nicht zusammen, aber andererseits paßten auch sämtliche Möbel nicht zusammen, und die meisten wirkten genauso schief wie der Tisch. »Wenn es Schädigungen gibt, kann sie geheilt werden, so daß sie wieder vergehen werden.«

Egwene trat schnell von Anaiya fort und stellte ihre Habe neben der Tür ab. »Nein, es geht mir gut. Wirklich.« Sie hätte zögern können. Anaiya hätte sie sehr wohl fraglos heilen können. Aber das wäre Betrug gewesen.

»Sie erscheint ausreichend gesund«, sagte Carlinya kühl. Ihr Haar war wirklich kurz geschnitten, so daß die dunklen Locken kaum ihre Ohren bedeckten. Es war nichts, was sie in *Tel'aran'rhiod* getan hatte. Sie trug natürlich Weiß. Sogar die Stickerei war weiß. »Wir können sie später gründlich von einer der Gelben untersuchen lassen, um sicherzugehen, wenn es sein muß.«

»Laßt sie erst einmal zu sich kommen«, sagte Myrelle

lachend. Üppige Blumen in Gelb und Rot bedeckten ihr Gewand derart, daß kaum noch Grün zu sehen war. »Sie ist gerade in einer Nacht tausend Meilen gereist. Innerhalb von Stunden.«

»Es ist keine Zeit, sie zu sich kommen zu lassen«, wandte die junge Aes Sedai bestimmt ein. Sie wirkte in ihrem gelben Gewand mit den blau geschlitzten Röcken und dem tiefen, runden, blau bestickten Halsausschnitt wirklich fehl am Platz. Deshalb und aufgrund der Tatsache, daß sie die einzige war, der man möglicherweise ein Alter zuordnen konnte. »Wenn der Morgen graut, wird sich der Saal um sie scharen. Wenn sie nicht bereit ist, wird Romana sie ausweiden wie einen fetten Karpfen.«

Egwene sperrte den Mund auf. Diese Stimme drückte mehr aus als nur die Worte. »Ihr seid Siuan Sanche. Nein, das ist unmöglich!«

»Oh, es ist sehr wohl möglich«, erwiderte Anaiya trocken und warf der jungen Frau einen geduldigen Blick zu.

»Siuan ist wieder eine Aes Sedai.« Myrelles Blick wirkte eher gereizt als geduldig.

Es mußte stimmen – sie *hatten* es gesagt –, aber Egwene konnte es kaum glauben, selbst als Sheriam es ihr erklärte. Nynaeve hatte *Gedämpftes* geheilt? Sah Siuan deshalb nicht älter als Nynaeve aus, weil sie *gedämpft* gewesen war? Siuan war stets eine Herrin der Pflichten mit lederartigem Gesicht gewesen, und auch mit lederartigem Herzen und nicht so hübsch wie jetzt mit ihren zart angehauchten Wangen und einem fast schön geschwungenen Mund.

Egwene beobachtete Siuan, während Sheriam sprach. Diese blauen Augen waren doch noch die gleichen. Wie konnte sie diesen Blick gesehen haben, der Nägel eintreiben konnte, und es nicht gewußt haben? Nun, der Gesichtsausdruck war Antwort genug. Siuan hatte sich stets um die Macht bemüht. Wenn ein Mädchen die

Macht auszuprobieren begann, mußte geprüft werden, wie stark sie sein würde, aber sie hatte diese Stärke nicht ein einziges Mal erreicht. Egwene wußte jetzt genug, um eine andere Frau innerhalb von Momenten einzuschätzen. Sheriam war, außer Egwene selbst, eindeutig die stärkste Frau im Raum. Myrelle kam als nächste, obwohl man dessen kaum sicher sein konnte. Alle anderen schienen, außer Siuan, nahe beieinander zu liegen. Siuan war bei weitem die Schwächste.

»Dies ist wahrhaftig Nynaeves bemerkenswerteste Entdeckung«, sagte Myrelle. »Die Gelben benutzen, was sie benutzt hat, und gestalten ihre eigenen Wunder, aber sie hat damit begonnen. Setzt Euch, Kind. Die Geschichte ist zu lang, um sie sich im Stehen anzuhören.«

»Danke, aber ich *möchte* lieber stehen bleiben.« Egwene betrachtete den Stuhl mit der hohen Rückenlehne und dem Holzsitz, auf den Myrelle gedeutet hatte, und konnte nur mit Mühe ein Schaudern unterdrücken. »Was ist mit Elayne? Geht es ihr gut? Ich möchte alles über sie und Nynaeve hören.« Nynaeves *bemerkenswerteste* Entdeckung? Das besagte, daß sie mehr als eine gemacht hatte. Es schien, daß sie bei den Weisen Frauen in Rückstand geraten war. Sie würde hart daran arbeiten müssen, es aufzuholen. Zumindest glaubte sie jetzt, daß es ihr gestattet würde. Sie hätten sie kaum so herzlich begrüßt, wenn sie sie in Ungnade fortschicken wollten. Sie hatte keinen Hofknicks vollführt oder eine der Frauen auch nur einmal Aes Sedai genannt – eher weil sie keine Gelegenheit dazu bekam, als aus einem anderen Grund; man sollte Aes Sedai nicht mit Trotz begegnen –, und doch hatte niemand sie gerügt. Vielleicht wußten sie es doch noch nicht. Aber warum hatten sie sie dann gerufen?

»Es geht ihr, bis auf kleinere Reibereien, die sie und Nynaeve im Moment mit Töpfen haben, ausreichend gut«, begann Sheriam, aber Siuan unterbrach sie grob.

»Warum plappert Ihr alle daher wie geistlose Kinder? Es ist zu spät, sich zu fürchten weiterzumachen. Es hat begonnen. Ihr habt es begonnen. Entweder Ihr beendet es, oder Romanda wird Euch neben diesem Mädchen zum Trocknen in die Sonne hängen, und Delana und Faiselle und der restliche Saal werden dort sein, um Euch zu strecken.«

Sheriam und Myrelle wandten sich fast gleichzeitig zu ihr um. Alle Aes Sedai taten dies, wobei sich Morvrin und Carlinya auf ihren Stühlen umwandten. Kalte Aes-Sedai-Augen blickten aus kalten Aes-Sedai-Gesichtern.

Zuerst begegnete Siuan den Blicken herausfordernd, genauso sehr Aes Sedai wie sie, wenn auch scheinbar viel jünger. Dann sank ihr Mut ein wenig, und rote Flecke erschienen auf ihren Wangen. Sie erhob sich mit gesenkten Augen. »Ich habe übereilt gesprochen«, sagte sie leise. Die Blicke veränderten sich nicht – vielleicht bemerkten die Aes Sedai es nicht, aber Egwene sah es –, und doch sah dies Siuan nicht ähnlich.

Egwene erkannte aber auch, daß sie nicht wußte, was hier überhaupt vor sich ging. Siuan war nicht lammfromm, das am wenigsten. Was hatten sie begonnen? Warum würde *sie* zum Trocknen aufgehängt, wenn sie innehielten?

Die Aes Sedai wechselten so unlesbare Blicke, wie es Aes Sedai nur möglich war. Morvrin nickte als erste.

»Ihr seid aus einem sehr speziellen Grund hierhergerufen worden, Egwene«, sagte Sheriam ernst.

Egwenes Herz schlug schneller. Sie wußten nichts über sie. Sie wußten es nicht. Aber worum ging es dann?

»Ihr«, sagte Sheriam, »werdet der nächste Amyrlin-Sitz.«

KAPITEL 12

Der Saal entscheidet

Egwene starrte Sheriam an und fragte sich, ob sie lachen sollte. Vielleicht hatte sie während ihrer Zeit mit den Aiel vergessen, was bei den Aes Sedai als Humor galt. Sheriam sah sie mit diesem zeitlosen, gelassenen Gesicht an, und die schrägstehenden grünen Augen blinzelten nicht einmal. Egwene schaute zu den anderen. Sieben ausdruckslose, abwartende Gesichter. Siuan lächelte vielleicht flüchtig, aber dieses Lächeln konnte genausogut der natürliche Schwung ihrer Lippen sein. Das flackernde Lampenlicht ließ ihrer aller Gesichtszüge auf einmal fremd und unmenschlich erscheinen.

Egwenes Kopf fühlte sich leicht und ihre Knie schwach an. Ohne nachzudenken, sank sie auf den Stuhl mit der hohen Rückenlehne. Und stand sofort wieder auf. Das hatte ihren Geist zumindest ein wenig geklärt. »Ich bin nicht einmal eine Aes Sedai«, sagte sie atemlos. Es mußte eine Art Scherz oder ... oder ... oder *etwas* sein.

»Das kann umgangen werden«, sagte Sheriam entschlossen und zog ihre hellblaue Schärpe nachdrücklich fester.

Beonins honigfarbene Zöpfe schwangen, als sie bestätigend nickte. »Der Amyrlin-Sitz *ist* eine Aes Sedai – das Gesetz ist recht klar; es steht an mehreren Stellen geschrieben ›der Amyrlin-Sitz der Aes Sedai‹, aber nirgendwo wird gesagt, daß man eine Aes Sedai sein muß, um die Amyrlin zu werden.« Jede Aes Sedai war mit dem Burgrecht vertraut, aber die Grauen mußten als Vermittler die Gesetze jedes Landes kennen, und Beonin nahm einen belehrenden Tonfall an, als wollte sie etwas erklären, worüber niemand so gut Bescheid wüßte wie sie. »Das Gesetz, das bestimmt, wie die Amyrlin gewählt werden soll, beinhaltet nur ›die Frau, die berufen wird‹ oder ›sie, die vor dem Saal steht‹ oder ähnliches. Die Worte ›Aes Sedai‹ werden von Anfang bis Ende nicht einmal erwähnt. Niemals. Manche mögen sagen, daß die Absicht der Begründer des Gesetzes bedacht werden müsse, aber es ist eindeutig, daß, was auch immer die Absicht der Frauen, die das Gesetz geschrieben haben, gewesen sein mag...« Sie runzelte die Stirn, als Carlinya sie unterbrach.

»Sie glaubten zweifellos, es würde soweit verstanden, daß keine Festschreibung notwendig sei. Folgerichtig bedeutet ein Gesetz jedoch, was es den Buchstaben nach besagt, was auch immer seine Begründer im Sinn hatten.«

»Gesetze haben selten etwas mit Folgerichtigkeit zu tun«, sagte Beonin bissig. »In diesem Fall jedoch«, räumte sie kurz darauf ein, »habt Ihr vollkommen recht.« Und an Egwene gewandt, fügte sie hinzu: »Und der Saal sieht es auch so.«

Sie meinten es alle ernst, sogar Anaiya, als sie sagte: »Ihr werdet eine Aes Sedai sein, Kind, ebenso bald, wie Ihr zum Amyrlin-Sitz erhoben werdet. Kurzum.« Sogar Siuan, trotz dieses leichten Lächelns, das wirklich ein Lächeln war.

»Ihr könnt die Drei Eide leisten, sobald wir wieder in der Burg sind«, belehrte Sheriam sie. »Wir hatten überlegt, sie Euch jetzt schon leisten zu lassen, aber ohne die Eidesrute könnten sie vielleicht als ungültig angesehen werden. Also sollten wir besser warten.«

Egwene hätte sich fast wieder hingesetzt, bevor sie sich fing. Vielleicht hatten die Weisen Frauen recht gehabt. Vielleicht hatte das leibhaftige Reisen durch *Tel'aran'rhiod* ihrem Geist geschadet. »Das ist verrückt«, wehrte sie sich. »Ich kann nicht die Amyrlin werden. Ich bin ... ich bin ...« Ihr lagen viele Einwände auf der Zunge, aber sie brachte nichts hervor. Sie war zu jung. Siuan war schon die jüngste Amyrlin gewesen, die jemals ernannt wurde, und sie war damals bereits dreißig. Sie hatte ihre Ausbildung kaum begonnen, egal was sie über die Welt der Träume wußte. Amyrlins waren klug und erfahren. Und sie sollten sicherlich weise sein. Alles, was sie empfand, war wirr und durcheinander. Die meisten Frauen verbrachten zunächst zehn Jahre als Novizinnen und weitere zehn Jahre als Aufgenommene. Es stimmte, daß einige schneller vorangingen, sogar weitaus schneller. Aber sie war erst seit weniger als einem Jahr Novizin und noch kürzer eine Aufgenommene. »Es ist unmöglich!« brachte sie schließlich mühsam hervor.

Morvrins Schnauben erinnerte sie an Sorilea. »Beruhigt Euch, Kind, oder ich werde dafür sorgen. Dies ist nicht der richtige Zeitpunkt, nervös zu werden oder in Ohnmacht zu fallen.«

»Aber ich wüßte gar nicht, was ich tun sollte! Nicht einmal, wie ich anfangen sollte!« Egwene atmete tief ein. Das beruhigte ihr rasendes Herz zwar nicht wirklich, aber es half dennoch. Ein wenig. Aielmut. Was auch immer sie taten – sie würde nicht zulassen, daß sie sie einschüchterten. Sie betrachtete Morvrins vorgetäuscht hartes Gesicht und fügte im Geiste hinzu: *Sie kann mich häuten, aber sie kann mich nicht einschüchtern.* »Es ist lächerlich. Ich werde mich nicht vor allen zum Narren machen. Wenn der Saal mich deshalb berufen hat, dann lehne ich ab.«

»Ich fürchte, diese Möglichkeit habt Ihr nicht«, seufzte Anaiya, während sie ihr Gewand glättete, ein erstaunlich gekräuseltes Kleidungsstück aus rosa Seide mit elfenbeinfarbener Spitze an jedem Saum. »Ihr könnt eine Berufung zur Amyrlin ebensowenig verweigern, wie Ihr eine Berufung vor Gericht verweigern könntet. Sogar die Formulierung der Berufungen ist die gleiche.« *Das* war ermutigend. O ja, das war es.

»Jetzt hat der Saal die Wahl.« Myrelle klang ein wenig traurig, was Egwene auch nicht half.

Sheriam legte, plötzlich lächelnd, einen Arm um Egwenes Schultern. »Macht Euch keine Sorgen, Kind. Wir werden Euch helfen und Euch anleiten. Darum sind wir hier.«

Egwene schwieg. Sie wußte keine Antwort. Vielleicht hatte es nichts mit Einschüchterung zu tun, wenn sie dem Gesetz gehorchte, aber es fühlte sich sehr ähnlich an. Sie deuteten ihr Schweigen als Einverständnis, und sie vermutete, daß es das auch war. Siuan wurde unverzüglich fortgeschickt und grollte, weil ihr die Aufgabe übertragen wurde, die Sitzenden persönlich aufzuwecken und ihnen mitzuteilen, daß Egwene eingetroffen war.

Unruhe entstand, bevor Siuan aus der Tür war. Egwenes Reitgewand wurde Gegenstand einer heftigen Debatte – an der sie keineswegs teilhatte –, und eine rundliche Dienerin wurde aus ihrem Schlaf auf einem Stuhl im Hinterzimmer aufgeschreckt und mit der Ermahnung fortgeschickt, daß sie nur ja kein Wort über ihren Auftrag verlauten lassen sollte, alle Gewänder von Aufgenommenen zu besorgen, die sie finden konnte und die Egwene vielleicht passen könnten. Egwene probierte in dem vorderen Raum acht Gewänder an, bevor sie eines fand, das einigermaßen paßte. Es war oben herum zu eng, aber wenigstens an den Hüften ausreichend weit. Die ganze Zeit über, während die Dienerin Gewänder hereinbrachte und Egwene sie anprobierte, belehrten Sheriam und die anderen sie abwechselnd darüber, was geschehen würde, was sie tun und sagen müßte.

Sie ließen sie alles wiederholen. Die Weisen Frauen dachten, daß es genügte, etwas einmal zu sagen, und wehe dem Lehrling, der nicht zuhörte und ihre Worte nicht mitbekam. Egwene erinnerte sich von einer Novizinnen-Unterrichtsstunde in der Burg an einiges von dem, was sie jetzt sagen sollte, und sie wiederholte es schon beim ersten Mal Wort für Wort richtig, aber die Aes Sedai ließen sie es wieder und immer wieder nachsprechen. Egwene konnte das nicht verstehen. Bei allen anderen als Aes Sedai hätte sie behauptet, es geschähe aus Nervosität, auch wenn ihre Gesichter Ruhe ausstrahlten. Sie begann sich zu fragen, ob sie irgend etwas falsch machte, und fing an, verschiedene Worte zu betonen.

»Sagt die Worte so, wie es Euch gelehrt wird«, fauchte Carlinya, und Myrelle, die kaum weniger kalt klang, sagte: »Ihr könnt Euch keinen Fehler leisten, Kind. Nicht einen einzigen!«

Sie ließen sie die Worte noch fünf weitere Male wiederholen, und als sie einwandte, sie habe jedes Wort richtig wiedergegeben, habe genau erklärt, wer wo stehen würde und wer was sagen würde, dachte sie, Morvrin würde sie ohrfeigen, wenn Beonin oder Carlinya es nicht zuerst taten. Auf jeden Fall wirkte ihr Stirnrunzeln wie Schläge, und Sheriam sah sie an, als sei sie eine trotzige Novizin. Egwene seufzte und fing wieder von vorne an. »Ich gehe mit dreien von Euch als Begleitung hinein...«

Es war eine stille Prozession, die durch die fast menschenleeren, vom Mond beschienenen Straßen zog. Wenige der vereinzelten Menschen, die sich noch hier aufhielten, sahen sie auch nur an. Sechs Aes Sedai mit einer Aufgenommenen in ihrer Mitte waren hier vielleicht – oder vielleicht auch nicht – ein gewohnter Anblick, aber sicherlich war es nicht ausreichend seltsam, um Aufmerksamkeit zu bewirken. Ehemals beleuchtete Fenster lagen jetzt im Dunkeln, und Ruhe hatte sich auf die Stadt gesenkt, so daß ihre Schritte auf dem festgetretenen Erdboden weit zu hören waren. Egwene betastete den Großen Schlangenring, der wieder fest an ihrer linken Hand steckte. Ihre Knie zitterten.

Sie blieben vor einem rechteckigen, dreistöckigen Gebäude stehen. Alle Fenster waren dunkel, aber es wirkte im Mondlicht wie ein Gasthaus. Carlinya, Beonin und Anaiya sollten hierbleiben, und zumindest die beiden Erstgenannten waren nicht sehr erfreut darüber. Sie beschwerten sich nicht, was sie auch zuvor in dem Haus nicht getan hatten, aber sie richteten unnötigerweise ihre Röcke, hielten den Kopf starr erhoben und sahen Egwene nicht an.

Anaiya strich Egwene beruhigend übers Haar. »Es wird gut werden, Kind.« Sie trug ein Bündel unter dem Arm – das Gewand, das Egwene anziehen würde, wenn alles vorüber wäre. »Ihr habt schnell gelernt.«

Ein volltönender Gong erklang einmal, zweimal und dann noch ein drittes Mal im Inneren des Gebäudes. Egwene zuckte beinahe zusammen. Einen Herzschlag lang herrschte Stille, und dann hörte sie erneut den metallischen Klang des Gongs. Myrelle glättete unbewußt ihr Gewand. Erneut herrschte Stille, die von dem dreifachen Ruf durchbrochen wurde.

Sheriam öffnete die Tür, und Egwene folgte ihr mit Myrelle und Morvrin hinein. Egwene dachte unwillkürlich, daß sie sie wie Wächter umstanden, die sichergehen wollten, daß sie nicht davonlief.

Der große Raum mit der hohen Decke im Inneren war beileibe nicht dunkel. Lampen säumten die vier breiten Kamine, und weitere säumten die zum nächsten Stockwerk führende Treppe und den mit einem Geländer versehenen Wandelgang, von dem aus man den Raum überblicken konnte. Je eine große, verzweigte Stehlampe, die gespiegelt wurde, um das Licht noch zu verstärken, stand in jeder Ecke des Raums. Vor den Fenstern hängende Decken hielten alles Licht im Inneren.

Neun Stühle waren zu beiden Seiten des Raums in je einer Reihe aufgestellt, denen innen jeweils drei weitere Stühle gegenüberstanden. Die Frauen, die diese

Plätze eingenommen hatten, die Sitzenden der sechs in Salidar vertretenen Ajahs, trugen Stolen und Gewänder in den Farben ihrer Ajahs. Sie wandten die Köpfe Egwene zu, und ihre Gesichter zeigten nur ruhige Gelassenheit.

Am anderen Ende des Raums stand ein weiterer Stuhl auf einem kleinen Podest: Ein hoher, schwerer Stuhl, dessen Beine spiralförmig geschnitzt waren und der dunkelgelb gestrichen war, um den Eindruck von Gold zu erwecken. Eine Stola lag über den Armlehnen, die siebenfarbig gestreift war. Egwene schien Meilen von diesem Stuhl entfernt zu stehen.

»Wer tritt vor den Saal der Burg?« fragte Romanda mit hoher, klarer Stimme. Sie saß unmittelbar unter dem goldenen Stuhl den drei Blauen Schwestern gegenüber. Sheriam trat lautlos zur Seite und gab den Blick auf Egwene frei.

»Jemand, der ergeben im Licht wandelt«, sagte Egwene. Ihre Stimme hätte zittern sollen. Sie würden das doch sicherlich nicht wirklich tun.

»Wer tritt vor den Saal der Burg?« fragte Romanda erneut.

»Jemand, der bescheiden im Licht wandelt.« Dies würde jeden Moment zu der Verhandlung ihres Vergehens werden, sich als Aes Sedai ausgegeben zu haben. Nein, das nicht. Dann hätten sie sie einfach abgeschirmt und solange eingesperrt. Aber sicherlich ...

»Wer tritt vor den Saal der Burg?«

»Jemand, der auf den Ruf des Saales hin kommt, ergeben und bescheiden im Licht wandelt und nur darum bittet, den Willen des Saales annehmen zu dürfen.«

Eine dunkle schlanke Frau erhob sich bei den Grauen unter Romanda. Als jüngste Sitzende sprach Kwamesa die rituelle Frage aus, die auf die Zerstörung der Welt zurückdatierte. »Ist jemand außer Frauen anwesend?«

Romanda schlug ihre Stola zurück und ließ sie über der Rückenlehne ihres Stuhls liegen, als sie aufstand. Sie würde als Älteste zuerst antworten. Sie schlug auch ihr Gewand zurück und ließ es mit dem Unterkleid zusammen bis zur Taille hinabgleiten. »Ich bin eine Frau«, verkündete sie.

Kwamesa legte ihre Stola sorgfältig über den Stuhl und zog sich ebenfalls bis zur Taille aus. »Ich bin eine Frau«, sagte sie.

Dann erhoben sich auch die anderen, entblößten sich und verkündeten, nachdem sie den Beweis geliefert hatten, sie seien Frauen. Egwene hatte ein wenig mit dem Gewand der Aufgenommenen mit dem engen Leibchen zu kämpfen, das man ihr besorgt hatte, und brauchte Myrelles Hilfe bei den Knöpfen, aber sie war bald genauso entblößt wie alle anderen.

»Ich bin eine Frau«, sagte Egwene zusammen mit den anderen.

Kwamesa ging langsam im Raum umher, hielt vor jeder Frau mit einem fast beleidigend direkten Blick inne, blieb dann wieder vor ihrem eigenen Stuhl stehen und verkündete, daß nur Frauen anwesend seien. Die Aes Sedai setzten sich, und die meisten zogen sich wieder an. Nicht eigentlich eilig, aber doch nur wenige verschwendeten viel Zeit. Egwene hätte fast den Kopf geschüttelt. Sie konnte sich erst im späteren Verlauf der Zeremonie wieder bedecken. Vor langer Zeit hätte Kwamesas Frage weitere Beweise erfordert. In jenen Zeiten wurden formelle Zeremonien ›in Licht gekleidet‹ durchgeführt. Was würden diese Frauen aus einem Aiel-Dampfzelt oder einem shienarischen Bad machen?

Es war keine Zeit zum Nachdenken.

»Wer erhebt sich für diese Frau«, fragte Romanda, »und bittet für sie, Herz für Herz, Seele für Seele, Leben für Leben?« Sie saß aufrecht und wirkte höchst würdevoll, obwohl ihr rundlicher Busen entblößt blieb.

»Ich bitte für sie«, sagte Sheriam bestimmt, kurz darauf nacheinander von den lauten Stimmen Morvrins und Myrelles gefolgt.

»Tretet vor, Egwene al'Vere«, befahl Romanda brüsk. Egwene trat drei Schritte vor und kniete sich hin. Sie fühlte sich wie erstarrt. »Warum seid Ihr hier, Egwene al'Vere?«

Sie war wirklich erstarrt. Sie fühlte nichts in ihrem Inneren. Sie konnte sich auch nicht mehr an die Antworten erinnern, aber irgendwie lösten sie sich dennoch von ihrer Zunge. »Ich wurde vom Saal der Burg gerufen.«

»Was wollt Ihr, Egwene al'Vere?«

»Der Weißen Burg dienen, nicht mehr und nicht weniger.« Licht, sie würden es *wirklich* tun!

»Wie würdet Ihr dienen, Egwene al'Vere?«

»Mit meinem Herzen und meiner Seele und meinem Leben im Licht wandelnd. Ohne Angst oder Begehren im Licht wandelnd.«

»Wo würdet Ihr dienen, Egwene al'Vere?«

Egwene atmete tief ein. Sie *konnte* diesem Wahnsinn noch Einhalt gebieten. Sie war sicherlich noch nicht soweit, um wirklich … »Auf dem Amyrlin-Sitz, wenn es dem Saal der Burg richtig erscheint.« Ihr Atem gefror. Jetzt war es zu spät zur Umkehr. Vielleicht war es schon im Herzen des Steins zu spät gewesen.

Delana stand als erste auf, dann Kwamesa und Janya und weitere, bis neun Sitzende vor ihren Stühlen standen und Annahme signalisierten. Romanda saß noch fest auf ihrem Platz. Neun von achtzehn. Die Annahme mußte einstimmig erfolgen – der Saal strebte stets nach Übereinstimmung, und letztendlich geschahen alle Abstimmungen einstimmig, obwohl es oft vieler Gespräche bedurfte, bis es gelang –, aber heute abend gäbe es außer den zeremoniellen Sätzen keinerlei Gespräche, und dies war eine regelrechte, wenn auch knappe Ablehnung. Sheriam und die anderen hatten sie wegen ihres Einwandes ausgelacht, daß dies geschehen könnte, und das so bereitwillig, daß sie sich vielleicht Sorgen gemacht hätte, wenn die ganze Sache nicht so lächerlich gewesen wäre, aber sie hatten sie andererseits auch fast beiläufig davor gewarnt, daß dies geschehen könnte. Keine Ablehnung, sondern die Feststellung, daß die Sitzenden, die sich nicht erhoben hatten, keine Schoßhunde sein wollten. Laut Sheriam nur eine Geste, ein Zeichen, aber als sie Romandas und Lelaines starre Gesichter betrachtete, war sich Egwene dessen keineswegs sicher. Sie hatten auch gesagt, es würden vielleicht nur drei oder vier sein.

Die stehenden Frauen setzten sich schweigend wieder hin. Niemand sprach, aber Egwene wußte, was sie tun mußte. Ihre Erstarrung war gewichen.

Sie erhob sich und trat auf die nächste Sitzende zu, eine Grüne mit strengen Gesichtszügen namens Samalin, die sich nicht erhoben hatte. Während Egwene sich vor Samalin wieder hinkniete, kniete sich Sheriam mit einer weiten Waschschüssel in Händen neben sie. Die Oberfläche des Wassers kräuselte sich. Sheriam wirkte kühl und nüchtern, während Egwene zu schwitzen begann, aber Sheriams Hände zitterten. Morvrin kniete sich ebenfalls hin und reichte Egwene ein Tuch, während Myrelle mit Handtüchern über dem Arm neben ihr wartete. Myrelle schien aus irgendeinem Grund verärgert.

»Bitte erlaubt mir zu dienen«, sagte Egwene. Strikt geradeaus schauend, raffte Samalin ihre Röcke bis zu den Knien. Sie war barfuß. Egwene wusch und trocknete beide Füße und trat dann zu der nächsten Grünen, einer etwas rundlichen Frau namens Malind. Sheriam und die anderen hatten ihr die Namen aller Sitzenden genannt. »Bitte erlaubt mir zu dienen.« Malind hatte ein hübsches Gesicht mit vollen Lippen und dunklen Augen, aber sie lächelte nicht. Sie war eine derjenigen, die aufgestanden waren, aber auch sie war barfuß.

Alle Sitzenden im Raum waren barfuß. Während Egwene all diese Füße wusch, fragte sie sich, ob die Sitzenden gewußt hatten, wie viele sich nicht erheben würden. Sie hatten eindeutig gewußt, daß einige es tun würden, daß dieser Dienst nötig sein würde.

Sie wusch und trocknete den letzten Fuß – er gehörte Janya, die die Stirn runzelte, als dächte sie an etwas völlig anderes, aber zumindest war sie aufgestanden –, ließ das Tuch in die Waschschüssel fallen, kehrte zu ihrem Platz am Anfang der Reihe zurück und kniete sich wieder hin. »Bitte erlaubt mir zu dienen.« Noch eine Chance.

Delana erhob sich erneut als erste, aber Samalin tat es ihr dieses Mal sofort nach. Niemand sprang auf, aber sie erhoben sich doch eine nach der anderen, bis nur noch Lelaine und Romanda sitzen geblieben waren und einander, nicht Egwene, ansahen. Schließlich zuckte Lelaine kaum merklich die Achseln, zog gemächlich ihr Leibchen hoch und stand ebenfalls auf. Romanda wandte den Kopf und sah Egwene an. Sie ließ ihren Blick so lange auf ihr ruhen, bis Egwene Schweiß zwischen ihren Brüsten hinab und an den Rippen entlang rinnen spürte. Aber zumindest zog Romanda sich dann betont langsam an und folgte dem Beispiel der anderen. Egwene hörte ein erleichtertes Keuchen hinter sich, wo Sheriam und die anderen warteten.

Aber es war noch nicht vorbei. Romanda und Lelaine kamen zusammen zu ihr, um sie dann zu dem gelb bemalten Stuhl zu führen. Sie stand davor, während sie ihr das Leibchen hochzogen und die Stola des Amyrlin-Sitzes um ihre Schultern drapierten, wobei sie und alle anderen Sitzenden sagten: »Ihr werdet im Glanz des Lichts zum Amyrlin-Sitz erhoben, auf daß die Weiße Burg ewig bestehen möge. Egwene al'Vere, die Hüterin der Siegel, die Flamme von Tar Valon, der Amyrlin-Sitz.« Lelaine nahm Egwene den Großen

Schlangenring von der linken Hand und gab ihn Romanda, die ihn dann an Egwenes rechte Hand steckte. »Möge das Licht den Amyrlin-Sitz und die Weiße Burg erleuchten.«

Egwene lachte. Romanda blinzelte, Lelaine sah sie verwirrt an, und sie waren nicht die einzigen. »Ich habe mich nur gerade an etwas erinnert«, sagte sie und fügte dann hinzu: »Töchter.« So nannte die Amyrlin die Aes Sedai. Sie hatte sich an das erinnert, was als nächstes käme. Sie konnte nicht umhin, es als Gegenleistung für die Erleichterung ihres Weges durch *Tel'aran'rhiod* anzusehen. Egwene al'Vere, der Hüterin der Siegel, der Flamme von Tar Valon, dem Amyrlin-Sitz, gelang es, sich angemessen und ohne zurückzuschrecken auf diesem harten, hölzernen Stuhl niederzulassen. Sie betrachtete beides als Sieg des Willens.

Sheriam, Myrelle und Morvrin traten vor – welche von ihnen gekeucht hatte, war an ihren ernsten Gesichtern nicht zu erkennen –, und die Sitzenden bildeten hinter ihnen eine Reihe, die sich bis zur Tür erstreckte. Sie stellten sich dem Alter nach auf, so daß Romanda ganz am Ende der Reihe zu stehen kam.

Sheriam vollführte einen tiefen Hofknicks. »Bitte erlaubt mir zu dienen, Mutter.«

»Ihr dürft der Burg dienen, Tochter«, erwiderte Egwene so ernst wie möglich. Sheriam küßte ihren Ring und trat beiseite, während Myrelle einen Hofknicks vollführte.

Die Reihe wurde fortgeführt. Es gab bei der Durchführung einige Überraschungen. Keine der Sitzenden war trotz ihrer Aes Sedai-Gesichter wirklich jung. Die hellhaarige Delana, die Egwene für fast so alt wie Romanda gehalten hatte, stand ungefähr in der Mitte der Reihe, während Lelaine und Janya, beide recht hübsche Frauen ohne eine Spur Grau im dunklen Haar, erst unmittelbar vor der weißhaarigen Gelben kamen. Jede vollführte einen Hofknicks, küßte Egwenes Ring mit vollkommen ausdruckslosem Gesicht – obwohl einige Egwenes gestreiften Saum ansahen – und verließ den Raum schweigend durch eine Hintertür. Normalerweise wäre die Zeremonie noch nicht zu Ende gewesen, aber der Rest würde bis zum Morgen warten müssen.

Schließlich war Egwene mit den drei Frauen allein, die für sie gebetet hatten. Sie war sich noch immer nicht sicher, was das bedeutete. »Was wäre geschehen, wenn Rowanda nicht aufgestanden wäre?« Vermutlich hätte sie noch eine Gelegenheit bekommen – eine weitere Runde Füße waschen und um die Erlaubnis bitten, dienen zu dürfen –, aber sie war sich sicher, daß sie auch noch eine dritte Chance bekommen hätte, wenn Romanda sie zum zweiten Mal abgelehnt hätte.

»Dann wäre sie sehr wahrscheinlich in wenigen Tagen selbst zur Amyrlin ernannt worden«, erwiderte Sheriam. »Sie oder Lelaine.«

»Das habe ich nicht gemeint«, sagte Egwene. »Was wäre mit mir geschehen? Wäre ich wieder eine Aufgenommene gewesen?« Anaiya und die anderen eilten lächelnd zu ihr, und Myrelle half Egwene aus dem gestreiften weißen Gewand in ein hellgrünes Seidengewand, das sie nur bis zum Schlafengehen tragen würde. Es war schon spät, aber die Amyrlin konnte nicht im Gewand einer Aufgenommenen umhergehen.

»Sehr wahrscheinlich«, antwortete Morvrin kurz darauf. »Ich weiß nicht, ob es gut wäre oder nicht, eine Aufgenommene zu sein, von der jede Sitzende wüßte, daß sie um ein Haar den Amyrlin-Sitz innegehabt hätte.«

»Das ist erst selten geschehen«, sagte Beonin, »aber eine Frau, welcher der Amyrlin-Sitz verweigert wird, wird üblicherweise verbannt. Der Saal strebt nach Harmonie, und sie wäre unweigerlich eine Quelle der Unruhe.«

Sheriam sah Egwene wie zur Betonung ihrer Worte

direkt in die Augen. »Wir wären sicherlich verbannt worden. Myrelle, Morvrin und ich bestimmt, da wir aufgestanden sind und für Euch gebeten haben, und Carlinya, Beonin und Anaiya ebenfalls.« Plötzlich lächelte sie. »Aber es ist anders gekommen. Die neue Amyrlin soll ihre erste Nacht eigentlich in nachdenklicher Betrachtung und im Gebet verbringen, aber wenn Myrelle mit diesen Knöpfen fertig ist, wäre es vielleicht besser, wenn wir wenigstens einen Teil der Zeit damit verbrächten, Euch über die Lage in Salidar aufzuklären.«

Alle sahen sie an. Myrelle stand hinter ihr und schloß den letzten Knopf, aber sie konnte den Blick der Frau spüren. »Ja, ich glaube, das wäre vielleicht das beste.«

KAPITEL 13

Zur Amyrlin erhoben

Egwene hob den Kopf von den Kissen, sah sich um und war einen Moment überrascht, sich in einem Himmelbett in einem großen Raum zu befinden. Das frühe Morgenlicht drang durch die Fenster, und eine vollendet hübsche Frau in einem einfachen grauen Wollgewand stellte gerade einen großen weißen Krug mit heißem Wasser auf dem Waschtisch ab. Chesa war ihr letzte Nacht als ihr Dienstmädchen vorgestellt worden. Das Dienstmädchen der Amyrlin. Ein verdecktes Tablett stand bereits neben Kamm und Bürste auf einem kleinen Tisch unter einem Spiegel mit Silberrahmen. Der Duft frischen Brotes und gedünsteter Birnen schwebte in der Luft.

Anaiya hatte den Raum für Egwenes Ankunft vorbereitet. Die Möbel paßten nicht zueinander, aber es waren die besten Möbel, die Salidar zu bieten hatte, von dem bequemen Armsessel, der mit grüner Seide aufgepolstert war, bis zu dem Standspiegel in der Ecke mit der makellosen Vergoldung und dem mit Holzschnitzereien verzierten Kleiderschrank, in dem jetzt ihre Habe hing. Leider schien Anaiya Spitze und Rüschen sehr zu mögen. Beides war in übertriebenem Maße am Betthimmel und den zurückgezogenen Bettvorhängen zu finden, und die einen oder anderen Spitzen oder Rüschen zierten auch die Tische und den Stuhl, die Armlehnen des gepolsterten Sessels, die Bettdecke, die Egwene auf den Boden geworfen hatte, und das dünne Seidenlaken, das dieser gefolgt war. Auch die Vorhänge an den Fenstern wiesen Spitze auf.

Egwene ließ den Kopf wieder sinken. Auch das Kissen war von Spitze gesäumt. Der Raum vermittelte ihr das Gefühl, in Spitze zu ertrinken.

Es war viel gesprochen worden, nachdem Sheriam und die anderen sie in die, wie sie es nannten, Kleine Burg gebracht hatten, die fast ganz auf ihrer Seite stand. Sie waren nicht wirklich an ihren Vermutungen interessiert, was Rand vorhatte oder was Coiren und die anderen vielleicht wollten. Eine Abordnung unter Merana, die nach Caemlyn ziehen wollte, hielt sich hier auf, und sie wußten, was zu tun war, obwohl sie sich nicht näher darüber äußerten. Sie übernahmen den größten Teil der Gespräche, während sie zuhörte, und ließen ihre Fragen unbeachtet. Die Antworten auf einige dieser Fragen waren im Moment ohne Belang, wurde ihr gesagt. Nur einige wurden schnell beantwortet, bevor wichtigere Dinge besprochen wurden. Abordnungen waren zu jedem Herrscher entsandt worden, die nacheinander benannt wurden. Dabei wurde erklärt, warum er oder sie für Salidars Zwecke absolut lebenswichtig war, was anscheinend für alle galt. Sie sagten nicht direkt, daß alles fehlschlagen würde, wenn sich auch nur ein Herrscher gegen sie stellte, aber die Art, wie jeder einzelne Herrscher ausdrücklich erwähnt wurde, sprach dafür. Gareth Bryne erhob gerade ein Heer, das ausreichend stark wäre, ihre Ansprüche gegen Elaida einzuklagen, wenn es dazu käme. Sie glaubten es anscheinend nicht, trotz Elaidas Forderung, in die Burg zurückkehren zu wollen. Sie glaubten anscheinend, daß die Aes Sedai zu Egwene al'Vere kommen würden, wenn sich die Nachricht ihrer Ernennung zum Amyrlin-Sitz verbreitet hätte, sogar einige der zur Zeit in der Burg befindlichen Aes Sedai, ausreichend viele, daß Elaida der Forderung zurückzutreten nachgeben müßte. Die Weißmäntel drehten aus irgendeinem Grund den Daumen, so daß es in Salidar gegenwärtig so sicher wie überall war. Daß Logain genauso geheilt worden war wie Siuan – und Leane, die natürlich geheilt worden wäre, wenn sie dagewesen wäre; es war schlicht überraschend, als man herausfand, daß sie tatsächlich da war –, wurde fast beiläufig erwähnt.

»*Es gibt dort nichts, worüber Ihr Euch sorgen müßtet*«, *sagte Sheriam tröstend. Sie stand über Egwene, die in dem gepolsterten Armsessel saß, während die anderen im Kreis um sie herumstanden.* »*Der Saal wird darüber streiten, ob man ihn wieder besänftigen soll, bis das hohe Alter uns von dieser Sorge befreit.*«

Egwene versuchte, ein weiteres Gähnen zu unterdrücken – es war schon spät –, und Anaiya sagte: »*Wir müssen sie schlafen lassen. Der morgige Tag ist fast genauso wichtig, wie es der heutige Abend war, Kind.*« *Plötzlich lachte sie leise in sich hinein.* »*Mutter. Der morgige Tag ist auch wichtig, Mutter. Wir werden Chesa herschicken, damit sie Euch hilft, Euch fürs Bett fertigzumachen.*«

Sie konnte, selbst nachdem sie gegangen waren, noch nicht einfach zu Bett gehen. Während Chesa noch Egwenes Kleid öffnete, erschien Romanda mit einer Reihe von Vorschlägen für die Amyrlin, die mit fester, ernster Stimme vorgetragen wurden, und sie ging nicht eher, als bis Lelaine kam, als hätte die Blaue Sitzende auf den Weggang der Gelben gewartet. Lelaine wußte auch hilfreichen Rat, den sie der aufrecht im Bett sitzenden Egwene mitteilte, nachdem Chesa sanft, aber bestimmt aus dem Raum geschickt worden war. Ihre Ratschläge glichen denen Romandas in keiner Weise – und auch Sheriams nicht sehr – und wurden mit herzlichem, sogar gütigem Lächeln dargebracht, aber auch mit genauso viel Sicherheit, daß Egwene in den ersten Monaten ein wenig Anleitung brauchen würde. Keine der Frauen sprach deutlicher aus als Sheriam, daß sie Egwene zu dem hinführen würde, was das beste für die Burg war, oder daß Sheriam und ihr kleiner Kreis vielleicht in zu viele Richtungen zu gehen versuchten,

oder daß sie vielleicht schlechten Rat erteilen würden, aber Andeutungen waren deutlich erkennbar. Romanda und Lelaine deuteten auch beide an, daß die jeweils andere vielleicht ihre eigenen Schwerpunkte hätte, die zweifellos nicht genannte Verwicklungen bewirken würden.

Als Egwene die letzte Lampe durch das Lenken der Macht löschte, erwartete sie einen Schlaf voller Alpträume. Tatsächlich erinnerte sie sich am nächsten Morgen aber nur an zwei. In einem war sie die Amyrlin – eine Aes Sedai, aber ohne die Eide geleistet zu haben –, und alles, was sie tat, führte ins Unglück. Sie erwachte bei diesem Traum ruckartig, um davonzukommen, war sich aber dennoch sicher, daß es ein Traum ohne Bedeutung war. Er hatte einer ihrer Erfahrungen im *Ter'angreal* geähnelt, wo sie geprüft worden war, um eine Aufgenommene zu werden. Soweit jedermann wußte, hatten sie keinen Bezug zur Realität. Nicht zu dieser Realität. Der andere Traum war so töricht wie erwartet. Sie wußte genug über ihre Träume, um das zu erkennen, selbst wenn sie sich letztendlich aufwecken mußte, um auch diesem zu entrinnen. Sheriam hatte ihr die Stola von den Schultern gerissen, und dann hatten alle sie ausgelacht und auf die Närrin gezeigt, die tatsächlich geglaubt hatte, ein kaum achtzehnjähriges Mädchen könnte die Amyrlin sein. Nicht nur die Aes Sedai hatte gelacht, sondern auch alle Weise Frauen und Rand und Perrin und Mat und Nynaeve und Elayne, fast alle, denen sie jemals begegnet war, während sie nackt dort stand und verzweifelt versuchte, das Gewand einer Aufgenommenen anzuziehen, das vielleicht einem zehnjährigen Kind gepaßt hätte.

»Nun, Ihr könnt nicht den ganzen Tag im Bett liegen bleiben, Mutter.«

Egwene öffnete die Augen.

Chesas Gesicht zeigte einen Ausdruck gespielter Strenge, aber mit einem Zwinkern in den Augen. Sie war mindestens in Egwenes Alter. Bei ihrer ersten Begegnung war sie sofort in eine respektvolle und auch vertraute Haltung verfallen, die man von einer erfahrenen Dienerin erwarten konnte. »Der Amyrlin-Sitz darf keine Langschläferin sein, gerade heute nicht.«

»Daran würde ich zuletzt denken.« Egwene kletterte steif aus dem Bett und streckte sich, bevor sie ihr verschwitztes Nachtgewand auszog. Sie konnte nicht warten, bis sie die Macht lange genug angewandt hätte, um nicht mehr zu schwitzen. »Ich werde das blaue Seidengewand mit den weißen Morgensternen am Halsausschnitt tragen.« Sie bemerkte, daß Chesa bewußt nicht hinsah, während sie ihr ein frisches Hemd reichte. Die Wirkung ihrer Begegnung mit dem *Toh* hatte ein wenig nachgelassen, aber sie schien noch immer leicht zerschlagen zu sein. »Ich hatte einen Unfall, bevor ich hierherkam«, sagte sie und zog sich das frische Hemd eilig über den Kopf.

Chesa nickte plötzlich verstehend. »Pferde sind bösartige, wenig vertrauenswürdige Ungeheuer. Ihr würdet mich niemals auf ein Pferd bekommen, Mutter. Ein guter, robuster Karren ist weitaus sicherer. Wenn ich von einem Pferd fiele, würde ich es niemals jemandem erzählen. Nildra würde es tun, und Kaylin ... Oh, Ihr würdet niemals glauben, was Frauen manchmal sagen, sobald man den Rücken wendet. Beim Amyrlin-Sitz ist es natürlich anders, aber das würde ich tun.« Sie hielt die Schranktür auf und warf Egwene einen Seitenblick zu, um zu sehen, ob sie verstand.

Egwene lächelte ihr zu. »Menschen sind Menschen, ob hoch- oder tiefgestellt«, sagte sie ernst.

Chesa strahlte einen Moment, bevor sie das blaue Gewand zutage förderte. Sheriam hatte sie vielleicht ausgesucht, aber sie war das Dienstmädchen des Amyrlin-Sitzes und hielt dem Amyrlin-Sitz die Treue. Uns sie hatte auch recht damit, daß der heutige Tag sehr wichtig war.

Egwene aß schnell – trotz Chesas gemurmelten Bemerkungen, daß es dem Magen schade, das Essen hinunterzuschlingen, auch wenn die warme Milch mit Honig und Gewürzen immerhin geeignet sei, einen nervösen Magen wieder zu beruhigen – putzte sich die Zähne und wusch sich, ließ Chesa einige Male mit der Bürste durch ihr Haar fahren und zog sich so schnell an, wie die Frau ihr die blaue Seide über den Kopf ziehen konnte. Sie drapierte die Stola mit den sieben Streifen um ihre Schultern und hielt dann inne, um sich im Spiegel zu betrachten. Stola oder nicht – sie sah nicht wie ein Amyrlin-Sitz aus. *Aber ich bin es. Dies ist kein Traum*.

Unten im großen Raum waren die Tische noch genauso leer wie in der Nacht. Nur die Sitzenden befanden sich dort, die ihre Stolen trugen und nach Ajahs geordnet zusammensaßen. Nur Sheriam war allein. Sie verstummten, als Egwene die Treppe herunterkam, und vollführten einen Hofknicks. Romanda und Lelaine beäugten sie kritisch, wandten sich dann ab, vermieden es ganz offensichtlich, Sheriam anzusehen, und nahmen ihre Unterhaltungen wieder auf. Als Egwene still blieb, taten es die anderen ihr nach. Gelegentlich schaute eine von ihnen zu ihr. Ihre Stimmen klangen sogar noch im Flüsterton zu laut. Draußen war es äußerst ruhig. Egwene nahm ihr Taschentuch aus dem Ärmel und tupfte ihr Gesicht ab. *Sie* schwitzten überhaupt nicht.

Sheriam trat neben sie. »Es wird gutgehen«, sagte sie leise. »Erinnert Euch einfach an das, was Ihr sagen müßt.« Auch das hatten sie letzte Nacht in allen Einzelheiten durchgesprochen. Egwene mußte heute morgen eine Rede halten.

Egwene nickte. Es war seltsam. Ihr Magen hätte sich umstülpen und ihre Knie hätten zittern sollen. Beides war nicht der Fall, und sie konnte es nicht verstehen.

»Ihr braucht Euch nicht zu sorgen.« Sheriam klang,

als glaubte sie, Egwene sei ängstlich, und wollte sie trösten, aber bevor sie erneut etwas sagen konnte, erhob Romanda die Stimme.

»Es ist Zeit.«

Die Sitzenden stellten sich mit raschelnden Röcken dem Alter nach in einer Reihe auf, wobei Romanda dieses Mal voranging, und marschierten hinaus. Egwene näherte sich der Tür. Noch immer kein Magenflattern. Vielleicht hatte Chesa mit der warmen Milch recht gehabt.

Es herrschte noch immer Stille, aber dann erklang erneut Romandas von Natur aus laute Stimme. »Wir haben einen Amyrlin-Sitz.«

Egwene trat in eine Hitze hinaus, die sie erst später am Tag erwartet hätte. Als ihr Fuß aus der Vorhalle trat, landete er auf einer aus Luft gewobenen Plattform. Die Reihen der Sitzenden erstreckten sich draußen zu beiden Seiten, und jede Sitzende schimmerte im Lichte *Saidars*.

»Egwene al'Vere«, sagte Romanda in feierlichem Tonfall, während ihre Stimme von den Strängen der Macht getragen wurde, »die Hüterin der Siegel, die Flamme von Tar Valon, der Amyrlin-Sitz.«

Sie hoben sie hoch, während Romanda sprach, erhoben die Amyrlin wahrhaftig, bis sie unmittelbar unter dem Strohdach stand, auf dünner Luft stand, wie es jedermann erscheinen mußte, aber eine Frau, die die Macht lenken konnte.

Es waren viele Menschen dort, die sie, von der aufgehenden Sonne umrissen, sahen. Ein zweites Gewebe ließ das Licht zu einem schimmernden Kokon um sie herum werden. Männer und Frauen bevölkerten die Straße. Die Menge erstreckte sich bis um die Häuserecken. Jeder Eingang, jedes Fenster und jedes Dach außer dem der Kleinen Burg selbst war von Menschen erfüllt. Lärm erklang, der Romanda beinahe übertönt hätte, Wogen von Hochrufen, die über das Dorf hinwegrollten. Egwene betrachtete die Menge, suchte nach Nynaeve und Elayne, aber sie konnte sie in diesem Meer aufwärts gewandter Gesichter nicht finden. Ein ganzes Zeitalter schien vergangen zu sein, bevor es wieder still genug wurde, daß sie sprechen konnte. Das Gewebe hatte ihr Romandas Stimme zugetragen.

Sheriam und die anderen hatten ihre Rede vorbereitet, eine ernste Ermahnung, die sie vielleicht ohne Erröten hätte äußern können, wenn sie doppelt – oder, noch besser, dreimal – so alt gewesen wäre, wie sie tatsächlich war. Sie hatte selbst einige Änderungen angebracht. »Wir haben uns hier auf der Suche nach Wahrheit und Gerechtigkeit versammelt, die nicht enden wird, bis die falsche Amyrlin Elaida von dem Platz vertrieben ist, den sie sich widerrechtlich angeeignet hat. Als Amyrlin werde ich euch bei dieser Suche leiten, und ich werde nicht schwanken, wie ihr es, wie ich weiß, tun werdet.« Und das war genug Ermahnung. Sie hatte keinesfalls die Absicht, lange genug hier oben zu bleiben, um alles zu wiederholen, was die Aes Sedai sie sagen hören wollten. Es wäre auch nur auf das hinausgelaufen, was sie ohnehin bereits gesagt hatte. »Ich ernenne Sheriam Bayanar als meine Behüterin der Chroniken.«

Hierauf erklangen weitaus weniger Hochrufe. Eine Behüterin war immerhin keine Amyrlin. Egwene schaute hinab und wartete, bis sie Sheriam herauseilen sah, während sie noch die Stola der Behüterin um ihre Schultern drapierte, die als Zeichen dafür, daß sie der Blauen Ajah entstammte, blau war. Es war beschlossen worden, keinen zweiten Amyrlin-Stab zu gestalten, der von einer goldenen Flamme gekrönt wurde und den die Behüterin trug. Bis der echte Stab von der Weißen Burg zurückerlangt werden konnte, würde es ohne ihn gehen müssen. Sheriam hatte weitaus mehr Unterstützung erwartet, und sie sah Egwene verärgert an. Romanda und Lelaine, die in der Reihe der Sitzenden standen, zeigten ausdruckslose Gesichter. Sie hatten beide ihre eigenen sehr nachdrücklichen Vorschläge zur Ernennung der Behüterin gemacht, und bei beiden war es, wie nicht erwähnt werden muß, nicht Sheriam gewesen.

Egwene atmete tief ein und wandte sich wieder an die wartende Menge. »Um diesen Tag zu ehren, verfüge ich hiermit, daß allen Aufgenommenen und Novizinnen alle Bußen und Strafen erlassen werden.« Das war üblich und bewirkte erfreute Ausrufe von weiß gekleideten Mädchen und einigen wenigen unbeherrschten Aufgenommenen. »Um diesen Tag zu ehren, verfüge ich hiermit, daß Theodrin Dabei, Faolain Orande, Nynaeve al'Meare und Elayne Trakand von diesem Moment an als vereidigte Schwestern und Aes Sedai zur Stola erhoben werden.« Ein fragendes Schweigen lastete auf der Menge, und nur hier und da erklang ein Murmeln. Das war absolut nicht üblich. Es war weit davon entfernt, üblich zu sein. Aber es war gesagt worden, und es war gut, daß Morvrin zufällig Theodrin und Faolain mit einbezogen hatte. Es war Zeit, sich wieder an das zu halten, was sie für sie aufgeschrieben hatten. »Ich verfüge hiermit, daß der heutige Tag ein Tag der Festlichkeit und des Feierns sei. Es sollen nur Arbeiten ausgeführt werden, die für das Vergnügen notwendig sind. Möge das Licht euch alle bescheinen, und die Hand des Schöpfers euch beschützen.« Die letzten Worte wurden von einem tumultartigen Gebrüll übertönt, das selbst das Gewebe niederdrückte, das ihre Worte getragen hatte. Einige Leute begannen an Ort und Stelle auf der Straße zu tanzen, obwohl kaum genug Platz war.

Die aus Luft gestaltete Plattform sank vielleicht ein wenig schneller, als sie aufgestiegen war. Die Sitzenden sahen sie an, als sie herabtrat, und das Schimmern *Saidars* begann unter ihnen zu verblassen, fast bevor sie den Boden berührt hatte.

Sheriam eilte heran, nahm Egwenes Arm und lächelte den Sitzenden mit den starren Gesichtern zu. »Ich muß der Amyrlin ihr Studierzimmer zeigen. Entschuldigt uns.« Egwene hätte nicht direkt behauptet, daß Sheriam sie hineindrängte, aber andererseits hätte sie auch nicht widersprochen, daß sie es tat. Sie glaubte nicht, daß Sheriam sie tatsächlich hineinzerren würde, aber es schien ratsamer, mit der freien Hand ihre Röcke zu raffen und größere Schritte zu machen, um es nicht herausfinden zu müssen.

Ihr Studierzimmer an der Rückseite des Aufenthaltsraums war etwas kleiner als ihr Schlafzimmer und wies zwei Fenster, einen Schreibtisch, einen Stuhl mit hoher Rückenlehne dahinter und zwei weitere Stühle davor auf. Sonst nichts. Die mit einem Klopfholz mit Vertiefungen versehenen Wandpaneele waren poliert, so daß sie matt glänzten, aber die Tischplatte war leer. Ein Blumenteppich lag auf dem Boden.

»Verzeiht, wenn ich brüsk war, Mutter«, sagte Sheriam, während sie ihren Arm losließ, »aber ich dachte, wir sollten allein miteinander reden, bevor Ihr mit einer der Sitzenden sprecht. Sie haben alle an Eurer Rede mitgearbeitet, und ...«

»Ich weiß, ich habe einige Änderungen angebracht«, sagte Egwene mit strahlendem Lächeln, »aber ich hatte solche Bedenken, als ich dort oben stand und all das sagen sollte.« Sie *alle* hatten daran mitgearbeitet? Kein Wunder, daß es wie die schwülstige Rede einer alten Frau geklungen hatte, die nicht aufhören konnte zu reden. Sie mußte fast lachen. »Wie dem auch sei – ich habe gesagt, was zu sagen war, im Kern jedenfalls. Elaida muß vertrieben werden, und ich werde die Menschen dabei führen.«

»Ja«, sagte Sheriam zögernd, »aber es wird vielleicht einige Fragen bezüglich der einen oder anderen ... Änderung geben. Theodrin und Faolain werden sicherlich zu Aes Sedai erhoben werden, sobald wir die Burg und die Eidesrute zurückerlangt haben, und sehr wahrscheinlich auch Elayne, aber Nynaeve kann noch immer keine Kerze anzünden, ohne vorher vor allen Leuten an ihrem Zopf zu ziehen.«

»Genau das wollte ich ansprechen«, sagte Romanda, die hereinkam, ohne anzuklopfen. »Mutter«, fügte sie nach einer betonten Pause hinzu. Lelaine schloß die Tür hinter ihnen, fast vor den Nasen mehrerer anderer Sitzender.

»Es schien notwendig«, sagte Egwene mit geweiteten Augen. »Der Gedanke kam mir in der letzten Nacht. Ich wurde zur Aes Sedai erhoben, ohne geprüft zu werden oder die Drei Eide zu leisten, und wenn ich die einzige wäre, würde das nur auf mich aufmerksam machen. Wenn weitere vier Frauen genauso erhoben werden, wird es bei mir nicht mehr so seltsam erscheinen, zumindest nicht den hier lebenden Menschen. Elaida könnte vielleicht falsche Schlüsse daraus ziehen, wenn sie es hört, aber die meisten Leute haben nur so geringe Kenntnisse über die Aes Sedai, daß sie ohnehin nicht wissen werden, was sie glauben sollen. Die Menschen hier sind am wichtigsten. Sie müssen Vertrauen zu mir haben.«

Jeder andere außer den Aes Sedai hätte sie mit offenem Mund angestarrt. Tatsächlich stotterte auch Romanda fast.

»Vielleicht«, begann Lelaine streng und zog brüsk an ihrer Stola, hielt aber dann inne. Es war so. Und außerdem – der Amyrlin-Sitz hatte jene Frauen öffentlich zu Aes Sedai erklärt. Der Saal konnte sie vielleicht auf der Stufe von Aufgenommenen halten – oder was auch immer in diesem Fall Theodrin und Faolain waren –, aber der Saal konnte keine Erinnerungen auslöschen, und er würde das Wissen aller nicht zunichte machen können, daß sie sich an ihrem ersten Tag gegen die Amyrlin gestellt hatten.

»Ich hoffe, Mutter«, sagte Romanda mit angespannter Stimme, »daß Ihr beim nächsten Mal zuerst den Saal zu Rate ziehen werdet. Gegen die Gebräuche zu handeln, kann unerwartete Folgen zeitigen.«

»Gegen die Gebräuche zu handeln, kann unglückliche Folgen zeitigen«, sagte Lelaine barsch und fügte ein verspätetes »Mutter« hinzu. Das war Unsinn, oder doch beinahe. Es war richtig, daß die Bedingungen, zur Aes Sedai erhoben zu werden, gesetzlich festgelegt waren, aber die Amyrlin konnte nahezu alles verfügen, was sie wollte. Dennoch ging eine weise Amyrlin nicht bereitwillig Auseinandersetzungen mit dem Saal ein, wenn es vermeidbar war.

»Oh, ich werde den Saal in Zukunft zu Rate ziehen«, versprach Egwene ernst. »Aber es schien mir richtig zu sein. Würdet Ihr mich jetzt bitte entschuldigen? Ich muß wirklich mit der Behüterin sprechen.«

Sie bebten förmlich. Sie vollführten flüchtige Hofknickse, ihre Abschiedsworte vollkommen korrekt, soweit es nur die Worte betraf, aber bei Romanda klangen sie mürrisch und bei Lelaine messerscharf.

»Ihr habt das sehr gut gehandhabt«, sagte Sheriam, als sie fort waren. Sie klang überrascht. »Aber Ihr müßt im Gedächtnis behalten, daß der Saal jeder Amyrlin Schwierigkeiten machen kann. Einer der Gründe, warum ich Eure Behüterin bin, ist der, daß ich Euch raten und Euch von dieser Art Schwierigkeiten fernhalten kann. Ihr solltet mich fragen, bevor Ihr irgend etwas verfügt. Und wenn ich nicht in der Nähe bin, dann fragt Myrelle und Morvrin und die anderen. Wir sind hier, um Euch zu helfen, Mutter.«

»Ich verstehe, Sheriam. Ich verspreche Euch, sorgfältig auf Eure Worte zu achten. Ich würde Nynaeve und Elayne gern sehen, wenn es möglich ist.«

»Es sollte möglich sein«, sagte Sheriam lächelnd, »obwohl ich Nynaeve vielleicht leibhaftig von einer Gelben fortzerren muß. Siuan wird Euch über das Zeremoniell belehren, das eine Amyrlin beherrschen muß – es gibt vieles darüber zu lernen –, aber ich werde ihr sagen, daß sie erst etwas später kommen soll.«

Egwene schaute zur Tür, nachdem auch Sheriam gegangen war. Dann wandte sie sich um und betrachtete den Tisch. Er war vollkommen leer. Es gab keine Berichte zu lesen und keine Aufzeichnungen zu betrachten. Nicht einmal ein Federhalter oder Tinte waren vorhanden, um eine Nachricht und erst recht keine Verfügung festzuhalten. Und Siuan würde sie über das Zeremoniell belehren.

Als es schüchtern an der Tür klopfte, stand sie noch immer am selben Fleck. »Kommt herein«, rief sie und fragte sich, ob es Siuan oder vielleicht ein Diener mit Honigkuchen war, der bereits in mundgerechte Stücke geschnitten war.

Nynaeve streckte zögernd den Kopf ins Zimmer und wurde dann von Elayne hineingeschoben. Sie vollführten Seite an Seite perfekte Hofknickse, breiteten dabei die weißen, mit Streifen versehenen Röcke aus und murmelten: »Mutter.«

»Bitte tut das nicht«, sagte Egwene. Tatsächlich war es eher ein Stöhnen. »Ihr seid meine einzigen Freundinnen, und wenn ihr anfangt...« Licht, sie würde gleich weinen!

Elayne erreichte sie um Haaresbreite zuerst und schlang ihre Arme um sie. Nynaeve schwieg und spielte nervös mit einem schmalen Silberarmband. »Wir sind noch immer deine Freundinnen, Egwene, aber du *bist* der Amyrlin-Sitz. Licht, erinnere dich, daß ich dir gesagt habe, du würdest eines Tages die Amyrlin sein, als ich...« Elayne verzog leicht das Gesicht. »Nun, auf jeden Fall *bist* du es. Wir können nicht einfach zur Amyrlin spazieren und fragen: ›Egwene, macht mich dieses Kleid dick?‹ Es wäre nicht angemessen.«

»Das stimmt«, bestätigte Egwene tapfer. »Nun, wenn

wir allein sind«, gestand sie kurz darauf ein, »*möchte* ich, daß ihr mir sagt, wenn mich ein Kleid dick macht, oder ... oder was immer ihr wollt.« Sie lächelte Nynaeve an und zog sanft an ihrem dicken Zopf. Nynaeve schrak zusammen. »Und ich möchte, daß du das wieder tust, wenn dir danach zumute ist. Ich brauche jemanden, der Egwenes Freundin ist und nicht ständig diese ... diese *verdammte* Stola sieht, sonst werde ich verrückt. Da wir gerade von Kleidern sprechen – warum trägst du dieses noch? Ich dachte, du könntest dich jetzt sicherlich umziehen.«

Da zog Nynaeve tatsächlich an ihrem Zopf. »Diese Nisao sagte mir, es müsse ein Irrtum sein, und zerrte mich davon. Sie sagte, sie würde ihre Zeit nicht für eine Feier verschwenden.« Draußen waren erste Klänge dieser Feier zu hören, ein allgemeines Summen, das gerade laut genug war, die Steinmauern zu durchdringen, und leise Musik.

»Nun, es war kein Irrtum«, sagte Egwene. Nisao hatte etwas anderes vor? Nun, sie würde nicht jetzt danach fragen. Nynaeve war nicht glücklich darüber, und Egwene wollte, daß dies ein möglichst fröhliches Zusammensein würde. Sie zog den Stuhl hinter dem Tisch hervor, sah zwei Kissen darauf liegen und lächelte. Chesa. »Wir werden uns hierher setzen und miteinander reden, und dann werde ich euch helfen, die beiden schönsten Kleider in Salidar zu finden. Erzählt mir von euren Entdeckungen. Anaiya erwähnte sie, und Sheriam ebenfalls, aber ich konnte sie nicht lange genug aufhalten, daß sie mir Einzelheiten hätten berichten können.«

Die beiden Frauen hielten fast gleichzeitig in ihrer Bewegung inne, sich hinsetzen zu wollen, und wechselten Blicke. Unerklärlicherweise schienen sie nur widerwillig von Nynaeves Heilung Siuans und Leanes – Nynaeve wiederholte drei Mal sehr besorgt, daß die Heilung Logains ein Versehen gewesen sei – und Elaynes Arbeit mit dem *Ter'angreal* sprechen zu wollen.

Es waren bemerkenswerte Erfolge, besonders Nynaeves Wirken, aber mehr wollten sie nicht sagen. Egwene konnte ihnen noch so oft erklären, wie großartig das war, was sie getan hatten, und wie sehr sie sie beneidete. Egwene hatte nicht lange versucht, selbst Heilung zu bewirken. Sie hatte kein richtiges Gefühl dafür und besonders nicht für dieses komplizierte Muster, das Nynaeve ohne nachzudenken wob, und obwohl sie gut mit Metallen zurechtkam und sowohl Feuer als auch Erde gut beherrschte, verlor sie sie fast augenblicklich wieder. Natürlich wollten sie wissen, wie das Leben unter den Aiel war. Dem erstaunten Blinzeln und jäh abbrechenden Lachen nach zu urteilen, war sich Egwene nicht sicher, ob sie glaubten, was sie ihnen erzählte, und sie erzählte sicherlich nicht alles. Das Thema Aiel führte natürlich auch zum Thema Rand. Beide Frauen lauschten ihrer Wiedergabe seines Treffens mit den Aes Sedai aufmerksam. Sie stimmten ihr zu, daß er sich in größere Gefahr begab, als ihm bewußt war, und jemanden brauchte, der ihn anleitete, bevor er in eine Falle geriet. Elayne glaubte, Min könnte dabei hilfreich sein, wenn die Abordnung Caemlyn erst erreicht hätte – Egwene hörte jetzt zum ersten Mal, daß Min zu der Abordnung gehörte oder überhaupt in Salidar gewesen war –, obwohl sie in Wahrheit eher halbherzig bei der Sache war. Und sie äußerte etwas höchst Eigenartiges, als sei dies eine Wahrheit, die sie nicht hören wollte.

»Min ist besser als ich.« Aus irgendeinem Grund bewirkte dies einen mitfühlenden Blick von Nynaeve. »Ich wünschte, *ich* wäre dort«, fuhr Elayne mit kräftigerer Stimme fort. »Ich meine, um ihn anzuleiten.« Sie schaute von Egwene zu Nynaeve, und ihre Wangen röteten sich. »Nun, auch das.« Nynaeve und Egwene mußten so sehr lachen, daß sie beinahe von ihren Stühlen fielen, und Elayne schloß sich ihnen fast augenblicklich an.

»Es gibt eine gute Nachricht, Elayne«, sagte Egwene atemlos, während sie sich noch immer zu fassen versuchte. Dann erkannte sie plötzlich, was sie im Begriff war zu sagen und warum sie es sagen wollte. Licht, in welch eine Lage war sie da geraten, und sie lachte noch! »Es tut mir leid wegen deiner Mutter, Elayne. Du weißt nicht, wie sehr ich mir wünschte, ich hätte dir mein Beileid früher aussprechen können.« Elayne wirkte verständlicherweise verwirrt. »Die Sache ist die, daß Rand dir den Löwenthron *und* den Sonnenthron übergeben will.« Elayne setzte sich zu ihrer Überraschung ruckartig auf.

»Tut er das, tut er das?« fragte sie mit beherrschter, tonloser Stimme. »Er beabsichtigt, mir beide Throne zu übergeben.« Sie reckte leicht das Kinn. »Ich habe einigen Anspruch auf den Sonnenthron, und wenn ich ihn einnehmen will, dann werde ich ihn allein einnehmen, weil ich das Recht dazu habe. Und was den Löwenthron betrifft – Rand al'Thor hat kein Recht, überhaupt kein Recht, mir zu *geben*, was mir bereits gehört.«

»Ich bin sicher, daß er es nicht *so* gemeint hat«, wandte Egwene ein. *Wirklich nicht?* »Er liebt dich, Elayne. Ich weiß, daß er dich liebt.«

»Wenn es doch nur so einfach wäre«, murmelte Elayne, was auch immer das bedeuten sollte.

Nynaeve schnaubte. »Männer behaupten stets, sie meinten es nicht *so*. Man könnte glauben, sie sprächen eine andere Sprache.«

»Wenn ich ihn wieder in die Finger bekomme«, sagte Elayne bestimmt, »werde ich ihn lehren, sich richtig auszudrücken. Sie mir *geben!*«

Es kostete Egwene Mühe, nicht erneut zu lachen. Wenn Elayne das nächste Mal Rand in die Finger bekam, würde sie zu sehr damit beschäftigt sein, einen abgeschiedenen Platz zu finden, um ihn etwas zu lehren. Es war genau wie in alten Zeiten. »Jetzt, wo du eine Aes Sedai bist, kannst du zu ihm gehen, wann immer du willst. Niemand kann dich aufhalten.« Die beiden wechselten schnell einen Blick.

»Der Saal läßt niemanden einfach gehen«, sagte Nynaeve. »Und selbst wenn sie einfach so gehen könnte, würden wir mit Sicherheit etwas Wichtigeres finden.«

Elayne nickte heftig. »Das glaube ich auch. Ich gebe zu, daß ich, als ich gehört habe, daß du zur Amyrlin ernannt worden bist, zuerst dachte, Nynaeve und ich könnten es jetzt vielleicht wirklich finden. Nun, es war wohl eher der zweite Gedanke; zuerst empfand ich eine Art benommener Freude.«

Egwene blinzelte verwirrt. »Ihr habt etwas gefunden? Aber jetzt müßt ihr es wirklich finden?« Sie beugten sich auf ihren Stühlen vor und antworteten eifrig und einander fast übertönend.

»Wir haben es gefunden«, sagte Elayne, »aber nur in *Tel'aran'rhiod*.«

»Wir haben die Notwendigkeit benutzt«, fügte Nynaeve hinzu. »Wir benötigten sicherlich *etwas*.«

»Es ist eine Schale«, fuhr Elayne fort, »ein *Ter'angreal*, und ich denke, daß sie vielleicht ausreichend stark sein könnte, das Wetter zu verändern.«

»Aber die Schale befindet sich irgendwo in Ebou Dar, in einem schrecklichen Gewirr von Straßen ohne Hinweise oder irgend etwas, das uns helfen könnte. Der Saal hat Merilille einen Brief gesandt, aber sie wird ihn niemals finden.«

»Besonders weil sie Königin Tylin nachdrücklich davon überzeugen soll, daß sich die *wahre* Weiße Burg hier befindet.«

»Wir haben ihnen gesagt, daß beim Lenken der Macht ein Mann benötigt wird.« Nynaeve seufzte. »Das war natürlich vor Logain, obwohl ich nicht glaube, daß sie ihm vertrauen würden.«

»Es wird nicht wirklich ein Mann benötigt«, erklärte Elayne. »Wir wollten sie einfach überzeugen, daß sie

Rand brauchen. Ich weiß nicht, wie viele Frauen nötig sein werden, aber vielleicht ein vollständiger Kreis von dreizehn Frauen.«

»Elayne sagte, die Schale sei sehr mächtig, Egwene. Sie könnte das Wetter wieder regeln. Mir wäre es recht, wenn mein Wettersinn wieder funktionierte.«

»Die Schale kann es *tatsächlich* wieder regeln, Egwene.« Elayne wechselte beglückte Blicke mit Nynaeve. »Du mußt uns nur nach Ebou Dar schicken.«

Der Redefluß versiegte, und Egwene lehnte sich auf ihrem Stuhl zurück. »Ich werde tun, was ich kann. Vielleicht wird es keine Einwände geben, da ihr jetzt Aes Sedai seid.« Aber sie hatte das Gefühl, daß es doch Einwände geben würde. Sie zu Aes Sedai zu ernennen, war als kühner Streich erschienen, aber sie begann allmählich zu glauben, daß es doch nicht so einfach war.

»Was du kannst?« fragte Elayne ungläubig. »Du bist der Amyrlin-Sitz, Egwene. Du befiehlst, und die Aes Sedai springen.« Sie grinste flüchtig. »Sag ›spring‹, und ich beweise es dir.«

Egwene verzog das Gesicht. »Ich bin die Amyrlin, aber ... Elayne, Sheriam muß nicht allzu scharf nachdenken, um sich einer Novizin namens Egwene zu erinnern, die alles mit großen Augen betrachtete und geschickt wurde, die Wege im Neuen Garten zu harken, weil sie nach dem Zubettgehen Äpfel gegessen hatte. Sie will mich an der Hand führen oder am Genick vorwärtsschieben. Romanda und Lelaine wollten beide Amyrlin werden, und sie sehen noch immer diese Novizin in mir. Sie beabsichtigen genauso sehr wie Sheriam, mich in meine Schranken zu weisen.«

Nynaeve runzelte besorgt die Stirn, aber Elayne verkörperte die reine Empörung. »Du kannst es ihnen nicht durchgehen lassen, daß sie dich zu ... zu tyrannisieren versuchen. Du bist die *Amyrlin*. Die Amyrlin sagt dem Saal, was er tun soll, nicht umgekehrt. Du mußt dich erheben und sie den Amyrlin-Sitz *erkennen* lassen.«

Egwene lachte ein wenig verbittert. War es erst gestern abend gewesen, daß sie sich heftig dagegen ausgesprochen hatte, tyrannisiert zu werden? »Es wird ein wenig Zeit brauchen, Elayne. Ich verstehe letztendlich, warum sie mich erwählt haben. Ich glaube, daß es mit Rand zu tun hat. Vielleicht glauben sie, er wird zugänglicher sein, wenn er mich die Stola tragen sieht. Ein anderer Grund ist, *daß* sie sich der Novizin erinnern. Eine Frau – nein: ein Mädchen! –, die so sehr daran gewöhnt ist zu tun, was man ihr sagt, wird keine Schwierigkeiten machen und leicht zu beeinflussen sein.« Sie griff nach der gestreiften Stola um ihren Hals. »Nun, was auch immer die Gründe sind – sie haben mich zur Amyrlin gewählt, und da sie es getan haben, will ich die Amyrlin *sein*, aber ich muß vorsichtig sein, zumindest vorerst. Vielleicht hat Siuan den Saal springen lassen, wann immer sie die Stirn runzelte« – sie fragte sich, ob das jemals der Wahrheit entsprochen hatte –, »aber wenn ich das versuchte, könnte ich genausogut die erste Amyrlin werden, die am Tag nach ihrer Ernennung abgesetzt wurde.«

Elayne wirkte verblüfft, aber Nynaeve nickte zögernd. Vielleicht hatte ihr die Tatsache, daß sie eine Waise und zu Hause mit dem Frauenzirkel zusammengewesen war, tiefere Einblicke darein gewährt, wie der Amyrlin-Sitz und der Saal der Burg tatsächlich zusammenarbeiteten, als Elayne während ihrer ganzen Vorbereitung zur Königin erlangt hatte.

»Elayne, wenn sich die Nachricht erst verbreitet und die Herrscher von mir wissen, kann ich den Saal allmählich zu der Erkenntnis führen, daß sie eine Amyrlin und keine Marionette erwählt haben, aber bis dahin könnten sie mir diese Stola tatsächlich genauso schnell wieder nehmen, wie sie diese mir gegeben haben. Ich meine, wenn ich nicht wirklich die Amyrlin bin, ist es nicht schwer, mich beiseite zu schieben. Es würde vielleicht einige Proteste geben, aber ich bezweifle nicht, daß sie sie leicht beiseite räumen könnten. Wenn jemand außerhalb Salidars jemals hörte, daß eine junge Frau namens Egwene al'Vere zur Amyrlin erhoben wurde, wäre es nur wieder eines dieser seltsamen Gerüchte, die um die Aes Sedai entstehen.«

»Was wirst du tun?« fragte Elayne leise. »Du wirst das nicht demütig hinnehmen.« Das ließ Egwene aufrichtig lächeln. Es war keine Frage, sondern eine nachdrückliche Feststellung.

»Nein, das werde ich nicht tun.« Sie hatte vielen Lektionen über das Spiel der Häuser gelauscht, die Moiraine Rand erteilt hatte. Damals hatte sie das Spiel für widersinnig und äußerst hinterhältig gehalten. Jetzt hoffte sie nur noch, sich an alles erinnern zu können, was sie damals gehört hatte. Die Aiel sagten stets: Gebrauche die dir zur Verfügung stehenden Waffen. »Vielleicht hilft es mir, daß sie mich auf drei verschiedene Marionettenfäden vorzubereiten versuchen. Ich kann vorgeben, von dem einen oder anderen beeinflußt zu werden, abhängig davon, welches meinem Streben gerade eher entspricht. Ab und zu kann ich einfach tun, was ich will, so wie ich euch beide ernannt habe, aber nicht mehr sehr häufig.« Sie straffte die Schultern und begegnete ihren Blicken mit Gelassenheit. »Ich würde gerne sagen, daß ich euch ernannt habe, weil ihr es verdient habt, aber die Wahrheit ist, daß ich es getan habe, weil ihr meine Freundinnen seid und weil ich hoffe, daß ihr mir als vereidigte Schwestern helfen könnt. Ich weiß einfach nicht, wem außer euch beiden ich vertrauen kann. Ich werde euch so bald wie möglich nach Ebou Dar schicken, aber davor und danach kann ich mit euch über alles reden. Ich weiß, daß ihr mir die Wahrheit sagen werdet. Diese Reise nach Ebou Dar dauert vielleicht nicht so lange, wie ihr glaubt. Ihr beide habt alle möglichen Entdeckungen gemacht, wie ich hörte, aber wenn ich einiges herausfinden kann, werde ich vielleicht auch meine eigene Entdeckung machen.«

»Das wird wundervoll sein«, sagte Elayne, aber sie klang fast abwesend.

KAPITEL 14

Der Kampf beginnt

Es herrschte ein sehr eigenartiges Schweigen, was Egwene überhaupt nicht verstehen konnte. Elayne sah Nynaeve an, und dann schauten beide auf Nynaeves schmales Silberarmband. Nynaeve blickte kurz mit geweiteten Augen zu Egwene und dann schnell zu Boden.

»Ich muß dir etwas gestehen«, flüsterte Nynaeve kaum hörbar. Ihre Stimme blieb leise, aber die Worte strömten eilig hervor. »Ich habe Moghedien gefangengenommen.« Ohne den Blick zu heben, hielt sie das Handgelenk mit dem Armband hoch. »Dies ist ein *A'dam*. Wir halten sie gefangen, und niemand weiß etwas davon. Außer Siuan und Leane und Birgitte. Und jetzt du.«

»Wir mußten es tun«, sagte Elayne und beugte sich eifrig vor. »Sie hätten sie hingerichtet, Egwene. Ich weiß, daß sie es verdient, aber sie besitzt so großes Wissen, Dinge, die wir uns kaum im Traum vorstellen können. Daher stammen alle unsere *Entdeckungen* – außer Nynaeves Heilung Siuans und Leanes und Logains und mein *Ter'angreal*. Sie hätten sie getötet, ohne zu versuchen, etwas von ihr zu lernen.«

Fragen wirbelten in Egwenes verwirrtem Kopf umher. Sie hatten eine der Verlorenen gefangengenommen? Wie? Elayne hatte ein *A'dam* erlangt? Egwene zitterte und konnte das Armband kaum ansehen. Er ähnelte in keiner Weise dem *A'dam*, den sie nur zu gut kannte. Wie hatten sie es geschafft, eine Verlorene unter so vielen Aes Sedai verborgen zu halten? Eine der Verlorenen war eine Gefangene. Nicht verurteilt und hingerichtet. Rand war so mißtrauisch geworden, daß er Elayne niemals wieder vertrauen würde, wenn er das herausfände.

»Bringt sie her«, brachte sie schließlich tonlos hervor. Nynaeve sprang auf und lief davon. Der Klang der Feierlichkeiten, Lachen und Musik und Gesang, schwoll einen Moment an, bevor sich die Tür wieder hinter ihr schloß. Egwene rieb sich über die Schläfen. Eine der Verlorenen. »Das muß vollkommen geheim bleiben.«

Elayne errötete. Warum, unter dem Licht...? Natürlich.

»Elayne, ich habe nicht die Absicht, nach ... jemandem zu fragen, über den ich nichts wissen sollte.«

Die Frau mit dem goldenen Haar sprang auf. »Ich ... ich kann es dir vielleicht erklären. Später. Morgen vielleicht. Egwene, du mußt mir versprechen, nichts zu verraten – niemandem! –, es sei denn, ich sage es. Egal, was du ... was du siehst.«

»Wenn du es so willst.« Egwene verstand nicht, warum die andere Frau so aufgeregt war. Nicht wirklich. Elayne hatte ein Geheimnis, das Egwene teilte, nur daß Egwene es zufällig herausgefunden hatte, und nun gaben sie beide vor, daß es noch immer Elaynes alleiniges Geheimnis sei. Sie hatte in *Tel'aran'rhiod* Birgitte getroffen, die Heldin aus der Legende, und vielleicht tat sie es noch immer. Warte, Nynaeve hatte es gesagt. Birgitte wußte von Moghedien. Meinte sie, daß die Frau in *Tel'aran'rhiod* darauf wartete, daß das Horn von Valere sie zurückrief? Kannte *Nynaeve* das Geheimnis, das Elayne Egwene gegenüber nicht hatte eingestehen wollen, als sie ertappt wurde? Nein. Dies würde nicht auf gegenseitiges Beschuldigen und Leugnen hinauslaufen.

»Elayne, ich bin die Amyrlin – wirklich die Amyrlin –, und ich habe Pläne. Die Weisen Frauen, die die Macht lenken, gehen mit einem großen Teil ihrer Gewebe anders um als die Aes Sedai.« Elayne wußte bereits von den Weisen Frauen, obwohl Egwene, wenn sie darüber nachdachte, sich nicht sicher war, ob das auch für die Aes Sedai galt. Jetzt die anderen Aes Sedai. »Manchmal handeln sie komplizierter oder grober, aber manchmal ist es auch einfacher, als man es uns in der Burg gelehrt hat, und es funktioniert genausogut.«

»Du willst, daß Aes Sedai und Weise Frauen gemeinsam lernen?« Elayne verzog belustigt den Mund. »Egwene, dem werden sie *niemals* zustimmen, in tausend Jahren nicht. Sie werden jedoch vermutlich Aiel-Mädchen auf ihre Eignung zur Novizin prüfen wollen, wenn sie es herausfinden.«

Egwene zögerte. Aes Sedai, die mit Weisen Frauen gemeinsam lernten. Als Lehrlinge? Das würde niemals geschehen, aber Romanda und Lelaine könnten besonderen Nutzen aus ein wenig *Ji'e'toh* ziehen. Und Sheriam und Myrelle und ... Sie setzte sich bequemer hin und gab ihre Hirngespinste auf. »Ich bezweifle, daß die Weisen Frauen Aiel-Mädchen als Novizinnen akzeptieren würden.« Sie hätten es vielleicht früher getan, aber heute sicherlich nicht mehr. Jetzt konnte Egwene nur noch erwarten, daß sie höflich mit Aes Sedai umgingen. »Ich dachte an eine Art Bündnis. Elayne, es gibt weniger als tausend Aes Sedai. Und wenn du jene Weisen Frauen mit einbeziehst, die in der Wüste bleiben, gibt es, glaube ich, mehr Weise Frauen, die die Macht lenken können, als Aes Sedai. Vielleicht viel mehr. Wie dem auch sei, ihnen entgeht niemand mit dem Talent.« Wie viele Frauen waren auf dieser Seite der Drachenmauer gestorben, weil sie plötzlich die Macht lenken konnten, ohne vielleicht zu wissen, was sie überhaupt taten, oder jemanden zu haben, der sie lehren konnte? »Ich will mehr Frauen einbringen, Elayne. Was ist mit Frauen, die lernen können, welche die Aes Sedai aber nicht finden, bevor sie als zu alt erachtet werden, um Novizinnen zu werden? Ich sage, wenn sie lernen wollen, sollen sie es versuchen, selbst wenn sie vierzig oder fünfzig sind oder ihre Enkel wiederum Enkel haben.«

Elayne schlang lachend die Arme um sich. »Oh, Egwene, die Aufgenommenen werden es lieben, *jene* Novizinnenklassen zu unterrichten.«

»Sie werden es lernen müssen«, sagte Egwene bestimmt. Sie hielt es für durchführbar. Die Aes Sedai hatten stets gesagt, man könne zwar zu alt sein, um Novizin zu werden, aber wenn man lernen wolle ... Sie hatten ihre Meinung bereits teilweise geändert. Sie hatte in der Menge Gesichter gesehen, die älter als Nynaeves Gesicht über dem Novizinnen-Weiß gewesen waren. »Die Burg hat ihre Aufgabe, Menschen auszuschließen, stets ernst genommen, Elayne. Wenn du nicht stark genug bist, wirst du fortgeschickt. Weigere dich, dich einer Prüfung zu unterziehen, und du wirst fortgeschickt. Versage bei einer Prüfung, und du mußt fort. Sie sollten bleiben dürfen, wenn sie es wollen.«

»Aber die Prüfungen sollen sicherstellen, daß man stark genug ist«, widersprach Elayne. »Nicht nur in bezug auf die Eine Macht, sondern auch in sich selbst. Du willst doch sicherlich keine Aes Sedai, die zerbrechen, wenn sie zum ersten Mal unter Druck geraten? Oder Aes Sedai, die kaum die Macht lenken können?«

Egwene schnaubte. Sorilea wäre aus der Burg verwiesen worden, ohne jemals einer Eignungsprüfung zur Aufgenommenen unterzogen zu werden. »Vielleicht können sie keine Aes Sedai werden, aber das bedeutet nicht, daß sie nutzlos sind. Man traut ihnen immerhin zu, die Macht nach zumindest annähernd eigenem Gutdünken zu gebrauchen, sonst würden sie nicht in die Welt hinausgeschickt. Mein Traum besteht darin, daß jede Frau, die die Macht lenken kann, irgendwie mit der Burg verbunden sein sollte. Jede einzelne.«

»Auch die Windsucherinnen?« Elayne zuckte zusammen, als Egwene nickte.

»Du hast sie nicht verraten, Elayne. Ich kann nicht glauben, daß sie ihr Geheimnis so lange bewahrt haben.«

Elayne seufzte tief. »Nun, was geschehen ist, ist geschehen. Du kannst nichts ungeschehen machen. Aber wenn deine Aiel besonderen Schutz erhalten, sollte er dem Meervolk auch zugestanden werden. Laß die Windsucherinnen ihre Mädchen lehren. Keine Meervolk-Frau mehr, die gegen ihren Willen von Aes Sedai vertrieben wird.«

»In Ordnung.« Egwene spie auf ihre Handfläche und streckte die Hand dann aus, und kurz darauf spie auch Elayne auf ihre Hand und grinste, als sie sich die Hände gaben, um den Handel zu besiegeln.

Dann schwand das Grinsen langsam. »Hat dies etwas mit Rand und seinem Straferlaß zu tun, Egwene?«

»Teilweise. Elayne, wie konnte der Mann so ...?« Sie mochte die Frage nicht zu Ende stellen. Es gab ohnehin keine Antwort darauf. Die andere Frau nickte ein wenig traurig, weil sie verstand oder ihr zustimmte oder beides.

Die Tür wurde geöffnet, und eine stämmige Frau in dunklem Tuch kam mit einem Silbertablett mit drei Silberbechern und einem hohen, silbernen Weinkrug herein. Ihr Gesicht wirkte verbraucht – das Gesicht einer Landfrau –, aber ihre dunklen Augen glänzten, als sie Egwene und Elayne nacheinander genau betrachtete. Egwene konnte sich nur kurz darüber wundern, daß die Frau trotz ihres groben Gewandes eine silberne Halskette trug, denn hinter ihr betrat Nynaeve den Raum und schloß die Tür. Sie mußte wie der Wind gelaufen sein, weil sie auch noch Zeit gefunden hatte, das Gewand der Aufgenommenen gegen ein dunkelblaues, am Halsausschnitt und am Saum mit goldenen Verzierungen besticktes Seidengewand einzutauschen. Es war nicht annähernd so tief ausgeschnitten wie Berelains Gewand, aber noch immer erheblich tiefer, als Egwene es bei Nynaeve zu sehen erwartet hätte.

»Dies ist Marigan«, sagte Nynaeve und warf ihren Zopf mit geübter Bewegung über die Schulter. Der Große Schlangenring schimmerte an ihrer rechten Hand golden.

Egwene wollte gerade fragen, warum sie den Namen so ausdrücklich betonte, erkannte aber dann jäh, daß deren Halskette zu dem Armband an Nynaeves Handgelenk paßte. Sie konnte nicht umhin, die Frau anzustarren. Sie sah sicherlich nicht annähernd so aus, wie sich Egwene eine Verlorene vorgestellt hätte. Sie sprach es aus, und Nynaeve lachte.

»Sieh her, Egwene.«

Sie schaute nicht nur hin – sie sprang fast von ihrem Stuhl auf und umarmte tatsächlich *Saidar*. Als Nynaeve zu sprechen begann, hatte das Schimmern auch Marigan umhüllt, nur einen Augenblick lang, und bevor es wieder schwand, hatte sich die Frau in dem einfachen Wollkleid vollkommen verändert. Es waren eigentlich nur kleine Veränderungen, aber sie bewirkten, daß die Frau völlig anders aussah, eher hübsch als schön, aber überhaupt nicht mehr verbraucht – eine stolze, sogar stattliche Frau. Nur die Augen waren gleich geblieben, glänzten noch immer. Egwene konnte jetzt glauben, daß diese Frau Moghedien war.

»Wie?« fragte sie nur. Sie hörte aufmerksam zu, während Nynaeve und Elayne erklärten, wie man Verkleidungen wob und Gewebe umkehrte, aber sie betrachtete dabei Moghedien. Sie *war* stolz, von sich selbst erfüllt, und ruhte fest in sich.

»Bringt sie zurück«, sagte Egwene, als die Erläuterungen geendet hatten. Wieder blieb das Schimmern *Saidars* nur kurz bestehen, und es waren keine sichtbaren Gewebe mehr erkennbar, als es verging. Moghedien war erneut eine einfache und verbrauchte Frau, eine Landfrau, die ein hartes Leben geführt hatte und älter aussah, als sie war. Die schwarzen Augen blitzten Egwene haßerfüllt und vielleicht auch voller Abscheu vor sich selbst an.

Als Egwene erkannte, daß sie *Saidar* noch immer festhielt, fühlte sie sich einen Moment töricht. Weder Nynaeve noch Elayne hatten die Quelle umarmt. Aber andererseits trug Nynaeve dieses Armband. Egwene erhob sich, ohne ihren Blick von Moghedien abzuwenden, und streckte die Hand aus. Nynaeve schien bestrebt, das Armband von ihrem Handgelenk loszuwerden, was Egwene gut verstehen konnte.

Nynaeve gab ihr das Armband und sagte: »Stellt das Tablett auf den Tisch, Marigan. Und benehmt Euch gut. Egwene hat bei den Aiel gelebt.«

Egwene drehte das Silberarmband in den Händen und versuchte, nicht zu erschaudern. Eine hübsche Arbeit, so geschickt in Abschnitte geteilt, daß es fast massiv wirkte. Sie hatte sich einst am anderen Ende eines *A'dam* befunden. Ein Seanchan-Gegenstand, mit einem Silberband, das die Halskette und das Armband verband, aber dennoch das gleiche war. Ihr Magen rebellierte, wie er es nicht mehr getan hatte, seit sie dem Saal gegenübergestanden hatte. Sie schloß das Silber bedächtig um ihr Handgelenk. Sie hatte eine ungefähre Vorstellung davon, was zu erwarten war, aber sie wäre dennoch beinahe zusammengezuckt. Die Empfindungen der anderen Frau, und auch ihr körperlicher Zustand, lagen in einem abgeschiedenen Winkel ihres Geistes vor Egwene ausgebreitet. Sie sah hauptsächlich bebende Angst, und der Abscheu vor sich selbst, den sie zu erkennen geglaubt hatte, war in fast ebenso starkem Maße vorhanden. Moghedien gefiel ihre gegenwärtige Erscheinung nicht. Vielleicht gefiel sie ihr besonders nach der kurzen Rückkehr in ihre eigene Gestalt nicht mehr.

Egwene dachte daran, wen sie ansah – eine der Verlorenen, eine Frau, deren Name jahrhundertelang benutzt worden war, um Kinder zu erschrecken, eine Frau, deren Verbrechen hundert Mal den Tod verdienten. Sie dachte an das Wissen in diesem Kopf. Sie lächelte. Es war kein schönes Lächeln. Sie wollte es nicht so geraten lassen, aber sie glaubte auch nicht, daß sie es anders hätte gestalten können, wenn sie es versucht hätte. »Sie haben recht. Ich habe bei den Aiel gelebt. Wenn Ihr also von mir erwartet, daß ich genauso sanft mit Euch umgehe wie Nynaeve und Elayne, dann schlagt Euch das aus dem Kopf. Macht mir gegenüber nur einen Fehler, und ich werde Euch um den Tod betteln lassen. Nur daß ich Euch nicht töten werde. Ich werde einen Weg finden, damit Ihr dieses Gesicht für immer behalten müßt. Wenn Ihr mir gegenüber jedoch mehr als einen Fehler macht...« Sie lächelte jetzt breiter, bis es nur noch ein Zähnezeigen war.

Die Angst nahm so stark zu, daß sie alles andere erstickte. Moghedien stand vor dem Tisch, umklammerte ihre Röcke so fest, daß die Knöchel weiß hervortraten, und zitterte sichtbar. Nynaeve und Elayne sahen Egwene an, als hätten sie sie noch niemals zuvor gesehen. Licht, erwarteten sie von ihr, daß sie einer der Verlorenen gegenüber höflich war? Sorilea würde die Frau draußen in der Sonne pfählen, um sie in ihre Schranken zu verweisen, wenn sie ihr nicht gleich die Kehle durchschnitt.

Egwene trat näher an Moghedien heran. Die andere Frau war größer, aber sie drückte sich nach hinten an den Tisch, warf die Weinbecher auf dem Tablett um und ließ den Krug schwanken. Egwenes Stimme nahm einen kalten Tonfall an. Es würde nicht lange dauern. »Der Tag, an dem ich Euch bei einer Lüge ertappe, ist der Tag, an dem ich Euch eigenhändig hinrichte. Also, ich habe erwogen, von einem Ort zum anderen zu reisen, indem ich von hier nach dort eine Öffnung schaffe. Eine Öffnung durch das Muster, so daß keine Entfernung zwischen dem einen und dem anderen Ende liegt. Würde das funktionieren?«

»Bei Euch und jeder anderen Frau überhaupt nicht«, antwortete Moghedien atemlos und schnell. Die sich in ihr steigernde Angst war jetzt auch auf ihrem Gesicht deutlich erkennbar. »So Reisen nur Männer.« Es war eindeutig, was gemeint war. Sie sprach von einem der verlorenen Talente. »Wenn Ihr es versucht, werdet Ihr hineingesogen werden ... Ich weiß nicht, was es ist. Vielleicht der Raum zwischen den Strängen des Musters. Ich glaube nicht, daß Ihr sehr lange leben würdet. Ich weiß, daß Ihr niemals zurückkämt.«

»Reisen«, murrte Nynaeve angewidert. »Wir haben niemals ans Reisen gedacht!«

»Nein, das haben wir nicht getan.« Elayne klang nicht zufriedener. »Ich frage mich, an was wir sonst noch nicht gedacht haben.«

Egwene achtete nicht auf sie. »Gibt es einen anderen Weg?« fragte sie wohlwollend. Es war stets besser, die Stimme ruhig zu halten, als jemanden anzuschreien.

Moghedien zuckte zusammen, als hätte Egwene sie doch angeschrien. »Ihr laßt die beiden Orte im Muster identisch werden. Ich kann Euch zeigen wie. Es ist ein wenig mühsam, wegen der ... der Halskette, aber ich kann ...«

»So?« fragte Egwene, umarmte *Saidar* und wob Stränge aus Geist. Dieses Mal versuchte sie nicht, die Welt der Träume anzurühren, aber sie erwartete etwas sehr Ähnliches, wenn es funktionieren würde. Doch sie bekam etwas völlig anderes.

Der dünne Vorhang, den sie wob, schimmerte nicht und bestand nur einen Moment, bevor er ruckartig zu einer senkrechten Linie zusammenfiel, die dann plötzlich zu einem Schlitz aus silbrig blauem Licht wurde. Das Licht weitete sich schnell – oder kehrte sich um, wie es ihr schien – zu ... etwas aus. Dort, mitten auf dem Fußboden, entstand ein ... ein Eingang, der überhaupt nicht so verschwommen wirkte, wie es bei dem Blick aus ihrem Zelt auf *Tel'aran'rhiod* gewesen war, ein Eingang, der sich in ein von der Sonne versengtes Land öffnete, das sogar die schlimmste Dürre hier fruchtbar wirken ließ. Felsspitzen und scharfe Klippen ragten über einer staubigen, tongelben Ebene auf, durch die Risse verliefen und die nur wenige verkümmerte Büsche aufwies, die sogar aus der Entfernung dornig wirkten.

Egwene sah gebannt hin. Es war die auf halbem Weg zwischen der Kaltfelsenfestung und dem Tal des Rhuidean gelegene Aiel-Wüste, ein Ort, an dem wohl kaum jemand zu sehen sein oder verletzt würde; Rands Vorsichtsmaßnahmen mit seinem besonderen Raum im Sonnenpalast hatten sie auf den Gedanken gebracht, ebenfalls Vorsichtsmaßnahmen zu ergreifen –, aber sie hatte nur gehofft, es zu erreichen, und sie war sich sicher gewesen, daß es durch einen schimmernden Vorhang zu sehen wäre.

»Licht!« keuchte Elayne. »Weißt du, was du getan hast, Egwene? Weißt du es? Ich glaube, ich kann es auch tun. Wenn du das Gewebe wiederholst, werde ich mich bestimmt erinnern.«

»An was erinnern?« jammerte Nynaeve fast. »Wie hat sie es gemacht? Oh, verflucht sei diese *verdammte* Blockierung! Elayne, tritt mir gegen den Knöchel. Bitte!«

Moghediens Gesicht war sehr ruhig geworden. Fast genauso viel Unsicherheit wie Angst wurde jetzt durch das Armband vermittelt. Gefühle zu lesen, ähnelte kaum dem Lesen von Wörtern auf einer Buchseite, aber diese beiden Empfindungen waren deutlich erkennbar. »Wer ...?« Moghedien leckte sich die Lippen. »Wer hat Euch das gelehrt?«

Egwene lächelte, wie sie Aes Sedai hatte lächeln sehen. Sie hoffte zumindest, daß es geheimnisvoll wirkte. »Seid niemals zu sicher, daß ich die Antwort nicht vielleicht schon kenne«, sagte sie kühl. »Erinnert Euch. Belügt mich nur einmal.« Plötzlich fiel ihr auf, wie das für Nynaeve und Elayne klingen mußte. Sie hatten die Frau gefangengenommen, hielten sie unter den unmöglichsten Umständen fest und holten alle möglichen Informationen aus ihr heraus. Sie wandte sich zu ihnen um und lachte kurz auf. »Es tut mir *wirklich* leid. Ich wollte das nicht einfach übernehmen.«

»Warum sollte es dir leid tun?« Egwene lächelte breit. »Du *sollst* es übernehmen.«

Nynaeve zog an ihrem Zopf und betrachtete ihn dann. »Nichts scheint zu funktionieren! Warum kann ich nicht wütend werden? Oh, was mich betrifft, so kannst du sie für immer hierbehalten. Wir könnten sie ohnehin nicht mit nach Ebou Dar nehmen. *Warum* kann ich nicht wütend werden? Oh, Blut und blutige Asche!« Ihre Augen weiteten sich, als sie erkannte, was sie gesagt hatte, und sie schlug sich die Hand vor den Mund.

Egwene sah Moghedien an. Die Frau stellte eifrig die Weinbecher wieder auf und goß Wein ein, der nach süßen Gewürzen duftete, aber während Nynaeve gesprochen hatte, war etwas anderes durch das Armband zu spüren gewesen. Vielleicht Erschrecken? Vielleicht würde sie die ihr vertrauten Herrinnen denjenigen vorziehen, die sie fast beim ersten Atemzug mit dem Tode bedrohten.

Ein festes Klopfen erklang an der Tür, und Egwene ließ *Saidar* eilig fahren. Die Öffnung zur Wüste verschwand. »Kommt herein.«

Siuan trat einen Schritt in das Arbeitszimmer, blieb stehen und bemerkte Moghedien, das Armband an Egwenes Handgelenk und Nynaeve und Elayne. Sie schloß die Tür und vollführte einen flüchtigen Hofknicks, der an Romanda und Lelaine erinnerte. »Mutter, ich bin gekommen, um Euch in das Zeremoniell einzuweisen, aber wenn es Euch lieber wäre, wenn ich später wiederkomme ...?« Sie hob fragend die Augenbrauen.

»Geht«, befahl Egwene Moghedien. Wenn Nynaeve und Elayne sie bereitwillig ungehindert umhergehen ließen, mußte das *A'dam* sie einschränken, wenn niemand sie ständig im Auge behielt. Sie betastete das Armband – sie haßte dieses Ding, aber sie beabsichtigte es Tag und Nacht zu tragen – und fügte hinzu: »Aber haltet Euch verfügbar. Ich werde einen Fluchtversuch genauso ahnden wie eine Lüge.« Angst strömte durch das *A'dam*, während Moghedien hinauseilte. Das konnte bedrohlich werden. Wie hatten Nynaeve und Elayne mit einem solchen Ansturm an Furcht leben können? Aber das würde sie später klären müssen.

Sie wandte sich Siuan zu und verschränkte die Arme vor der Brust. »Das wird nichts nützen, Siuan. Ich weiß alles, Tochter.«

Siuan neigte den Kopf. »Manchmal bietet Wissen dennoch keinen Vorteil. Manchmal bedeutet es nur, die Gefahr zu teilen.«

»Siuan!« sagte Elayne halbwegs erschrocken und halbwegs warnend, und zu Egwenes Überraschung tat Siuan etwas, was sie bei ihr niemals erwartet hätte. Sie errötete.

»Ihr könnt nicht von mir erwarten, über Nacht jemand anderer zu werden«, murrte die Frau verdrießlich.

Egwene vermutete, daß Nynaeve und Elayne ihr bei dem helfen könnten, was sie tun mußte, aber wenn sie wirklich die Amyrlin sein wollte, mußte sie es allein tun. »Elayne, ich weiß, daß du dieses Gewand einer Aufgenommenen loswerden willst. Warum tust du es also nicht? Und dann sieh, was du über die verlorenen Talente herausfinden kannst. Nynaeve, für dich gilt das gleiche.«

Sie wechselten einen Blick, sahen dann Siuan an, erhoben sich schließlich und vollführten vollendete Hofknickse, während sie respektvoll murmelten: »Wie Ihr befehlt, Mutter.« Siuan schien das nicht zu beeindrucken. Sie stand da und beobachtete Egwene mit verzerrtem Gesichtsausdruck, während Nynaeve und Elayne gingen.

Egwene umarmte *Saidar* erneut, nur kurz, um ihren Stuhl wieder auf seinen Platz hinter dem Tisch gleiten zu lassen, richtete dann ihre Stola und setzte sich hin. Sie betrachtete Siuan einen langen Moment schweigend. »Ich brauche Euch«, sagte sie schließlich. »Ihr wißt, was es bedeutet, die Amyrlin zu sein, und was die Amyrlin tun kann und was nicht. Ihr kennt die Sitzenden, Ihr wißt, wie sie denken, was sie wollen. Ich brauche Euch, und ich will Euch haben. Sheriam und Romanda und Lelaine glauben vielleicht, daß ich unter dieser Stola noch immer das Weiß der Novizinnen trage – vielleicht glauben es alle –, aber Ihr werdet mir helfen, ihnen zu zeigen, daß dem nicht so ist. Ich bitte Euch nicht, Siuan. Ich ... werde ... Eure ... Hilfe ... bekommen.« Nun brauchte sie nur noch abzuwarten.

Siuan betrachtete sie, schüttelte dann leicht den Kopf und lachte leise. »Sie haben einen großen Fehler begangen, nicht wahr? Ich habe ihn natürlich zuerst begangen. Das unbeholfene häßliche Entlein entpuppt sich zu einem selbstbewußten stolzen Schwan.« Sie breitete bei einem tiefen Hofknicks ihre Röcke weit aus und beugte den Kopf. »Mutter, bitte erlaubt mir, Euch zu dienen und zu beraten.«

»Solange Ihr Euch bewußt seid, daß es nur eine Beratung ist, Siuan. Ich habe bereits zu viele Menschen um mich herum, die glauben, sie könnten mich als Marionette benutzen. Das werde ich von Euch nicht dulden.«

»Das werde ich genauso wenig versuchen, wie ich mich selbst als Marionette benutzen würde«, sagte Siuan trocken. »Ihr wißt, daß ich Euch niemals wirklich mochte. Vielleicht weil ich in Euch zu vieles von mir selbst wiedergefunden habe.«

»In diesem Fall«, erwiderte Egwene in gleichermaßen trockenem Tonfall, »könnt Ihr mich Egwene nennen. Wenn wir allein sind. Und nun setzt Euch und erzählt mir, warum der Saal noch immer hier sitzt und wie ich sie in Bewegung bringen kann.«

Siuan zog einen der Stühle heran, bevor sie sich erinnerte, daß sie ihn jetzt mit *Saidar* bewegen konnte. »Sie sitzen noch, weil sich die Weiße Burg spalten wird, wenn sie sich erst regen. Und wenn ich Euch raten soll, wie Ihr sie in Bewegung bringen könnt ...« Es folgte ein sehr ausführlicher Ratschlag. Einiges davon bewegte sich in Bahnen, an die Egwene auch schon gedacht hatte, und alles schien vernünftig.

In ihrem Zimmer in der Kleinen Burg goß Romanda Pfefferminztee für drei weitere Schwestern ein; nur eine von ihnen war eine Gelbe. Der Raum befand sich an der Rückseite der Burg, aber die Geräusche der Festlichkeiten drangen dennoch bis hierher. Romanda mißachtete sie gewissenhaft. Diese drei waren bereit gewesen, sie bei der Einnahme des Amyrlin-Sitzes zu unterstützen. Für das Mädchen zu stimmen, war eine genauso gute Möglichkeit wie jede andere gewesen, Lelaines Ernennung zu verhindern. Lelaine würde toben, wenn sie jemals davon erführe. Auch jetzt, wo Sheriam ihre Kind-Amyrlin eingesetzt hatte, waren diese drei noch immer bereit zuzuhören. Besonders nachdem sie durch Verfügung zur Stola erhoben worden waren. Das mußte Sheriams Werk gewesen sein. Sie und ihre kleine Gruppe hatten alle vier befördert. Ihr Vorschlag war es gewesen, Theodrin und Faolain über die anderen Aufgenommenen zu erheben, und sie hatte dies gleichzeitig für Elayne und Nynaeve vorgeschlagen. Sie fragte sich stirnrunzelnd, was Delana aufhielt, aber sie begann dennoch zu sprechen, nachdem sie den Raum gegen Lauscher in *Saidar* gehüllt hatte. Delana würde sich einfach anschließen müssen, wenn sie kam. Wichtig war, daß Sheriam einsah, daß sie nicht soviel Macht erlangt hatte, wie sie glaubte, indem sie die Aufgabe der Behüterin an sich gerissen hatte.

In einem Haus auf halber Strecke durch Salidar hindurch servierte Lelaine vier Sitzenden, von denen nur eine ihrer eigenen Blauen Ajah angehörte, gerade Eiswein. *Saidar* schirmte den Raum gegen Lauscher ab. Der Klang der Festlichkeiten ließ sie lächeln. Die vier Frauen, die hier bei ihr waren, hatten vorgeschlagen, daß sie sich selbst um den Amyrlin-Sitz bemühen sollte, und sie hatte es bereitwillig getan, aber eine Niederlage hätte bedeutet, daß statt dessen Romanda ernannt worden wäre, was Lelaine genauso geschmerzt hätte wie eine Verbannung. Wie würde Romanda mit den Zähnen knirschen, wenn sie jemals erführe, daß sie alle für das Kind gestimmt hatten, nur damit Romanda nicht die Stola um die Schultern legen konnte. Aber jetzt waren sie zusammengekommen, um darüber zu sprechen, wie sie Sheriams Einfluß zurückdrängen konnten, nachdem sie sich die Stola der Behüterin angeeignet hatte. Diese Lächerlichkeit, Aufgenommene durch die Verfügung des Mädchens zu Aes Sedai zu erheben! Sheriam mußte wahnsinnig geworden sein. Während sie weitersprachen, begann sich Lelaine zu fragen, wo Delana war. Sie hätte dabeisein sollen.

Delana saß in ihrem Zimmer und betrachtete Halima, die auf Delanas Bettkante kauerte. Der Name Aran'gar durfte niemals benutzt werden. Delana fürchtete, daß Halima es bemerken würde, wenn sie den Namen auch nur dächte. Sie hatten nur einen kleinen, lediglich sie beide umgebenden Schutzwall gegen Lauscher errichtet. »Das ist verrückt«, brachte sie schließlich hervor.

»Versteht Ihr nicht? Wenn ich weiterhin versuche, jede Zwietracht zu unterstützen, werden sie mich früher oder später ertappen!«

»Jeder muß gewisse Risiken eingehen.« Die Bestimmtheit in Halimas Stimme strafte das Lächeln um ihren üppigen Mund Lügen. »Und Ihr werdet weiterhin darauf drängen, daß Logain wieder einer Dämpfung unterzogen wird. Andernfalls muß er getötet werden.« Die Frau wirkte tatsächlich ein wenig hübscher, als sie das Gesicht leicht verzog. »Wenn sie ihn jemals aus diesem Haus herausgelangen ließen, würde ich mich selbst um die Angelegenheit kümmern.«

Delana konnte es sich vorstellen, aber sie würde ihre Zweifel der Frau gegenüber erst dann äußern, wenn sie versagte. »Ich verstehe nicht, warum Ihr solche Angst vor einem Mann habt, den sechs Schwestern Tag und Nacht abschirmen.«

Halimas grüne Augen blitzten, als sie aufsprang. »Ich habe keine Angst! Behauptet das nie wieder! Ich will, daß Logain abgesondert oder getötet wird, und mehr braucht Ihr nicht zu wissen. Habt Ihr mich verstanden?«

Delana dachte nicht zum ersten Mal daran, die andere Frau zu töten, aber sie war sich insgeheim sicher, daß sie dann diejenige wäre, die sterben würde. Halima wußte irgendwie, wann sie *Saidar* umarmte, auch wenn Halima selbst nicht die Macht lenken konnte. Die schlimmste Vorstellung war aber, daß Halima sie nicht töten würde, weil sie sie brauchte. Delana wußte nicht, was sie statt dessen tun würde, aber allein das unbestimmte Gefühl einer Bedrohung ließ sie bereits erschaudern. Sie sollte fähig sein, die Frau genau hier und jetzt zu töten. »Ja, Halima«, sagte sie demütig und haßte sich dafür.

*

»Das ist nett von Euch«, murmelte Siuan und hielt Lelaine ihren Becher hin, damit sie dem Tee einen Spritzer Branntwein hinzufügen konnte. Die Sonne sank bereits und verlieh dem Licht einen rötlichen Schimmer, aber draußen auf den Straßen ging es noch immer hoch her. »Ihr habt keine Vorstellung davon, wie ermüdend es ist, diesem Mädchen das Zeremoniell beizubringen. Sie scheint zu glauben, daß alles gutgehen würde, solange sie sich wie eine *Weise* aus ihrer Heimat benähme. Der Saal soll der Frauenkreis oder etwas Ähnliches werden.«

Lelaine bekundete ihr Mitgefühl. »Ihr sagt, sie habe sich über Romanda beklagt?«

Siuan zuckte die Achseln. »Sie sagte etwas darüber, daß Romanda darauf bestünde, wir sollten hierbleiben, anstatt nach Tar Valon zu gehen, soweit ich es verstanden habe. Licht, das Mädchen hat ein Temperament wie ein Reiher in der Paarungszeit. Ich hätte sie am liebsten an den Schultern gepackt und geschüttelt, aber sie trägt jetzt natürlich die Stola. Nun, wenn ich meine Lehrstunden beendet habe, werde ich nichts mehr mit ihr zu tun haben. Erinnert Ihr Euch ...?«

Siuan lächelte innerlich und beobachtete, wie Lelaine mit dem Tee auch alles andere schluckte. Nur der erste Satz war wirklich wichtig gewesen. Die Bemerkung über das Temperament hatte sie selbst hinzugefügt, aber diese Worte würden die Sitzenden vielleicht veranlassen, Egwene etwas vorsichtiger zu behandeln. Außerdem hegte sie den Verdacht, daß es stimmen könnte. Sie würde niemals wieder selbst die Amyrlin sein, und sie war sich ziemlich sicher, daß der Versuch, Egwene zu beeinflussen, genauso nutzlos wäre, wie es der Versuch, sich selbst zu beeinflussen, gewesen war – und genauso schmerzhaft –, aber eine Amyrlin lehren, eine Amyrlin zu sein ... Sie freute sich darauf mehr als auf irgend etwas anderes in letzter Zeit. Egwene al'Vere würde eine Amyrlin sein, die drei Throne zum Zittern brachte.

»Aber was ist mit meiner Blockierung?« fragte Nynaeve, und Romanda sah sie stirnrunzelnd an. Sie befanden sich in Romandas Raum in der Kleinen Burg, und es war der Zeitpunkt, an dem Romanda sie nach dem Zeitplan der Gelben haben sollte. Die Musik und das Lachen draußen schienen die Gelbe zu stören.

»Ihr wart früher nicht so eifrig. Ich hörte, daß Ihr Dagdara gesagt habt, Ihr wärt auch eine Aes Sedai und sie solle sich einen See suchen und sich ertränken.«

Nynaeve errötete. Man konnte sich darauf verlassen, daß sich ihr Temperament ihr in den Weg stellte. »Vielleicht hatte ich erkannt, daß ich die Macht nicht leichter als zuvor lenken kann, nur weil ich eine Aes Sedai bin.«

Romanda schnaubte. »Aes Sedai. Bis dahin habt Ihr noch einen langen Weg zurückzulegen... Also gut. Etwas, was wir bisher noch nicht versucht haben. Hüpft auf einem Fuß auf und ab. Und sprecht dabei.« Sie setzte sich, noch immer stirnrunzelnd, in einen geschnitzten Sessel nahe dem Bett. »Ich glaube, es ist nur Geschwätz. Plauderei. Was sagte Lelaine noch, worüber die Amyrlin mit mir sprechen wollte?«

Nynaeve sah sie einen Moment empört an. Auf einem Fuß hüpfen? Das war lächerlich! Aber sie war ohnehin nicht wirklich wegen ihrer Blockierung hier. Sie raffte ihre Röcke und begann zu hüpfen. »Egwene... die Amyrlin... hat nicht viel gesagt. Nur etwas darüber, in Salidar bleiben zu müssen...« Dies sollte besser funktionieren, sonst würde Egwene einige ausgewählte Worte zu hören bekommen, ob sie nun die Amyrlin war oder nicht.

»Ich denke, dies wird besser wirken, Sheriam«, sagte Elayne und reichte der anderen einen gedrehten, blauroten Ring aus dem, was heute morgen noch Gestein gewesen war. In Wahrheit unterschied er sich von keinem anderen, den sie gefertigt hatte. Sie standen abseits von der Menge, am Eingang einer engen Gasse, die von der roten Sonne beleuchtet wurde. Hinter ihnen klagten Fiedeln und sangen Flöten.

»Danke, Elayne.« Sheriam steckte den *Ter'angreal* in ihre Gürteltasche, ohne ihn auch nur anzusehen. Elayne hatte Sheriam in einer Tanzpause abgefangen, ihr Gesicht unter all der kühlen Aes-Sedai-Gelassenheit ein wenig gerötet, aber der klare Blick aus den grünen Augen, der Elaynes Knie als Novizin zum Zittern gebracht hatte, war auf ihr Gesicht gerichtet. »Warum habe ich das Gefühl, daß das nicht Euer einziger Grund war, mich aufzusuchen?«

Elayne verzog das Gesicht und drehte den Großen Schlangenring an ihrer rechten Hand. Die rechte Hand. Sie mußte in Erinnerung behalten, daß sie jetzt eine Aes Sedai war. »Es geht um Egwene. Um die Amyrlin, sollte ich vermutlich sagen. Sie ist besorgt, Sheriam, und ich hatte gehofft, daß Ihr ihr helfen könntet. Ihr seid die Behüterin, und ich wußte *wirklich* nicht, zu wem ich sonst gehen sollte. Ich weiß noch nicht genau, worum es geht. Ihr kennt Egwene. Sie würde sich nicht einmal beklagen, wenn ihr der *Fuß* abgeschnitten würde. Ich glaube, Romanda ist der Grund, obwohl sie nur von Lelaine sprach. Ich glaube, eine der beiden oder sogar beide haben sie bedrängt, hier in Salidar zu bleiben und nicht fortzugehen, weil es zu gefährlich sei.«

»Das ist ein guter Rat«, sagte Sheriam zögerlich. »Ich weiß nichts von einer Gefahr, aber diesen Rat würde ich ihr auch selbst geben.«

Elayne spreizte hilflos die Hände. »Ich weiß. Sie hat es mir erzählt, aber ... Sie hat es nicht eigentlich *gesagt*, aber ich glaube, daß sie ein wenig Angst vor den beiden hat. Ich *weiß*, daß sie jetzt die Amyrlin ist, aber ich denke, sie geben ihr das Gefühl, noch eine Novizin zu sein. Ich glaube, daß sie Angst hat, daß sie, wenn sie ihren Rat befolgt – selbst wenn es *tatsächlich* ein guter Rat ist – von ihr erwarten werden, daß sie es beim nächsten Mal wieder tut. Ich denke ... Sheriam, sie hat Angst, daß sie beim nächsten Mal nicht nein sagen *kann*, wenn sie jetzt ja sagt. Und ... und ich befürchte das auch. Sheriam, sie ist der Amyrlin-*Sitz*. Sie sollte nicht von Romanda oder Lelaine oder irgend jemandem sonst beherrscht werden. Ihr seid die *einzige*, die ihr helfen kann. Ich weiß nicht wie, aber ihr *seid* es.«

Sheriam schwieg so lange, daß Elayne zu glauben begann, die andere Frau würde ihr sagen, jedes ihrer Worte sei lächerlich. »Ich werde tun, was ich kann«, sagte Sheriam schließlich.

Elayne unterdrückte ein erleichtertes Seufzen, bevor sie erkannte, daß es nichts ausgemacht hätte.

Egwene beugte sich vor, stützte die Arme auf den Rand der Kupferwanne und ließ Chesas Geplapper über sich ergehen, während die Dienerin ihr den Rücken schrubbte. Sie hatte von einem richtigen Bad geträumt, aber tatsächlich in dem Seifenwasser zu sitzen, das mit einem Blütenöl versetzt war, fühlte sich nach den Dampfzelten der Aiel seltsam an. Sie hatte erste Schritte als Amyrlin unternommen, ihr in der Minderheit befindliches Heer ordnungsgemäß aufgestellt und den Angriff begonnen. Sie erinnerte sich an Rhuarcs Worte, daß ein Schlachtführer keinerlei echte Kontrolle mehr über die Ereignisse hatte, wenn die Schlacht erst begonnen hatte. Sie konnte jetzt nur noch abwarten. »Obwohl ich glaube, daß die Weisen Frauen stolz wären«, sagte sie leise.

KAPITEL 15

Eine Überraschung

Die flammende Sonne stieg hinter ihm höher auf, und Mat war froh, daß ihm sein breitkrempiger Hut ein wenig Schatten spendete. Der altaranische Wald war winterkahl und braun, mit Pinien und Lederblattbäumen und anderen immergrünen Bäumen, die verdorrt und aschfarben und bloß wirkten. Es war noch nicht Mittag, weshalb die schlimmste Hitze erst noch kommen würde, aber der Tag war bereits jetzt brutheiß. Mat hatte seinen Umhang über die Satteltaschen gelegt, aber der Schweiß ließ sein Leinenhemd dennoch an der Haut kleben. Pips' Hufe knirschten auf toten Farnen und dichtem herabgefallenen Laub, und die Horde ritt ebenfalls geräuschvoll über den Waldboden. Einige wenige Vögel tauchten auf, schnelle Blitze zwischen den Zweigen, aber kein einziges Eichhörnchen. Es gab jedoch Fliegen und Stechmücken, als befände man sich mitten im Sommer und nicht einen Monat vor dem Lichterfest. Tatsächlich gab es hier nichts anders als das, was er in Erinin gesehen hatte, aber er fühlte sich unbehaglich, hier dieselben Bedingungen vorzufinden. Würde die ganze Welt tatsächlich ausbrennen?

Aviendha schritt neben Pips einher, ihr Bündel auf dem Rücken, von sterbenden Bäumen oder Stechmücken offensichtlich unbeeinträchtigt, und verursachte trotz ihrer Röcke erheblich weniger Geräusche als das Pferd. Sie suchte mit ihren Blicken die umstehenden Bäume ab, als traue sie den Kundschaftern und Wächtern der Horde nicht zu, einen Hinterhalt zu erkennen. Sie hatte das angebotene Pferd nicht angenommen, was er ohnehin nicht erwartet hatte, nachdem er erkannt hatte, wie Aiel dem Reiten gegenüber empfanden, aber sie hatte auch keine Schwierigkeiten gemacht, außer daß die Tatsache, daß sie bei jedem Halt ihr Messer schärfte, als Herausforderung angesehen werden konnte. Gewiß, da war der Zwischenfall mit Olver gewesen. Er ritt den hochtrabenden Grauen, den Mat unter den Ersatzpferden für ihn gefunden hatte, und behielt sie wachsam im Auge. Er hatte in der zweiten Nacht versucht, sie mit seinem Gürtelmesser zu töten, wobei er etwas über Aiel schrie, die seinen Vater umgebracht hätten. Sie nahm ihm das Messer natürlich nur ab, aber selbst nachdem Mat ihn zurechtgewiesen und ihm den Unterschied zwischen Shaido und anderen Aiel zu erklären versucht hatte – etwas, wovon Mat keineswegs sicher war, daß er es selbst verstand –, behielt Olver sie ständig im Auge. Er mochte die Aiel nicht. Aviendha fühlte sich in Olvers Gegenwart anscheinend unbehaglich, was Mat überhaupt nicht verstand.

Die Bäume waren ausreichend hoch, daß sich eine Brise unter dem spärlichen Baldachin über ihnen hätte regen können, aber das Banner der Roten Hand hing schlaff herab, wie auch die beiden Banner, die er hervorgeholt hatte, nachdem Rand sie durch das Tor auf eine nachtgeschützte Wiese gelassen hatte – ein Drachenbanner, dessen rot-goldenes Symbol in weißen Falten verborgen war, sowie eines der Horde, das al'Thors Banner genannt wurde und dessen uraltes Aes-Sedai-Symbol dankenswerterweise auch nach innen geschlagen war. Ein grauhaariger, rangälterer Bannerträger hielt die Rote Hand, ein Bursche mit schmalen Augen und mehr Narben als Daerid, der tatsächlich darauf bestand, das Banner einen Teil des Tages selbst zu tragen, was nur wenige Bannerträger taten. Talmanes und Daerid hatten für die beiden anderen Banner Unterführer besorgt, junge Männer mit frischen Gesichtern, die sich als ausreichend standhaft erwiesen hatten, ein wenig Verantwortung zu übernehmen.

Drei Tage lang waren sie durch Altara gezogen, drei Tage im Wald, ohne einem einzigen Drachenverschworenen zu begegnen – oder sonst jemandem –, und Mat hoffte, daß sich ihr Alleinsein zumindest noch über diesen vierten Tag erstrecken würde, bevor sie Salidar erreichten. Abgesehen von den Aes Sedai mußte man auch noch Aviendha von Elaynes Kehle fernhalten. Er hegte kaum Zweifel darüber, warum sie ständig dieses Messer schärfte. Die Klinge glitzerte bereits wie Edelsteine. Er befürchtete stark, daß er die Aiel-Frau letztendlich unter Bewachung nach Caemlyn bringen müßte, während die verdammte Tochter-Erbin auf jedem Schritt des Weges von ihm verlangte, jene zu hängen. Rand und seine verdammten Frauen! Mats Ansicht nach war alles nützlich, was die Horde verlangsamte und ihn von dem abhielt, was ihn in Salidar erwartete. Es war hilfreich, früh anzuhalten und spät aufzubrechen. Das galt für die den Zug beschließenden Proviantwagen, die im Wald nur langsam vorankamen. Aber auch die Horde konnte nur langsam voranreiten. Vanin war sich sicher, nur zu bald etwas zu finden.

Wie auf ein Stichwort tauchte der dicke Kundschafter mit vier weiteren Reitern vor ihnen zwischen den Bäumen auf. Er war vor der Dämmerung mit sechs Männern losgeritten.

Mat hob eine geballte Faust und gab so das Zeichen zum Anhalten. Murmeln erklang in der Schlange. Sein erster Befehl, nachdem sie das Tor zurückgelassen hatten, hatte »keine Trommeln, keine Trompeten, keine Flöten und kein verdammtes Singen« gelautet, und wenn zunächst einige verdrießliche Gesichter zu sehen gewesen waren, widersprach nach dem ersten Tag in dem Waldgebiet, in dem man niemals mehr als hundert Schritte voraus sehen konnte, niemand mehr.

Mat legte seinen Speer quer über den Sattel, wartete, bis Vanin herankam, und runzelte unbewußt die Stirn. »Ihr habt sie gefunden?«

Der kahl werdende Mann beugte sich im Sattel zur Seite, um durch eine Zahnlücke auszuspeien. Er schwitzte so stark, daß er zu schmelzen schien. »Ich habe sie gefunden. Acht oder zehn Meilen westlich. In den Wäldern befinden sich Behüter. Ich habe gesehen, wie einer von ihnen einen Mar gefangengenommen hat. Kam einfach in einem dieser Umhänge aus dem Nichts und riß ihn aus dem Sattel. Ich habe ihm erheblich zugesetzt, aber ich habe ihn nicht getötet. Ich vermute, daß Ladwin aus demselben Grund nicht wieder aufgetaucht ist.«

»Also wissen sie, daß wir hier sind.« Mat atmete heftig durch die Nase. Er erwartete nicht, daß die Männer etwas über die Behüter zurückhalten würden, und noch viel weniger über die Aes Sedai. Aber andererseits mußten auch die Aes Sedai es früher oder später erfahren. Er hätte sich nur gewünscht, daß es erst später geschehen würde. Er schlug nach einer Stechmücke, aber sie summte davon und hinterließ einen Blutfleck an seinem Handgelenk. »Wie viele?«

Vanin spie erneut aus. »Mehr als ich jemals erwartet hätte. Ich bin zu Fuß ins Dorf gelangt und habe dort überall Aes-Sedai-Gesichter gesehen. Vielleicht zwei- oder dreihundert. Vielleicht auch vierhundert. Ich wollte nicht zu offensichtlich zählen.« Bevor Mat diesen Schock verdauen konnte, lieferte der Mann schon den nächsten. »Sie haben auch ein Heer. Es lagert nördlich des Dorfes. Mehr Männer, als Ihr habt. Vielleicht doppelt so viele.«

Talmanes, Nalesean und Daerid waren währenddessen schwitzend und nach Stechmücken schlagend herangeritten. »Habt Ihr es gehört?« fragte Mat, und sie nickten betrübt. Er hatte zwar stets Glück im Kampf, aber zwei zu eins in der Minderheit zu sein, mit Hunderten darin verwickelten Aes Sedai, konnte jedes Glück überstrapazieren. »Wir sind nicht hier, um zu kämpfen«, erinnerte er sie, aber ihr Gesichtsausdruck blieb betrübt. Er selbst fühlte sich durch seine Bemerkung auch nicht besser. Es zählte nur, ob die Aes Sedai *ihr* Heer in den Kampf schicken wollten.

»Die Horde soll sich auf einen Angriff vorbereiten«, befahl er. »Legt soviel Fläche wie möglich frei, und benutzt die Baumstämme für Barrikaden.« Talmanes verzog das Gesicht fast genauso stark wie Nalesean. Sie kämpften lieber im Sattel. »Denkt daran, vielleicht beobachten uns Behüter auch jetzt.« Er war überrascht, Vanin nicken und vielsagend nach rechts blicken zu sehen. »Wenn sie sehen, daß wir uns auf die Verteidigung vorbereiten, werden sie erkennen, daß wir offensichtlich nicht angreifen wollen. Das könnte sie vielleicht überzeugen, uns in Ruhe zu lassen, aber wenn nicht, dann sind wir wenigstens bereit.« Talmanes verstand seine Gedankengänge eher als Nalesean. Daerin hatte von Anfang an zu seinen Worten genickt.

Nalesean zwirbelte seinen geölten Bart und murrte: »Was habt Ihr vor? Einfach dazusitzen und auf sie zu warten?«

»Genau das«, bestätigte Mat ihm. *Der verdammte Rand und seine ›vielleicht fünfzig Aes Sedai‹! Verdammt seien er und sein ›drohe ein wenig; schüchtere sie ein‹!* Es schien eine sehr gute Idee, hier zu warten, bis jemand aus dem Dorf herauskam, um zu fragen, wer sie seien und was sie hier wollten. Dieses Mal ohne verkehrendes *Ta'veren*. Jeglicher Kampf würde zu ihm gelangen müssen. Er würde nicht hineinspazieren.

»Sind sie dort?« fragte Aviendha und deutete in eine bestimmte Richtung. Ohne auf eine Antwort zu warten, rückte sie ihr Bündel auf dem Rücken zurecht und schritt gen Westen.

Mat sah ihr nach. *Verdammte Aiel*. Irgendein Behüter würde sie vermutlich auch gefangenzunehmen versuchen – und seinen Kopf bekommen. Oder vielleicht auch nicht, wenn man Behüter kannte. Wenn sie einen von ihnen mit dem Messer zu töten versuchte, würde er sie vielleicht nur verletzen. Aber wenn sie zu Elayne gelangte und sich mit ihr über Rand stritt oder noch schlimmer, *sie* mit dem Messer tötete... Sie bewegte sich schnell voran, bestrebt, Salidar zu erreichen. *Blut und blutige Asche!*

»Talmanes, Ihr übernehmt das Kommando, bis ich zurückkomme, aber Ihr regt Euch nicht, es sei denn, jemand springt die Horde mit beiden Beinen gleichzeitig an. Diese vier Männer werden Euch erklären, was Euch möglicherweise bevorsteht. Vanin, Ihr geht mit mir. Olver, bleib dicht bei Daerid, falls er Botschaften senden muß. Du kannst ihm das Schlangen-und-Füchse-Spiel beibringen«, fügte er mit einem Grinsen zu Daerid hinzu. »Er hat mir gesagt, er würde es gern lernen.« Daerids Kinn sank herab, aber Mat war bereits gegangen. Es wäre verheerend, wenn er letztendlich mit einer Beule am Kopf von einem Behüter nach Salidar verschleppt würde. Wie konnte er das verhindern? Sein Blick fiel auf die Banner. »Ihr bleibt hier«, erklärte er dem grauhaarigen Bannerträger. »Ihr anderen beiden kommt mit mir. Und rollt die Banner zusammen.«

Seine seltsame kleine Gruppe holte Aviendha rasch ein. Wenn etwas die Behüter überzeugen könnte, sie ungehindert durchzulassen, dann sollte ein Blick genügen. Eine Frau und vier Männer, die sich offensichtlich nicht bemühten, unbemerkt zu bleiben und keine Banner trugen, bedeuteten keine Bedrohung. Er überprüfte die Unterführer. Es war noch immer windstill, aber sie hielten die Banner ohnehin an die Stäbe gedrückt. Ihre Gesichter waren angespannt. Nur ein Narr würde zwischen Aes Sedai reiten und sie erschrecken wollen.

Aviendha sah ihn von der Seite an und versuchte dann, seinen Stiefel aus dem Steigbügel zu schieben. »Laßt mich hinauf«, befahl sie kurz angebunden.

Warum, unter dem Licht, wollte sie jetzt reiten? Nun, er würde sie nicht allein aufsteigen und ihn dabei sehr wahrscheinlich aus dem Sattel stoßen lassen. Er hatte ein- oder zweimal Aiel auf ein Pferd steigen sehen.

Er schlug nach einer weiteren Mücke, beugte sich dann herab und ergriff ihre Hand. »Haltet Euch fest«, sagte er und hob sie brummend hinter sich. Sie war fast so groß wie er und außerdem kräftig. »Legt Euren Arm einfach um meine Taille.« Sie sah ihn nur an und drehte sich unbeholfen, bis sie rittlings saß und beide Beine bis über die Knie entblößt waren, was sie aber nicht störte. Hübsche Beine, aber er würde sich nicht noch einmal mit einer Aiel-Frau einlassen, selbst wenn sie nicht von Rand besessen war.

Nach einiger Zeit sagte sie hinter ihm: »Der Junge, Olver – haben die Shaido seinen Vater getötet?«

Mat nickte, ohne sich umzusehen. Würde er Behüter überhaupt bemerken, bevor es zu spät war? Vanin ritt, wie immer wie ein Mehlsack zusammengesunken, voraus, aber er beobachtete seine Umgebung genau.

»Und seine Mutter ist verhungert?« fragte Aviendha.

»Entweder das, oder sie ist an einer Krankheit gestorben.« Behüter trugen jene Umhänge, die mit allem verschmolzen. Man konnte an einem Behüter vorübergehen, ohne ihn zu sehen. »Olver hat es nicht so genau erzählt, und ich habe ihn nicht bedrängt. Er hat sie selbst begraben. Glaubt Ihr, Ihr schuldet ihm etwas, weil Aiel seine Familie auf dem Gewissen haben?«

»Etwas schulden?« Sie klang bestürzt. »Ich habe die beiden nicht getötet, und ich hätte es nur getan, wenn sie Baummörder gewesen wären. Wie könnte ich dann *Toh* haben?« Sie fuhr ohne Pause fort, als würde sie das gleiche Thema weiterverfolgen. »Ihr kümmert Euch nicht richtig um ihn, Mat Cauthon. Ich weiß, daß Männer nichts von Kindererziehung verstehen, aber er ist zu jung, um seine ganze Zeit mit erwachsenen Männern zu verbringen.«

Mat sah sie an und blinzelte. Sie hatte ihr Kopftuch abgenommen und ließ einen glänzenden Grünstein-Kamm eifrig durch ihr dunkles, rötliches Haar gleiten. Das schien ihre ganze Aufmerksamkeit zu erfordern – und das Bemühen, nicht vom Pferd zu fallen. Sie hatte sich außerdem eine fein gearbeitete Silberkette und ein breites Armband aus geschnitztem Elfenbein umgelegt.

Er schüttelte den Kopf und beobachtete dann weiterhin den Wald. Aiel oder nicht – in mancherlei Beziehung waren sich alle gleich. *Eine Frau wird auch dann noch Zeit finden, sich die Haare zu richten, wenn die Welt untergeht. Eine Frau wird einem Mann auch dann noch sagen, daß er falsch gehandelt hat, wenn die Welt untergeht.* Er hätte sicherlich leise gelacht, wenn er nicht so sehr damit beschäftigt gewesen wäre, sich zu fragen, ob die Behüter ihn gerade jetzt beobachteten.

Die Sonne hatte den Zenit bereits überschritten, als der Wald plötzlich endete. Weniger als hundert Schritte gerodetes Gelände trennten den Wald vom Dorf, und es sah so aus, als sei der Boden noch nicht sehr lange gerodet. Salidar selbst war ein beachtliches Dorf aus grauen Steingebäuden mit Strohdächern, dessen Straßen bevölkert waren. Mat zuckte in seinem Umhang aus grünem, an den Ärmeln und am Halsausschnitt mit Goldfäden besticktem Stoff die Achseln. Er sollte genügen, um Aes Sedai angemessen zu begegnen. Er ließ ihn jedoch offenstehen. Er würde selbst für Aes Sedai nicht vor Hitze umkommen.

Niemand versuchte sie aufzuhalten, während sie ins Dorf ritten, aber die Menschen blieben stehen, und aller Blicke wandten sich ihm und seiner seltsamen kleinen Gruppe zu. Gut, sie wußten es. Jedermann wußte es. Bei der Zahl Fünfzig gab er es auf, die Aes-Sedai-Gesichter weiterhin zu zählen, da diese Zahl beunruhigend schnell erreicht war. In der Menge waren keine Soldaten zu sehen, es sei denn, man rechnete die Behüter dazu, von denen einige in den die Farbe verändernden Umhängen darunter waren und die nach ihrem Schwertheft tasteten, während sie sie vorüberziehen sahen. Wenn keine Soldaten im Dorf waren, bedeutete das nur, daß sie sich in den Lagern aufhielten, die Vanin erwähnt hatte. Und wenn alle Soldaten in den Lagern waren, bedeutete das, daß sie bereit waren zu handeln. Mat hoffte, daß sich Talmanes an seine Anweisungen hielt. Talmanes war nicht dumm, aber genauso schnell wie Nalesean bereit, loszustürmen und jemanden anzugreifen. Er hätte lieber Daerid seine Aufgabe übertragen – Daerid hatte zu viele Kämpfe gesehen, um zum Kampf bereit zu sein –, aber der Adlige hätte niemals dazu gestanden. In Salidar schien es auch keine Mücken zu geben. *Vielleicht wissen sie etwas, was ich nicht weiß.*

Eine Frau zog seinen Blick auf sich, eine hübsche Frau in merkwürdiger Kleidung – eine weite gelbe Hose und ein kurzer weißer Mantel – und das goldene Haar bis zur Taille kunstvoll geflochten. Sie trug einen Bogen bei sich. Nicht viele Frauen fühlten sich für den Bogen berufen. Sie bemerkte seinen Blick und verschwand in einer schmalen Gasse. Etwas an ihr erweckte seine Erinnerung, aber er konnte nicht sagen, was es war. Das war der Haken an diesen alten Erinnerungen. Er sah stets Menschen, die ihn an jemanden erinnerten, der, wie sich herausstellte, wenn es ihm wieder einfiel, bereits seit tausend Jahren tot war. Vielleicht hatte er sogar einmal wirklich jemand gekannt, der dieser Frau ähnlich sah. Jene Lücken in der Erinnerung an sein eigenes Leben waren von Verschwommenem umgeben. *Wahrscheinlich ein weiterer Jäger des Horns*, dachte er verwirrt und verdrängte den Gedanken an die Frau.

Es hatte keinen Sinn umherzureiten, bis jemand sie ansprach, weil es anscheinend niemand tun würde. Mat zügelte sein Pferd und nickte einer dünnen, dunkelhaarigen Frau zu, die gelassen zu ihm hochsah. Sie war hübsch, aber für seinen Geschmack selbst ohne dieses alterslose Gesicht zu hager. Wer wollte schon bei jeder Umarmung gestochen werden? »Mein Name ist Mat Cauthon«, sagte er ruhig. Wenn sie Huldigungen erwartete, würde sie enttäuscht werden, aber es wäre auch töricht, ihre Feindschaft zu erwecken. »Ich suche Elayne Trakand und Egwene al'Vere. Und auch Nynaeve al'Meara.« Rand hatte sie nicht erwähnt, aber Mat wußte, daß sie mit Elayne fortgegangen war.

Die Aes Sedai blinzelte überrascht, faßte sich aber augenblicklich wieder. Sie betrachtete ihn und die anderen einen nach dem anderen, hielt bei Aviendha inne und betrachtete auch die Unterführer dann so lange, daß Mat sich fragte, ob sie den Drachen und die schwarz-weiße Scheibe durch die Falten des Stoffes hindurch sehen konnte. »Folgt mir«, sagte sie schließlich. »Ich werde nachsehen, ob der Amyrlin-Sitz Euch empfangen kann.« Sie raffte ihre Röcke und eilte die Straße hinauf.

Während Mat Pips hinter ihr herführte, ließ Vanin seinen Grauen zurückfallen und murrte: »Aes Sedai nach etwas zu fragen, ist niemals gut. Ich hätte Euch den Weg zeigen können.« Mat wandte den Kopf einem dreistöckigen, kubusförmigen Steingebäude zu. »Sie nennen es die Kleine Burg.«

Mat zuckte unbehaglich die Achseln. Die Kleine Burg? Und hier gab es jemanden, den sie den Amyrlin-Sitz nannten? Er bezweifelte, daß die Frau Elaida gemeint hatte. Rand hatte sich erneut geirrt. Diese Leute hatten keine Angst. Sie waren zu stolzgeschwellt und verrückt, um Angst zu haben.

Vor dem kubusförmigen Steingebäude sagte die hagere Aes Sedai herrisch: »Wartet hier.« Sie verschwand im Inneren.

Aviendha glitt vom Pferd, und Mat tat es ihr schnell nach, bereit, sie zu ergreifen, falls sie fliehen wollte. Auch wenn es ihm in der Seele weh tat, würde er sie nicht davonlaufen und Elayne die Kehle aufschlitzen lassen, bevor er auch nur die Gelegenheit gehabt hatte, mit dieser sogenannten Amyrlin zu sprechen. Aber sie stand nur da und starrte mit über der Taille verschränkten Händen und der um die Ellenbogen geschlungenen Stola vor sich hin. Sie wirkte vollkommen gelassen, aber er dachte, daß sie vielleicht dennoch schreckliche Angst hatte. Wenn sie Verstand hätte, würde sie sich fürchten. Sie hatten eine Menschenmenge angezogen.

Aes Sedai hatten sich versammelt, schlossen sie vor der Kleinen Burg ein und beobachteten Mat schweigend, während der Halbkreis der Frauen immer dichter wurde, je länger er dort stand. Tatsächlich schienen sie Aviendha genauso zu beobachten wie ihn, aber er spürte all jene kühlen, unlesbaren Blicke. Er konnte sich kaum beherrschen, den silbernen Fuchskopf unter seinem Hemd zu berühren.

Eine Aes Sedai mit klaren Gesichtszügen bahnte sich ihren Weg zur vordersten Reihe der Menge und führte eine schlanke junge Frau in Weiß mit sich. Sie erinnerte ihn vage an Anaiya, aber sie schien kaum an ihm interessiert. »Seid Ihr sicher, Kind?« fragte sie die Novizin.

Die junge Frau preßte den Mund leicht zusammen, aber ihre Stimme klang fest. »Er scheint noch immer zu leuchten oder zu strahlen. Ich sehe es wirklich. Ich weiß nur nicht warum.«

Anaiya lächelte sie erfreut an. »Er ist *Ta'veren*, Nicola. Ihr habt Euer erstes Talent entdeckt. Ihr könnt *Ta'veren* sehen. Und jetzt zurück zum Unterricht. Schnell. Ihr wollt doch nichts versäumen.« Nicola vollführte einen Hofknicks und verschwand mit einem letzten Blick auf Mat in der Menge der sie umgebenden Aes Sedai.

Dann sah Anaiya ihn an, mit einem jener Aes Sedai-Blicke, die einen Mann beunruhigen sollten. Er beunruhigte ihn tatsächlich ausreichend. Natürlich wußten einige Aes Sedai etwas über ihn – einige wußten mehr, als ihm lieb war, und wenn er darüber nachdachte, erinnerte er sich daran, daß Anaiya dazugehörte –, aber wenn die Dinge so verkündet wurden, vor das Licht wußte wie vielen Frauen mit jenen kühlen Aes Sedai-Augen ... Er strich mit der Hand über das geschnitzte Heft seines Schwertes. Fuchskopf oder nicht, sie waren ausreichend viele, daß sie einfach Hand an ihn legen und ihn davontragen könnten. *Verdammte Aes Sedai! Verdammter Rand!*

Aber Anaiyas Aufmerksamkeit galt nur kurz ihm. Sie trat zu Aviendha und sagte: »Und wie heißt Ihr, Kind?« Ihre Stimme klang freundlich, erwartete aber unverzüglich eine Antwort.

Aviendha sah sie offen an. Sie war einen Kopf größer und nutzte auch jeden Zentimeter dieser Größe. »Ich bin Aviendha, von der Neun-Täler-Septime der Taardad-Aiel.« Anaiya verzog den Mund zu der Andeutung eines Lächelns, als sie den trotzigen Unterton bemerkte.

Mat fragte sich, wer bei diesem Duell der Blicke wohl siegen würde, aber bevor er sich eine Meinung darüber bilden konnte, trat eine weitere Aes Sedai zu ihnen, eine Frau, deren knochiges Gesicht trotz glatter Wangen und glänzendem braunen Haar den Eindruck von Alter vermittelte. »Seid Ihr Euch bewußt, daß Ihr die Macht lenken könnt, Kind?«

»Ja«, antwortete Aviendha kurz und schloß jäh den Mund, als beabsichtige sie von jetzt ab zu schweigen. Sie konzentrierte sich darauf, ihre Stola zu richten, aber sie hatte schon genug gesagt. Aes Sedai drängten zu ihr heran und schoben Mat beiseite.

»Wie alt seid Ihr, Kind?«

»Ihr habt viel Kraft entwickelt, aber Ihr könntet als Novizin noch vieles dazulernen.«

»Sterben viele Aiel-Mädchen in jüngerem Alter als Eurem an Abzehrung?«

»Wie lange habt Ihr ...«

»Ihr könntet ...«

»Ihr solltet wirklich ...«

»Ihr müßt ...«

Nynaeve erschien so plötzlich im Eingang, daß sie sich aus der Luft materialisiert zu haben schien. Sie stemmte die Fäuste in die Hüften und sah Mat an. »Was tust du hier, Matrim Cauthon? Wie bist du hierhergelangt? Vermutlich wird meine Hoffnung enttäuscht, daß du etwas mit diesem Heer der Drachenverschworenen zu tun hast, das hierherkommen soll.«

»Tatsächlich«, sagte er trocken, »bin ich der Befehlshaber.«

»Du ...!« Nynaeve stand mit offenem Mund da, riß sich dann aber zusammen und zupfte an ihrem blauen Gewand, als sei es in Unordnung gewesen. Es war tiefer ausgeschnitten als jedes andere Gewand, an das er sich bei ihr von früher erinnern konnte, tief genug, um Einblick zu gewähren, mit gelben Ornamenten an Halsausschnitt und Saum. »Nun, dann komm mit«, sagte sie scharf. »Ich bringe dich zur Amyrlin.«

»Mat Cauthon«, rief Aviendha ein wenig atemlos. Sie suchte ihn über die Köpfe der Aes Sedai hinweg. »Mat Cauthon.« Mehr nicht, aber sie wirkte für Aiel-Verhältnisse außer sich.

Die sie umgebenden Aes Sedai sprachen mit ruhigen Stimmen überlegt, aber unaufhörlich weiter.

»Für Euch wäre es das beste, wenn ...«

»Ihr müßt bedenken ...«

»Das allerbeste ...«

»Ihr könnt wohl kaum erwägen ...«

Mat grinste. Sie würde wohl jeden Moment ihr Messer ziehen, aber er bezweifelte, daß es ihr in dieser Menschenmenge viel nützen würde. Sie würde Elayne nicht so bald erwischen, das war sicher. Mit der Überlegung, ob er sie bei seiner Rückkehr in einem weißen Gewand vorfinden würde, machte er Vanin mit dem Speer ein Zeichen. »Geh voraus, Nynaeve. Laß uns dieser *Amyrlin* begegnen.«

Sie sah ihn finster stirnrunzelnd an, führte ihn aber in das Gebäude, während sie an ihrem Zopf zog und halb zu sich selbst murrte: »Dies ist Rands Werk, nicht wahr? Ich weiß es. Irgendwie ist es das. Jedermann vor Angst halbwegs in den Wahnsinn zu treiben! Achte darauf, wo du hintrittst, *Lordhauptmann* Cauthon, oder ich schwöre, daß du dir wünschen wirst, ich hätte dich nur wieder beim Blaubeerenstehlen erwischt. Menschen zu ängstigen! Selbst ein Mann sollte mehr Verstand haben! Hör auf zu grinsen, Mat Cauthon. Ich weiß nicht, wie sie hierauf reagieren wird.«

An den Tischen im Inneren saßen Aes Sedai – der Raum schien ein Aufenthaltsraum zu sein, auch wenn diese Aes Sedai, die schrieben oder Befehle ausgaben, sorgfältig plaziert wirkten –, aber sie beachteten ihn und Nynaeve kaum, während sie den Raum durchquerten. Es verdeutlichte nur einmal mehr, eine wie armselige Vorführung sie hier boten. Eine Aufgenommene stolzierte durch den Raum, wobei sie etwas vor sich hinmurmelte, aber keine der Aes Sedai sagte etwas. Er hatte sich nur so kurz wie möglich in der Burg aufgehalten, aber er wußte, daß Aes Sedai sonst nicht so reagierten.

Nynaeve öffnete eine Tür an der Rückseite des Raumes, die schon bessere Zeiten gesehen hatte. Alles hier schien schon bessere Zeiten gesehen zu haben. Mat folgte ihr hindurch – und blieb jäh stehen. Elayne befand sich in dem Raum, sehr hübsch mit diesem goldenen Haar, aber sie spielte in ihrer grünen Seide mit einem hohen Spitzenkragen, mit dieser herablassenden Art zu lächeln und den hochgezogenen Augenbrauen die große Dame. Egwene befand sich ebenfalls dort, sie saß mit fragendem Lächeln hinter einem Tisch. Und mit einer Stola mit sieben Streifen über ihrem hellgelben Gewand. Mat spähte schnell nach draußen und schob dann die Tür zu, bevor eine der Aes Sedai hereinsehen konnte.

»Vielleicht hältst du das für spaßig«, grollte er und trat sofort zu ihr, »aber sie werden dich erwischen, wenn sie es herausfinden. Sie werden dich, verdammt, *niemals* gehen lassen, keine von euch, wenn sie ...« Er riß Egwene die Stola von den Schultern und zog sie eilig aus dem Sessel – und der silberne Fuchskopf auf seiner Brust wurde eiskalt.

Er schob Egwene ein kleines Stück vom Tisch fort und sah sie alle an. Egwene wirkte nur verwirrt, aber Elayne schienen die großen blauen Augen fast aus dem Kopf zu fallen. Eine von ihnen hatte versucht, bei ihm die Macht anzuwenden. Das einzig gute Ergebnis seiner Reise in jenes *Ter'angreal* war das Fuchskopf-Medaillon gewesen. Er vermutete, daß es ebenfalls ein *Ter'angreal* sein mußte, aber er war gleichzeitig auch dankbar dafür. Solange es seine Haut berührte, konnte die Eine Macht ihn nicht beeinträchtigen. Und *Saidar* ohnehin nicht. Er hatte mehr Beweise dafür bekommen, als ihm lieb war. Aber es wurde kalt, wenn jemand es versuchte.

Er warf die Stola und seinen Hut auf den Tisch, setzte sich hin, sprang dann wieder auf, zog einige Kissen hervor und warf sie auf den Boden. Er legte einen Fuß auf die Tischkante und betrachtete die törichten Frauen. »Ihr werdet diese Kissen brauchen, wenn die sogenannte Amyrlin von eurem kleinen Scherz erfährt.«

»Mat«, begann Egwene mit fester Stimme, aber er unterbrach sie.

»Nein! Wenn du reden wolltest, hättest du statt dessen lieber darüber reden sollen, daß du mit deiner verdammten Macht um dich schlagen wolltest. Jetzt kannst du zuhören.«

»Wie hast du ...?« fragte Elayne verwundert. »Die Stränge sind einfach ... verschwunden.«

Fast im selben Augenblick sagte Nynaeve in drohendem Tonfall: »Mat Cauthon, du begehst den größten ...«

»Ich sagte *zuhören!*« Er deutete mit einem Finger auf Elayne. »Dich nehme ich mit zurück nach Caemlyn, wenn ich Aviendha davon abhalten kann, dich umzubringen. Wenn du nicht willst, daß man dir deine hübsche Kehle durchschneidet, solltest du in meiner Nähe bleiben und tun, was ich dir sage!« Jetzt wurde der Finger auf Egwene gerichtet. »Rand sagt, daß er dich zu den Weisen Frauen zurückbringt, wann immer du willst, und wenn das, was ich bisher gesehen habe, in irgendeiner Weise ein Hinweis darauf ist, wie du hier enden wirst, rate ich dir, ihn *jetzt* beim Wort zu nehmen! Anscheinend kannst du Schnell Reisen« – Egwene zuckte leicht zusammen –, »also kannst du für die Horde ein Tor nach Caemlyn eröffnen. Ich will keinen Streit, Egwene! Und du, Nynaeve! Ich sollte dich hierlassen, aber wenn du mitkommen willst, steht es dir frei. Aber ich warne dich. Ziehst du nur einmal an diesem Zopf, dann schwöre ich dir, daß ich dir die Kehrseite verbleuen werde!«

Sie starrten ihn an, als wären ihm wie einem Trolloc Hörner gewachsen, aber zumindest hielten sie den Mund. Vielleicht hatte er ihnen ein wenig Verstand eingegeben. Nicht daß sie ihm jemals dafür danken würden, daß er ihre Haut gerettet hatte. O nein, sie nicht. Sie würden, wie üblich, behaupten, daß sie es auch allein geschafft hätten, obwohl sie dafür ein wenig länger gebraucht hätten. Wenn eine Frau sogar sagte, man hätte sich eingemischt, wenn man sie aus einem Kerker befreit – was würde sie dann nicht sagen?

Er atmete tief ein. »Also, wenn die arme blinde Närrin, die sie zur Amyrlin erwählt haben, hierherkommt, werde ich das Reden übernehmen. Sie kann nicht sehr klug sein, sonst hätten sie sie niemals zu dieser Aufgabe drängen können. Amyrlin-Sitz für ein verdammtes Dorf inmitten des verdammten Nichts! Haltet den Mund und vollführt angemessene Hofknickse, dann werde ich wieder einmal für euch die Kohlen aus dem

Feuer holen.« Sie sahen ihn nur an. Gut. »Ich weiß alles über ihr Heer, aber ich besitze ebenfalls eines. Wenn sie verrückt genug ist zu glauben, sie kann Elaida die Burg nehmen ... Nun, sie würde wahrscheinlich keine Verluste riskieren, nur um euch drei festzuhalten. Egwene, du eröffnest dieses Tor, und ich werde euch morgen, spätestens übermorgen, in Caemlyn sehen. Und diese verrückten Frauen können davonlaufen und sich von Elaida töten lassen. Vielleicht werdet ihr Begleitung haben. Sie können nicht alle verrückt sein. Rand ist bereit, Zuflucht zu gewähren. Ein Hofknicks, ein kurzer Treueschwur – und er wird Elaida daran hindern, ihre Köpfe in Tar Valon aufzuspießen. Etwas Besseres können sie nicht verlangen. Nun? Gibt es irgend etwas zu sagen?« Sie blinzelten nicht einmal, soweit er es erkennen konnte. »Ein einfaches ›Danke, Mat‹ würde genügen.« Kein Wort. Kein Blinzeln.

Ein leises Klopfen erklang an der Tür, und eine Novizin trat ein, ein hübsches, grünäugiges Mädchen, das ehrfürchtig einen tiefen Hofknicks vollführte. »Ich soll Euch fragen, ob Ihr irgend etwas braucht, Mutter. Für den ... für den Lordhauptmann, meine ich. Wein, oder ... oder ...«

»Nein, Tabitha.« Egwene zog die gestreifte Stola unter Mats Hut hervor und legte sie sich um die Schultern. »Ich möchte noch ein wenig länger mit *Lordhauptmann* Cauthon allein sprechen. Sagt Sheriam, daß ich in Kürze nach ihr schicken werde, damit sie mich berät.«

»Mach den Mund zu, bevor dir Fliegen hineingeraten, Mat«, riet Nynaeve in zutiefst zufriedenem Tonfall.

KAPITEL 16

Möglichkeiten

Egwene richtete ihre Stola, während sie Mat betrachtete. Sie hätte erwartet, daß er sich wie ein in die Enge getriebener Bär verhalten würde, aber er war nur leicht aus dem Gleichgewicht geraten. Sie wollte ihn so vieles fragen – wie konnte Rand von Salidar wissen? Wie konnte er überhaupt wissen, daß sie das Schnelle Reisen herausgefunden hatte? Was hatte Rand vor? –, aber sie würde diese Fragen nicht stellen. Mat und seine Horde der Roten Hand verwirrten sie. Vielleicht hatte Rand ihr ein Geschenk des Himmels gemacht.

»Mein Stuhl?« sagte sie ruhig. Sie hoffte, er habe bemerkt, daß weder sie noch Elayne noch Nynaeve schwitzten. Nynaeve schwitzte ohnehin nur selten. Siuan hatte den Trick verraten, der überhaupt nichts mit der Macht zu tun hatte, sondern nur dadurch gelang, daß man sich auf bestimmte Weise konzentrierte. Nynaeve war recht verärgert gewesen, was kaum überraschend war, daß Siuan es ihnen nicht schon früher verraten hatte, aber Siuan hatte nur ruhig erwidert, der Trick sei Aes Sedai vorbehalten, nicht Aufgenommenen. Bisher hatte Egwene ihre Gedanken angemessen beisammenhalten können, wenn Schwestern in der Nähe waren, und ein kühles anstatt ein schwitzendes Gesicht schien einigermaßen hilfreich zu sein, um Haltung zu bewahren. Einige von ihnen. Bei Mat sollte es Wunder wirken. Wenn er jemals aufhören würde zu starren und es erkannte. »Mat? Mein Stuhl?«

Er zuckte zusammen, erhob sich dann und trat beiseite, während er schweigend von ihr zu Elayne und dann zu Nynaeve schaute, als wären sie eine Art Rätsel. Nun, Nynaeve und Elayne sahen ihn fast genauso an, und sie hatten sicherlich einen besseren Grund dazu.

Sie schüttelte die Kissen aus, bevor sie sie mit einem wohlwollenden Gedanken an Chesa wieder auf den Stuhl legte. Nach zwei Tagen brauchte sie sie eigentlich nicht mehr, aber entweder gab sie das Baden auf oder sie nahm die Kissen in Kauf, bis nichts mehr von den Quetschungen zu sehen war. Chesa würde die Kissen fortnehmen, wenn Egwene es befahl. Aber ob sie nun schwitzte oder nicht – Egwene war der Amyrlin-Sitz, vor dem sich Könige verbeugten und Königinnen Hofknickse vollführten, auch wenn es bisher noch nicht geschehen war. Wer würde Elaida verurteilen und kurz darauf hinrichten lassen und diese Sache mit der Weißen Burg und somit mit der Welt in Ordnung bringen? Chesa würde es tun, bedachte Egwene aber mit solch verletzten, vorwurfsvollen Blicken, weil ihr nicht erlaubt wurde, sich um sie zu kümmern, daß es weitaus einfacher zu ertragen war, die Kissen auf dem Stuhl zu belassen.

Sie setzte sich mit gefalteten Händen an den Tisch. »Mat ...« Aber er unterbrach sie sofort.

»Weißt du, das ist wirklich verrückt«, sagte er leise, aber sehr bestimmt. »Du wirst letztendlich hingerichtet werden, Egwene. Ihr alle werdet hingerichtet werden. Man wird euch ... die Köpfe ... abschneiden.«

»Mat«, sagte sie lauter, aber er fuhr einfach fort.

»Hör zu, du kannst noch immer hier herausgelangen. Wenn sie glauben, du seist die Amyrlin, kannst du mit mir hinausgehen, um die Horde zu inspizieren. Du eröffnest ein Tor, und wir werden verschwunden sein, bevor diese Horde Wahnsinniger auch nur blinzeln kann.«

Nynaeve hatte *Saidar* um ihn herum versagen sehen, aber sie hatte schon lange, bevor sie die Macht zu lenken lernte, mit störrischen Männern zu tun gehabt. Mit einem grollend gemurmelten »*Mir* die Kehrseite verbleuen?«, das, wie Egwene glaubte, nicht für andere Ohren bestimmt war, raffte Nynaeve geschickt ihre Röcke und trat Mat so fest in *seine* Kehrseite, daß er bis zur Wand taumelte, bevor er sich mit einer Hand abfing. Elayne brach in Gelächter aus und unterdrückte es genauso schnell wieder, aber sie bebte weiterhin mit funkelnden Augen.

Egwene mußte sich auch auf die Lippen beißen, um nicht zu lachen. Es war wirklich komisch. Mat wandte langsam und mit vor Empörung geweiteten Augen den Kopf zu Nynaeve. Dann senkte er die Brauen, zupfte an seinem Umhang, wie um ihn zurechtzuziehen, und schritt langsam auf sie zu. Langsam, weil er hinkte. Egwene hielt sich den Mund zu. Es wäre wirklich nicht gut zu lachen.

Nynaeve erhob sich starr. Vielleicht wurde ihr jetzt einiges klar. Sie war vielleicht zornig genug, um die Macht lenken zu können, aber *Saidar* war bei ihm offensichtlich nutzlos. Mat war groß für einen Zwei-Flüsse-Mann, erheblich größer als sie und erheblich stärker, und in seinen Augen war ein entschieden gefährliches Glitzern erkennbar. Sie schaute zu Egwene, strich dann ihr Gewand glatt und versuchte, das starre Gesicht beizubehalten. Mat trat mit drohendem Ausdruck noch näher heran. Ein weiterer hastiger und allmählich auch besorgter Seitenblick – und sie trat einen kleinen Schritt zurück.

»Mat«, sagte Egwene ruhig. Er blieb nicht stehen. »Mat, hör auf, dich zum Narren zu machen. Du befindest dich in einer recht unangenehmen Lage, aber ich sollte dich daraus befreien können, wenn du Vernunft zugänglich bist.«

Schließlich hielt er doch inne. Nach einem weiteren drohenden Blick wandte er ihr schließlich den Rücken und stemmte die Fäuste auf den Tisch. »*Bin* ich in einer unangenehmen Lage? Egwene, du rennst blind in dein Unglück und glaubst, alles sei in Ordnung, nur weil du noch nicht angekommen bist!«

Sie lächelte ihn gelassen an. »Mat, nicht viele hier in Salidar denken gut über die Drachenverschworenen. Lord Bryne sicherlich nicht, und seine Soldaten auch nicht. Wir haben einige sehr beunruhigende Geschichten gehört. Und auch einige wirklich üble Geschichten.«

»Drachenverschworene!« schrie er. »Was habe ich damit zu tun? Ich bin kein verdammter Drachenverschworener!«

»Natürlich bist du das, Mat.« Sie ließ es wie das Offensichtlichste auf der Welt klingen. Was es auch war, wenn man nur darüber nachdachte. »Du gehst dahin, wo Rand dich hinschickt. Was bist du also sonst, wenn kein Drachenverschworener? Aber wenn du mir zuhörst, kann ich verhindern, daß *dein* Kopf auf einem Spieß landet. Tatsächlich glaube ich nicht, daß Lord Bryne einen Spieß benutzen würde – er beklagt sich stets darüber, daß er nicht genug hätte –, aber ich bin sicher, daß er eine andere Idee hätte.«

Mat schaute zu den beiden anderen Frauen, und Egwene preßte einen Moment die Lippen zusammen. Sie drückte sich deutlich aus, aber er schien dennoch einen Hinweis auf das zu suchen, was sie meinte. Elayne lächelte ihn angespannt an und nickte nachdrücklich. Sie erkannte vielleicht nicht, was Egwene vorhatte, aber sie wußte, daß sie ihre Worte nicht ohne Grund wählte. Nynaeve, die sich noch immer um einen ernsten Gesichtsausdruck bemühte und an ihrem Zopf zog, sah ihn nur an, aber das war vielleicht auch besser so, obwohl sie zu schwitzen begann. Nynaeve konnte sich nicht mehr konzentrieren, wenn sie zornig wurde.

»Hör zu, Egwene«, sagte Mat, wenn auch vielleicht keinerlei Erwiderung ausreichte. Es gelang ihm, in einem sowohl vernünftigen als auch höchst beleidigenden Tonfall zu sprechen. »Wenn du dich Amyrlin nennen willst, kannst du dich Amyrlin nennen. Rand würde dich in Caemlyn mit offenen Armen empfangen, auch wenn du ihm nicht alle diese Aes Sedai bringst, aber ich weiß, daß er überglücklich sein wird, wenn du es tust. Welchen Streit auch immer du mit Elaida hast – er kann ihn beenden. Sie weiß, daß er der Wiedergeborene Drache ist. Licht, du erinnerst dich doch an ihren Brief. Nun, deine Weiße Burg wird vollkommen wiederhergestellt sein, bevor du auch nur blinzeln kannst. Keine Schlachten. Kein Blutvergießen. Du weißt, daß du kein Blutvergießen willst, Egwene.«

Das wollte sie tatsächlich nicht. Wenn das erste Blut zwischen Salidar und Tar Valon vergossen wäre, würde es schwer sein, die Burg wiederherzustellen. Wenn das erste Aes-Sedai-Blut vergossen wäre, würde es vielleicht unmöglich sein. Dennoch mußte Elaida vernichtet werden, und Egwene würde tun, was sie tun mußte. Es gefiel ihr nur nicht. Und es gefiel ihr nicht, daß Mat ihr sagte, was sie wußte, und sie mochte es um so weniger, als es stimmte. Es kostete sie wirklich Mühe, die Hände auf dem Tisch stillzuhalten, denn sie wollte aufstehen und ihn ohrfeigen.

»Wie auch immer ich mit Rand umgehe«, verkündete sie kühl, »du kannst sicher sein, daß ich die Aes Sedai nicht drängen werde, ihm oder irgendeinem anderen Mann die Treue zu schwören.« Kühl und überhaupt nicht streitsüchtig. Eine ruhige Feststellung einfacher Tatsachen. »Und es ist meine Sache, wie ich mit Elaida verfahre, nicht deine. Wenn du auch nur ein wenig Verstand hast, Mat, wirst du den Mund halten, solange du dich in Salidar aufhältst. Wenn du den Aes Sedai in dem Moment, in dem sie das Knie vor Rand beugen, erzählst, was er vorhat, könnten dir die Antworten vielleicht nicht gefallen. Rede davon, mich oder Nynaeve oder Elayne fortzubringen, und du wirst *sehr* froh darüber sein, von keinem Schwert durchbohrt zu werden.«

Er richtete sich jäh auf und starrte sie an. »Ich werde wieder mit dir sprechen, wenn du bereit bist, auf den Verstand zu hören, Egwene. Ist Thom Merrilin hier?« Sie nickte kurz. Was wollte er von Thom? Wahrscheinlich in Wein versinken. Nun, viel Glück bei der Suche nach einem Gasthaus in Salidar. »Wenn du bereit bist, zuzuhören«, wiederholte er grimmig und stolzierte hinkend zur Tür.

»Mat«, sagte Elayne, »ich würde nicht zu gehen versuchen, wenn ich du wäre. Nach Salidar hineinzugelangen, ist entschieden einfacher, als wieder hinauszugelangen.«

Er grinste sie überheblich an, und bei der Art, wie er sie von Kopf bis Fuß betrachtete, konnte er von Glück sagen, daß Elayne ihm keinen so harten Schlag versetzte, daß er alle Zähne verlor. »Dich, meine edle Lady, nehme ich mit zurück nach Caemlyn, auch wenn ich dich zu einem Paket verschnüren muß, um dich Rand zu übergeben, aber ich will verdammt sein, wenn ich es nicht tue. Und ich werde, verflucht noch mal, gehen, wann ich will.« Er verbeugte sich spöttisch vor Elayne und Egwene. Nynaeve wurde nur ein finsterer Blick und ein Drohen mit dem Zeigefinger zugedacht.

»Wie *kann* Rand solch einen gemeinen, unerträglichen Kerl zum Freund haben?« fragte Elayne niemand Besonderen, bevor sich die Tür noch ganz hinter Mat geschlossen hatte.

»Mit seiner Ausdrucksweise ist es sicherlich bergab gegangen«, murrte Nynaeve düster und warf den Kopf zurück, so daß der Zopf über ihre Schulter schwang. Egwene dachte, sie befürchtete vielleicht, ihn samt den Haarwurzeln auszuzuziehen, wenn sie ihn nicht außer Reichweite brachte.

»Ich hätte ihn nach seinem Gutdünken handeln lassen sollen, Nynaeve. Du mußt daran denken, daß du jetzt eine Aes Sedai bist. Du kannst nicht umhergehen und Leute treten oder ohrfeigen oder sie mit Stöcken schlagen.« Nynaeve starrte sie an und verzog den Mund, während sich ihr Gesicht immer stärker rötete. Elayne betrachtete aufmerksam den Teppich.

Egwene faltete die gestreifte Stola seufzend zusammen und legte sie auf eine Seite des Tisches. So stellte sie sicher, daß Elayne und Nynaeve sich daran erinnerten, daß sie allein waren. Manchmal veranlaßte die Stola sie, zum Amyrlin-Sitz anstatt zu Egwene al'Vere zu sprechen. Es funktionierte, wie immer. Nynaeve atmete tief durch.

Bevor sie jedoch sprechen konnte, sagte Elayne: »Willst du dich ihm und seiner Horde der Roten Hand zu Gareth Bryne anschließen?«

Egwene schüttelte den Kopf. Die Behüter sagten, Mats Horde bestünde jetzt aus sechs- oder siebentausend Mann, mehr als sie von Cairhien her in Erinnerung hatte. Das war eine erhebliche Anzahl, wenn auch nicht annähernd so viele, wie die beiden Gefangenen behauptet hatten, aber Brynes Soldaten würden Drachenverschworenen wirklich nicht freundlich begegnen. Außerdem hatte sie ihren eigenen Plan, den sie den beiden anderen Frauen erklärte, während sie sich Stühle zum Tisch zogen. Es war, als säße man plaudernd in der Küche. Sie schob die Stola noch weiter beiseite.

»Das ist hervorragend.« Elaynes Grinsen bewies, daß sie ihre Worte ehrlich meinte. Aber andererseits sagte Elayne stets, was sie meinte. »Ich habe bei dem anderen Plan eigentlich nicht geglaubt, daß er funktionieren würde, aber dieser hier ist wirklich *hervorragend*.«

Nynaeve schnaubte verärgert. »Warum glaubst du, daß Mat aufhören wird? Er wird dir nur aus Spaß Steine in den Weg legen.«

»Ich denke, er hat ein Versprechen gegeben«, erwiderte Egwene nur, und Nynaeve nickte. Zögernd und widerwillig, aber sie nickte. Elayne wirkte natürlich verwirrt, denn sie kannte ihn nicht. »Elayne, Mat tut genau das, was er tun will. Das war schon immer so.«

»Egal, wie schwierig es war«, fügte Nynaeve mürrisch hinzu, »oder wie oft er auf die Nase fiel.«

»Ja, das ist Mat«, seufzte Egwene. Er war der verantwortungsloseste Junge in Emond's Field und vielleicht sogar in den Zwei Flüssen gewesen. »Aber wenn er sein Wort gibt, dann hält er es auch. Und ich glaube, er hat Rand versprochen, dich nach Caemlyn zurückzubringen, Elayne. Erinnere dich, daß er mir gegenüber ausgewichen ist, es ›in gewisser Weise‹ getan zu haben, aber er wird dir kein Haar krümmen. Ich denke, er wird versuchen, dir möglichst nahe zu bleiben. Aber wir werden ihn dich nicht einmal sehen lassen, bis er tut, was wir wollen.« Sie hielt inne. »Elayne, wenn du mit ihm gehen willst, dann kannst du das tun. Zu Rand, meine ich. Sobald wir von Mat und seiner Horde alles Wissenswerte herausbekommen haben.«

Elayne schüttelte ohne Zögern heftig den Kopf. »Nein, Ebou Dar ist zu wichtig.« Dieser Sieg war überraschenderweise nur durch einen Vorschlag errungen worden. Elayne und Nynaeve würden sich Merilille an Tylins Hof anschließen. »Wenn er in der Nähe bliebe, hätte ich vielleicht wenigstens einige Zeit, den *Ter'angreal* zu betrachten, den er trägt. Es muß ein *Ter'angreal* sein, Egwene. Nichts sonst würde es erklären.«

Egwene konnte ihr nur zustimmen. Sie hatte ihn an Ort und Stelle in Luft einhüllen wollen, nur als sanfte Erinnerung daran, wen er schlecht zu behandeln versuchte, aber die Stränge berührten ihn und zerschmolzen. Dies war die einzig mögliche Erklärung. Die Stränge zerschmolzen, wenn sie ihn berührten. Sie spürte diesen Schreckensmoment in der Erinnerung noch immer, und sie erkannte, daß sie nicht die einzige war, die plötzlich Röcke richtete, die nicht gerichtet werden mußten.

»Wir könnten ihm von einigen Behütern die Taschen leeren lassen.« Nynaeve klang bei dieser Vorstellung überaus zufrieden. »Dann werden wir sehen, wie Meister Cauthon das gefällt.«

»Wenn wir ihm etwas fortnehmen«, sagte Egwene geduldig, »meinst du nicht, daß er dann mißtrauisch wird, wenn wir ihm sagen, was er tun soll?« Mat hatte Befehle noch niemals bereitwillig angenommen, und seine übliche Reaktion auf Aes Sedai und die Eine Macht bestand darin, bei erster Gelegenheit zu verschwinden. Vielleicht würde sein Rand gegebenes Versprechen es verhindern – es *mußte* dieses Versprechen gegeben haben; nichts sonst könnte sein Verhalten erklären –, aber sie würde das Risiko nicht eingehen. Nynaeve nickte eher widerwillig.

»Vielleicht ...« Elayne tippte mit den Fingern auf den Tisch und blickte einen Moment nachdenklich ins Leere. »Vielleicht könnten wir ihn mit nach Ebou Dar nehmen. Auf diese Weise hätte ich eine bessere Chance, das *Ter'angreal* zu betrachten. Obwohl ich, wenn es *Saidar* aufhält, nicht erkennen kann, wie ich es *jemals* betrachten können soll.«

»Diesen jungen Grobian mitnehmen!« Nynaeve setzte sich jäh auf. »Das kannst du nicht ernst meinen, Elayne. Er würde uns jeden Tag verleiden. Darin ist er sehr gut. Er wird niemals tun, was man ihm sagt. Außerdem wird er dafür niemals Zeit verschwenden. Er ist so von seiner Aufgabe erfüllt, dich nach Caemlyn zu bringen, daß ihn keine zehn Pferde davon abbringen.«

»Aber wenn er mich im Auge behalten will, bis Caemlyn erreicht ist«, belehrte Elayne sie, »wird er keine andere Wahl haben, als mitzugehen.«

»Es ist vielleicht keine schlechte Idee«, warf Egwene ein, während Nynaeve nach weiteren Einwänden suchte. Es schien noch immer richtig, die Schale zu holen, aber je mehr sie darüber nachdachte, wo sie suchen müßten, desto besorgter wurde sie. »Einige Soldaten wären vielleicht gut zu eurem Schutz, es sei denn, du hast ohne mein Wissen bereits Behüter ausgesucht. Es ist vollkommen in Ordnung, Thom und Juilin und Birgitte mitzunehmen, aber ihr sucht einen rauhen Ort auf.«

»*Einige* Soldaten wären vielleicht gut«, sagte Elayne, aber dann entstand eine deutliche Pause, bevor sie gereizt den Kopf schüttelte. »Wir werden wohl kaum Duelle ausfechten, Egwene, wie empfindlich diese Ebou Dari auch sein mögen. Thom und Juilin werden durchaus genügen. Ich denke, daß alle diese Geschichten, die wir gehört haben, uns nur entmutigen sollen.« Sie alle hatten Geschichten über Ebou Dar gehört, seit bekannt geworden war, daß sie dorthin ziehen wollten. Chesa hatte verschiedene Geschichten gehört, von denen jede schrecklicher war als die vorige: daß Fremde wegen eines schiefen Blicks getötet würden, bevor sie blinzeln könnten, Frauen wegen eines falschen Wortes zu Witwen und Kinder zu Waisen gemacht würden und *Frauen* auf den Straßen mit Messern kämpften. »Nein, wenn wir Tanchico nur mit Thom und Juilin und Liandrin und einigen ihrer Schwarzen Schwestern überleben konnten, werden wir in Ebou Dar auch ohne Mat Cauthon oder irgendwelche Soldaten sehr gut zurechtkommen. Mat als Befehlshaber von Soldaten! Er hat niemals auch nur daran gedacht, die Kühe seines Vaters zu melken, wenn er nicht auf den Schemel gesetzt wurde und den Eimer in die Hand gedrückt bekam.«

Egwene seufzte leise. Jede Erwähnung Birgittes hatte diese Wirkung. Sie begannen herumzualbern und stotterten dann entweder herum oder fuhren fort, als sei sie gar nicht erwähnt worden. Ein Blick hatte Egwene davon überzeugt, daß die Frau, die Elayne und Nynaeve überallhin folgte – aus irgendeinem Grund besonders Elayne – dieselbe Frau war, die sie in *Tel'aran'rhiod* gesehen hatte. Birgitte der Legenden, die Bogenschützin, die ihr Ziel niemals verfehlte, eine der toten Heldinnen, die auf den Ruf des Horns von Valere warteten. Eine tote Heldin, keine lebende Frau, die in den Straßen Salidars wandelte, aber dennoch dieselbe Frau. Elayne hatte noch immer keine Erklärung abgegeben, nur ein vorsichtiges, verlegenes Gemurmel, daß sie nicht darüber reden könnte. Birgitte selbst, die Heldin der Legenden, kehrte um oder ging die Straße hinab, wenn sie Egwene kommen sah. Es stand außer Frage, die Frau in ihr Arbeitszimmer zu beordern und eine Erklärung von ihr zu verlangen. Sie hatte immerhin ein Versprechen gegeben, egal, wie töricht sie sich in der Situation fühlte. Wie dem auch sei – es schien wohl kaum zu schaden. Sie wünschte nur, sie wüßte warum. Und wie.

Sie verdrängte die Gedanken an Birgitte und beugte sich über den Tisch zu Nynaeve. »Vielleicht können wir Mat nicht dazu bringen, Befehle auszuführen, aber wäre es nicht gut, ihn bei der Aufgabe als dein Leibwächter schmoren zu sehen?«

»Das wäre sicherlich der Mühe wert«, sagte Elayne nachdenklich, »wenn Rand ihn wirklich zum Lordhauptmann ernannt hat. Mutter sagte oft, auch die besten Männer nähmen nur widerwillig Befehle entgegen, und es wäre immer gut, sie zu belehren. Ich kann Mat nicht als einen der Besten ansehen – Lini sagt ›Narren hören nur sich selbst zu‹ –, aber wenn wir ihn in so ausreichendem Maße belehren können, daß er keinen *vollständigen* Narren aus sich macht, werden wir Rand einen großen Gefallen erweisen. Außerdem brauche ich *Zeit*, wenn ich dieses *Ter'angreal* betrachten soll.«

Egwene unterdrückte ein Lächeln. Elayne begriff stets sehr schnell. Andererseits würde sie Mat wahrscheinlich sogar zu belehren versuchen, wie man aufrecht sitzt. Das bliebe abzuwarten. Sie mochte Elayne und bewunderte ihre Stärke, aber sie würde bei diesem Wettstreit auf Mat setzen.

Nynaeve gab widerwillig etwas Boden auf. Mat war verbohrt. Er würde aus reiner Boshaftigkeit ›hinunter‹ sagen, wenn sie ›hinauf‹ sagten. Er konnte selbst dann noch Schwierigkeiten verursachen, wenn er in ein Faß eingenagelt wurde. Sie würden ihn ständig aus Tavernen und Spielhöhlen herauszerren müssen. Letztendlich dachte sie nur noch, Mat würde Elayne wahrscheinlich zwicken, sobald sie ihm zum ersten Mal den Rücken wandte, aber Egwene wußte, daß sie ihre Einwände überwinden würden. Mat verbrachte sicherlich viel Zeit damit, hinter Frauen herzujagen, was Egwene kaum gutheißen konnte, aber Nynaeve wußte sicher genauso gut wie sie, daß er, auch wenn er zum falschen Zeitpunkt und auf die falsche Art Ausschau hielt, mit unheimlicher Zielgenauigkeit jene Frauen erwählte, die erwählt werden wollten, auch wenn es die unwahrscheinlichsten Frauen waren. Leider kündete ein Klopfen an der Tür Sheriam in dem Moment an, als sie glaubte, Nynaeve würde nachgeben.

Sheriam wartete nicht auf die Erlaubnis, eintreten zu dürfen. Das tat sie niemals. Sie hielt in ihrer blauen Stola mit kühlem Blick inne, um Nynaeve und Elayne zu betrachten. Auch wenn die Behüterin nach der Amyrlin an zweiter Stelle stand, hatte sie keine wirklichen Befugnisse über Aes Sedai, außer der, die die Amyrlin ihr zugedachte, und sie besaß sicherlich keine Berechtigung, jemanden aus der Gegenwart der Amyrlin zu entlassen, obwohl ihr Blick genau das ausdrücken sollte.

Elayne erhob sich anmutig und vollführte einen tiefen, formvollendeten Hofknicks vor Egwene. »Wenn Ihr mich entschuldigen wollt, Mutter, werde ich Aviendha aufsuchen.«

Nynaeve aber hielt Sheriams Blick stand, bis Egwene

sich räusperte und die gestreifte Stola um ihre Schulter legte.

Nynaeve errötete und sprang auf. »Ich sollte auch gehen. Janya sagte, sie wollte mit mir über die verlorenen Talente sprechen.«

Die Wiedererlangung jener Talente erwies sich nicht als so einfach, wie Egwene gehofft hatte. Die Schwestern waren sehr gesprächsbereit, aber die Schwierigkeit bestand darin, daß Moghedien verstehen mußte, was mit einer ungenauen Beschreibung oder manchmal nur einem Namen gemeint war, und dann blieb noch zu hoffen, daß sie wirklich etwas wußte. Es war beispielsweise recht gut zu wissen, daß Metalle verstärkt wurden, wenn man die Grundmasse abglich, aber die Frau wußte weniger von Metallen als vom Heilen, und was, unter dem Licht, waren Wirbelndes Erdfeuer oder, um bei solchen Dingen zu bleiben, Milchige Tränen?

Moghedien schien bereitwillig helfen zu wollen, verzweifelt helfen zu wollen, besonders seit Siuan den Trick verraten hatte, wie man nicht schwitzte. Sie hatte Nynaeve und Elayne diesbezüglich offenbar belogen. Überzeugt davon, daß Egwene dies für ihre eine Lüge halten würde, war die Frau auf den Knien gekrochen, hatte mit klappernden Zähnen geweint und gebettelt und ihren Rocksaum geküßt. Aber ob sie nun bereitwillig half oder nicht – es hatte die Angst größer werden lassen. Das beständige, widerwärtige Rieseln wehleidigen Schreckens war einfach zuviel. Das *A'dam*-Armband befand sich jetzt, trotz ihrer Absichten, in Egwenes Tasche. Sie hätte es Nynaeve gegeben – und wäre froh gewesen, es los zu sein –, aber es vor anderen hin- und herzureichen, würde früher oder später Gerede hervorrufen.

Statt dessen sagte sie: »Nynaeve, du solltest Mat besser aus dem Weg gehen, bis er sich wieder beruhigt hat.« Sie war sich nicht sicher, daß Mat seine Drohung wirklich wahr machen würde, aber wenn jemand ihn dazu aufstacheln konnte, dann sicherlich Nynaeve, und danach wäre sie nicht mehr zu überzeugen. »Oder versichere dich wenigstens, daß du nur mit ihm sprichst, wenn viele Leute in der Nähe sind. Vielleicht auch einige Behüter.«

Nynaeve öffnete den Mund und schloß ihn dann nach einem Moment wieder. Ihre Wangen erblaßten ein wenig, und sie schluckte. Sie verstand, was Egwene meinte. »Ja, ich glaube, das wäre das beste, Mutter.«

Sheriam beobachtete mit leicht gerunzelter Stirn, wie sich die Tür schloß, und wandte sich dann mit demselben Gesichtsausdruck zu Egwene um. »Das waren harte Worte, Mutter.«

»Es war nur das, was man erwarten kann, wenn alte Freunde sich nach langer Zeit wiederbegegnen. Nynaeve hat Mat noch als Lausbub in Erinnerung, aber er ist nicht mehr zehn Jahre alt und nimmt das übel.« Durch den Eid daran gebunden, nicht zu lügen, hatten die Aes Sedai die Halblüge, die Viertellüge und die Andeutung zur Kunstform erhoben. Egwenes Ansicht nach waren dies nützliche Fertigkeiten. Besonders bei Aes Sedai. Die Drei Eide nutzten niemandem, und den Aes Sedai am wenigsten.

»Es ist manchmal schwer einzusehen, daß sich die Menschen verändern.« Sheriam setzte sich, ohne zu fragen, und richtete sorgfältig ihre blauen Seidenröcke. »Ich nehme an, daß derjenige, wer auch immer die Drachenverschworenen befehligt, Mat mit einer Botschaft von Rand al'Thor hierhergesandt hat? Ich hoffe, Ihr habt nichts gesagt, was er als Versprechen auffassen könnte, Mutter. Ein Heer von Drachenverschworenen keine zehn Meilen entfernt stellt uns vor eine heikle Situation. Es wird nicht sehr hilfreich sein, wenn ihr Befehlshaber glaubt, wir würden Versprechungen nicht einhalten.«

Egwene betrachtete die Frau einen Moment. Nichts

berührte Sheriam. Zumindest ließ sie es niemanden erkennen. Sheriam wußte viel über Mat, wie auch einige andere Schwestern in Salidar. Konnte das benutzt werden, um ihn in die gewünschte Richtung zu drängen, oder würde er sich dann davonmachen? *Zu Mat kommen wir später*, dachte sie entschlossen. *Und jetzt zu Sheriam.* »Würdet Ihr wohl jemanden bitten, Tee zu bringen, Sheriam? Ich bin ein wenig durstig.«

Sheriams Gesichtsausdruck änderte sich nur wenig, nur eine leichte Anspannung um jene schrägstehenden Augen, die ihre anscheinende Gelassenheit kaum störte. Egwene konnte die hervordrängende Frage jedoch fast sehen. Was hatte sie zu Mat gesagt, worüber sie nicht sprechen wollte? Welche Versprechen hatte sie gegeben, vor deren Erfüllung Sheriam sie würde retten müssen, ohne Romanda und Lelaine gegenüber Boden zu verlieren?

Sheriam sagte zu jemandem draußen nur wenige Worte, und als sie sich wieder hinsetzte, gab Egwene ihr gar nicht erst die Gelegenheit zu sprechen. Statt dessen versetzte sie ihr sozusagen einen Schlag mitten ins Gesicht. »Anscheinend ist Mat der Befehlshaber, Sheriam, und in gewisser Weise ist das Heer die Botschaft. Anscheinend möchte Rand, daß wir alle zu ihm nach Caemlyn kommen. Es war die Rede von Treueschwüren.«

Sheriam hob mit geweiteten Augen ruckartig den Kopf. Allerdings waren ihre Züge angesichts dieses Vorschlags nur teilweise von Zorn geprägt. Sie zeigten entschieden ... nun, bei jeder anderen als einer Aes Sedai hätte Egwene es Angst genannt. Es wäre sehr verständlich, wenn dem so wäre. Wenn sie das versprochen hätte – und sie *stammte* aus demselben Dorf; einer der Gründe, warum sie die Amyrlin war, bestand darin, daß sie mit Rand aufgewachsen war –, wäre es eine Grube ohne Boden, aus der man erst wieder herausgelangen müßte. Die Nachricht würde sich verbreiten, gleichgültig, was Sheriam unternähme. Einige Angehörige des Saals könnten ihr sehr wohl die Schuld dafür geben oder es immerhin als Vorwand benutzen. Romanda und Lelaine waren nicht die einzigen Sitzenden, die Egwene davor gewarnt hatten, Sheriams Rat ohne Rücksprache mit dem Saal zu folgen. Delana war in Wahrheit die einzige, die Sheriam wirklich vollkommen zu unterstützen schien, aber sie riet ebenfalls, auch auf Romanda und Lelaine zu hören, als sei es tatsächlich möglich, gleichzeitig in drei verschiedene Richtungen zu gehen. Und selbst wenn man mit dem Saal zurechtkäme – wenn die Nachricht über das Versprechen und das Zurücknehmen des Versprechens Rand erreichte, würde er noch zehnmal schwerer zu lenken sein. Hundert Mal.

Egwene wartete nur, bis sich Sheriams Lippen teilten, und sprach dann zuerst. »Natürlich habe ich ihm gesagt, das sei lächerlich.«

»Natürlich.« Sheriams Stimme war nicht mehr ganz so ruhig wie vorher. Sehr gut.

»Aber Ihr habt ganz recht. Die Situation ist heikel. Es ist zu schade. Euer Rat, wie mit Romanda und Lelaine umzugehen sei, war gut, aber ich glaube nicht, daß verstärkte Vorbereitungen zum Aufbruch jetzt noch genügen werden.«

Romanda hatte sie in die Enge getrieben und grimmig darüber belehrt, daß Hast Unheil anrichtete. Gabriel Brynes Heer mußte groß genug werden, daß die Nachricht seiner Größe Elaida einschüchtern würde. Und im übrigen konnte Romanda gar nicht nachdrücklich genug betonen, daß die Abordnungen zu den Herrschern zurückgerufen werden *mußten*. Nur Aes Sedai sollte es erlaubt sein, von mehr Schwierigkeiten in der Burg zu erfahren als vermeidbar. Lelaine kümmerten weder Lord Brynes Heer noch die Herrscher – beide waren unwichtig –, obwohl sie zu Vorsicht und abwartender Haltung riet. Die richtige Annäherung an die noch in der Burg befindlichen Aes Sedai würde sicherlich Vorteile bringen. Elaida konnte auf eine Weise vom Amyrlin-Sitz vertrieben werden und Egwene ihn einnehmen, daß nur einige wenige Schwestern jemals sicher wüßten, was tatsächlich geschehen war. Mit der Zeit würde die Tatsache, daß die Weiße Burg jemals gespalten gewesen war, nur als eine Geschichte vom Lande angesehen. Es hätte vielleicht sogar funktioniert, wenn sie genug Zeit gehabt hätten. Wenn das Abwarten Elaida nicht ebensoviel Gelegenheit gegeben hätte, auf die Schwestern hier einzuwirken.

Der Unterschied bei Lelaine war, daß sie alles mit einem Lächeln geäußert hatte, das sehr gut einer gehorsamen Novizin oder einer Aufgenommenen hätte gelten können, auf die sie sehr stolz war. Egwenes Wiederentdeckung des Schnellen Reisens veranlaßte viele Aes Sedai zu lächeln, obwohl nur eine Handvoll von ihnen stark genug waren, ein größeres Tor zu gestalten, als ihr Arm benötigte, und die meisten brachten nicht einmal das zustande. Romanda wollte Tore benutzen, um die Eidesrute und bestimmte andere Gegenstände aus der Burg fortzuschaffen – Egwene wurde nicht gesagt, was genau –, damit sie in Salidar wahre Aes Sedai sein konnten, während sie Elaida der Fähigkeit beraubten. Sicherlich wollte Egwene eine wahre Aes Sedai sein. Darin stimmte Lelaine mit Romanda überein, nicht aber darin, Tore in die Burg zu benutzen. Die Gefahr der Entdeckung war zu groß, und wenn jene in der Burg das Schnelle Reisen erlernten, ginge zuviel Vorteil verloren. Diese Einwände waren vom Saal schwer gewichtet worden, was Romanda überhaupt nicht gefiel.

Sheriam hatte ebenfalls gelächelt, weil Lelaine mit etwas einverstanden gewesen war, aber jetzt lächelte sie nicht. »Mutter, ich bin nicht sicher, daß ich das verstehe«, sagte sie viel zu duldsam. »Die Vorbereitungen reichen sicherlich aus, dem Saal zu zeigen, daß Ihr

Euch nicht einschüchtern laßt. Es könnte sich als verhängnisvoll erweisen, wenn wir aufbrechen, bevor alles geregelt ist.«

Egwene gelang ein verschlagener Gesichtsausdruck. »Ich verstehe, Sheriam. Ich weiß nicht, was ich ohne Euren Rat tun würde.« Wie sehr sie sich auf den Tag freute, an dem sie damit aufhören konnte. Sheriam würde eine sehr gute Behüterin abgeben – sie wäre vielleicht sogar eine gute Amyrlin gewesen –, aber Egwene würde den Tag genießen, an dem sie die Frau darüber belehren könnte, daß sie die *Behüterin* war und nicht die Amyrlin. Sheriam *und* den Saal. »Es ist nur so, daß Mat jetzt dieses Heer Drachenverschworener an unsere Schwelle geführt hat. Was wird Lord Bryne tun? Oder was werden einige seiner Soldaten auf eigene Faust tun? Jedermann spricht darüber, daß er Männer aussenden wolle, diese Drachenverschworenen zu jagen, die Dörfer niederbrennen. Ich weiß, daß man ihm befohlen hat, sie hart im Zaum zu halten, aber ...«

»Lord Gareth wird genau das tun, was wir – was Ihr – befehlt, und nicht mehr.«

»Vielleicht.« Er war nicht so glücklich mit diesem harten Zaum, wie Sheriam glaubte. Siuan verbrachte viel Zeit mit Gareth Bryne, obwohl sie über den Mann schimpfte, und er erzählte ihr gewisse Dinge. Egwene konnte es sich jedoch nicht leisten, Siuans Treue zu verraten. »Ich hoffe, dasselbe kann man von jedem seiner Soldaten behaupten. Wir können nicht westwärts nach Amadicia gehen, aber ich dachte, wir könnten vielleicht flußabwärts ziehen, nach Ebou Dar. Vielleicht durch ein Tor. Dort sind Aes Sedai sicherlich willkommen. Lord Bryne könnte außerhalb der Stadt lagern. Wenn wir aufbrechen, zeigen wir damit, daß wir Rands Angebot nicht annehmen werden, wenn man es überhaupt so nennen kann. Und wenn wir weitere Vorbereitungen treffen wollen, bin ich sicher, daß wir dies in einer großen Stadt mit Straßen und einem Hafen wesentlich leichter bewerkstelligen können.«

Sheriam verlor erneut soweit die Kontrolle, daß ihre Stimme leicht atemlos klang. »Ebou Dar ist nicht sehr gastfreundlich, Mutter. Und wenige Schwestern unterscheiden sich sehr von mehreren Hundert, die ein Heer hinter sich wissen. Mutter, schon ein Hinweis darauf könnte Tylin zu dem Glauben führen, wir wollten die Stadt einnehmen. Tylin und auch viele altarenische Adlige, denen nichts lieber wäre als ein Vorwand dafür, sie stürzen und den Thron der Winde selbst einnehmen zu können. Eine solche Verwicklung würde unser Verhältnis zu allen Herrschern verderben. Nein, Mutter, das steht eigentlich außer Frage.«

»Aber können wir es wagen hierzubleiben? Mat wird nichts unternehmen, aber was geschieht, wenn nur eine Handvoll von Lord Brynes Soldaten beschließen, die Angelegenheit in die Hand zu nehmen?« Egwene betrachtete stirnrunzelnd ihre Röcke, glättete sie dann, als sorge sie sich, und seufzte. »Je länger wir herumsitzen und nichts tun, während uns ein Heer Drachenverschworener beobachtet, desto schlimmer wird es werden. Ich wäre nicht überrascht, von Gerüchten zu erfahren, daß sie uns angreifen wollen, und Leute sagen zu hören, wir sollten ihnen zuvorkommen.« Wenn dies nicht funktionierte, würde es in der Tat Gerüchte geben. Nynaeve und Elayne und Siuan und Leane würden dafür sorgen. Es wäre gefährlich, aber sie konnte eine Möglichkeit ersinnen, Mat zum Rückzug zu bewegen, bevor die Funken flogen – wenn es dazu käme. »Nun, so wie sich Gerüchte verbreiten, würde es mich nicht wundern, wenn halb Altara in weniger als einem Monat glaubte, *wir* seien Drachenverschworene.« Das war ein Gerücht, dem sie gern Einhalt geboten hätte, wenn sie gewußt hätte wie. Der Saal führte Logain zwar keinen Adligen mehr vor, seit er geheilt war, aber Brynes Werbungsoffiziere zogen noch immer hinaus, und Gruppen von Aes Sedai suchten neue Novizinnen, und Männer nahmen mit ihren Karren und Wagen die lange Reise zu den nächstgelegenen Dörfern auf sich, um Vorräte zu kaufen. Dieses Gerücht konnte also auf hundert verschiedenen Wegen verbreitet werden, obwohl nur einer nötig war. »Sheriam, ich kann mich des Gefühls nicht erwehren, daß wir eingeschlossen sind, und wenn wir nicht hinausgelangen, wird nichts Gutes dabei herauskommen. Überhaupt nichts Gutes.«

»Die Lösung liegt darin, die Drachenverschworenen fortzuschicken«, sagte Sheriam jetzt nicht mehr so duldsam wie zuvor. »Ich bedaure es, Mat wieder entwischen lassen zu müssen, aber ich fürchte, es ist nicht zu verhindern. Ihr habt ihm gesagt, daß das *Angebot* abgelehnt wird. Nun sagt ihm, er soll gehen.«

»Ich wünschte, es wäre so einfach. Ich glaube nicht, daß er gehen wird, wenn ich es ihm sage, Sheriam. Er hat angedeutet, daß er genau dort abwarten soll, wo er sich jetzt befindet, bis etwas geschieht. Er erwartet vielleicht Befehle von Rand oder sogar dessen Ankunft. In Cairhien kursierte ein Gerücht, daß er mit einigen Männern, die er um sich versammelt hat, das Schnelle Reisen übt. Mit denjenigen, die er die Macht zu lenken lehrt? Ich weiß nicht, was wir tun sollen, wenn das geschieht.«

Sheriam starrte sie an, wobei sie für ihren ruhigen Gesichtsausdruck recht schwer atmete.

Ein Klopfen an der Tür, und Tabitha betrat mit einem Silbertablett den Raum. Sie bemerkte die Stimmung nicht und machte sich mit der grünen Porzellanteekanne und Bechern, dem silbernen Honigtopf, einem kleinen Krug Sahne und spitzengesäumten Leinenmundtüchern zu schaffen, bis Sheriam sie schließlich so heftig anfuhr, sie solle endlich fertig werden, daß Tabitha aufschrie, mit geweiteten Augen einen Hofknicks vollführte, bei dem ihr Kopf fast den Boden berührte, und davonlief.

Sheriam beschäftigte sich einen Moment damit, ihre Röcke glattzustreichen, während sie ihre Haltung wiedererlangte. »Vielleicht«, sagte sie schließlich widerwillig, »müssen wir Salidar doch verlassen. Eher, als ich es mir wünschen würde.«

»Aber der einzig mögliche Weg führt nach Norden.« Egwene sah Sheriam mit großen Augen an. Licht, wie sie das haßte! »Es wird so aussehen, als zögen wir nach Tar Valon.«

»Das weiß ich«, erwiderte Sheriam fast bissig. Sie atmete tief durch und dämpfte ihre Stimme. »Vergebt mir, Mutter. Ich fühle mich ein wenig ... Ich mag es nicht, zu etwas gezwungen zu werden, und ich fürchte, Rand al'Thor setzt uns unter Druck, bevor wir bereit sind.«

»Ich werde ein ernstes Gespräch mit ihm führen, wenn ich ihn sehe«, versprach Egwene. »Ich kann mir kaum vorstellen, wie ich ohne Euren Rat zurechtkäme.« Vielleicht konnte sie eine Möglichkeit ersinnen, Sheriam als Lehrling zu den Weisen Frauen zu schicken. Der Gedanke an Sheriam nach ungefähr einem halben Jahr mit Sorilea ließ sie lächeln, so daß Sheriam tatsächlich zurücklächelte. »Süß oder herb?« fragte Egwene und nahm die Teekanne hoch.

KAPITEL 17

Drei Frauen

»Ihr müßt mir helfen, ihnen Verstand einzutrichtern«, sagte Mat um seine Pfeife herum. »Thom, hört Ihr mir zu?«

Sie saßen im spärlichen Schatten eines zweistöckigen Gebäudes auf umgedrehten Fässern und rauchten ihre Pfeifen. Der schlaksige alte Feuerwerker schien mehr daran interessiert, den Brief zu betrachten, den Rand ihm gesandt hatte. Jetzt steckte er ihn mit dem noch ungebrochenen Baum-und-Krone-Siegel in die Manteltasche. Das Raunen von Stimmen und das Quietschen von Achsen von der Straße am Ende der Gasse schienen weit entfernt. Schweiß tropfte von ihren Gesichtern. Zumindest um eines mußte er sich im Moment nicht kümmern. Mat hatte, als er die Kleine Burg verließ, festgestellt, daß eine Gruppe Aes Sedai Aviendha irgendwohin verschleppt hatten. Sie würde nicht so bald jemanden mit dem Messer durchbohren.

Thom nahm die Pfeife aus dem Mund. Es war eine langstielige Pfeife, die über und über mit Eichenblättern und Eicheln beschnitzt war. »Ich habe einmal versucht, eine Frau zu retten, Mat. Laritha war eine knospende Rose und in einem Dorf, in dem ich meine Reise für einige Tage unterbrach, mit einem finsteren Rohling von Stiefelmacher verheiratet. Ein Rohling. Er schrie sie an, wenn das Essen nicht dann fertig war, wenn er sich zu Tisch setzen wollte, und schlug sie, wenn er sah, daß sie mehr als zwei Worte mit einem anderen Mann wechselte.«

»Thom, was, um alles in der Welt, hat das damit zu

tun, daß wir diesen törichten Frauen Verstand eintrichtern müssen?«

»Hör einfach zu, Junge. Es war in dem Dorf allgemein bekannt, wie er sie behandelte, aber Laritha hat es mir auch selbst erzählt, während sie unentwegt jammerte, wie sehr sie wünschte, daß jemand sie retten würde. Ich hatte Gold und eine vornehme Kutsche, einen Kutscher und einen Diener bei mir. Ich war jung und sah gut aus.« Thom rieb mit den Knöcheln über seinen weißen Schnurrbart und seufzte. Es war schwer zu glauben, daß dieses ledrige Gesicht jemals gut ausgesehen hatte. Mat blinzelte. Eine Kutsche? Wann hatte ein Feuerwerker jemals eine Kutsche besessen? »Mat, die Lage der Frau zerriß mir das Herz. Und ich will nicht leugnen, daß ich sie auch mochte. Wie ich bereits sagte – ich war jung. Ich dachte, ich sei verliebt und ein Held aus den Geschichten. Also bot ich ihr eines Tages, als wir unter einem blühenden Apfelbaum – weit außer Reichweite des Hauses des Stiefelmachers – saßen, an, sie fortzubringen. Ich würde ihr ein Dienstmädchen und ein eigenes Haus geben und sie mit Liedern und Versen umwerben. Als sie schließlich verstand, trat sie mir so fest vors Knie, daß ich einen Monat lang hinkte, und schlug mich außerdem noch.«

»Anscheinend treten sie alle gern«, murrte Mat, während er sein Gewicht auf dem Faß verlagerte. »Sie hat Euch vermutlich nicht geglaubt, und wer könnte es ihr vorwerfen?«

»Oh, sie hat mir geglaubt. Aber sie war wütend, daß ich dachte, sie würde ihren geliebten Ehemann jemals verlassen. Ihr Wort: geliebt. Sie lief zu dem Mann zurück, so schnell ihre Füße sie trugen, und ich hatte die Wahl, ihn entweder zu töten oder in meine Kutsche zu springen. Ich mußte fast alles zurücklassen, was mir gehörte. Vermutlich lebt sie immer noch mit ihm zusammen. Sie wird die Geldbörse fest verschlossen halten und ihm den Kopf mit was auch immer bereitliegt einschlagen, wann immer er auf ein Bier in einem Gasthaus haltmacht. Wie sie es schon immer getan hat, wie ich später, nach einigen heimlichen Erkundigungen, erfuhr.« Er steckte sich die Pfeife wieder zwischen die Zähne, als hätte er seinen Standpunkt ausreichend verdeutlicht.

Mat kratzte sich am Kopf. »Ich verstehe nicht, was das hiermit zu tun hat.«

»Es bedeutet einfach, daß man nicht glauben soll, die ganze Geschichte zu kennen, wenn man erst einen Teil davon gehört hat. Weißt du, daß Elayne und Nynaeve in ungefähr einem Tag nach Ebou Dar aufbrechen werden? Juilin und ich sollen sie begleiten.«

»Ebou ...« Mat konnte seine Pfeife gerade noch auffangen, bevor sie in das tote Laub fiel, das die Gasse bedeckte. Nalesean hatte irgend etwas über einen Besuch Ebou Dars erzählt, und selbst wenn man berücksichtigte, wie häufig er übertrieb, wenn es um Frauen ging, die er gekannt, und um Kämpfe, an denen er teilgenommen hatte, klang es nach einem rauhen Ort. Also glaubten sie, sie könnten Elayne von ihm fortbringen. »Thom, Ihr müßt mir helfen ...«

»Wie?« wandte Thom ein. »Sie dem Stiefelmacher stehlen?« Er stieß eine blaue Rauchwolke aus. »Das werde ich nicht tun, Junge. Du kennst noch immer nicht die ganze Geschichte. Was empfindest du Egwene und Nynaeve gegenüber? Oder, wenn ich es mir recht überlege, nur Egwene gegenüber?«

Mat runzelte die Stirn und fragte sich, ob der Mann glaubte, er könnte alles verwirren, wenn er nur lange genug im Kreis herumginge. »Ich mag Egwene. Ich ... Verdammt, Thom, sie ist Egwene. Das sagt schon genug. Darum versuche ich, ihren törichten Hals zu retten.«

»Sie vor dem Stiefelmacher zu retten, meinst du«, murmelte Thom, aber Mat sprach einfach weiter.

»Ihren und auch Elaynes Hals, und sogar Nynaeves – wenn ich mich davon abhalten kann, sie eigenhändig zu erwürgen. Licht! Ich will ihnen doch nur helfen. Außerdem wird Rand *mir* den Hals brechen, wenn Elayne etwas zustößt.«

»Hast du jemals daran gedacht, ihnen bei dem zu helfen, was *sie* wollen, anstatt darauf zu beharren, was *du* willst? Wenn ich du wäre, würde ich Elayne auf ein Pferd setzen und nach Andor reiten. Aber sie hat anderes zu tun – ich glaube, sie *muß* es –, also werde ich in ihrer Nähe bleiben und Tag und Nacht befürchten, daß es jemandem gelingen könnte, sie zu töten, bevor ich es verhindern kann. Sie wird erst nach Caemlyn ziehen, wenn sie dazu bereit ist.« Er sog selbstzufrieden an seiner Pfeife, aber seine Stimme hatte am Ende ein wenig unsicher geklungen, als gefielen ihm seine Worte nicht so sehr, wie er vorgab.

»Mir scheint, als wollten sie sich Elaida ausliefern.« Also würde Thom dieses törichte Mädchen auf ein Pferd setzen? Ein Feuerwerker, der die Tochter-Erbin verschleppt, damit sie gekrönt wird! Thom hielt viel von sich.

»Du bist kein Narr, Mat«, sagte Thom ruhig. »Du weißt es besser. Egwene... es ist schwer, sich dieses Kind als Amyrlin vorzustellen...« Mat brummte ärgerlich. Thom achtete nicht auf ihn. »... und doch glaube ich, daß sie genügend Rückgrat hat. Es ist zu früh, um sagen zu können, ob gewisse Dinge nur Zufall sind, aber ich fange an zu glauben, daß sie auch den Verstand dafür hat. Die Frage ist aber: Ist sie zäh genug? Wenn nicht, werden sie sie lebendig verspeisen – mit Rückgrat, Verstand und allem anderen.«

»Wer wird das tun? Elaida?«

»Oh, sie ohnehin. Wenn sie die Gelegenheit dazu bekommt. Sie ist ausreichend zäh. Aber die Aes Sedai, die sich hier aufhalten, sehen Egwene kaum als Aes Sedai an. Vielleicht als Amyrlin, aber nicht als Aes Sedai, wenn das auch schwer zu glauben ist.« Thom schüttelte den Kopf. »Ich verstehe es nicht, aber es stimmt. Das gleiche gilt für Elayne und Nynaeve. Sie versuchen, es für sich zu behalten, aber selbst Aes Sedai können nicht alles verbergen, wenn man sie genau beobachtet und seinen Verstand gebraucht.« Er zog erneut den Brief hervor, drehte ihn aber nur in den Händen, ohne ihn zu betrachten. »Egwene wandelt an einem Abgrund, Mat, und drei Gruppen hier in Salidar – ich bin mir sicher, daß es drei sind – könnten sie hinabstoßen, wenn sie nur einen falschen Schritt tut. Elayne wird ihr folgen, wenn das geschieht, und Nynaeve ebenfalls. Oder vielleicht werden sie die beiden zuerst hinabstoßen, damit sie Egwene mit hinabziehen.«

»Hier in Salidar«, wiederholte Mat vollkommen tonlos. Thom nickte ruhig, und Mat konnte nicht verhindern, daß seine Stimme lauter wurde. »Und Ihr wollt, daß ich sie hierlasse?«

»Ich will, daß du aufhörst zu glauben, du könntest sie dazu *bringen*, etwas zu tun. Sie haben bereits beschlossen, was sie tun werden, und du kannst es nicht ändern. Aber vielleicht – nur vielleicht – kannst du mir helfen, ihr Leben zu retten.«

Mat sprang auf. Er sah vor seinem geistigen Auge das Bild einer Frau mit einem Messer zwischen den Brüsten. Es war keine der geborgten Erinnerungen. Er trat gegen das Faß, auf dem er gesessen hatte, so daß es die Gasse hinunterrollte. Einem *Feuerwerker* helfen, ihr Leben zu retten? Eine schwache Erinnerung regte sich, eine Erinnerung an Basel Gill, einen Wirt in Caemlyn, der etwas über Thom gesagt hatte, aber sie war nur flüchtig und verschwand, sobald er sie festhalten wollte. »Von wem ist der Brief, Thom? Von einer weiteren Frau, die Ihr gerettet habt? Oder habt Ihr sie dort gelassen, wo sie ihr Leben verlieren konnte?«

»Ich habe sie dort gelassen«, sagte Thom leise. Er stand auf und ging wortlos davon.

Mat streckte halb die Hand aus, um ihn aufzuhalten,

und wollte etwas sagen. Aber ihm fiel nichts ein. *Verrückter alter Mann!* Nein, er war nicht verrückt. Egwene war stur wie ein Maultier, und Nynaeve ließ sie fügsam wirken. Noch schlimmer – beide würden auf einen Baum klettern, um die Blitze besser sehen zu können. Und was Elayne betraf, so hatte die Adlige noch nie genug Verstand besessen, um aus dem Regen herauszutreten, und dann war sie empört, wenn sie naß wurde.

Er klopfte seine Pfeife aus, trat die Glut mit dem Stiefelabsatz aus, bevor das trockene Laub Feuer fangen konnte, hob seinen Hut vom Boden auf und hinkte auf die Straße hinaus. Er brauchte Informationen aus einer besseren Quelle als von einem Feuerwerker, der dadurch, daß er mit diesem anmaßenden jungen Ding von Tochter-Erbin herumlief, unter Größenwahn litt. Zu seiner Linken sah er Nynaeve aus der Kleinen Burg kommen und beobachtete sie, während sie sich ihren Weg zwischen von Ochsen oder Pferden gezogenen Karren hindurch bahnte. Sie konnte ihm sagen, was er wissen mußte. Wenn sie es wollte. Ein Schmerz durchzuckte seine Hüfte. *Verdammt, sie schuldet mir einige Antworten.*

In diesem Augenblick sah Nynaeve ihn und erstarrte sichtbar. Sie beobachtete einen Moment, wie er herankam, und eilte dann in entgegengesetzter Richtung davon. Sie versuchte ihm offensichtlich aus dem Weg zu gehen. Sie schaute zweimal über die Schulter, bevor Menschen und Karren sie verbargen.

Mat blieb stirnrunzelnd stehen und zog sich den Hut tief in die Stirn. Zuerst trat die Frau ihn ohne Grund, und jetzt wollte sie nicht mit ihm sprechen. Sie und Egwene wollten ihn schmoren lassen, bis er sanftmütig davontrottete, wenn sie ihn verwiesen. *Nun, sie haben sich, verdammt noch mal, den Falschen für ihr Spiel ausgesucht!*

Vanin und die anderen standen vor einem Stall

neben einem Steingebäude, das sicherlich einmal ein Gasthaus gewesen war. Jetzt strömten Aes Sedai dort hinein und hinaus. Pips und die anderen Pferde waren festgebunden, und Vanin und die beiden Kundschafter, die gefangengenommen worden waren, kauerten an der Wand. Mar und Ladwin waren so verschieden, wie Männer nur sein konnten. Der eine war groß und schlaksig und hatte ein rauhes Gesicht, der andere war klein, stämmig und sanftmütig, aber beide wirkten sehr verwirrt, als Mat herankam. Sie waren noch nicht darüber hinweggekommen, wie leicht sie gefangengenommen worden waren. Die beiden Unterführer standen steif auf, während sie noch immer die Banner fest an die Stäbe drückten, als wäre das jetzt wichtig. Sie wirkten äußerst wachsam. Eine Schlacht war eine Sache, aber alle diese Aes Sedai waren eine ganz andere Sache. Im Kampf hatte ein Mann eine Chance. Zwei Behüter beobachteten sie. Nicht offensichtlich, sondern über den Stallhof hinweg. Sie hatten sich diesen Standort in der prallen Sonne nicht nur ausgesucht, um sich zu unterhalten.

Mat streichelte Pips' Nase und kontrollierte dann die Augen des Pferdes. Ein Bursche in einer Lederweste trat aus dem Stall und schob eine Mistkarre die Straße hinauf. Vanin trat herüber, um Pips ebenfalls in die Augen zu sehen. Ohne ihn anzuschauen, fragte Mat: »Könntet Ihr die Horde erreichen?«

»Vielleicht.« Vanin runzelte die Stirn und hob eines von Pips' Augenlidern an. »Mit ein wenig Glück vielleicht. Aber ich hasse es, mein Pferd zurückzulassen.«

Mat nickte und betrachtete Pips' Auge noch genauer. »Sagt Talmanes, daß ich Stillhalten befehle. Ich bleibe vielleicht noch einige Tage hier und will keinerlei blutigen Rettungsversuch erleben. Kommt danach möglichst wieder hierher. Ohne gesehen zu werden, wenn es Euch gelingt.«

Vanin spie in den Staub unter Pips. »Wenn sich ein

Mann mit Aes Sedai einläßt, zäumt er sich selbst auf und legt sich den Sattel auf den Rücken. Ich werde zurückkommen, wenn ich kann.« Er schritt kopfschüttelnd in die Menge davon, ein beleibter, runzliger Mann mit rollendem Gang, dem niemand zutrauen würde, daß er sich anschleichen könnte.

Einer der Unterführer räusperte sich zögernd und trat dann näher heran. »Mein Lord, ist alles ...? Hattet Ihr es so geplant, mein Lord?«

»Vollkommen, Verdin«, sagte Mat und tätschelte Pips. Er stak mit dem Kopf zuerst im Sack, und die Schnur war zugezogen. Er hatte Rand versprochen, Elayne sicher nach Caemlyn zu bringen, und konnte daher nicht ohne sie gehen. Und er konnte auch nicht gehen und Elayne ihren Kopf auf den Hackblock legen lassen. Vielleicht – Licht, wie das schmerzte! – könnte es sein, daß er Thoms Rat annehmen müßte zu versuchen, die verdammten Köpfe dieser verdammten Frauen auf ihren Schultern zu belassen, indem er ihnen half, diesen verrückten, unmöglichen Plan tatsächlich durchzuführen. Und nebenbei noch zu versuchen, auch seinen eigenen Hals zu retten. Und dazu gehörte nicht, Aviendha von Elaynes Kehle fernzuhalten. Nun, er konnte zumindest in der Nähe sein, um sie fortzubringen, wenn alles zusammenbrach. Das war ein geringer Trost. »Alles ist einfach verdammt gut.«

Elayne erwartete, Aviendha im Aufenthaltsraum oder vielleicht auch draußen vorzufinden, aber sie mußte genau zuhören, um herauszufinden, warum sie an beiden Orten nicht war. Es gab zwei Gesprächsthemen bei den anderen Aes Sedai, und alle sprachen durcheinander, während Papiere unbeachtet auf den Tischen lagen. Mat war das Hauptgesprächsthema. Sogar die Dienerinnen und Novizinnen, die geschäftig im Aufenthaltsraum umherliefen, hielten in ihren Botengängen inne, um aufgeregt über ihn zu sprechen. Er war

Ta'veren. War es ratsam, einen *Ta'veren* in Salidar bleiben zu lassen? War er wirklich in der Burg gewesen und hatte man ihm tatsächlich erlaubt, einfach wieder zu gehen? Stimmte es, daß er das Heer der Drachenverschworenen befehligte? Würde er für die Greueltaten, von denen sie gehört hatten, eingesperrt werden? Stimmte es, daß er aus demselben Dorf stammte wie der Wiedergeborene Drache und die Amyrlin? Es gab im Zusammenhang mit dem Wiedergeborenen Drachen Gerüchte über zwei *Ta'veren*. Wer war der zweite, und wo war er zu finden? Vielleicht wußte Mat Cauthon es. Es gab anscheinend genauso viele Meinungen wie Menschen, die sie äußern konnten.

Elayne erwartete zwei Fragen zu hören, aber sie hörte sie nicht: Was wollte Mat in Salidar, und wie hatte Rand wissen können, wohin er ihn schicken mußte? Niemand stellte diese Fragen, aber hier richtete eine Aes Sedai plötzlich ihre Stola, als friere sie oder erschrak, wenn sie bemerkte, daß jemand sie angesprochen hatte, und dort starrte eine Dienerin ins Leere, bevor sie zitternd zu sich kam, oder eine Novizin warf den Schwestern ängstliche Blicke zu. Mat war nicht die Katze zwischen den Tauben, aber es kam dem sehr nahe. Die bloße Tatsache, daß Rand wußte, wo sie sich befanden, schien zu genügen, ihnen eine Gänsehaut zu verursachen.

Die Schwestern sprachen auch über Aviendha und das nicht nur, um das Thema zu wechseln. Es geschah nicht jeden Tag, daß eine Wilde einfach auf ihren eigenen zwei Beinen erschien, besonders eine mit solch bemerkenswerter Kraft, die noch dazu eine Aiel war. Letzteres faszinierte die Schwestern wirklich. Keine Aiel war jemals in der Burg ausgebildet worden, und nur wenige Aes Sedai hatten jemals die Aiel-Wüste betreten.

Eine einzige Frage genügte, um zu erfahren, wo sie gefangengehalten wurde. Nicht wirklich gefangengehalten, aber Elayne wußte, wie Aes Sedai sein konnten, wenn sie wollten, daß eine Frau Novizin wurde.

»Sie wird bei Einbruch der Nacht Weiß tragen«, sagte Akatrin zuversichtlich. Sie war eine schlanke Braune, die bei jedem Wort nachdrücklich nickte. Die beiden bei ihr stehenden Schwestern nickten ebenso nachdrücklich.

Elayne eilte mit leisem *Tsking* auf die Straße hinaus. Vor sich konnte sie Nynaeve förmlich laufen und so häufig über die Schulter blicken sehen, daß sie Menschen umrannte. Elayne dachte daran, sie einzuholen – sie hätte nichts gegen Gesellschaft einzuwenden –, aber sie hatte keine Lust, in dieser Hitze zu laufen, ob sie nun Konzentration besaß oder nicht, und das schien die einzige Möglichkeit. Dennoch raffte sie leicht die Röcke und beeilte sich.

Bevor sie auch nur fünfzig Schritte getan hatte, spürte sie Birgitte näher kommen, drehte sich um und sah sie die Straße hinablaufen. Areina war bei ihr, aber sie blieb ein kleines Stück weiter stehen und kreuzte mit einem Stirnrunzeln die Arme. Die Frau war eine unmögliche kleine, bedauernswerte Person, die ihre Meinung darüber, daß Elayne jetzt wirklich eine Aes Sedai war, sicherlich nicht geändert hatte.

»Ich dachte, Ihr solltet es wissen«, sagte Birgitte ruhig. »Ich habe gerade gehört, daß Vandene und Adeleas ebenfalls mitkommen, wenn wir nach Ebou Dar ziehen.«

»Ich verstehe«, murmelte Elayne. Vielleicht würde das Paar Merilille aus irgendeinem Grund begleiten, obwohl bereits drei Aes Sedai an Tyrins Hof waren, oder vielleicht hatten sie in Ebou Dar eine eigene Mission zu erfüllen. Sie glaubte beides nicht. Areina hatte ihre feste Meinung, und der Saal ebenfalls. Elayne und Nynaeve sollten von zwei *wahren* Aes Sedai als Anstandsdamen begleitet werden. »Sie begreift *tatsächlich*, daß *sie* nicht gehen wird.«

Birgitte schaute in die Richtung, in die Elayne blickte, zu Areina, und zuckte die Achseln. »Sie begreift es. Sie ist nicht glücklich darüber. Ich selbst kann es kaum erwarten aufzubrechen.«

Elayne zögerte nur einen Moment. Sie hatte versprochen, die Geheimnisse zu bewahren, was ihr nicht gefiel, aber sie hatte nicht versprochen, die andere Frau nicht weiterhin davon zu überzeugen zu wollen, daß es nicht nötig und sinnlos war. »Birgitte, Egwene...«

»Nein!«

»Warum nicht?« Elayne hatte Birgitte noch nicht lange als Behüterin, als sie beschloß, daß sie Rand, wenn sie sich mit ihm verbände, irgendwie das Versprechen abringen könnte zu tun, was ihm gesagt wurde, zumindest wenn es wichtig war. In letzter Zeit hatte sie sich auf andere Maßnahmen verlegt. Er würde ihre Fragen beantworten müssen. Birgitte antwortete, wenn sie es wollte, wich aus, wenn sie es wollte, und nahm manchmal einfach einen sturen Gesichtsausdruck an, wie sie es auch jetzt tat. »Sagt mir, warum nicht, und wenn es ein guter Grund ist, werde ich niemals wieder fragen.«

Zunächst sah Birgitte sie nur finster an, aber dann nahm sie Elaynes Arm und drängte sie fast zum Eingang einer Gasse. Niemand der Vorübergehenden gewährte ihnen einen zweiten Blick, und Areina blieb, wo sie war, wenn ihr Gesicht auch düsterer wirkte als zuvor, aber Birgitte sah sich dennoch vorsichtig um und sprach im Flüsterton. »Wann immer mich das Rad herausschleuderte, wurde ich geboren, lebte und starb, ohne jemals zu wissen, daß ich an das Rad gebunden war. Ich wußte es nur zwischendrin, in *Tel'aran'rhiod*. Manchmal wurde ich bekannt, sogar berühmt, aber ich war wie alle anderen, niemand aus einer Legende. Dieses Mal wurde ich herausgerissen, nicht herausgeschleudert. Da ich zum ersten Mal in Fleisch und Blut bin, weiß ich, wer ich bin. Und zum ersten Mal werden es auch andere Menschen erkennen. Thom und Juilin erkennen es. Sie sagen nichts, aber ich bin mir sicher. Sie sehen mich nicht auf die gleiche Weise an wie andere Menschen. Wenn ich sagte, ich würde einen Glasberg erklimmen und mit bloßen Händen einen Riesen töten wollen, würden sie mich nur fragen, ob ich unterwegs Hilfe brauchte, und nicht erwarten, daß dem so wäre.«

»Ich verstehe nicht«, sagte Elayne zögernd, und Birgitte seufzte und ließ den Kopf hängen.

»Ich weiß nicht, ob ich dem gerecht werden kann. In anderen Leben tat ich, was ich tun mußte, was richtig zu sein schien, was für Maerion oder Joana oder jede andere Frau genügte. Jetzt bin ich *Birgitte* aus den Geschichten. Jedermann, der das weiß, wird *Erwartungen* haben. Ich fühle mich wie ein Federtänzer, der in eine Geheimversammlung der Tovan gerät.«

Elayne fragte nicht nach. Wenn Birgitte Dinge aus früheren Leben erwähnte, waren Erklärungen meist verwirrender als Unwissenheit. »Das ist Unsinn«, erwiderte sie bestimmt und umfaßte die Arme der anderen Frau. »*Ich* weiß es, und *ich* erwarte sicherlich nicht von Euch, daß Ihr irgendwelche Riesen tötet. Egwene auch nicht. Und sie weiß es *ebenfalls*.«

»Solange ich es nicht eingestehe«, murmelte Birgitte, »ist es, als wüßte sie es nicht. Macht Euch nicht die Mühe, mir zu sagen, daß es Unsinn ist. Ich weiß, daß es das ist, aber das ändert nichts.«

»Was ist dann damit? Sie ist die Amyrlin, und ihr seid eine Behüterin. Sie verdient Euer Vertrauen, Birgitte. Sie braucht es.«

»Seid Ihr immer noch nicht mit ihr fertig?« fragte Areina aus einem Schritt Entfernung. »Wenn Ihr schon fortgeht und mich zurückgelaßt, könntet Ihr mir wenigstens beim Bogenschießen helfen, wie Ihr es gesagt habt.«

»Ich werde darüber nachdenken«, sagte Birgitte

ruhig zu Elayne. Dann wandte sie sich zu Areina um und ergriff weit oben ihren Zopf. »Wir werden über das Bogenschießen sprechen«, sagte sie, während sie Areina zur Straße schob, »aber zunächst werden wir über Manieren sprechen.«

Elayne schüttelte den Kopf, erinnerte sich plötzlich Aviendhas und eilte davon. Das Haus war nicht weit entfernt.

Sie brauchte einen Moment, um Aviendha wiederzuerkennen. Elayne war ihren Anblick im *Cadin'sor* gewöhnt, das dunkle, rötliche Haar kurz geschnitten, und nicht in Rock und Bluse und Stola, das Haar bis über die Schultern gewachsen und mit einem gefalteten Tuch nach hinten genommen. Sie schien zumindest auf den ersten Blick nicht in Schwierigkeiten zu sein. Sie saß eher unbeholfen auf einem Stuhl – Aiel waren nicht an Stühle gewöhnt – und schien mit fünf Schwestern in einem Kreis im Wohnraum sitzend gemütlich Tee zu trinken. Häuser, die Aes Sedai schützten, besaßen Wohnräume, obwohl Elayne und Nynaeve noch immer in ihrem beengten kleinen Raum hausten. Auf den zweiten Blick sah man jedoch, daß Aviendha die Aes Sedai über den Rand ihrer Teetasse hinweg gehetzt ansah. Für einen dritten Blick blieb keine Zeit. Aviendha sprang beim Eintreten Elaynes auf und ließ ihre Tasse auf den sauber gefegten Boden fallen. Elayne hatte außer im Stein von Tear erst wenige Aiel gesehen, aber sie wußte, daß sie ihre Empfindungen verbargen, was Aviendha normalerweise auch ausgezeichnet gelang. Nur jetzt war blanke Qual auf ihrem Gesicht erkennbar.

»Es tut mir leid«, sagte Elayne an den ganzen Raum gewandt, »aber ich muß sie Euch eine Weile entführen. Vielleicht könnt Ihr später mit ihr sprechen.«

Mehrere der Schwestern hielten nur mühsam ihren Widerspruch zurück, obwohl es keinen hätte geben sollen. Sie war, bis auf Aviendha, eindeutig bei weitem die

Stärkste in diesem Raum, und keine der Aes Sedai war eine Sitzende oder gehörte zu Sheriams Konzil. Sie war sehr froh, daß Myrelle nicht anwesend war, die in diesem Haus lebte. Elayne hatte die Grüne Ajah erwählt und war angenommen worden, ohne zu wissen, daß Myrelle das Oberhaupt der Grünen Ajah in Salidar war. Myrelle, die noch keine fünfzehn Jahre Aes Sedai war. Aus Gesprächen wußte Elayne, daß es in Salidar Grüne gab, welche die Stola schon mindestens fünfzig Jahre lang trugen, obwohl keine davon ein graues Haar besaß. Wäre Myrelle hiergewesen, hätte Elaynes ganze Kraft nichts gezählt, wenn das Oberhaupt ihrer Ajah Aviendha hätte hierbehalten wollen. Aber jetzt öffnete nur Shana, eine glotzäugige Weiße, die Elayne an einen Fisch erinnerte, den Mund ein Stück weiter, schloß ihn aber dann wieder, wenn auch eher störrisch, als Elayne sie mit hochgezogener Augenbraue ansah.

Die fünf machten äußerst verkniffene Gesichter, aber Elayne ignorierte die Anspannung. »Danke«, sagte sie mit einem Lächeln, nach dem ihr nicht zumute war.

Aviendha schlang sich ein dunkles Bündel über den Rücken, zögerte aber dann, bis Elayne sie tatsächlich aufforderte mitzukommen. Auf der Straße sagte Elayne: »Ich entschuldige mich hierfür. Ich werde dafür sorgen, daß es nicht wieder geschieht.« Sie war sich sicher, daß ihr das gelingen würde. Oder Egwene. »Ich fürchte, es gibt nicht viele Orte, an denen man ungestört reden kann. In meinem Raum ist es zu dieser Tageszeit sehr heiß. Wir könnten uns einen schattigen Platz suchen oder einen Tee nehmen, wenn sie Euch noch nicht damit übersättigt haben.«

»Euer Zimmer.« Es wurde eigentlich nicht barsch geäußert, aber Aviendha wollte eindeutig nicht reden, noch nicht. Sie sprang jäh auf einen vorüberfahrenden, mit Brennholz beladenen Karren zu und riß einen Ast heraus, der länger als ihr Arm und dicker als ihr Daumen war. Dann trat sie wieder zu Elayne und begann den Zweig mit ihrem Gürtelmesser abzuschälen. Die scharfe Klinge beseitigte kleinere Ästchen mühelos. Ihr gequälter Gesichtsausdruck war gewichen. Sie schien jetzt entschlossen.

Elayne sah sie von der Seite an, während sie weitergingen. Sie konnte nicht glauben, daß Aviendha ihr schaden wollte, was auch immer dieser tölpelhafte Mat Cauthon sagte. Aber andererseits... Sie wußte nur wenig von *Ji'e'toh*. Aviendha hatte es ihr teilweise erklärt, als sie zusammen im Stein gewesen waren. Vielleicht hatte Rand etwas gesagt oder getan. Vielleicht zwang dieses verwirrende Labyrinth aus Ehre und Verpflichtung Aviendha zu... Es schien nicht möglich. Aber vielleicht...

Als sie ihr Zimmer erreichten, beschloß sie, das Thema zuerst anzusprechen. Sie stellte sich der anderen Frau gegenüber – umarmte *Saidar* ganz bewußt nicht – und sagte: »Mat behauptet, Ihr wärt hierhergekommen, um mich zu töten.«

Aviendha blinzelte. »Feuchtländer verstehen immer alles falsch«, sagte sie verwundert. Sie legte den Stock auf das Fußende von Nynaeves Bett und legte das Gürtelmesser sorgfältig daneben. »Meine Nächstschwester Egwene bat mich, Rand al'Thor für Euch zu bewachen, was ich zu tun versprach.« Bündel und Stola wurden auf den Boden neben der Tür gelegt. »Ich habe ihr gegenüber *Toh*, aber Euch gegenüber ein noch größeres.« Sie schnürte ihre Bluse auf, zog sie über den Kopf und öffnete ihr Hemd dann bis über die Taille herunter. »Ich liebe Rand al'Thor, und ich habe es mir einmal erlaubt, mit ihm zu schlafen. Ich habe *Toh*, und ich bitte Euch darum, mir zu helfen, dem gegenüberzutreten.« Sie wandte Elayne den Rücken und kniete sich auf den wenigen verbliebenen Raum. »Ihr könnt den Stock oder das Messer benutzen, wie Ihr wollt. Ich habe *Toh*, und Ihr habt die Wahl.« Sie reckte das Kinn und streckte den Nacken. Ihre Augen waren geschlossen. »Was immer Ihr erwählt – ich werde es annehmen.«

Elayne glaubte, ihr würden die Knie versagen. Min hatte gesagt, die dritte Frau wäre gefährlich, aber Aviendha? *Warte! Sie sagte, sie ... Mit Rand!* Ihre Hand zuckte zu dem Messer auf dem Bett, und sie kreuzte schnell die Arme und hielt ihre Hände gefangen. »Steht auf. Und zieht Eure Bluse wieder an. Ich werde Euch *nicht* schlagen ...« Nur ein paar Mal? Sie kreuzte ihre Arme noch stärker, um die Hände an ihrem Platz zu halten. »... und ich werde *sicherlich* dieses Messer nicht anrühren. Bitte steckt es fort.« Sie hätte es der anderen Frau gereicht, aber sie wußte nicht, ob es in dem Moment geraten gewesen wäre, eine Waffe zu berühren. »Ihr habt mir gegenüber kein *Toh*.« Es klang wie eine Phrase. »Ich liebe Rand, aber es kümmert mich nicht, daß Ihr ihn auch liebt.« Die Lüge verbrannte ihr die Zunge. Aviendha hatte wirklich mit ihm *geschlafen?*

Aviendha wandte sich auf Knien stirnrunzelnd um. »Ich bin nicht sicher, daß ich Euch verstanden habe. Wollt Ihr damit vorschlagen, daß wir ihn uns teilen sollen? Elayne, ich glaube, wir sind Freunde, aber wir müssen wie Erst-Schwestern sein, wenn wir Schwester-Frauen sein wollen. Es wird Zeit brauchen herauszufinden, ob wir das sein können.«

Elayne merkte, daß ihr Mund offenstand, und sie schloß ihn rasch wieder.

»Das stimmt vermutlich«, sagte sie tonlos. Min sagte stets, sie würden ihn sich teilen, aber sicherlich nicht auf diese Art! Allein der Gedanke daran war ungehörig! »Es ist ein wenig komplizierter, als Ihr wissen könnt. Es gibt noch eine dritte Frau, die ihn liebt.«

Aviendha sprang auf. »Wie heißt sie?« Ihre grünen Augen blitzten, und das Messer lag in ihrer Hand.

Elayne mußte fast lachen. *In einem Moment spricht sie davon zu teilen und im nächsten Moment ist sie so verbissen wie ... wie ... So verbissen wie ich,* beendete sie diesen

Gedanken, der ihr überhaupt nicht gefiel. Dies hätte schlimmer sein können, viel schlimmer. Es hätte Berelain sein können. Da es irgend jemand sein mußte, konnte es genausogut Aviendha sein. *Und ich könnte es genausogut in Angriff nehmen, anstatt wie ein Kind mit dem Fuß aufzustampfen.* Sie setzte sich aufs Bett, die gefalteten Hände im Schoß. »Steckt dieses Messer ein und setzt Euch hin, Aviendha. Und bitte zieht Eure Bluse wieder an. Ich habe Euch viel zu erzählen. Es gibt eine Frau – meine Freundin, meine Nächstschwester – namens Min ...«

Aviendha zog sich wieder an, aber es dauerte einige Zeit, bis sie sich hinsetzte, und noch mehr Zeit, bis Elayne sie davon überzeugen konnte, daß sie bezüglich Min keine falschen Schlüsse ziehen durfte. Das sah sie schließlich ein und sagte widerwillig: »Ich muß sie kennenlernen. Ich werde ihn mit keiner Frau teilen, die ich nicht als Erst-Schwester lieben kann.« Diese Worte wurden mit einem prüfenden Blick zu Elayne geäußert, die seufzte.

Aviendha würde erwägen, ihn mit ihr zu teilen. Und Min war auch bereit, ihn mit ihr zu teilen. War sie die einzige von ihnen dreien, die nicht verrückt war? Laut des Plans unter ihrer Matratze sollte Min bald in Caemlyn eintreffen, oder vielleicht war sie schon dort. Sie wußte nicht, was dort geschehen sollte, nur daß Min ihre Visionen gebrauchen sollte, um ihm zu helfen. Was bedeutete, daß Min ihm nahe bleiben mußte. Während Elayne nach Ebou Dar zog.

»Ist irgend etwas im Leben jemals einfach, Aviendha?«

»Nicht, wenn Menschen einbezogen sind.«

Elayne war sich nicht sicher, was sie mehr überraschte: die Erkenntnis, daß *sie* lachte, oder daß Aviendha es tat.

KAPITEL 18

Bedrohung

Min, die unter einer brütenden Spätmorgensonne durch Caemlyn ritt, sah in Wahrheit nur wenig von der Stadt. Sie bemerkte die Menschen und Sänften, Wagen und Kutschen kaum, welche die Straßen verstopften, sondern führte ihre kastanienbraune Stute nur darum herum. Einer ihrer Träume war es stets gewesen, in einer großen Stadt zu leben und an fremde Orte zu reisen, aber heute zogen die farbenreichen, mit glänzenden Ziegeln belegten Türme und der weite Blick, der sich ihr bot, als sich die Straße um einen Hügel herumwand, fast unbemerkt an ihr vorüber. Sie beobachtete die Gruppen von Aiel, die durch die sich vor ihnen teilende Menge schritten, und auch die aus hakennasigen, häufig bärtigen Reitern bestehenden Patrouillen, aber nur weil sie Min an die Geschichten erinnerten, die sie gehört hatten, als sie noch in Murandy weilten. Merana hatten diese Geschichten verärgert, und auch die verkohlten Beweise der Drachenverschworenen, auf die sie zwei Mal gestoßen waren, aber Min glaubte, daß sich einige der anderen Aes Sedai sorgten. Je weniger darüber gesprochen wurde, was sie von Rands Straferlaß hielten, um so besser.

Sie verhielt Wildrose am Rande des Platzes vor dem Königlichen Palast und tupfte ihr Gesicht sorgfältig mit einem spitzengesäumten Taschentuch ab, das sie dann wieder in ihren Umhangärmel steckte. Nur wenige Menschen sprenkelten das große Oval, vielleicht weil Aiel die geöffneten Tore des Palastes bewachten. Weitere Aiel standen auf Marmorbalkonen oder streiften wie Leoparden durch hohe Säulengänge. Der Weiße Löwe von Andor wehte über der höchsten Palastkuppel im Wind. Eine weitere karmesinrote Flagge flatterte auf einer der ein wenig tiefer gelegenen Dachspitzen und wurde durch die Brise gerade weit genug ausgebreitet, daß das uralte schwarz-weiße Symbol der Aes Sedai erkennbar war.

Diese Aiel bewirkten, daß sie froh war, das Angebot zweier Behüter als Eskorte abgelehnt zu haben. Nun, es war eigentlich kein Angebot gewesen, und sie hatte abgelehnt, indem sie eine Stunde vor der angegebenen Zeit auf der Uhr auf dem Kaminsims des Gasthauses davongeschlichen war. Merana stammte aus Caemlyn, und als sie vor der Dämmerung angekommen waren, hatte sie Min geradewegs zu dem, wie sie sagte, vornehmsten Gasthaus in der Neustadt geführt.

Jedoch waren nicht die Aiel der Grund, warum Min dort war. Nicht ganz, obwohl sie alle möglichen Arten schrecklicher Geschichten über schwarz verschleierte Aiel gehört hatte. Ihre Jacke und Hose waren aus der feinsten, weichsten Wolle, die in Salidar zu finden war, in einem hellen Rotton mit winzigen blau-weißen aufgestickten Blumen an den Aufschlägen und an der Außenseite der Hosenbeine. Ihr Hemd war ebenfalls wie das eines Mannes geschnitten, aber es war aus cremefarbener Seide. In Baerlon hatten ihre Tanten nach dem Tod ihres Vaters versucht, sie zu einer, wie sie es nannten, richtigen, anständigen Frau zu machen, obwohl ihre Tante Miren vielleicht begriffen hatte, daß es, nachdem sie zehn Jahre lang in Jungenkleidung herumgelaufen war, vielleicht zu spät war, sie in Kleider zu stecken. Sie hatten es dennoch versucht, und sie hatte sich genauso eigensinnig gewehrt, wie sie sich geweigert hatte, nähen zu lernen. Abgesehen von jener unglückseligen Episode im *Bergarbeiters Ruh* – einem rauhen Ort, an dem sie aber nicht lange geblieben war; Rana, Jan *und* Miren hatten energisch dafür gesorgt, als sie es herausfanden, und es war dabei unwichtig, daß sie damals bereits zwanzig Jahre alt gewesen war –, abgesehen von diesem einen Mal hatte sie niemals freiwillig ein Kleid getragen. Jetzt dachte sie, daß sie sich vielleicht eines anstatt dieser Jacke und Hose hätte anfertigen lassen sollen. Ein Seidengewand mit engem Leibchen und tief ausgeschnitten und ...

Er wird mich so nehmen müssen, wie ich bin, dachte sie und riß verärgert an den Zügeln. *Ich werde mich für keinen Mann ändern.* Nur wäre ihre Kleidung vor noch gar nicht allzu langer Zeit so einfach wie die eines Bauern gewesen, und ihr Haar hätte nicht gelockt bis fast auf die Schultern gereicht. Eine leise Stimme flüsterte: *Du wirst so sein wollen, wie er dich haben will.* Sie wehrte das genauso ab, wie sie stets jeden Stallburschen abgewehrt hatte, der anzüglich werden wollte, und trieb Wildrose kaum sanfter an. Sie haßte allein schon den Gedanken, daß Frauen schwach sein könnten, wenn es um Männer ging. Sie würde jetzt sehr bald herausfinden, wie es sich wirklich verhielt.

Sie stieg vor den Palasttoren ab, tätschelte die Stute, um ihr zu zeigen, daß sie sie nicht hatte treten wollen, und beäugte unbehaglich die Aiel. Die Hälfte von ihnen waren Frauen, alle außer einer erheblich größer als sie. Die meisten Männer ragten in die Höhe wie Rand, und einige sogar noch höher. Jedermann beobachtete sie – nun, sie schienen alles zu beobachten, aber sie ganz entschieden auch – und sie sah niemanden blinzeln. Mit diesen Speeren und Schilden, den Bogen auf ihren Rücken und Köchern an den Hüften und den schweren Messern waren sie bereit zu töten. Diese schwarzen Stoffstreifen, die bis auf ihre Brust reichten, mußten die Schleier sein. Sie hatte gehört, daß Aiel niemanden töteten, ohne ihr Gesicht zu verhüllen. *Hoffentlich stimmt das.*

Sie sprach die kleinste der Frauen an. Ihr gebräuntes, wie aus Holz geschnitzt wirkendes Gesicht wurde von hellrotem Haar umrahmt, das genauso kurz geschnitten war wie Mins, aber sie war ein wenig kleiner als diese. »Ich bin gekommen, um Rand al'Thor zu sehen«, sagte Min. »Den Wiedergeborenen Drachen.« Blinzelte niemand von ihnen jemals? »Mein Name ist Min. Er kennt mich, und ich habe eine wichtige Nachricht für ihn.«

Die rothaarige Frau wandte sich zu den anderen Aiel um und gestikulierte heftig mit der freien Hand. Die anderen Frauen lachten, als sie sich wieder umwandte. »Ich werde Euch zu ihm bringen, Min. Aber wenn er Euch nicht kennt, werdet Ihr weitaus schneller wieder hinausgelangen, als Ihr hineingekommen seid.« Einige der Aielfrauen lachten auch darüber. »Ich bin Enaila.«

»Er kennt mich«, sagte Min errötend. Sie trug in den Jackenärmeln zwei Messer bei sich, deren Handhabung Thom Merrilin ihr beigebracht hatte, aber sie hatte das Gefühl, als könnte diese Frau sie ihr fortnehmen und sie damit häuten. Über Enailas Kopf flammte ein Bild auf und verschwand wieder. Eine Art Kranz. Min hatte keine Ahnung, was das bedeutete. »Soll ich mein Pferd auch mit hineinnehmen? Ich glaube nicht, daß Rand es sehen will.« Zu ihrer Überraschung kicherten einige der Aiel, Männer und Frauen, und Enaila verzog die Lippen, als wollte sie ebenfalls kichern.

Ein Mann kam heran, um ihr Wildrose abzunehmen – Min hielt ihn, trotz der gesenkten Augen und des weißen Gewandes, auch für einen Aiel –, und sie folgte Enaila durch die Tore, über einen weiten Hof und dann in den Palast selbst. Sie war ein wenig erleichtert, als sie Diener in rot-weißer Livree durch die von Wandteppichen gesäumten Gänge eilen sah, die die ebenfalls umhergehenden Aiel wachsam beäugten, aber nicht anders, als sie einen merkwürdigen Hund beäugen würden. Sie hatte schon geglaubt, sie würde in dem Palast nur Aiel und Rand in ihrer Mitte vorfinden, der vielleicht Umhang und Hose in allen Schattierungen von Braun und Grau und Grün trug, und sie ansah, ohne zu blinzeln.

Enaila blieb vor hohen, breiten Türen stehen, die mit Löwenschnitzereien versehen und geöffnet waren, und machte den wachhabenden Aiel schnell ein Zeichen. Es waren alles Frauen. Eine flachshaarige Frau, die erheblich größer war als die meisten Männer, vollführte ebenfalls Handzeichen. »Wartet hier«, befahl Enaila und ging hinein.

Min tat einen Schritt hinter ihr her, aber die flachshaarige Frau hielt ihr wie zufällig einen Speer in den Weg. Oder vielleicht auch nicht zufällig, aber das kümmerte Min nicht. Sie konnte Rand sehen.

Er saß in einem roten, üppig mit Gold bestickten Umhang auf einem großen goldverzierten Thron, der vollkommen aus Drachen gestaltet zu sein schien, und hielt eine mit grünen und weißen Quasten geschmückte Speerspitze in der Hand. Ein weiterer Thron stand auf einem hohen Podest hinter ihm, ebenfalls goldverziert, aber mit einem in weißen Edelsteinen auf rotem Grund gestalteten Löwen. Der Löwenthron, wie die Gerüchte besagten. In diesem Moment hätte er ihretwegen auch einen Schemel benutzen können. Er wirkte müde. Er war so eindrucksvoll, daß ihr Herz schmerzte. Bilder tanzten beständig um ihn. Bei Aes Sedai und Behütern versuchte sie dieser Flut zu entgehen. Sie erkannte bei ihnen nicht häufiger, was sie bedeuteten, als bei irgend jemand anderem, aber sie waren *ständig* da. Bei Rand mußte sie sich zwingen, sie zu betrachten, weil sie ihm sonst ständig ins Gesicht gestarrt hätte. Eines dieser Bilder hatte sie jedes Mal vor Augen, wenn sie ihn gesehen hatte. Unzählige Tausende funkelnder Lichter, wie Sterne oder Glühwürmchen, rauschten in eine große Schwärze und versuchten sie auszufüllen, rauschten hinein und wurden verschluckt. Es schien jetzt mehr Lichter zu geben, als sie jemals zuvor gesehen hatte, aber die Dunkelheit verschluckte sie auch in größerer Anzahl. Und da war noch etwas, etwas Neues, eine gelbe und braune und purpurfarbene Aura, die ihr Magenkrämpfe verursachte.

Sie versuchte, die ihm gegenüberstehenden Adligen zu erkennen – sicherlich waren sie mit all diesen edel bestickten Umhängen und üppigen Seidengewändern Adlige –, aber es war nichts zu erkennen. So war es die meiste Zeit bei den meisten Menschen, und wenn sie etwas erkannte, hatte sie nur allzu häufig keine Ahnung, was es bedeutete. Dennoch verengte sie ihre Augen und strengte sich an. Wenn sie nur ein Bild erkennen würde, eine Aura, könnte es ihm vielleicht helfen. Den Geschichten nach, die sie gehört hatte, seit sie Andor betreten hatte, konnte er alle Hilfe gebrauchen, die er finden konnte.

Schließlich gab sie es mit einem tiefen Seufzen auf. Zu blinzeln und sich anzustrengen, nützte nichts, es sei denn, es gab von vornherein etwas zu sehen.

Plötzlich bemerkte sie, daß sich die Adligen zurückzogen. Rand war aufgestanden, und Enaila winkte ihr zu und bedeutete ihr einzutreten. Rand lächelte. Min dachte, das Herz würde ihr aus der Brust springen. So fühlte es sich also für all jene Frauen an, über die sie gelacht hatte, die sich zu Füßen eines Mannes warfen. Nein. Sie war kein närrisches Mädchen. Sie war älter als er. Sie hatte ihren ersten Kuß schon bekommen, als er noch glaubte, daß das größte Vergnügen auf der Welt darin bestand, aus der Aufgabe des Schafehütens auszubrechen. Sie ... *Licht, bitte, laß meine Knie nicht nachgeben.*

Rand legte das Drachenszepter achtlos auf den Platz, auf dem er gesessen hatte, sprang mit einem Satz vom Podest und eilte die Große Halle entlang. Sobald er Min erreicht hatte, ergriff er sie unter den Armen und schwang sie im Kreis durch die Luft, bevor Dyelin und die anderen gegangen waren. Einige der Adligen starrten ihn an, aber es kümmerte ihn nicht. »Licht, Min, es tut gut, dich zu sehen«, sagte er lachend. Das war erheblich besser als Dyelins oder Elloriens versteinerte Gesichter. Aber wenn Aemlyn und Arathelle und Pelivar und Luan und alle anderen jeden Tag ihrer Freude darüber Ausdruck verliehen hätten, daß sich Elayne auf dem Weg nach Caemlyn befand, anstatt ihn zweifelnd oder mit einem Blick, mit dem man einen Lügner bedachte, anzusehen, wäre er genauso überglücklich gewesen, Min zu sehen.

Als er sie wieder auf den Boden stellte, sank sie an seine Brust, umfaßte seine Arme und atmete schwer. »Es tut mir leid«, sagte er. »Ich wollte nicht, daß dir schwindelig wird. Es ist nur so, daß ich wirklich froh bin, dich zu sehen.«

»Nun, mir ist schwindelig, du wollköpfiger Schafhirte«, murmelte sie an seiner Brust. Dann trat sie zurück und sah ihn unter langen Wimpern hervor an. »Ich habe einen sehr langen Ritt hinter mir. Ich bin mitten in der Nacht angekommen, und du wirbelst mich herum wie einen Sack Hafer. Hast du niemals Manieren gelernt?«

»Wollkopf«, sagte er leise lachend. »Min, du kannst mich einen Lügner nennen, aber ich habe es tatsächlich vermißt, nicht mehr diese Bezeichnung zu hören.« Sie bezeichnete ihn jetzt als gar nichts mehr. Sie sah ihn nur an, und das Funkeln war vollkommen vergangen. Ihre Wimpern schienen länger, als er sie in Erinnerung hatte.

Als ihm bewußt wurde, wo sie sich befanden, nahm er ihre Hand. Ein Thronraum war kein geeigneter Ort, um alten Freunden zu begegnen. »Komm mit, Min. Wir können in meinem Wohnraum einen Becher gewürzten Wein nehmen. Somara, ich gehe in meine Räume. Ihr könnt alle fortschicken.«

Somara schien nicht glücklich darüber, aber sie entließ alle Töchter des Speers bis auf Enaila. Somara und

Enaila wirkten ein wenig verdrießlich, was er nicht verstand. Er hatte Somara zunächst erlaubt, so viele Töchter des Speers im Palast zu versammeln, weil Cyelin und die anderen kamen. Bashere befand sich aus demselben Grund in seinem Reiterlager nördlich der Stadt. Die Töchter des Speers als Erinnerung, Bashere, weil es zu viele Erinnerungen geben konnte. Er hoffte, daß die beiden Töchter des Speers nicht vorhatten, ihn zu bemuttern. Sie wechselten sich im Übermaß als seine Wächter ab, wie ihm schien, aber Nandera war genauso unnachgiebig, wie Sulin es gewesen war, als er bestimmt hatte, wer im einzelnen was tun sollte. Er konnte *Far Dareis Mai* befehligen, aber er war keine Tochter des Speers, so daß ihn das andere nichts anging.

Min betrachtete die Wandteppiche, während er sie an der Hand den Gang entlangführte. Sie bemerkte kostbare Truhen und Tische, goldene Schalen und in Nischen hohe Vasen aus Meervolk-Porzellan. Sie begutachtete Enaila und Somara drei Mal von Kopf bis Fuß. Aber sie sah Rand weder an, noch richtete sie ein Wort an ihn. Seine Hand umschlang ihre, und er konnte den rasenden Puls an ihrem Handgelenk spüren. Er hoffte, daß sie nicht wirklich verärgert darüber war, daß er sie herumgewirbelt hatte.

Zu seiner großen Erleichterung nahmen Somara und Enaila ihre Plätze zu beiden Seiten seiner Tür ein, obwohl sie ihn fragend ansahen, als er um gewürzten Wein bat und er seinen Wunsch noch einmal wiederholen mußte. Im Wohnraum zog er den Umhang aus und warf ihn über einen Stuhl. »Setz dich, Min. Setz dich. Ruh dich aus und entspanne dich. Der Wein wird gleich kommen. Du mußt mir alles erzählen. Wo du gewesen bist, wie du hierhergelangt bist, warum du in der Nacht angekommen bist. Es ist nicht ungefährlich, nachts zu reisen, Min. Jetzt weniger denn je. Ich werde dir die schönsten Räume im Palast – nun, die zweitschönsten, da dies die schönsten sind – und eine Aiel-

Eskorte zuweisen, die dich überall hinbringen kann. Und wehe dem, der dir nicht aus dem Weg geht.«

Während sie dort an der Tür stand, dachte sie einen Moment, sie müßte lachen, aber statt dessen atmete sie tief ein und nahm einen Brief aus ihrer Tasche. »Ich kann dir nicht sagen, wo ich hergekommen bin – ich habe es versprochen, Rand –, aber Elayne befindet sich dort, und ...«

»Salidar«, sagte er und lächelte darüber, daß sich ihre Augen weiteten. »Ich weiß ein paar Dinge, Min. Vielleicht mehr, als manche Menschen glauben.«

»Ich ... merke, daß du das tust«, sagte sie schwach. Sie übergab ihm den Brief und trat dann wieder zurück. Ihre Stimme klang wieder fester, als sie hinzufügte: »Ich habe geschworen, daß ich ihn dir sofort übergeben würde. Also lies ihn schon.«

Er erkannte das Siegel, eine Lilie in dunkelgelbem Wachs, und er erkannte bei seinem Namen Elaynes flüssige Handschrift und zögerte, bevor er den Brief öffnete. Klare Brüche waren das beste, und er hatte einen solchen Bruch vollzogen, aber da er den Brief in Händen hielt, konnte er nicht umhin. Er las ihn, setzte sich dann auf seinen Umhang und las ihn erneut. Er war sehr kurz gehalten.

Rand,
ich habe Dir meine Gefühle erklärt. Du sollst wissen,
daß sie sich nicht geändert haben. Ich hoffe, daß Du
für mich empfindest, was ich für Dich empfinde. Min
kann Dir helfen, wenn Du ihr nur zuhören willst.
Ich liebe sie wie eine Schwester und hoffe, daß Du sie
genauso liebst wie ich.
Elayne

Ihr mußte die Tinte ausgegangen sein, denn die letzten Zeilen waren eilig dahingekritzelt und nicht mehr so zierlich geschrieben wie der Anfang. Min hatte sich herangestohlen und den Kopf gedreht und versucht, den Brief zu lesen, ohne daß es zu offensichtlich wurde, aber als er sich schließlich erhob, um den Umhang unter sich hervorzuziehen – das *Angreal* in Form eines fetten kleinen Mannes steckte in der Tasche –, hastete sie wieder rückwärts. »Versuchen Frauen *alle*, einen Mann in den Wahnsinn zu treiben?« murrte er.

»Was!«

Er starrte auf den Brief, während er halbwegs zu sich selbst sprach. »Elayne ist so schön, daß ich sie ansehen muß, aber die Hälfte der Zeit weiß ich nicht, ob sie will, daß ich sie küsse oder daß ich mich vor ihr hinknie. Um die Wahrheit zu sagen, wollte ich mich manchmal vor ihr hinknien ... um sie anzubeten, das Licht helfe mir. Sie schreibt, ich wüßte, wie sie empfindet. Sie hat mir schon vorher zwei Briefe geschickt, einer voller Liebesbezeugungen und der andere mit dem Inhalt, daß sie mich niemals wiedersehen wollte. Wie oft habe ich dagesessen und mir gewünscht, der erste wäre die Wahrheit und der zweite ein Scherz oder Versehen oder ... Und Aviendha. Sie ist auch wunderschön, aber jeder Tag mit ihr war ein Kampf. Von ihr bekomme ich keine Küsse mehr, und sie läßt keinen Zweifel darüber, wie sie mir gegenüber empfindet. Sie war sogar glücklicher darüber, von mir fortzukommen, als ich darüber, sie gehen zu sehen. Aber ich erwarte sie zu sehen, wenn ich mich umdrehe, und wenn sie nicht da ist, ist es, als fehle in mir etwas. Ich vermisse den Kampf tatsächlich, und es gibt Momente, in denen ich mich bei dem Gedanken ertappe, daß es ›Dinge gibt, die des Kämpfens wert sind‹.« Etwas an Mins Schweigen ließ ihn aufschauen. Sie sah ihn so ausdruckslos an wie eine Aes Sedai.

»Hat dir niemand jemals beigebracht, daß es unhöflich ist, einer Frau gegenüber von einer anderen Frau zu sprechen?« Ihre Stimme klang vollkommen tonlos. »Und noch viel weniger von zwei Frauen.«

»Min, du bist eine Freundin«, protestierte er. »Ich sehe dich nicht als Frau an.« Es war falsch, das zu sagen. Er wußte es, sobald er es ausgesprochen hatte.

»So?« Sie schlug ihren Umhang zurück und stemmte die Hände in die Hüften. Es war nicht die nur zu vertraute verärgerte Pose. Ihre Handgelenke waren gedreht, so daß die Finger nach oben zeigten, und das machte es irgendwie anders. Sie stand mit einem gebeugten Knie da, und das ... Er sah sie zum ersten Mal wirklich. Nicht einfach Min, sondern so, wie sie aussah. Nicht in der üblichen einfachen braunen Jacke und Hose, sondern in Hellrot und mit Stickereien an der Kleidung. Nicht mit dem üblichen grobgeschnittenen Haar, das kaum ihre Ohren bedeckte, sondern mit Locken, die bis in den Nacken reichten. »Sehe ich wie ein Junge aus?«

»Min, ich ...«

»Sehe ich wie ein Mann aus? Oder wie ein Pferd?« Sie erreichte ihn mit einem schnellen Schritt und setzte sich auf seinen Schoß.

»Min«, keuchte er erschrocken, »was tust du?«

»Dich davon überzeugen, daß ich eine Frau bin, Wollkopf. Sehe ich nicht wie eine Frau aus? Rieche ich nicht wie eine Frau?« Sie duftete schwach nach Blumen, jetzt, wo er es bemerkte. »Fühle ich mich nicht ...? Nun, genug davon. Beantwortet die Frage, Schafhirte.«

Es waren die Worte ›Schafhirte‹ und ›Wollkopf‹, die ihn beruhigten. Die Wahrheit war, daß sie sich auf seinem Schoß bemerkenswert gut anfühlte. Aber sie war Min, die ihn für einen unvernünftigen Jungen vom Lande mit Heu im Haar hielt. »Licht, Min, ich weiß, daß du eine Frau bist. Ich wollte dich nicht beleidigen. Und du bist auch eine Freundin. Ich fühle mich einfach in deiner Gesellschaft wohl. Bei dir ist es egal, wenn ich mich zum Narren mache. Ich kann dir Dinge sagen, die ich niemandem sonst sagen würde, nicht einmal Mat oder Perrin. Wenn ich mit dir zusammen bin, löst sich alles. Ich spüre die Angespanntheit meiner Schultern nicht einmal mehr, bis sie vergeht. Verstehst du, Min? Ich mag es, mit dir zusammenzusein. Ich habe dich vermißt.«

Sie kreuzte die Arme und sah ihn stirnrunzelnd von der Seite an. Ihre Beine zuckten. Wenn ihr Fuß den Boden erreicht hätte, hätte sie aufgestampft. »Alles das über Elayne. Und diese ... Aviendha? Wer ist sie übrigens? Mir scheint, daß du sie beide liebst. Oh, hör auf, herumzuzappeln. Du schuldest mir einige Antworten. Zu sagen, ich wäre nicht ... Antworte mir einfach: Liebst du sie beide?«

»Vielleicht tue ich das«, sagte er zögernd. »Das Licht helfe mir, ich glaube, vielleicht tue ich das. Macht mich das zum Wüstling, Min, oder nur zu einem begierigen Narren?« Sie öffnete den Mund und schloß ihn wieder. Sie warf ärgerlich den Kopf zurück und preßte die Lippen zusammen. Er fuhr eilig fort, bevor sie ihm sagen konnte, welches von beidem ihrer Meinung nach zutraf. Er wollte es nicht wirklich von ihr hören. »Es ist jetzt ohnehin nicht noch wichtig. Es ist vorbei. Ich habe Aviendha fortgeschickt, und ich werde sie nicht zurückkommen lassen. Ich werde zu ihr und Elayne eine Meile Abstand halten, oder wenn möglich zehn Meilen.«

»Bei der Liebe von ...! Warum, Rand? Was gibt dir das Recht, eine solche Wahl für sie zu treffen?«

»Min, verstehst du nicht? Ich bin ein Ziel. Jede Frau, die ich liebe, wird auch zum Ziel. Selbst wenn der Pfeil mir gilt, könnte er auch sie treffen. Er könnte sogar auf sie abgezielt sein.« Er atmete geräuschvoll aus und lehnte sich zurück, die Arme auf die mit Rosenschnitzereien versehenen Armlehnen des Sessels gestützt. Sie drehte sich ein wenig und betrachtete ihn mit dem ernstesten Gesichtsausdruck, den er jemals bei ihr gesehen hatte. Min lächelte stets und war immer ein wenig belustigt über alles. Aber jetzt war sie nicht belustigt.

Er selbst war auch vollkommen ernst. »Lan hat mir gesagt, er und ich seien uns in mancherlei Weise ähnlich, und das stimmt. Er sagte, es gäbe Männer, die Tod ausstrahlen. Er selbst. Ich. Wenn sich ein solcher Mann verliebt, ist das größte Geschenk, das er machen kann, so viel Entfernung zwischen sich und die Geliebte zu legen wie möglich. Das verstehst du doch, oder?«

»Ich verstehe nur...« Sie schwieg einen Moment. »Nun gut. Ich bin deine Freundin, und ich bin froh, daß du dir dessen bewußt bist, aber glaube ja nicht, daß ich aufgeben werde. Ich werde dich davon überzeugen, daß ich kein Mann und kein Pferd bin.«

»Min, ich sagte, ich...«

»O nein, Schafhirte. Nicht deutlich genug.« Sie wand sich derart auf seinem Schoß, daß er sich räuspern mußte, und setzte dann einen Finger auf seine Brust. »Ich will Tränen in deinen Augen sehen, wenn du es sagst. Ich will Speichel an deinem Kinn sehen und ein Stottern in deiner Stimme hören. Du mußt nicht denken, daß ich dich nicht bezahlen lassen wollte.«

Rand konnte nicht umhin zu lachen. »Min, es tut wirklich gut, dich hierzuhaben. Du siehst nur einen Jungen aus den Zwei Flüssen mit schmutzigen Füßen in mir.«

Ihre Stimmung veränderte sich blitzartig. »Ich sehe dich, Rand«, sagte sie seltsam ruhig. »Ich sehe dich.« Sie räusperte sich, zupfte ihre Kleidung geziert zurecht und legte die Hände auf die Knie. Wenn sie überhaupt geziert sitzen konnte. »Ich kann also genausogut mit dem fortfahren, weshalb ich gekommen bin. Offensichtlich weißt du von Salidar. Das wird einiges Stirnrunzeln bewirken, das kann ich dir versprechen. Was du wahrscheinlich nicht weißt, ist, daß ich nicht allein hier bin. Eine Abordnung aus Salidar ist nach Caemlyn gekommen, um dich aufzusuchen.«

Lews Therin murrte, ein entferntes Grollen. Die Erwähnung von Aes Sedai regte ihn seit Alanna und der

Verbindung stets auf, wenn auch nicht so sehr wie Taims Nähe.

Rand mußte, trotz Lews Therins Grollen, beinahe lächeln. Er hatte das vermutet, seit Min ihm den Brief von Elayne ausgehändigt hatte. Die Bestätigung glich fast einem Beweis dafür, daß sie ängstlich waren, wie er es sich schon gedacht hatte. Was sonst konnten sie sein – Aufrührer, die dazu getrieben wurden, sich am Rande der Weißmäntel-Macht zu verbergen? Und sehr wahrscheinlich wollten sie auch wissen, wie sie in die Weiße Burg zurückkriechen konnten, um fingernägelkauend darüber nachzudenken, wie sie Elaidas Gunst zurückerlangen könnten. Nach dem, was er über Elaida wußte, hatten sie wenig Grund zur Hoffnung, und das mußten sie noch besser wissen als er. Wenn sie eine Abordnung zum Wiedergeborenen Drachen gesandt hatten, zu einem Mann, der die Macht lenken konnte, mußten sie überaus bereit sein, seinen Schutz anzunehmen. Das sah Elaida nicht ähnlich, die offensichtlich glaubte, er wäre käuflich und könnte wahrscheinlich wie ein Singspatz in einem Weidenkäfig gehalten werden. Egwenes unklare Versprechen, daß Aes Sedai ihn unterstützen würden, standen vor ihrer Erfüllung.

»Wer ist mit dir gekommen?« fragte er. »Vielleicht kenne ich sie.« Es stimmte, daß er keine anderen Aes Sedai außer Moiraine kannte, die tot war, aber er war zumindest einigen anderen begegnet. Wenn sie eine jener war, würde es vielleicht noch etwas schwieriger. Damals war er wirklich Mins Junge vom Lande gewesen, der bereitwillig zurückzuckte, wenn eine Aes Sedai ihn ansah.

»Es ist nicht nur eine, Rand. Tatsächlich sind es neun.« Er zuckte zusammen, und sie fuhr eilig fort: »Es ist als Ehrenbezeugung gedacht, Rand. Die dreifache Anzahl derer, die sie zu Königen oder Königinnen senden. Merana – sie leitet die Gruppe und gehört der

Grauen Ajah an – wird heute nachmittag allein herkommen, und es wird dir jeweils nicht mehr als eine Aes Sedai nahekommen, es sei denn, du fühlst dich in Gegenwart mehrerer wohl. Sie haben sich in der *Rosenkrone* in der Neustadt Zimmer genommen. Sie haben es mit all den Behütern und Dienern so gut wie übernommen. Merana hat mich vorausgeschickt, weil ich dich kenne, um ihnen den Weg zu ebnen. Sie wollen dir nicht schaden, Rand. Dessen bin ich mir sicher.«

»Eine Vision, Min, oder deine Meinung?« Es erschien ihm seltsam, eine solch ernste Unterhaltung mit einer Frau zu führen, die auf seinem Schoß saß, aber es war immerhin Min. Das machte einen Unterschied. Er mußte sich nur daran erinnern.

»Meine Meinung«, gab sie widerwillig zu. »Rand, ich habe jede einzelne von ihnen jeden Tag beobachtet, den ganzen langen Weg von Salidar bis hierher. Wenn sie dir irgendwie schaden wollten, hätte ich etwas bemerken müssen. Ich kann nicht glauben, daß sich in dieser Zeit nichts gezeigt hätte.« Sie regte sich und sah ihn mit einem besorgten Blick an, der schnell zu einem Ausdruck bestimmter Entschlossenheit wurde. »Ich könnte dir eigentlich auch noch etwas anderes erzählen, wenn ich schon dabei bin. Ich habe im Thronraum eine Aura um dich herum gesehen. Aes Sedai werden dich verletzen. Und Frauen, die die Macht lenken können, ohnehin. Alles war wirr. Ich bin, was die Aes Sedai betrifft, nicht sicher. Aber es könnte mehr als einmal geschehen. Ich glaube, deshalb schien alles durcheinander.« Er betrachtete sie schweigend, und sie lächelte. »Das mag ich an dir, Rand. Du akzeptierst, was ich tun und was ich nicht tun kann. Du fragst mich nicht, ob ich sicher bin oder wann es geschehen wird. Du fragst niemals nach mehr, als ich weiß.«

»Nun, ich werde eines fragen, Min. Kannst du sicher sein, daß diese Aes Sedai in deiner Vision nicht die Aes Sedai sind, mit denen du hergekommen bist?«

»Nein«, sagte sie schlicht. Das war eines der Dinge, die er an *ihr* mochte: Sie versuchte niemals auszuweichen.

Ich muß vorsichtig sein, flüsterte Lews Therin eindringlich. *Sogar diese erst halbwegs ausgebildeten Mädchen können zu neunt gefährlich sein. Ich muß ...*

Ich muß, dachte Rand bestimmt. Lews Therin wirkte einen Moment verwirrt und floh dann in seinen umschatteten Schlupfwinkel zurück. Er tat dies jetzt stets, wenn Rand zu ihm sprach. Das einzige Problem bestand darin, daß Lews Therin mehr zu sehen und zu hören schien als er und demgemäß zu handeln beabsichtigte. Es hatte einen weiteren Zwischenfall gegeben, wo er *Saidin* zu ergreifen versuchte, aber Rand war jetzt vorsichtig. Der Mann wollte Rands Geist und Körper für sich, obwohl sie Rand gehörten, und wenn es ihm nur einmal gelänge, die Kontrolle zu erlangen, war Rand sich nicht sicher, daß es nicht so käme, daß Lews Therin Telamon umherging und sprach, während Rand al'Thor nur eine Stimme in seinem Kopf war.

»Rand«, sagte Min ängstlich, »sieh mich nicht so an. Ich bin auf deiner Seite, wenn es dazu kommt, daß ich Partei ergreifen muß. Es könnte vielleicht soweit kommen. Sie denken, daß ich ihnen erzählen werde, was du sagst. Aber das werde ich nicht tun, Rand. Sie wollen lediglich wissen, wie sie mit dir umgehen sollen, was sie von dir zu erwarten haben, aber ich werde ihnen nicht ein Wort sagen, wenn du es nicht willst, und wenn du mich bittest zu lügen, werde ich es tun. Sie wissen nichts von meinen Visionen. Sie gehören dir, Rand. Du weißt, daß ich alle, einschließlich Merana und den anderen, ergründen werde.«

Er bemühte sich, nicht grimmig dreinzuschauen und seine Stimme sanft zu halten. »Beruhige dich, Min. Ich weiß, daß du auf meiner Seite bist.« Das war die einfache Wahrheit. Wenn er Min mißtraute, wäre das, als würde er sich selbst mißtrauen. Lews Therin war im

Moment unter Kontrolle. Es war an der Zeit, auch diese Merana und ihre Abordnung unter Kontrolle zu bekommen. »Sage ihnen, daß sie jeweils zu dritt kommen können.« Das hatte ihm Lews Therin in Cairhien geraten: nicht mehr als drei auf einmal. Der Mann glaubte offenbar, er könnte drei Aes Sedai bezwingen. Er schien überaus wenig von jenen zu halten, die sich jetzt Aes Sedai nannten. Aber was in Cairhien eine Beschränkung gewesen war, war hier anders. Merana wollte, daß er ruhig und besänftigt war, bevor ihm auch nur eine Aes Sedai nahekam. Sollten sie sich über die Einladung, zu dritt zu kommen, wundern und darüber nachdenken, was es bedeuten könnte. »Abgesehen davon darf ohne meine Erlaubnis keine von ihnen die Innere Stadt betreten. Und sie dürfen in meiner Nähe keinen Versuch unternehmen, die Macht zu lenken. Sage ihnen das, Min. Ich werde es sofort erkennen, wenn sie die Quelle anrühren, und ich werde nicht erfreut sein. Sage ihnen das.«

»Sie werden auch nicht sehr erfreut sein, Schafhirte«, erwiderte sie trocken. »Aber ich werde es ihnen mitteilen.«

Ein Krachen ließ Rand ruckartig den Kopf wenden. Sulin stand in ihrem rot-weißen Gewand direkt hinter der Tür, und ihr Gesicht war derart gerötet, daß die Narbe auf ihrer Wange noch heller hervorstach als gewöhnlich. Ihr weißes Haar war gewachsen, seit sie die Livree trug, aber es war noch immer kürzer als das Haar jeder anderen Dienerin. Frau Harfor hatte es zu einer dichten Lockenkappe gestalten lassen. Sulin haßte das. Zu ihren Füßen lag ein silbernes, mit einem Goldrand versehenes Tablett, und vergoldete Zinnbecher lagen daneben. Der Weinkrug drehte sich gerade ein letztes Mal, als Rand hinsah, und richtete sich dann wundersamerweise auf, obwohl genausoviel gewürzter Wein auf das Tablett und den Teppich gelaufen zu sein schien, wie sich noch in dem Krug befinden konnte.

Min war schon halbwegs aufgestanden, als er sie um die Taille faßte und wieder hinabzog. Zeit genug und noch mehr Zeit, sie für sich zu gewinnen, jetzt wo er mit Aviendha auseinander war, und Min würde bereitwillig helfen. Tatsächlich lehnte sie sich nach einem Moment des Widerstands gegen ihn und legte den Kopf an seine Brust.

»Sulin«, sagte er, »eine gute Dienerin wirft nicht mit Tabletts umher. Hebt es jetzt auf und erfüllt Eure Aufgabe.« Sie sah ihn finster, aber wortlos an.

Es war fast brillant gewesen, wie er sie ihrem *Toh* hatte gegenübertreten lassen, während er gleichzeitig zumindest einen Teil seiner Verpflichtung ihr gegenüber losgeworden war. Sulin kümmerte sich jetzt um die Räume und bediente ihn. Sie haßte es natürlich, besonders weil er sie jeden Tag dabei beobachtete, aber sie mußte nicht mehr den Rücken krümmen, um im ganzen Palast die Böden zu schrubben oder endlose Ströme schwerer Wassereimer für die Wäsche heranzuschleppen. Er vermutete, daß es ihr lieber gewesen wäre, wenn jede Aiel diesseits der Drachenmauer ihre Schande gesehen hätte, als ihn Zeuge dessen werden zu lassen, aber er hatte ihr die Arbeit und damit auch sein Gewissen dadurch erheblich erleichtert, und wenn sie, weil sie für ihn arbeiten mußte, der Meinung war, ihr *Toh* sei früher erledigt, dann war es auch gut. Sulin gehörte in einen *Cadin'sor*, mit einem Speer in der Hand, nicht in eine Livree und Bettwäsche faltend.

Sie hob das Tablett auf, stolzierte durch den Raum und stellte es hart auf einen Tisch mit Elfenbeinintarsien. Als sie sich wieder abwenden wollte, sagte er: »Dies ist Min, Sulin. Sie ist meine Freundin. Sie kennt sich mit der Aiel-Art nicht aus, und ich würde es übelnehmen, wenn ihr Schlechtes widerführe.« Es war ihm gerade in den Sinn gekommen, daß die Töchter des Speers vielleicht ihre eigene Ansicht darüber hatten, daß er Aviendha fortgeschickt hatte und eine andere

Frau im Arm hielt, kaum daß sie gegangen war. »Tatsächlich würde ich es persönlich nehmen, wenn sie Schaden erlitte.«

»Warum sollte jemand außer Aviendha dieser Frau Schaden zufügen wollen?« fragte Sulin grimmig. »Sie hat zuviel Zeit mit Träumen von Euch verbracht und nicht genug Zeit, Euch zu lehren, was Ihr wissen solltet.« Sie erschauderte und fügte grollend hinzu: »Mein Lord Dache.« Er glaubte, es sei nicht für ihn bestimmt gewesen. Sie fiel bei ihrem Hofknicks beinahe zwei Mal hin, bevor sie wieder aufrecht stand, und schlug dann die Tür beim Hinausgehen fest zu.

Min wandte den Kopf und sah zu ihm hoch. »Ich glaube nicht, daß ich jemals eine Dienerin wie ... Rand, ich glaube, sie hätte dich erdolcht, wenn sie ein Messer gehabt hätte.«

»Sie hätte mich vielleicht getreten«, lachte er, »aber niemals erdolcht. Sie glaubt, ich sei ihr lange vermißter Bruder.« Mins Augen trübten sich verwirrt. Er konnte hundert Fragen darin aufsteigen sehen. »Das ist eine lange Geschichte. Ich werde sie dir ein anderes Mal erzählen.« Einen Teil davon würde er ihr erzählen. Niemand würde jemals erfahren, was er von Enaila und Somara und ein paar anderen ertragen mußte. Nun, die Töchter des Speers wußten es bereits alle, aber niemand sonst.

Melaine trat auf Aiel-Art ein, was bedeutete, daß sie ihren Kopf durch die Tür streckte, sich umsah und dann ihren restlichen Körper folgen ließ. Er hatte noch nicht herausgefunden, was eine Aiel zu dem Entschluß bringen könnte, nicht hereinzukommen. Häuptlinge, Weise Frauen und Töchter des Speers waren sogar zu ihm hereinspaziert, wenn er unschicklich bekleidet, im Bett oder im Bad gewesen war. Die sonnenhaarige Weise Frau trat näher, setzte sich einige Schritte von ihm entfernt mit gekreuzten Beinen und klingenden Armbändern auf den Teppich und richtete sorgfältig ihre Röcke. Grüne Augen betrachteten Min unbeteiligt.

Dieses Mal versuchte Min nicht aufzustehen. Tatsächlich war er sich nach der Art, wie sie an ihm lehnte, den Kopf auf seine Brust gepreßt und langsam atmend, nicht sicher, daß sie nicht eingeschlafen war. Sie hatte immerhin gesagt, daß sie Caemlyn erst in der Nacht erreicht hatte. Plötzlich wurde er sich bewußt, daß seine Hand noch auf ihrer Taille lag, und er legte sie statt dessen auf die Armlehne. Sie seufzte fast bedauernd und schmiegte sich an ihn. Sie war zweifellos fast eingeschlafen.

»Ich habe Neuigkeiten«, sagte Melaine, »und ich vermag nicht zu sagen, welche die wichtigste ist. Egwene hat die Zelte verlassen. Sie zieht zu einem Ort namens Salidar, wo sich Aes Sedai befinden. Es sind Aes Sedai, die Euch vielleicht unterstützen werden. Wir haben Euch auf ihre Bitte hin nicht eher darüber unterrichtet, aber jetzt teile ich Euch mit, daß sie eigensinnig, undiszipliniert, streitsüchtig und jenseits aller Vernunft von sich eingenommen sind.« Sie hatte die letzten Worte erregt ausgestoßen und den Kopf vorgereckt.

Also hatte eine der Traumgängerinnen in Melaines Träumen mit ihr gesprochen. Das war in etwa alles, was er über die Fähigkeiten der Traumgänger wußte, und obwohl es hätte nützlich sein können, waren sie selten gewillt, ihm ihre Fähigkeiten zur Verfügung zu stellen. Ungewöhnlich war die Aussage, daß sie eigensinnig und ähnliches seien. Die meisten Aiel benahmen sich, als glaubten sie, Aes Sedai könnten sie schlagen, und da sie glaubten, sie hätten es verdient, wenn es geschah, nahmen sie den Schlag klaglos hin. Sogar Weise Frauen sprachen, wenn überhaupt, nur respektvoll über Aes Sedai. Einige Dinge hatten sich offensichtlich verändert. Aber er sagte nur: »Ich weiß.« Wenn Melaine die Absicht hatte, ihm den Grund für die Veränderung zu nennen, würde sie es tun, und wenn sie es nicht tat, würde fragen auch nichts nützen. »Von Egwene, und auch von Salidar. Gerade jetzt halten sich neun Aes Sedai in Caemlyn auf. Min kam mit ihnen her.« Min regte sich an seiner Brust und murmelte etwas. Lews Therin grollte erneut, aber zu leise, um seine Worte verstehen zu können, und Rand war froh darüber. Min fühlte sich ... gut. Sie wäre sehr verletzt, wenn sie es wüßte. Andererseits würde sie vielleicht auch lachen, wenn man ihr Versprechen bedachte, ihn zahlen zu lassen. Vielleicht. Sie konnte manchmal sehr unberechenbar sein.

Melaine überraschte sein Wissen nicht. Sie richtete nicht einmal ihre Stola. Seit sie Bael geheiratet hatte, schien sie – ›ruhiger‹ war nicht ganz das richtige Wort; es war für Melaine viel zu milde – weniger reizbar geworden zu sein. »Das war meine zweite Neuigkeit. Ihr müßt Euch vor ihnen in acht nehmen, Rand al'Thor, und eine feste Hand walten lassen. Sie werden nichts anderes respektieren.« Es hatte sich ganz entschieden etwas verändert.

»Ihr werdet zwei Töchter haben«, murmelte Min. »Zwillinge wie Spiegelbilder.«

Wenn Melaine zuvor nicht überrascht war, holte sie es jetzt nach. Ihre Augen weiteten sich, und sie schrak so heftig zusammen, daß es sie fast vom Boden hob. »Wie konntet Ihr ...?« begann sie ungläubig, hielt dann inne und faßte sich wieder. Aber dann fuhr sie mit atemloser Stimme fort: »Ich war bis heute selbst noch nicht sicher, ob ich schwanger bin. Wie konntet Ihr das wissen?«

Min richtete sich auf und sah Rand mit einem Blick an, den er nur zu gut kannte. Es war aus irgendeinem Grund seine Schuld, obwohl auch sie nicht völlig ohne Fehler war, wenn es auch nur kleine waren. Sie machte sich an ihrem Umhang zu schaffen und sah überall hin, außer zu Melaine, und als ihr Blick wieder auf ihn fiel, wirkte er anders. Er hatte sie in diese Lage gebracht. Jetzt war es an ihm, ihr wieder herauszuhelfen.

»Es ist in Ordnung, Min«, sagte er. »Sie ist eine Weise Frau und weiß vermutlich Dinge, die dir die Haare zu Berge stehen lassen würden. Ich bin sicher, daß sie versprechen wird, dein Geheimnis zu wahren, und du kannst ihrem Versprechen trauen.« Melaine verhaspelte sich fast bei ihrem eiligen Versprechen.

Rand wurde ein weiterer dieser gewissen Blicke zugedacht, bevor sich Min neben Melaine setzte. Vielleicht war es ein vorwurfsvoller Blick gewesen, aber wie *sollte* er sie, ihrer Meinung nach, aus dieser Lage befreien? Melaine würde es nicht vergessen, weil er sie darum bat, aber sie würde ein Versprechen halten und ein Geheimnis wahren. Sie hatte genügend Geheimnisse von ihm gewahrt.

Min begann, wenn auch widerwillig, eine weitaus umfangreichere Erklärung abzugeben, als sie ihm jemals eine gewährt hatte, wobei vielleicht die beständigen Fragen und die veränderte Haltung der anderen Frau halfen. Es war, als hätte Melaine das Gefühl, daß Mins Fähigkeit sie ihr in gewisser Weise gleichstellte, so daß sie gar keine Feuchtländerin mehr war.

»Es ist bemerkenswert«, sagte Melaine schließlich. »Als würde man einen Traum deuten, ohne zu träumen. Zwei, sagt Ihr? Und beides Mädchen? Bael wird sich sehr freuen. Dorindha hat ihm drei Söhne geschenkt, aber wir wissen beide, daß er gern eine Tochter hätte.« Min blinzelte und schüttelte den Kopf. Natürlich – sie konnte nichts von Schwester-Frauen wissen.

Von diesem Ausgangspunkt kamen die beiden Frauen schnell zum Thema Geburt selbst. Keine hatte jemals ein Kind geboren, aber beide hatten schon Hebammen geholfen.

Rand räusperte sich geräuschvoll. Es war nicht so, daß ihn die Einzelheiten gestört hätten. Er hatte bei Schafen, Stuten und Kühen bei der Geburt geholfen. Es ärgerte ihn nur, daß sie dasaßen und die Köpfe zusammensteckten, als gäbe es ihn gar nicht mehr. Keine der Frauen sah sich um, bis er sich erneut und ausreichend laut räusperte, daß er sich fragte, ob er sich eine Zerrung zugezogen hatte.

Melaine beugte sich näher zu Min und sprach in einem Flüsterton, den man noch im nächsten Raum hätte hören können. »Männer fallen dabei immer in Ohnmacht.«

»Und immer zum ungünstigsten Zeitpunkt«, stimmte Min ihr im gleichen Tonfall zu.

Was würden sie denken, wenn sie Mat in der Scheune seines Vaters gesehen hätten – bis zu den Schultern mit Blut und Geburtsflüssigkeit verschmiert und mit drei gebrochenen Rippen, weil die Stute ihn getreten hatte, da sie noch niemals zuvor geboren hatte und verängstigt war? Ein hübsches Fohlen war es gewesen, und beim nächsten Mal hatte die Stute nicht mehr ausgekeilt.

»Bevor ich ohnmächtig werde«, bemerkte er trocken, während er sich zu ihnen auf den Teppich setzte, »könnte mir eine von Euch etwas mehr über die Aes Sedai berichten?« Er wäre schon früher aufgestanden oder hätte sich zu Melaine auf den Teppich gesetzt, wenn sein Schoß nicht besetzt gewesen wäre. Unter den Aiel besaßen nur Häuptlinge Stühle, und der Stuhl eines Häuptlings wurde nur bei der Verkündung von Urteilen oder bei der Unterwerfung eines Feindes benutzt.

Beide Frauen fühlten sich ausreichend gerügt. Keine sagte etwas, aber sie zupften ausführlich an ihren Stolen, richteten ihre Umhänge und mieden seinen Blick. Alles das verging, als sie dann erneut sprachen. Min hielt beharrlich an ihrer Meinung fest, daß die Aes Sedai aus Salidar Rand nicht schaden wollten, sondern ihm vielleicht sogar helfen würden, wenn man es richtig anging, was voraussetzte, daß sie ihm in jeder Hinsicht alles berichtete, was sie hörte. »Ich werde nicht zur Verräterin, versteht Ihr, Melaine? Ich kannte Rand schon vor jeder Aes Sedai, außer Moiraine natürlich, und die Wahrheit ist, daß er sich meiner Treue schon seit lange vor ihrem Tode gewiß sein kann.«

Melaine hielt Min nicht für eine Verräterin, ganz im Gegenteil, und schien nur um so besser über sie zu denken. Weise Frauen hatten ihre eigene Version der Aiel-Ansicht über Spione. Aber sie meinte, daß man Aes Sedai – mit beträchtlichen Ausnahmen – genauso weit wie Shaido trauen konnte, was bedeutete, nicht eher, als bis sie gefangengenommen und zu *Gai'shain* gemacht worden waren. Sie schlug nicht wirklich vor, die Aes Sedai in der *Rosenkrone* gefangenzunehmen, aber es kam dem nahe. »Wie könnt Ihr ihnen trauen, Rand al'Thor? Ich glaube, sie haben keine Ehre, außer Egwene al'Vere, und sie ...« Melaine rückte erneut ihre Stola zurecht. »Wenn eine Aes Sedai mir zeigt, daß sie soviel Ehre wie Egwene besitzt, werde ich ihr vertrauen, und nicht eher.«

Rand hörte mehr zu, als daß er sprach, sagte nicht mehr als ungefähr ein Dutzend Worte und lernte eine ganze Menge. Indem sie Melaines Einwände konterte, ging Min die Namen der Abordnung einen nach dem anderen durch, zählte auf, welche Frau was über die Unterstützung Rands gesagt hatte, und gab wahrhaftig zu, daß eigentlich nicht alles zum besten stand. Merana Ambrey und Kairen Stang, eine Blaue, waren beide Andoraner, und auch wenn Aes Sedai vermutlich aller Treue entsagten – außer der zur Weißen Burg, vielleicht weil sie von der Burg ferngehalten wurden –, machte es sie besorgt, daß Rand in Caemlyn saß und vielleicht Morgase getötet hatte. Rafela Cindal, ebenfalls eine Blaue, wäre über die Veränderungen vielleicht erfreut gewesen, die Rand in Tear durchlaufen hatte, wo das Lenken der Macht einst verpönt gewesen war und ein Mädchen, das dies lernen konnte, aus dem Land gejagt wurde, aber sie sagte nur wenig. Und Morgase gab

Min ebenfalls Anlaß zur Sorge. Seonid Traighan, eine Grüne, grübelte über jedes Gerücht ihrer heimischen Cairhiener nach und behielt ihre Meinung für sich, und Faeldrin Harella, die zweite Grüne Schwester, verglich die Greueltaten der Drachenverschworenen in Altara und Murandy manchmal mit dem, was die Drachenverschworenen in Tarabon getan hatten, wo sie sich sogar geweigert hatten, über die Tatsache zu reden, daß der Bürgerkrieg ihr Land schon zerrissen hatte, bevor sich dort der erste Mann dem Drachen verschworen hatte. Gleichgültig, wie sehr Melaine jedoch drängte – Min beharrte darauf, daß alle diese Aes Sedai Rand als Wiedergeborenen Drachen anerkannten und sie während der ganzen Reise von Salidar hierher sehr vorsichtig befragt hatten, wie er sei und wie man sich ihm am besten annähern könnte, ohne ihn zu kränken oder zu ängstigen.

Rand brummte bei diesen Worten – daß sie sich darum sorgten, ihn ängstigen zu können –, und Melaine vertrat beharrlich die Meinung, daß man, wenn die meisten Frauen der Abordnung so viel Grund hatten, gegen Rand zu sein, der Abordnung als Ganzes sicherlich nicht einmal soweit trauen konnte, sie Dung fürs Feuer holen zu lassen. Min ersparte ihm einen entschuldigenden Gesichtsausdruck, indem sie eilig fortfuhr. Arad Doman hatte von den Drachenverschworenen genauso viel gesehen wie von Tarabon, und auch von seinem Bürgerkrieg, aber Demira Eriff von der Braunen Ajah sprach tatsächlich nur von zwei Dingen: davon, Rand zu begegnen, und von dem Gerücht, daß er in Cairhien eine Schule gegründet habe. Niemand, der eine Schule gründete, konnte in Demiras Augen ganz schlecht sein. Berenicia Morsad, eine Gelbe Schwester aus Shienar, hatte von Shienarern in Salidar gehört, Rand sei in Fal Dara von dem großen Lordhauptmann Agelmar Jagad empfangen worden, eine Ehre, der sie erhebliches Gewicht beizumessen schien.

Lord Agelmar hätte wohl kaum einen Schurken, einen Narren oder einen Schuft empfangen. Und für Masuri Sokawa wog es fast ebenso schwer. Sie war eine Braune aus Arafel, was an Shienar angrenzte. Und schließlich war da noch Valinde Nathenos, die laut Min eine für die Weiße Ajah untypische Ungeduld zeigte, daß Rand Sammael aus Illian vertreiben sollte. Wenn das versprochen wurde oder nur der Versuch gemacht wurde, es zu versprechen, wäre Min nicht überrascht, Valinde Rand gegenüber einen Treueschwur leisten zu hören. Melaine äußerte Unglauben und rollte sogar mit den Augen. Sie hatte noch niemals eine Aes Sedai mit soviel Verstand erlebt, eine Haltung, die Rand überaus überraschte, wenn man bedachte, daß sie ihm wahrscheinlich ins Gesicht lachen würde, wenn er sie zu einem solchen Schwur aufforderte. Min blieb jedoch dabei, daß es wahr sei, was auch immer die andere Frau sagte.

»Ich werde ihnen soviel Respekt wie möglich erweisen, ohne mich hinknien zu müssen«, sagte Rand zu Min, als sie schließlich geendet hatte. Und an Melaine gewandt fügte er hinzu: »Und bis sie einen Beweis für ihre guten Absichten liefern, werde ich ihnen kein Jota trauen.« Er glaubte, das müsse sie beide zufriedenstellen, da beide bekamen, was sie gewollt hatten, aber dem jeweiligen Stirnrunzeln nach zu urteilen, war dem doch nicht so.

Nach all der Streiterei erwartete er halbwegs, daß sie einander an die Kehle gehen würden, aber anscheinend hatten Melaines Schwangerschaft und Mins Visionen einen Bund geknüpft. Als sich die Frauen erhoben, lächelten sie und umarmten sich, und Melaine sagte: »Ich hätte nicht geglaubt, daß ich Euch mögen würde, Min, aber ich mag Euch, und ich werde eines der Mädchen nach Euch benennen, weil Ihr zuerst von ihr wußtet. Ich muß es Bael erzählen, damit er nicht eifersüchtig darauf wird, daß Rand al'Thor es vor ihm erfahren hat. Möget Ihr stets Wasser und Schatten finden, Min.« Und an Rand gewandt fügte sie hinzu: »Beobachtet diese Aes Sedai genau, Rand al'Thor, und gewährt Min Euren Schutz, wenn sie ihn benötigt. Sie werden ihr Schaden zufügen, wenn sie erfahren, daß sie Euch verschworen ist.« Sie ging genauso, wie sie gekommen war.

Er war wieder mit Min allein, was ihm jetzt aus irgendeinem Grund unangenehm war.

KAPITEL 19

Die Schwarze Burg

Rand und Min standen da, sahen einander an und regten sich nicht, bis er schließlich sagte: »Möchtest du mit mir zum Gut hinauskommen?«

Sie schrak beim Klang seiner Stimme zusammen. »Zum Gut?«

»Eigentlich ist es eher eine Schule. Für die Männer, die wegen des Straferlasses kommen.«

Min erblaßte. »Nein, ich glaube nicht ... Merana wird erwarten, von mir zu hören. Und ich sollte sie deine Regeln so bald wie möglich wissen lassen. Jede Aes Sedai könnte unwissentlich die Innere Stadt betreten, und du würdest nicht wollen ... Ich muß wirklich gehen.«

Er verstand es nicht. Sie hatte Angst vor den Schülern, ohne auch nur einem von ihnen jemals begegnet zu sein, Männer, die die Macht lenken konnten, Männer, die die Macht lenken wollten. Bei jedem anderen wäre es verständlich, aber auch er konnte die Macht lenken, und sie war bereit, ihm das Haar zu zausen, ihn in die Rippen zu knuffen und ihn offen mit allen möglichen Bezeichnungen zu belegen. »Möchtest du auf dem Weg zurück zur *Rosenkrone* eine Eskorte haben? Hier treiben wahrhaftig sogar bei Tage Straßenräuber ihr Unwesen. Nicht viele, aber ich möchte nicht, daß dir etwas zustößt.«

Sie lachte ein wenig unsicher. Die Geschichte mit dem Gut regte sie wirklich auf. »Ich habe schon selbst auf mich aufgepaßt, als du noch Schafe gehütet hast, Bauernjunge.« Plötzlich hatte sie in jeder Hand ein

Messer. Ein Aufblitzen, und sie wurden wieder in die Ärmel geschoben, wenn auch nicht ganz so glatt, wie sie herausgelangt waren. Sie sagte, jetzt in weitaus nüchternerem Tonfall: »Du mußt auf dich aufpassen, Rand. Ruh dich aus. Du siehst müde aus.« Sie stellte sich überraschenderweise auf die Zehenspitzen, reckte den Kopf und küßte ihn flüchtig auf die Lippen. »Es hat gutgetan, dich zu sehen, Schafhirte.« Und mit einem weiteren, dieses Mal frohen Lachen verließ sie den Raum.

Rand zog, vor sich hin murmelnd, seinen Umhang wieder an und ging ins Schlafzimmer, um sein Schwert aus dem Schrank zu holen, ein dunkler, mit geschnitzten Rosen verzierter Schrank, der ausreichend hoch und breit war, um die Kleidung von vier Männern aufzunehmen. Er entwickelte sich wirklich zu einem eitlen Pfau. Min hatte ihren Spaß daran. Er fragte sich, wie lange sie ihn nur wegen eines Versprechers noch aufziehen wollte.

Ein angemessen großer Stoffbeutel, der klimperte, als er ihn aus einer Kommode mit Lapislazuli-Einlegearbeiten unter seinen Socken hervornahm, wanderte in die Tasche seines Umhangs, und ein viel kleinerer Samtbeutel wanderte auf sein *Angreal* hinterher. Der Silberschmied, der den Inhalt des größeren Beutels gestaltet hatte, war überaus glücklich gewesen, für den Wiedergeborenen Drachen arbeiten zu dürfen, und wollte aus Ehrgründen jegliche Bezahlung ablehnen. Der Goldschmied, der das Einzelstück in dem anderen Beutel angefertigt hatte, hatte vier Mal nachgefragt, welchen Wert Bashere der Arbeit zumaß, und zwei Töchter des Speers hatten bei ihm gewartet, bis es geklärt war.

Rand hatte bereits seit einiger Zeit erwogen, diese Reise zum Gut zu unternehmen. Er mochte Taim nicht, und Lews Therin würde sich wegen ihm wieder aufregen, aber er konnte den Ort nicht ständig meiden. Besonders jetzt nicht. Soweit er wußte, hatte Taim seine Aufgabe, die Schüler aus der Stadt fernzuhalten, gut erfüllt – zumindest hatte Rand nichts von Zwischenfällen gehört –, aber die Neuigkeiten von Merana und der Abordnung würden vielleicht bis zum Gut durchdringen, und so wie sich Gerüchte verbreiteten, würden aus den neun Aes Sedai neun Rote Schwestern oder neunzig Jäger werden, die besänftigt werden müßten. Einerlei, ob das Ergebnis wäre, daß Schüler bei Nacht davonliefen oder Schüler nach Caemlyn kamen, um den ersten Schlag zu führen – er mußte es rechtzeitig verhindern.

Es gab in Caemlyn schon jetzt zu viele Gerüchte, ein weiterer Grund, warum er fortzugehen plante. Alanna und Verin und die Zwei-Flüsse-Mädchen befanden sich dem Gerede auf den Straßen zufolge schon halbwegs in der Burg, und auch viele andere Geschichten über Aes Sedai schlichen sich in die Stadt, schlichen bei Nacht durch die Tore. Eine Geschichte einer Aes Sedai, die streunende Katzen heilte, war so weit verbreitet, daß er sie schon fast selbst glaubte, aber alle Bemühungen Basheres, den Ursprung der Geschichte herauszubekommen, förderte genauso viel Wahres zutage wie die Geschichte, daß zwei Frauen, die den Wiedergeborenen Drachen überallhin begleiteten, in Wahrheit verkleidete Aes Sedai seien.

Rand wandte sich unbewußt um und schaute auf den Fries weißer Löwen- und Rosenreliefs an der Wand, blickte durch ihn hindurch. Alanna war nicht mehr in Culain's Hund. Sie war gereizt. Wäre sie keine Aes Sedai gewesen, hätte er gesagt, ihre Nerven seien zum Zerreißen gespannt. In der letzten Nacht war er einmal aufgewacht und sicher gewesen, daß sie weinte. Das Gefühl war sehr stark gewesen. Manchmal merkte er, daß er ihre Anwesenheit fast vergaß –, bis etwas geschah, wie zum Beispiel, daß sie ihn weckte. Er vermutete, daß man sich wirklich an alles gewöhnen konnte.

Heute morgen war Alanna auch ... eifrig gewesen. Eifrig schien die beste Bezeichnung. Er hätte ganz Caemlyn verwettet, daß der auslotende Blick von seinen zu ihren Augen geradewegs zur *Rosenkrone* verlief. Er würde ebenfalls darauf wetten, daß Verin bei ihr war. Nicht neun Aes Sedai. Elf.

Lews Therin murmelte unbehaglich etwas. Es klang nach einem Mann, der sich fragte, ob er mit dem Rücken zur Wand stand. Rand fragte sich das auch. Elf, und dreizehn könnten ihn so leicht gefangennehmen, wie sie ein Kind hochheben konnten. Wenn er ihnen die Gelegenheit dazu gab. Lews Therin begann leise zu lachen, eine rauhe, trauernde Art zu lachen. Er wurde vertrieben.

Rand dachte einen Moment über Somara und Enaila nach und eröffnete dann unmittelbar über dem in Blau und Gold gemusterten Teppich in seinem Schlafzimmer ein Tor. So mürrisch, wie sie heute morgen waren, würde sicherlich eine von ihnen etwas ausplaudern, bevor die Reise zum Gut vollbracht war, und wenn er sich an seine früheren Besuche erinnerte, wollte er nicht, daß sich die Schüler aus Angst vor ungefähr zwanzig Töchtern des Speers ständig umsahen. Diese Art Dinge trugen wenig zum Vertrauen eines Mannes bei, und sie brauchten Vertrauen, wenn sie überleben sollten.

Taim hatte in einem Punkt recht: Wenn ein Mann *Saidin* festhielt, wußte er, daß er lebte, und es bedeutete mehr als nur eine Verstärkung der Sinne. Trotz des Makels des Dunklen, trotz des Gefühls, daß schmieriger Abfall die Knochen beschmutzte, wenn die Macht einen schmelzen wollte, wo man gerade stand, einen erstarren lassen wollte, bis man zersprang, wenn ein falscher Schritt oder ein Moment der Schwäche den Tod bedeutete – Licht, man wußte, daß man lebte. Dennoch schob er die Quelle beiseite, sobald er das Tor durchschritten hatte, und das nicht nur, um sich von dem Makel zu befreien, bevor sich sein Magen entleerte. Es schien schlimmer denn je, noch abstoßender, wenn das überhaupt möglich war. Sein wahrer Grund, die Macht abzulegen, war, daß er glaubte, nicht wagen zu können, Taim mit *Saidin* in seinem Körper und Lews Therin in seinem Kopf entgegenzutreten.

Die Lichtung war brauner, als er sie in Erinnerung hatte, mehr Laub knackte unter seinen Stiefeln, und weniger Laub war an den Bäumen zu sehen. Einige der Pinien waren vollkommen gelb, und eine Anzahl Lederbäume stand leblos, grau und kahl da. Aber wenn sich die Lichtung schon verändert hatte, dann hatte sich das Gut so sehr verändert, daß es fast nicht wiederzuerkennen war.

Das Gutshaus schien mit dem neuen Strohdach in weitaus besserem Zustand, und die Scheune war offensichtlich vollkommen neu aufgebaut worden. Sie war viel größer als vorher und überhaupt nicht mehr schief. Pferde standen in einem großen Pferch neben der Scheune, und die Pferche der Kühe und Schafe waren weiter entfernt errichtet worden. Die Ziegen waren jetzt ebenfalls eingepfercht, und saubere Reihen Ausläufe beherbergten die Hühner. Der Wald war weiter abgeholzt worden. Mehr als ein Dutzend längliche weiße Zelte bildeten jenseits der Scheune eine Reihe, und daneben standen die Gerüste zweier Gebäude, die viel größer würden als das Gutshaus und vor denen eine Gruppe nähender Frauen saß, die mit dem Ball und mit Puppen spielende Kinder beaufsichtigten. Aber die größte Veränderung waren die Schüler, die meisten in eng anliegenden schwarzen Jacken mit hohen Kragen, von denen nur wenige schwitzten. Es mußten weit über hundert in allen Altersstufen sein. Rand hatte nicht geahnt, daß Taims Erhebungsreisen so erfolgreich gewesen waren. Das Gefühl von *Saidar* schien die Luft zu erfüllen. Einige Männer übten Gewebe, setzten Baumstümpfe in Brand, zerschmetterten

Steine oder fingen einander mit Luftsträngen ein. Andere lenkten die Macht, um Wasser heranzuschleppen oder um Dungkarren aus der Scheune zu schieben oder Feuerholz aufzuschichten. Nicht alle lenkten die Macht. Henre Haslin beaufsichtigte eine Reihe Männer mit nacktem Oberkörper, die den Schwertkampf übten. Henre mit der knolligen roten Nase besaß nur noch einen Kranz Haare und schwitzte mehr als seine Schüler und wünschte sich zweifellos seinen Wein herbei, aber er beobachtete und verbesserte genauso streng, als wäre er der Schwertmeister der Garde der Königin. Saeric, ein grauhaariger Rotwasser Goshien, dem die rechte Hand fehlte, beaufsichtigte mit strengem Blick zwei Reihen Männer mit ebenfalls nackten Oberkörpern. Einer der Männer trat in Kopfhöhe zu, drehte sich und trat erneut zu, drehte sich wieder und trat dann mit dem anderen Fuß zu und dann das Ganze noch einmal. Die anderen boxten, so schnell sie konnten, vor sich in die Luft. Alles in allem war dieser Anblick weit von der jämmerlichen Handvoll Männer entfernt, die Rand beim letzten Mal gesehen hatte.

Ein Mann in einer schwarzen Jacke, der bald sein mittleres Lebensalter erreicht haben würde, pflanzte sich vor Rand auf. Er hatte eine scharf geschnittene Nase und einen höhnisch verzogenen Mund. »Und wer seid Ihr?« fragte er mit Taraboner Akzent. »Ihr seid vermutlich zum Lernen zur Schwarzen Burg gekommen? Ihr hättet in Caemlyn auf den Wagen warten sollen, der Euch hergebracht hätte, und das Stadtleben noch einen Tag länger genießen können.«

»Ich bin Rand al'Thor«, sagte Rand ruhig und leise, damit kein Zornausbruch erfolgte. Höflichkeit kostete nichts, und wenn dieser Narr nicht bald beschloß, es ebenso zu sehen ...

Aber der höhnische Ausdruck verstärkte sich noch. »Also seid Ihr es, hm?« Er betrachtete Rand unverschämt von oben bis unten. »Ihr wirkt auf mich nicht so großartig. Ich glaube, ich könnte selbst ...« Ein Luftstrang verdichtete sich, unmittelbar bevor er ihn unter dem Ohr erwischte und er zusammensackte.

»Manchmal brauchen wir strenge Disziplin«, sagte Taim, der sich über den auf dem Boden liegenden Mann stellte. Seine Stimme klang fast fröhlich, aber seine dunklen, schrägstehenden Augen funkelten den Mann todbringend an, den er niedergeschlagen hatte. »Ihr könnt einem Mann nicht sagen, daß er die Macht hat, die Erde zu erschüttern, und dann von ihm erwarten, bescheiden zu sein.« Die Drachen, welche die Ärmel seines schwarzen Gewandes zierten, glänzten im Sonnenlicht. Goldfäden bewirkten dies bei einem der Drachen –, aber was ließ den blauen Drachen so glänzen? Er hob jäh die Stimme. »Kisman! Rochaid! Bringt Tolvar fort und taucht ihn ins Wasser, bis er wieder zu sich kommt. Aber keine Heilung. Kopfschmerzen werden ihn vielleicht lehren, seine Zunge im Zaum zu halten.«

Zwei Männer in schwarzen Umhängen, die jünger als Rand waren, eilten herbei, beugten sich über Tolvar, zögerten dann und schauten zu Taim. Kurz darauf spürte Rand, wie *Saidar* sie erfüllte. Luftstränge hoben den leblosen Tolvar an, und die beiden trotteten mit seinem schwebenden Körper zwischen sich davon.

Ich hätte ihn schon vor langer Zeit töten sollen, schnaubte Lews Therin. *Ich hätte es tun sollen ... Ich hätte ...* Etwas streckte sich nach der Quelle aus.

Nein, verdammt! dachte Rand. *Nein, das tust du nicht! Du bist nur eine verdammte Stimme!* Lews Therin floh mit verklingendem Jammern.

Rand atmete langsam ein. Taim sah ihn mit diesem Fast-Lächeln an. »Ihr lehrt sie zu heilen?«

»Zunächst nur das wenige, was ich selbst weiß. Und noch bevor ich sie lehre, sich in dieser Hitze nicht zu Tode zu schwitzen. Eine Waffe verliert ihren Nutzen, wenn sie bei der ersten Verletzung abgelegt wird.

Tatsächlich habe ich zugelassen, daß ein Mann sich selbst tötete, als er sich zu tief ausstreckte, und drei weitere brannten sich aus, aber es ist noch niemand im Schwertkampf umgekommen.« Es gelang ihm, das Wort »Schwert« sehr verächtlich klingen zu lassen.

»Ich verstehe«, sagte Rand nur. Einer tot und drei ausgebrannt. Verloren die Aes Sedai in der Burg auch so viele? Aber andererseits gingen sie langsamer vor. Sie konnten es sich leisten, langsamer vorzugehen. »Was ist diese Schwarze Burg, von der dieser Bursche gesprochen hat? Mir gefällt der Klang dieses Namens nicht, Taim.« Lews Therin murrte und klagte erneut, sagte aber noch nichts.

Der hakennasige Mann zuckte die Achseln und ließ seinen Blick mit Besitzerstolz über den Hof und die Schüler gleiten. »Ein Name, den die Schüler benutzen. Man konnte dies nicht einfach weiterhin nur ›das Gut‹ nennen. Sie hatten wohl das Gefühl, das sei nicht richtig. Sie wollten mehr. Die Schwarze Burg als Gegenstück zur Weißen Burg.« Er neigte den Kopf und sah Rand von der Seite an. »Ich kann dem Einhalt gebieten, wenn Ihr es wünscht. Man kann einem Mann leicht verbieten, bestimmte Worte nicht mehr zu sagen.«

Rand zögerte. Man konnte ihnen vielleicht verbieten, diese Worte nicht mehr zu sagen, aber man konnte sie nicht aus ihren Köpfen verbannen. Die Schule mußte einen Namen haben. Er hatte nicht daran gedacht. Warum nicht *Schwarze Burg*? Als er jedoch das Gutshaus und die Gerüste – größer, aber nur aus Holz – betrachtete, mußte er über den Namen lächeln. »Laßt ihn bestehen.« Vielleicht hatte die Weiße Burg genauso bescheiden angefangen. Nicht daß die Schwarze Burg jemals Zeit haben würde, zu einer Konkurrenz für die Weiße Burg anzuwachsen. Rands Lächeln verblaßte, und er betrachtete die Kinder traurig. Er betrog sich genauso sehr wie sie, gab vor, es bestünde eine Chance, etwas Beständiges aufzubauen. »Versammelt die Schüler, Taim. Ich habe ihnen einiges zu sagen.«

Er war in der Erwartung gekommen, sie um sich zu scharen, aber als er dann ihre Anzahl gesehen hatte, hatte er überlegt, von der Plattform des klapprigen Wagens aus zu sprechen, der jetzt aber anscheinend verschwunden war. Taim besaß jedoch ein Rednerpodest, ein einfacher schwarzer Steinblock, der so glatt poliert war, daß er im Sonnenlicht wie ein Spiegel schimmerte und in dessen Rückseite zwei Stufen geschnitten waren. Er stand auf freiem Gelände jenseits des Gutshauses. Der den Block umgebende Boden war flach und festgetreten. Die Frauen und Kinder versammelten sich auf einer Seite, um ihn zu sehen und ihm zuzuhören.

Von dem Block aus konnte Rand erkennen, wie weit Taims Erhebungsreise ihn geführt haben mußte. Jahar Narishma, den Taim besonders erwähnt hatte, der junge Mann mit dem Talent, hatte mädchenhaft große dunkle Augen, ein blasses vertrauensvolles Gesicht und trug das Haar in zwei langen Zöpfen mit Silberglocken an den Enden. Taim hatte gesagt, er stamme aus Arafel. Rand erkannte bei einem anderen Mann den rasierten Kopf und das Haarbüschel eines Shienarers. Zwei Männer trugen durchscheinende Schleier, die in Tarabon häufig von Männern und Frauen gleichermaßen getragen wurden. Er sah die schrägstehenden Augen aus Saldaea und hellhäutige, kleine Burschen aus Cairhien. Ein alter Mann trug einen geölten und fast in der für einen tairenischen Lord typischen Art geschnittenen Bart, und nicht weniger als drei Männer trugen Bärte, bei denen die Oberlippe freiblieb. Er hoffte, daß Taim nicht Sammaels Interesse erweckt hatte, indem er Illianer eingezogen hatte. Er hatte hauptsächlich jüngere Männer erwartet, aber frische Gesichter wie die Ebens und Fedwins waren lediglich in gleichem Maße vertreten wie graue oder kahlwerdende Köpfe, deren einige noch ergrauter waren als Damer. Als Rand jetzt darüber nachdachte, erschien es ihm nicht mehr rätselhaft. Es gab keinen Grund, warum nicht genauso viele Großväter wie Jungen hiersein sollten, die gelehrt werden konnten.

Er war kein großer Redner, aber er hatte lange und angestrengt über das nachgedacht, was er sagen wollte. Nicht über den ersten Teil seiner Rede, der mit etwas Glück am schnellsten abgehandelt sein würde. »Ihr habt wahrscheinlich alle Geschichten darüber gehört, daß die Burg – die Weiße Burg – sich gespalten hat. Nun, es ist wahr. Es gibt einige aufrührerische Aes Sedai, die mir vielleicht folgen wollen, und sie haben eine Abordnung gesandt. Neun von ihnen befinden sich gerade in Caemlyn und erwarten meine Gunst. Wenn Ihr also von Aes Sedai in Caemlyn hört, glaubt keinen Gerüchten. Ihr wißt, warum sie dort sind, und könnt Burschen, die Gerüchte verbreiten, ins Gesicht lachen.«

Keine Reaktion erfolgte. Sie standen einfach da und starrten zu ihm hoch, wobei sie kaum zu blinzeln schienen. Taim wirkte wenig einverstanden, sehr wenig einverstanden. Rand berührte den größeren Beutel in seiner Tasche und fuhr mit dem Teil seiner Rede fort, den er genau ausgearbeitet hatte.

»Ihr braucht einen Namen. Aes Sedai bedeutet in der Alten Sprache ›Diener aller‹ oder doch etwas sehr Ähnliches. Die Alte Sprache ist nicht leicht zu übersetzen.« Er kannte selbst nur wenige Worte, einige von Asmodean, eine Handvoll von Moiraine und einige, die von Lews Therin durchgesickert waren. Zudem hatte ihn Bashere mit den notwendigsten Worten versorgt. »Ein anderes Wort in der Alten Sprache lautet *Asha'man*. Es bedeutet ›Wächter‹ oder ›Verteidiger‹ und vielleicht noch ein paar andere Dinge. Ich sagte Euch bereits: Die Alte Sprache ist sehr dehnbar. Aber ›Wächter‹ scheint mir die beste Übersetzung. Aber es bezeichnet nicht einfach jeden Verteidiger oder Wächter. Man könnte keinen Mann als *Asha'man* bezeichnen, der eine ungerechte Sache verficht, und niemals einen schlechten Menschen. Ein *Asha'man* war ein Mann, der für jedermann Wahrheit und Gerechtigkeit und Recht verteidigte. Ein Wächter, der nicht aufgab, selbst wenn die Hoffnung erloschen war.« Das Licht wußte es: Die Hoffnung würde erlöschen, wenn Tarmon Gai'don käme, wenn nicht schon vorher. »Das sollt Ihr hier werden. Wenn Ihr Eure Ausbildung beendet habt, werdet Ihr *Ahsa'man* sein.«

Murmeln erhob sich wie Blätter, die im Wind rascheln, und der Name wurde wiederholt, aber es wurde auch schnell wieder still. Aufmerksame Gesichter spähten zu ihm hoch. Er konnte die Ohren fast auf die nächsten Worte lauschen sehen. Zumindest war das etwas besser als der vorherige Gleichmut. Der Stoffbeutel klimperte leise, als er ihn aus der Tasche nahm.

»Aes Sedai beginnen als Novizinnen, werden dann Aufgenommene und schließlich vollwertige Aes Sedai. Ihr werdet auch verschiedene Grade durchlaufen, aber nicht die gleichen Grade wie sie. Es wird unter uns keinen Ausschluß und kein Davonschicken geben.« Davonschicken? Licht, er würde fast alles tun, außer ihnen die Hände und Füße zu fesseln, um jedermann festzuhalten, wenn er die Macht auch nur ein wenig lenken konnte. »Wenn ein Mann zur Schwarzen Burg kommt ...«, dieser Name gefiel ihm nicht, »... wird er Soldat genannt werden, weil es das ist, was er wird, wenn er sich uns anschließt, das, was Ihr alle wurdet: ein Soldat, der den Schatten bekämpfen soll, und nicht nur den Schatten, sondern jedermann, der sich der Gerechtigkeit in den Weg stellt oder die Schwachen unterdrückt. Wenn ein Soldat gewisse Fertigkeiten erreicht, wird er Geweihter genannt werden und dies tragen.« Er nahm eines der Abzeichen, die der Silberschmied angefertigt hatte, aus dem Stoffbeutel: ein kleines, schimmerndes Silberschwert, das mit seinem langen Heft und der leicht gebogenen Klinge perfekt gestaltet war. »Taim.«

Taim schritt starr zum Block, und Rand beugte sich herab, um das Silberschwert am hohen Kragen seiner Jacke zu befestigen. Es schien vor dem schwarz gefärbten Tuch noch stärker zu schimmern. Taims Gesicht war genauso ausdruckslos wie der Stein unter Rands Stiefeln. Rand reichte ihm den Beutel und flüsterte: »Gebt diese denjenigen, von denen Ihr glaubt, daß sie dafür geeignet sind. Aber versichert Euch, daß sie es wirklich wert sind.«

Er richtete sich auf und hoffte, daß es genügend viele Abzeichen waren. Er hatte wirklich nicht annähernd so viele Männer erwartet. »Geweihte, die ihre Fähigkeiten ausreichend verbessern, werden *Asha'man* genannt werden, und sie werden dies tragen.« Er nahm den kleinen Samtbeutel aus seiner Tasche und hielt den Inhalt hoch. Das Sonnenlicht funkelte auf kunstvoll gearbeitetem Gold und üppigem roten Emaille: eine sich windende Gestalt, genau wie diejenige auf dem Drachenbanner. Rand befestigte auch dies, auf der anderen Seite, an Taims Kragen, so daß Schwert und Drache neben seiner Kehle schimmerten. »Ich war vermutlich der erste *Asha'man*«, belehrte Rand die Schüler, »aber Mazrim Taim ist der zweite.« Taims Gesicht ließ einen Stein noch weich wirken. Was stimmte mit diesem Mann nicht? »Ich hoffe, daß Ihr letztendlich alle *Asha'man* sein werdet, aber ob dies gelingt oder nicht – erinnert Euch daran, daß wir alle Soldaten sind. Viele Kämpfe stehen uns bevor, vielleicht nicht immer die erwarteten, und schließlich die Letzte Schlacht. Das Licht sende sie letztendlich. Wenn das Licht auf uns scheint, werden wir siegen. Wie werden siegen, weil wir siegen müssen.«

Als er geendet hatte, hätten Hochrufe erklingen sollen. Er hielt sich nicht für die Art Redner, der Männer dazu bringen konnte, aufzuspringen und Hochrufe auszustoßen, aber diese Männer wußten, warum sie hier waren. Ihnen zu sagen, daß sie siegen würden, hätte etwas bewirken sollen, wie schwach auch immer es gewesen wäre. Aber da war nur Schweigen.

Rand sprang von dem Steinblock herab, und Taim bellte: »Verteilt euch auf eure Unterrichtsstunden und Aufgaben.« Die Schüler – die Soldaten – gingen fast genauso schweigend davon, wie sie dagestanden hatten. Nur leises Murmeln war zu hören. Taim deutete auf das Gutshaus. Er hielt den Beutel mit den Abzeichen so fest, daß es ein Wunder war, daß er nicht durch den Stoff gestochen wurde. »Wenn mein Lord Drache Zeit für einen Becher Wein hat?«

Rand nickte. Er wollte dem hier auf den Grund gehen, bevor er in den Palast zurückkehrte.

Der vordere Raum des Gutshauses stellte sich genauso dar, wie man es wohl erwarten sollte: ein blanker, makellos sauber gefegter Fußboden, nicht zueinander passende Stühle mit leiterförmigen Stuhllehnen, die vor einem sauberen, roten Ziegelsteinkamin standen, der es unmöglich erscheinen ließ, daß jemals ein Feuer darin gebrannt hatte. Ein weißes Tischtuch mit aufgestickten Blumen bedeckte einen kleinen Tisch. Sora Grady betrat schweigend den Raum und stellte ein hölzernes Tablett mit einem blauen Krug Wein und zwei weißen glasierten Bechern darauf. Rand hatte gedacht, ihr Blick würde nach all dieser Zeit nicht mehr schmerzen, aber die Anklage in ihren Augen bewirkte, daß er froh war, als sie wieder ging. Er hatte gesehen, daß sie geschwitzt hatte. Taim warf den Beutel auf das Tablett und goß den ganzen Inhalt des Kruges in die Becher.

»Lehrt Ihr die Frauen nicht, wie man sich konzentriert?« fragte Rand. »Es ist grausam, sie schwitzen zu lassen, während ihre Männer nicht schwitzen.«

»Die meisten wollen nichts damit zu tun haben«,

antwortete Taim kurz angebunden. »Ihre Ehemänner und Geliebten wollen es sie lehren, aber die meisten weigern sich, auch nur zuzuhören. Es hat vielleicht mit *Saidar* zu tun, versteht Ihr?«

Rand betrachtete den dunklen Wein in seinem Becher. Er mußte behutsam vorgehen. Er durfte nicht aufbrausen, nur weil ihn Verärgerung antrieb. »Es freut mich zu sehen, daß die Erhebung so erfolgreich war. Ihr sagtet, Ihr würdet es der Burg ... der Weißen Burg ...« Weiße Burg, Schwarze Burg. Was würden die Geschichten daraus machen? »... in weniger als einem Jahr gleichtun, und wenn Ihr so weitermacht, wird Euch das gelingen. Ich verstehe nicht, wie Ihr so viele Männer finden konntet.«

»Siebt genug Sand«, sagte Taim steif, »und Ihr werdet schließlich einige Goldkörner finden. Ich überlasse das jetzt anderen, bis auf eine oder zwei Reisen, die ich noch selbst unternehme. Damer, Grady – es gibt ein Dutzend Männer, denen ich einen Tag lang vertrauen kann. Sie sind alt genug, nichts Törichtes zu tun, und es gibt genügend junge Männer mit der nötigen Kraft, ein Tor zu eröffnen – wenn nicht viel mehr –, die die Älteren geleiten können, die nicht dazu in der Lage sind. Ihr werdet Eure tausend Mann noch vor Jahresende zur Verfügung haben. Was ist mit jenen, die ich nach Caemlyn schicke? Habt Ihr sie schon zu einem Heer vereint?«

»Das überlasse ich Bashere«, erwiderte Rand ruhig. Taim verzog spöttisch den Mund, und Rand stellte den Weinbecher ab, bevor er in seinem Griff zerbrach. Bashere tat sein Möglichstes mit den Männern, in einem Lager irgendwo westlich der Stadt. Sein Möglichstes, wenn man bedachte, daß sie, wie die Saldaeaner es darlegten, eine Ansammlung mittelloser Bauern, davongelaufener Lehrlinge und erfolgloser Handwerker waren, die niemals ein Schwert in Händen gehalten oder ein gesatteltes Pferd geritten hatten oder mehr als fünf Meilen von ihrem Geburtsort entfernt gewesen waren. Rand hatte sich um zu vieles zu kümmern, als daß er sich über solche Leute Gedanken gemacht hätte. Er hatte Bashere gesagt, was er mit ihnen tun sollte und daß er ihn nur behelligen sollte, wenn sie aufbegehrten.

Er sah Taim an, der sich keineswegs bemühte, seine Verachtung zu verhehlen, barg die Hände hinter dem Rücken und ballte sie zu Fäusten. Lews Therin grollte in der Ferne, ein Echo seines eigenen Zorns. »Was ist in Euch gefahren? Ihr seid verstimmt, seit ich Euch diese Abzeichen angesteckt habe. Hat es etwas damit zu tun? Wenn dem so ist, verstehe ich es nicht. Die Männer werden ihre Abzeichen höher schätzen, wenn sie sehen, daß Ihr Eures vom Wiedergeborenen Drachen bekommen habt. Zudem werden sie auch Euch höher schätzen. Vielleicht braucht Ihr die Disziplin nicht mehr aufrechtzuerhalten, indem Ihr Männern mit der Keule auf den Kopf schlagt. Nun, was habt Ihr dazu zu sagen?« Er hatte angemessen begonnen, in ruhigem, wenn auch nicht nachsichtigem Tonfall – er hatte nicht beabsichtigt, nachsichtig zu sein –, aber während des Sprechens wurde seine Stimme fester und lauter. Er schrie nicht, und doch klang diese letzte Frage wie ein Peitschenhieb.

Der andere Mann veränderte sich auf die bemerkenswerteste Weise. Taim zitterte sichtbar – vor Zorn, hätte Rand behauptet, nicht aus Angst –, aber als das Zittern aufhörte, war er wieder sein altes Selbst. Sicherlich nicht freundlich, ein wenig spöttisch, aber sehr entspannt und beherrscht. »Da Ihr es wissen wollt – die Aes Sedai machen mir Sorgen, und Ihr. Neun Aes Sedai in Caemlyn, und zwei weitere macht elf. Dann könnten vielleicht genausogut noch eine oder zwei mehr dort sein. Ich habe sie noch nicht finden können, aber ...«

»Ich habe Euch gesagt, Ihr sollt der Stadt fernbleiben«, unterbrach Rand ihn tonlos.

»Ich habe einige Männer gefunden, die für mich Fragen stellen.« Taims Stimme klang staubtrocken. »Ich bin der Stadt nicht näher gekommen, als ich es jetzt bin, seit ich Euch vor dem Grauen Mann gerettet habe.«

Rand sagte nichts dazu. Die Stimme in seinem Kopf war zu leise, um sie verstehen zu können, aber sie klang eiskalt. »Sie werden eher mit den Händen Rauch auffangen als Gerüchte.« Er sagte dies mit all der Verachtung, die er empfand – Taim hatte ihn *gerettet*? –, und der Mann zuckte zusammen. Äußerlich schien er noch immer ruhig, aber seine Augen glänzten dunkel.

»Und wenn sie sich den Roten Aes Sedai anschließen?« Seine Stimme klang kühl und belustigt, aber seine Augen funkelten. »Auf dem Land halten sich Rote Schwestern auf. In den letzten Tagen sind mehrere Gruppen von ihnen eingetroffen. Sie versuchen, Männer daran zu hindern hierherzukommen.«

Ich werde ihn töten, schrie Lews Therin, und Rand spürte dieses tastende Ausstrecken nach *Saidar*.

Geh weg, sagte er fest. Das Tasten blieb, und auch die Stimme.

Ich werde zuerst ihn töten und dann sie. Sie müssen ihm dienen. Es ist offensichtlich: Sie müssen ihm dienen.

Geh weg, schrie Rand wortlos zurück. *Du bist nur eine Stimme!* Er streckte sich nach der Quelle aus.

Oh, Licht, ich habe sie alle getötet. Alle, die ich geliebt habe. Wenn ich auch ihn getötet habe, wird es jedoch gut sein. Ich kann es wiedergutmachen, wenn ich ihn letztendlich töte. Nein, nichts kann es wiedergutmachen, aber ich muß ihn dennoch töten. Sie alle töten. Ich muß es tun. Ich muß es tun.

Nein! schrie Rand in seinem Kopf. *Du bist tot, Lews Therin. Ich lebe, verdammt seist du, und du bist tot! Du bist tot!*

Er erkannte plötzlich, daß er am Tisch lehnte und sich mit schwachen Knien abstützte. Leise murmelte er: »Du bist tot! Ich lebe, und du bist tot!« Aber er hatte

Saidar nicht ergriffen. Und Lews Therin auch nicht. Er sah Taim zitternd an und war überrascht, keine Sorge auf dem Gesicht des Mannes zu sehen.

»Ihr müßt fest bleiben«, sagte Taim sanft. »Wenn Ihr Euch die geistige Gesundheit bewahren wollt, müßt Ihr es tun. Der Preis für ein Versagen ist zu hoch.«

»Ich werde nicht versagen«, sagte Rand und stieß sich wieder hoch. Lews Therin schwieg. In seinem Kopf schien nichts außer ihm selbst zu sein. Und das Bewußtsein von Alannas Anwesenheit natürlich. »Haben diese Roten schon jemanden gefangengenommen?«

»Nicht daß ich wüßte.« Taim beobachtete ihn vorsichtig, als erwarte er einen weiteren Ausbruch. »Die meisten der Schüler kommen jetzt durch Tore, und bei all den Menschen auf den Straßen dürfte es nicht leicht sein, einen Mann herauszupicken, der hierherreilt, es sei denn, er redet zuviel.« Er hielt inne. »Auf jeden Fall könnte man sie nur zu leicht loswerden.«

»Nein.« War Lews Therin wirklich fort? Er wünschte es sich, und wußte doch, daß er ein Narr war, wenn er es glaubte. »Wenn sie Männer gefangennehmen, werde ich etwas tun müssen, aber im Moment bedeuten sie auf dem Land keine Bedrohung. Und glaubt mir – niemand, den Elaida schickt, wird sich jenen Aes Sedai in der Stadt anschließen. Beide Gruppen würden eher Euch als einander willkommen heißen.«

»Was ist mit jenen, die sich nicht auf dem Land aufhalten? Elf? Einige Unfälle könnten diese Anzahl auf ein weitaus sichereres Maß reduzieren. Wenn Ihr Euch nicht selbst die Hände schmutzig machen wollt, bin ich bereit ...«

»Nein! Wie oft muß ich nein sagen! Wenn ich in Caemlyn einen Mann die Macht lenken spüre, werde ich Euch holen kommen. Ich schwöre, daß ich es tun werde. Und glaubt nicht, daß Ihr weit genug vom Palast entfernt bleiben und Euch in Sicherheit wiegen könntet, daß ich es nicht spüren würde. Wenn eine jener Aes Sedai tot umfällt, werde ich wissen, wen ich dafür zur Rechenschaft ziehen muß. Nehmt Euch vor mir in acht!«

»Ihr steckt weite Grenzen«, sagte Taim trocken. »Wenn Sammael oder Demandred beschließen, Euch mit einigen toten Aes Sedai auf Eurer Schwelle zu verhöhnen, muß ich bluten?«

»Sie haben es bis jetzt nicht getan, und Ihr solltet hoffen, daß sie nicht damit anfangen. Ich rate Euch: Nehmt Euch vor mir in acht.«

»Ich habe meinen Lord Drache gehört und gehorche natürlich.« Der hakennasige Mann verbeugte sich leicht. »Aber ich sage dennoch, daß elf Aes Sedai eine gefährliche Anzahl sind.«

Rand mußte wider Willen lachen. »Taim, ich beabsichtige, sie nach meiner Flöte tanzen zu lehren.« Licht, wie lange hatte er schon keine Flöte mehr gespielt? Wo *war* seine Flöte? Er hörte Lews Therin leise kichern.

GLOSSAR

VORBEMERKUNG ZUR DATIERUNG

Der Tomanische Kalender (von Toma dur Ahmid entworfen) wurde ungefähr zwei Jahrhunderte nach dem Tod des letzten männlichen Aes Sedai eingeführt. Er zählte die Jahre Nach der Zerstörung der Welt (NZ). Da aber die Jahre der Zerstörung und die darauf folgenden Jahre über fast totales Chaos herrschte und dieser Kalender erst gut hundert Jahre nach dem Ende der Zerstörung eingeführt wurde, hat man seinen Beginn völlig willkürlich gewählt. Am Ende der Trolloc-Kriege waren so viele Aufzeichnungen vernichtet worden, daß man sich stritt, in welchem Jahr der alten Zeitrechnung man sich überhaupt befand. Tiam von Gazar schlug die Einführung eines neuen Kalenders vor, der am Ende dieser Kriege einsetzte und die (scheinbare) Erlösung der Welt von der Bedrohung durch Trollocs feierte. In diesem zweiten Kalender erschien jedes Jahr als sogenanntes Freies Jahr (FJ). Innerhalb der zwanzig auf das Kriegsende folgenden Jahre fand der Gazareische Kalender weitgehend Anerkennung. Artur Falkenflügel bemühte sich, einen neuen Kalender durchzusetzen, der auf seiner Reichsgründung basierte (VG = Von der Gründung an), aber dieser Versuch ist heute nur noch den Historikern bekannt. Nach weitreichender Zerstörung, Tod und Aufruhr während des Hundertjährigen Krieges entstand ein vierter Kalender durch Uren din Jubai Fliegende Möve, einem Gelehrten der Meerleute, und wurde von dem Panarchen Farede von Tarabon weiterverbreitet. Dieser Farede-Kalender zählt die Jahre der Neuen Ära (NÄ) von dem willkürlich angenommenen Ende des Hundertjährigen Kriegs an und ist während der geschilderten Ereignisse in Gebrauch.

A'dam (aidam): Ein Gerät, mit dessen Hilfe man Frauen kontrollieren kann, die die Macht lenken, und das nur von Frauen benützt werden kann, die entweder selbst die Fähigkeit besitzen, mit der Macht umzugehen, oder die das zumindest erlernen können. Er verknüpft die beiden Frauen. Der von den Seanchan verwendete Typ besteht aus einem Halsband und einem Armreif, die durch eine Leine miteinander verbunden sind. Alles besteht aus einem silbrigen Metall. Falls ein Mann, der die Macht lenken kann, mit Hilfe eines *A'dam* mit einer Frau verknüpft wird, wird das wahrscheinlich zu beider Tod führen. Selbst die bloße Berührung eines *A'dam* durch einen Mann mit dieser Fähigkeit, verursacht ihm große Schmerzen, falls dieser *A'dam* von einer Frau mit Zugang zur Wahren Quelle getragen wird (*siehe auch:* Seanchan, Verknüpfung).

Aes Sedai (Aies Sehdai): Träger der Einen Macht. Seit der Zeit des Wahnsinns sind alle überlebenden Aes Sedai Frauen. Von vielen respektiert und verehrt, mißtraut man ihnen und fürchtet, ja, haßt sie weitgehend. Viele geben ihnen die Schuld an der Zerstörung der Welt und allgemein glaubt man, sie mischten sich in die Angelegenheiten ganzer Staaten ein. Gleichzeitig aber findet man nur wenige Herrscher ohne Aes Sedai-Berater, selbst in Ländern, wo schon die Existenz einer solchen Verbindung geheimgehalten werden muß. Nach einigen Jahren, in denen sie die Macht gebrauchen, beginnen die Aes Sedai, alterslos zu wirken, so daß auch eine Aes Sedai, die bereits Großmutter sein könnte, keine Alterserscheinungen zeigt, außer vielleicht ein paar grauen Haaren (*siehe auch:* Ajah; Amyrlin-Sitz; Zerstörung der Welt).

Aiel (Aiiehl): die Bewohner der Aiel-Wüste. Gelten als wild und zäh. Man nennt sie auch Aielmänner. Vor dem Töten verschleiern sie ihre Gesichter. Sie nehmen kein Schwert in die Hand, nicht einmal in tödlichster Gefahr, und sie reiten nur unter Zwang auf einem Pferd, sind aber tödliche Krieger, ob mit Waffen oder nur mit bloßen Händen. Die Aielmänner benützen für den Kampf die Bezeichnung ›der Tanz‹ und ›der Tanz der Speere‹. Sie sind in zwölf Clans zersplittert: die Chareen, die Codarra, die Daryne, die Goshien, die Miagoma, die Nakai, die Reyn, die Shaarad, die Shaido, die Shiande, die Taardad und die Tomanelle. Jeder Clan ist wiederum in Septimen eingeteilt. Manchmal sprechen sie auch von einem dreizehnten Clan, dem Clan, Den Es Nicht Gibt, den Jenn, die einst Rhuidean erbauten. Es gehört zum Allgemeinwissen, daß die Aiel einst den Aes Sedai den Dienst versagten und dieser Sünde wegen in die Aiel-Wüste verbannt wurden, und daß sie der Vernichtung anheimfallen, sollten sie noch einmal die Aes Sedai im Stich lassen (*siehe auch:* Aiel-Kriegergemeinschaften; Aiel-Wüste; Trostlosigkeit; *Gai'schain*; Rhuidean).

Aielkrieg (976–78 NÄ): Als König Laman von Cairhien den Avendoraldera fällte, überquerten vier Clans der Aiel das Rückgrat der Welt. Sie eroberten und brandschatzten die Hauptstadt Cairhien und viele andere kleine und große Städte im Land. Der Konflikt weitete sich schnell nach Andor und Tear aus. Im allgemeinen glaubt man, die Aiel seien in der Schlacht an der Leuchtenden Mauer vor Tar Valon endgültig besiegt worden, aber in Wirklichkeit fiel König Laman in dieser Schlacht und die Aiel, die damit ihr Ziel erreicht hatten, kehrten über das Rückgrat der Welt in ihre Heimat zurück (*siehe auch: Avendoraldera*, Cairhien; Rückgrat der Welt).

Aiel-Kriegergemeinschaften: Alle Aiel-Krieger sind Mitglieder einer von zwölf Kriegergemeinschaften. Es sind die Schwarzaugen *(Seia Doon)*, die Brüder des Adlers *(Far Aldazar Din)*, die Läufer der Dämmerung *(Rahien Sorei)*, die Messerhände *(Sovin Nai)*, Töchter des Speers *(Far Dareis Mai)*, die Bergtänzer *(Hama N'dore)*, die Nachtspeere *(Cor Darei)*, die Roten Schilde *(Aethan Dor)*, die Steinhunde *(Shae'en M'taal)*, die Donnergänger

(Sha'mad Conde), die Blutabkömmlinge *(Tain Shari)* und die Wassersucher *(Duahde Mahdi'in)*. Jede Gemeinschaft hat eigene Gebräuche und manchmal auch ganz bestimmte Pflichten. Zum Beispiel fungieren die Roten Schilde als Polizei. Steinsoldaten werden häufig als Nachhut bei Rückzugsgefechten eingesetzt. Die Töchter des Speers sind besonders gute Kundschafterinnen. Die Clans der Aiel bekämpfen sich auch gelegentlich untereinander, aber Mitglieder der gleichen Gemeinschaft kämpfen nicht gegeneinander, selbst wenn ihre Clans im Krieg miteinander liegen. So gibt es jederzeit, sogar während einer offenen kriegerischen Auseinandersetzung, Kontakt zwischen den Clans *(siehe auch:* Aiel; Aiel-Wüste, *Far Dareis Mai)*.

Aiel-Wüste: das rauhe, zerrissene und fast wasserlose Gebiet östlich des Rückgrats der Welt, von den Aiel auch das Dreifache Land genannt. Nur wenige Außenseiter wagen sich dorthin, nicht nur, weil es für jemanden, der nicht dort geboren wurde, fast unmöglich ist, Wasser zu finden, sondern auch, weil die Aiel sich im ständigen Kriegszustand mit allen anderen Völkern befinden und keine Fremden mögen. Nur fahrende Händler, Gaukler und die Tuatha'an dürfen sich in die Wüste begeben, und sogar ihnen gegenüber sind die Kontakte eingeschränkt, da sich die Aiel bemühen, jedem Zusammentreffen mit den Tuatha'an aus dem Weg zu gehen, die von ihnen auch als ›die Verlorenen‹ bezeichnet werden. Es sind keine Landkarten der Wüste bekannt.

Ajah: Sieben Gesellschaftsgruppen unter den Aes Sedai. Jede Aes Sedai außer der Amyrlin gehört einer solchen Gruppe an. Sie unterscheiden sich durch ihre Farben: Blaue Ajah, Rote Ajah, Weiße Ajah, Grüne Ajah, Braune Ajah, Gelbe Ajah und Graue Ajah. Jede Gruppe folgt ihrer eigenen Auslegung in bezug auf die Anwendung der Einen Macht und die Existenz der Aes Sedai. Zum Beispiel setzen die Roten Ajah all ihre Kraft dazu ein, Männer zu finden und zu beeinflussen, die versuchen, die Macht auszuüben. Eine Braune Ajah andererseits leugnet alle Verbindung zur Außenwelt und verschreibt sich ganz der Suche nach Wissen. Die Weißen Ajah meiden soweit wie möglich die Welt und das weltliche Wissen und widmen sich Fragen der Philosophie und Wahrheitsfindung. Die Grünen Ajah (die man während der Trolloc-Kriege auch Kampf Ajah nannte) stehen bereit, jeden neuen Schattenlord zu bekämpfen, wenn Tarmon Gai'don naht. Die Gelben Ajah konzentrieren sich auf alle Arten der Heilkunst. Die Blauen beschäftigen sich vor allem mit der Rechtsprechung. Die Grauen sind die Mittler, die sich um Harmonie und Übereinstimmung bemühen. Es gibt Gerüchte über eine Schwarze Ajah, die dem Dunklen König dient. Die Existenz dieser Ajah wird jedoch von offiziellen Stellen energisch dementiert.

Altara: Nation am Meer der Stürme, die aber in Wirklichkeit nur durch den Namen überhaupt nach außen hin als Einheit dargestellt wird. Die Menschen in Altara betrachten sich zuallererst als Bürger einer Stadt oder eines Dorfes, oder als Dienstleute dieses Lords und jener Lady, und erst in zweiter Linie als Einwohner Altaras. Nur wenige Adlige zahlen der Krone ihre Steuern, und ihre Dienstverpflichtung ist höchstens als Lippenbekenntnis aufzufassen. Der Herrscher Altaras (zur Zeit Königin Tylin Quintara aus dem Hause Mitsobar) ist nur selten mehr als eben der mächtigste Adlige im Land, und manche waren noch nicht einmal das. Der Thron der Winde ist so bedeutungslos, daß ihn viele mächtige Adlige bereits verschmähten, obwohl sie in der Lage gewesen wären, ihn zu besteigen.

Alte Sprache, die: die vorherrschende Sprache während des Zeitalters der Legenden. Man erwartet im allgemeinen von Adligen und anderen gebildeten Menschen, daß sie diese Sprache erlernt haben. Die meisten aber kennen nur ein paar Wörter. Eine Übersetzung stößt oft auf Schwierigkeiten, da sehr häufig Wörter oder Ausdrucksweisen mit vielschichtigen, subtilen Bedeutungen vorkommen (*siehe auch:* Zeitalter der Legenden).

al'Thor, Tam: ein Bauer und Schäfer von den Zwei Flüssen. Als junger Mann zog er aus, um Soldat zu werden. Er kehrte später mit seiner Frau (Kari, mittlerweile verstorben) und einem Kind (Rand) nach Emondsfeld zurück.

Amyrlin-Sitz, der: (1) Titel der Führerin der Aes Sedai. Auf Lebenszeit vom Turmrat, dem höchsten Gremium des Aes Sedai, gewählt; dieser besteht aus je drei Abgeordneten (Sitzende genannt, wie z.B. in »Sitzende der Grünen«...) der sieben Ajahs. Der Amyrlin-Sitz hat, jedenfalls theoretisch, unter den Aes Sedai beinahe uneingeschränkte Macht. Sie hat in etwa den Rang einer Königin. Etwas weniger formell ist die Bezeichnung: die Amyrlin. (2) Thron der Führerin der Aes Sedai.

Amys: die Weise Frau der Kaltfelsenfestung. Sie ist eine Traumgängerin, eine Aiel der Neun-Täler-Septime der Taardad Aiel. Verheiratet mit Rhuarc, Schwesterfrau der Lian, der Dachherrin der Kaltfelsenfestung, und der Schwestermutter der Aviendha.

Angreal: ein Überbleibsel aus dem Zeitalter der Legenden. Es erlaubt einer Person, die die Eine Macht lenken kann, einen stärkeren Energiefluß zu meistern, als das sonst ohne Hilfe und ohne Lebensgefahr möglich ist. Einige wurden zur Benützung durch Frauen hergestellt, andere für Männer. Gerüchte über *Angreal*, die von beiden Geschlechtern benützt werden können, wurden nie bestätigt. Es ist heute nicht mehr bekannt, wie sie angefertigt wurden. Es existieren nur noch sehr wenige (*siehe auch: sa'Angreal, ter'Angreal*).

Arad Doman: Land und Nation am Aryth-Meer. Im Augenblick durch einen Bürgerkrieg und gleichzeitig ausgetragene Kriege gegen die Anhänger des Wiedergeborenen Drachen und gegen Tarabon zerrissen. Domani-Frauen sind berühmt und berüchtigt für ihre Schönheit,

Verführungskunst und für ihre skandalös offenherzige Kleidung.

Atha'an Miere: *siehe* Meervolk.

Aufgenommene: junge Frauen in der Ausbildung zur Aes Sedai, die eine bestimmte Stufe erreicht und einige Prüfungen bestanden haben. Normalerweise braucht man ca. fünf bis zehn Jahre, um von der Novizin zur Aufgenommenen erhoben zu werden. Die Aufgenommenen sind in ihrer Bewegungsfreiheit weniger eingeschränkt als die Novizinnen und es ist ihnen innerhalb bestimmter Grenzen sogar erlaubt, eigene Studiengebiete zu wählen. Eine Aufgenommene hat das Recht, einen Großen Schlangenring zu tragen, aber nur am dritten Finger ihrer linken Hand. Wenn eine Aufgenommene zur Aes Sedai erhoben wird, wählt sie ihre Ajah, erhält das Recht, deren Stola zu tragen und darf den Ring an jedem Finger oder auch gar nicht tragen, je nachdem, was die Umstände von ihr verlangen (*siehe auch:* Aes Sedai).

Avendoraldera: ein in Cairhien aus einem *Avendesora*-Keim gezogener Baum. Der Keimling war ein Geschenk der Aiel im Jahre 566 NÄ. Es gibt aber keinen zuverlässigen Bericht über eine Verbindung zwischen den Aiel und dem legendären Baum des Lebens.

Bair: Weise Frau der Haido-Spetime der Shaarad Aiel; eine Traumgängerin. Sie kann die Macht nicht benützen (*siehe auch:* Traumgänger).

Behüter: ein Krieger, der einer Aes Sedai zugeschworen ist. Das geschieht mit Hilfe der Einen Macht, und er gewinnt dadurch Fähigkeiten wie schnelles Heilen von Wunden, er kann lange Zeiträume ohne Wasser, Nahrung und Schlaf auskommen und den Einfluß des Dunklen Königs auf größere Entfernung spüren. So lange er am Leben ist, weiß die mit ihm verbundene Aes Sedai, daß er lebt, auch wenn er noch so weit entfernt ist, und sollte er sterben, dann weiß sie den genauen Zeitpunkt und auch den Grund seines Todes. Allerdings weiß sie nicht, wie weit von ihr entfernt er sich befindet oder in welcher Richtung. Die meisten Ajahs gestatten einer Aes Sedai den Bund mit nur einem Behüter. Die Roten Ajah allerdings lehnen die Behüter für sich selbst ganz ab, während die Grünen Ajah eine Verbindung mit so vielen Behütern gestatten, wie die Aes Sedai es wünscht. An sich muß der Behüter der Verbindung freiwillig zur Verfügung stehen, es gab jedoch auch Fälle, in denen der Krieger dazu gezwungen wurde. Welche Vorteile die Aes Sedai aus der Verbindung ziehen, wird von ihnen als streng gehütetes Geheimnis behandelt (*siehe auch:* Aes Sedai).

Berelain sur Paendrag: die Erste von Mayene, Gesegnete des Lichts, Verteidiger der Wogen, Hochsitz des Hauses Paeron. Eine schöne und willensstarke junge Frau und eine geschickte Herrscherin (*siehe auch:* Mayene).

Birgitte: legendäre Heldin, sowohl ihrer Schönheit wegen, wie auch ihres Mutes und ihres Geschicks als Bogenschütze halber berühmt. Sie trug einen silbernen Bogen, und ihre silbernen Pfeile verfehlten nie ihr Ziel. Eine aus der Gruppe von Helden, die herbeigerufen werden, wenn das Horn von Valere geblasen wird. Sie wird immer in Verbindung mit dem heldenhaften Schwertkämpfer Gaidal Cain genannt. Außer, was ihre Schönheit und ihr Geschick als Bogenschützin betrifft, ähnelt sie den Legenden allerdings kaum (*siehe auch:* Horn von Valere).

Cadin'sor: Uniform der Aielsoldaten: Mantel und Hose in Braun und Grau, so daß sie sich kaum von Felsen oder Schatten abheben. Dazu gehören weiche, bis zum Knie hoch geschnürte Stiefel. In der Alten Sprache ›Arbeitskleidung‹, was allerdings eine etwas ungenaue Übersetzung darstellt.

Cairhien: sowohl eine Nation am Rückgrat der Welt wie auch die Hauptstadt dieser Nation. Die Stadt wurde im Aielkrieg (976–978 NÄ) wie so viele andere Städte und Dörfer niedergebrannt und geplündert. Als Folge wurde sehr viel Agrarland in der Nähe des Rückgrats der Welt aufgegeben, so daß seither große Mengen Getreide importiert werden müssen. Auf den Mord an König Galldrian (998 NÄ) folgten ein Bürgerkrieg unter den Adelshäusern um die Nachfolge auf dem Sonnenthron, die Unterbrechung der Lebensmittellieferungen und eine Hungersnot. Die Stadt wird während einer Periode, die mittlerweile als ›Zweiter Aielkrieg‹ bezeichnet wird, von den Shaido belagert, doch dieser Belagerungsring wurde von anderen Aielclans unter der Führung Rand al'Thors gesprengt. Im Wappen führt Cairhien eine goldene Sonne mit vielen Strahlen, die sich vom unteren Rand eines himmelblauen Feldes erhebt (*siehe auch:* Aielkrieg).

Callandor: ›Das Schwert, das kein Schwert ist‹ oder ›Das unberührbare Schwert‹. Ein Kristallschwert, das im Stein von Tear aufbewahrt wurde in einem Raum, der den Namen ›Herz des Steins‹ trägt. Es ist ein äußerst mächtiger *Sa'Angreal*, der von einem Mann benützt werden muß. Keine Hand kann es berühren, außer der des Wiedergeborenen Drachen. Den Prophezeiungen des Drachen nach war eines der wichtigsten Zeichen für die erfolgte Wiedergeburt des Drachen und das Nahen von Tarmon Gai'don, daß der Drache den Stein von Tear einnahm und *Callandor* in seinen Besitz brachte. Es wurde von Rand al'Thor wieder ins Herz des Steins zurückgebracht und in den Steinboden hineingerammt (*siehe auch:* Wiedergeborener Drache; *Sa'Angreal*; Stein von Tear).

Car'a'carn: in der Alten Sprache ›Häuptling der Häuptlinge‹. Den Weissagungen der Aiel nach ein Mann, der bei Sonnenaufgang aus Rhuidean zu ihnen kommen werde, mit Drachenmalen auf beiden Armen, und der sie über die Drachenmauer führen werde. Die Prophezeiung von Rhuidean sagt aus, er werde die Aiel einen und sie vernichten, bis auf den Rest eines Restes (*siehe auch:* Aiel; Rhuidean).

Caraighan Maconar: legendäre Grüne Schwester (212–373 NZ), Heldin von hundert Abenteuergeschichten, der man Unternehmungen zuschreibt, die selbst von einigen Aes Sedai für unmöglich gehalten werden, obwohl sie in den Chroniken der Weißen Burg erwähnt werden. So soll sie ganz allein einen Aufstand in Mosadorin niedergeschlagen und die Unruhen in Comaidin unterdrückt haben, obwohl sie zu dieser Zeit über keinen einzigen Behüter verfügte. Die Grünen Ajah betrachten sie als den Urtyp und das Vorbild aller Grünen Schwestern (*siehe auch:* Aes Sedai; Ajah).

Carridin, Jaichim: ein Inquisitor der Hand des Lichts, also ein hoher Offizier der Kinder des Lichts, der in Wirklichkeit ein Schattenfreund ist.

Cauthon, Abell: ein Bauer von den Zwei Flüssen, Vater des Mat Cauthon. Frau: Natti. Töchter: Eldrin und Bodewhin, Bode genannt.

dämpfen (einer Dämpfung unterziehen): Wenn ein Mann die Anlage zeigt, die Eine Macht zu beherrschen, müssen die Aes Sedai seine Kräfte ›dämpfen‹, also komplett unterdrücken, da er sonst wahnsinnig wird, vom Verderben des *Saidin* getroffen, und möglicherweise schreckliches Unheil mit seinen Kräften anrichten wird. Eine Person, die einer Dämpfung unterzogen wurde, kann die Eine Macht immer noch spüren, sie aber nicht mehr benützen. Wenn vor der Dämpfung der beginnende Wahnsinn eingesetzt hat, kann er durch den Akt der Dämpfung aufgehalten, jedoch nicht geheilt werden. Hat die Dämpfung früh genug stattgefunden, kann das Leben der Person gerettet werden. Dämpfungen bei Frauen sind so selten gewesen, daß man von den Novizinnen der Weißen Burg verlangt, die Namen und Verbrechen aller auswendig zu lernen, die jemals diesem Akt unterzogen wurden. Die Aes Sedai dürfen eine Frau nur dann einer Dämpfung unterziehen, wenn diese in einem Gerichtsverfahren eines Verbrechens überführt wurde. Eine unbeabsichtigte oder durch einen

Unfall herbeigeführte Dämpfung wird auch als ›Ausbrennen‹ bezeichnet. Ein Mensch, der einer Dämpfung unterzogen wurde, gleich, ob als Bestrafung oder durch einen Unfall, verliert im allgemeinen jeden Lebenswillen und stirbt nach wenigen Jahren, wenn nicht schon früher durch Selbstmord. Nur in wenigen Fällen gelingt es einem solchen Menschen, die Leere, die der ausbleibende Kontakt mit der Wahren Quelle in seinem Innern hinterläßt, mit anderen Zielen zu füllen und so neuen Lebensmut zu gewinnen. Die Folgen einer jeglichen Dämpfung gelten als endgültig und nicht mehr heilbar (*siehe auch:* Eine Macht).

Deane Aryman: eine Amyrlin, welche die Weiße Burg vor schlimmerem Schaden bewahrte, nachdem ihre Vorgängerin Bonwhin versucht hatte, die Kontrolle über Artur Falkenflügel zu erlangen. Sie wurde etwa im Jahr 920 FJ im Dorf Salidar in Eharon geboren und aus den Blauen Ajah 992 FJ zur Amyrlin erhoben. Man sagt ihr nach, sie habe Souran Maravaile dazu gebracht, die Belagerung von Tar Valon (die 975 FJ begonnen hatte) nach Falkenflügels Tod zu beenden. Deane stellte den Ruf der Burg wieder her, und es wird allgemein angenommen, daß sie zum Zeitpunkt ihres Todes nach einem Sturz vom Pferd im Jahre 1084 FJ kurz vor dem erfolgreichen Abschluß von Verhandlungen mit den sich um die Nachfolge Falkenflügels als Herrscher seines Imperiums streitenden Adligen stand, die Führung der Weißen Burg zu akzeptieren, um die Einheit des Reichs zu erhalten (*siehe auch:* Amyrlin-Sitz; Artur Falkenflügel).

Drache, der: Ehrenbezeichnung für Lews Therin Telamon während des Schattenkriegs vor mehr als dreitausend Jahren. Als der Wahnsinn alle männlichen Aes Sedai befiel, tötete Lews Therin alle Personen, die etwas von seinem Blut in sich trugen und jede Person, die er liebte. So bezeichnete man ihn anschließend als Brudermörder (*siehe auch:* Wiedergeborener Drache, Prophezeiungen des Drachen).

Drache, falscher: Manchmal behaupten Männer, der Wiedergeborene Drache zu sein, und manch einer davon gewinnt so viele Anhänger, daß eine Armee notwendig ist, um ihn zu besiegen. Einige davon haben schon Kriege begonnen, in die viele Nationen verwickelt wurden. In den letzten Jahrhunderten waren die meisten falschen Drachen nicht in der Lage, die Eine Macht richtig anzuwenden, aber es gab doch ein paar, die das konnten. Alle jedoch verschwanden entweder, oder wurden gefangen oder getötet, ohne eine der Prophezeiungen erfüllen zu können, die sich um die Wiedergeburt des Drachen ranken. Diese Männer nennt man falsche Drachen. Unter jenen, die die Eine Macht lenken konnten, waren die mächtigsten Raolin Dunkelbann (335–36 NZ), Yurian Steinbogen (ca. 1300–1308 NZ), Davian (FJ 351), Guaire Amalasan (FJ 939–43), Logain (997 NÄ) und Mazrim Taim (998 NÄ) (*siehe auch:* Wiedergeborener Drache).

Dunkler König: gebräuchlichste Bezeichnung, in allen Ländern verwendet, für Shai'tan: die Quelle des Bösen, Antithese des Schöpfers. Im Augenblick der Schöpfung wurde er vom Schöpfer in ein Verlies am Shayol Ghul gesperrt. Ein Versuch, ihn aus diesem Kerker zu befreien, führte zum Schattenkrieg, dem Verderben des *Saidin*, der Zerstörung der Welt und dem Ende des Zeitalters der Legenden (*siehe auch:* Prophezeiungen des Drachen).

Eide, Drei: die Eide, die eine Aufgenommene ablegen muß, um zur Aes Sedai erhoben zu werden. Sie werden gesprochen, während die Aufgenommene eine Eidesrute in der Hand hält. Das ist ein *Ter'Angreal*, der sie an die Eide bindet. Sie muß schwören, daß sie (1) kein unwahres Wort ausspricht, (2) keine Waffe herstellt, mit der Menschen andere Menschen töten können, und (3) daß sie niemals die Eine Macht als Waffe verwendet, außer gegen Abkömmlinge des Schattens oder, um ihr Leben oder das ihres Behüters oder einer anderen Aes

Sedai in höchster Not zu verteidigen. Diese Eide waren früher nicht zwingend vorgeschrieben, doch nach verschiedenen Geschehnissen vor und nach der Zerstörung hielt man sie für notwendig. Der zweite Eid war ursprünglich der erste und kam als Reaktion auf den Krieg um die Macht. Der erste Eid wird wörtlich eingehalten, aber oft geschickt umgangen, indem man eben nur einen Teil der Wahrheit ausspricht. Man glaubt allgemein, daß der zweite und dritte nicht zu umgehen sind.

Eine Macht, die: die Kraft aus der Wahren Quelle. Die große Mehrheit der Menschen ist absolut unfähig, zu lernen, wie man die Eine Macht anwendet. Eine sehr geringe Anzahl von Menschen kann die Anwendung erlernen, und noch weniger besitzen diese Fähigkeit von Geburt an. Diese wenigen müssen ihren Gebrauch nicht lernen, denn sie werden die Wahre Quelle berühren und die Eine Macht benützen, ob sie wollen oder nicht, vielleicht sogar, ohne zu bemerken, was sie da tun. Diese angeborene Fähigkeit taucht meist zuerst während der Pubertät auf. Wenn man dann nicht die Kontrolle darüber erlernt – durch Lehrer oder auch ganz allein (äußerst schwierig, die Erfolgsquote liegt bei eins zu vier) ist die Folge der sichere Tod. Seit der Zeit des Wahns hat kein Mann es gelernt, die Eine Macht kontrolliert anzuwenden, ohne dabei auf die Dauer auf schreckliche Art dem Wahnsinn zu verfallen. Selbst wenn er in gewissem Maß die Kontrolle erlangt hat, stirbt er an einer Verfallskrankheit, bei der er lebendigen Leibs verfault. Auch diese Krankheit wird, genau wie der Wahnsinn, von dem Verderben hervorgerufen, das der Dunkle König über *Saidin* brachte. Bei Frauen ist der Tod mangels Kontrolle der Einen Macht etwas erträglicher, aber sterben müssen auch sie. Die Aes Sedai suchen nach Mädchen mit diesen angeborenen Fähigkeiten, zum einen, um ihre Leben zu retten und zum anderen, um die Anzahl der Aes Sedai zu vergrößern. Sie suchen nach Männern mit dieser Fähigkeit, um zu verhindern, daß sie Schreckliches damit anrichten, wenn sie dem Wahn verfallen (*siehe auch:* Zerstörung der Welt; Fünf Mächte; Zeit des Wahns, die Wahre Quelle).

Elaida do Avriny a'Roihan: eine Aes Sedai, die einst zu den Roten Ajah gehörte, vormals Ratgeberin der Königin Morgase von Andor. Sie kann manchmal die Zukunft vorhersagen. Mittlerweile zum Amyrlin-Sitz erhoben.

Erstschwester; Erstbruder: Diese Verwandschaftsbezeichnungen bei den Aiel bedeuten einfach, die gleiche Mutter zu haben. Das ist für die Aiel eine engere Verwandtschaftsbeziehung als vom gleichen Vater abzustammen.

Fäule, die: *siehe* Große Fäule.

Falkenflügel, Artur: ein legendärer König (Artur Paendrag Tanreall, 943–994 FJ), der alle Länder westlich des Rückgrats der Welt und einige von jenseits der Aiel-Wüste einte. Er sandte sogar eine Armee über das Aryth-Meer (992 FJ), doch verlor man bei seinem Tod, der den Hundertjährigen Krieg auslöste, jeden Kontakt mit diesen Soldaten. Er führte einen fliegenden goldenen Falken im Wappen (*siehe auch:* Hundertjähriger Krieg).

Far Dareis Mai: in der Alten Sprache wörtlich ›von den Speertöchtern‹, meist einfach ›Töchter des Speers‹ genannt. Eine von mehreren Kriegergemeinschaften der Aiel. Anders als bei den übrigen werden ausschließlich Frauen aufgenommen. Sollte sie heiraten, darf eine Frau nicht Mitglied bleiben. Während einer Schwangerschaft darf ein Mitglied nicht kämpfen. Jedes Kind eines Mitglieds wird von einer anderen Frau aufgezogen, so daß niemand mehr weiß, wer die wirkliche Mutter war. (»Du darfst keinem Manne angehören und kein Mann oder Kind darf dir angehören. Der Speer ist dein Liebhaber, dein Kind und dein Leben.«) Diese Kinder sind hochangesehen, denn es wurde prophezeit, daß ein Kind einer Tochter des Speers die Clans vereinen und zu der Bedeutung zurückführen wird, die sie im Zeitalter der Legenden besaßen (*siehe auch:* Aiel Kriegergemeinschaften).

Flamme von Tar Valon: das Symbol für Tar Valon, den Amyrlin-Sitz und die Aes Sedai. Die stilisierte Darstellung einer Flamme: eine weiße, nach oben gerichtete Träne.

Fünf Mächte, die: Das sind die Stränge der Einen Macht. Diese Stränge nennt man nach den Dingen, die man durch ihre Anwendung beeinflussen kann: Erde, Luft, Feuer, Wasser, Geist – die Fünf Mächte. Wer die Eine Macht anwenden kann, beherrscht gewöhnlich einen oder zwei dieser Stränge besonders gut und hat Schwächen in der Anwendung der übrigen. Einige wenige beherrschen auch drei davon, aber seit dem Zeitalter der Legenden gab es niemand mehr, der alle fünf in gleichem Maße beherrschte. Und auch dann war das eine große Seltenheit. Das Maß, in dem diese Stränge beherrscht werden und Anwendung finden, ist individuell ganz verschieden; einzelne dieser Personen sind sehr viel stärker als die anderen. Wenn man bestimmte Handlungen mit Hilfe der Einen Macht vollbringen will, muß man einen oder mehrere bestimmte Stränge beherrschen. Wenn man beispielsweise ein Feuer entzünden oder beeinflussen will, braucht man den Feuer-Strang; will man das Wetter ändern, muß man die Bereiche Luft und Wasser beherrschen, während man für Heilungen Wasser und Geist benutzen muß. Während im Zeitalter der Legenden Männer und Frauen in gleichem Maße den Geist beherrschten, war das Talent in bezug auf Erde und/oder Feuer besonders oft bei Männern ausgeprägt und das für Wasser und/oder Luft bei Frauen. Es gab Ausnahmen, aber trotzdem betrachtete man Erde und Feuer als die männlichen Mächte, Luft und Wasser als die weiblichen.

Gaidin: in der Alten Sprache ›Bruder der Schlacht‹. Ein Titel, den die Aes Sedai den Behütern verleihen (*siehe auch:* Behüter).

Gai'schain: in der Alten Sprache ›dem Frieden im Kampfe verschworen‹, soweit dieser Begriff überhaupt übersetzt werden kann. Von einem Aiel, der oder die während eines Überfalls oder einer bewaffneten Auseinandersetzung von einem anderen Aiel gefangengenommen wird, verlangt das *Ji'e'toh*, daß er oder sie dem neuen Herrn gehorsam ein Jahr und einen Tag lang dient und dabei keine Waffe anrührt und niemals Gewalt benützt. Eine Weise Frau, ein Schmied oder eine Frau mit einem Kind unter zehn Jahren können nicht zu *Gai'schain* gemacht werden (*siehe auch:* Trostlosigkeit).

Galad; Lord Galadedrid Damodred: Halbbruder von Elayne und Gawyn. Sie haben alle den gleichen Vater: Taringail Damodred. Im Wappen führt er ein geflügeltes silbernes Schwert, dessen Spitze nach unten zeigt.

Gareth Bryne (Ga-ret Brein): einst Generalhauptmann der Königlichen Garde von Andor. Von Königin Morgase ins Exil verbannt. Er wird als einer der größten lebenden Militärstrategen betrachtet. Das Siegel des Hauses Bryne zeigt einen wilden Stier, um dessen Hals die Rosenkrone von Andor hängt. Gareth Brynes persönliches Abzeichen sind drei goldene Sterne mit jeweils fünf Zacken.

Gaukler: fahrende Märchenerzähler, Musikanten, Jongleure, Akrobaten und Alleinunterhalter. Ihr Abzeichen ist die aus bunten Flicken zusammengesetzte Kleidung. Sie besuchen vor allem Dörfer und Kleinstädte, da in den größeren Städten schon zuviel andere Unterhaltung geboten wird.

Gawyn aus dem Hause Trakand: Sohn der Königin Morgase, Bruder von Elayne, der bei Elaynes Thronbesteigung Erster Prinz des Schwertes wird. Halbbruder von Galad. Er führt einen weißen Keiler im Wappen.

Gewichtseinheiten: 10 Unzen = 1 Pfund; 10 Pfund = 1 Stein; 10 Steine = 1 Zentner; 10 Zentner = 1 Tonne.

Grauer Mann: jemand, der freiwillig seine oder ihre Seele dem Schatten geopfert hat und ihm nun als Attentäter dient. Graue Männer sehen so unauffällig aus, daß man sie sehen kann, ohne sie wahrzunehmen. Die große Mehrheit der Grauen Männer sind tatsächlich Männer, aber es gibt darunter auch einige Frauen. Sie werden auch als die ›Seelenlosen‹ bezeichnet.

Grenzlande: die an die Große Fäule angrenzenden Nationen: Saldaea, Arafel, Kandor und Schienar. Sie haben eine Geschichte unendlich vieler Überfälle und Kriegszüge gegen Trollocs und Myrddraal (*siehe auch:* Große Fäule).

Große Fäule: eine Region im hohen Norden, die durch den Einfluß des Dunklen Königs vollständig verwüstet wurde. Sie stellt eine Zuflucht für Trollocs, Myrddraal und andere Kreaturen des Schattens dar.

Großer Herr der Dunkelheit: Diese Bezeichnung verwenden die Schattenfreunde für den Dunklen König. Sie behaupten, es sei Blasphemie, seinen wirklichen Namen zu benützen.

Große Schlange: ein Symbol für die Zeit und die Ewigkeit, das schon uralt war, bevor das Zeitalter der Legenden begann. Es zeigt eine Schlange, die ihren eigenen Schwanz verschlingt. Man verleiht einen Ring in der Form der Großen Schlange an Frauen, die unter den Aes Sedai zu Aufgenommenen erhoben werden.

Hochlords von Tear: Die Hochlords von Tear regieren als Rat diesen Staat, der weder König noch Königin aufweist. Ihre Anzahl steht nicht fest. Im Laufe der Jahre hat es Zeiten gegeben, wo nur sechs Hochlords regierten, aber auch zwanzig kamen bereits vor. Man darf sie nicht mit den Landherren verwechseln, niedrigeren Adligen in den ländlichen Bezirken Tears.

Horn von Valere: das legendäre Ziel der Großen Jagd nach dem Horn. Das Horn kann tote Helden zum Leben erwecken, damit sie gegen den Schatten kämpfen. Eine neue Jagd nach dem Horn wurde in Illian ausgerufen, und man kann nun in vielen Ländern Jäger des Horns antreffen.

Hundertjähriger Krieg: eine Reihe sich überschneidender Kriege, geprägt von sich ständig verändernden Bündnissen, ausgelöst durch den Tod von Artur Falkenflügel und die darauf folgenden Auseinandersetzungen um seine Nachfolge. Er dauerte von 994 FJ bis 1117 FJ. Der Krieg entvölkerte weite Landstriche zwischen dem Aryth-Meer und der Aiel-Wüste, zwischen dem Meer der Stürme und der Großen Fäule. Die Zerstörungen waren so schwerwiegend, daß über diese Zeit nur noch fragmentarische Berichte vorliegen. Das Reich Artur Falkenflügels zerfiel, und die heutigen Staaten bildeten sich heraus (*siehe auch:* Falkenflügel, Artur).

Illian: ein großer Hafen am Meer der Stürme, Hauptstadt der gleichnamigen Nation. Im Wappen von Illian findet man neun goldene Bienen auf dunkelgrünem Feld.

Juilin Sandar: ein Diebfänger aus Tear.

Kalender: Die Woche hat zehn Tage, der Monat 28, und es gibt 13 Monate im Jahr. Mehrere Festtage gehören keinem bestimmten Monat an: der Sonntag oder Sonnentag (der längste Tag des Jahres), das Erntedankfest (einmal alle vier Jahre zur Frühlingssonnwende), und das Fest der Rettung aller Seelen, auch Allerseelen genannt (einmal alle zehn Jahre zur Herbstsonnwende).

Kesselflicker: volkstümliche Bezeichnung für die Tuatha'an, die man auch das ›Fahrende Volk‹ nennt. Ein Nomadenvolk, das in bunt gestrichenen Wohnwagen lebt und einer absolut pazifistischen Weltanschauung folgen, die man den ›Weg des Blattes‹ nennt. Sie gehören zu den wenigen, die unbehelligt die Aiel-Wüste durchqueren können, da die Aiel jeden Kontakt mit ihnen strikt vermeiden. Nur wenige Menschen vermuten überhaupt, daß die Tuatha'an Nachkommen von Aiel sind, die sich während der Zerstörung der Welt von den anderen absetzten, um einen Weg zurück in eine Zeit des Friedens zu finden (*siehe auch:* Aiel).

Kinder des Lichts: eine übernationale Gemeinschaft von Asketen, die sich den Sieg über den Dunklen König und die Vernichtung aller Schattenfreunde zum Ziel gesetzt hat. Die Gemeinschaft wurde während des Hundertjährigen Kriegs von Lothair Mantelar gegründet, um gegen die ansteigende Zahl der Schattenfreunde als Prediger anzugehen. Während des Kriegs entwickelte sich daraus eine vollständige militärische Organisation, extrem streng ideologisch ausgerichtet und fest im Glauben, nur sie dienten der absoluten Wahrheit und dem Recht. Sie hassen die Aes Sedai und halten sie, sowie alle, die sie unterstützen oder sich mit ihnen befreunden, für Schattenfreunde. Sie werden geringschätzig Weißmäntel genannt. Im Wappen führen sie eine goldene Sonne mit Strahlen auf weißem Feld (*siehe auch:* Zweifler).

Krieg um die Macht: *siehe* Schattenkrieg.

Längenmaße: 10 Finger = 1 Hand; 3 Hände = 1 Fuß; 3 Fuß = 1 Schritt; 2 Schritte = 1 Spanne; 1000 Spannen = 1 Meile.

Lan, al'Lan Mandragoran: ein Behüter, der Moiraine im Jahre 979 NÄ zugeschworen wurde. Ungekrönter König von Malkier, Dai Shan (Schlachtenführer), und der letzte Überlebende Lord von Malkier. Dieses Land wurde im Jahr seiner Geburt (953 NÄ) von der Großen Fäule verschlungen. Im Alter von sechzehn Jahren begann er seinen Ein-Mann-Krieg gegen die Fäule und den Schatten, den er bis zu seiner Berufung zu Moiraines Behüter fortführte (*siehe auch:* Behüter, Moiraine).

Lews Therin Telamon; Lews Therin Brudermörder: *siehe* Drache.

Lini: Kindermädchen der Lady Elayne in ihrer Kindheit. Davor war sie bereits Erzieherin ihrer Mutter Morgase und deren Mutter. Eine Frau von enormer innerer Kraft, einigem Scharfsinn und sehr wortgewaltig in bezug auf Redensarten.

Logain: ein Mann, der einst behauptete, der Wiedergeborene Drache zu sein. Er überzog Ghealdan, Altara und

Murandy mit Krieg, bevor er gefangengenommen, zur Weißen Burg gebracht und einer Dämpfung unterzogen wurde. Später entkam er inmitten der Wirren um die Absetzung Siuan Sanches. Ein Mann, dem immer noch Großes bevorsteht (*siehe auch:* Drache, falscher).

Manetheren: eine der Zehn Nationen, die den Zweiten Pakt schlossen; Hauptstadt des gleichnamigen Staates. Sowohl die Stadt wie auch die Nation wurden in den Trolloc-Kriegen vollständig zerstört. Das Wappen Manetherens zeigte einen Roten Adler im Flug (*siehe auch:* Trolloc-Kriege).

Mayene (Mai-jehn): Stadtstaat am Meer der Stürme, der seinen Reichtum und seine Unabhängigkeit der Kenntnis verdankt, die Ölfischschwärme aufspüren zu können. Ihre wirtschaftliche Bedeutung kommt der der Olivenplantagen von Tear, Illian und Tarabon gleich. Ölfisch und Oliven liefern nahezu alles Öl für Lampen. Die augenblickliche Herrscherin von Mayene ist Berelain. Ihr Titel lautet: die Erste von Mayene. Der Titel: Zweite/Zweiter stand früher nur einem einzigen Lord oder einer Lady zu, wurde aber während der letzten etwa vierhundert Jahre von bis zu neun Adligen gleichzeitig geführt. Die Herrscher von Mayene führen ihre Abstammung auf Artur Falkenflügel zurück. Das Wappen von Mayene zeigt einen fliegenden goldenen Falken. Mayene wurde traditionell von Tear wirtschaftlich und politisch eingeengt und unterdrückt.

Mazrim Taim: ein falscher Drache, der in Saldaea viel Unheil anrichtete, bevor er geschlagen und gefangen wurde. Er ist nicht nur in der Lage, die Eine Macht zu benützen, sondern besitzt außerordentliche Kräfte (*siehe auch:* Drache, falscher).

Meerleute, Meervolk: genauer: Atha'an Miere, das ›Volk des Meeres‹. Geheimnisumwitterte Bewohner der Inseln im Aryth-Meer und im Meer der Stürme. Sie verbringen wenig Zeit auf diesen Inseln und leben statt dessen zumeist auf ihren Schiffen. Sie beherrschen den Seehandel fast vollständig.

Melaine (Mehlein): Weise Frau der Jhirad Septime der Goshien Aiel. Eine Traumgängerin. Relativ stark, was den Gebrauch der Einen Macht angeht. Verheiratet mit Bael, dem Clanhäuptling der Goshien. Schwesterfrau der Dorhinda, der Dachherrin der Dampfende-Quellen-Feste (*siehe auch:* Traumgänger).

Merrilin, Thom: ein ziemlich vielschichtiger Gaukler, einst Hofbarde und Geliebter von Königin Morgase (*siehe auch:* Spiel der Häuser; Gaukler).

Moiraine Damodred (Moarän): eine Aes Sedai der Blauen Ajah. Sie benützt nur selten ihren Familiennamen und hält ihre Beziehung zu dem Hause Damodred meist geheim. Geboren 956 NÄ im Königlichen Palast von Cairhien. Nachdem sie 972 NÄ als Novizin in die Weiße Burg kam, machte sie dort rasch Karriere. Sie wurde nach nur drei Jahren zur Aufgenommenen erhoben und drei weitere Jahre später, am Ende des Aielkriegs, zur Aes Sedai. Von diesem Zeitpunkt an begann sie ihre Suche nach dem jungen Mann, der – den Prophezeiungen der Aes Sedai Gitara Morose nach – während der Schlacht an der Leuchtenden Mauer am Abhang des Drachenbergs geboren wurde, und der zum Wiedergeborenen Drachen bestimmt war. Sie war es auch, die Rand al'Thor, Mat Cauthon, Perrin Aybara und Egwene al'Vere von den Zwei Flüssen fortbrachte. Sie verschwand während eines Kampfes mit Lanfear in Cairhien in einem *Ter'Angreal* und wurde, dem Anschein nach, genauso getötet wie die Verlorene.

Morgase (Morgeis): Von der Gnade des Lichts, Königin von Andor, Verteidigerin des Lichts, Beschützerin des Volkes, Hochsitz des Hauses Trakand. Im Wappen führt sie drei goldene Schlüssel. Das Wappen des Hauses Trakand zeigt einen silbernen Grundpfeiler. Sie mußte ins Exil gehen und wird allgemein für tot gehalten. Viele glauben, sie sei vom Wiedergeborenen Drachen ermordet worden.

Muster eines Zeitalters: Das Rad der Zeit verwebt die Stränge menschlichen Lebens zum Muster eines Zeitalters, oftmals vereinfacht als ›das Muster‹ bezeichnet, das die Substanz der Realität dieser Zeit bildet; auch als Zeitengewebe bekannt (*siehe auch: Ta'veren*).

Myrddraal: Kreaturen des Dunklen Königs, Kommandanten der Trolloc-Heere. Nachkommen von Trollocs, bei denen das Erbe der menschlichen Vorfahren wieder stärker hervortritt, die man benutzt hat, um die Trollocs zu erschaffen. Trotzdem deutlich vom Bösen dieser Rasse gezeichnet. Sie sehen äußerlich wie Menschen aus, haben aber keine Augen. Sie können jedoch im Hellen wie im Dunklen wie Adler sehen. Sie haben gewisse, vom Dunklen König stammende Kräfte, darunter die Fähigkeit, mit einem Blick ihr Opfer vor Angst zu lähmen. Wo Schatten sind, können sie hineinschlüpfen und sind nahezu unsichtbar. Eine ihrer wenigen bekannten Schwächen besteht darin, daß sie Schwierigkeiten haben, fließendes Wasser zu überqueren. Man kennt sie unter vielen Namen in den verschiedenen Ländern, z. B. als Halbmenschen, die Augenlosen, Schattenmänner, Lurk und die Blassen. Wenig bekannt ist die Tatsache, daß die Myrddraal in einem Spiegel nur ein verschwommenes Bild erzeugen.

Nächstschwester; Nächstbruder: Mit diesen Begriffen bezeichnen die Aiel eine Beziehung, die so eng ist wie zwischen Erstschwestern und/oder Erstbrüdern. Nächstschwestern adoptieren einander häufig als Erstschwestern. Bei Nächstbrüdern ist das kaum jemals der Fall.

Ogier: (1) Eine nichtmenschliche Rasse. Typisch für Ogier sind ihre Größe (männliche Ogier werden im Durchschnitt zehn Fuß groß), ihre breiten, rüsselartigen Nasen und die langen, mit Haarbüscheln bewachsenen Ohren. Sie wohnen in Gebieten, die sie *Stedding* nennen. Nach der Zerstörung der Welt (von den Ogiern das Exil genannt) waren sie aus diesen *Stedding* vertrieben, und das führte zu einer als ›das Sehnen‹ bezeichneten Erscheinung: Ein Ogier, der sich zu lange außerhalb seines *Stedding* aufhält, erkrankt und stirbt schließlich. Sie sind in informierten Kreisen bekannt als extrem gute Steinbaumeister, die fast alle großen Städte der Menschen nach der Zerstörung erbauten. Sie selbst betrachten diese Kunst allerdings nur als etwas, das sie während des Exils erlernten und das nicht so wichtig ist, wie das Pflegen der Bäume in einem *Stedding*, besonders der hochaufragenden Großen Bäume. Außer zu ihrer Arbeit als Steinbaumeister verlassen sie ihr *Stedding* nur selten und wollen wenig mit der Menschheit zu tun haben. Man weiß unter den Menschen nur sehr wenig über sie und viele halten die Ogier sogar für bloße Legenden. Obwohl sie als Pazifisten gelten und nur sehr schwer aufzuregen sind, heißt es in einigen alten Berichten, sie hätten während der Trolloc-Kriege Seite an Seite mit den Menschen gekämpft. Dort werden sie als mörderische Feinde bezeichnet. Im Großen und Ganzen sind sie ungemein wissensdurstig und ihre Bücher und Berichte enthalten oftmals Informationen, die bei den Menschen längst verlorengegangen sind. Die normale Lebenserwartung eines Ogiers ist etwa drei oder viermal so hoch wie bei Menschen. (2) Jedes Individuum dieser nichtmenschlichen Rasse (*siehe auch:* Zerstörung der Welt; *Stedding*).

Padan Fain: Einst als Händler in das Gebiet der Zwei Flüsse gekommen, stellte er sich bald als Schattenfreund heraus. Er wurde zum Schayol Ghul geholt und dort so in seiner ganzen Persönlichkeit beeinflußt, daß er nicht nur in der Lage sein sollte, den jungen Mann zu finden, der zum Wiedergeborenen Drachen werden sollte, so wie der Jagdhund die Beute für den Jäger aufspürt, sondern sogar ein dauerndes inneres Bedürfnis spüren sollte, fast eine Art von Besessenheit, diese Suche erfolgreich abzuschließen. Dies verursachte Fain solche psychische Schmerzen, daß er sowohl den Dunklen König, wie auch Rand al'Thor zu hassen begann. Auf der Verfolgung al'Thors traf er in Shadar Logoth auf die dort gefangene Seele von Mordeth, die versuchte, Fains Körper zu übernehmen. Der veränderten Persönlichkeit Fains wegen resultierte das in einer Art von Vereinigung beider Seelen mit Fain in der Oberhand und mit Fähigkeiten, die weit jenseits derer liegen, die beide Männer vorher besaßen. Fain durchschaut diese selbst noch keineswegs in vollem Maße. Die meisten Menschen werden von Angst gepackt, wenn sie dem augenlosen Blick eines Myrddraal ausgesetzt sind, doch Fains Blick wiederum jagt selbst einem Myrddraal Angst ein.

Prophezeiungen des Drachen: ein nur unter den ausgesprochen Gebildeten bekannter Zyklus von Weissagungen, der auch selten erwähnt wird. Man findet ihn im größeren *Karaethon Zyklus*. Es wird dort vorausgesagt, daß der Dunkle König wieder befreit werde, und daß Lews Therin Telamon, der Drache, wiedergeboren werde, um in Tarmon Gai'don, der Letzten Schlacht gegen den Schatten, zu kämpfen. Es wird prophezeit, daß er die Welt erneut retten und erneut zerstören wird (*siehe auch:* Drache).

Rad der Zeit: Die Zeit stellt man sich als ein Rad mit sieben Speichen vor – jede Speiche steht für ein Zeitalter. Wie sich das Rad dreht, so folgt Zeitalter auf Zeitalter. Jedes hinterläßt Erinnerungen, die zu Legenden verblassen, zu bloßen Mythen werden und schließlich vergessen sind, wenn dieses Zeitalter wiederkehrt. Das Muster eines Zeitalters wird bei jeder Wiederkehr leicht verändert, doch auch wenn die Änderungen einschneidender Natur sein sollten, bleibt es das gleiche Zeitalter. Bei jeder Wiederkehr sind allerdings die Veränderungen gravierender.

Rashima Kerenmosa: Man nennt sie auch die ›Soldatenamyrlin‹. Geboren ca. 1150 NZ und aus den Reihen der

Grünen Ajah im Jahre 1251 NZ zur Amyrlin erhoben. Sie führte persönlich die Heere der Weißen Burg in den Kampf und errang unzählige Siege, die berühmtesten am Kaisin Paß, an der Sorellestufe, bei Larapelle, Tel Norwin und Maighande, wo sie 1301 NZ ums Leben kam. Man entdeckte ihre Leiche nach Ende der Schlacht, umgeben von denen ihrer fünf Behüter und einem wahren Wall aus den Leibern von Trollocs und Myrddraal, unter denen sich nicht weniger als neun Schattenlords befanden (*siehe auch:* Aes Sedai; Ajah; Amyrlin-Sitz; Schattenlords; Behüter).

Rhuidean: eine Große Stadt, die einzige in der Aiel-Wüste und der Außenwelt völlig unbekannt. Sie lag fast dreitausend Jahre lang verlassen in einem Wüstental. Einst wurde den Aielmännern nur gestattet, einmal in ihrem Leben Rhuidean zum Zweck einer Prüfung zu betreten. Die Prüfung fand innerhalb eines großen *Ter'Angreal* statt. Wer bestand, besaß die Fähigkeit zum Clanhäuptling, doch nur einer von dreien überlebte. Frauen durften Rhuidean zweimal betreten. Sie wurden beim zweiten Mal im gleichen *Ter'Angreal* geprüft, und wenn sie überlebten, wurden sie zu Weisen Frauen. Bei ihnen war die Überlebensrate erheblich höher als bei den Männern. Mittlerweile ist die Stadt wieder von den Aiel bewohnt, und ein Ende des Tals von Rhuidean ist von einem großen See ausgefüllt, der aus einem enormen unterirdischen Reservoir gespeist wird und aus dem wiederum der einzige Fluß der Wüste entspringt (*siehe auch:* Aiel).

Rückgrat der Welt: eine hohe Bergkette, über die nur wenige Pässe führen. Sie trennt die Aiel-Wüste von den westlichen Ländern. Wird auch Drachenmauer genannt.

Sa'angreal: ein extrem seltenes Objekt, das es einem Menschen erlaubt, die Eine Macht in viel stärkerem Maße als sonst möglich zu benützen. Ein Sa'angreal ist ähnlich, doch ungleich stärker als ein Angreal. Die Menge an Energie, die mit Hilfe eines *Sa'angreals* eingesetzt werden kann, verhält sich zu der eines *Angreals* wie die mit dessen Hilfe einsetzbare Energie zu der, die man ganz ohne irgendwelche Hilfe beherrschen kann. Relikte des Zeitalters der Legenden. Es ist nicht mehr bekannt, wie sie angefertigt wurden. Wie bei den *Angreal* können sie nur entweder von einer Frau oder von einem Mann eingesetzt werden. Es gibt nur noch eine Handvoll davon, weit weniger sogar als *Angreal*.

Saidar, Saidin: *siehe* Wahre Quelle.

Schattenfreunde: die Anhänger des Dunklen Königs. Sie glauben, große Macht und andere Belohnungen, darunter sogar Unsterblichkeit, zu empfangen, wenn er aus seinem Kerker befreit wird. Untereinander gebrauchen sie gelegentlich die alte Bezeichnung: ›Freunde der Dunkelheit‹.

Schattenkrieg: auch als der Krieg um die Macht bekannt; mit ihm endet das Zeitalter der Legenden. Er begann kurz nach dem Versuch, den Dunklen König zu befreien und erfaßte bald schon die ganze Welt. In einer Welt, die selbst die Erinnerung an den Krieg vergessen hatte, wurde nun der Krieg in all seinen Formen wiederentdeckt. Er war besonders schrecklich, wo die Macht des Dunklen Königs die Welt berührte, und auch die Eine Macht wurde als Waffe verwendet. Der Krieg wurde beendet, als der Dunkle König wieder in seinen Kerker verbannt und dieser versiegelt werden konnte. Diese Unternehmung führte Lews Therin Telamon, der Drache, zusammen mit hundert männlichen Aes Sedai durch, die man auch die Hundert Gefährten nannte. Der Gegenschlag des Dunklen Königs verdarb *Saidin* und trieb Lews Therin und die Hundert Gefährten in den Wahnsinn. So begann die Zeit des Wahns und die Zerstörung der Welt (*siehe auch:* Eine Macht; Drache).

Schattenlords: diejenigen Männer und Frauen (Aes Sedai), die der Einen Macht dienten, aber während der Trolloc-Kriege zum Schatten überliefen und dann die

Heere von Trollocs und Schattenfreunden als Generäle kommandierten. Weniger Gebildete verwechseln sie gelegentlich mit den Verlorenen.

Schwesterfrau: Verwandtschaftsgrad bei den Aiel. Aielfrauen, die bereits Nächstschwestern oder Erstschwestern sind und entdecken, daß sie den gleichen Mann lieben, oder die einfach nicht wollen, daß ein Mann zwischen sie tritt, heiraten ihn beide und werden so zu Schwesterfrauen. Frauen, die den gleichen Mann lieben, versuchen manchmal, herauszufinden, ob sie Nächstschwestern oder durch Adoption Erstschwestern werden können, denn das ist die erste Voraussetzung, um Schwesterfrauen werden zu können.

Seanchan (Schantschan): (1) Nachkommen der Armeemitglieder, die Artur Falkenflügel über das Aryth-Meer sandte und die die dort gelegenen Länder eroberten. Sie glauben, daß man aus Sicherheitsgründen jede Frau, die mit der Macht umgehen kann, durch einen *A'dam* kontrollieren muß. Aus dem gleichen Grund werden solche Männer getötet. (2) Das Land, aus dem die Seanchan kommen.

Seherin: eine Frau, die vom Frauenzirkel bzw. der Versammlung der Frauen ihres Dorfs berufen und zu dessen Vorsitzender bestimmt wird, weil sie die Fähigkeit des Heilens besitzt, das Wetter vorhersagen kann und auch sonst als kluge Frau und Ratgeberin anerkannt ist. Ihre Position fordert großes Verantwortungsbewußtsein und verleiht ihr viel Autorität. Allgemein wird sie dem Bürgermeister gleichgestellt, in manchen Dörfern steht sie sogar über ihm. Im Gegensatz zum Bürgermeister wird sie auf Lebenszeit erwählt. Es ist äußerst selten, daß eine Seherin vor ihrem Tod aus ihrem Amt entfernt wird. Ihre Auseinandersetzungen mit dem Bürgermeister sind auch zur Tradition geworden. Je nach dem Land wird sie auch als Führerin, Heilerin, Weise Frau, Sucherin oder einfach als Weise bezeichnet.

Shayol Ghul: ein Berg im Versengten Land jenseits der

Großen Fäule; dort befindet sich der Kerker, in dem der Dunkle König gefangengehalten wird.

Sorilea: die Weise Frau der Schendefestung, eine Jarra Chareen. Sie hat nicht viel Geschick im Umgang mit der Macht. Sie ist die älteste aller Weisen Frauen, wenn auch nicht um soviel älter, als die meisten glauben.

Spanne: *siehe* Längenmaße.

Spiel der Häuser: Diese Bezeichnung wurde dem Intrigenspiel der Adelshäuser untereinander verliehen, mit dem sie sich Vorteile verschaffen wollen. Großer Wert wird darauf gelegt, subtil vorzugehen, auf eine Sache abzuzielen, während man ein ganz anderes Ziel vortäuscht, um sein Ziel schließlich mit geringstmöglichem Aufwand zu erreichen. Es ist auch als das ›Große Spiel‹ bekannt und gelegentlich unter seiner Bezeichnung in der Alten Sprache: *Daes Dae'mar*.

Stedding: eine Ogier Enklave. Viele Stedding sind seit der Zerstörung der Welt verlassen worden. In Erzählungen und Legenden werden sie als Zufluchtsstätte bezeichnet, und das aus gutem Grund. Auf eine heute nicht mehr bekannte Weise wurden sie abgeschirmt, so daß in ihrem Bereich keine/kein Aes Sedai die Eine Macht anwenden kann und nicht einmal eine Spur der Wahren Quelle wahrnimmt. Versuche, von außerhalb eines Stedding mit Hilfe der Einen Macht in deren Innern einzugreifen, blieben erfolglos. Kein Trolloc wird ohne Not ein Stedding betreten, und selbst ein Myrddraal betritt es nur, wenn er dazu gezwungen ist, und auch dann nur zögernd und mit größter Abscheu. Sogar echte und hingebungsvolle Schattenfreunde fühlen sich in einem Stedding äußerst unwohl.

Stein von Tear: eine große Festung in der Stadt Tear, von der berichtet wird, sie sei bald nach der Zerstörung der Welt mit Hilfe der Einen Macht erbaut worden. Sie wurde unzählige Male angegriffen und belagert, doch nie erobert. Erst unter dem Angriff des Wiedergeborenen Drachen mit wenigen hundert Aielkriegern fiel die

Festung innerhalb einer einzigen Nacht. Damit wurden zwei Voraussagen aus den Prophezeiungen des Drachen erfüllt (*siehe auch:* Drache, Prophezeiungen des Drachen).

Talente: Fähigkeiten, die Eine Macht auf ganz spezifische Weise zu gebrauchen. Selbst bei gleich gelagerten Talenten ergeben sich von Person zu Person große individuelle Unterschiede, die nur selten mit der Stärke zu tun haben, die diese Person in bezug auf die Anwendung der Einen Macht besitzt. Das naturgemäß populärste und am meisten verbreitete Talent ist das des Heilens. Weitere Beispiele sind das ›Wolkentanzen‹, womit die Beeinflussung des Wetters gemeint ist, und der ›Erdgesang‹, mit dessen Hilfe Erdbewegungen gesteuert werden können und so beispielsweise Erdbeben und Lawinen verhindert oder ausgelöst werden. Es gibt auch eine Reihe weniger bedeutsamer Talente, wie die Fähigkeit, *Ta'veren* wahrzunehmen oder sogar deren Eigenschaft, den Zufall zu beeinflussen, auf einer sehr eng begrenzten Fläche (meist nicht mehr als wenige Quadratfuß groß) kopieren zu können. Von manchen Talenten kennt man heute nur noch die Bezeichnung und besitzt eventuell noch eine vage Beschreibung, wie z.B. beim Reisen, einer Fähigkeit, sich von einem Ort zu einem anderen zu bewegen, ohne den Zwischenraum durchqueren zu müssen. Andere wie z.B. das Vorhersagen (die Fähigkeit, zukünftige Ereignisse zumindest auf allgemeinere Art und Weise vorhersehen zu können) oder das Schürfen (Aufspüren und manchmal sogar Gewinnen von Erzen) sind mittlerweile selten oder beinahe verschwunden. Ein weiteres Talent, das man seit langem für verloren hielt, ist das Träumen. Unter anderem lassen sich hier die Träume des Träumers so deuten, daß sie eine genauere Vorhersage der Zukunft erlauben. Manche Träumer hatten die Fähigkeit, *Tel'aran'rhiod*, die Welt der Träume, zu erreichen und sogar in die Träume anderer Menschen einzudringen. Die letzte bekannte

Träumerin war Corianin Nedeal, die im Jahre 526 NÄ starb, doch nur wenige wissen, daß es jetzt eine neue gibt. Viele solcher Talente werden jetzt erst wiederentdeckt (*siehe auch: Tel'aran'rhiod*).

Tallanvor, Martyn: Leutnant der Königlichen Garde in Andor, der seine Königin mehr liebt als Ehre oder Leben.

Tarabon: Land und Nation am Aryth-Meer. Hauptstadt: Tanchico. Einst eine große Handelsmacht und Quelle von Teppichen, Textilfarben und Feuerwerkskörpern, die von der Gilde der Feuerwerker hergestellt werden. Jetzt von einem Bürgerkrieg und gleichzeitigen kriegerischen Auseinandersetzungen mit Arad Doman und den Anhängern des Wiedergeborenen Drachen zerrissen und deshalb weitgehend vom Ausland abgeschnitten.

Tarmon Gai'don: die Letzte Schlacht (*siehe auch:* Prophezeiungen des Drachen; Horn von Valere).

Ta'veren: eine Person im Zentrum des Gewebes von Lebenssträngen aus ihrer Umgebung, möglicherweise sogar *aller* Lebensstränge, die vom Rad der Zeit zu einem Schicksalsgewebe zusammengefügt wurden (*siehe auch:* Muster eines Zeitalters).

Tear: ein großer Hafen und ein Staat am Meer der Stürme. Das Wappen von Tear zeigt drei weiße Halbmonde auf rot und goldgemustertem Feld (*siehe auch:* Stein von Tear).

Telamon, Lews Therin: *siehe* Drache.

Tel'aran'rhiod: in der Alten Sprache: ›die unsichtbare Welt‹, oder ›die Welt der Träume‹. Eine Welt, die man in Träumen manchmal sehen kann. Nach den Angaben der Alten durchdringt und umgibt sie alle möglichen Welten. Im Gegensatz zu anderen Träumen ist das in ihr real, was dort mit lebendigen Dingen geschieht. Wenn man also dort eine Wunde empfängt, ist diese beim Erwachen immer noch vorhanden, und einer, der dort stirbt, erwacht nie mehr. Ansonsten hat aber das, was dort geschieht, keinerlei Einfluß auf die wachende

Welt. Viele Menschen können *Tel'aran'rhiod* kurze Augenblicke lang in ihren Träumen berühren, aber nur wenige haben je die Fähigkeit besessen, aus freien Stücken dort einzudringen, wenn auch letztlich einige *Ter'Angreal* entdeckt wurden, die eine solche Fähigkeit unterstützen. Mit Hilfe eines solchen *Ter'Angreal* können auch Menschen in die Welt der Träume eintreten, die nicht die Fähigkeit zum Gebrauch der Macht besitzen (*siehe auch: Ter'Angreal*).

Ter'Angreal: Gegenstände aus dem Zeitalter der Legenden, die die Eine Macht verwenden oder bei deren Gebrauch helfen. Im Gegensatz zu *Angreal* und *Sa'angreal* wurde jeder *Ter'Angreal* zu einem ganz bestimmten Zweck hergestellt. Z.B. macht einer jeden Eid, der in ihm geschworen wird, zu etwas endgültig Bindendem. Einige werden von den Aes Sedai benützt, aber über ihre ursprüngliche Anwendung ist kaum etwas bekannt. Für die Verwendung ist bei manchen ein Benützen der Einen Macht notwendig, bei anderen wieder nicht. Einige töten sogar oder zerstören die Fähigkeit einer Frau, die sie benützt, die Eine Macht zu lenken. Wie bei den *Angreal* und *Sa'angreal* ist auch bei ihnen nicht mehr bekannt, wie man sie herstellt. Dieses Geheimnis ging seit der Zerstörung der Welt verloren (*siehe auch: Angreal, Sa'Angreal*).

Tochter-Erbin: Titel der Erbin des Löwenthrons von Andor. Ohne eine überlebende Tochter fällt der Thron an die nächste weibliche Verwandte der Königin. Unstimmigkeiten darüber, wer die nächste in der Erbfolge sei, haben mehrmals bereits zu Machtkämpfen geführt. Der letzte davon wird in Andor einfach ›die Thronfolge‹ genannt und außerhalb des Landes ›der Dritte Andoranische Erbfolgekrieg‹. Durch ihn kam Morgase aus dem Hause Trakand auf den Thron.

Träumer: *siehe* Talente.

Traumgänger: Bezeichnung der Aiel für eine Frau, die *Tel'aran'rhiod* aus eigenem Willen erreichen, die Träume anderer auslegen und mit anderen in deren Traum sprechen kann. Auch die Aes Sedai benützen diese Bezeichnung gelegentlich im Zusammenhang mit dem Talent eines ›Träumers‹ (*siehe auch:* Talente; *Tel'aran'rhiod*).

Trolloc-Kriege: eine Reihe von Kriegen, die etwa gegen 1000 NZ begannen und sich über mehr als 300 Jahre hinzogen. Trolloc-Heere unter der Führung von Myrddraal und Schattenlords verwüsteten die Welt. Schließlich aber wurden die Trollocs entweder getötet oder in die Große Fäule zurückgetrieben. Mehrere Staaten wurden im Rahmen dieser Kriege ausgelöscht oder entvölkert. Alle Aufzeichnungen aus dieser Zeit sind fragmentarisch (*siehe auch:* Schattenlords; Myrddraal; Trollocs).

Trollocs: Kreaturen des Dunklen Königs, die er während des Schattenkriegs erschuf. Sie sind körperlich sehr groß und extrem bösartig. Sie stellen eine hybride Kreuzung zwischen Tier und Mensch dar und töten aus purer Mordlust. Nur diejenigen, die selbst von den Trollocs gefürchtet werden, können diesen trauen. Trollocs sind schlau, hinterhältig und verräterisch. Sie essen alles, auch jede Art von Fleisch, das von Menschen und anderen Trollocs eingeschlossen. Da sie zum Teil von Menschen abstammen, sind sie zum Geschlechtsverkehr mit Menschen imstande, doch die meisten einer solchen Verbindung entspringenden Kinder werden entweder tot geboren oder sind kaum lebensfähig. Die Trollocs leben in stammesähnlichen Horden. Die wichtigsten davon heißen: Ahf'frait, Al'ghol, Bhan'sheen, Dha'vol, Dhai'mon, Dhjin'nen, Ghar'ghael, Ghob'hlin, Gho'hlem, Ghraem'lan, Ko'bal und Kno'mon (*siehe auch:* Trolloc-Kriege).

Trostlosigkeit: Bezeichnung für die Auswirkung der folgenden Erkenntnis auf viele Aiel: Die Aiel waren keineswegs immer furchterregende Krieger. Ihre Vorfahren waren strikte Pazifisten, die sich während und nach der Zerstörung der Welt dazu gezwungen sahen, sich selbst zu verteidigen. Viele glauben, gerade darin habe ihr Versagen den Aiel gegenüber gelegen. Einige werfen daraufhin ihre Speere weg und rennen davon. Andere weigern sich, das Weiß der *Gai'schain* abzulegen, obwohl ihre Dienstzeit vorüber ist. Wieder andere weigern sich, dies als die Wahrheit anzuerkennen, und folgerichtig erkennen sie auch Rand al'Thor nicht als den wahren *Car'a'carn* an. Diese Aiel kehren entweder in die Wüste zurück oder schließen sich den Shaido an, die gegen Rand al'Thor kämpfen (*siehe auch:* Aiel; Aiel-Wüste; *Car'a'carn*; *Gai'schain*).

Verknüpfung: die Fähigkeit von Frauen, ihre Stränge der Einen Macht miteinander zu vereinigen. Diese kombinierten Stränge sind insgesamt wohl nicht ganz so stark wie die Summe der einzelnen Stränge, werden aber von der Person gelenkt, die diese Verknüpfung leitet und können auf diese Weise viel präziser und effektiver eingesetzt werden als einzelne Stränge. Männer können ihre Fähigkeiten nicht miteinander verknüpfen, wenn keine Frau oder keine Frauen im Zirkel mitwirken. Dagegen können sich bis zu dreizehn Frauen verknüpfen, ohne die Mitwirkung eines Mannes zu benötigen. Nimmt ein Mann an diesem Zirkel teil, können sich bis zu sechsundzwanzig Frauen verknüpfen. Zwei Männer können den Zirkel auf vierunddreißig Frauen erweitern, und so geht es weiter bis zu einer Obergrenze von sechs Männern und sechsundsechzig Frauen. Es gibt Verknüpfungen, an denen mehr Männer, aber dafür weniger Frauen teilnehmen, aber abgesehen von der Verknüpfung nur einer Frau mit einem Mann muß sich immer mindestens eine Frau mehr im Zirkel befinden als Männer. Bei den meisten Zirkeln kann entweder ein Mann oder eine Frau die Leitung übernehmen, doch bei einem Maximalzirkel von zweiundsiebzig Personen oder bei gemischten Zirkeln unter dreizehn Mitgliedern muß jeweils ein Mann die Führung übernehmen. Obwohl im allgemeinen Männer stärker sind, was den Gebrauch der Macht betrifft, sind die stärksten Zirkel diejenigen mit soweit wie möglich ausgeglichener Anzahl an Männern und Frauen (*siehe auch:* Aes Sedai).

Verlorene: Name für die dreizehn der mächtigsten Aes Sedai aus dem Zeitalter der Legenden und damit auch zu den mächtigsten zählend, die es überhaupt jemals gab. Während des Schattenkriegs liefen sie zum Dunklen König über, weil er ihnen dafür die Unsterblichkeit versprach. Sie bezeichnen sich selbst als die ›Auserwählten‹. Sowohl Legenden wie auch fragmentarische Berichte stimmen darin überein, daß sie zusammen mit dem Dunklen König eingekerkert wurden, als dessen Gefängnis wiederversiegelt wurde. Ihre Namen werden heute noch benützt, um Kinder zu erschrecken. Es waren: Aginor, Asmodean, Balthamel, Be'lal, Demandred, Graendal, Ishamael, Lanfear, Mesaana, Moghedien, Rahvin, Sammael und Semirhage.

Wahre Quelle: die treibende Kraft des Universums, die das Rad der Zeit antreibt. Sie teilt sich in eine männliche (*Saidin*) und eine weibliche Hälfte (*Saidar*), die gleichzeitig miteinander und gegeneinander arbeiten. Nur ein Mann kann von *Saidin* Energie beziehen und nur eine Frau von *Saidar*. Seit dem Beginn der Zeit des Wahns vor mehr als dreitausend Jahren ist *Saidin* von der Hand des Dunklen Königs gezeichnet (*siehe auch:* Eine Macht).

Weise Frau: Unter den Aiel werden Frauen von den Weisen Frauen zu dieser Berufung ausgewählt und angelernt. Sie erlernen die Heilkunst, Kräuterkunde und anderes, ähnlich wie die Seherinnen. Gewöhnlich gibt es in jeder Septimenfestung oder bei jedem Clan eine Weise Frau. Manchen von ihnen sagt man wundersame Heilkräfte nach und sie vollbringen auch andere Dinge, die als Wunder angesehen werden. Sie besitzen große Autorität und Verantwortung, sowie großen Einfluß auf die Septimen und die Clanhäuptlinge, obwohl diese Männer sie oft beschuldigen, daß sie sich ständig einmischen. Die Weisen Frauen stehen über allen Fehden und kriegerischen Auseinandersetzungen, und *Ji'e'toh* entsprechend dürfen sie nicht belästigt oder irgendwie behindert werden. Würde sich eine Weise Frau an einem Kampf beteiligen, stellte das eine schwere Verletzung aller guten Sitten und Traditionen dar. Eine Reihe der Weisen Frauen besitzen in gewissem Maße die Fähigkeit, die Eine Macht benützen zu können, aber der Brauch will es, daß sie nicht darüber sprechen. Es ist ebenfalls bei ihnen üblich, noch strenger als die anderen Aiel jeden Kontakt mit den Aes Sedai zu vermeiden. Sie suchen nach anderen Aielfrauen, die mit dieser Fähigkeit geboren werden oder sie erlernen können. Drei im Moment lebende Weise Frauen sind Traumgängerinnen, können also *Tel'aran'rhiod* betreten und sich im Traum u. a. mit anderen Menschen verständigen (*siehe auch:* Traumgänger, *Tel'aran'rhiod*).

Weiße Burg: Zentrum und Herz der Macht der Aes Sedai. Sie befindet sich im Herzen der großen Inselstadt Tar Valon.

Weißmäntel: *siehe* Kinder des Lichts.

Wiedergeborener Drache: Nach der Prophezeiung und der Legende der wiedergeborene Lews Therin Telamon. Die meisten, jedoch nicht alle Menschen erkennen Rand al'Thor als den Wiedergeborenen Drachen an (*siehe auch:* Drache; Drache, falscher; Prophezeiungen des Drachen).

Wilde: eine Frau, die allein gelernt hat, die Eine Macht zu lenken, und die ihre Krise überlebte, was nur etwa einer von vieren gelingt. Solche Frauen wehren sich gewöhnlich gegen die Erkenntnis, daß sie die Macht tatsächlich benützen, doch durchbricht man diese Sperre, gehören die Wilden später oft zu den mächtigsten Aes Sedai. Die Bezeichnung ›Wilde‹ wird häufig abwertend verwendet.

Zeitalter der Legenden: das Zeitalter, welches von dem Krieg des Schattens und der Zerstörung der Welt beendet wurde. Eine Zeit, in der die Aes Sedai Wunder vollbringen konnten, von denen man heute nur träumen kann (*siehe auch:* Zerstörung der Welt; Schattenkrieg).

Zerstörung der Welt: Als Lews Therin Telamon und die Hundert Gefährten das Gefängnis des Dunklen Königs wieder versiegelten, fiel durch den Gegenangriff ein Schatten auf *Saidin*. Schließlich verfiel jeder männliche Aes Sedai auf schreckliche Art dem Wahnsinn. In ihrem Wahn veränderten diese Männer, die die Eine Macht in einem heute unvorstellbaren Maße beherrschten, die Oberfläche der Erde. Sie riefen furchtbare Erdbeben hervor, Gebirgszüge wurden eingeebnet, neue Berge erhoben sich, wo sich Meere befunden hatten, entstand Festland und an anderen Stellen drang der Ozean in bewohnte Länder ein. Viele Teile der Welt wurden vollständig entvölkert und die Überlebenden wie Staub vom Wind verstreut. Diese Zerstörung wird in Geschichten, Legenden und Geschichtsbüchern als die Zerstörung der Welt bezeichnet.

Zweifler: ein Orden innerhalb der Gemeinschaft der Kinder des Lichts. Sie sehen ihre Aufgabe darin, die Wahrheit im Wortstreit zu finden und Schattenfreunde zu erkennen. Ihre Suche nach der Wahrheit und dem Licht, so wie sie die Dinge sehen, wird noch eifriger betrieben, als bei den Kindern des Lichts allgemein üblich. Ihre normale Befragungsmethode ist die Folter, wobei sie der Auffassung sind, daß sie selbst die Wahrheit bereits kennen und ihre Opfer nur dazu bringen müssen, sie zu gestehen. Die Zweifler bezeichnen sich als die ›Hand des Lichts‹, die Hand, welche die Wahrheit ausgräbt, und sie verhalten sich gelegentlich so, als seien sie völlig unabhängig von den Kindern und dem Rat der Gesalbten, der die Gemeinschaft leitet. Das Oberhaupt der Zweifler ist der Hochinquisitor, der einen Sitz im Rat der Gesalbten hat. Im Wappen führen sie einen blutroten Hirtenstab (*siehe auch:* Kinder des Lichts).

Douglas Adams

Kultautor & Phantast

Einmal Rupert und zurück
Der fünfte »Per Anhalter durch die Galaxis«-Roman
01/9404

Per Anhalter durch die Galaxis
DER COMIC
01/10100

Douglas Adams
Mark Carwardine
Die Letzten ihrer Art
Eine Reise zu den aussterbenden Tieren unserer Erde
01/8613

Douglas Adams
John Lloyd
Sven Böttcher
Der tiefere Sinn des Labenz
Das Wörterbuch der bisher unbenannten Gegenstände und Gefühle
01/9891

01/9404

Heyne-Taschenbücher

HEYNE BÜCHER

Das Schwarze Auge

Die Romane zum gleichnamigen Fantasy-Rollenspiel – Aventurien noch unmittelbarer und plastischer erleben.

Eine Auswahl:

Ina Kramer
Im Farindelwald
06/6016

Ina Kramer
Die Suche
06/6017

Ulrich Kiesow
Die Gabe der Amazonen
06/6018

Hans Joachim Alpers
Flucht aus Ghurenia
06/6019

Karl-Heinz Witzko
Spuren im Schnee
06/6020

Lena Falkenhagen
Schlange und Schwert
06/6021

Christian Jentzsch
Der Spieler
06/6022

Hans Joachim Alpers
Das letzte Duell
06/6023

Bernhard Hennen
Das Gesicht am Fenster
06/6024

Ina Kramer (Hrsg.)
Steppenwind
06/6025

06/6022

Heyne-Taschenbücher